Cathy Spellman machte, ehe sie sich ganz der Schriftstellerei zuwandte, in der Mode- und Parfümeriebranche Furore, wo sie unter anderem die Werbung für weltbekannte Duftmarken kreierte. Ihr erster Roman »Und immer wieder Abschied« erschien 1983 in den USA, als sie auch zur »Mutter des Jahres« gewählt wurde. Mittlerweile wurde ihr zweiter Roman »Jetzt und für alle Zeit« veröffentlicht.
Cathy Spellman arbeitet regelmäßig für so bekannte Frauenzeitschriften wie »Cosmopolitan«, »Vogue« und »Harper's Bazar«.
Die Autorin lebt mit ihren zwei Töchtern und ihrem Mann abwechselnd in Connecticut und New York City.

Von Cathy Spellman ist außerdem erschienen:
„Jetzt und für alle Zeit“ (Band 3003)

Vollständige Taschenbuchausgabe 1988
Droemersche Verlagsanstalt Th. Knaur Nachf., München

Titel der Originalausgabe »So Many Partings«
Published by Arrangement with Dell Publishing Co.,
Inc., New York N.Y., USA
Umschlaggestaltung Adolf Bachmann
Umschlagabbildung Gemälde von John Constable »Malvern Hall« (1809)
aus der Tate Gallery, London
Druck und Bindung Elsnerdruck, Berlin
Printed in Germany 10 9 8 7 6
ISBN 4-426-01656-7

Cathy Spellman:
Und immer wieder Abschied

Roman

Aus dem Amerikanischen von Martha und Wilhelm Thaler

Knaur®

Prolog

Der kleine Junge berührte mit den Fingern die Lippen des Mannes in dem Rosenholzsarg. Er kniete ehrfürchtig neben dem Tisch für die Nachtwache und strich das goldblonde Haar des Toten von der wachsbleichen Wange zurück.

»Du darfst nicht tot sein, Vater«, flüsterte er. »Ich weiß nicht, was ich ohne dich machen soll.«

Der stille, furchteinflößende Raum hatte für ihn keine Antwort.

»Ich liebe dich, ich werde dich immer lieben.« Resigniert schmiegte der Achtjährige seinen Körper an die Mahagonileiste des Sarges und begann seine Nachtwache mit einem tief ergebenen Seufzer.

Dünne Wachskerzen warfen flackernde Schatten auf die getäfelten Wände und zeichneten bewegte Gestalten auf die Decke acht Meter über ihm.

Draußen vor den hohen, bleigefaßten Fenstern heulte zornig der Dezemberwind und rüttelte an den Schornsteinaufsätzen hoch auf dem Dach.

»Gestern nacht habe ich den Ruf der Todesfee gehört, Dad«, flüsterte der Junge dem Toten leise zu. »Die Banshee kam vor mein Fenster, du kennst ja ihre Art. Sie kreischte und heulte, so daß ich wußte, jemand muß sterben, aber ich wußte nicht, daß du es warst. Du kamst mir so unsterblich vor – du warst so groß und stark.« Das Kind tätschelte zärtlich die leblose Hand, die dreimal so groß war wie seine eigene. »Du fühlst dich schrecklich kalt an, Dad. Wenn du nur nicht so kalt wärst!« Der Junge zog seine grobe Wolljacke aus und breitete sie vorsichtig über die Leiche seines Vaters, dann hockte er sich wieder auf seinen Platz und kauerte sich zusammen, um in der eisigen Dunkelheit nicht zu frieren.

»Das Haus gehört dir ebenso wie ihnen«, hatte sein Vater einst voll Besitzerstolz gesagt, und das Kind hatte dankbar genickt und sein Hals war seltsam eng geworden, als es daran denken mußte, daß es wegen seiner unehelichen Geburt das eigene Haus nicht betreten durfte.

Der Junge sah sich jetzt in dem von den Kerzen und einem Kaminfeuer erhellten Dämmerlicht um und versuchte, die Einzelheiten auszumachen, die ihm sein Vater beschrieben hatte: das Gipskaninchen mit dem Ringelohr, dessen fehlende Spitze seit einer Generation vom Mutwillen eines Hartington-Kindes zeugte, die polierte Wandverkleidung, für die das Holz vom Kontinent eingeführt worden war, das komplizierte Parkettmuster des Fußbodens, das Generationen von Dienern auf Hochglanz poliert hatten. Selbst in seinem Schmerz empfand er instinktiv das Gefühl, hierher zu gehören.

Die zornige Stimme einer vornehmen Dame unterbrach die Stille. »Wie kannst du es wagen, mit deiner unerwünschten Gegenwart mein Haus zu entehren?« Der Knabe sah die ihm unbekannte Frau unverwandt an, er wußte, daß es sich um seine Großmutter handelte, und war über den Haß erstaunt, den sie für ihn empfand.

»Ich bin gekommen, um bei meinem Vater zu wachen, Missis.« Er wußte zwar, daß man sie eigentlich mit »Mylady« ansprach, aber in dieser Situation erkannte er ihr den Titel ab.

»Schmutziges Kind, wie kannst du es wagen, meinen Sohn als deinen Vater zu bezeichnen! Hinaus mit dir, bevor ich dich für deine Frechheit verprügeln lasse!«

Die feindselige Frau war nicht groß, aber in ihrer schwarzen Trauerkleidung und ihrem aufbrausenden Zorn strahlte sie Macht aus.

»Ich gehe, Mum. Aber er *ist* mein Dad. Schande über dich, daß du ihn allein gelassen hast, obwohl er eben erst gestorben ist. Schande über dich!«

Die Frau mit dem silbergrauen Haar erhob ihre Stimme zu einem Ton, der zwei Generationen von Bediensteten in Angst und Schrecken versetzt hatte. »Wenn du dieses Haus nicht sofort verläßt, muß ich dich mir selbst vornehmen.« Während sie das sagte, kam sie drohend und zielstrebig auf den kleinen Jungen zu. Er blieb einen Moment herausfordernd stehen, beugte sich zu der eisigen Wange seines Vaters nieder, küßte sie und hastete dann zu der offenen Türe.

»Ich gehe jetzt, Missis«, rief er, als er sich im dunklen Korridor in Sicherheit befand, und seine kindliche Stimme hallte in der marmornen Stille wider. »Aber er *ist* mein Dad, und ich werde wiederkommen, um von ihm Abschied zu nehmen. Du wirst sehen, ich komme wieder und verabschiede mich von ihm.«

Die alte Dame stand verblüfft neben dem Sarg; sie war es nicht gewohnt, daß ihr jemand, noch dazu im eigenen Haus, die Stirn bot, und vor Bauern empfand sie ohnedies Abscheu.

»Du Narr!« zischte sie den Toten verächtlich an. »Du romantischer, hochmütiger Narr! Wir werden alle den Tag bedauern, an dem du mit dieser Schlampe, mit der Mutter dieses Kindes, ins Bett gestiegen bist.«

Sie wandte dem einsamen Sarg nachdrücklich den Rücken zu und schritt aus dem Totenzimmer. Ihre Schritte dröhnten in dem langen Marmorkorridor.

Die Stille im Aufbahrungsraum hatte sich trotz ihrer Feindseligkeit nicht verändert. Die Kerzen brannten ungerührt weiter, nur die im Kamin schwelende Glut erstarb langsam, und der Wind verlor nichts von seiner düsteren Schärfe. Da schlich der kleine, aber entschlossene Thomas Dalton lautlos zu dem Sarg zurück und nahm die Nachtwache an der Seite seines Vaters wieder auf.

I

Irland
1882 und vorher

Die Geschichte einer Nation entsteht nicht in Parlamenten und auf Schlachtfeldern, sondern daraus, was Menschen an schönen Tagen oder an bedeutenden Tagen miteinander reden und wie sie das Land bebauen und wie sie streiten und auf Wallfahrten gehen ...

W. B. Yeats

1

Drumgillan stand auf einem sanft abfallenden, grasbedeckten Hügel in der Grafschaft Westmeath, achtzig Kilometer vom grau-grünen Getriebe Dublins entfernt. Es war nicht ganz ein Schloß, aber unendlich mehr als nur ein Herrensitz, und es hatte die Wechselfälle der Zeit seit mehr als zweihundert Jahren überstanden. 1646 war Drumgillan als befestigter Wohnsitz gegründet worden, und es hatte dann im Lauf der Jahrhunderte, während die Ansprüche seiner aristokratischen Besitzer größer wurden, neue Flügel und dekorative Fassaden erhalten.

David Hartington, der Stammvater der gegenwärtigen Bewohner des Hauses, hatte als vielversprechender junger Offizier unter Oliver Cromwell gedient, als der General 1649 im Namen der englischen Krone Irland angriff. Er hatte sich bei der Belagerung von Drogheda ausgezeichnet und als Belohnung für seine Tapferkeit das Gebiet von Drumgillan erhalten, das damals aus einem kleinen Dorf, zwanzigtausend Hektar vorzüglichem Ackerboden, weiteren zweitausend Hektar Torfmoor, den Resten eines alten Bergfrieds und dem reizenden Hügel bestand, auf dem er dann sein Herrenhaus errichtet hatte.

Die Schönheit der Landschaft um Drumgillan glich einem Aquarell von Gottes eigener Hand. Grünes Weideland von der intensiven Tönung eines Smaragds, die nur in diesem wasserreichen Winkel der Erde denkbar war, erstreckte sich endlos, so weit das Auge reichte. Malerische Steinmauern unterbrachen die sanften Schwingungen der Hügel in regelmäßigen Abständen kreuz und quer, so daß die grasenden Schafe sicher eingezäunt waren. Ein tiefbraunes Moor erstreckte sich im Westen, ein altes Überbleibsel aus vorgeschichtlicher Zeit, als Wasser und Schlamm zum Tod wilder Tiere im Morast führten, so daß ihre vermodernden Knochen mit den pflanzlichen Resten einen nahezu unerschöpflichen Vorrat an Torf für die Feuerstellen späterer Generationen lieferten.

Im Osten erglänzte vor dem Herrenhaus ein kristallblauer See, der so groß war, daß kleine Boote darauf segeln konnten, aber auch klein genug, um in einer Stunde um ihn herumzureiten. Er verlieh der malerischen Gegend etwas Träumerisches und verhalf ihr zu einem weiteren unaufdringlichen Farbton. Der vom Haus zum See abfallende Hang war sorgfältig zu Gärten gestaltet, in denen in solcher Fülle Blumen blühten, daß die fünfzig Räume des Gebäudes von den Gärtnern ohne Schwierigkeiten ständig mit Blumenschmuck versorgt werden konnten.

Die friedvolle Ruhe des Landes und die vornehme Atmosphäre der parkähnlichen Anlagen verliehen Drumgillan eine Aura von Beständigkeit, als wäre seine große, an den Stil Palladios erinnernde Fassade ein Naturereignis. Wie die Umgebung schien auch sie eine reizvolle Landschaftskomponente zu sein, die Gott zur Vervollständigung des Bildes an diesen Platz gestellt hatte.

In den vielen Jahren seit der Schlacht von Drogheda hatten sich die Hartingtons von Drumgillan weiterhin im Dienst der Krone ausgezeichnet; zuerst, indem sie eine lange Reihe ritterlicher und tapferer Offiziere für das Familienregiment, die Westmeath Fusiliers, stellten, und später, indem sie Unmengen von dringend benötigten Waren für den Handel mit England herbeischafften. Flachs, Wolle, Fleisch und massenhaft andere Produkte verließen Drumgillan in Richtung London und Liverpool, was der Familie Hartington dank der ständigen Erhöhung ihres Ranges und ihrer Privilegien hohen Lohn brachte.

Die Ehe von Sir Jeffrey und Lady Geraldine war ein Musterbeispiel für häuslichen Frieden.

»Ich habe die Absicht, Jeffrey Hartington zu heiraten«, hatte Geraldine Montrose ihrem Vater ruhig erklärt, als sie neunzehn Jahre alt war.

»Wozu denn?« hatte ihr Vater sie gefragt, der sich mit seiner Tochter gewöhnlich unterhielt, als besäße sie ein gut entwickeltes Gehirn und nicht den damals den Frauen zugeschriebenen dürftigen, flatterhaften Verstand.

»Weil er sehr reich, sehr charmant und sehr verläßlich ist, zudem aber auch noch überdurchschnittlich gut aussieht, so daß er schöne Kinder zeugen wird. Er ist auch etwas schüchtern, so daß es mir leichtfallen wird, ihn für mich einzunehmen, und er erscheint mir so weit lenkbar, daß ich ihn ein Leben lang an mich fesseln kann.«

Von ihrer Hochzeit an, die ein Jahr nach diesem Entschluß stattfand, hatten Geraldine Montrose und Sir Jeffrey Hartington ein fruchtbares und ereignisarmes Leben geführt, wie Geraldine es geplant hatte. Sie hatte ihren Haushalt und die Familienangelegenheiten ausgezeichnet im Griff, obgleich er ihre Tüchtigkeit für so selbstverständlich hielt, daß er ihre bewundernswerte Leistung kaum bemerkte. Das kam freilich ihren Vorstellungen sehr entgegen, da sie nur auf den Reichtum, die Stellung und das angenehme, liebenswürdige Wesen ihres Mannes Wert gelegt hatte, was er ihr alles bereitwilligst zur Verfügung stellte. Geraldine hatte ihm dafür pflichtgemäß zwei Söhne geboren: Randolph, den Erben des Vermögens und des Titels, und Michael, den Augapfel seines Vaters.

Randolph war genau der Sohn nach den Vorstellungen seiner Mutter: gut aussehend und berechnend. Er besaß ein angeborenes Verständnis für den Gebrauch der Macht, das sie außerordentlich schätzte, und sie wußte, daß er ein würdiger Träger des Titels sein würde, den sie so konsequent durch ihre Heirat für ihn erworben hatte.

Sie wußte auch, daß Randolph einige durchaus unschöne Charakterzüge hatte. Er war geizig und niederträchtig, feindselig gegenüber den Pächtern und nicht übermäßig freundlich, auch nicht bei Gleichgestellten. Es gab auch Anzeichen eines Hangs zur Grausamkeit und Skrupellosigkeit, aber sie fand, daß eben kein Mensch vollkommen war.

Michael dagegen brachte sie zur Verzweiflung. Er hatte nicht die geringste Ähnlichkeit mit jemandem aus ihrer Familie. Von ihrem Mann hatte er die riesige Statur, sein blondes Haar und die blühende Gesichtsfarbe geerbt. Das war aber ihrer Meinung nach dem Aussehen der irischen Einheimischen zu ähnlich, um auf gute Erbanlagen schließen zu lassen. Er besaß eine schrecklich nüchterne Denkart, und trotz seiner guten Lernleistungen war er am liebsten mit Pferde- und Stallknechten, mit Milchmädchen, Kesselflickern und irischen Herumtreibern beisammen, die seine Gesellschaft bildeten. Zweifellos war er die späte, aber schreckliche Folge der Liebelei einer früheren Hartington mit einem Bauern, denn Geraldine war sicher, daß keine gute alte Familie von Einfluß so einen Nachfahren hervorbringen konnte, es sei denn, es lag von irgendwoher eine minderwertige Erbanlage vor.

Sie dankte Gott inbrünstig, daß Michael nicht als erster zur Welt gekommen war.

2

»Laß mich doch bei den Blasbälgen helfen, Sean!« bettelte der robuste kleine Michael. Der kräftige Schmied von Drumgillan erfüllte seine Bitte gutmütig. Der Junge war aus den Ställen nicht wegzudenken, seit er alt genug war, um seinem gestrengen Hauslehrer zu entwischen. Er liebte Sean und er liebte die Ställe; der Geruch der Pferde und die nüchterne Lebensauffassung der Menschen, die für sie sorgen mußten, bildeten einen herrlichen Gegensatz zu seiner Familie.

Dank der Roßpfleger – dem Schmied, der Reit- und Stallknechte, ihrer Frauen und Kinder - lernte Michael die Iren kennen. Er spielte mit den Kindern, wenn sie Zeit dazu fanden, denn die Söhne und Töchter der Armen mußten viele Arbeiten verrichten. Er half ihnen sogar, wann immer er konnte; beim Melken oder Holzschneiden und bei den tausend Arbeiten, die die Bauern verrichteten, um ihren Lebensunterhalt zu verdienen und den immensen Verpflichtungen für ihre Pachtgründe nachzukommen. Wegen seiner freundlichen Wesensart und seinem kräftigen Körper wurde er von den Menschen des riesigen Gutes akzeptiert, obwohl sie die Kaste, aus der er stammte, verachteten.

Geraldine hatte diesen freundschaftlichen Verkehr mit den Untergebenen von Anfang an mit Mißtrauen verfolgt. »Der vertraute Umgang mit diesen schmutzigen Bengeln kann zu nichts Gutem führen. Denke an meine Worte!« erklärte sie ihrem Mann pathetisch, wann immer sich Gelegenheit dazu bot. Aber Sir Jeffrey, der selbst viel Zeit mit den Roßpflegern verbracht hatte, ohne je einen Zweifel aufkommen zu lassen, wer der Herr und wer der Knecht war, konnte ihre düsteren Prophezeiungen nicht wirklich ernst nehmen.

»Glaubst du, Sean, daß ich als Erwachsener groß genug sein werde, um Schmied zu werden?« fragte Michael im Alter von neun Jahren eines Tages ernsthaft den Schmied. Er hatte den hünenhaften Mann mit dem rußgefleckten Lederschurz am Amboß beobachtet, der Hände wie Dreschflegel hatte und dessen Gesichtszüge infolge der starken Hitze des Feuers ständig zusammengekniffen waren. Der Schmied hob das rotglühende Hufeisen, das er geschmiedet hatte, mit mächtigen Eisenzangen aus dem Feuer und legte es geschickt auf den riesigen Amboß in der Mitte der Schmiede, bevor er antwortete.

»Weißt du, Michael, ich bezweifle keinen Augenblick, daß du groß genug sein wirst, denn du bist in den letzten Monaten in die Höhe geschossen wie ein Erdbeerbaum, aber leider ist für einen Jungen wie dich das Schmiedehandwerk nicht die richtige Betätigung.«

»Warum nicht, Sean? Nur weil mein Vater ein Adliger ist, meinst du das?«

»Du wirst zu einem feinen Lord heranwachsen, mein Junge, wie dein Vater und dein Bruder, und dann wirst du Leuten von unserem Stand wenig Aufmerksamkeit schenken.«

»Das ist nicht wahr, Sean! Mein Bruder Randolph wird alles erben; meine Mutter hat mir erklärt, wie die Nachfolge geregelt ist. Es gibt ein ›Erstgeburtsrecht‹, und das bedeutet, daß alle Häuser, das ganze Geld, die Pferde und alles an Randolph fällt, wenn Vater stirbt. Mutter sagt, daß ich einen Beruf ergreifen oder eine Offiziersstelle in der Armee annehmen muß, um meinen Lebensunterhalt zu verdienen. Ich vertrage mich mit Randolph nicht sehr gut, deshalb wird er mir kaum etwas geben, was meinst du dazu?«

»Nein, Junge, ich glaube auch nicht, daß dein Bruder etwas hergeben wird, wenn er nicht muß. Er sieht nicht wie ein großherziger Mann aus, und das ändert sich im allgemeinen mit zunehmendem Alter leider nicht.«

»Weißt du, was er manchmal tut, Sean? Er nimmt mir meine Spielzeugsoldaten weg und versteckt sie in seinem Zimmer, und wenn ich deshalb Krach schlage, redet er Mutter ein, daß der Sohn der Köchin sie gestohlen hat; dann wird Mutter entsetzlich zornig und zieht der Köchin das Geld vom Lohn ab, und sie hört mir gar nicht zu, wenn ich ihr erkläre, daß Randolph sie genommen hat.«

»Was sagt deine Mutter, wenn du ihr die Wahrheit erzählst, Junge?«

»Sie sagt, daß es ungehörig ist, Lügen über meinen eigenen Bruder zu erzählen, daß ich mich immer auf die Seite der Bediensteten schlage und daß ich einmal ein schlimmes Ende nehmen werde.«

»Hast du jemals versucht, deinem Dad zu erzählen, was im Hause vorgeht?«

»O ja, und ob! Er weiß genau, daß Randolph ein Lügner ist, und alles andere, denn er hat meinen Bruder oft genug wegen seines ›unentschuldbaren Benehmens‹ angeschrien. Vater will aber mit Dingen, die mit uns Kindern zu tun haben, Mutter nicht verärgern, verstehst du? Er sagt, daß Mutter für alles zuständig ist, was mit uns Kindern und mit dem Haushalt zu tun hat, und er findet es nicht richtig, sich in ihr häusliches Regiment einzumischen.«

»Wenn eine Frau sich in den Kopf setzt, eines ihrer Kinder den anderen vorzuziehen, kann das einen Mann das Fürchten lehren. Nicht ein Vater unter zehn würde sich mit einer Stute anlegen, die ein Lieblingsfohlen hat.«

Michael nickte verständig. Er konnte sich immer darauf verlassen, daß Sean alles verstand und es in so einfache, leicht verständliche Worte faßte; im Gegensatz zu seinem Erzieher Mr. Simpson, der aus einem einfachen Hallo etwas unverständlich Kompliziertes machen konnte. Michael war seinem Glücksstern dafür dankbar, daß er mit seinen Schularbeiten keine Schwierigkeiten hatte, denn Mr. Simpson, der spürte, daß Mylady ihren älteren Sohn bevorzugte, scheute keine Mühe, um Michaels Lektionen schwieriger und anspruchsvoller ausfallen zu lassen als die des älteren Bruders.

Wenn Michael mit offenen Augen träumte oder trödelte, wurde er streng bestraft; wenn Randolph log oder schwindelte, wurde er freundlich ermahnt und ersucht, diese kleinen Fehler zu überwinden. Die offensichtliche Ungerechtigkeit dieser Behandlung vollendete einen Prozeß, den die Natur bereits eingeleitet hatte: Michael wurde seinem Bruder geistig, gefühlsmäßig und moralisch überlegen, und Randolph fühlte sich trotz seiner Charaktereigenschaften recht wohl.

3

»Warum eßt ihr so viele Kartoffeln?« fragte Michael unschuldig im selben Jahr, in dem er beschlossen hatte, Schmied zu werden. Die Frage hatten mehrere mittägliche Besuche auf dem Bauernhof ausgelöst, der der Familie des Schmiedes Sean gehörte. Acht bis zwölf Pfund Kartoffeln im Tag bildeten die Durchschnittsmahlzeit für einen Arbeiter in Irland, und Michael war erstaunter Zeuge des übermäßigen Genusses eines Nahrungsmittels geworden, das er nur als unwichtige Beilage kannte.

»Wir essen eine solche Menge Kartoffeln, Junge, weil wir nicht viel anderes zu essen haben, weil sie unseren Bauch füllen und weil sie uns Kraft geben, unsere Arbeit zu verrichten.«

Die Antwort kam von dem freundlichen alten Mann, der auf einem Stuhl neben dem Feuer saß. Er hatte ein altes, gestricktes Plaid um seinen Körper gewickelt, um seine alten Knochen vor der Kälte zu schützen, und sein verwittertes Gesicht war von einem seltsamen Spinnennetz von feinen Linien überzogen.

»Es gab eine Zeit«, erzählte er mit einer Stimme, die viel jünger klang, als es seinem Alter entsprach, »in der es den Bauern in Irland gut ging, denn sie durften alles behalten, was sie ernteten, um ihre Familien zu ernähren. Das war aber vor der Zeit, in der die Sachsen ihr verfluchtes Strafrecht einführten, durch das wir zu Armen wurden und das uns alles wegnahm, was Gott der Allmächtige uns geschenkt hatte.«

Der Junge erkannte, daß der Alte im Begriff stand, eine Geschichte zu erzählen, zog erfreut seine jungen Beine unter der langen Holzbank hervor, die an dem groben Tisch aus Mooreichenholz stand, und ging zu dem Natursteinherd, der den Raum erwärmte. Er setzte sich in ehrfürchtiger Entfernung neben dem Schaukelstuhl des Mannes auf den Fußboden und blickte erwartungsvoll zu ihm auf. Er war bereit zu lauschen, denn er hatte bereits von den Shanachies gehört, die wie dieser alte Mann Gedichte und Geschichten im Kopf behielten, gleich den alten Barden, um stets bereit zu sein, sie zum besten zu geben.

Der Alte räusperte sich, als würde er ein altes Instrument stimmen, und blickte dem Jungen gerade in die Augen, bevor er fortfuhr.

»Im Jahre des Herrn elfhundertsiebzig regierten in Irland fünf Könige. Jeder herrschte über eine andere Provinz, über Ulster, Munster, Meath, Leinster und Connacht. Und da ereignete sich folgendes, Michael: Vier dieser Könige nahmen an einem Kreuzzug teil – so nannten sie damals die Kriege –, und wie zu erwarten war, ließen sie ihre Frauen daheim. Aber ein König blieb zurück, und der fand Gefallen an der Frau eines der Könige, die in fernen Ländern kämpften. Er entführte doch tatsächlich die Dame verstohlen auf sein Schloß, und sie blieb dort, bis ihr Gemahl nach Hause zurückkam und herausfand, was sich ereignet hatte. Du kannst dir ja vorstellen, Junge, was für einen Krach es gab, als dieser König feststellte, daß er hereingelegt worden war. Hier beginnt das wahre Unglück Irlands, denn statt nach Munster zu gehen und dem Schurken das Fell zu gerben, wie es jeder richtige Mann getan hätte, schickte dieser Ehemann eine Botschaft an den König von England, einen gewissen Heinrich den Zweiten, und ersuchte ihn, nach Irland zu kommen und ihm zu helfen, seine ungetreue Frau zurückzubekommen. Und genau das tat Henry, er kam mit seinen Truppen herüber und sagte sich, das ist das schönste Land, das Gott je geschaffen hat, das würde ich gern besitzen. Deshalb erhob eines schönen Tages im Jahre des Herrn elfhunderteinundsiebzig Heinrich der Zweite im Namen der englischen Krone Anspruch auf ganz Irland.«

»Konnte er das so ganz einfach machen?« fragte Michael mit weit aufgerissenen Augen.

»Und *ob* er das konnte, Junge, und noch mehr: Er nahm es sich! Damit begannen all unsere Schwierigkeiten, denn Henry teilte das Land auf wie eine Torte, gab einen Teil diesem und einen anderen jenem, dann reiste er nach London zurück, und seine Nachkommen kümmerten sich ein paar Jahrhunderte nicht um uns.«

»Was geschah dann?« fragte Michael, der erwartungsgemäß von dieser Geschichte nicht genug bekommen konnte.

»Um das Jahr sechzehnhunderteinundvierzig herum gab es in England keinen starken Herrscher, aber ein grausamer Mann namens Oliver Cromwell, der die Armee befehligte und die Schmutzarbeit besorgte, hatte etwas Macht erworben und wollte in Irland erproben, wie man sie ausübt. So kam Cromwell mit einem großen Heer und vielen Pferden hierher, sah sich die Lage im Land an und wußte genau, was er als nächstes zu tun hatte. Er beschloß, alle Iren auszurotten. Weißt du, was das bedeutete, Michael?«

Michael schüttelte heftig den Kopf.

»Es bedeutete, daß ein Volk sich einfach das Recht nahm, ein anderes vom Angesicht der Erde zu tilgen, wenn es sich nicht dagegen wehrte. Als hätte es niemals existiert. Stell dir das vor: ein Volk verschwinden zu lassen, mit all seinen Liedern und Sagen, seiner Poesie und Geschichte. Mit all seiner Liebe, seinem Haß, mit all seiner Eigenart, einfach so.«

Der Shanachie machte eine dramatische Handbewegung, legte eine kurze Pause ein, damit die volle Tragik eines solchen Völkermordes sich dem Gehirn des Knaben einprägte, und fuhr dann fort: »Cromwell erfüllte seine Aufgabe wie besessen, Michael. Er war puritanischen Glaubens und ein hartherziger Bösewicht, ohne jedes Gefühl für Schönheit, was schon die Tatsache erhärtete, daß er alle herrlichen Malereien in allen Kirchen Irlands mit Kalk übertünchen ließ. Aber damit greife ich vor. Dieser dreckige Heide schickte seine Truppen in die kleinen Dörfer, seine Soldaten ließen alle Bewohner auf dem Dorfplatz antreten, und dann sagte er ihnen, sie müßten dem britischen Monarchen Treue geloben. Um die Wahrheit zu sagen, sehr wenige Iren waren dazu bereit. Dann sagte Cromwell zu ihnen: ›Wer der Krone nicht Treue gelobt, muß sterben.‹ Dieses Gelöbnis, auf das es ihm ankam, bedeutete aber, daß man dem heiligen katholischen Glauben abschwören mußte, denn der Hurenbock Heinrich der Achte hatte sich selbst zum Oberhaupt seiner Kirche gemacht, nachdem er vom Papst exkommuniziert worden war. Es war also ein Schritt, den die meisten nicht machen wollten. Jetzt kommt der schreckliche Teil der Geschichte, denn es gab eine Stadt namens Drogheda, wo die Leute beschlossen, ihre Rechte zu verteidigen. Sie erklärten dem alten Cromwell, daß sie sich nicht unterwerfen würden und daß er seine protestantischen Schriften anderswo verhökern solle. Cromwell fand, daß sich Drogheda sehr gut dazu eignete, ein Exempel für ganz Irland zu statuieren. ›Tötet sie alle!‹ befahl er seinen Truppen, und sie töteten zuerst die Männer. ›Die Frauen auch!‹ verlangte dieser liebenswerte Mann, der freundlich war wie vierzehn Tage Regenwetter, und sie taten auch das. Dann war keine Seele in Drogheda mehr am Leben außer den kleinen Kindern. Man muß schon sehr hartherzig sein, Michael, um kleine Kinder umzubringen, und sogar Cromwells kampfgewohnte Männer, die imstande gewesen waren, die Mütter und Väter ohne viel Federlesens ins Jenseits zu befördern, widersetzten sich dem Befehl, die kleinen Kinder zu erschlagen. Sie gingen also zu seiner hochmütigen Eminenz, General Cromwell, und baten ihn um Gnade für die Kinder. Und was meinst du, daß Seine Lordschaft darauf geantwortet hat, Junge?«

Michael war von der Erzählung viel zu gefesselt, um sprechen zu können, deshalb schüttelte er wieder den Kopf.

»Diese hochgeborene Person erklärte ihnen: ›Aus Nissen werden Läuse. Tötet sie alle!‹ Und diese Worte, Michael, werden für immer in den Herzen der Iren weiterleben, denn sie sind der vollendete Ausdruck dafür, wie uns die Engländer einschätzen. Sie betrachten uns Iren als das verdammte Ungeziefer, das sie loswerden müssen, damit das ganze Land ihnen gehört.«

Er hielt inne, räusperte sich, blickte Michael bedeutungsvoll an und fuhr fort:

»Nachdem also Mr. Cromwell und seine gottlosen Mörder alle dreitausend Einwohner von Drogheda ins ewige Leben geschickt hatten, marschierten sie in jede Stadt ein, die sie finden konnten, und befahlen allen, ihre Häuschen und Felder, ihre Heimatorte und Äcker zu verlassen und nach Connaught, der westlichsten Provinz Irlands und einer der ödesten Gegenden der Welt, zu ziehen. Es ist ein vollkommen unfruchtbares Land, Michael. Es gibt dort keinen Wald, um einen Mann zu hängen, kein Wasser, um ihn zu ertränken, keinen Staub, um ihn zu begraben! So marschierten also Männer, Frauen und Kinder von den geliebten grünen Hügeln ihrer Heimat in die felsigen Gegenden des Westens, wo die meisten von ihnen schon in den ersten Wintern aus Mangel an Nahrungsmitteln verhungerten. Dieses Land brachte nicht einmal eine Rübe hervor, Michael, bis sie den Boden Zoll um Zoll mit Seetang aufschütteten, den sie unter großer Mühe von der Küste holten.«

Der alte Mann schien jetzt die Anwesenheit des Knaben vergessen zu haben, der gespannt zuhörte. Sein Blick war während des Sprechens in eine unbestimmbare Ferne gerichtet, als verfolge er, wie sich die geschichtlichen Ereignisse vor ihm entfalteten, während er sie schilderte; so gegenwärtig war die Geschichte dem Erzähler, als hätte er sie selbst erlebt.

»Bitte, Sir«, meldete sich Michael, um den Mann wieder in die Gegenwart zurückzurufen. »Das ist eine wunderbare Geschichte, und ich bin Ihnen auch dankbar, daß Sie sie mir erzählt haben, aber was hat das alles damit zu tun, daß alle so viele Kartoffeln essen? Wenn Sie sich erinnern, Sir, wollten Sie mir das doch erklären.«

Der Shanachie zog eine Braue hoch und fuhr fort: »Wenn du so ungeduldig darauf wartest, zu den Kartoffeln zu kommen, muß ich in meiner Geschichte von diesem wunderbaren Land einen Sprung machen. Ich werde die nächsten hundert Jahre also auslassen, nur muß ich dir erklären, wieso wir hier in Irland eine herrschende Klasse haben, denn das ist für dich von besonderer Bedeutung, Junge, weil du zu ihr gehörst. Verstehst du, Michael, Cromwell verteilte das Land, das er den Iren weggenommen hatte, und gab es seinen verdienten Offizieren als Schenkung der englischen Krone. Diese Offiziere ließen dann ihre Familien nachkommen, um hier zu wohnen, während der König den neuen Besitzern der Ländereien Adelstitel wie Graf, Vicomte und andere verlieh; denn indem die Handlanger der Krone strategisch in ganz Irland verteilt wurden, konnten die Engländer sicher sein, das Land unter Kontrolle zu behalten, das sie ihren rechtmäßigen Besitzern gestohlen hatten.«

Bei der Vorstellung, daß Drumgillan unrechtmäßiger Besitz sein könnte, blickte der Junge nachdenklich drein, sagte aber kein Wort und wartete auf weitere Erklärungen von seinem erstaunlich gut unterrichteten Lehrmeister.

»Wie du dir also leicht vorstellen kannst, paßte den Iren die ganze Sache nicht. Denn die herrschenden Lords brauchten Menschen, die ihr Land bearbeiteten, deshalb ließen sie die Iren aus der Verbannung in Connaught zurückkommen, um als Bauern, Schmiede, Kesselflicker und Wagenbauer zu arbeiten und alle anderen Aufgaben zu übernehmen, die auf den großen Besitzungen erledigt werden mußten. Die Iren hatten jedoch nichts dafür übrig, nur noch als Knechte auf dem Land zu arbeiten, das einst ihr Eigentum war, deshalb gab es während der nächsten hundert oder zweihundert Jahre, die ich überspringen will, etliche Scharmützel. Das bringt mich beinahe zu den Kartoffeln.«

Michael rutschte zufrieden auf seinem Platz hin und her.

»Siehst du, Junge, diese Aufstände paßten den Grundbesitzern natürlich ganz und gar nicht, da sie viel zuviel Geld in Irland investiert hatten, um es sich von armen Bauern wieder wegnehmen zu lassen. Also begannen sie, sich immer strengere Gesetze auszudenken, um die Iren im Zaum zu halten. Und damit sind wir beim ersten Viertel dieses Jahrhunderts angelangt. Die Engländer erließen eine Reihe von Strafgesetzen, um die Iren zu knechten. Wir durften kein Land besitzen, unser persönlicher Besitz durfte nicht mehr als fünf Pfund wert sein, wir durften unsere heilige Religion nicht ausüben, wir durften keine Priester und keine eigenen Schulen haben. Die Gerichtsfreiheit wurde uns genommen. Auf die Verwendung unserer alten irischen Sprache stand die Todesstrafe. Unsere Lieder und unsere Dichtung wurden geächtet, und unser Mannesstolz wurde uns genommen. Es war unmöglich, all die Steuern zu zahlen. Wenn ein Ire den Aufseher eines Gutsbesitzers auch nur schief anschaute, konnte seine ganze Familie am Abend auf der Straße stehen. Wenn ein Mann sein kleines Häuschen, das er sich mit seinen eigenen Händen gebaut hatte, verbesserte, indem er ein einziges neues Fenster einsetzte, um Gottes Sonnenschein einzulassen, wurden seine Steuern erhöht, weil sein Besitz dadurch wertvoller geworden war. Ich sage dir, Junge, die Lebensbedingungen in jenen Tagen waren erbärmlich. Die Pächter konnten ihre kleinen Pachtgrundstücke behalten, solange sie ihre Steuern bezahlten, da aber die Steuern immer höher wurden, wurde es immer schwieriger, sie aufzubringen, ganz zu schweigen von dem Kirchenzehnt, den jede Familie dem protestantischen Pfarrer abgeben mußte. Stell dir diese Ungerechtigkeit nur vor, Junge! Zuerst nahmen sie uns unseren geliebten Glauben, dann mußten wir ihren Pastor bezahlen! Jedenfalls mußten wir sehr bald alles verkaufen, was wir besaßen, jede Kuh, jede Bohne, jede Karotte, jede Rübe, um unsere Pacht zu entrichten, und schließlich waren das einzige, was uns blieb, die Kartoffeln.«

Der alte Mann sah den Knaben unter scheinen buschigen Augenbrauen bedeutungsvoll an.

»Das sind die Kartoffeln, von denen du unbedingt hören wolltest. Also kochten wir sie, brieten sie, rösteten sie, um sie zu essen, und waren Gott dankbar, daß wir sie hatten, das kann ich dir sagen. Dann ereignete sich einer der traurigsten Unglücksfälle in der langen Geschichte der Welt, Michael. Denn eines schönen Tages im Jahre achtzehnhundertfünfundvierzig, nachdem die Kartoffelernte auf allen Höfen eingebracht worden war, streckte Gott die Hand aus und schlug uns zu Boden. Obwohl ich wirklich nicht imstande bin zu begreifen, warum es so kam. Bei all den Schwierigkeiten, die wir bereits am Hals hatten, finde ich, daß Gott uns die Kartoffelfäule hätte ersparen können. Aber Er tat es nicht, und die Kartoffeln, die weiß, rund und gut aus der Erde gekommen waren, wurden plötzlich aus keinem ersichtlichen Grund schwarz und verfaulten vor unseren Augen. Das geschah ein paar Jahre, bevor du zur Welt kamst, Junge, und es gab für die Bauern und ihre Familien nichts zu essen. Kein Essen bedeutete, daß sie auch nicht arbeiten konnten, und keine Arbeit bedeutete, daß sie die Pacht und die Steuern nicht zu bezahlen vermochten, und keine Steuern bedeutete, daß die Aufseher ihnen die Häuser wegnahmen und die Familien auf die Straße schickten, wo Männer, Frauen und Kinder umherzogen, bis sie verhungerten. Hast du je vom ›hungrigen Gras‹ gehört, Michael? Die Grasflecken, denen man nicht nahe kommen soll, weil sie gefährlich sind, weil man fürchten muß zu sterben?«

»Ich habe davon gehört, aber ich weiß nicht, was es bedeutet.«

»Es bedeutet, Michael, daß die Menschen so hungrig wurden, daß sie ihren knurrenden Magen mit Gras vom Straßenrand füllten und grün im ausgemergelten Gesicht starben. Und ihre Seelen holen dich an diesen Flecken unter die Erde. Es war eine so schreckliche Zeit, daß die Überlebenden weder ihr Entsetzen noch die Gemeinheit der Gutsbesitzer vergessen haben, die nicht einmal einen Finger rührten, um uns aus dem Elend zu helfen.«

Erschrockenes Begreifen breitete sich auf dem ernsten Gesicht Michaels aus. Seine Stimme klang rauh, als er fast flüsternd fragte: »Aber mein Vater, Sir, der würde doch bestimmt keinen Menschen sterben lassen, wenn er ihn retten kann.« Aus der Frage sprachen zugleich eine Bitte und eine gewisse Angriffslust; die Loyalität zu seinem Vater machte den Jungen zornig, sein Abscheu angesichts der Geschichte ließ ihn angstvoll auf die Beantwortung seiner Frage warten.

»Wir wollen es so ausdrücken, Michael: Dein Vater beschloß, auf seinen Aufseher zu hören, einen jungen Mann namens O'Leary, der ein hartgesottener Lügner und Schurke war und in der Hungersnot eine Gelegenheit sah, seiner Grausamkeit freien Lauf zu lassen.«

Der Shanachie hatte das Gefühl, daß er mit seinem kleinen Zugeständnis an den Seelenfrieden des Jungen den eigenen Sohn in gewisser Weise verraten hatte, dessen Leben durch die Hungersnot so schrecklich gezeichnet worden war, aber Sean lächelte mit der Pfeife im Mund seinem Vater zu und gab so seine Zustimmung zu der kleinen Verfälschung der Wahrheit, als wolle er ausdrücken, daß Michael an den Sünden Seiner Lordschaft keine Schuld traf und das Kind zu gegebener Zeit ohnedies sicherlich davon erfahren werde.

Michael blickte von dem Gesicht des alten Mannes zu dem des jüngeren; er hatte ein sehr merkwürdiges Gefühl im Magen, als hätte sich dort etwas zusammengezogen und verhärtet.

»Was ist mit den Leuten geschehen, die hungrig waren?«

»Tausende und Abertausende starben, Michael, am Straßenrand, in den Sümpfen und in den kleinen Häuschen. Wenn eine Familie wußte, daß keine Hoffnung mehr bestand, denn man kann von seinen Nachbarn nichts borgen, wenn auch sie am Verhungern sind, gingen sie in ihr kleines Häuschen, schlossen die Tür und warteten gemeinsam in würdiger Haltung auf den Tod. Denn sie hatten noch immer ihren Stolz, weißt du.« Der alte Mann räusperte sich befangen und fuhr fort. »Es starben so viele, daß wir nicht alle ordentlich begraben konnten, viele blieben liegen, bis die Polizei sie fortschaffte, Gott weiß wohin, während die Ratten noch an ihren ausgemergelten Körpern nagten. Die noch leistungsfähigen Männer mußten sich anderwärts um Arbeit umsehen. Ich und meine drei Söhne gingen nach England, um im Hafen Arbeit zu suchen. Aber freie Stellen waren schwerer zu finden als Zähne bei einer Henne, und man bezahlte uns einen Hungerlohn. Aber wir konnten wenigstens so viel nach Hause schikken, daß einige Familienmitglieder am Leben blieben. Nicht alle, weißt du. Die Frau meines Sohnes Liam und seine fünf Kinder starben, als O'Leary ihnen ihr Häuschen wegnahm und sie auf die Straße jagte, und auch zwei Töchter von Sean überlebten den Hunger nicht; aus Kummer über ihren Tod starb seine Frau bald danach. Aber der Rest unserer Familie überlebte so recht und schlecht. Du siehst also, Michael, die Kartoffeln haben eine besondere Bedeutung für uns; wenn unsere Pacht bezahlt ist, bleibt uns nicht mehr viel, aber wenn wir unsere Kartoffeln haben, können wir wenigstens durchkommen. Und heute«, er schlug sich auf das Knie, um zu zeigen, daß seine Geschichte zu Ende war, »da unsere Kartoffeln wieder großartig aussehen, wir zudem ein Stück Lammfleisch und ein paar Karotten und jede Menge Rüben haben, so daß wir zufrieden sein können, geht es uns um vieles besser als früher, Junge. Das läßt sich nicht leugnen.«

Er zog einen sauberen, aber ausgefransten und vergilbten Lappen aus der Tasche, schneuzte sich mit heftigem Trompetenton, und Michael merkte erst jetzt, daß der Alte den Tränen nahe gewesen war. Der Junge stand auf und blickte sich verlegen um. Er wollte etwas sagen, obwohl es ihm schwerfiel, denn die Worte blieben ihm im Hals stecken.

»Ich bin Ihnen sehr dankbar, Sir, daß Sie mir Ihre Geschichte erzählt haben. Niemand hat mir bisher von diesen Ereignissen etwas gesagt. Ich werde sie nie vergessen. Ich werde nicht zulassen, daß man Ihnen wieder etwas Schlimmes antut«, platzte er heraus, blieb einen Augenblick stehen und hastete dann aus dem Haus, als wäre ihm der Teufel auf den Fersen.

Er rannte und rannte, bis er umfiel. Erschöpft lag er im kühlen, feuchten Gras, blickte zu dem nebligen, wolkenverhangenen irischen Himmel empor, den er schon tausendmal betrachtet hatte, und ihm wurde bewußt, daß er sich verändert hatte – und mit ihm auch alles um ihn –, denn die schreckliche Schönheit, die man von Irlands Vergangenheit und Zukunft nicht trennen konnte, war in ihm erwacht, und nun gab es kein Zurück mehr.

4

Mary Dalton träumte mit offenen Augen, im Schoß einen Berg von Stopfarbeit. Sie hatte sich aus den Lehmwänden ihres Häuschens in den Salon eines Herrenhauses in Dublin versetzt. Im Geist bewunderte sie den glitzernden Kristallüster, das glänzende, silberne Teeservice auf dem Tisch und die schweren Damastvorhänge.

Mary war die einzige Tochter eines Pächters auf der großen Besitzung Drumgillan. Ihre Vorfahren waren wie andere alte irische Adlige, die die Engländer im siebzehnten Jahrhundert vertrieben hatten, nach der schlimmsten Zeit zurückgekehrt, um die Felder ihres angestammten Grundbesitzes zu bestellen. Als Pächter, die früher einmal Eigentümer gewesen waren, lebten sie am Rande des Landes, das inzwischen David Hartington gehörte, dem ersten Earl von Rathconrath.

Gelegentlich stellte sich Mary in ihren Traumbildern vor, eine große Lady zu sein, wie es ihre fernen Vorfahren gewesen waren. In ihrer Phantasie hatte sie sich ein Leben ausgemalt, in dem sie und nicht Sir Jeffrey Hartington Drumgillan besaß und in dem riesigen, georgianischen Herrenhaus lebte. Die Daltons hatten vor Marys Geburt jahrhundertelang auf dem Gut Drumgillan gearbeitet, und sie hatten auch die Hungersnot im Gefolge der Kartoffelfäule besser überstanden als viele andere Familien in der Provinz Leinster, und zwar aus dem einfachen Grund, weil alle Daltons außer der Familie von Marys Vater Christopher während der Heimsuchung ausgewandert waren.

»Meine Güte, Mary, deine Stopfarbeit geht so zäh voran, wie Melasse im Januar vom Löffel tropft«, stellte Siobhan Dalton fest, die vierzig Jahre auf dem Buckel hatte und keinen Tag jünger aussah als sechzig. Sie beugte sich über den großen eisernen Kessel und kostete die salzige Brühe, in der die vielen Kartoffeln, die wenigen Rüben und das zu kleine Stück Lammfleisch brodelten, die zusammen mit gesäuertem Brot ihr Abendessen bilden würden. Mary wurde aus ihren Träumen gerissen, stellte hastig den übervollen Korb mit zerlöcherten Socken, die ihrem Vater und den vier Brüdern gehörten, neben sich auf den Lehmboden und ging zu ihrer Mutter. Das Mädchen war hochgewachsen und schlank, doch Gesicht und Körper waren angenehm gerundet.

»Laß mich das machen, Mama, die Socken kann ich auch nach dem Abendessen stopfen. Du solltest dich ein bißchen hinlegen.« Mary strich sich geistesabwesend das Haar aus dem Gesicht, während sie ihrer Mutter den Löffel aus der Hand nahm.

»Ja, Kind, ich werde bald genug liegen müssen und das für lange Zeit.« Marys Mutter richtete sich mühsam aus der gebückten Haltung am Kessel auf. Die Tochter wußte sehr wohl, daß die ältere Frau die Geburt des Kindes, das sie unter dem Herzen trug, vielleicht nicht überleben würde. Es sollte, wie Mary mit der Genauigkeit einer Hebamme ausrechnete, in sechs Wochen zur Welt kommen. Im Gegensatz zu allen bisherigen Schwangerschaften ihrer Mutter schien diese jeden Funken Lebenskraft der von Haus

aus schwachen, arthritischen Frau aufzubrauchen, und Mary beschlich bei dem Gedanken an die bevorstehende Entbindung ein bedrückendes Gefühl.

»Du bist ein braves Mädchen, Mary«, lobte sie Siobhan. »Es ist schrecklich traurig, sich vorzustellen, daß du vielleicht die ganze Verantwortung übernehmen mußt, wenn das Kind zur Welt kommt.«

Gleich würden Frank, Paddy und Dev zur Doppeltür hereinstürmen, durchtränkt vom Geruch nach Erde und Schweiß. Sie würden gemeinsam mit ihrem Vater Christopher ohne ein freundliches Begrüßungswort zum Tisch stürzen und die gewaltigen Mengen von Suppe und Kartoffeln verzehren, die ihnen die Kraft gaben, zu pflügen und zu arbeiten. Rory würde irgendwann danach erhitzt und rußig erscheinen und penetrant nach Schmiede riechen. Außer für Rory, von dem Mary wußte, daß auch er gern träumte, hatte sie für ihre Brüder wenig übrig.

»Heute abend brauche ich das Essen«, verkündete Christopher, während er sich das grobe Baumwollhemd in die Hose stopfte. »O'Leary, diese Plage von einem Aufseher, wird in einer Woche die Pacht kassieren, und deshalb muß morgen noch eine Menge Arbeit geleistet werden.« Die übrigen grunzten zustimmend. Mary und Siobhan verteilten das dampfende Stew mit dem Schöpflöffel, füllten Teller und Tassen, während die schier bodenlosen Mägen langsam voll wurden; die Frauen schlangen ihre Nahrung im Stehen hinunter, wenn sie zwischendurch einen Augenblick Zeit fanden.

»Setz dich, Mama, bevor du umkippst!« flüsterte das Mädchen ihrer schwächlichen Mutter zu. »Ich werde den Tisch abräumen und den Tee einschenken.«

»Du bist ein braves Mädchen, Mary.« Die Worte ihrer Mutter klangen mechanisch, obwohl Mary wußte, daß sie liebevoll gemeint waren, aber Siobhan war einfach zu müde zum Sprechen.

Seit Siobhan Dalton erwachsen geworden war, war sie ständig schwanger gewesen. Der endlose Sexualzyklus der armen Katholiken, ein sich immerfort wiederholender Alptraum von Schwangerschaften, Geburten oder Fehl- und Totgeburten, war vom Tag ihrer Hochzeit an ihr unausweichliches Los gewesen. Die Kirche ermutigte zum Beischlaf als Mittel der Fortpflanzung, um weitere kleine Katholiken in die Welt zu setzen, während sie das Geschlechtliche an sich als Sünde betrachtete; aber die erbarmungslose Kälte der Abende in Irland und das Fehlen anderer Vergnügungen im harten Leben der Bauern führten zu einem Maximum an Schwangerschaften, und trotz der übertriebenen Ermahnungen gegen die Sinneslust praktizierten sie die Leute dennoch.

Der Dorfarzt hatte Siobhan empfohlen, weitere Schwangerschaften zu vermeiden, denn die Gefahr für sie war beträchtlich, und sie hatte insgeheim gehofft, daß Christopher Verständnis zeigen würde. Der Geschlechtsverkehr war für die überarbeitete Frau meist eine lästige Pflicht, kaum aber Lust gewesen. Sie hatte eine Vernunft-, keine Liebesehe geschlossen; die Folgen der körperlichen Vereinigung, die sie in ihrer Jugend als recht angenehm empfunden hatte, waren ihr im Laufe der Jahre über den Kopf gewachsen. Wenn Siobhan eine Möglichkeit gefunden hätte, den Verkehr zu vermeiden, ohne ihren Mann oder die Kirche vor den Kopf zu stoßen, hätte sie es gern getan.

Siobhan und Mary räumten das Geschirr ab, die beiden Frauen spülten und trockneten das häßliche Gebrauchsgeschirr und trugen den schweren Trog zur Haustür, um seinen Inhalt in den kleinen Blumengarten zu kippen. »Als hätte eine Pflanze in Irland jemals an Wassermangel gelitten!« pflegte die Mutter zu Mary zu sagen, während sie das Spülwasser auf den bereits durchfeuchteten Boden schütteten. Dann nahm jede den ihr gebührenden Platz am Kamin ein, Mary mit einem Schoßvoll Näh- und Stopfarbeit, Siobhan mit einem Schoßvoll Strickarbeit, denn sie konnte innerhalb von zwei oder drei Tagen einen ganzen Sweater mit wunderbaren Mustern vollenden; ihre Finger flogen nur so, ihre Nadeln klapperten, und sie zählte die Maschen für komplizierte Muster, um die sie die anderen Frauen beneideten. Wenn die Männer nach Tee oder Tabak verlangten, brachten ihnen die Frauen dies, sonst gab es wenig Bewegung in dem kleinen Haus.

Rory saß ganz nahe beim Feuer und las in dem schwachen, unzureichenden Licht; die drei anderen waren kurz nach dem Abendessen ausgegangen, um ihre Freunde zu treffen.

»Ich habe ein neues Buch für dich, Mary«, flüsterte Rory, denn sein Vater war nicht damit einverstanden, daß sie ihre Zeit mit Lesen vergeudeten. »Es ist von einer Frau namens Brontë. Die

Dame in der Bibliothek meinte, es sei ein schöner Roman, deshalb habe ich ihn dir mitgebracht.« Mary nahm ihn dankbar entgegen. Sie wußte, daß das Interesse ihres Bruders für Literatur sich auf revolutionäre Traktate und Seeabenteuer beschränkte. Sein Traum waren Abwechslung und Abenteuer, aber beide klammerten sie sich verzweifelt an die Möglichkeit eines anderen Lebens: er mit Leidenschaft und Zielstrebigkeit, sie mit einer Art sehnsuchtsvoller Hoffnung, daß einmal ihre Zeit kommen und sie dann bereit sein würde.

Mary schleppte den Gedanken an den Tod ihrer Mutter mit sich herum wie einen Steinblock.

Das Baby, wenn man das armselige, quäkende Geschöpf aus dem Leib ihrer Mutter mit diesem freundlichen Wort bezeichnen konnte, war wenige Minuten nach seiner Geburt gestorben; die Nabelschnur, die um seinen Hals geschlungen war, hatte es erwürgt.

Nun sah Mary zu, wie der einfache Kiefernholzsarg und der winzige, daran befestigte Kindersarg langsam in die Erde gesenkt wurden. Ein kalter, feuchter Wind peitschte ihren Schal beinahe schmerzhaft um ihren Körper und drückte den einfachen Rock an ihre Knöchel.

»Asche zu Asche und Staub zu Staub... in der unfehlbaren sicheren Gewißheit der Auferstehung des Leibes...«, und so weiter und so fort. Das endlose Beten erschien ihr unpersönlich und auf groteske Weise sinnlos.

»Komm mit uns nach Hause, Mary! Du kannst nicht hier in der Nässe draußen bleiben, Mädchen. Du wirst dir noch den Tod holen.« Rory zupfte seine Schwester an der Schulter, der Wind drückte die Worte rauh in seinen Mund zurück. Sie starrte ihn tränenblind an, ohne ihn richtig zu sehen.

»Ich lasse mich von ihnen nicht auch begraben, Rory, ich nicht!«

»Nein, Mary, daran brauchst du jetzt nicht zu denken.« Von all ihren Brüdern war der untersetzte Schmied der einzige, der verstand, wovor sie Angst hatte.

5

Michael Harcourt Hartington war der Rebell der Familie. Daß der Sohn einflußreicher Adliger mit den irischen Bauern auf seinem Familienbesitz freundschaftlich verkehrte, war mehr als beispiellos, es war geradezu erschreckend. Dieser Meinung waren zumindest Lady Geraldine und sein Bruder Randolph. Sir Jeffrey fand zwar den ständigen Umgang seines jüngeren Sohnes mit den Pächtern auf dem Gut ein wenig unstandesgemäß, schenkte jedoch Michaels seltsamer Vorliebe für seine Untergebenen wenig Beachtung, denn er war sicher, daß es sich nur um das aufrührerische Verhalten eines jungen Mannes handelte, der sich gegen die Kandare wehrte.

Alle Bilder, in denen Sir Jeffreys dachte, hatten mit Pferden zu tun, denn sie waren seine Leidenschaft und sein Spleen. Er züchtete sie, zog sie auf, ließ sie an Rennen teilnehmen, wettete auf sie, gewann und verlor ihretwegen große Vermögen und schenkte ihnen beträchtlich mehr Zuneigung und Verständnis als seiner Frau und seinen Söhnen.

»Michael stößt sich nur die Hörner ab, Geraldine«, erklärte er entschieden, wann immer Lady Geraldine ihn auf das eigentümliche Verhalten ihres Sohnes aufmerksam machte. »Man kann einen jungen Mann nicht am kurzen Zügel halten, meine Liebe. Wir wollen doch nicht seinen Willen brechen, oder?«

Ungeachtet der Ansicht seiner Frau über dieses Thema hielt Sir Jeffrey Michael für einen prächtigen Burschen. Er war stark und männlich, intelligent und geschickt, und er verstand es, mit Pferden umzugehen.

Sir Jeffrey verbrachte einen beträchtlichen Teil seiner Zeit in der schön getäfelten Bibliothek mit der Führung seiner Buchhaltung, die er haßte und die er gern vergessen hätte. Leider aber war Geld eine wesentliche Voraussetzung für die Befriedigung seiner Pferdeleidenschaft; denn mit der Pacht und dem Ertrag seiner Güter finanzierte er Pferde und Reisen, um noch mehr Pferde aufzutreiben, sowie die unzähligen anderen Kosten, die die Pferde verursachten – denn Pferde bildeten nun einmal den Mittelpunkt seines Lebens.

Sir Jeffrey war wirklich froh darüber, daß Randolph mit Zahlen umgehen konnte. Wenn der Junge von Oxford zurückkam, konnte er ihm das ganze leidige Geschäft bestimmt übertragen. Schließlich würde Randolph der nächste Earl von Rathconrath sein, dem eines Tages der ganze Besitz, die Bauern, Pferde und Schafe und Dörfer gehören würden. Eigentlich war es eine Schande, dachte Sir Jeffrey, als er sich einmal mit der Zukunft seiner Söhne beschäftigte, daß Randolph die Pferde bekam. Es wäre besser, wenn sie Michael zufielen, denn der Junge wußte ein schönes, kräftiges Pferd auf den ersten Blick zu schätzen.

Manchmal dachte Sir Jeffrey philosophisch, daß Michael ein sportlicherer Earl geworden wäre als sein Bruder Randolph. Das hatte er im Laufe der Jahre oft überlegt, obwohl er im Prinzip uneingeschränkt an die traditionelle Erbfolgeregelung glaubte, denn es hatte keinen Sinn, einen schönen alten Besitz wie Drumgillan in kleine Ländereien aufzuteilen und sie mehreren Söhnen zu überlassen. Man konnte gar nicht abschätzen, wohin eine so unvernünftige Politik führen würde. Michael würde seinen Weg machen, dafür wollte Sir Jeffrey schon sorgen. Trotzdem bedauerte er, daß der Junge nicht als erster zur Welt gekommen war.

Abgesehen vom ausgeprägten Geschäftssinn, gab es nicht viel an Randolph, das Sir Jeffrey zusagte, denn der Junge war sträflich gemein. Sir Jeffrey hatte einmal gesehen, wie er den Zaum eines Pferdes absichtlich so angezogen hatte, daß er tief in die empfindlichen Lippen des Tieres eingeschnitten hatte, so daß sie aufrissen und bluteten, und das sadistische Grinsen auf dem Gesicht des Jungen rief bei seinem Vater Übelkeit hervor. Er hatte Randolph für dieses böse Vergehen gründlich verprügelt. Der Vorfall blieb ihm im Gedächtnis haften, und er hatte seinen Sohn nie wieder aufgefordert, sich mit Pferden zu befassen. Man kann einen Mann sehr gut nach der Art beurteilen, wie er mit einem Pferd umgeht, behauptete Hartington immer, ob er freigebig oder knickerig, schwach oder stark, anständig oder verschlagen, feinfühlend oder derb ist: Setze einen Mann auf ein Pferd, und du wirst in wenigen Minuten wissen, was er wert ist.

Solche Gedanken erfüllten Sir Jeffrey mit selbstgefälliger Befriedigung; es war tröstlich zu wissen, daß man Menschen leicht durchschauen konnte.

6

Mary schwenkte fröhlich den kleinen Eßkorb, während sie über den frühlingsgrünen Rasen zum Stall lief, um Rory das Mittagessen zu bringen, das er versehentlich vergessen hatte. Das abgenutzte Blechgefäß, das sie trug, enthielt eine Scheibe kaltes Lammfleisch und zwei dicke Scheiben grobes Weizenbrot, eine herzhafte, wenn auch reizlose Zusammenstellung.

An einem solchen Tag machte das Leben Freude, vor allem außerhalb des kleinen Hauses, in dem sie sich seit dem Tod ihrer Mutter beengt und wie in einem Käfig fühlte. Sie war siebzehn Jahre alt, groß, geschmeidig und vollbrüstig. Jeden Morgen erwachte sie mit dem Gefühl, vor einer unvorstellbaren Überraschung zu stehen, und ging jeden Abend enttäuscht zu Bett, weil ihr das Glück nicht begegnet war, das sie so zuversichtlich erwartete.

Mary rief Rory immer schon draußen vor den prächtigen Stallgebäuden, und ihr Vater hatte oft behauptet, daß ihre melodische Stimme die Vögel von den Büschen locken könne. Als ihr Bruder nicht sofort antwortete, rannte sie durch die mächtigen Torbogen in den kühlen Stall. In ihrer Überschwenglichkeit war sie nicht darauf gefaßt, direkt Michael Hartington in die Arme zu laufen, der gerade mit raschen Schritten den Stall verließ. Sie war zutiefst verlegen, weil sie den jüngeren Sohn Seiner Lordschaft beinahe über den Haufen gerannt und dabei das Eßgefäß in das schmutzige Stroh des Stalles hatte fallen lassen, aber viel ärger war ihre Bestürzung, als Michaels starke Arme sie festhielten, damit sie nicht neben dem Essen landete. Mary errötete tief und blickte in die belustigten Augen des hübschesten jungen Mannes, den sie je gesehen hatte. Infolge ihrer Verwirrung und des unerklärlichen Klopfens in ihrer Brust hielt sie still, und seine Augen hielten ihren Blick fest.

Michael hatte Erfahrung mit schüchternen jungen Damen, hielt Mary ein wenig länger als notwendig in seinen Armen, drückte ihren Busen leicht an seine Brust und gab sie schließlich schwungvoll frei.

»Und mit wem habe ich das Vergnügen, meine Schöne?« fragte er mit einer Stimme, die sie eigenartig erregte.

»Ich bin Mary Dalton, Sir. Der Schmied ist mein Bruder, und ich bringe ihm sein Mittagessen, aber ich fürchte, es ist jetzt schmutzig geworden.« Sie blickte unglücklich auf die verstreut herumliegende Mahlzeit.

Der betroffene Blick rührte Michael, denn er wußte, daß Lebensmittel für die Pächter kostbar waren.

»Sehen Sie, Mary, es ist gar nicht so schlimm. Wir alle müssen, bis wir sterben, ziemlich viel Staub schlucken, und das hier wird keinen Teelöffel voll von Rorys Anteil ausmachen.«

Das Mädchen nahm die bescheidenen Reste dankbar aus der Hand des jungen Mannes entgegen und bemühte sich sehr, nicht in seine grünen Augen zu blicken.

»Danke, Eure Lordschaft. Ich bedaure es über alles, daß ich Sie beinahe umgestoßen habe. Mein Vater würde es mir nie verzeihen, wenn er wüßte, daß ich so ungeschickt war.«

»Nein, nein, Mary, es war ausschließlich meine Schuld. Ich muß lernen, die Augen aufzumachen. Ich bitte ergebenst um Verzeihung. Wirklich.«

Die Entschuldigung war von einem offenen, freimütigen Lächeln begleitet. Mary erwiderte das Lächeln schüchtern und reichte Rory, der das Gespräch mit wachsendem Unbehagen beobachtet hatte, das unansehnliche Mittagessen. Der alte Brauch des *ius primae noctis* hatte so viele bäuerliche Jungfrauen in die Betten der ländlichen Lords geführt, daß sich der Bruder eines so augenscheinlich vor Gesundheit strotzenden Mädchens bei der Szene, die sich da abspielte, kaum wohlfühlen konnte; auch wenn Mary nichts von Sex wußte, von Rory konnte man nicht das gleiche behaupten. Er räusperte sich, bedeutete seiner Schwester mit einem vielsagenden finsteren Blick, zu verschwinden, riß ihr das Gefäß grob aus der Hand, was bei ihm ein ungewohntes Verhalten war, und kehrte zu seiner Arbeit zurück.

Mary spürte, daß sie Rory unbewußt verärgert hatte, und weil sie nicht wußte, was von einem Mädchen in Gegenwart eines wirklichen Gentlemans erwartet wurde, machte sie einen unbeholfenen, aber graziösen Knicks und verließ beinah im Laufschritt den Stall.

Michael beobachtete nachdenklich ihren Abgang. Das Mädchen besaß eine unerklärliche Anziehungskraft, die seine Neugier reizte. Sie wirkte nicht wie ein Bauernmädchen, in ihrer Haltung lag Anmut, und ihr intuitiver Knicks hätte eher in ein Herrenhaus als in eine Hütte gepaßt. Er wollte sie wiedersehen.

Der Gedanke an das erschrockene Mädchen im Stall ging Michael nicht aus dem Kopf. Deshalb freute er sich, als er sie etwa eine Woche nach ihrer ersten Begegnung eines Morgens über die Wiese gehen sah.

»Mary!« rief er hoch zu Pferd dem Mädchen zu, während sie über die breite grüne Fläche schritt und das hohe Gras durch ihre Finger gleiten ließ. »So heißen Sie doch, nicht wahr?«

Sie blickte schüchtern auf, lächelte ihm aber zu. »Mary Dalton, Sir. Wir haben uns im Stall gesehen.«

Er hielt das stattliche Pferd an und stieg ab. Die Zügel lässig in der Hand, ging er neben ihr her und paßte sich ihren Schritten an.

»Natürlich erinnere ich mich. Ich freue mich, Sie wiederzusehen. Ich hatte wirklich gehofft, daß wir uns wieder begegnen würden.«

Mary sah ihn fragend an, als wolle sie herausfinden, ob er sie verspottete, und dabei begegnete ihr Blick dem seinen wie damals im Stall. Sie konnte sich nicht erklären, warum diese Augen ein so seltsames Gefühl in ihr weckten.

Michael fühlte sich ebenso unsicher wie das Mädchen, und er versuchte, eine bestmögliche Gesprächseröffnung zu finden; instinktiv ahnte er, daß sie, wenn er das Falsche sagte, wieder flüchten würde wie seinerzeit im Stall.

»Wo wohnen Sie in Drumgillan, Mary?«

»Mein Vater ist Bauer. Er hat das Grundstück im Süden gepachtet und bestellt es mit meinen Brüdern. Mein vierter Bruder Rory ist der Mann, den Sie in der Schmiede gesehen haben. Er soll Schmied werden, denn von unserem kleinen Anwesen können nicht so viele Söhne leben.«

»Ihr Vater ist ein glücklicher Mann, Mary, weil er mit so vielen Söhnen gesegnet ist, die ihm bei der Feldarbeit helfen können.« Er wußte natürlich, daß es für einen Bauern keinen größeren Reichtum gab als Söhne und keine schlimmere Last als Töchter.

»Es wäre schön gewesen, wenn meine arme Mutter eine oder zwei Töchter mehr geboren hätte, die ihr bei der Hausarbeit geholfen hätten, Sir. Vielleicht wäre sie dann nicht schon seit zwölf Monaten unter der Erde.«

»Wissen Sie, wer ich bin, Mary?« Er stellte die Frage vorsichtig. Sie schien so seltsam verletzlich zu sein.

»Ja, Sir. Sie sind der jüngere Sohn Seiner Lordschaft. Jedermann in Drumgillan kennt Sie.« Ihre Augen blinzelten ein wenig, als sie ihn anblickte. »Sie sind derjenige, der sich mit den Leuten auf dem Land abgibt. Wir haben gehört, daß Ihre Mutter das nicht allzu gern sieht.«

Michael lachte. »Es gibt kaum etwas, was die ›Leute auf dem Land‹ nicht wissen, oder, Mary? Was haben Sie noch über mich gehört?« Seine Stimme klang kameradschaftlich, und sie begann sich freier zu fühlen; man konnte sich eigentlich mit ihm genauso unterhalten wie mit Rory, vorausgesetzt, sie blickte nicht unvorsichtigerweise in die verwirrenden Augen.

»Es heißt, daß Sie gut mit Pferden umgehen können, Sir«, sagte sie nachdenklich, »daß Sie ein besseres Herz haben als Ihr Herr Bruder und die Pächter auf Drumgillan weniger zu befürchten hätten, wenn *Sie* der Erbe Ihres Vaters wären.«

»Und was noch?«

»Angeblich machen Sie den Damen den Hof, Sir.«

Er lachte fröhlich. »Dann würde es Sie also nicht überraschen, wenn ich Ihnen einen Kuß raube.« Er griff selbstsicher nach ihr, doch ihr Gesichtsausdruck veranlaßte ihn innezuhalten, bevor er sie noch berührt hatte. In Marys Augen hatten in Sekundenschnelle Ungezwungenheit und Lachen tiefer Enttäuschung Platz gemacht. Sie wollte nicht mit ihm kokettieren, wie er angenommen hatte, sondern nur seine Frage beantworten. Er fühlte sich seltsam verlegen und ärgerte sich über seinen Mangel an Takt.

»Bitte, Sir«, sagte sie offen, mit freundlicher Zurückhaltung. »Das wäre nicht angebracht.«

»Tut mir leid, Mary. Ich hätte Ihnen gegenüber nicht so vorwitzig sein sollen; Sie haben ganz recht.«

Sie gingen weiter, nun ohne zu sprechen. Er fand es sehr komisch, daß dieses Bauernmädchen ihn so verwirrte. Er fühlte sich so unbehaglich, als hätte er in Gegenwart einer großen Lady etwas Ungehöriges getan.

7

»Wovon träumen Sie, Mary?« fragte Michael, als sie an einem Sommernachmittag auf der Wiese jenseits des Moors beisammen saßen.

»Von einem besseren Leben als dem, das meine Mutter hatte, Michael. Von der Liebe eines guten Mannes, von Kindern.« Sie zögerte, ehe sie fortfuhr. »Und davon, eine Lady zu sein.«

Sein Blick wurde bei ihrer Ehrlichkeit und Treuherzigkeit weich. Sie war für ihn eine ständig neue Offenbarung.

»Und was würden Sie tun, wenn Sie eine Lady wären?«

Sie dachte einen Augenblick nach. »Ich würde meinen Mann und meine Kinder lieben, genauso wie ich es als Frau eines Bauern halten würde, nehme ich an. Aber« – in ihren Augen blitzte plötzlich Mutwille auf – »ich würde mit Spitzen besetzte Seidenkleider und Strohhüte mit Blumen tragen. Meine Kinder würden eine gute Schule besuchen, und ich würde eine Bibliothek mit allen Büchern haben, von denen ich je geträumt habe... und meinen Bruder Rory würde ich nach Amerika schicken und ihm dort eine Farm kaufen.« Sie unterbrach sich, um einen Augenblick nachzudenken, ob ihre Wunschliste vollständig war, dann fuhr sie fort: »Ich würde in einem großen, schönen Haus wie Drumgillan leben mit so vielen Räumen, daß jeder sein eigenes Wohn- und Schlafzimmer hätte. Ich würde eine Haarbürste mit Silbergriff und goldene Schnallen an meinen Schuhen haben!« Sie schloß schwungvoll und lachte leise, als wolle sie ausdrücken, daß dies alles ein unmöglicher Traum war und sie schon beim Erzählen verlegen wurde.

Nach ihrer ersten Begegnung hatte Michael alles in die Wege geleitet, um das Mädchen zu treffen, so oft er es unauffällig einrichten konnte. Er erfuhr von Marys widerstrebendem Bruder, wann sie ihre Arbeiten erledigte, und er sorgte dafür, immer am richtigen Ort zu sein, wenn es die Zeit zuließ.

Mary eröffnete ihm eine neue Welt, an deren Rand er sich sein Leben lang bewegt hatte. Sie stellte Irlands Knochen und Sehnen dar, sie war für ihn das unstandesgemäße Landvolk, das schon immer seine wilden Vorstellungen gefangengenommen hatte. Seine Mutter und alle Frauen, die er kannte, verstanden sich auf weibliche Spitzfindigkeiten, Manipulationen und sexuelle Intrigen. Sie wurden mit dem strategischen Geschick eines Generals geplant, der seine Truppen für die Schlacht aufstellt. Bei Mary war das nicht der Fall.

Ihre Weiblichkeit umgab sie wie eine selbstverständliche Aura. Sie war ein weibliches Wesen ohne Arg, ein Phänomen, das er nie zuvor für möglich gehalten hatte. Das Sonderbarste an ihr war, daß sie sich ihrer weiblichen Ausstrahlung, die ihm so stark und ausgeprägt erschien, gar nicht bewußt war.

Wenn es die Umstände erlaubten, sprachen sie über alle möglichen Dinge.

»Wovon träumen denn Sie, Michael? Sie leben doch bereits in einem Traum?« Sie erwiderte seine Frage mit einer Gegenfrage, denn sie konnte sich nicht vorstellen, was ein Mann, der bereits alles besaß, sich noch wünschen sollte.

Er dachte daran, was für eine leichtfertige Antwort er auf diese Frage geben würde, hätte sie ihm ein Mädchen seiner eigenen Klasse gestellt. Aber Mary erfuhr von ihm nie etwas anderes als die ungeschminkte Wahrheit.

»Mein Leben war vom Augenblick meiner Geburt an vorbestimmt, Mary. Ich sollte als getreue Verkörperung unserer Familienideale aufwachsen: über die gleiche Art von Humor lachen, die gleiche Monarchie bewundern, die gleiche Universität besuchen, die Landbevölkerung verachten, genau wie sie es tun. Aber für mich sah es anders aus. Solange ich mich erinnern kann, habe ich mich bei den Pächtern wohler gefühlt als bei meiner Familie und ihrem Freundeskreis. Ich liebe das Leben, die Natur und die Erde mehr als sie. Ich bin aus gröberem Holz als sie; kräftiger... freier... wilder!« Er lachte, konnte sich nicht näher erklären und merkte, daß er es noch nie versucht hatte.

»Sie sind genauso, wie Sie sein sollten«, sagte Mary schüchtern. »Einfach vollkommen, so wie Sie sind, Sir.« Sie sah ihn dabei nicht an. Er streckte die Hand aus und schob zärtlich eine Locke aus ihrem Gesicht.

»Ich bin weit davon entfernt, vollkommen zu sein. Aber wenn ich mit Ihnen spreche, verstehe ich die Dinge besser. Die Welt... das Universum... mich selbst. Besonders mich. Sie machen alles irgendwie klarer.«

Mary blickte in sein Gesicht – er konnte nicht mehr als zwanzig oder einundzwanzig sein, aber er wirkte älter. Er verkörperte das Ideal, von dem sie immer geträumt hatte, daß sie es in einer besseren Welt als der ihren finden würde. Er öffnete ihrer Phantasie Tür und Tor zu neuen Möglichkeiten; einem Leben außerhalb von Drumgillan, ohne die Armut, jenseits ihrer gesellschaftlichen Stellung.

Sie schaute ihn gern an. Daß jemand wie er sie lieben könnte, war ein unmöglicher, unwahrscheinlicher Traum. Aber wenn Mary keine Träumerin gewesen wäre, hätte sie nie überlebt.

»Haben Sie je daran gedacht, im großen Herrenhaus zu arbeiten, Mary?« Michael fragte sie, um das Thema zu wechseln und von den Träumen wegzukommen, denn seine Träume begannen sich merkwürdigerweise mit diesem vitalen Mädchen an seiner Seite zu befassen, und das war Wahnsinn.

»Wie könnte ich das tun, Michael, da doch mein Vater und meine Brüder mich brauchen, um ihre Mahlzeiten gekocht und die Stopfarbeit erledigt zu bekommen?«

»Ich weiß nicht. Ich dachte nur, es wäre eine Möglichkeit, uns öfter zu sehen.« Sie unterschied sich so sehr von ihren Altersgenossinnen. Das Leben wäre für ihn einfacher gewesen, wenn er das Mädchen bloß zu verführen gewollt und die Affäre damit beendet hätte, aber das kam jetzt nicht mehr in Frage, weil sie befreundet waren. Dennoch wäre es schön gewesen, sie in der Nähe zu wissen.

Mary sah den Mann fragend an. Sie hätte gern gewußt, was er vorhatte. Es konnte Rettung aus der Enge, es konnte Freiheit bedeuten. Die schmutzige Plackerei in ihrem Häuschen gegen die weniger schmutzige Plackerei im Herrenhaus einzutauschen, wäre ihren Wünschen sehr entgegengekommen. Und in Michaels Nähe zu sein...

Mary ließ das Vorhaben, als Dienstmädchen im Herrenhaus zu arbeiten, nach dem ersten Wutanfall, den ihr aufbrausender Vater bekommen hatte, fallen.

»Und was sollen deine Brüder und ich ohne eine Frau, die kocht und saubermacht, anfangen? Ich habe so etwas noch niemals in meinem Leben gehört: Ein Mädchen wie du will seine eigene Familie im Stich lassen!« Er brüllte und stapfte im Haus herum, bis die Teetassen auf der Anrichte klirrten. Mary mußte sich wortreich entschuldigen, daß sie so ein unerhörtes Ansinnen auch nur erwähnt hatte. Aber tief im Inneren dachte sie verzweifelt an eine Fluchtmöglichkeit.

Sie sehnte sich vor allem danach, sich in Michaels Nähe aufzuhalten. Alle ihre Träume konzentrierten sich auf diesen Mann. Und es gab noch einen Grund. Sie mußte aus eigener Anschauung erfahren, wie die Reichen lebten. Sie sehnte sich danach, ihre Anmut, ihre Haltung und ihr Benehmen kennenzulernen.

Es war ein reiner Zufall, der Mary die Möglichkeit zur Flucht bot, denn sie wußte aus bitterer Erfahrung, daß es unmöglich war, ihren Vater umzustimmen, wenn er sich etwas in den Kopf gesetzt hatte. Doch zu ihrer großen Verwunderung kam ihre Erlösung, als sie achtzehn Jahre alt war. Ihr Vater verkündete, daß er eine neue Frau nehmen werde: Eileen Casey, eine Witwe aus dem Dorf. Eileen brachte als Mitgift zwei Kühe, drei Schweine, viele schöne Stickereien und das herrischste Auftreten mit, das Mary je erlebt hatte.

Mary mußte diesen Hausdrachen ständig mit ihrer sanften Mutter vergleichen, und die Galle kam ihr bei jedem neuen Angriff auf Siobhans geheiligtes Andenken hoch.

»Ich habe über dein Vorhaben nachgedacht, eine Stellung im Herrenhaus anzunehmen, Mary«, äußerte ihr Vater nicht ganz unerwartet eines Abends, bald nachdem Eileen die Herrschaft über die Küche übernommen hatte. »Und ich finde, du solltest es tun, wenn es dich glücklich macht.«

Mary war über die Aussicht, freizukommen, ebenso erleichtert, wie sie über die Scheinheiligkeit ihres Vaters entrüstet war.

»Ich werde gehen, sobald sie mich nehmen«, antwortete sie würdevoll und versuchte, das triumphierende Lächeln auf Eileens Gesicht zu übersehen, während sie sich gleichfalls lächelnd über ihre Stopfarbeit beugte. Sie zählte die Sekunden, bis sie Michael diese wunderbare Neuigkeit mitteilen konnte.

Die Arbeit auf Drumgillan hörte eigentlich nie auf; es gab nur einen freien Tag im Monat und eine Stunde am Sonntag für die Sechsuhrmesse. Aber Mary hatte noch nie eine solch frohe und heitere Zeit erlebt. Sie befand sich in Michaels Nähe, sie lernte, was sie anstrebte, sie war frei.

Wann immer sie sich für einige Augenblicke von ihrer Arbeit

im Herrenhaus wegstehlen konnte, um mit dem Mann beisammen zu sein, für den sie immer heftiger Liebe empfand, erfüllte sie ein köstliches Gefühl. Wann immer es ihr möglich war, ihn eine Stunde oder einen Tag lang zu sehen, legte sich Mary den Schal um die Schultern und flog förmlich dahin, während ihr Rock im peitschenden Wind flatterte, um seine tröstliche Gegenwart zu genießen. Sie hatte sich einige Male sanft von ihm in die Arme nehmen lassen. Das reichte, um die Begierden zu erkennen, die die Umarmung in ihnen beiden auslöste.

Fast vom ersten Augenblick ihrer Bekanntschaft an hatte Mary für Michael ein ernstliches, wenngleich erfreuliches Problem dargestellt. Er begehrte sie mehr, als er alle anderen Frauen begehrt hatte, die in sein Leben getreten waren oder sein Bett geteilt hatten. Sie erschien ihm aber auch als unsagbar anziehende Anomalie, als eine Frau, mit der er befreundet sein konnte.

Aber die Frage, wohin diese Freundschaft führen würde, bewegte und quälte ihn. Es war undenkbar, sie zu heiraten, und ebenso undenkbar, mit ihr ohne den Segen der Kirche ins Bett zu gehen; er konnte sie bestimmt verführen. Sie war zu unerfahren, um zu wissen, wie sie ihre Zuneigung vor ihm verbergen sollte, aber gerade ihre Verwundbarkeit veranlaßte ihn, sich als ihr Beschützer zu fühlen und sich wegen seines überwältigenden Verlangens nach ihr Vorhaltungen zu machen.

Er zog sogar in Betracht, die seltsame Beziehung abzubrechen, und er suchte mehrmals, wenn er von Mary erregt und durch sein Dilemma frustriert war, entgegenkommende Damen in der Nachbarschaft auf, deren Dienste ihn früher erfreut und entspannt hatten. Nun aber wollte er sie nicht mehr. Zu oft ertappte er sich dabei, daß er von Marys weichen, weißen Brüsten, ihrem widerspenstigen roten Haar, ihren traurigen Augen und ihrem Lachen träumte. Es war ein Problem, für das es keine Lösung gab, und er brütete immer länger darüber, wenn er über seine Zukunft nachdachte.

8

Mehrere Monate, nachdem Mary ihre Stelle in Drumgillan angetreten hatte, ritt sie eines Tages mit Michael gemeinsam aus, was ihnen schon bei einigen früheren Gelegenheiten gelungen war. Die Sonne, die in Irland nie stark genug ist, um sich gegen die schiefergrauen Wolken ganz durchzusetzen, hatte sich plötzlich verdunkelt und war von einer vorgelagerten Haufenwolke verdeckt. Große Regentropfen begannen auf Pferde und Reiter zu prasseln, und Mary, die die kühle Nässe liebte, streckte die Hand nach Michael aus, als wolle sie die reine Freude des beginnenden Gewitters mit ihm teilen. Während eines Gewitters überkam sie immer seltsame Heiterkeit; Donner und Blitz erfüllten sie mit überschäumender Energie.

»Mary«, rief ihr Michael zu, »kaum eine Meile von hier steht eine Hütte. Sie wurde während der Hungersnot verlassen und steht seit meiner Jugendzeit leer. Komm, wir sollten beim Regen nicht draußen bleiben, auch wenn es dir gefällt; wenn deine Kleider durchnäßt sind, wird dir beim Reiten kalt.«

Mary nickte. Der feuchte Wind peitschte ihr das Haar um die Wangen. Sie ritt ein Pferd ihres Vaters, denn es war ihr freier Tag in diesem Monat, und sie war am Morgen unter dem Vorwand, ihre Familie zu besuchen, nach Hause gegangen. In Wirklichkeit wollte sie sich das Tier ausborgen, um mit Michael auszureiten, denn sie hatte Angst vor dem Klatsch, wenn sie versuchte, sich ein Pferd aus dem Stall von Drumgillan auszuleihen.

Mary war geritten, seit sie ein kleines Kind war; dafür hatten ihre vier Brüder gesorgt, und die Freude daran hatte sie immer erwärmt. Heute ließen der feuchte Wind in ihrem Haar, die Elektrizität des heraufziehenden Gewitters – einfach alles hieß ihre Sinne in bestimmter Erwartung verharren. Die beiden trieben die Tiere zum Galopp an und lenkten sie rasch durch die dunkelwerdende Gegend zur schützenden Hütte. Sie stiegen ab, banden die Pferde in einem kleinen Verschlag an der Außenseite an und hasteten Hand in Hand ins Innere. Die Dunkelheit und Feuchtigkeit im kleinen Haus schreckten die Eindringlinge nicht ab, denn die Behausung wirkte traulich und leer.

»Hier steht eine Kiste mit Torf für das Feuer, Mary, und eine

Streichholzschachtel, um es anzuzünden, ist auch da: Ich komme manchmal hierher, wenn ich mich ganz zurückziehen will«, erklärte Michael. »Ich habe sogar ein paarmal hier geschlafen. Es ist ein angenehm ruhiger Ort zum Nachdenken. Im Schrank sind ein paar Decken. Vielleicht solltest du dir eine umhängen, bis das Feuer genügend wärmt, damit du dich nicht erkältest.«

Sie sah zu, wie er sich über die Feuerstelle bückte, während er mit seinen großen Händen geschickt zu Werke ging. Seine kräftigen Hinterbacken strafften den Gabardine seiner Breeches, da er vor dem Herd hockte. Als er sich erhob, zog er seine durchnäßte Jacke und das Hemd aus, das an seiner Haut klebte. Sie hatte noch nie etwas so Schönes wie diese nackte Brust und den muskulösen Rücken gesehen, und die Spannung in ihrem Inneren wuchs bedenklich. Er nahm die andere Decke aus dem Schrank und schlang sie um sich.

Michael lächelte über ihre Befangenheit, hielt die Decke wie einen Umhang und breitete die Arme aus. »Komm, Mary«, forderte er sie auf, »laß dich in die Arme nehmen und wärmen.« Sie ließ sich fast unwillkürlich in den Schutz seiner kraftvollen Arme und in die behagliche Wärme ziehen; es gab eben Dinge, gegen die sich ein einfacher Sterblicher nicht zu wehren vermochte. Die Berührung seiner Haut mit ihren regennassen Brüsten und Armen war unaussprechlich süß und sinnlich.

Er beugte den Kopf zu dem ihrem hinunter, wie sie es fast erwartet hatte, und seine Lippen fanden leicht und sicher die ihren. Sie hatte nie geglaubt, daß die Lippen eines Mannes so weich und zugleich hart sein konnten. Seine Zunge suchte irgendwie Eingang in ihren Mund, und das samtige Eindringen verschaffte ihr erstmalig die Erkenntnis, wie sie den Kuß erwidern solle. Seine sehnige Hand verflocht sich in ihr Haar und glich ihren Kopf und Mund in schwindelerregender Vollkommenheit seinem Rhythmus an; die andere Hand schien überall zugleich zu sein, berührte ihre Wangen, ihren Hals, die Schulter, die Rundung ihrer Brüste. Sie wußte, daß sie ihm diese Freiheiten eigentlich nicht erlauben durfte, aber wie sonst hätte sie lernen sollen, ihm zu gefallen.

Er küßte ihre Lippen, ihre Augen, ihre Ohren und die Grube unter ihrer Kehle. Ihr Geist war in Aufruhr, ihr Körper nicht minder; sie wußte, daß sie ihn jetzt zurückstoßen mußte, aber wie konnte sie dazu fähig sein? Er trieb sie mit seinen Händen und Lippen zum Wahnsinn, und es war wundervoll. O Gott, wie groß war ihr Drang, nur zu fühlen und nicht weiter zu denken. Sich ganz dem Gefühl hinzugeben, war ihr ein verzweifeltes Bedürfnis. Was konnte sie denn schon verlieren außer ihrer Unschuld? Ein geringer Preis für das, was sie empfand.

Michael vergrub seinen liebevollen Mund mit einem langen, entschlossenen Seufzer in Marys wirrem Haar. Seine Arme legten sich in einer mehr schützenden als verführerischen Geste um ihren Körper, und er drückte das beinahe willenlose Mädchen in einer so heftigen Umarmung an sich, daß sie deutlich und verwundert die gewaltige Steifheit spürte, die sich unter dem Stoff seiner Breeches aufgerichtet hatte. Nun wußte Mary, daß sie geliebt wurde. Nur Liebe konnte ihn daran gehindert haben, sie zu nehmen. Sie hätte ihm keinen Widerstand geleistet, sie hätte ihm nichts verweigert, was sie ihm zu geben imstande war.

»O Mary«, flüsterte er schließlich in ihr Haar. »Was sollen wir nur tun? Wir bewegen uns auf sehr gefährlichem Boden.«

»Es fällt mir schwer, in deinen Armen an irgendeine Gefahr zu denken, Michael. Ich habe so lange von dieser Umarmung geträumt.«

Er bestaunte wehmütig diese vollkommene Aufrichtigkeit des Mädchens, das er noch immer an sich drückte. Keine Frau seiner Gesellschaftsschicht hätte dies je einem Mann gestanden, der nicht von Heirat sprach. »Wenn ich dich doch für immer so halten könnte, Mary! Du gibst mir das Gefühl, daß du in meine Arme gehörst und sonst nirgendwohin.« Er sehnte sich danach, ihre Brüste in seinen Händen zu spüren, mit seinem Mund ihre süßen Brustwarzen zu kosten und sich in der Vollkommenheit ihres weiblichen Körpers zu verlieren. Er seufzte, denn er sah keinen Weg dorthin, der nicht einen nie wiedergutzumachenden Schaden angerichtet hätte.

Er hielt sie also fest, und beide sahen zu, wie der Regen in nebliges Nieseln überging. Im Schutz ihrer gemeinsamen Wolldecke sprachen und sprachen sie den ganzen Nachmittag lang. Beide sehnten sich verzweifelt nach der Berührung ihrer Hände und Lippen, aber beide waren von der Angst davor erfüllt, wohin so wonnevolle Berührungen unvermeidlich führen mußten.

»Es wird spät, Mary. Wir müssen zurückreiten.« Michael drückte sie an sich, als die Dämmerung einsetzte.

»Ja, Michael. Diese Nacht ohne dich wird bitter sein.«

»Du mußt wissen, Mary, daß ich mit dir kein leichtfertiges Spiel treibe. Du bist für mich keine flüchtige Liebelei. Ich weiß nicht, was ich unseretwegen unternehmen soll, aber ich muß eine Lösung finden.«

Sie antwortete nichts.

»Ich liebe dich nämlich.« Er sagte es sanft, als fürchte er, sie mit einem lauten Wort zu verletzen.

»Und ich dich auch, Michael«, erwiderte sie ohne zu zögern. »Das genügt mir jetzt; habe nur keine Angst!«

»Nein, Mary. Das genügt uns beiden nicht, und das ist unser Problem. Ich fürchte, wir wollen alles.«

Sie nickte traurig, während sie einander in dem winzigen Raum gegenüberstanden, nicht gehen wollten und dabei Angst hatten zu bleiben. Und beide bemühten sich, sich jede Einzelheit des anderen tief einzuprägen, um sie in der Zeit, die sie getrennt sein würden, im Gedächtnis zu behalten.

Er beugte sich ein letztes Mal zu ihr hinab, und sie verließen die einsame Hütte, gebannt von dem Gedanken, daß nun, da ein so intimer Zufluchtsort für sie bestand, ihr Geschick besiegelt war, was immer auch geschehen mochte.

9

Das Leben als Dienstbote war in Drumgillan sehr anstrengend. Mary arbeitete von vor Sonnenaufgang bis spät abends, wenn das Geschirr vom Abendessen gespült und einzeln in die Satinhüllen geschoben wurde. Manchmal betrachtete Mary die Porzellanteile mit großem Interesse, bevor sie sie für die Nacht in ihre weichgepolsterten Schutzüberzüge beförderte.

Die Köchin hatte ihr verraten, daß das Geschirr aus dem fernen Dänemark stammte. Es wurde *Flora Danica* genannt, Blumen aus Dänemark, und jedes Stück war von einem Künstler, der sein ganzes Leben damit verbrachte, eine einzige Blume zu vervollkommnen, handbemalt; Mary konnte sich nicht vorstellen, was so eine Tasse kosten mochte.

Die gewaltigen, fast bis zur Decke reichenden Fenster stellten

Marys Verbindung zur Außenwelt dar; das Haus auf dem lieblichen Hügel blickte auf sorgsam gepflegte, formschön gestaltete Gärten hinab und schließlich auf den See, eine blaugraue Kristallperle inmitten der smaragdgrünen Landschaft, die in der dunstverhangenen irischen Sonne schimmerte. Mary hatte gehört, daß Drumgillan von James Gandon, dem Architekten der berühmten Four Courts in Dublin, umgebaut worden war, und sie hatte das sichere Gefühl, daß dies stimmte.

Das schwere Silber, das sie pflichtgemäß einmal in der Woche putzte, bescherte ihr ein weiteres erhebendes Gefühl. Sie wußte, daß die anderen Dienstmädchen diese Beschäftigung lästig fanden, aber sie, die keine anderen Silbergegenstände als den Kelch in der Kirche von St. Boniface kannte, fand die Rokokoschnörkel, die Schwäne, Fasane und rätselhaften Verzierungen, welche die sattschimmernden Gefäße und Eßbestecke zierten, faszinierend. Und der Butler lobte sie, weil sie das reichverzierte Teeservice besser polierte als alle anderen Dienstmädchen.

Michael hatte zuerst über ihre übertriebene Bewunderung für die Gebrauchsgegenstände in seinem Elternhaus gelacht, doch auch er liebte die Schätze von Drumgillan. Später erzählte er ihr alles, was er über deren Herkunft wußte, und sie genossen indirekt die Reichtümer, die sie nie tatsächlich teilen würden.

Er erzählte ihr von den berühmten Stuckateuren, den Brüdern Francini, die nach Irland gekommen waren, um die Häuser der Reichen zu schmücken; Aubussonteppiche schmückten die Parkettböden vieler Räume, und allein der Gobelin an der Wand des Speisezimmers war ein Vermögen wert. Michael erklärte ihr, wie er gewebt worden war, und die gewissenhafte, schwierige Technik flößte ihr Ehrfurcht ein.

Die Pferde- und Hundebilder mit ihren endlosen Verfolgungsjagden, die überall an den Wänden hingen, gefielen Mary nicht, aber Arthur O'Connors Landschaften und die zarten, empfindsamen Pastellbilder von Healey begeisterten sie. Und als sie den Stich von Drumgillan in Thomas Miltons Buch von den Herrenhäusern sah, empfand sie glühenden Stolz, als würde das Anwesen ihr gehören.

Mehrere Wochen später war Michael auf dem Weg vom Stall zum Wohnhaus, als er deutlich die kultivierte Stimme seines Bruders, diesmal arrogant und zornig, aus der Nähe der Küche hörte.

Wie merkwürdig, dachte er, Randy hat sich doch nie um die Dienerschaft gekümmert, und ich hätte nie geglaubt, daß er die Küche überhaupt betritt.

Er erschrak, als er gleich darauf Marys leise Stimme hörte, die ängstlich und flehend klang. Es folgten zwei heftige Schläge, die in der Stille der Junidämmerung laut schallend zu vernehmen waren. Er sah das Mädchen, das sich mit schamrotem Gesicht die Schürze an die Wange preßte und durch den Küchengarten zur Weide lief. Die Köchin lief ihr bis zum Rand der Salatbeete nach und schrie etwas Unverständliches, verstummte aber, als Michael, den die seltsame Szene sehr überrascht hatte, die Küchentür erreichte.

Randolph hatte die Hände in die schmalen Hüften gestemmt und lächelte grausam, als die Köchin zurückgelaufen kam.

»Ich bitte Eure Lordschaft tausendmal um Vergebung«, flehte die korpulente Alte unterwürfig. »Ich werde es der jungen Närrin persönlich austreiben, dessen können Sie sicher sein.« Sie knickste ungeschickt, fiel beinahe hin und watschelte dann zur Seite, als sie Michael erblickte.

»Worum geht es denn, Randy?« Michael versuchte, unbeteiligt zu wirken. »Dieser Lärm weckt ja die Toten in der Familiengruft!«

Randolph grinste verschlagen. »Ich habe diese rothaarige Schlampe ertappt, als sie einen Silberlöffel aus dem Schrank stehlen wollte, und als ich sie am Handgelenk packte und ihn ihr entriß, hatte sie die Frechheit, sich gegen mich zu wehren. Ich mußte sie natürlich dafür bestrafen. Sie lief zur Küche, wo ich sie einholte und ihr mit Hilfe der Köchin ein paar Ohrfeigen gab. Sie wird nicht so bald wieder lange Finger machen!«

Er nahm sich gespielt gleichgültig eine Birne aus der Schüssel auf dem Tisch und begann uninteressiert an ihr zu knabbern; Michael mußte seinen Zorn über die Gemeinheit seines Bruders unterdrücken.

»Ich verstehe«, sagte er ruhig. »Und was wissen Sie darüber, Köchin?«

»Wir müssen das Mädchen hinauswerfen, Mr. Michael, denn das ist das dritte oder vierte Mal, daß Mr. Randolph ihr nachjagen muß, weil sie etwas angestellt hat.«

Michael hob ruckartig den Kopf, denn es dämmerte ihm, was

da vor sich ging. Warum, um Himmels willen, hatte Mary ihm nichts davon erzählt? Nein, natürlich konnte sie nichts von den Nachstellungen seines Bruders sagen, damit er nicht gezwungen war, etwas dagegen zu unternehmen. Randolph war vollkommen bedenkenlos, was Frauen betraf; er schien sie nicht sehr zu mögen, stellte ihnen aber dennoch oft nach. Es hätte Michael klar sein müssen, daß ein Mädchen wie Mary Randolphs Aufmerksamkeit nicht ewig entgehen konnte. Widerwillen erfüllte ihn bei der Vorstellung der Hände seines Bruders auf ihrem süßen Körper. Er wandte sich jäh ab und verließ die Küche. Randolphs spöttisches Lachen verfolgte ihn.

Michael wußte sofort, wohin Mary sich in einem solchen Augenblick wenden würde, denn die Hütte war ihr einziger Zufluchtsort; zornig lief er über das grüne Feld und durch den Sumpf zu dem Häuschen. Er fand sie zusammengekrümmt wie einen Embryo auf dem Bett neben dem Herd, wo sie lautlos schluchzte. Er drehte ihr Gesicht zur Seite und sah, daß es verschwollen und tränenüberströmt war. Sie versuchte, es vor ihm zu verbergen und vergrub es an seiner warmen, sicheren Brust.

»Mary, warum hast du mir nicht gesagt, daß Randolph hinter dir her ist?«

Sie blickte betroffen auf und schluchzte von neuem in seine Jacke. Er tätschelte ihren Kopf, als wäre sie ein Kind, bis das gedämpfte Schluchzen nachließ.

»Ich hatte Angst, daß du ihn zur Rede stellst, wenn du davon erfährst. Dann hätten sie von unserer Freundschaft erfahren und mich von Drumgillan vertrieben, Michael.«

»Ich werde nicht zulassen, daß sie dich wegschicken, Mary. Ich werde einen Weg finden, du wirst schon sehen.« Seine Stimme klang vor Sorge heiser. Ihr Herz klopfte hastig, und sie wollte sich an ihn klammern und ihn nicht mehr loslassen. Er legte sich neben sie und bettete ihren Kopf an seine warme Schulter.

»Michael, manchmal kommt mir alles so hoffnungslos vor. Ich denke unaufhörlich an dich, deshalb kann ich mich mit nichts anderem befassen. Ich kann nicht einmal mehr Gott mein Herz ausschütten, seit dem Tag neulich, als wir hier waren, denn ich sehnte mich mit meinem ganzen Wesen nach dir, das ist die reine Wahrheit. Ich war es nicht, die uns zurückgehalten hat, Michael. Ich bin nicht mehr das Mädchen, das ich war, bevor ich deine starken Arme fühlte. Ich bin verzweifelt, wenn ich daran denke, daß ich von hier verstoßen werden könnte, und doch kann ich mir keine Zukunft für uns vorstellen, wenn ich bleibe. Das wissen wir beide zutiefst in unseren Herzen. Manchmal glaube ich, daß ich vor Sehnsucht nach dir sterben muß, Michael, und jetzt ist es wahrscheinlicher, daß ich vor Hoffnungslosigkeit sterben werde.« Sie begann wieder zu weinen.

Er dachte an ihre ehrliche Zuneigung und an die unmögliche, unsichere Lage, in der sie sich befand. Wenn sie zu ihrem Vater zurückkehrte, war sie lebendig begraben und hatte nur eine Ehe mit einem ungeschlachten Bauern aus dem Dorf zu erhoffen. Es war undenkbar. Auf Drumgillan zu bleiben, war für sie hingegen gefahrvoll – zum Teil wegen seines Bruders, aber noch viel mehr wegen seiner eigenen Liebe und seines Verlangens nach ihr. Er war beinahe ebenso verzweifelt wie sie.

Er wiegte das unglückliche Mädchen lange in seinen Armen und sann nach einem Ausweg aus ihrem Dilemma. Schließlich löschte die Wärme ihres weichen Körpers an dem seinen alles Denken aus. Es war ihm gleichgültig, ob es klug war oder nicht, er zog ihr Gesicht an das seine und küßte sehnsüchtig ihren Mund. Mary küßte ihn so leidenschaftlich, daß er von ihrem Drängen überwältigt wurde. Michael spürte, wie seine Begierde zunahm. Er griff unter den Kragen ihres Kleides, schob es über ihre Schulter hinunter, küßte die Höhlung an der Kehle und befreite ihre Brüste von dem Stoff, der sie umhüllte. Sein Verlangen nach ihr tilgte jeden Gedanken an Sicherheit. Ihr Körper wölbte sich ihm entgegen, die Kraft ihrer jungen Weiblichkeit sprengte das Korsett ihrer Selbstbeherrschung, genau wie sie es erwartet hatte.

»Ich liebe dich, ich liebe dich«, flüsterte sie immer wieder, preßte seinen harten, muskulösen Körper an sich, drückte sich intensiv gegen die kraftvolle Schwellung, die sie an ihrem Unterleib spürte, rieb sich an ihr, wurde von ihrer Anwesenheit so überwältigt, daß jedes Denken nutzlos war. Sie bestand nur noch aus Gefühl, vergaß Vorsicht und Pflichtbewußtsein, öffnete sich ihm und zog ihn an sich, erfüllt von einem Gefühl der Verwunderung über die Seligkeit, einen Mann in sich zu wissen und sein großes Gewicht auf sich zu fühlen. Nie in ihrem Leben hatte sie diese Sicherheit empfunden, die die mächtige Männergestalt in ihr erweckte, deren Glieder sie umschlangen und deren Kopf sich in einem uralten Ritual über ihren Körper beugte. Es übertraf jede denkbare Schönheit. Seine Stärke zwischen ihren Beinen zu fühlen, war unerträglich schmerzende Wollust.

»O Michael, ich habe nie gewußt, daß so etwas zwischen einem Mann und einer Frau möglich ist...« Die Zeit würde kommen, in der sie die Folgen tragen mußte, aber daran dachte sie nicht in diesem erstaunlichen, wunderschönen Augenblick. Sie öffnete fast unabsichtlich die Augen, als er in sie eingedrungen war, denn diese Fülle hatte alle anderen Sinne betäubt. Sie schlug die Augen auf und blickte in sein Gesicht, das die Leidenschaft zu etwas Stürmischem, Atavistischem verwandelt hatte. Der Ausdruck und das Gefühl, ihn tief in sich zu haben, verschlugen ihr den Atem, denn aus beiden sprach die gleiche primitive Kraft. Das war jeden Preis wert. Was immer auch die Folgen dieser Leidenschaft sein würden, sie waren diesen einen Augenblick vollkommenen Glücks wert. Sie glaubte, an ihm zu sterben und wollte nicht, daß er jemals aufhörte.

Michael legte sich nach dem Liebesakt erschöpft und glücklich auf das Kissen zurück. »Mein geliebtes Mädchen«, flüsterte er leise mit einem liebevollen Lächeln auf den Lippen, »du bist so vollkommen, wie ich es vorausgesehen habe, und ich liebe dich sehr.«

»Hast du das mit vielen Mädchen gemacht, Michael?« fragte Mary.

»Ich bin mit einer ganzen Reihe von Frauen im Bett gewesen, Mary, ich will dich nicht belügen. Aber was soeben zwischen uns geschehen ist, Mädchen, habe ich nicht mit vielen Frauen erlebt. Eigentlich nur mit dir.«

Sie war durchaus bereit, ihm zu glauben, denn es war völlig unmöglich, daß so etwas mehr als einmal in einem Leben geschah.

10

»Wollüstig ist genau der richtige Ausdruck, Jeffrey!« sagte Lady Geraldine als Reaktion auf die hochgezogene Augenbraue ihres Mannes, nachdem sie dieses Wort verwendet hatte. »Bedauerlicherweise hat dein Sohn höchstwahrscheinlich eines der Hausmädchen geschwängert.« Lady Geraldine brachte ihm die belastende Neuigkeit mit bösartigem Vergnügen bei und wartete auf eine Explosion, die aber nie kam.

»Was du nicht sagst, Geraldine! Ich hatte keine Ahnung, daß er ein Auge auf eines der Dienstmädchen geworfen hat. Welches ist es denn, meine Liebe?« Sir Jeffreys vaterstolzes Kichern erstarb ihm in der Kehle, da Lady Geraldines mißbilligendes Stirnrunzeln einen Ausbruch von Heiterkeit nicht angeraten erscheinen ließ.

»Sie heißt Mary Dalton, wenn du es wissen willst, und ihr Vater ist ein Bauer mit einem Dreißig-Jahre-Pachtvertrag. Sie ist das hochgewachsene, rothaarige Mädchen mit den seltsam grünen Augen, das in der Küche arbeitet und manchmal auch bei Tisch serviert, wenn zusätzliche Hilfe benötigt wird. Ziemlich hübsch für ein irisches Mädchen, und unglaublich jung.«

»Wissen wir, daß das Kind von Michael ist, Geraldine? Was hat denn der Junge dazu zu sagen?«

»Dein Sohn hat die volle Verantwortung für den Zustand des Mädchens übernommen – und erklärt, er liebe sie, falls du nichts dagegen hast!« Aus ihrer Stimme klang eisige Verachtung. »Er will sie heiraten, Jeffrey, du mußt diese Äußerung einfach ernst nehmen! Es ist äußerst bedauerlich! Ich habe dir seit Jahren gesagt, daß Michaels ständiger Umgang mit diesen abscheulichen Menschen zu einer Tragödie führen wird, und nun ist es soweit.«

»So etwas passiert eben gelegentlich. Wir sind weder die erste noch die letzte Familie, in der ein uneheliches Kind geboren wird. Passiert praktisch jeden Tag. Mein Vater hatte mehrere, wenn ich mich recht erinnere.«

Lady Geraldine sah aus, als drohe sie vor kaum unterdrückter Wut in die Luft zu gehen. Ihr Mann hatte sie selten in solch einem Zustand erlebt. »Ich werde mich damit befassen, Geraldine. Ich kann dir nicht zumuten, daß du deine hübschen Hände damit beschmutzt, meine Liebe. Überlasse alles am besten mir.«

»Ich werde dir dergleichen mit dem größten Vergnügen überlassen, Jeffrey«, erklärte seine Frau eiskalt und gehässig. »Zweifellos hast du mehr Erfahrung im Umgang mit Huren als ich.«

Und bevor er antworten konnte, machte sie auf dem Absatz kehrt und rauschte wie eine Königin aus der Bibliothek.

Michael Hartington lag im Gras und hatte den Arm über die Augen gelegt, um sie gegen das durch den Dunstschleier dringende Sonnenlicht abzuschirmen. Als ihm zum erstenmal die Wahrscheinlichkeit, daß Mary schwanger war, bewußt geworden war, hatte er sich über seine Reaktion gewundert: Er empfand beinahe Erleichterung, als würde die Strafe für ihr Vergnügen ihn endlich zu rascheren Entschlüssen in dieser seltsamen Pattstellung zwingen, in die ihr Leben geraten war.

Einen Schritt nach dem anderen, und wir werden diese Situation meistern. Das Wichtigste war, daß er Mary liebte – das reichte, um alles durchzustehen, was notwendig war. Der Gedanke, einen Sohn oder eine Tochter zu bekommen, freute ihn auch, obwohl er mit unguten Gefühlen an die Nachteile dachte, die eine uneheliche Geburt für das Kind bedeutete. Seine eigenen finanziellen Mittel waren begrenzt. Onkel Neds Geld würde ihm erst ausbezahlt werden, wenn er dreißig war, bis dahin blieb er auf die Unterstützung seiner Familie angewiesen – ein höchst peinigender Gedanke in seiner derzeitigen mißlichen Lage. »Ich liebe Mary!« sagte er mit Nachdruck, als wolle er sich selbst daran erinnern, daß diese Tatsache alles war, worauf es bei dieser Angelegenheit ankam. Dann lachte er laut, und sein rassiger kastanienbrauner Hengst, der friedlich neben ihm gegrast hatte, hob den Kopf und wieherte, als wolle er ihm Antwort geben.

Er würde schon einen Weg finden.

»Diesmal hast du dich ganz schön in die Nesseln gesetzt, mein Junge«, stellte der Vater fest, als sie durch die schön angelegten Gärten gingen, deren Instandhaltung die Pflege von neun ganztägig beschäftigten Gärtnern erforderte. »Es ist weder die erste noch die letzte derartige Unüberlegtheit, mit der jemand aus unserer Familie fertig werden muß, Michael. Vielleicht solltest du wissen, daß ich mich ungefähr in deinem Alter in einer ähnlichen Klemme befunden habe. Ich möchte nicht, daß du den Ernst der

Situation anzweifelst, mein Junge, aber die Angelegenheit läßt sich aus meiner Sicht durchaus bereinigen. Und dazu gibt es mehrere Möglichkeiten, mein Junge. Das Mädchen wird natürlich Drumgillan verlassen müssen. Wir können ihr eine Geldsumme zur Verfügung stellen, wenn du willst, um ihr über die Zeit bis zur Geburt des Kindes hinwegzuhelfen, und wir können ihr helfen, zu einer Einigung mit einer dieser Adoptionsstellen in Dublin oder sogar in London zu gelangen. Sie wird das Kind natürlich nicht behalten wollen, denn sonst wird sie verteufelte Schwierigkeiten bekommen, eine Stellung als Dienstmädchen aufzutreiben.«

Als sich Michael seinem Vater zuwandte, spiegelte sein Gesichtsausdruck die verschiedensten Gefühlsregungen. Es gab keine Möglichkeit, diese gräßliche Situation zufriedenstellend zu lösen, wenn er sich Sir Jeffrey zum Gegner machte, denn er war der einzig mögliche Verbündete. Ohne ihn würde Mary der Willkür seiner Mutter und ihrer eigenen Familie ausgesetzt sein.

»Bitte, sprich nicht weiter, Vater! Ich muß dir sagen, wie die Lage sich für mich darstellt, und hoffe, daß du in deinem Herzen Verständnis dafür finden wirst, wozu zweifellos sonst niemand fähig ist.«

Sir Jeffrey blickte Michael prüfend an und sah sein verjüngtes, aber verletzlicheres Ebenbild vor sich. Er bedauerte plötzlich, daß er nicht früher bemerkt hatte, daß sein Sohn zu einem Mann herangewachsen war.

»Mary ist nicht so, wie Mutter sie beschreibt, Vater. Sie ist sanft und liebevoll, rechtschaffen und intelligent. Ich will sie heiraten, Vater.«

»Wie kannst du das laut aussprechen, Michael, wo es so ganz und gar nicht in Frage kommt! Viele von uns haben irische Mädchen geliebt, keiner kennt ihre Vorzüge besser als ich. Sie besitzen eine Kraft, eine Vitalität, die unseren Frauen irgendwie fehlt. Ich weiß, was für eine große Freude es bedeutet, von einem fröhlichen irischen Mädchen geliebt zu werden. Ich weiß, mein Junge, ich weiß es.« Er machte eine Pause, um Luft zu holen. »Das bedeutet aber nicht, daß wir sie heiraten können.«

»Bedeutet es dir nichts, daß es mein Kind ist, Vater? Dein erstes Enkelkind?«

»Komme mir nicht gleich melodramatisch, junger Mann! Natürlich wäre ich außer mir vor Freude, einen Enkel, einen Sohn von dir zu haben, aber es wäre doch etwas vernünftiger von dir gewesen, wenn du mich mit einem Nachkommen aus einer ehelichen Verbindung überrascht hättest.«

»Ich liebe Mary, Vater. Ich habe alles sorgfältig durchdacht, und ich will sie nicht im Stich lassen.«

»Sehr edel gedacht, aber nicht sehr realistisch, Michael. Wovon willst du leben, wenn wir mit dir brechen sollten? Du bist knapp einundzwanzig, hast weder einen Universitätsgrad erworben noch einen Beruf erlernt. Du wirst von deinesgleichen nicht nur ausgelacht, du wirst vollkommen geächtet werden. Du stehst genau vor der Wahl, vor der ich einst gestanden habe, und du mußt dich entscheiden wie ich. Es gibt für dich keine Alternative!« Die Betonung des letzten Wortes gefiel Sir Jeffrey, der fand, daß er die Angelegenheit recht gut im Griff hatte.

Als er den Schmerz in dem sich umschattenden Blick seines Sohnes wahrnahm, wurde sein Gesichtsausdruck ein wenig weicher.

»Quäle dich und das Mädchen doch nicht selbst, indem du Hoffnungen nährst, wo es keine gibt, Junge!« Sir Jeffrey sprach leise, und sie gingen eine Weile schweigend nebeneinander weiter.

»Was ist aus dem Mädchen aus deiner Jugend geworden, Vater? Was geschah mit ihrem Kind?«

Der Ältere faltete nachdenklich die Hände auf dem Rücken. Seine Stimme klang verzerrt und heiser, als er seinem Sohn ruhig antwortete: »Sie sind in einem Armenhaus in Dublin gestorben, Michael. Man hatte mich ins Ausland geschickt, und ich erfuhr erst bei meiner Rückkehr davon. Es war verflucht traurig. Fast wäre ich daran zerbrochen. Der Junge wäre jetzt dreißig Jahre alt, wenn es anders gekommen wäre.«

Michael holte seinen Vater ein; die Stimme des jungen Mannes klang leise und ruhig, als er sprach, aber angespannt vor Erregung: »Willst du an einer zweiten solchen Ungerechtigkeit schuld sein, Vater?«

»Versuche nicht, mich mit dem Hinweis auf meinen eigenen Kummer zu beeinflussen, Michael. Es gibt für dich keine andere Chance. Ich werde dir helfen, das Mädchen vor einem schlimmen Ende zu bewahren, aber darüber hinaus kann ich nichts tun.

Wenn du auf diesem Wahnsinnsplan beharrst, mußt du selbst das Risiko tragen. Habe ich mich klar ausgedrückt?«

»Ich verstehe, was du meinst, Vater. Ich kann nicht erwarten, daß du das Problem für mich löst. Ich muß es selbst tun.«

»So ist es recht. Soll ich Mr. O'Leary ersuchen, mit der Familie des Mädchens zu sprechen?«

Der hübsche junge Mann blickte den älteren, der ihm so ähnlich sah, bekümmert an. »Du mißverstehst mich, Vater. Ich erwarte nicht, daß du mir hilfst; ich verstehe durchaus, wie heikel deine Lage ist. Aber ich habe keinesfalls vor, Mary oder mein Kind im Stich zu lassen. Ich werde eine Möglichkeit finden, um das Problem zu lösen.« Die Worte blieben einen Moment lang ruhig in der Luft hängen, dann ergriff Michael ohne Schüchternheit oder Befangenheit die großen, sommersprossigen Hände seines Vaters, drückte sie mit einer seltsam rührenden Geste, als wolle er ausdrücken, daß er verstand und verzieh. Dann wandte er sich rasch um und entfernte sich in Richtung des Sees.

Sir Jeffrey blieb einen Augenblick bedrückt stehen. Dann sagte er laut zu sich selbst: »Ich würde zehn Jahre meines Lebens dafür geben, wenn ich rückblickend feststellen könnte, die gleiche Haltung eingenommen zu haben.«

11

Christopher Daltons Gesicht war rot wie eine Tomate. Er trommelte mit den Fäusten auf den Kamin und stapfte mit so heftigen Schritten durch das kleine Haus, daß das Geschirr im Schrank klirrte.

»Gott sei Dank, daß deine Mutter nicht mehr am Leben ist und nicht sieht, wie entehrt wir sind!« Mary stand gekränkt und kreidebleich bei der Tür.

Ihre Brüder waren bis auf Rory aus dem Haus gestürmt, als sie schüchtern hereinkam, und hatten sich verächtlich, ohne ein Wort zu sagen, an ihr vorbeigedrängt. Sie war der unverzeihlichen Sünde schuldig geworden, sie in Verlegenheit zu bringen, indem sie in den letzten vierundzwanzig Stunden in O'Shaugnessys Wirtshaus das Hauptgesprächsthema abgegeben hatte.

»Du bist eine schamlose, undankbare Schlampe«, brüllte ihr Vater. »Ich will mit dir oder deinem in Unehren gezeugten Kind nichts zu tun haben! Laß deine hochedle Lordschaft damit fertig werden, sage ich.«

»Du weißt nicht, was du sprichst, Dad. Sicherlich meinst du es nicht so.« Mary kämpfte mit den Tränen; sie wurde aber auch allmählich zornig.

Ihr Vater unterbrach sein Herumstampfen kurz und betrachtete ihren schon leicht gewölbten Leib. »Ich will keinen Bastard eines Engländers in meinem Haus haben. Du hast dir das Bett selbst gemacht, Mary, in dem du jetzt liegen mußt. Habe ich dich nicht davor gewarnt, in dieses Haus zu gehen, als du unbedingt dein Vaterhaus verlassen wolltest?«

»Ja, das hast du getan. Aber du hast dann ziemlich rasch deine Ansicht geändert, als du eine Frau für die Küchenarbeit gefunden hast, du alter Heuchler!«

Rory stand auf, denn er wußte, daß bald die Fetzen fliegen würden. Mary hatte nicht nur Christophers rotes Haar, sondern auch sein Naturell geerbt. Zwei Zorngockel in einem Haus sind eine Erfindung des Teufels, dachte Rory, während er vorsorglich zwischen die beiden trat.

»Hinaus aus meinem Haus, und die Sünde komme auf dein Haupt, Mary! Du bist nicht mehr mein Kind«, schrie der Vater und stieß Rory zur Seite.

»Du bist auch nicht mehr mein Vater, und ich bin froh, daß ich dich los bin!«

Marys flammendrotes Haar flatterte, als wäre es elektrisch, während sie den wollenen Umhang herausfordernd um ihre schmalen Schultern zog und zur Tür ging.

»Tu das nicht, Mary!« rief Rory. »Geh nicht so fort. Er ist nur aufgebracht, weil Pfarrer McKuen dich am Sonntag von der Kanzel herab ausgestoßen hat, und er hat in den letzten vierundzwanzig Stunden von Eileen nichts anderes gehört.«

Mary blieb, die Hand auf dem Türgriff, stehen.

»Er hat mich von der Kanzel herab ausgestoßen? Was meinst du damit, Rory?«

»Ich war natürlich nicht dort, Mary, aber ich habe es inzwischen wortwörtlich aus hundert Mündern gehört. Er hat dich als Hure und Schlimmeres bezeichnet. Dieser hartherzige junge Eiferer hat gedroht, daß er jedes Gemeindemitglied in Acht und Bann tun würde, das dir oder Michael hilft.«

»In Acht und Bann, sagst du. Und weshalb?«

»Weil du die Folgen deiner Schande frech zur Schau stellst, indem du auf Drumgillan bleiben willst. Er duldet von keinem seiner Gemeindemitglieder, daß sie mit einer Frau verkehren, die offen in Sünde lebt, als wäre nichts dabei.«

»Mein Gott, Rory! Weiß er denn, was er sagt? Selbst wenn ich bleiben könnte, wäre ich dadurch genügend bestraft, daß ich mein Kind ledig bekomme, in Sichtweite des Mannes lebe, den ich liebe, und weiß, daß es ihm nicht möglich ist, unsere Lage zu verbessern. Hat er denn gar kein Herz?«

»Nach dem, was ich von ihm gehört habe, Mary, können sie sein Herz, wenn er stirbt, gleich wieder verwenden, so wenig abgenützt ist es.«

Christopher machte einen Schritt auf seinen Sohn zu und hob drohend die Faust.

»Ich dulde nicht, daß von einem Mann Gottes in meinem Haus schlecht gesprochen wird. Hast du mich gehört, Junge?«

»Ich höre dich, Vater«, antwortete Rory geringschätzig, »aber du solltest lieber deinem Temperament dem Priester gegenüber freien Lauf lassen und zu deinem eigenen Fleisch und Blut stehen, als zu einem vertrockneten Zölibaten, der einen perversen Haß auf alles empfindet, was nach Liebe aussieht.«

»Meine Kinder sind alle verrückt geworden.« Christopher ließ die Faust hilflos sinken und ging polternd aus dem düsteren Raum.

»Was wirst du nun anfangen, Mary?« Die einfache Frage ließ Marys Zorn verdampfen, und mit ihm schwand auch ihre gespielte Tapferkeit.

Sie hatte versucht, nicht an das Kind zu denken, das sie unter dem Herzen trug, denn wenn sie es tat, stieg oder sank ihr Lebensmut. Dann dachte sie an Michael und seine liebenden Arme, die sie beruhigend und tröstend umfingen, während er versprach, es werde alles gutgehen, er werde einen Weg finden. Seine Zärtlichkeit und Stärke waren ein Bollwerk gegen die feindliche Welt, wenn auch nur in ihren Träumen.

»Mary, was sagt dein Freund dazu?«

»Er hat Seiner Lordschaft mitgeteilt, daß er mich heiraten will, und das hat einen schrecklichen Streit ausgelöst. Michael hat kein Geld, weil er der jüngere Sohn ist, er versucht also, bei seinem Vater zu erreichen, daß der uns hilft.«

»Vertraust du ihm, daß er anständig an dir handeln wird, Mary?«

»Ja, Rory.« Es war eine einfache Feststellung, aber es war die Wahrheit. Rory seufzte und tätschelte seiner Schwester die Schulter, etwas, das er nur äußerst selten tat. Der körperliche Ausdruck von Zuneigung war im Haus der Daltons etwas Seltenes.

»Ich gehe nach Amerika, Mary. Wie du weißt, habe ich in den letzten drei Jahren Pläne geschmiedet und mir beinahe genug Geld für die Überfahrt und die erste Zeit nach meiner Ankunft erspart. Aber ich werde nicht fahren, wenn du mich hier brauchst. Du mußt mir immer erzählen, wie es mit dir und deinem Freund steht, ob er imstande ist, von seiner Familie Zugeständnisse zu erreichen und alles Sonstige. Denn wenn er dich im Stich läßt, Mary, sitzt du ganz schön in der Patsche, besonders seit dieses Ekel von einem Priester die Nase hineingesteckt hat.«

»Warum hat er es deiner Meinung nach getan, Rory?«

»Weil er darauf aus ist, sich in seiner neuen Gemeinde einen Namen zu machen. Verstehst du nicht, Mädchen, mit dieser Predigt hat er sich bei allen Gemeindemitgliedern eingeschmeichelt, denn er hat den alten Betschwestern mit unmißverständlichen Worten klargemacht, was der Lohn der Sünde ist; und zugleich hat er bei Lady Geraldine und ihrem Lieblingssohn Randolph einen Stein im Brett, denn beide haben keine Spur von Mitgefühl mit deinem Michael und wären froh, ihn bei einem netten Regiment möglichst weit weg von hier zu wissen, meine Liebe. Damit mußt du dich abfinden, Mary: Deine Zukunft ist voll von Schwierigkeiten.«

»Das stimmt, Rory. Aber ich bin schon fast im fünften Monat, und ich muß eine Möglichkeit finden, die nächsten vier Monate durchzustehen, ganz gleich, was die Zukunft für mich bereithält. Sie wollen mich nach Dublin in ein Haus für ledige Mütter schikken, aber Michael läßt das nicht zu. Ich muß also abwarten, ob ihm etwas einfällt, zu dem er sie überreden kann.«

»Mary, Mary, warum hast du es getan? Hast du nie daran gedacht, welche Folgen eine so unmögliche Verbindung haben muß?«

Sie antwortete ruhig: »Hast du dich niemals danach gesehnt, dich in den Armen eines Menschen, den du liebst, zu fühlen, Rory?«

»Doch, das habe ich schon. Ein Mann hat es in dieser Beziehung immer leichter. Wir haben als Gegenleistung für einen kleinen Trost nicht so viel zu verlieren. Komm, Mary, nimm deinen Umhang! Ich werde dich zum Herrenhaus zurückbegleiten, denn es ist jetzt für dich in der Gegend nicht ungefährlich, weil alle so aufgebracht sind.«

»Vater, kann ich mit dir sprechen? Ich habe über unser Gespräch im Garten gründlich nachgedacht, und ich möchte, daß du mich anhörst.«

»Gern, mein Junge. Auch ich habe in den letzten Tagen alles überdacht. Komm herein, und setz dich zu mir!«

Sir Jeffrey saß vor dem großen Kamin in der Bibliothek, dem Raum, der sein Heiligtum war.

»Vater, ich werde meine Karten offen vor dir auf den Tisch legen. Ich bitte dich nur, daß du mir bis zu Ende zuhörst und dann darüber nachdenkst. Du bist ein fairer Mann. Ich werde mich deinem Urteil fügen.«

Sir Jeffrey nickte.

»Laß uns vollkommen offen miteinander sein. Ich bin der Zweitgeborene, und deshalb sind meine Aussichten beschränkt. Randolph wird den Besitz erben, und er ist nicht der Mann, der freiwillig etwas abgibt. Also werde ich in ein paar Jahren Drumgillan verlassen müssen, ganz gleich, was kommt.«

Der Ältere legte den Kopf schief, um aufmerksam zuzuhören. Die Offenheit des Jungen gefiel ihm, sie wirkte erfrischend.

»Wenn ich dreißig bin, werde ich eine kleine Summe aus Onkel Neds Nachlaß erben.«

»Die kaum ausreicht, um davon zu leben...« unterbrach ihn Sir Jeffrey.

»Nein. Nicht genug, um davon zu leben, aber genug, um irgendwo etwas anzufangen, und das will ich dir eben erläutern.« Michael holte tief Luft. »Ich schlage vor, daß du Mary bis zu diesem Zeitpunkt in Drumgillan läßt. Du kannst sicherlich eines der kleinen Häuschen auf dem Gut für sie und das Kind entbehren, und ich werde kaum der erste Hartington sein, der eine Mätresse, wenn du so willst, auf dem Besitz aushält. Natürlich werde ich für sie sorgen. Ich weiß, daß ich kein Geld habe, Vater, aber ich bin ein arbeitsamer Mensch. Vielleicht kann ich den Unterhalt für sie verdienen, indem ich die Verantwortung für die Rennpferde übernehme. Ich verstehe beinahe so viel von Pferden wie du. Die Liebe zu ihnen liegt mir im Blut wie dir, und dazu kommt noch, daß ich mit den Stallburschen und Reitknechten so lange ›eng befreundet‹ war, wie Mutter sich ausdrücken würde, daß ich mehr als andere Leute unseres Standes von den Tieren verstehe. Ich kann dir dazu verhelfen, einen Stall voller Sieger aufzubauen, Vater, und du könntest mir so viel dafür bezahlen, daß ich für Mary und unser Kind sorgen kann.«

Sir Jeffrey betrachtete seinen Sohn hingerissen – verdammt einfallsreich von ihm, mit so einem Vorschlag zu ihm zu kommen. Das größte Hindernis würde natürlich Geraldine sein, aber vielleicht konnte er eine Konfrontation vermeiden.

»Wenn ich dreißig bin, werden wir das Erbe antreten und Drumgillan verlassen. Randy wird begeistert sein, wenn er mich los ist, und Mutter wird meinen Auszug kaum bedauern. Mein Bruder wird dir sicherlich die erforderlichen legitimen Erben schenken und dir eine standesgemäße Schwiegertochter zuführen. Ich brauche mir also keine Sorgen darüber zu machen, daß ich dich vom dynastischen Standpunkt aus im Stich gelassen habe. Siehst du, Vater, so hätte jeder einen Vorteil davon: Mary und das Kind sind versorgt, Randolph wird in Zukunft von keinem jüngeren Rivalen behindert, Mutter erhält ihren Seelenfrieden wieder, du bekommst deine Rennpferde, und ich bekomme Mary.«

Sir Jeffrey lehnte sich in seinem ledernen Lehnstuhl zurück und überdachte kurz Michaels Ausführungen. Dann lachte er laut und beugte sich, die großen Hände auf seine Breeches gestützt, zu seinem jüngeren Sohn vor.

»Um ehrlich zu sein, Michael, ich hätte nicht gedacht, daß du mit einem so durchdachten Plan kommen würdest.« Er fühlte sich erleichtert. Schließlich hat eine harmlose Liebelei noch keinem jungen Mann geschadet.

»Dann wirst du also meinen Vorschlag in Betracht ziehen?«

»Ja, ich werde ihn in Betracht ziehen, denn er klingt fair. Er gibt mehr oder minder jedem eine Chance, nicht wahr? Ich habe noch nicht ja gesagt, aber ich werde es mir überlegen.« Und er kicherte ein wenig, während er sich in dem bequemen Lederfauteuil zurücklehnte. Das war eine verdammt originelle Lösung.

»Das werde ich niemals zulassen, Jeffrey. Ich werde einfach nicht zulassen, daß das geschieht.«

»Aber, aber, meine Liebe, du regst dich über diesen Vorfall zu sehr auf! Ich habe das entschiedene Gefühl, daß du die Angelegenheit mir überlassen solltest.«

»Natürlich dir! Du hast ohnehin etwas Schönes angerichtet, indem du Michael versprochen hast, du würdest dir seinen völlig absurden Plan durch den Kopf gehen lassen.«

»Du vergißt dich, Geraldine. Ich bin schließlich dein Mann. Wenn ich auch deine Besorgnis vollkommen verstehe, habe ich keineswegs die Absicht, mit mir umspringen zu lassen, als wäre ich ein unbotmäßiger Lakai. Das lasse ich einfach nicht zu!«

»Du hast natürlich vollkommen recht, Jeffrey. Ich entschuldige mich für meinen Ton. Aber du mußt wissen, wie widerwärtig ich diese Situation finde.«

»Ja, ja, mir geht es ebenso, meine Liebe.« Sir Jeffrey war durch die Entschuldigung etwas besänftigt, und obwohl er sich über deren Unaufrichtigkeit klar war, hatte er einen Punkt gewonnen.

»Du hast doch nicht im Ernst vor zuzulassen, daß der Junge eine Heirat in Betracht zieht, Jeffrey, oder?«

»Ganz bestimmt nicht. Das liegt mir vollkommen fern. Darum geht es auch nicht. Verstehst du denn nicht, meine Liebe? Der Junge ist im Augenblick ganz von diesem Frauenzimmer behext, von dem er glaubt, daß er sie liebt. Das Vernünftigste, was wir tun können, ist, ihm freie Hand zu lassen. Wenn wir ihn zwingen, das irische Mädchen sitzenzulassen, treiben wir ihn in die Enge, und er ist bestimmt nicht der Mann, der kampflos aufgibt. Merke dir das, wenn wir ihm zu sehr zusetzen, könnte er zu etwas ganz Unvernünftigem getrieben werden.« Er machte eine Pause, um die dramatische Spannung zu steigern. »Er könnte sogar konvertieren, um sie zu heiraten, oder etwas anderes Verrücktes anstellen. Oder er könnte ausreißen, das Mädchen und was er an Geld auftreibt, nehmen und einfach verschwinden.«

»Ich kann nicht glauben, daß du dich von deinem eigenen Sohn so einschüchtern läßt. Er hat dich mattgesetzt.«

»Ganz im Gegenteil, meine Liebe! Ich zeige bloß die Gefahren auf, wenn man einen feurigen Renner in den falschen Stall zwingt. Wenn wir ihm freie Hand lassen, wird er bald genug von dem Mädchen haben. Er ist viel zu unternehmungslustig, um geduldig darauf zu warten, daß seine Bauernmadonna einen Bastard zur Welt bringt. Glaub mir, wenn wir ihm genug Spielraum lassen, wird die ganze leidige Angelegenheit in ein paar Monaten erledigt sein.«

»Warum kannst du ihn nicht einfach irgendwohin schicken und selbst mit dem Mädchen reden?«

»Du würdest eine andere Haltung einnehmen, wenn es Randolph wäre, der sich in die Nesseln gesetzt hat, nicht wahr, Geraldine?«

»Randolph hätte niemals etwas so Abscheuliches getan.«

»Ach, komm schon, Madam! Dir muß doch klar sein, daß Randolph es mit jeder treibt, die er in seine verfluchten Hände bekommt, auch wenn manche gar nicht dazu bereit sind, wie man sich erzählt.«

»Was meinst du damit?«

»Ich meine, Geraldine, daß dein so hochgeschätzter Randolph ein perfekter Schweinehund ist, wenn es um Frauen und noch um vieles andere geht. Ich zweifle keineswegs daran, daß wir seinetwegen kein solches Gespräch führen müßten, schon aus dem einfachen Grund, weil er niemals den Mumm hätte, für ein Mädchen einzutreten, das er geschwängert hat.«

»Wenn du die Absicht hast, dich weiter solcher ordinärer Worte zu bedienen, sehe ich mich gezwungen, den Raum zu verlassen.«

»Geraldine, ich habe mit dir selten eine Auseinandersetzung über unsere Söhne gehabt, obwohl du Michael ein Leben lang links liegen gelassen und Randolph zu einem verwöhnten, gewissenlosen Kerl ohne einen Funken Menschlichkeit erzogen hast. Du hast dich deiner Aufgabe entledigt, wie du es für richtig gehalten hast, und ich habe dir nur sehr wenig dreingeredet. Aber die beiden sind keine Kinder mehr, sie sind Männer. Ich bin besser geeignet, mit dem Debakel fertigzuwerden, das eingetreten ist, und ich werde es tun.«

Sie hatte ihn so lange für einen Dummkopf gehalten, den sie leicht manipulieren konnte, daß ihr diese Szene völlig unbegreiflich erschien. Sie fragte sich, ob es möglich war, jemanden zu bewundern und ihn zugleich zu verachten.

»Du wirst diese Entscheidung bereuen, Jeffrey. Du wirst noch erkennen, daß du unrecht hast und ich im Recht bin.«

»Das ist durchaus möglich, Geraldine. Aber es wäre klüger gewesen, es mir nicht zu sagen, meine Liebe.«

12

Mary war im sechsten Monat schwanger, als sie ihre wenigen Habseligkeiten in die kleine Hütte mit Lehmwänden brachte, die ihr Heim sein sollte, bis die ersehnte »bessere Zukunft« anbrach.

Sie stand unter der Tür des Häuschens und dankte Gott inbrünstig dafür, daß ihre Schwangerschaft nicht weiter fortgeschritten war; sie hatte nämlich noch so viel zu tun. Spinnweben hingen von den Ritzen, Staub lag in der Luft, und im Dachstroh nistete eine rheumaerzeugende feuchte Kälte, als hätte seit hundert Jahren kein gnädig wärmendes Feuer hier gebrannt. Sie lächelte traurig, weil ihr diese Hütte jetzt ganz anders vorkam als zu jenem Zeitpunkt, da sie und Michael vor vielen Monaten hier Schutz gesucht hatten. O Gott, es schien viele Generationen her zu sein.

Für den Augenblick hatten Michael und sie sich durchgesetzt; doch die Zukunft sah unerträglich aus. Selbst die einfache Tatsache, daß sie allein in dieser einsamen Hütte schlafen sollte, erschien ihr unaussprechlich erschreckend. Sie war an ein Haus mit lebhaften Brüdern gewöhnt oder an die beruhigende Anwesenheit der anderen Dienstboten im Herrenhaus, hatte aber bisher noch nie der Realität eines Lebens in Einsamkeit gegenübergestanden.

Wenigstens bin ich nicht nach Dublin abgeschoben worden, und Michael wird bald hier sein, um mich in die Arme zu nehmen, tröstete sie sich, aber sie fühlte sich beklommen. Was habe ich ihm schon zu bieten, fragte sie sich. Arm, ungebildet und ohne eine hübsche Garderobe, um einen Mann zu bezaubern...

Nach einigen Augenblicken der Unentschlossenheit band sie sich ein Kopftuch um und begann sauberzumachen. Sie öffnete die große Tür und die Fenster weit, sie reinigte den Herd. Dann zündete sie ein Torffeuer an und stellte im Geist eine Liste jener Dinge zusammen, die sie brauchte, um die Hütte in ein Heim zu verwandeln. Vor allem Vorhänge, Kochtöpfe, Löffel und Gabeln zum Essen, ein großes Messer. Stühle und ein Tisch waren zwar vorhanden, aber in bedauerlich schlechtem Zustand. Vielleicht würde Rory sich darum kümmern, denn er war handwerklich sehr geschickt. Sie würde auch eine Wiege für das Kind brauchen; es war das erste Mal, daß sie liebevoll an ihr Kind dachte. Herrin im eigenen Haus zu sein, auch wenn es leer und ärmlich war, machte die Mutterschaft erträglicher.

Sie fühlte sich besser. Wie merkwürdig, daß es sie schon beruhigte, wenn sie Ordnung machen konnte. Sie lächelte, während sie einen Teetopf aus Steingut aus der Tasche nahm. Rory hatte ihn ihr am Vortag geschenkt, er solle ihr in ihrem neuen Leben Glück bringen. Sie wußte, daß er ihn von seinem eifersüchtig gehüteten Geld für die Überfahrt bezahlt hatte, eine tapfere Geste.

Seit einem Monat machte sich das Kind heftig strampelnd bemerkbar. Sie legte die Hand auf ihren Bauch und genoß das Glücksgefühl, seine Bewegungen zu spüren; sie hatte es mit ihrer Arbeit aufgeweckt.

Sie ließ sich ganz von der süßen Erinnerung an Michaels Umarmung durchströmen. Das Wunder seiner auf sie übergehenden Kraft hatte sie immer beruhigt, und schon der Gedanke daran ließ sie wieder aufleben. Ja, das war es – wenn sie nur halbwegs die Möglichkeit dazu hatte, gelang es ihr immer noch zu träumen. Sie wollte an dem Gedanken festhalten, bis Michael kam, sie in die Arme nahm und die bedrohliche Wirklichkeit in Bedeutungslosigkeit versank... wenn auch nur für eine kurze Weile.

Michael und Rory saßen auf einem Heuhaufen an der Rückseite der Schmiede. Zwischen Herrn und Knecht hatte sich seit Marys Ächtung seitens der Dorfgemeinschaft eine widerwillige Kameradschaft entwickelt.

Rory hatte Familie, Freunden und Nachbarn gegenüber hartnäckig die Partei seiner Schwester ergriffen. Nicht einmal um des Friedens und der Ruhe willen gestattete er, daß in seiner Gegenwart Abträgliches über sie gesagt wurde.

»Wie geht es meiner Schwester, Michael?« fragte der Schmied und legte das Buch beiseite, in dem er gerade gelesen hatte. Er gestand sich immer fünfzehn Minuten Lektüre während der Mittagspause zu, um auch »seinem Geist Nahrung zuzuführen«. Er hatte aufgehört, Michael Eure Lordschaft zu nennen, seit sie gemeinsam wegen Mary beim Pferdemarkt in einen Boxkampf verwickelt worden waren: Ein Gutsherr aus der Nachbarschaft hatte eine abfällige Bemerkung über die notorische »Hure von Drumgillan« gemacht, die zu einer heftigen Rauferei geführt hatte.

»Soweit ganz gut, Rory. Sie macht sich nur Sorgen, ob die Hebamme ihr in ihrer schweren Stunde auch beistehen wird. Ich habe versucht, sie dazu zu bringen, Dr. Frank im Dorf aufzusuchen. Aber sie will nichts davon hören.«

»Ja.« Rory nickte verständig. »Frauen sind ein wenig seltsam, wenn sie Nachwuchs erwarten. Obwohl ich es ihr nicht übelnehmen kann, wenn sie zu diesem Zeitpunkt den Beistand einer Frau möchte. Sie sehnt sich wohl überhaupt nach dem Umgang mit Frauen, nicht wahr, Michael?«

»Wir haben vor, von hier fortzuziehen, wie du es ja auch im Sinn hast, Rory. Für wann hast du die Überfahrt gebucht?«

»Ich werde bis nach der Geburt des Kindes hierbleiben. Mir gefällt die Haltung unserer Nachbarn nicht, seit Pater McKuen, dieses Ekel von einem Pfaffen, die Leute gegen euch beide aufhetzt.«

Michael blickte rasch auf. »Glaubst du wirklich, es könnte zu Gewalttätigkeiten kommen?«

»Ich hoffe nicht, aber sicher bin ich nicht. Eine Menschenmenge, die glaubt, daß sie Gottes Willen auf Erden vollzieht, kann verdammt unangenehm werden.«

»Du warst uns bei der ganzen Sache ein guter Freund. Ich stehe in deiner Schuld.«

»Sorgen Sie nur gut für meine Schwester, Michael. Sie liebt Sie sehr. Manchmal glaube ich, sie würde es mit Satan und seiner Armee aufnehmen, um Sie und ihr Kind zu behalten, so sehr liebt sie Sie.«

»Und ich liebe sie nicht weniger, Rory«, beteuerte Michael sehr ernst.

»Ja, ihr seid ein merkwürdiges Paar, Michael. Ich werde Mrs. O'Flaherty, die Hebamme, aufsuchen, bevor die Woche zu Ende ist. Sie ist eine brave Frau. Ich werde sehen, was ich tun kann.«

Der größere Mann nickte, versetzte Rory einen Schlag auf die Schulter und sprang vom Heuhaufen hinter der Schmiede.

13

»Wie geht es dir, Mary?« Michael streichelte ihren weißen Arm und lauerte unruhig auf Anzeichen einer Veränderung. Sie lag auf dem wackligen Bett, das sie so oft geteilt hatten.

»Du brauchst dir keine solchen Sorgen zu machen, Michael«, versuchte sie ihn zu beruhigen. »Ich halte es noch eine Weile aus. Hast du schon mit Mrs. O'Flaherty gesprochen? Glaubst du wirklich, daß sie kommen wird?«

»Sie wird kommen, wenn es ihr möglich ist, Mary, aber das ganze Dorf, ihr Mann und Pfarrer McKuen stellen sich ihr in den Weg. Sie wird viel Mut brauchen, wenn sie sich da behaupten will. Wir sollten uns lieber auf Dr. Frank verlassen, denn er ist ein zuverlässiger Mann und Protestant, und er hat keine Bedenken, das Kind zu entbinden.«

Mary faßte seine Hand fester, weil der Übelkeit erregende Schmerz sie wieder überfiel. Sie bedauerte zutiefst, gesehen zu haben, wie ihre Mutter im Kindbett starb, und sosehr sie sich auch bemühte, das Bild aus ihrem Gedächtnis zu löschen, kam es ihr immer wieder in den Sinn, während ihr Körper sich auf die Geburt einstellte.

»Ich will nicht sterben, Michael. Es ist schrecklich, so zu sterben.«

Michael beugte sich zu ihr hinunter und hielt sie fest, als könne er dadurch die Schmerzen aus ihrem gepeinigten Körper drängen. Bei jeder Wehe fluchte er seiner Familie; diese blasierten Schmarotzer genossen in ihrem Herrenhaus die Sicherheit, die er Mary so gerne geboten hätte.

»Ich lasse dich nicht sterben, Mary. Ich lasse dich nicht allein. Ich gehe nur weg, um den Doktor zu holen, wenn du es mir aufträgst.«

Der Nachmittag dehnte sich für Michael endlos, seine Unruhe wuchs, als Marys Wehen häufiger kamen. Ihr Körper und das Bettzeug waren schweißnaß.

»Ich warte nicht mehr«, entschloß er sich endlich am Spätnachmittag, als er nicht länger zuschauen konnte. »Ich hole jetzt den Arzt.«

»Nein!« schrie sie, ihre Stimme klang hart, nicht so sanft, wie er es an ihr liebte. Sie erhob sich halb aus dem Bett und streckte die Hand nach ihm aus. »Ich brauche Mrs. O'Flaherty, nicht den Doktor. Verstehst du denn nicht, Liebster, ich brauche eine Frau. Bitte! Ich brauche jetzt eine Frau in meiner Nähe.«

Michaels Absätze bohrten sich tief in die Flanken seines kastanienbraunen Hengstes Scanlon. Von der Erregung, die von seinem Reiter auf ihn übersprang, angespornt, flog der Hengst über das Moor und erreichte die Hauptstraße gerade, als die Dämmerung auf die stillen Hügel herabsank. Michael wußte, daß Mrs. O'Flaherty Rory nicht konkret geantwortet hatte, als er sie gefragt hatte, ob sie zur Entbindung kommen würde.

Er sprang aus dem Sattel, band Scanlon an einen Pfosten neben einem kleinen Ponywagen im Hof und klopfte laut an die Tür. Ein mürrisch aussehender, etwa fünfundfünfzigjähriger Mann öffnete sie, blieb herrisch im Eingang stehen und versperrte Michael den Weg.

»Mein Name ist Michael Hartington, und ich möchte Mrs. O'Flaherty sprechen, wenn Sie gestatten, Sir.«

»Ja. Ich weiß, wer Sie sind«, sagte der vierschrötige Mann mit einer gewissen Aggressivität. »Meine Frau will weder Sie noch Ihre Frau sehen.«

»Eamon«, rief eine strenge Frauenstimme hinter dem Rücken des Mannes, »laß den Mann herein! Ich habe mit keinem Wort gesagt, daß ich nicht zu dem Mädchen gehe.«

Michael benutzte das kurze Zaudern des Mannes, um sich an ihm vorbei in das kleine Haus zu drängen.

»Mrs. O'Flaherty, Ma'am, meine Mary braucht Sie dringend! Ich habe nicht gewußt, wie schwer die Geburt für sie wird. Sie hat Angst vor dem Arzt und meint, daß ihr eine Frau bei der Entbindung beistehen soll. Ich weiß, welcher Druck auf Sie ausgeübt wird, Ma'am. Aber wenn Sie es über sich bringen könnten, ihr zu helfen, wäre ich Ihnen sehr dankbar. Sie leidet schreckliche Schmerzen.« Der hochgewachsene, staubbedeckte junge Mann mit der Haltung eines Prinzen und dem entsetzten Gesicht eines werdenden Vaters bei der ersten Geburt rührte die kräftige, tüchtige Frau, und sie nickte.

»Sie werden diesen Sündern nicht einmal mit dem kleinen Finger helfen!« trompetete eine sich überschlagende Stimme vom

Eingang her. Niemand im Raum hatte den Mann während des Gesprächs eintreten sehen.

Michael drehte sich um und erblickte den asketischen, jungen Priester, hinter dem sich eine Menge aufgebrachter Neugieriger im Eingang drängte, und er fragte sich, wieso es sich so rasch herumgesprochen hatte, daß er sich im Haus der Hebamme befand. Dann wurde ihm klar, daß Scanlon in einem Land von Pferdezüchtern leicht zu erkennen war.

Mrs. O'Flaherty sah den Geistlichen an, nahm seine Gegenwart zur Kenntnis, begann aber trotzdem, in der Küche herumzuhantieren. Als sie ihre Hebammentasche fertig gepackt hatte, sagte sie: »Es wäre am besten, wenn Sie sich in diese Angelegenheit nicht einmischen, Hochwürden. Sie sind vielleicht nicht fähig, sie recht zu beurteilen. Ich kenne das Mädchen seit seiner Geburt. Ihr stand keine Mutter zur Seite, als sie in Schwierigkeiten kam. Ich bitte Sie, es dabei bewenden zu lassen, Hochwürden. Das Vorgehen einer Hebamme gehört bestimmt nicht zu Ihren seelsorgerischen Aufgaben.«

»Die Sünde gehört immer zu meinen seelsorgerischen Aufgaben«, zischte der Priester. »Das Mädchen, von dem Sie sprechen, lebt mit diesem Mann in meiner Gemeinde in offener Sünde, und sie ist von unserer Heiligen Mutter Kirche geächtet worden. Wenn Sie jetzt zu ihr gehen, fordern Sie den Zorn Gottes heraus, der dann auf Ihr ungehorsames Haupt niedergeht.«

Mrs. O'Flaherty legte den Kopf schief. »Gott hat sicherlich eine bessere Verwendung für seinen Zorn.« Das fanatische Gesicht des Priesters war vor Entsetzen verzerrt; seit er Pfarrer war, hatte ihm noch niemand die Stirn geboten.

»Überschreite diese Schwelle, Weib, um dieser Hure zu helfen, und du wirst nie wieder den Fuß in meine Kirche setzen!« Die Menge vor der Tür hatte jedes Wort gierig aufgenommen, und bei der Drohung erhob sich Gemurmel, denn sie enthielt eine ungeheuerliche Ächtung, der sich kein Mitglied der Gemeinde aussetzen wollte. Die Pfarrkirche bildete den Mittelpunkt des Geschehens in diesem kleinen Universum.

Mann und Frau blickten einander fragend an, denn die Drohung schwebte wie ein Damoklesschwert über ihnen. Aus der kleinen Gemeinde ausgestoßen zu werden, konnte auch ernste finanzielle Folgen nach sich ziehen. Mr. O'Flaherty trat vor.

»Gehen Sie in dieser Angelegenheit nicht ein wenig zu hart vor, Hochwürden? Meine Frau hat ein gutes Herz und läßt keine Kreatur Gottes in der Not im Stich, wenn sie helfen kann. Schaffen Sie es denn nicht, den Menschen zuliebe ein wenig nachsichtiger zu sein?«

Pfarrer McKuen überhörte die Bitte verächtlich, drängte sich an dem Mann vorbei und pflanzte sich vor der kräftigen, kleinen Frau auf. »Sie dürfen dieses Haus nicht verlassen und zu dieser Sünderin gehen«, rief er.

Mrs. O'Flaherty schloß einen Moment die Augen wie im Gebet, bekreuzigte sich und berührte fromm das Kruzifix, das der Priester in der Hand hielt. Dann sagte sie ruhig, aber entschlossen: »Vor drei Jahren ist mir Marys Mutter unter den Händen gestorben, Hochwürden. Ich will Mary nicht auch noch verlieren.«

»Soll sie doch ihr Kind unter Schmerzen gebären, denn es ist die Frucht ihrer Sünde!« ereiferte sich der Priester.

Mrs. O'Flaherty lächelte traurig über die selbstgerechte Gefühlskälte des jungen Mannes. »Ja, so gebären wir alle unsere Kinder, ob in Sünde oder nicht, Hochwürden. Dennoch habe ich die Absicht, dieses Kind zu entbinden.«

»Du vergißt dich, Weib. Gott bringt die Kinder auf die Welt.«

»Ja, und diesmal werden ihm meine Hände dabei helfen.« Sie sah ihn unerschrocken und schließlich ungeduldig an. »Um der Liebe Gottes willen, Hochwürden, gehen Sie mir aus dem Weg!« Sie nahm ihre Tasche vom Boden auf und näherte sich der Tür.

Der Priester hob den rechten Arm, als wolle er die untersetzte Frau schlagen. Michael, der stumm und betroffen verfolgt hatte, wie sich die Szene zuspitzte, streckte die Hand aus, um den Mann zurückzuhalten, doch zu seiner Überraschung kam ihm Mr. O'Flahertys starker Arm zuvor.

»Wenn ich auch mit dem, was meine Frau vorhat, nicht einverstanden bin, Hochwürden, aber kein Mann, ob Priester oder Laie, schlägt meine Frau in meinem eigenen Haus. Sie sollten lieber gehen.«

Mrs. O'Flaherty warf ihrem Mann einen stummen, aber dankbaren Blick zu, und Michael sah, daß ihr die Tränen in den Augen standen. Sie ergriff Michaels Arm und lief mit ihm hinaus, vorbei an der aufgebrachten, verdrossenen Menge, die aggressiv wurde. Hinter ihnen ereiferte sich Pfarrer McKuen immer noch. Michael half ihr in den kleinen Ponywagen, der auf dem Hof stand, und leitete ihn und Scanlon nach Drumgillan.

Elf Stunden und siebzehn Minuten später bahnte sich Thomas Michael Dalton schreiend seinen Weg in die winzige Hütte mit Lehmwänden am Rand der Welt seines Vaters.

14

Zum Glück war die Priestertätigkeit von Francis X. McKuen in Drumgillan nur von beschränkter Dauer. Sein Eifer bei der Verfolgung von Sündern und die fanatische Freude, mit der er fleischliche Sünden aufdeckte, lenkte rasch die Aufmerksamkeit seiner Vorgesetzten auf ihn, die dann folgerten, daß diese Talente in einer größeren, reicheren Pfarre zweifellos besser zum Tragen kommen würden. Deshalb befand sich Hochwürden McKuen schon wenige Jahre nach seiner Ankunft in dem verschlafenen kleinen Landstädtchen auf dem Weg zu einer einträglicheren Pfründe. Das klappernde Geräusch eines leichten Landauers vor dem Fenster verriet ihm, daß der Nachfolger, der ihn an diesem rückständigen Ort ersetzen sollte, mit dem Drei-Uhr-Zug eingetroffen und auftragsgemäß von der Station abgeholt worden war.

Pfarrer Joseph O'Hanlon, der Neuankömmling in Drumgillan, war aus anderem Holz geschnitzt. Er war alt, freundlich, mager und verbraucht von einem langen Leben in ärmlichen Gemeinden und armseligen Gegenden Irlands. Er war vor langer Zeit zu dem Schluß gelangt, daß es keine Askese gab, die größer war als die unfreiwillige der Armen, und er hatte deshalb den Priesterberuf nach dem Grundsatz ausgeübt, daß die Werke der Barmherzigkeit ein persönlicher Auftrag waren. Er besuchte, tröstete, pflegte und speiste so viele Gotteskinder, wie ihm möglich war, und zeigte selbst Sündern gegenüber eine mitfühlende Haltung, was höchst unorthodox war. Allen, die Pfarrer O'Hanlon kannten, war klar, daß sie einen heiligen Mann vor sich hatten, so daß seine Ergebenheit Gott oder der Kirche gegenüber nicht einmal der Bischof in Zweifel zog.

Pfarrer O'Hanlon richtete seinen langen, knochigen Körper auf, als er mühselig aus dem leichten Wagen kletterte und die

Dauerfalten seiner abgetragenen Soutane glattstrich. Wenn er vor der Wahl stand, sich eine neue Soutane zu kaufen oder den Bedürftigen ein paar Pennies mehr zu schenken, war er immer zu dem Schluß gekommen, daß seine derzeitige Soutane bestimmt noch eine Weile halten werde, und das alte Kleidungsstück hatte sich darauf eingestellt, indem es eine merkwürdige Art von Patina und unverwüstliche Dauerfalten bekam wie dünnes schwarzes Pergament. O'Hanlon ging auf die Tür des Pfarrhauses zu.

Pfarrer McKuen betrachtete den Neuen sofort voll Abneigung. Er reichte ihm widerwillig seine zartgliedrige Hand und war über den festen Griff der alten, schlanken Finger erstaunt.

»Pfarrer Joseph O'Hanlon, zu Ihren Diensten, Sir«, stellte sich der alte Mann in breitem irischen Dialekt vor.

»Pfarrer McKuen, Sir.«

»Ein hübscher Sprengel, den Sie hier betreuen, so viele grüne Felder und sichtlich von Gott gesegnet. Ich hatte gehofft, Sie würden mir etwas über Ihre Pfarrkinder erzählen, bevor Sie abreisen.« Die alten Augen blinzelten freundlich, und der Magen des jungen Mannes zog sich vor Widerwillen zusammen.

»Ja, ich verstehe, was Sie meinen, obwohl es wirklich nicht viel gibt, das der Rede wert ist. Die Lage gleicht vermutlich der in allen anderen irischen Gemeinden, in denen Sie gewirkt haben. Es gibt aber einen besonderen Fall, von dem Sie wissen sollten, bevor Sie Ihr Amt hier antreten.«

»Und der wäre?«

Der jüngere Mann räusperte sich, bevor er zu sprechen begann. »Seine Lordschaft hat einen zweitgeborenen Sohn namens Michael, der vor einigen Jahren eines unserer weiblichen Pfarrkinder in Schwierigkeiten gebracht hat. Statt das Mädchen wegzuschikken, damit es das Kind diskret zur Welt bringt und für seine Sünde Buße tut, hat er seine Familie bedauerlicherweise dazu überredet, die Frau auf dem Besitz wohnen zu lassen.«

»Tatsächlich?« fragte Pfarrer O'Hanlon interessiert. »Höchst ungewöhnlich, finden Sie nicht?«

»Nicht nur ungewöhnlich, sondern peinlich. Das Mädchen und sein unehelicher Sohn leben im Zustand der Sünde mit dem Mann. Er wohnt natürlich nicht mit ihnen zusammen, sondern bei seiner Familie auf Drumgillan, aber er verbringt die meiste Zeit bei ihnen.«

»Und wie haben Sie sich dieser ›peinlichen‹ Situation gegenüber verhalten, wenn ich fragen darf?«

»Ich habe sie natürlich wiederholt von der Kanzel aus öffentlich angeprangert. Und ich habe die beiden sowie jeden, der mit ihnen Umgang pflegt, im Namen der Heiligen Mutter Kirche geächtet.«

»Das haben Sie wirklich getan? Das war sehr christlich von Ihnen.« Bei dem ironischen Unterton blickte McKuen den alten Mann scharf an.

»Ich habe die Exkommunikation über sie verhängt, Pfarrer O'Hanlon, und ich rate Ihnen, das gleiche zu tun, denn die braven Frauen dieser Gegend nehmen das Gebot der Tugend sehr ernst, und sie werden es sich nicht gefallen lassen, daß eine Frau, die ihre Hurerei vor ihren züchtigen Augen frech betreibt, geduldet wird.«

»Meiner Erfahrung nach, Pfarrer McKuen, werden die braven Frauen aller Gemeinden in dem Maß tugendhafter, als sie älter werden, und es täte ihnen besser, wenn sie weniger auf die Tugend anderer und mehr auf ihre eigene Nächstenliebe bedacht wären.«

»Verhalten Sie sich in diesem Fall, wie Sie wollen«, schnaubte der junge Priester. »Es ist jetzt Ihre Gemeinde!« Und er trippelte nach Pfarrer O'Hanlons Meinung wie eine alte Jungfer zur Tür hinaus.

Sir Jeffrey hatte längst aufgehört, sich über die verbissene Hartnäckigkeit zu wundern, mit der sein Sohn an seiner bäuerlichen Geliebten und ihrem Sohn hing. Er hatte für Michael getan, was er tun konnte, und damit war die Angelegenheit für ihn erledigt, wenn er aber den Knaben neben seinem Vater auf einem Pferd sah, gab es ihm doch zu denken. Das Schicksal hatte es gewollt, daß der Bastard ein kräftiger kleiner Kerl war, während Randolphs Sohn bei aller Legitimität nur einen Dummkopf abgab. Doch beides war leider unabänderlich.

Das Leben der Ausgestoßenen von Drumgillan war im Lauf der Jahre seltsam friedlich geworden. Tom blieb zwar der Umgang mit anderen Jungen seines Alters versagt, da die Dorfbewohner die Ächtung ernst nahmen, dafür genoß er aber den beträchtlichen Vorteil, daß er viele Stunden mit seinem Vater verbrachte. Weder Geraldine noch Randolph betraten jemals die Ställe, deshalb bildeten diese einen verhältnismäßig sicheren Zufluchtsort für Vater und Sohn. Tom hatte dort sogar seinen Großvater ein- oder zweimal getroffen und sich über den Stolz gefreut, mit dem ihn sein Vater Sir Jeffrey vorgestellt hatte.

Mary hielt ihre Hütte peinlich sauber. Bis auf die Sehnsucht, die sie nach der Freundschaft mit anderen Frauen hatte, war sie einigermaßen zufrieden. Sie träumte noch immer von einer schöneren Zukunft und war überzeugt, daß sie einen Ausweg finden würden, aber diese Zukunft erschien ihr irgendwie weit entfernt, und die Gegenwart hatte auch ihre guten Seiten. Ihr Leben war zumindest nicht so bergab gegangen wie das ihrer Mutter, und sie hatte Michael und Tom, die sie liebten, so daß sie trotz der Isolation relativ glücklich war. Sie hatten die Möglichkeit in Erwägung gezogen, fortzuziehen, bevor Michael seine Erbschaft antrat, aber während die Summe Sir Jeffrey jämmerlich gering erschien, war sie mehr als genug, um ihrer kleinen Familie eine sichere Zukunft zu gewähren, und so hatten sie widerwillig beschlossen, darauf zu warten.

Michael hing merkwürdig innig an Mary und seinem Sohn. Sie wunderte sich über seine Beständigkeit, denn kein einziges Mal während ihrer gemeinsam verbrachten Zeit hatte er sich über ihre bizarre Lage beklagt. Wenn sie beisammen waren, lachten sie, machten einander Mut und fühlten sich in ihrer kleinen Welt am Rand der großen so behaglich wie ein lang verheiratetes Paar. Michael übernahm die Aufgabe, den Knaben in allen männlichen Tätigkeiten zu unterrichten. Er verbrachte sogar viel Zeit damit, ihm von Drumgillan zu erzählen, als würde das Kind eines Tages im Herrenhaus leben.

Abgesehen von der ungewöhnlichen Abgeschiedenheit ihres Lebens fiel noch ein zweiter Schatten auf Marys Glück: die Angst vor einer neuerlichen Schwangerschaft. Dadurch verwandelte sich ihre natürliche Ungezwungenheit beim Liebesakt zu einem mehr mechanischen Vorgehen, das sie um die süße Erfüllung betrog, die ihre ersten Vereinigungen so schön gemacht hatten. Doch Michael tröstete sie, daß es wieder so sein würde wie früher, wenn sie erst richtig verheiratet wären, denn er kannte nur eine sichere Möglichkeit, Familienzuwachs zu vermeiden, nämlich Beherrschung. So liebten sie einander zu den Zeiten, die

Mary für die sichersten hielt, und mit Ausnahme einer einzigen Schwangerschaft, die mit einer frühen Fehlgeburt endete, klappte diese Vorsichtsmaßnahme.

»Mein geliebtes Mädchen, wie ich mich darauf freue, endlich mit dir verheiratet zu sein, damit wir unsere Triebe nicht mehr zu fürchten brauchen.«

»Würdest du denn die Schwangerschaft zu einem Dauerzustand machen, wenn wir verheiratet sind?« Sie blickte ihn nekkisch an.

»O ja, mein Liebling. Denn dann könnten wir einander endlos in den Armen halten und lieben, ohne uns um die Welt zu kümmern.«

»Machst du dir denn nie Gedanken wegen Gott, Michael?« fragte sie einmal ernsthaft. »Meinst du nicht, daß er uns für unser sündiges Verlangen einmal streng bestrafen wird? Manchmal, wenn ich allein bin, denke ich an all die schrecklichen Dinge, die dieser Priester über die Sünden des Fleisches gesagt hat. Sie sind bestimmt die schlimmsten von allen.«

Michael stieß sie lachend auf das weiche Bett. »Meine angebetete Mary. Du würdest eine gute Protestantin abgeben. Denn dann würdest du einen Gott haben, der zu edel und würdevoll ist, um sich dafür zu interessieren, wie sich die Menschen ihres Körpers erfreuen. Euer katholischer Priester hegt anscheinend, was die geschlechtliche Liebe betrifft, die Neugier eines Voyeurs.« Und er streichelte mit seinen großen, schwieligen Händen ihren liebebereiten Körper mit einer Freude, die sie immer wieder entzückte, und so vergaß sie zumindest für eine Weile ihre Gewissensbisse.

Mary saß vor dem tröstlich warmen Torffeuer. Ihr Sohn Tom schlummerte friedlich zu ihren Füßen auf einem kleinen Kissen, das sie vor langer Zeit angefertigt hatte. Obwohl er ein tapferer Junge war und auch allein im Dunkeln blieb, wovor kleine Kinder zuweilen Angst haben, ging er aus einem ihr nicht ganz klaren Grund ungern ohne seine Mutter zu Bett.

Das Klopfen an der Tür kam so unerwartet, daß Mary mit pochendem Herzen nervös aus dem Schaukelstuhl sprang. Michael hielt sich wegen eines Pferdemarkts in Dublin auf, und Rory war längst nach Amerika ausgewandert; es gab sonst niemanden, der sie in ihrer Hütte besucht hätte. Die junge Frau rief leise: »Wer ist draußen?«

»Joseph O'Hanlon, Mary. Ich bin der neue Pfarrer von St. Boniface. Könnte ich wohl für einen Augenblick hineinkommen? Hier draußen ist es so kalt wie im Herzen eines Protestanten.«

Mary öffnete die Tür einen Spalt breit und erblickte ein Paar fröhliche Augen in einem verrunzelten Gesicht. Sie war zu überrascht, um höflich zu sein.

»Laß mich schon rein, Mädchen, sonst werden wir uns beide den Tod holen.«

Pfarrer O'Hanlon betrat die Hütte ohne zu zögern und sah sich anerkennend um. »Du hältst dein Haus sauber, Mädchen. Und das ist wohl der kleine Junge, wegen dem so viel Staub aufgewirbelt wird.«

Mary nickte zuerst nur zustimmend, fand dann aber ihre Stimme wieder und sagte: »Möchten Sie eine Tasse Tee, Hochwürden? Es ist wirklich eine bitterkalte Nacht.«

»Gerne, Mary. Reden macht durstig, und ich bin gekommen, um mit dir zu reden, denn du bist für diese Gegend eine Berühmtheit«, meinte der alte Priester scherzhaft. »Dein Name ist in aller Munde. Seit meinem Amtsantritt hat man mir bei jeder Hochzeit oder Beerdigung von deinem ›empörenden‹ Betragen und deinem sündigen Leben erzählt.« Er kicherte leise, und sie entspannte sich.

»Ich weiß nicht genau, warum Sie hergekommen sind, Hochwürden, obwohl ich bemerken muß, daß es beinahe ein kleines Wunder ist, wenn ich in meiner Hütte mit jemandem Tee trinke, denn Sie sind der erste Besucher in all diesen Jahren.« Ihre Stimme klang zart und melodiös und hatte etwas Ergreifendes an sich, fand der alte Priester. Und Mary hatte den Eindruck, daß er ein freundlicher alter Mann war, und sie beschloß, offen mit ihm zu sprechen. »Sie sehen nicht so finster aus wie Hochwürden McKuen, aber Sie sind ein Priester, und Sie sind bestimmt hier, um mich in den Schoß der Kirche zurückzuführen. Ich muß daher fairerweise sagen, wie es um mich steht.«

Der Mann mit dem alten Gesicht sah sie interessiert an.

»Ich habe viele Nächte in meinem Bett wach gelegen und Gott um Verzeihung für meine große Sünde angefleht. Ich habe mich oft danach gesehnt zu beichten, die Absolution zu erhalten und meinen Frieden mit Gott zu machen, denn ich fürchte die ewige Verdammnis genauso wie jeder andere Christ. Aber das ist nur die halbe Geschichte, ich habe nämlich nicht die feste Absicht, mich zu bessern. Jedesmal, wenn ich daran denke, wie Michael mich in seine Arme schließt, weiß ich im tiefsten Herzen, daß ich ihm immer verfallen sein werde. Gott helfe mir, Hochwürden, ich würde alles wieder tun, nur um mit ihm zusammen zu sein und meinen Sohn zu bekommen, so sehr liebe ich sie beide. Vielleicht jetzt noch mehr als damals, da alles begann. Mein Michael mag zwar noch Protestant sein, aber er ist der beste, ehrenhafteste Mann auf Gottes weiter Welt.«

Der alte Priester nickte erstaunt über den heftigen Gefühlsausbruch der jungen Frau.

»Es ist ein köstliches Geschenk, das du von Gott erhalten hast, Mary, einer so großen Liebe teilhaftig zu werden.«

Das Mädchen musterte den alten Mann mißtrauisch und stellte überrascht fest, daß ihr nur Freundlichkeit und Mitgefühl entgegenschlugen.

»Ich war zu lange Priester, Kind, um nicht zu wissen, daß wir unseren gütigen Herrgott in seiner unendlichen Weisheit manchmal nicht ganz verstehen. Ich kann dir deine Sünde, in wilder Ehe zu leben, natürlich nicht vergeben, aber ich kann dir vielleicht einen annehmbaren Ausweg anbieten. Wäre der junge Mann bereit, dich in der Kirche zu heiraten?«

Marys Augen wurden vor Unglauben groß und rund. »Sie würden uns trauen, Vater?«

»Das würde ich tatsächlich, Kind. Und niemand bräuchte es zu erfahren, außer Gott und wir, wenn Michaels Familie sich der Trauung widersetzt, was ich annehme. Ich könnte euch beide in meinem kleinen Pfarrhaus trauen, wie es sich gehört, und niemand würde es wissen.« Sein altes Gesicht verzog sich zu einem listigen Grinsen, so daß er aussah wie ein Kobold. »Und dann könntest du auch zur Beichte gehen, ohne Besserung geloben zu müssen, was dir doch solche Sorgen bereitet.«

Mit ihren jungen, festen Händen ergriff Mary seine alten knochigen. »Ich werde es Michael erzählen, sobald er aus Dublin zurückkommt, Hochwürden. Ich weiß nicht, wie er sich dazu stellen wird, aber ich werde ihn fragen, ob er dafür ist.«

Und so wurde festgelegt, daß Michael Hartcourt Hartington,

zweiter in der Erbfolge des Gutes Drumgillan, des Titels eines Earls von Rathconrath und eines großen Vermögens an Geld und Grundbesitz in England, Irland und Wales, am 27. Januar 1883 im Pfarrhaus der kleinen Kirche von St. Boniface mit Mary Dalton, Tochter eines verarmten Farmers auf jenem Land, das dreihundert Jahre zuvor ihren Ahnen gehört hatte, vermählt werden sollte. Nur ein kleiner Junge sollte daran teilnehmen, und die Eheschließung sollte nur im Pfarregister vermerkt werden, denn Michael fürchtete Repressalien seitens seiner Familie, falls sein Schritt bekannt würde.

Der zukünftige Bräutigam erhielt kurz nach seiner Rückkehr von Dublin den ersten Unterricht im katholischen Glauben, und obwohl er ihn vom philosophischen Standpunkt aus als eine etwas überflüssige Erfahrung empfand, war ihm Marys Freude diese Mühe wert.

Michael verließ das Herrenhaus fröhlich und unternehmungslustig. Die Dezemberkälte wirkte belebend, und der klare frische Morgen bot ihm die Möglichkeit, den prächtigen neuen Araber zuzureiten, den er für seinen Vater auf dem Pferdemarkt in Dublin gekauft hatte. Ein unglaubliches Tier, das außergewöhnlichste, das sie jemals besessen hatten.

Michael rieb sich die Hände, um sie zu wärmen, stellte den Kragen seiner Jacke auf und schlenderte zu den Ställen; er mußte daran denken, wie ihm dieses phantastische Tier auf dem Markt zum erstenmal aufgefallen war. Es hatte den stolzen Kopf hochgeworfen und hochmütig den Boden gestampft. Der Glanzpunkt der Ausstellung hatte fast ein Vermögen gekostet. Aber wenn der Araber nur halb das hielt, was er versprach... Da sie das Glück auf der Rennbahn und bei den Versteigerungen in letzter Zeit ziemlich im Stich gelassen hatte, würde dieses prachtvolle Tier sehr wohl jeden Penny der Kaufsumme wert sein, sobald es richtig abgerichtet war.

Sogar Mary war von der selbstbewußten Schönheit des Tieres beeindruckt gewesen, als es frei in der kleinen Umzäunung hinter dem Stall umherlief, wo sich die ungezähmten Pferde tummelten.

»Hast du jemals solch ein Feuer gesehen, Michael?« hatte sie atemlos und begeistert gefragt, als sie die unbändige Kraft und Eleganz des Tieres sah.

»Bei einem Pferd noch nie, meine Liebe«, antwortete er, »und nur einmal bei einer Frau.« Sie errötete bei diesem Kompliment, und der kleine Tom, der von der anderen Seite der Umzäunung aus zusah, fand, daß seine Mutter und sein Vater ein gutaussehendes Paar abgaben und überaus glücklich wirkten.

Michael hatte die Nacht bei Frau und Kind in der Hütte verbracht, war aber vor Sonnenaufgang ins Herrenhaus gegangen, um eine wärmere Reitjacke anzuziehen. Er brauchte an diesem Morgen Bekleidung, die die feuchte Kälte abhalten konnte, denn er wollte sich wenige Wochen vor seiner Hochzeit nicht erkälten. Nun kam er in den Stall, der vergrößert worden war, seit er wegen seiner seltsamen familiären Situation für seinen Vater arbeitete.

Er hätte gern Mary dabeigehabt, damit sie Zeuge gewesen wäre, wie er an diesem Morgen den Araber zuritt. Er fragte sich, ob andere Männer für ihre Ehefrauen auch nach Jahren die gleichen Gefühle hegten wie er. Trotz aller Schwierigkeiten war seine Liebe zu Mary das Beste, was ihm in seinem Leben zugestoßen war.

Michael kam zur Stalltür, als ein Bursche »Teufelswind« in die Koppel führte. Er nahm sich vor, den Namen des Pferdes zu ändern, damit er etwas keltischer und weniger unheilverkündend klang, denn die Iren waren bei Pferdenamen abergläubisch, und sie vermieden nach Möglichkeit jeden Hinweis auf Satan oder seine Werke.

»Verzeihen Sie, Sir, aber er ist heute morgen besonders launisch«, meldete der Stallbursche, der sich bemühte, das ungebärdige Tier zu bändigen, aus dessen Nüstern kleine Dampfwolken in die kalte Luft stiegen und dessen tänzelnde Hufe den muskulösen Körper scheinbar durch einen Zauber vom Boden lösten.

Er sieht aus wie das fliegende Pferd aus »Tausend und eine Nacht«, dachte Michael und beobachtete das edle Tier, das am Zügel zerrte. Vielleicht werde ich ihn zur Erinnerung an seine arabische Abstammung »Kalif« taufen.

»Ist er nicht eine Schönheit, Diarmid?« rief er dem beunruhigten Stallburschen zu, während der Wind aufbrauste.

»Ja«, antwortete der Junge, »und dazu noch dieses feurige Temperament! Ich bin nicht sicher, ob Sie ihn heute morgen reiten sollten, Sir. Er hat eine unruhige Nacht hinter sich und legt heute offenbar keinen Wert auf unsere Gesellschaft. Vielleicht kommt ein Gewitter, das ihn so nervös macht. Der alte Derry hat auch gesagt, daß ihm seine Hühneraugen entsetzliche Schmerzen bereiten.«

Michael sah den Jungen belustigt und nachsichtig an. Er schätzte die Erfahrung dieses Burschen mit Tieren, und Derrys Hühneraugen waren wegen ihrer Verläßlichkeit bei Wettervoraussagen sprichwörtlich. Doch er wollte seine Pläne für den Tag nicht wegen des Aberglaubens der Pferdepfleger umstoßen. Er streckte ruhig den Arm aus und tätschelte mit sicherer Hand die samtigen Nüstern des aufgeregten Tieres.

»Komm, komm, mein schöner Wüstensohn«, murmelte er in dem sanften, beruhigenden Tonfall, den er sich bei Pferden angewöhnt hatte. »Ich bin nicht hier, um dir wehzutun. Ich will dir nur ein paar Dinge beibringen.« Das Tier schnaubte, schnüffelte aber dennoch zur Überraschung des Stalljungen an der Hand des Mannes.

Michael übernahm den Zügel aus der Hand des Burschen, führte das große, weiße Tier langsam in der Umzäunung herum und sprach weiterhin mit jener leise singenden Stimme, mit der er auch schon andere Pferde besänftigt hatte.

Er beruhigte den Hengst immer mehr. Er spürte, wie das Zutrauen des Tieres zu ihm wuchs und wollte aufsitzen, sobald sie am hinteren Zaun waren. Vorfreude erregte Michael, er liebte es, ein wildes, nicht zugerittenes Pferd unter sich zu spüren, dessen Hitze, dessen Willenskraft und dessen Stärke. Er warf einen Blick auf die im Osten aufziehenden Wolken und kam zu dem Schluß, daß das Gewitter erst später losbrechen und er kaum um seine Freude kommen würde.

Er bedeutete dem Stallburschen, daß er aufsteigen wolle, und sah, daß sich eine kleine Gruppe von Zuschauern an der Umzäunung versammelt hatte. Das Zureiten eines Spitzenpferdes galt als eindrucksvolle, männliche Kunst. Leiser Stolz auf sein Können stieg deshalb in ihm hoch, als er sich geschickt auf den Rücken des Pferdes schwang.

Tom lief atemlos zur Umzäunung; er kam gerade rechtzeitig, um zu sehen, wie sein Vater das Pferd bestieg. Das leuchtend silberweiße Fell des Hengstes hob sich von den dunklen Wolken des Morgenhimmels ab, und der kleine Junge wußte, daß er den Anblick seines stattlichen, schönen Vaters auf dem sagenhaften, weißen Tier nie vergessen würde.

Er kletterte auf den Zaun und sah, daß das Pferd einen Augenblick lang vollkommen regungslos dastand, während Michael sich bequem auf dem Pferderücken zurechtsetzte. Die Zeit schien sich unendlich zu dehnen, als wären Pferd und Reiter nicht nur für einen Sekundenbruchteil erstarrt, bevor der Wahnsinn begann. Plötzlich erhob sich das mächtige Tier auf die Hinterbeine, schlug mit den Vorderhufen wild in die Luft und stieß ein wildes Wiehern aus, wie es der Junge noch nie zuvor gehört hatte. Das Kind bemerkte die plötzlich betroffenen Gesichter der Roßpfleger, als das Tier auf einmal mit allen vieren zugleich in der Luft war und dann wieder mit einem widerlichen, dumpfen Aufprall auf dem Boden landete. Auf das ebenmäßige Gesicht seines Vaters trat ein erschrockener Ausdruck, als es dem Tier irgendwie gelang, sich unter ihm wegzudrehen, so daß der Körper des Reiters vom Pferderücken glitt. Das Pferd drehte und wand sich, und wieder drang ein schrecklich triumphierendes Wiehern an Toms Ohr.

Er sah, wie sich das Gesicht seines Vaters vor grenzenloser Verwunderung verzog, während er wie eine Riesenpuppe durch die Luft geschleudert wurde und mit dem Kopf voran auf den steinharten Boden prallte. Mit vollkommener, entsetzlicher Klarheit sah das Kind die traurigen Augen des Mannes, der aufblickte, als könne er nicht begreifen, wie ein Pferd, das er bewunderte, ihm etwas so Schreckliches antun konnte. Dann trampelte das Pferd mit fliegenden, hämmernden Hufen auf dem Mann herum. Seine Nüstern stießen Dampfwolken aus, und die Zähne hatte es wie ein gräßliches Raubtier gebleckt. Es zerschmetterte wie wild Michaels Gesicht und Körper. Die Stallburschen und Pferdeknechte schrien, rannten und versuchten, den freien Zügel zu packen. Dann stand das Pferd ebenso plötzlich, wie es zu toben begonnen hatte, über seinem gestürzten Opfer still und starrte die vor Entsetzen starren Zuschauer herausfordernd an, als wäre es ein Gladiator, der auf den Beifall wartet.

Als Toms Herzschlag wieder einsetzte, hörte er das Krachen der tödlichen Kugel aus dem Gewehr seines Großvaters, die das Gehirn des Pferdes durchschlug. Er hatte den alten Mann nicht kommen sehen, aber Sir Jeffrey war plötzlich da, legte wie eine mächtige Statue das Gewehr an und schoß mit tödlicher Präzision. Die ganze Szene kann nur weniger als eine Minute gedauert haben, rechnete er sich später aus, als er es ertragen konnte, an sie zu denken.

Weniger als eine Minute, doch jedes quälende Detail hatte sich ihm eingeprägt. Ein Leben lang erinnerte er sich daran, wie er zu seinem Vater gerannt war, seine Arme verzweifelt um den eingesunkenen, zerschundenen Körper gelegt und ihn angefleht hatte, nicht zu sterben. Er erinnerte sich an das Blut, das viele Blut auf dem Boden, auf der schönen Reitjacke und im Gesicht seines Vaters, während der kalte, unbarmherzige Regen begann und er vergeblich Gott anflehte.

Er erinnerte sich auch daran, daß er geschrien, geschluchzt und sich an den Toten geklammert hatte, als Hände, die vielleicht seinem Großvater gehörten, versuchten, ihn wegzuziehen. Und langsam war ihm die schreckliche Endgültigkeit des Todes bewußt geworden, daran erinnerte er sich später am klarsten, als er es ertragen konnte, daran zu denken: die tödliche Kälte des schrecklichen Sichbewußtwerdens, die in sein Gehirn eindrang. Dieser Eindruck und der Gedanke an das Gesicht seiner Mutter, als sie zur Umzäunung kam... Nachdem er dieses Gesicht gesehen hatte, war er sehr lange nicht in der Lage, aus der Düsternis herauszufinden.

II

Thomas und Mary
1882–1900

Gott, du bist hart zu uns Müttern... Wir leiden bei ihrem Kommen und bei ihrem Gehen.

Padraic Pearse

15

»Mir wird nie etwas zustoßen...« Die Worte hallten im Kopf des Kindes, als es sich bereitmachte, sein Heim für immer zu verlassen. Sein Vater hatte dies in der kleinen Hütte am Rand des Besitzes Drumgillan zu seiner Mutter Mary gesagt, mit einer Sicherheit, die das Kind freilich nie wirklich beruhigt hatte.

Nun waren die unbestimmten Befürchtungen seiner Mutter Wahrheit geworden. Sein Dad war tot, und die Hütte mit den ärmlichen Habseligkeiten gehörte ihnen nicht mehr.

Randolph, der ältere Bruder seines Vaters, und der Aufseher O'Leary waren zu dem Häuschen gekommen und hatten ihnen mitgeteilt, daß sie die Hütte zurückgeben müßten.

»Aber Michael hat doch gesagt, daß er sie in seinem Testament uns vermacht, damit wir eine gewisse Sicherheit haben!« hatte seine Mutter geschrien, die so verzweifelt war, daß sie ihre Zurückhaltung vergaß.

»Unsinn«, hatte sein Onkel brutal geantwortet. »Mein Bruder ist ohne Testament gestorben. Michael war in Geldangelegenheiten immer ausgesprochen naiv. Aber selbst wenn er ein reicher Finanzier gewesen wäre, hätte er einem Dienstmädchen und ihrem unehelichen Sohn keinen Penny hinterlassen. Das werden Sie doch einsehen, Madam!«

»Sehen Sie zu, daß Sie morgen mittag draußen sind«, hatte O'Leary unnötigerweise mit seiner schauerlich krächzenden Stimme hinzugefügt. »Sein Herz ist so klein«, hatte sein Vater einmal von Mr. O'Leary behauptet, »man könnte es am Fußgelenk eines Sperlings befestigen, ohne daß es ihn beim Fliegen stört.« Und sein Vater hatte sich in solchen Dingen selten geirrt.

Seine Mutter hatte schon alles, was sie tragen konnten, in eine Schachtel gepackt, um die sie den Gürtel seines Vaters geschlungen hatte, und in zwei Rucksäcke, die sie selbst gefertigt hatte. Sie hatte ihr Kleid für die Sonntagsmesse, seine beiden Hosen und sein einziges gutes Hemd eingepackt, und auch die schöne Haarbürste mit dem Silbergriff, die ihm sein Vater vor langer Zeit zum Geburtstag geschenkt hatte. »In die Bürste ist nur der Anfangsbuchstabe deines Vornamens eingraviert, mein Sohn«, hatte sein Vater gesagt, »so daß wir, wenn deine Mutter und ich erst kirchlich getraut sind, deinen richtigen Zunamen für immer in das Silber einschneiden lassen können.« Das war nun ein für allemal vorbei.

Tom betrachtete geduldig seine schweigende Mutter, die unruhig ihren einzigen Schatz betrachtete, ein zierliches Goldmedaillon, in dem sich eine Miniatur seines Vaters befand. »Ich werde eher verhungern«, hatte sie gesagt, »bevor ich mich von ihm trenne.«

Entschlossen ergriff Mary den Pappkarton, und Tom schwang seinen Rucksack über die Schulter. Sie sah sich ein letztes Mal in der Hütte um, und in ihren Augen glänzten Tränen, als sie die Tür ruhig hinter ihnen schloß.

Mutter und Sohn schritten mit einem Stolz, den sie nicht fühlten, durch das Holztor in der Steinmauer, welche die Grenze ihrer kleinen Welt darstellte. Es war ein finsterer, stürmischer und kalter Tag. Der Nieselregen, der seit dem Morgengrauen fiel, machte den Lehm unter ihren Füßen glitschig.

»Wohin werden wir jetzt gehen, Mama?« fragte er, ohne zu der Behausung zurückzublicken, die nun nicht mehr die ihre war.

»Zum Priester, Sohn, wie alle verlorenen Seelen. Zu Pfarrer O'Hanlon, mit der Hoffnung, daß er uns in dieser schrecklichen Zeit helfen kann.«

Fast siebzig Jahre später, als Thomas Dalton auf dem Sterbebett lag, fragte ihn ein Dummkopf, woran er sich in seinem Leben am deutlichsten erinnere. »An die Abschiede«, antwortete er, und niemand in dem Sterbezimmer außer ihm wußte, daß er sich in diesem Augenblick mit allen Einzelheiten an jenen Augenblick im kalten, unwirtlichen Dezember 1882 erinnerte, in dem sie für ihn begonnen hatten.

16

Pfarrer O'Hanlon sprach mürrisch seine täglichen Gebete im Hauptschiff von St. Boniface, als Mary und Tom mit ihren Habseligkeiten in der Hand im grauen Licht an der Hintertür der dunklen Kirche auftauchten.

»Mein Gott«, murmelte der alte Priester und rief Gott wirklich an. »Hilf mir, damit ich diesen armen Heimatlosen helfen kann!« Er erhob sich mühsam auf seine arthritischen Füße und führte die beiden in der freundlichen, leicht zerstreuten Art alter, mitfühlender Menschen zum kleinen, ärmlichen Pfarrhaus. Er beobachtete die schweigenden Gäste aus den Augenwinkeln, während er den Teekessel aufstellte, um das alte irische Allheilmittel gegen jede Form von körperlichen und seelischen Leiden zuzubereiten.

»Du weißt ja, mein liebes Kind«, begann er, »daß ich deinen Michael für einen der anständigsten jungen Männer halte, die ich kennengelernt habe, obwohl du ein Kind von ihm hast, das er nicht legitimieren konnte. Für einen verflucht viel besseren Menschen als den aufgeblasenen Snob, seinen älteren Bruder, der im Herrenhaus sitzt und in diesem Augenblick sein Geld zählt.« Er sah nach, ob das Wasser auf dem Herd kochte, nahm drei Teetassen aus dem Schrank, ging langsam zu seinem Schreibtisch und forderte die beiden auf, sich zu setzen.

»Wofür Michael sich auch immer vor Gottes Richterstuhl zu verantworten haben wird, Mary, er hat sich stets bemüht, für dich und den Jungen zu sorgen.« Der alte Priester griff nach einer Holzkassette, die mit einem Schlüssel versperrt war, den er um den Hals trug. »Michael hat mit mir über eure Zukunft gesprochen, als ich ihn in den Glauben unserer heiligen Kirche einführte, und er hat mir eine Geldsumme anvertraut für den Fall, daß ihm etwas zustoßen sollte.«

Vater O'Hanlon machte eine Pause, und Mary blickte ihn überrascht an.

»Falls er sterben sollte, sagte mir Michael, sei er davon überzeugt, daß seine gottlose, hartherzige Familie dich und den Jungen bis aufs Hemd ausplündern wird. Deshalb sagte er zu mir: ›Nehmen Sie diese Geldbörse und verstecken Sie sie unter dem Fußboden. Wenn mir etwas zustößt, nehmen Sie sie heraus, und erledigen Sie für die beiden Menschen, die ich liebe, folgendes: Schicken Sie Mary nach Amerika, damit sie ein neues Leben beginnen kann, und lassen Sie dem Jungen die beste Erziehung angedeihen, die Sie ihm erkaufen, erbitten oder erschwindeln können. Tom ist ein kluger Junge. Er ist begabt. Er besitzt einen analytischen Verstand, wache Intelligenz und poetische Begabung. Aber da er außerhalb einer ehelichen Gemeinschaft zur Welt kam, wird er es im Leben zu nichts bringen, wenn er nicht die Erziehung erhält, um die anderen mit ihren eigenen Waffen zu schlagen.‹«

Mary und Tom blickten einander betroffen an, weil sie sahen, wie sehr sie geliebt worden waren. Und es erfaßte sie Entsetzen über die Folgen, die dieses Geschenk zur Bedingung hatte.

»Amerika, Hochwürden, was um Himmels willen soll ich in Amerika anfangen?«

»Mary, mein Kind, denke zuerst an deinen Sohn! Sein Vater hat den Jungen richtig eingeschätzt, er ist klug. Er wird seinen Weg machen, wenn er die dafür nötige Erziehung erhält. Und du, du bist ein braves, tüchtiges Mädchen, und wenn du erst einmal in Amerika bist, gibt es dort einen Prieser, den ich kenne. Er heißt Pater Grogan und hilft den irischen Mädchen drüben weiter. Der wird dir einen Posten in einem schönen Haus bei einer anständigen Familie verschaffen, und du wirst die Chance für ein neues Leben erhalten. Siehst du denn nicht ein, daß du nicht länger hier im Dorf bleiben kannst?«

»Aber Tom ist mein Sohn, Hochwürden, ich könnte ihn nie im Stich lassen!« Aus ihrem Gesicht sprach solche Verzweiflung, daß der alte Mann aus Zorn über die Ungerechtigkeit dieser Welt zusammenzuckte. Er räusperte sich, um überzeugender zu klingen.

»Dennoch mußt du tun, was ich sage, Kind. Ich kann Tom in einer Klosterschule unterbringen. Er wird dort deinen Namen tragen, und die guten Patres werden ihn als Waise erziehen, ohne weitere Fragen zu stellen.«

Er blickte Mary voll in die Augen, während er ihr die unbequeme Wahrheit beibrachte. »Du hast eine Familie, die seit der Geburt des Knaben nicht mehr mit dir spricht. Allein kannst du deinen Sohn nicht aufziehen, und nach Amerika kannst du ihn auch nicht mitnehmen. Wer will schon ein lediges Dienstmädchen mit einem Kind? Es bleibt dir keine andere Wahl, als dem Willen Michaels zu entsprechen. Ich sehe keine andere Möglichkeit.«

Als wolle er die Endgültigkeit seiner Worte betonen, griff O'Hanlon in die Kassette, mit der er gespielt hatte, entnahm ihr zwei versiegelte Briefe, von denen einer für Mary, der andere für Tom bestimmt war, und reichte sie den beiden, die vor ihm saßen. Mit zitternden Fingern brach die junge Frau das Siegel auf und las den letzten Brief, den sie von ihrem Geliebten bekommen hatte. Tränen strömten über ihr Gesicht, als sie Michaels schöne, schwungvolle Handschrift sah:

Mein liebstes Mädchen,
daß Du diesen Brief liest, bedeutet, daß der schlimmste Fall eingetreten ist und ich nicht mehr mit Dir und unserem Sohn vereint bin. Verzeih mir das Unrecht, das ich Dir angetan habe – es ist eine große Last, mit der ich vor Gott treten muß. Ich kann nur hoffen, daß Gott in Seiner unendlichen Güte verstehen wird, welche Liebe ich für Dich empfinde, und daß Sein Urteil in Seiner großen Barmherzigkeit mild ausfallen wird, damit wir einander jenseits dieser Welt wiederfinden.
Ich habe Dich mit jedem Atemzug geliebt – weder der Tod noch meine schändliche Familie können uns unsere Liebe rauben. Ich habe alles, was ich besitze, Dir und Tom hinterlassen. Wie die Dinge aber liegen, kann das Testament Euch nicht nützen, denn das Gericht wird nur auf meine Familie hören. Sollte jedoch Dein oder Toms Geschick es Euch jemals ermöglichen, mein Eigentum wiederzubekommen, hinterlasse ich es Euch. Angesichts der Unsicherheit Eurer Lage habe ich andere Schritte für Eure Sicherheit unternommen.
Hochwürden O'Hanlon hat Geld von mir erhalten, um Dir die Überfahrt nach Amerika zu ermöglichen und Deinen Lebensunterhalt zu gewährleisten, bis Du Arbeit findest und – darum bete ich besonders – ein neues Leben beginnen kannst. Ich bitte Dich eindringlich, die Kraft aufzubringen, Tom hier zu lassen. Ihm ist ein hartes Los bestimmt, Mary, und er muß mit allem ausgestattet sein, was Du und ich ihm für einen erfolgreichen Lebenskampf mitgeben können. Ich habe dafür gesorgt, daß er eine Erziehung erhält, wenn auch nicht ganz als Gentleman, so doch nicht als Bauer oder unehelich Geborener. Er kann mit Hochwürden O'Hanlons Hilfe, den ich ins Vertrauen gezogen habe, eine Universität besuchen, so daß er, wie ich hoffe, über das nötige Rüstzeug verfügen wird, um seinen Weg in der Welt zu machen, sobald sein Studium beendet ist. Alles, was ich für meinen Sohn tun konnte, habe ich getan. Ich bete zu Gott, daß es genügt.
Ich liebe Dich, mein teures Mädchen. Vergiß mich nicht!
Dein Michael

Mary legte den Brief auf den rohen Schreibtisch aus Mooreichenholz und bemühte sich, Haltung zu bewahren. Das alles ging über ihre Kräfte, und der Brief machte die Hoffnungslosigkeit ihrer Lage erst richtig deutlich.

Tom beobachtete die Reaktion seiner Mutter schmerzlich und gespannt, bevor er seinen Brief öffnete, denn er hatte das schreckliche Gefühl, daß er nun sein Schicksal in Händen hielt. Seine Mutter spürte diese Angst und umschlang seine schmalen Schultern, als wolle sie ihm die Kraft einflößen, die er brauchte. »Du mußt ihn lesen, Tom. Es ist alles, was wir jetzt von ihm haben.« Ohne aufzublicken, brach der Junge das Siegel des Briefumschlags und begann mit feuchten Augen zu lesen:

Mein liebster Sohn,
ich bete darum, daß Du als Mann die Umstände Deiner Geburt besser verstehen wirst. Wenn Du mir das Unrecht, das ich Dir und Deiner Mutter angetan habe, nicht vergeben kannst, wirst Du vielleicht wenigstens die unendliche Liebe verstehen, die zu dem Schmerz geführt hat.
Kein Vater hat jemals seinen Sohn so geliebt wie ich Dich und auch nicht fester an ihn geglaubt. Du bist meine Hoffnung für die Zukunft und für meine eigene Unsterblichkeit. Lerne, soviel Du kannst, Tom! Eine gute Erziehung ist Deine einzige Chance, den engen Verhältnissen zu entkommen. Mit ihr kannst Du die Barrieren von Klasse und Geld, von Vorurteil und Vorrecht überwinden. Sei klüger als die übrigen, stärker und beständiger, denn Du mußt Deinen Weg selbst finden. Ziehe in ein anderes Land, und beginne Dein Leben noch einmal als der Gentleman, als der Du geboren wurdest.
Ich habe Dir kaum mehr hinterlassen als die Anerkennung Deiner Geburt und Deines Erbes. Hätte Gott Dir ein anderes Los beschieden, wärst Du mein rechtmäßiges Kind und würdest alles erben, was einst mir zufallen sollte.
Sei stolz auf Dein Erbe, mein Sohn! Deine Mutter vermacht Dir die Schönheit, die Liebe und die Tradition ihrer keltischen Ahnen, und ich vermache Dir das Blut, wenn auch nicht den Namen einer der ersten Familien Irlands.
Gott sei mit Dir, mein liebstes Kind! Ich liebe Dich so sehr.
Dein Vater

17

Der kleine Junge stand verwirrt im Hof des alten, steingemauerten Klosters und hielt seine Wollmütze in den Händen, die trotz des Windes und der irischen Dezemberkälte schweißnaß waren. Männer in dunklen Gewändern eilten lautlos zu der von Kerzen erhellten Kapelle, denn man hatte bereits zum Angelus geläutet, und keiner durfte zu spät seinen vorgeschriebenen Platz einnehmen.

Pfarrer O'Hanlon hatte ihm aufgetragen, zu den Brüdern im Kloster höflich zu sein und alles zu tun, was sie ihm befahlen. Er hatte auch gesagt, daß die Patres große Gelehrte waren, die ihm alles beibringen würden, was sein Vater vorgesehen hatte. Die sich sträubenden Haare in seinem Nacken erweckten in Tom das unbehagliche Gefühl, daß ihm die guten Brüder vielleicht auch noch anderes beibringen würden, denn das Gebäude hatte etwas Furchterregendes, unbestimmt Beängstigendes an sich, das fest wie Pech an ihm klebte. Ein verschlossen aussehender Mönch erschien aus dem Nirgendwo und sprach ihn an.

»Ich bin Bruder Ambrose«, stellte er sich mit weinerlicher asthmatischer Stimme vor. »Ich werde dich zum Abt bringen. Du mußt Tom sein, der Waisenknabe, den uns Pfarrer O'Hanlon schicken wollte. Wenn du während deines Aufenthaltes hier einen Rat brauchst, komm zu mir! Ich werde dir helfen, wenn es in meiner Macht steht. Die Ordensregeln sind aber streng, und vielleicht werde ich nicht allzu viel für dich tun können.«

Er schob den Jungen zu der massiven, geschnitzten Eichentür, die im Verhältnis zur kargen Umgebung zu pompös wirkte. »Das ist das Arbeitszimmer des Abtes. Klopfe nur an und warte, bis du hineingerufen wirst! Und Gott helfe dir, Kind!« Bruder Ambrose bekreuzigte sich hastig und verschwand ebenso unvermittelt, wie er aufgetaucht war.

Tom klopfte ganz leise an die Tür und wartete mit pochendem Herzen.

»Steh nicht herum wie ein dummer Bauernlümmel, auch wenn du einer bist«, rief eine beunruhigende Stimme von drinnen. »Tritt ein!«

Der Abt war groß und leichenblaß. Er hatte kalte, giftige Augen. Er spielte so drohend mit einer Art Rute, daß der Junge am liebsten weggelaufen wäre und sich versteckt hätte. Tom rang nach Luft, weil die Angst seine kleine Brust zuschnürte. Der asketische Mann starrte angewidert auf den zerzausten kleinen Burschen, dessen widerwärtiger Körpergeruch und wollenes Zeug seine aristokratische Nase beleidigten.

»Du bist noch mickriger, als ich erwartet habe.« Die schallende Stimme paßte nicht zu dem knochigen Körper.

»Während deines Aufenthaltes hier wirst du die Disziplin kennenlernen, weil wir versuchen wollen, aus dir einen Gentleman zu machen, so unmöglich dieses Vorhaben auch sein mag. Begehst du den leisesten Verstoß, wirst du die Rute zu spüren bekommen.«

Was ist eigentlich ein Verstoß, dachte der verzweifelte Junge, und wie werde ich wissen, daß ich einen begangen habe?

»Du wirst alle Vorschriften und Befehle sofort befolgen, du wirst von Morgengrauen bis zum Einbruch der Dunkelheit für deinen Unterhalt arbeiten, du wirst jederzeit ein einwandfreies Englisch sprechen – nicht den abscheulichen Bauerndialekt, mit dem du hier ankommst –, und du wirst dich vor sündigen Gedanken hüten. Hast du mich verstanden?«

Tom nickte energisch. »O ja, Hochwürden. Ich verstehe vollkommen, Sir.« Er log und hoffte, diese peinliche Unterredung würde bald zu Ende gehen.

»Zieh dein dreckiges Hemd aus!« Tom blickte die sonderbare Gestalt vor ihm verblüfft an, um sicherzugehen, daß er richtig gehört hatte. Mein Hemd ist nicht dreckig, dachte er, meine Mutter hat es genäht, und Hochwürden O'Hanlon hat es erst gestern gewaschen.

»Ich sage, zieh deine ordinäre Kleidung aus!« Diesmal konnte man die Donnerstimme nicht mißverstehen.

Gehorsam fingerte Tom an den selbstgemachten Knöpfen herum, zog mit ängstlicher Vorsicht sein bestes Hemd aus und fragte sich, ob er eines dieser merkwürdigen langen Gewänder würde tragen müssen wie all die herumhuschenden Mönche hier.

»Ich werde dich jetzt züchtigen«, erklärte der alte Mann ohne die geringste Gemütsregung in der grausamen Stimme, »um dir zu zeigen, was jedesmal mit dir geschehen wird, wenn du hier in Gottes Haus gegen eine Regel verstößt.«

Die entsetzliche neunschwänzige Katze schwirrte durch die Luft, und damit begann Toms Erziehung. Selbst am Tage seines Todes konnte er sich noch mit absoluter Klarheit an diesen Augenblick erinnern.

Auch wenn Tom am Tage seines Schuleintritts noch nichts von der Geschichte von St. Ignatius wußte, so war er doch in einem der vielen Klöster, die in der Geschichte Irlands eine hervorragende Rolle gespielt hatten. Hunderte von Klöstern und Abteien in ganz Irland waren während der fortgesetzten Überfälle der englischen Grundbesitzer aufgelassen und geräumt worden, aber dem Kloster St. Ignatius war es gelungen, in der Welt der herrschenden Familien seine Position zu behalten. Dies verdankte es vor allem der Willensstärke und den einflußreichen Verwandtschaftsbeziehungen seines Abtes.

Francis Plunkett Fitzpatrick war Sohn einer der wenigen katholischen irischen Grundbesitzerfamilien, die während der englischen Invasionen Macht und Einfluß behalten hatten. Sein Stammbaum war trotz seines katholischen Glaubens lupenrein wie der seiner protestantischen Gegner.

Francis' glänzende Studienlaufbahn auf dem Kontinent und der ungeheure Reichtum seiner Familie hatten frühzeitig das Interesse des Vatikans erregt. Er hatte als junger Mann das Vorrecht genossen, durch die Korridore der religiösen Machtzentrale zu schreiten, und hatte die besten Aussichten gehabt, seine ehrgeizigen Träume verwirklichen zu können. Aber der junge Fitzpatrick war von Natur aus ein Asket; er war aus dem Stoff, aus dem die Flagellanten und Märtyrer gemacht sind, und ihn hatten der übermäßige Reichtum des Vatikans und die allgemeine Dekadenz der Stadt Rom angewidert. Deshalb war er nach eingehender Gewissenserforschung, nach Fasten und immer strengeren Bußen zu dem Entschluß gekommen, daß seine Berufung sittlich-ernster Natur und er für einen päpstlichen Politiker ungeeignet war. Infolgedessen hatte er Seine Eminenz, Kardinal Ponzini, den päpstlichen Nuntius und engsten Vertrauten des Papstes, um die Erlaubnis ersucht, nach Irland zurückkehren zu dürfen, mit dem ausdrücklichen Ziel, eine Klosterschule zu gründen, die aus seinem persönlichen Vermögen unterhalten werden sollte. Sie war dazu bestimmt, ein Bollwerk gegen die Angriffe der herrschenden Klasse auf die Kirche zu bilden, und Seine Heiligkeit hatte ihm über Kardinal Ponzini geantwortet, daß er zwar persönlich den Verlust eines so vielversprechenden jungen Mannes für die internen Angelegenheiten des Vatikans bedaure, den mutigen Entschluß des jungen Mannes, sich dem Klosterleben und der Askese zu widmen, jedoch begrüße. Er hatte ihm auch seinen Segen übermittelt.

Monsignore Fitzpatrick war umgehend nach Irland zurückgekehrt, hatte seiner Familie so viel Geld abgeknöpft, als sein Gewissen erlaubte, und sich darangemacht, die Ruine eines Klosters aus dem vierzehnten Jahrhundert, das einst in hoher Blüte gestanden hatte, wieder bewohnbar zu machen. Fitzpatrick hatte begabte Architekten vom Kontinent geholt, damit sie die Restaurierungsarbeiten beaufsichtigten, und hatte selbst mit ihnen an den Plänen gefeilt. Obwohl die Schlichtheit der Konzeption des Abtes die Künstler zuerst verwirrte, mußten sie schließlich widerwillig zugeben, daß sein Wissen über die irische Architektur des vierzehnten Jahrhunderts und seine Leidenschaft für geschichtsgetreue Details einen in seiner Art einzigartig exemplarischen, authentischen Bau ergeben würden. Die Vorstellung, daß dort jemand auch leben müsse, erschreckte sie natürlich, aber abgesehen davon wurde die Restaurierung von allen als bemerkenswert gelungen betrachtet. Sie würde dem heiligen katholischen Glauben Ruhm und Ansehen eintragen.

Der Katholizismus in Irland hatte eine überaus bewegte Geschichte hinter sich. Er verführte alle, die mit ihm konfrontiert wurden, zu heftiger Leidenschaft, ob sie nun dem standhaften Glauben zuneigten oder ihn bekämpften. Die Kelten, von denen die heutigen Iren abstammen, waren ein mystisches Volk gewesen, das tiefreligiös war, so daß es das Erscheinen des Katholizismus in dem kleinen Inselkönigreich im fünften Jahrhundert nach Christus einem bereits dem Geheimnisvollen zugeneigten Volk ermöglichte, den alten Mystizismus durch einen neuen zu ersetzen. Der Opfercharakter der neuen Religion besaß erfreulicherweise Parallelen zu ihrer druidischen Überlieferung, und die magische Eigenschaft der Priester erleichterte den mystisch empfindenden Iren den Zugang, so daß der Übergang von der alten zur neuen Religion bruchlos vonstatten ging.

Als Ergebnis dieser Vermengung der Religionen war die Landschaft Irlands bald mit Abteien und Klöstern übersät, in denen gelehrte Priester und Ordensbrüder hausten. Sie repräsentierten während der dunklen Jahre des Mittelalters sowohl eine intellektuelle Elite als auch einen Verwaltungskörper für das kleine Land.

Das Eindringen der Engländer und der darauffolgende Wechsel von Rebellion und Unterdrückung bewirkten, daß die eigensinnige Anhänglichkeit der Iren an ihren Glauben sich verstärkte. Obwohl der Katholizismus während des achtzehnten und neunzehnten Jahrhunderts von den Engländern immer wieder geächtet wurde, hielt das Volk beständig an ihm fest. Man hörte die Messe aus Protest sowie aus religiöser Leidenschaft und beschützte die Priester. Statt die katholische Gesinnung des Volkes zu dämpfen, fachten die anhaltenden Repressionen die Flamme der religiösen Leidenschaft noch an und banden die Menschen für immer an den Katholizismus.

Zur Verehrung, die das irische Volk seiner Religion entgegenbrachte, kam der Respekt vor der Erziehung, welche die Konvikte boten. Die Iren schätzten Sprache und Wissen; die kleinsten Dörfer besaßen eine Bibliothek, der ärmste Fischer konnte Gedichte aufsagen. Als die englischen Invasoren die irischen Schulen schlossen und dem Volk den Zugang zu seiner Geschichte und seiner geliebten Literatur verwehrten, wurden Heckenschulen eingerichtet. Die Jugend wurde hinter Zäunen und in Gräben am Straßenrand unterrichtet, aber die Sehnsucht der Iren nach Bildung und ihr Durst nach der Magie der Worte konnten weder von den Engländern unterdrückt noch von den Heckenschulen hinreichend befriedigt werden. Die Klöster mit ihrer priesterlichen Elite von Lehrmeistern und ihrer jahrhundertealten schulischen Erfahrung wurden zu Bollwerken der Bildung, welche die Iren sehr hoch einschätzten und nach der sie strebten. Sie boten Priestern, Nonnen, Ordensbrüdern und Kindern ein atemberaubendes Angebot an Studienmöglichkeiten. Und ein solcher Ort war das Kloster St. Ignatius.

18

Mary Dalton stand verwirrt mit ihrer Reisetasche in der Hand am North-River-Kai. Sie fühlte sich elend vor Besorgnis, Müdigkeit und Kummer. Die Überfahrt nach New York im Zwischendeck war eine schreckliche Tortur gewesen – Mary war seekrank geworden und hatte sich nur noch geängstigt, wenn sie nicht vor Kummer über das Unglück, das ihr widerfahren war, völlig betäubt dahindämmerte.

Michael war nicht mehr bei ihr. Nie wieder würden seine starken Arme sie umfassen und vor dem Angriff der Welt schützen. Auch Tom war nicht mehr bei ihr. Nie wieder würde sie seinen Kopf auf dem Kissen am Kamin betrachten, während sie ihn liebevoll in den Schlaf sang. Die Zukunft war verspielt. Sie würden nie im Schutz wärmender Liebe eine Familie bilden, die ihre Zukunft in einem neuen, verheißungsvollen Land sucht. Sie sah sich auf dem Kai nach dem Priester um, den sie treffen sollte.

Er hieß Pater Grogan. Sie wußte, daß man den Mann, der die irischen Mädchen von den Schiffen abholte und sie vor einem Leben in Sünde oder Hunger rettete, den Heiligen von Hell's Kitchen nannte, den Heiligen der Teufelsküche. Sie sah eine Schar Frauen, die sich am Ende des Kais versammelten, und ging auf sie zu.

Ein hochgewachsener Mann mittleren Alters mit abgehärmtem Gesicht und den neugierigen Augen eines Zweijährigen streckte ihr die Hand entgegen, als sie näherkam. »Sind Sie Mary Dalton?« fragte er mit freundlicher Stimme. »Ja, Sie müssen es sein, Gott sei Dank! Sie sind heute die letzte meiner kleinen Herde.« Er schien überaus erfreut zu sein, alle seine Schutzbefohlenen gefunden zu haben.

Zögernd reichte ihm Mary den Empfehlungsbrief, den ihr Pfarrer O'Hanlon mitgegeben hatte, und der Priester nahm ihn wortlos entgegen, wobei er sie ruhig musterte, um ihre Fähigkeiten abzuschätzen.

»Hochwürden O'Hanlon trug mir auf, Sie darauf aufmerksam zu machen, daß ich lesen und schreiben kann«, erinnerte sie sich plötzlich an die letzte Ermahnung, die ihr der alte Priester gegeben hatte, als sie an Bord ging.

»Gott sei gepriesen, Kind! Das ist die beste Neuigkeit, die Sie mir mitteilen konnten. Ich habe nämlich eine schöne Stellung in Tuxedo-Park, die auf so jemanden wie Sie wartet.« Er strahlte sie wohlwollend an, dann wandte er sich den acht anderen Mädchen zu, die das Glück gehabt hatten, seiner Obhut anvertraut zu werden. »Meine lieben jungen Damen«, verkündete er heiter, »Sie müssen jetzt ein wenig auf mich warten, bis ich unter den Ankommenden nach zusätzlichen gefährdeten Schäfchen Ausschau gehalten habe.«

Am folgenden Tag, als Mary ihn aufsuchte, saß Pater Grogan an seinem Schreibtisch im Holy-Rosary-Pfarrhaus. Er winkte sie in den Raum, der ihm als Büro diente.

Sie ging mit einer natürlichen Würde, graziös und beherrscht. Höchstwahrscheinlich ist es gerade die Tatsache, daß sie dem Schönheitsideal unserer Zeit entspricht, die ihr ein Leben in Sünde und Trauer beschert hat, dachte Grogan. Der Brief von Pfarrer O'Hanlon hatte ihm die merkwürdige Geschichte von Michael Hartington und Mary Dalton geschildert.

»Liebe Mary«, begann er ruhig, »ich weiß ziemlich genau Bescheid über Ihr Leben, und es wäre angebracht, von Ihrer Vergangenheit zu sprechen, bevor wir uns mit Ihrer neuen Stellung befassen.«

Mary nickte.

»Es ist nicht meine Gewohnheit, Leuten zu raten, nicht ganz ehrlich zu sein«, begann er unsicher. »Aber ich bin ein Mann der Praxis und schließlich auch noch ein Priester, und ich habe all die Sorgen, die Not und die Ungerechtigkeit mitangesehen, die unsere irischen Männer und Frauen erdulden müssen, wenn sie in der Neuen Welt ankommen. Deshalb sehe ich mich in Ihrem Fall, mein Kind, veranlaßt, Ihnen wenn auch nicht zu einer direkten Lüge, so doch zu ein wenig Vorsicht zu raten.«

Mary blickte den Priester mißtrauisch an. Er räusperte sich und fuhr fort.

»Wenn Sie Ihrem künftigen Brotherrn, Mr. Cooke, von Michael und Tom erzählen, würde der Sie unweigerlich als gefallenes Mädchen brandmarken. Da er kleine Kinder hat, die Ihnen anvertraut werden sollen, würde er sich zweifellos überlegen, Ihre Anstellung aus moralischen Bedenken abzulehnen.« Grogan sah, wie sie erstarrte, sprach aber rasch weiter. »Sollten wir ihm also nicht eher sagen, daß Sie aus einer Bauernfamilie stammen, daß Sie durch Gottes Güte lesen und schreiben gelernt haben und eine Anstellung in Amerika suchen, weil Sie eine bessere Lage anstreben. Das kommt der Wahrheit doch sehr nahe, nicht wahr, Mary?«

»Ja, Pater«, erklärte sie feierlich mit dem Gefühl, ihren gesamten Wortschatz in Irland zurückgelassen zu haben.

Er lächelte ihr erleichtert zu, weil sie so einsichtig war. »Mary, mein Kind, Sie dürfen nicht so einsilbig antworten, wenn Sie die guten Leute davon überzeugen wollen, daß Sie ihren Kindern das Lesen und Schreiben beibringen können. Schließlich haben sie ein Recht darauf, von einer Irin eine deutliche Aussprache und einige Redegewandtheit zu erwarten. Uns haben doch die Engländer alles andere weggenommen und nur die Zauberkraft der Worte gelassen! Möchten Sie mir von Ihrem Sohn erzählen, Mary? Wie ich gehört habe, ist er ein hübscher, strammer Junge wie sein Vater.« In ihre großen, traurigen Augen kam bei der Erwähnung von Tom sofort Leben. »Was wird aus ihm werden, Vater? Ohne mich und Michael? Er ist erst acht Jahre alt und jetzt ganz allein.«

»Mary, Mary! Sie dürfen nicht verzweifeln, Kind! Ihr Sohn ist in Gottes Händen wie Sie auch! Viele Jungen sind in die Welt hinausgestoßen worden und haben weniger Schutz genossen als Tom. Die frommen Brüder in Irland kümmern sich um ihn, er erhält Essen und Kleidung, und er wird eine Erziehung bekommen, um die ihn sogar ein Engländer beneiden kann! In seinen Adern fließt Michaels Blut, Mädchen... und das ist ein zuverlässiges Erbe. Gott wird ihm den Weg zeigen, den er beschreiten soll. So wie Er ihn Ihnen weisen wird, Mary. Wir können Seine geheimnisvollen Wege nicht anzweifeln, denn Sie und ich wissen nicht, was Er weiß.« Er sagte es aus der gewichtigen Überzeugung seines gefestigten Glaubens heraus.

»Für mich sind es leere Worte, Pater!« erwiderte sie scharf, und ihre Stimme zitterte vor Erregung. »Ich zweifle an Ihm. Trotz meiner großen Sünde zweifle ich an Ihm.«

Der Priester betrachtete das schöne, strenge Gesicht und wußte, daß für eine Mutter, die ihr Kind und den Geliebten verloren hat, alle Worte leer klingen mußten.

»Dann lassen Sie uns beten, Mary, für Ihre und Toms Zukunft, daß Gott Sie beide trotz der Trennung in seinen liebenden Händen halten möge.«

Sie nickte wieder, weil sie wußte, daß jeder Einwand sinnlos war, und er erkannte in der vielsagenden Geste den Mut und die Kraft dieser schweigsamen jungen Frau. Er sprach ein kurzes Gebet um Gottes Barmherzigkeit.

Sie ist klug, diese Mary Dalton, dachte er. Es interessiert mich, wie ihr weiteres Leben verlaufen wird.

Er hoffte, ihr hinsichtlich der Darstellung ihrer Vergangenheit den richtigen Rat gegeben zu haben. Aber den irischen Mädchen wurde ungerechterweise eine lockere Moral nachgesagt, so daß er keine andere Möglichkeit gesehen hatte.

Pater Grogan sah Mary nachdenklich nach, als sie sein Büro verließ. Ihre anmutige, aufrechte Haltung stand in seltsamem Gegensatz zu ihrer Lage. »Hilf ihr, o Herr!« betete er.

Den zweirädrigen Einspänner, mit dem Mary an der Bahnstation Tuxedo abgeholt wurde, lenkte ein kleiner, vertrockneter Mann. Er hatte ein Glasauge und die gebückte Haltung eines Menschen, der seine Tage und Nächte zum Schutz gegen das Wetter in zusammengkrümmter Haltung verbringt. Sie dachte flüchtig, daß der Kutscher aussah wie eine Figur aus dem Märchenland.

Er nahm Marys Ankunft mit einem nachsichtigen Lächeln und einem Brummen zur Kenntnis, trug ihren Koffer zu dem Gefährt, half ihr aber nicht, auf den lederbezogenen Sitz zu klettern.

»Ich heiße Sean und du bist vermutlich das neue Mädchen«, sagte er freundlich mit starkem irischen Akzent, nachdem es ihr mit einiger Mühe gelungen war, sich zu setzen.

»Stimmt«, war die Antwort.

»Sie werden dich gut behandeln, wenn du nicht vornehm tust und weißt, wo du hingehörst.«

»Ja.«

»Du redest nicht viel, was?«

»Nein«, gab sie traurig zu.

Vornehm tun, was denn noch! Das war genau der Grund, der ihren Sturz verursacht hatte. Sie wollte gern einem vornehmen Haus wie ihrem neuen Zuhause vorstehen, freilich nicht als Kindermädchen; aber offensichtlich war sie zum Dienstboten geboren.

»Tuxedo-Park ist ein schöner Wohnsitz«, fuhr der Kutscher fort. »Er wurde für die Reichen gebaut, damit sie untereinander einen heben können. Du kannst dir nicht vorstellen, wie groß diese Häuser sind.«

Mary lächelte traurig. Sie hatte – zu ihrem Verderben – schon früher ein solch großes Haus gesehen.

»Auch die Bäume im Park und die Seen sind schön. Es sind zwei, der Große Wee Wah und der Kleine Wee Wah. Nicht so, wie man sie in Irland antrifft, aber für Protestanten gut genug.« Der kleine Mann kicherte.

»Was ist aus der letzten Gouvernante geworden?« fragte Mary, die von der Respektlosigkeit des alten Mannes angenehm berührt war.

»Ach, weißt du, Mädchen, das ist eine lange Geschichte.«

»Aber ich würde sie gerne hören.« Sie sagte das aus der Erwägung heraus, zu dem Mann besser nicht zu freundlich zu sein; Gott allein wußte, wann sie wieder einen Freund in dieser neuen Welt finden würde.

Der Kutscher wandte sein heiles Auge von der Straße ab und richtete den Blick auf seinen Fahrgast.

»Du hast also doch eine Zunge im Mund«, kicherte er. »Ich dachte schon, du seist stumm geboren.« Sie lächelte, und er nickte zufrieden über ihre Reaktion.

»Also, das war so: Eileen Casey war die letzte Gouvernante, und du wirst nie eine feinere Frau kennenlernen. Sie und ihr Mann, der Gärtner Frank, standen dreißig Jahre lang hier im Dienst. Bis vor einem Monat«, fügte er mit unheilvoller Betonung hinzu.

»Die Caseys haben sechs Kinder, alles Jungen und so brave Burschen, wie du sie eine Tagesreise im Umkreis nicht findest, fleißig wie ihre Eltern. Der jüngste, Tim, war der klügste von allen, und er hatte gehört, daß er mit guten Schulnoten das bekommen kann, was sie ein Stipendium nennen. Damit kannst du das College besuchen wie die Jungen der piekfeinen Familien. So arbeitete sich Timmy in der Schule immer weiter hinauf, bis es keinen besseren Studenten im ganzen Staat gab, und er schaffte es, ein Stipendium für das Notre-Dame-College, das Ziel seiner Träume, zu erringen. Vor ein paar Monaten ist er mit dem Segen seiner Eltern hingefahren.«

Mary blickte den kleinen Mann forschend an und fragte sich, was das alles mit der Kündigung der früheren Gouvernante zu tun hatte.

»Dann fragte eines schönen Tages Mr. Cooke nach dem Jungen. ›Ich habe deinen Jüngsten schon eine Weile nicht mehr gesehen, Frank‹, sagte er zum Gärtner. ›Ist er fort, um in New York eine Stellung anzutreten?‹ – ›Nein, Sir‹, antwortete der alte Frank stolz wie ein Pfau, ›er ist im College Notre Dame, um Arzt zu werden.‹ Da wird doch Mr. Cooke feuerrot im Gesicht wie eine reife Tomate und stapft ins Haus, ohne dem alten Frank auch nur guten Tag zu sagen.« Sean wandte sich Mary zu, um das Ende dramatisch zu flüstern: »Sie wurden alle noch in derselben Woche entlassen! Eileen und Frank und alle ihre Jungs, die alt genug waren, um mitzuverdienen. Die feinen Pinkel ertragen es nicht, daß einer von uns besser ist als sie. Wenn du aber«, fügte der Kutscher hinzu, als Mary ihm die Antwort schuldig blieb, »nicht über deine Stellung hinausstrebst, wird es dir gutgehen.«

Über meine Stellung hinausstreben, dachte Mary. Was für ein Gedanke! Ich weiß nicht einmal, was mir in diesen Tagen noch bleiben wird, wie also könnte ich nach einer höheren Stellung streben? Ich möchte wissen, was dieser Mann sagen würde, wenn er wüßte, wie hoch ich einmal über meinem jetzigen Rang stand – und wie tief ich deshalb gefallen bin.

Sean redete weiter, und der Klang seiner Stimme rief Mary in die Wirklichkeit zurück. »Das Tor da vor uns ist der Eingang zu Tuxedo-Park. Dahinter beginnt die Welt der Reichen und derer, die ihnen dienen. Es wird dir sicher gut gefallen.«

Sie fuhren an dem Wächter im Torhäuschen vorbei und im weitläufigen, schönen Park eine gewundene Straße bergauf. Riesige Eichen und Ulmen wetteiferten mit gewaltigen Pinien um einen Platz an der Sonne, und unterhalb der Straße konnte Mary die schimmernden Gewässer eines der beiden Wee Wah sahen, auf dem winzige Menschen in kleinen Booten über die spiegelnde Wasserfläche glitten.

Das war der Ort, an dem ihr neues Leben beginnen sollte. Mary holte tief Luft, nahm Haltung an und verbannte ihren Kummer in den letzten Winkel ihres Herzens.

19

Tom und Seamus, sein bester Freund, lebten mit sieben jungen Landsleuten in der kalten archaischen Pracht des alten Klosters. Man erwartete von ihnen, daß sie wie die Mönche um vier Uhr morgens aufstanden, um die Messe zu hören oder bei ihr zu ministrieren und dann schweigend mit den Brüdern in dem spärlich erleuchteten Refektorium das Frühstück einzunehmen. Aber statt der Hafergrütze, die Tom daheim mit einem köstlich wohligen Gefühl der Sättigung erfüllt hatte, gab es in St. Ignatius nur einen dünnen Haferschleim, der seinem Magen nicht behagte. Wie alles im Kloster wirkte das Frühstück unbekömmlich und schäbig.

Während der wortlosen Mahlzeiten las einer der Mönche laut aus dem Neuen Testament oder aus den Schriften des heiligen Augustinus oder des heiligen Thomas von Aquin. Die Schüler benützten natürlich diese Gelegenheit, um ihre Gedanken fröhlich durch die Refektoriumstür in die Freiheit wandern zu lassen, doch da sie manchmal plötzlich von der herrischen Stimme des Abtes, der zu dem soeben gelesenen Text Fragen stellte, in die Wirklichkeit zurückgerufen wurden, mußten sie zumindest mit einem Ohr dem Geleier zuhören.

Nur einer der Vorleser fesselte Toms ungeteilte Aufmerksamkeit: Bruder Damien, ein alter, schmächtiger Mönch mit seltsamen Höckern an der Stelle, wo andere Leute ihre Nase, Knie und Ellbogen haben. Bruder Damien las wie ein Engel. Mit seiner melodischen Aussprache hauchte er sogar den Briefen des heiligen Paulus Leben ein, denn er liebte nicht nur die Schriften, aus denen er vorlas, sondern er verstand vielleicht als einziger von allen versammelten Brüdern auch den Kern dieser Auffassung von Christentum.

Bruder Damien war der freundlichste und sanfteste Mann, den Tom je kennengelernt hatte. Tom und Seamus, die oft die Nutznießer seiner Freigebigkeit waren, fanden, daß nur er der Bezeichnung »frommer« Bruder würdig war. Er war der gute Geist, der aus Honig und Andorn ein Heilmittel mischte und es in den Falten seiner rauhen, braunen Kutte in Seamus' Zimmer schmuggelte, damit dieser mit seinem ständigen Husten die feierliche Runde an dem langen Eßtisch nicht störte.

Nur er ließ gelegentlich ein aus der Klosterküche stibitztes Stück Kuchen in seiner Tasche verschwinden, um es zur Freude der Jungen am Nachmittag, wenn sie schon hungrig waren, hervorzuziehen. Er allein erlöste die beiden Freunde von der unbarmherzigen Langeweile des streng reglementierten Lebens, spazierte mit ihnen auf dem Gebiet der alten Abtei herum und sprach mit ihnen, als wären sie Erwachsene. Die Freundlichkeit des ältlichen Geistlichen wirkte wie Balsam, und oft hatten Tom und Seamus das Gefühl, daß sie seiner sanften Verständigkeit das Leben verdankten.

»Also, Gentlemen«, begann er mit seinem heiseren Galway-Dialekt, »was für eine himmlische Geschichte soll ich heute zu eurer persönlichen Erbauung vortragen?« Und dann quoll die nächste Stunde über von herrlichen Erzählungen. Geschichten von den Helden des Roten Zweigs und ihren fröhlichen Damen, von Deidres Kummer oder von der Zauberreise Ossians erwachten beim Zuhören zum Leben, und der entfesselte Pegasus der Phantasie entführte sie in ein poetischeres Zeitalter.

Er hörte sich geduldig die Berichte der Jungen über die Prügelstrafen und Ungerechtigkeiten der anderen Brüder an und gab ihnen den einzigen Rat, den er anbieten konnte: »Opfert diese Leiden den armen Seelen im Fegefeuer! Die Brüder, Gott helfe ihnen, sind manchmal unbarmherzig, das weiß ich. Sie kennen keine Milde, weil sie sich so anstrengen, den Weg zu ihrem Gott durch Kasteiungen und Opfer zu finden. Sicherlich ein harter Weg, Gentlemen. Ihr müßt ihnen vergeben, wenn ihr könnt, denn wenn euch das gelingt, stärkt ihr eure Seele und macht sie groß und wohlgefällig vor Gott.«

Tom ließ sich von der Logik der Erklärung nicht überzeugen, war jedoch Bruder Damien wegen seines guten Herzens so zugetan, daß er beschloß, das Thema zu wechseln.

»Würden Sie uns bitte von Cú-Chulainn erzählen?« fragte er, denn er kannte den Weg zu Bruder Damiens Bardenherz.

»Ja, Thomas, gerne, denn kein Ire darf eine Seele sein eigen nennen, wenn er seine Helden nicht kennt. Hat doch der heilige Patrick selbst mit Ossian Gespräche geführt, und zudem war er der Sohn von Cú-Chulainns, Freund aus alten Tagen.«

»Erzählen Sie uns die Geschichte von seinem Tod!« ermunterte ihn Seamus. »Das ist so erhaben.«

»Das ist es auch, mein Junge. Eine Geschichte, die das Blut in Wallung bringt und bei der sich getrost eine Träne ins Auge stehlen darf, meinst du nicht auch?«

Er ordnete die braune Wollsoutane um seine magere Greisengestalt, legte den Kopf nach Art eines alten Minnesängers zurück, der seine Kunst vor einem Königshof zum besten gibt, und begann seine Erzählung mit der vollen, weichen Stimme des echten Barden:

»Es war einmal in einer sehr guten Zeit... es war weder zu eurer noch zu meiner Zeit, sondern damals, als es in Irland noch Riesen gab. Es ist lange, lange her, als die Welt noch jung war und alle Straßen nach Hause führten; als die Helden noch riesengroß waren, nicht so armselige Gestalten, wie wir sie jetzt um uns sehen; als der König von Ulster in Tara regierte und die Helden des Roten Zweigs herrschten. In dieser edlen Zeit war Cú-Chulainn, dessen Name, wie ihr vielleicht aus früheren Geschichten noch wißt, ›der Hund des Culann‹ bedeutet, der stärkste, mutigste und beste Krieger der Welt.

Er war von den wilden Kriegerinnen Schottlands in der edlen Kriegskunst ausgebildet worden und hatte als seinen Wagenlenker einen Mann namens Laeg aus dem Zauberland Tir-na-n'Og. Abgesehen davon, daß er der beste Wagenlenker war, den die Welt je gesehen hatte, war Laeg auch eine Art Zauberer, denn er konnte Blutungen stillen oder eine Wunde auch dann heilen, wenn irdische Ärzte versagt hatten, vor allem aber liebte er Cú-Chulainn von ganzem Herzen, und er hatte geschworen, bis zum Tod sein getreuer Diener zu bleiben.

Nun ereignete es sich, daß es zu einem Überraschungsangriff kam, als alle Ritter abwesend waren und nur Cú-Chulainn den Ort bewachte. Also wurden Cú-Chulainn und Laeg vom Schicksal gezwungen, an einer bestimmten Furt gegen die Feinde der Rotzweigigen zu kämpfen. Doch bevor sie auszogen, ereignete sich noch etwas Seltsames. Der Graue von Macha, Cú-Chulainns mächtiges Roß, das ihn immer in die Schlacht getragen hatte, ließ sich nicht vor den Kriegswagen spannen. Nicht einmal Laeg, der mit dem Pferd in dessen Sprache reden konnte, vermochte das Tier zum Gehorsam zu überreden. Und als Cú-Chulainn zu den Ställen kam, kniete das majestätische Tier nieder und weinte blutige Tränen zu Füßen seines Herrn. Aber Cú-Chulainn wußte, daß es keine Umkehr gab, denn die Schicksalsgöttinnen warteten schon auf ihn, und er hatte in der Nacht zuvor gehört, wie Morigu, die Todesfee der Krieger, seinen Namen rief.

Bevor sie fortgingen, sprach ein altes Weib einen Fluch über Cú-Chulainn, der seinen linken Arm und das Bein lähmte. Aber trotz dieser Behinderung focht der gewaltige Held den schweren Kampf aus und fällte tausend Feinde, ehe er die tödliche Wunde empfing.

Nun wußte Cú-Chulainn, daß die Zeit des Scheidens bevorstand. So rief er denn Laeg und sagte zu ihm: ›Laeg, mein getreuer Freund, meine Zeit ist gekommen.‹

›Nein, nein‹, rief Laeg, ›ich werde dich mit meinen Zauberrunen heilen, Herr, und du wirst wieder aufstehen und sie alle erschlagen.‹

Doch Cú-Chulainn sah seinen zauberkundigen Gefährten mit traurigen Augen an und sagte: ›Diesmal nicht, alter Freund, denn ich habe gehört, wie die Totenfee meinen Namen gerufen hat. Aber ich bitte dich, der du mir so getreu und ausdauernd gedient hast, um einen letzten Dienst.‹

›Wenn es in meiner Macht steht, Herr, will ich dir diesen Dienst erweisen‹, versprach der betrübte Wagenlenker.

Cú-Chulainn sagte zu ihm: ›Ich möchte dem Tod stehend begegnen und nicht im Schmutz liegen wie ein Hirsch, der niedergestreckt wurde und auf die Axt des Jägers wartet. Ich kann mich aber nicht allein auf den Füßen halten. Binde mich an den Baum, damit ich sterben kann wie ein Mann.‹

›Es wird so geschehen, wie du es wünschst, Herr‹, gelobte der Mann aus dem Land Tir-na-n'Og, ›denn kein mutigerer Sterblicher als du war je die Zierde dieser Welt.‹ Und er mühte sich ab, um den schwächer werdenden Riesen aufzurichten, und brachte Cú-Chulainn mit Hilfe seiner druidischen Zaubersprüche zum Stamm eines Baumes, der neben der Furt stand. Dort band er ihn mit seinem Zaubergürtel fest.

Cú-Chulainns Körper hing schlaff in dem Riemen, während

er darauf wartete, daß der Schlachtlärm von neuem einsetzte. Als seine Feinde sahen, daß ihr Gegner im Sterben lag, stürzten sie sich auf den Riesen und durchbohrten sein Herz.

Da erglomm ein unheimliches Leuchten, und eine Kolonne schimmernder Wesen, die in lichtumlohte Kleider gehüllt waren, näherte sich. Es war Laeg an der Spitze eines goldenen Zauberheeres, denn keine irdische Armee hatte jemals solche Kleidung.

›Rührt ihn nicht an!‹ rief eine Donnerstimme. ›Er gehört dem Volk von Tir-na-n'Og. Er ist in den Kreis der Großen und Mächtigen aufgenommen worden. Seinesgleichen wird man auf Erden nicht wieder sehen.‹ Und just vor den erstaunten Augen der Widersacher schnitt eine Ehrengarde die Leiche des gefallenen Helden von dem Baum und bettete ihn vorsichtig auf eine goldene Totenbahre. Dann verschwanden sie mit ihm und ihrem ganzen goldenen Heer und wurden nie mehr außerhalb des alten Sagenlandes gesehen.«

Bruder Damiens Stimme besaß die Wandelbarkeit einer Harfe. Er konnte seine klangvolle Stimme so modulieren, daß der Zuhörer, wenn die Geschichte zu Ende war, das Gefühl hatte, er habe das Lied eines Barden gehört.

»Es war eine herrliche Erzählung, Bruder Damien. In Ihrer Stimme liegt Zauberkraft.« Toms Kompliment entsprang größter Aufrichtigkeit und kam bei dem alten Mann gut an.

»Ja, mein Junge, wir Kelten hätten alle das Zeug zum Barden in uns, wären wir nur in eine andere Zeit hineingeboren worden. Wußtest du, daß es in früherer Zeit ein Kapitalverbrechen war, einem Sänger etwas anzutun? Und es war selbstverständlich, daß jeder Hausherr einem fahrenden Sänger das beste Zimmer und die beste Kost anbot, denn es war gegen das Gesetz, jemanden in die Kälte hinauszuschicken, der um Gastfreundschaft bat. Als mein Vater alt war, pflegte er zu mir zu sagen: ›Ach, der einzige Grund, warum ich noch spreche, ist, daß ich mich warmhalten will.‹ Aber wißt ihr, das war gar nicht wahr. Er sprach, weil ihm die Gabe verliehen war.«

Bruder Damien erhob sich. »Wir müssen jetzt zum Abendessen gehen, Gentlemen. Überlegen wir, was wir dem Abt erzählen, wenn er uns fragt, wo wir gewesen sind. Mal sehen, wir werden einfach erklären, daß ich euch einen Einführungsvortrag in die alte irische Mythologie gehalten habe und...«

»Und auch über Theologie«, schlug Seamus grinsend vor.

Bruder Damien lächelte zufrieden. Für ihn waren die Kirchengeschichte und die Mythen Irlands durchaus auswechselbar: ein roter Faden, der sich als ein endloses, heroisches und religiöses Ornament durch eine Parabel nach der anderen schlang.

Er liebte die jungen Leute, besonders diese beiden. Seamus hatte ein sanftes Gemüt und konnte sich nicht an die harte Disziplin von St. Ignatius gewöhnen. Tom hingegen – in dem glühte ein Funken der alten Helden. Er verfügte über Poesie und Tapferkeit, und auch der Intellekt fehlte nicht. Es war eine schöne Aufgabe, in ihm den Keim zur Größe zu pflegen. Hatten ihn auch andere Hände gepflanzt, und würden ihn einst vielleicht auch andere Augen erblühen sehen, Bruder Damien konnte inzwischen ein wenig den Gärtner spielen. Ja, es war schön, einen solchen Keim gedeihen zu lassen.

20

Mary nahm den Dienst mit bitterer Schicksalsergebenheit auf sich. Ihr waren die Betreuung und Erziehung der fünf Kinder der Familie Cooke im Alter von vier bis elf Jahren anvertraut. Man erwartete von ihr, daß sie sie Lesen, Schreiben und Rechnen lehrte, ihnen gesellschaftlichen Anstand beibrachte und ihnen neben der subtilen Bindung zur Episkopalkirche auch ein robustes, republikanisches Verständnis ihrer sozialen Stellung vermittelte. Das Kinderzimmer war Marys Reich: von sechs Uhr morgens, wenn sie aufstand, bis abends, wenn alle Kinder im Bett lagen. Sobald sie dann schliefen, mußte sie ihr Zimmer und das Kinderzimmer in Ordnung bringen, sich um ihre Kleidung kümmern und ihre Lektionen für den nächsten Tag vorbereiten, was wegen ihrer verschiedenen Altersstufen eine aufreibende Aufgabe war.

Zuerst war sie für die Fülle an Arbeit, die ihren Geist und Körper beschäftigte, dankbar gewesen, dankbar wie für die Müdigkeit, die ihr half, ihre Ängste und ihren Kummer zu vergessen.

Als schließlich Marys erstes Dienstjahr dem zweiten wich und das zweite ins dritte überzugehen begann, breitete das Narkotikum Zeit allmählich Vergessen über ihren verstörten Geist und ihr armes Herz. Sie stellte fest, daß sie manchmal tagelang nicht an Michael oder Tom dachte, ein Trick, den sie übte, um nicht wahnsinnig zu werden. Das einzige Problem bestand darin, daß trotz des nachlassenden Schmerzes die alten Sehnsüchte in ihr weiterlebten. Nach und nach meldeten sich ihre Wunschträume wieder: Sie wollte leben, eigene Sachen besitzen, etwas anderes als ein Dienstbote sein. In ihrem dritten Dienstjahr tauchte ein neues, sie noch unmittelbarer berührendes Problem auf.

An einem Sonnabend saß Mary in dem freundlichen Nähzimmer und stopfte die Risse in Jonathan Cookes Breeches.

Die fünf Kinder machten mit ihrer Mutter einen Ausflug. Mary setzte sich auf ein mit Chintz überzogenes Sofa gegenüber dem Fenster, summte leise und war froh, daß sie einen Nachmittag für sich hatte, ein seltenes Ereignis in ihrem geplagten Leben. Sie erschrak, als ein Schlüssel im Schloß umgedreht wurde: Mr. Cooke war unbemerkt hereingekommen, stand nun hinter ihr und steckte den Schlüssel in die Hosentasche.

»Guten Tag«, grüßte er fröhlich ohne seine übliche Zurückhaltung, und bevor sie antworten konnte, setzte er sich rechts neben sie auf das kleine Sofa. Er war ein beleibter Mann, und das kleine Sofa ächzte unter seinem Gewicht.

»Guten Tag, Mr. Cooke«, gelang es ihr zu antworten, denn sie war durch sein unerwartetes Eintreten aus der Fassung geraten. Sie wollte aufstehen, doch er hielt sie zurück, indem er ihr die Hand auf den Arm legte. Sie ließ sich nervös wieder auf das Sofa nieder. Ein Schauer lief ihr über den Rücken, während sie sich steif gerade hielt.

»Ich habe Sie beobachtet, Mary«, plauderte Mr. Cooke aufgeräumt, »und was ich sehe, gefällt mir.« Die Wirkung der Worte unterstrich nachdrücklich der Umstand, daß Mr. Cooke Ober- und Unterschenkel kräftig gegen ihr Bein drückte. Da sie nicht wußte, wie sie sich verhalten solle, rückte sie so weit nach links, wie das enge Sofa es gestattete, spürte jedoch zu ihrem Schrecken, daß sein Körper dem ihren folgte. Er drückte nicht nur sein Bein an das ihre, sondern rieb es auch noch rhythmisch an ihrem.

Was soll ich bloß tun? schoß es ihr durch den Kopf. Konnte sie es wagen, diesen Mann zu verärgern, dessen Haus und Löhnung so wichtig für sie waren? Wer würde sie einstellen, wenn er sich weigerte, ihr das Dienstzeugnis zu geben, das sie brauchte?

Lieber Gott, warum konnte er nicht einfach weggehen? Sie versuchte wieder aufzustehen, doch diesmal packte er ihren Arm mit eisernem Griff und zog sie energisch auf das Sofa zurück.

»Meine Frau mag Sie nicht, Mary«, begann er nun boshaft. »Sie meint, Sie halten sich für etwas Besseres. Stimmt das, Mary?« Er hielt ihren Arm noch immer fest, während sie vorsichtig versuchte, ihn ihm zu entziehen.

»Bitte, Mr. Cooke«, flüsterte sie, »ich will nur meine Arbeit verrichten...«

»Ja, ja, natürlich«, sagte er beschwichtigend, und sie konnte die Erregung aus seiner Stimme heraushören. »Und ich kann Ihnen sehr behilflich sein, Mary, wenn Sie arbeiten.« Mr. Cookes Gesicht war vor Erregung rot geworden, und auf seiner Stirn standen Schweißtröpfchen.

Woher die Eingebung kam, konnte sie sich nachher nicht erklären. Sie wußte nur, daß sie instinktiv den Mut fand zu handeln. Die Flickarbeit lag noch neben ihr; Mary griff mit ihrer freien Hand danach, packte die schwere Nähschere fest beim Griff, nahm sie aus dem Korb und legte sie auf den Schoß; sie richtete dabei die Spitze gegen ihren Peiniger. Dann sagte sie mit möglichst ruhiger, entschiedener Stimme: »Es ist sehr freundlich von Ihnen, daß Sie mir helfen wollen, Mr. Cooke, aber ich komme recht gut allein zurecht, danke.«

War es denkbar, daß diese kleine irische Schlampe ihm tatsächlich zu verstehen geben wollte, daß sie auf ihn losgehen würde, wenn er auf seiner Absicht beharrte? Er hob den Blick von der Schere zu ihren Augen, die in die seinen schauten. Tief in den eisblauen Kreisen erkannte er die Seele einer Frau, die entschlossen war zu überleben, ganz gleich, um welchen Preis. Die Verzweiflung, die er so deutlich erkannte, entmutigte ihn.

Langsam lockerte er seinen Griff und ließ Marys Arm los. Sie atmete hörbar auf, dann behielt sie die Schere in der linken Hand, während sie ihr Flickzeug mit der rechten in das Körbchen legte. »Ich muß jetzt gehen«, erklärte sie ruhig und stand auf. »Geben Sie mir doch den Schlüssel, Mr. Cooke!«

Er beobachtete sie verblüfft und reichte ihr den Schlüssel. Sie schloß die Tür auf, ließ Mr. Cooke dabei keinen Augenblick aus den Augen und verließ würdevoll den Raum. Die Knöchel der Hand, in der sie die Schere hielt, waren weiß wie Elfenbein.

Mary atmete erst auf, als sie den Treppenabsatz des Dachgeschosses erreicht hatte. Sie nahm sich vor, weder zu weinen noch die Kontrolle über sich zu verlieren; sie wollte ganz, ganz ruhig bleiben. Ihre Hand zitterte, als sie ihr kleines Zimmer aufsperrte und die Tür hinter sich abschloß. Sie merkte, daß sie die Schere noch immer mit sich trug, und legte sie behutsam aufs Bett. Das einzige Geräusch, das sie hörte, war der Widerhall ihres pochenden Herzens.

Nach mehreren Minuten, als kein anderes Geräusch die ängstliche Stille gestört hatte, legte sich Mary ruhig auf das Bett und versuchte zu denken. Im Augenblick befand sie sich in Sicherheit, aber Mr. Cooke würde diese Abfuhr nicht vergessen. Erinnerungen an Randolph Hartington griffen ihr eisig ans Herz wie ein Novembersturm. Diesmal würde es keinen Michael geben, der sie beschützte, keine liebevollen Arme, in die sie sich flüchten konnte. Keine Liebe, um das Schicksal in Schach zu halten.

Diesmal würde sie selbst einen Weg finden müssen, sich zu retten.

21

»Tom.« Die Stimme, die den Namen in der Dunkelheit flüsterte, klang verzweifelt. »Tom. Bist du wach?«

»Ja, Seamus. Was ist?« Die beiden Jungen teilten sich eine Zelle mit den sieben anderen Schülern, die alle fest schliefen, falls die gleichmäßigen Atemzüge der sieben kleinen Körper verschiedenen Alters ein Beweis dafür waren.

Tom spürte mehr, als er es sah, daß sein Mitverschwörer die Bettstatt auf der anderen Seite des Durchgangs verließ und sich im stockdunklen Raum leise auf den Zehenspitzen näherte.

»Morgen bin ich dran, Tom«, jammerte die ängstliche Stimme, als Seamus sein Ziel erreicht hatte. »Ich kriege dieses Latein nicht in meinen Schädel, und wenn ich morgen versage, werden sie mich verhauen.«

Tom sah seinen Freund besorgt an, denn er wußte, daß der Junge zu Recht Angst hatte. Irgendwie fiel Seamus alles schwer. Tom berührte die schmale Hand seines Freundes mit seiner stärkeren, als wolle er dem schwächeren Jungen Kraft einflößen. Er spürte die seltsame, unnatürliche Hitze in den knochigen Fingern.

»Du hast wieder Fieber, Seamus. Du mußt schnell ins Bett, sonst wirst du gleich einen dieser schrecklichen Hustenanfälle bekommen.«

Er verfluchte innerlich die Mönche, die am jämmerlichen Gesundheitszustand des Jungen schuld waren, denn sein Instinkt sagte ihm, daß Seamus' ständige Krankheiten von den erduldeten Schikanen herrührten.

»Ich kann nicht schlafen, Tom, so nervös bin ich. Könntest du mir noch einmal bei den Deklinationen helfen? Ich kann sie diesmal bestimmt richtig aufsagen.« Tom setzte sich auf und griff nach der lateinischen Grammatik, die er heimlich unter seiner Matratze versteckt hatte, denn es war nicht das erste Mal, daß Seamus ihn zu einer nächtlichen Paukstunde überredete.

Gott verdamme ihre unchristlichen Seelen! fluchte Tom innerlich ihren geistlichen Gefängnisaufsehern, während er entschlossen daranging, dem jüngeren, zarten Jungen seine Lektion einzupauken. *Ihn* würden sie nicht so leicht umbringen wie Seamus, gelobte er einer unbekannten Gottheit. Er würde sie mit ihren eigenen Waffen schlagen.

Tom hatte bisher nie einen gleichaltrigen Freund gehabt. Die durch seine Familiensituation bedingte, fast vollkommene Isolierung hatte ihn von Gleichaltrigen ferngehalten, und im Kloster wurden weder Freundschaft noch andere menschliche Beziehungen gefördert. Außerdem sagten die anderen Jungen, die sein Schicksal in St. Ignatius teilten, seinem beherzten Naturell nicht zu, denn sie waren so katholisch, daß sie sogar ihre Ketten zu lieben schienen. Nur Seamus hatte etwas von einem Rebellen an sich. Bevor er sich sein Lungenleiden zugezogen hatte, waren sie heimlich über gemeinsamen Plänen gesessen, wann immer der Unterricht und die endlosen Hausarbeiten ein vertrautes Zusammensein erlaubten, und bei mehr als einer Gelegenheit hatten sie die Flucht und eine abenteuerliche gemeinsame Zukunft geplant.

Doch das unaufhörliche Elend hatte allmählich Seamus' Gesundheit und Mut untergraben. Im Lauf der Jahre mußte Tom beobachten, wie Seamus schwächer wurde und verfiel. Er erkannte instinktiv, daß dem Jungen die körperliche und geistige Stärke fehlten, um die vielen Übergriffe zu verkraften, die sie zu erdulden hatten. Tom hingegen war stahlhart geworden. Als er elf Jahre alt war, ließ sein robuster Körper darauf schließen, daß er die Statur seines Vaters erreichen würde, denn er war bereits viel größer als die anderen Jungen, und seine Fähigkeit, Prügel und andere körperliche Demütigungen zu ertragen, grenzten ans Wunderbare. Auch sein Verstand war durch das harte Leben geschärft worden. Im übrigen erwartete er wenig vom Leben und wurde infolgedessen auch selten enttäuscht.

Thaddeus Martin war Kaufmann. Seit er sprechen konnte, hatte er den Leuten etwas verkauft. Obwohl er in der Schule von langsamer Auffassungsgabe war, erwies er sich im praktischen Leben als erstaunlich tüchtig. In der dritten Klasse brachte er zwar seinen Geographie- und Geschichtslehrer zur Verzweiflung, konnte jedoch im Kopf eine Reihe von Zahlen so schnell zusammenzählen wie ein Schüler der achten Klasse, und er beherrschte alle Rechnungsarten, die mit Kaufen und Verkaufen zu tun hatten, als wäre er eine Maschine.

Vor allem gefiel es ihm, etwas zu verkaufen. Als er nach der fünften Klasse von der Schule abging, um in Mr. Jenkins Kaufladen als Angestellter zu arbeiten, wußte er genau, wie seine Zukunft verlaufen sollte: Er würde Kaufmann werden. Er würde Waren finden, die die Leute wollten oder brauchten; und wenn er sie nicht finden konnte, würde er sie herstellen lassen. Wenn Leute gewisse Waren nicht kaufen wollten, würde er den Wunsch nach diesen wecken. Und er würde dadurch reich werden.

Als er Mary Dalton kennenlernte, liefen Thads Geschäfte recht gut und genau nach seinem Plan. Er hatte Mr. Jenkins dazu überredet, ihn sein kleines Geschäft erweitern zu lassen, indem er den Straßenhandel mit einbezog. Zuerst hatte er einen Karren durch die Straßen von New York City geschoben, um ein Gefühl dafür zu bekommen, was die Leute brauchten, was sie sich wünschten, wovon sie träumten. Aber die Leute, die er studierte, waren zumeist arm, und das war eine Einschränkung der Kaufkraft, mit der er nichts zu tun haben wollte.

Thaddeus Martin wollte sich auf die Reichen konzentrieren

und ihre geheimnisvolle Denkweise und ihren ausgefallenen Geschmack kennenlernen. Er hatte von einer Siedlung gehört, wo nur Reiche und Mächtige wohnten. Und sie lag so nahe bei New York, daß er mit seinen Waren dorthin fahren konnte. Nachdem er zuerst mit Mr. Jenkins übereingekommen war, daß die neue Käuferschicht ein anderes Warensortiment bedingte, hatte er seinen Wagen mit jenen Gütern beladen, die aufgrund seiner Erhebung voraussichtlich in einem wohlhabenden Haushalt benötigt wurden. Und damit rückte er seinen Kunden auf den Leib.

Vieles von dem, was er anpries, gefiel ihnen. Wenn er etwas nicht hatte, erbot er sich, es zu besorgen. Nachdem er drei Jahre lang auf diese Weise Geschäfte abgewickelt hatte, besaß Thad genug Geld, um bei Mr. Jenkins zu kündigen und auf eigene Rechnung zu arbeiten. Pläne zur Erweiterung des Geschäftes, ja zu einem ganz neuen Lebensstil regten sich in seinem fruchtbaren Gehirn. Er fand, daß ein junger Mann mit seinem Geschäftsgeist und gewaltigem Potential ernsthaft an die Anschaffung einer Frau und einer eigenen Familie denken sollte. Und gerade in diesem günstigen, entscheidenden Augenblick lernte er Mary Dalton, die Gouvernante der Cooke-Kinder, kennen.

Thaddeus Martin machte sich keine Illusionen über seine gesellschaftliche Stellung, er zweifelte aber auch nicht daran, daß sie sich bald bessern würde. So bildete also der Plan, eine geeignete Frau zu finden, die gut erzogen, aber doch vom Schicksal nicht allzu sehr begünstigt war, damit sie seinen Antrag in Betracht zog. Das war ein großes Dilemma, bis er an einem Nachmittag im Herbst zufällig in der Küche der Cookes Mary Dalton begegnete. Ihre aufrechte, edle Haltung, ihre muntere, damenhafte Sprechweise, ihr freundlicher Umgang mit den Kindern... all das überzeugte ihn davon, daß Gott ihm genau jene Gefährtin geschickt hatte, die er suchte. Also begann er, geduldig und methodisch um die junge Frau zu werben, denn er war davon überzeugt, daß sie für ihn und für sein zukünftiges Leben bestimmt war.

»Je härter du arbeitest, desto mehr Glück wirst du haben«, hatte ihm sein Vater gesagt, als Thaddeus noch sehr jung war. Er hatte jeden Tag dieses Prinzip befolgt, und das hatte sich bis jetzt als absolut richtig erwiesen.

Thaddeus wirkte groß und wachsam. Angesichts seiner Körpergröße war er fast schwächlich, und er war sehr nervös.

Mary saß ruhig auf der kleinen Bank im Garten, während ihr Mr. Martin von seinen Zukunftsplänen erzählte. Er hatte eine angenehme, tiefe Stimme, und seine Bewegungen waren ihrer Meinung nach vornehm. Seine tiefliegenden Augen waren klug, und obwohl ihn niemand als schön bezeichnet hätte, hatte er ein sympathisches Gesicht. Mary bemühte sich sehr, für den Mann, der so nett zu ihr war, etwas zu fühlen... irgend etwas...

Jeden Monat holte Mr. Martin sie an ihrem freien Tag zu einem Spaziergang ab. Er behandelte sie, als wäre sie ein zerbrechlicher Schatz, der in Scherben ging, wenn man ihn grob anfaßte. Er führte sie meist an einen stillen Platz in der Umgebung von Tuxedo-Park, wo sie mehrere Stunden saßen und miteinander redeten.

Eigentlich redete nur er. Er ging auf und ab, fuchtelte mit den mageren Armen und erzählte ihr von seinen Träumen. Er würde ein Großkaufmann mit einem schönen Geschäft sein. Eines Tages würde er ein großes Haus voller gebildeter Kinder haben. Und eine Frau mit allen gesellschaftlichen Tugenden, die alles genießen würde, was die Frau eines reichen, kultivierten Mannes erwarten konnte. Aber er war schüchtern und hatte keine Erfahrung mit Frauen. Er legte nämlich seine Schüchternheit nur dann ab, wenn er den Leuten Dinge verkaufte. Dann verwandelte eine geheimnisvolle Alchimie seine Sprache zu Silber, und die Goldnuggets der Inspiration beflügelten seine Zunge.

Mary gegenüber blieb er gehemmt. Er nahm das gleiche von ihr an, denn sie verhielt sich seinen Annäherungsversuchen gegenüber zurückhaltend, auch wenn sie immer bereit war, seinen Einladungen zu folgen.

Er hatte schon fast genug Geld für seinen Laden, schon fast genug für sein neues Leben beisammen. Bis jetzt aber hatte er geflissentlich vermieden, seine Überredungskunst bei Mary anzuwenden, aber die Zeit, da er sie dazu bringen mußte, ihm abzukaufen, was er anbot, rückte rasch näher.

»Mary«, fragte er, »waren Sie jemals in Boston?«

Sie schüttelte lächelnd den Kopf. Die helle Sommersonne, die durch das Laub der Bäume drang, fiel auf ihr Gesicht und ihr hellrotes Haar. Es verschlug ihm beinahe den Atem.

»In einem Monat werde ich genug Geld beisammen haben, um

meine Pläne zu verwirklichen, und Boston ist die Stadt, für die ich mich entschieden habe. Ach Mary, Boston ist eine schöne Stadt und eine Metropole des Geistes; sie hat in diesem Land nicht ihresgleichen. Dort gibt es große Colleges, dazu die Harvard-Universität für meine Söhne.« Er lächelte stolz, als er an seine Söhne in Harvard dachte, und Marys Gesicht wurde einen Moment lang nachgiebiger.

»Boston ist ein Schmelztopf wie New York, Mary: Reiche, Arme, alter Geldadel und neue Einwanderer... aber es ist kultivierter, gediegener.« Er machte eine kurze Pause, gleichsam hingerissen von dem Bild, das sich ihm dort geboten hatte.

»Schon in einem Monat, Mary, werde ich nach Boston übersiedeln... für ständig. Ich möchte ...ich möchte, daß Sie mit mir kommen.«

Marys Magen krampfte sich zu einem harten, schmerzenden Klumpen zusammen. Das hatte sie erwartet, erhofft – und gefürchtet. Ganze Nächte lang hatte sie wachgelegen und Pläne geschmiedet, um dem Leben eines Dienstmädchens und Mr. Cookes Aufmerksamkeit zu entrinnen. Und nun stand sie unerbittlich vor diesem beängstigenden, entscheidenden Augenblick.

»Mr. Martin«, sagte sie, »es ist so freundlich von Ihnen, um meine Hand anzuhalten, daß ich geschmeichelt und überwältigt bin.« Sie konnte kaum sprechen. »Es ist aber eine so bedeutsame Entscheidung, daß ich Sie nur bitten kann zu verstehen, wenn ich sie nicht überstürzt treffen kann. Ich brauche ein wenig Zeit, bevor ich Ihnen meine Antwort geben kann.«

Thaddeus Martin besaß die Kühnheit, das Mädchen, das er heiraten wollte, zu berühren. Er legte seine Hände ungeschickt auf ihre Schulter und küßte sie auf die Stirn.

Marys Magen verkrampfte sich noch mehr. Sie fragte sich, ob sie imstande sein würde, wenn sie ja sagte, seine sexuellen Bedürfnisse zu ertragen, denn darum kam sie natürlich nicht herum. Ach Michael, Michael! Wie konntest du mich verlassen!

»Sie sind eine wundervolle Frau, Mary, und Sie besitzen alle Eigenschaften, die ich von einer Frau erträumt habe. Ich verstehe, daß eine solche Entscheidung schwer zu treffen ist. Ich bin Gott dankbar, daß Sie einen solchen Schritt nicht überstürzen. Wenn ich in vier Wochen wiederkomme, können Sie mir dann eine Antwort geben?«

Dankbar für den gewonnenen Aufschub nickte sie zustimmend.

Er tätschelte zufrieden mit seiner mageren Hand ihr Knie.

22

»Süß ist der Wein, doch die Rechnung wird einem bald präsentiert.« Mary konnte die Stimme ihrer Mutter hören, die das Sprichwort zitierte. »Ach, mein geliebter Michael, süß wie der Wein warst du für mich, meine einzige Liebe«, antwortete ihr Herz. Aber die Rechnung war bitter.

Mary saß auf ihrem schmalen Bett im Dachgeschoß des eleganten, alten Tudor-Herrenhauses und versuchte, ihre inneren Stimmen zum Schweigen zu bringen. Verglichen mit dem verschwenderischen Reichtum der Stockwerke darunter, war ihr Dienstbotenzimmer karg wie eine Klosterzelle.

Die eiserne Bettstatt, der Kiefernholzschrank und das Waschbecken aus Porzellan, der kleine Bücherschrank, der ihr zugestanden wurde, weil sie den Kindern das ABC beibrachte, das waren die einzigen Besitztümer, die sie nach dreijährigem Aufenthalt haben durfte. Und dabei ging es ihr als Gouvernante besser als den meisten anderen Bediensteten.

Heute mußte sie den Entschluß fassen. Die einmalige Gelegenheit, nach der sie unablässig, wenngleich ohne Begeisterung, über ein Jahr lang gestrebt hatte, stand nun unmittelbar bevor.

Wenn sie Mr. Martin heiratete, würde sie zwar eine Ehe mit einem Mann eingehen, den sie nicht liebte, aber Kinder haben, die einem einsamen Leben ohne Liebe Sinn geben konnten. Dazu ein eigenes Haus und eine gesellschaftliche Position mit Aufstiegsmöglichkeiten in der Zukunft.

Aber die Ehe mit einem Mann, den sie nicht liebte, war ein bitterer Gedanke, der ihr armes Gehirn marterte. Kalte, lange Jahre ohne Liebe, wohin sie auch blickte. Sie konnte kaum glauben, daß sie fähig gewesen war, den Mann zu ermutigen, doch ein schreckliches Leben ohne Zukunft war ihr als das schlimmere Übel erschienen.

War Mr. Martin als Wanderhändler auch nur ein Lieferant für

die Reichen, der in vornehmen Wohngegenden von Tür zu Tür ging und seine Waren anbot, so war er doch klug und ehrgeizig und steckte voller Pläne für die Zukunft. Pläne, die auch sie betrafen, wenn sie nur den Mut aufbrachte, an diesem Nachmittag nach der Kirche seinen Antrag anzunehmen. Im Augenblick schien ihr sogar eine Ehe ohne Liebe erstrebenswerter als die trüben Aussichten im Hause Cook.

Sie spielte mit dem goldenen Medaillon an ihrem Hals. Sie trug es Tag und Nacht, seit Michael es ihr vor so vielen Jahren geschenkt hatte. Sie öffnete den Deckel und betrachtete die schöne Miniatur ihres toten Geliebten. Mehrere Minuten lang starrte sie darauf, bis die Tränen in ihren Augen das Bild verschwimmen ließen. »Verzeih mir, Michael, mein einziger Geliebter!« Sie sprach die Worte laut aus, als wolle sie ihnen Macht verleihen. »Verzeih mir den Schritt, den ich tun muß... für eine Frau ist das Leben hart.«

Sie öffnete energisch die Schließe der zarten Goldkette an ihrem Hals und nahm das Medaillon zum ersten und letzten Mal ab. Sie drückte es an ihre Lippen und spürte die Wärme, die das Kleinod von ihrem Busen abgenommen hatte, an dem es immer ruhte. Sie wickelte es in ihr schönstes Taschentuch und legte es in die Schublade des Kiefernholzschranks, während ihr heiße Tränen in Bächen über die Wangen liefen.

Dann kleidete sie sich für die Begegnung mit Mr. Martin an. Das einzige Problem, das sie noch nicht gelöst hatte, war, wie sie ihm von Tom erzählen sollte.

»Mr. Martin?« Marys Stimme verriet eine Frage, während sie am Ufer des kleinen Wee Wah entlang gingen. »Ich wollte Sie etwas fragen.«

»Ja, Mary, fragen Sie mich alles, was Sie wollen.«

»Ich habe von einem Mädchen gehört... von einem der Dienstmädchen... das ein uneheliches Kind hatte.« Sie stockte verlegen, und Thaddeus fand es reizend, daß eine solche Geschichte sie so verwirrte.

»Dieses Mädchen... Es hatte den Mann, der der Vater des Kindes war, sehr geliebt, aber er starb, bevor er es heiraten konnte.«

Die Geschichte beunruhigte Mary offenbar schrecklich. Thaddeus konnte sich nicht vorstellen, worauf sie hinaus wollte.

»Eine höchst betrübliche Geschichte, Mary. Und was wollen Sie wissen?«

»Ich muß wissen... möchte gern wissen, was Sie von einem solchen Mädchen halten, Mr. Martin.« Ihre Stimme klang atemlos, als handle es sich um eine höchst bedeutsame Frage.

Thaddeus überlegte seine Antwort sorgfältig. Mary war ein unschuldiges Mädchen, das diese unerfreuliche Geschichte sichtlich zutiefst beunruhigte. Sie versuchte wohl wegen der eventuellen Heirat seinen Charakter zu erforschen. Er mußte also vorsichtig antworten.

»Mir würde dieses arme, unglückliche Mädchen leid tun, Mary. Mein Gewissen würde mich dazu zwingen, es darauf aufmerksam zu machen, daß Sünde und Torheit es in eine so bedauernswerte Lage gebracht haben.«

Mary wirkte niedergeschlagen. Es war also nicht die richtige Antwort gewesen. Er mußte es noch einmal versuchen.

»Ich würde mich einer solchen Person gegenüber natürlich freundlich verhalten, Mary.«

Sie sah erleichtert aus. »Würden Sie eine solche Person auch heiraten, Mr. Martin?« Sie beobachtete ihn aufmerksam.

Wie seltsam, daß ihr das Schicksal dieses unbekannten Mädchens so nahe ging... oder vielleicht war es das erste Mal, daß sie einem gefallenen Mädchen begegnet und durch die schmutzige Angelegenheit verwirrt worden war.

»Mein Gott, Mary, was für eine Frage!« antwortete er lachend. »Natürlich würde ich eine solche Person nicht heiraten. Die Frau, die ich heiraten will, muß so wie Sie sein, Mary. Rein, gut und unschuldig. Die Unschuld einer Frau ist ein großes Geschenk für einen Mann, wenn sie heiratet. ›Ein goldenes Diadem‹, wie es in der Bibel heißt. Nein, Mary, ich würde versuchen, einer solchen Frau zu helfen, wenn ich es kann, aber ich würde sie nicht zu meiner Frau nehmen.«

In ihren Augen sammelten sich Tränen. Sie mußte ein wahrlich herzensguter Mensch sein, wenn sie an dem Kummer einer anderen solchen Anteil nahm.

»Beruhigen Sie sich, Mary«, versuchte er sie zu trösten. »Dieses Mädchen wird sich sicherlich im Leben zurechtfinden. Es gibt Einrichtungen für ledige Mütter, wo das Kind zur Adoption freigegeben werden kann und so weiter.«

Sie nickte, war aber nicht fähig zu sprechen.

»Machen Sie sich denn Sorgen um dieses Mädchen, Mary? Ist es eine Freundin von Ihnen, die in Schwierigkeiten geraten ist?«

»Ich mache mir Sorgen um ihren Sohn«, brachte sie heraus, und ihre Stimme schwankte vor Erregung.

»Ja, ich kann verstehen, daß Sie deshalb beunruhigt sind. Diese Geschichte hat Sie sehr außer Fassung gebracht. Ich sollte Sie jetzt lieber nach Hause bringen, und ich werde mich erst in ein, zwei Tagen wieder bei Ihnen melden, um mir Ihre Antwort wegen meines Heiratsantrages zu holen. Es wäre unpassend, ein so unangenehmes Thema fallenzulassen und gleich darauf von unserem Glück zu sprechen.« Er tätschelte ihren Arm und schob ihn durch den seinen.

Sie ist zart besaitet, dachte er. Ich muß mich bemühen, die Schattenseiten des Lebens von ihr fernzuhalten.

Was kann ich denn anderes tun? Was kann ich denn nur tun? Die Stimme in Marys Kopf schrie diese Fragen, als sie versuchte, sich so weit zu beruhigen, daß sie auf den Antrag des Mannes antwortete.

Er saß bekümmert auf der kleinen Bank vor ihr und hoffte verzweifelt, daß sie bereit sein würde, ihn zu heiraten. Die Stille, während er auf ihre Entscheidung wartete, war beinahe greifbar.

»Es würde mir eine Ehre sein, Ihre Frau zu werden, Mr. Martin«, stieß sie schließlich hervor, während sich ihre Kehle bei den Worten zusammenschnürte. »Ich muß Ihnen jedoch gestehen, daß ich weit davon entfernt bin, die vollkommene Frau zu sein, die Sie in mir sehen… Aber wenn Sie mich nehmen, wie ich bin, werde ich Sie heiraten.« Sie brach frustriert ab. Sie wußte nicht, was sie noch sagen sollte. Sie würde einfach beten, daß einmal die Zeit kommen möge, da sie ihm von ihrem Sohn erzählen konnte.

Nach Stunden des Zweifelns war ihr endlich klar geworden, daß Tom zumindest weitere zehn Jahre in Irland bleiben würde, und zehn Jahre waren eine lange, lange Zeit. Lang genug, um ihre Probleme zu lösen, lang genug, um eine Möglichkeit zu finden, Mr. Martin alles zu gestehen, lang genug, um alles ins reine zu bringen. Wenn es ihr gelang, daß er sie liebte, wirklich liebte, würde er zur gegebenen Zeit vielleicht Verständnis zeigen.

Was kann ich denn anderes tun? Die Worte hallten noch in ihrem Kopf wider, als sie die Freude auf Thaddeus Martins Gesicht wahrnahm und seine langen Arme spürte, die sie dankbar umfingen. Was kann ich denn nur tun? Die Frage hallte in ihrem Kopf wider, als er ihr gestand, daß er sie liebe und getreulich für sie sorgen wolle.

Was kann ich denn anderes tun?

23

Mary lag im Bett und versuchte, nicht zu weinen. Es war ihre Hochzeitsnacht. Die kleine Zeremonie war am Nachmittag ohne Zwischenfall verlaufen. Dann hatte sie Mr. Martin in seine kleine Mietwohnung in Nyack gebracht. Es war eine formelle Handlung ohne eine Spur von Romantik gewesen.

Als die Sonne untergegangen war, hatte sich Marys Magen vor Angst zusammengezogen. Michael hatte ihr vor langer Zeit erzählt, daß ein Mann erkennen konnte, ob eine Frau noch Jungfrau war, und der Augenblick, in dem Mr. Martin ihr Geheimnis erfahren würde, stand bevor.

Thaddeus Martin betrat zögernd das kleine Schlafzimmer. Er hatte ein langes Nachthemd und Filzpantoffeln an, sein hochgewachsener, knochiger Körper erschien in der schwachen Beleuchtung fremd. Hätte Mary weniger Angst gehabt, hätte seine Verlegenheit sie vielleicht gerührt.

Er glitt noch angekleidet wortlos ins Bett und blies die Kerze aus. »Mary…«, begann er, als wollte er eine Frage stellen. Dann fing er plötzlich ohne Vorwarnung an, unsicher an ihrem Nachthemd herumzunesteln. Er schob es ungeschickt über ihre Hüften hinauf. Er flüsterte etwas davon, daß er ihr nicht wehtun wolle, aber sie fühlte sich durch dieses Schauspiel so gedemütigt, daß ihr der lächerliche Gedanke in der Dunkelheit kein Lächeln abnötigte. Er stieß einen seltsam beschwichtigenden Laut aus, als er sich über ihren steifen Körper schob und sich zwischen ihre Beine zwängte, beinahe als wolle er sich entschuldigen. Sie wehrte sich und schrie auf, was sie gar nicht beabsichtigt hatte, wurde aber instinktiv abgestoßen, als er in sie eindrang. Ich muß nett zu ihm sein, erinnerte sie sich und versuchte, die Qual, daß es der falsche

Mann war, zu vergessen. Er hielt sie fest, streichelte und küßte sie, bohrte sich in ihr Leben. Sie nahm sich zusammen, um auf die ungeschickte Zärtlichkeit ihres Mannes einzugehen, und schlang die Arme versuchsweise um seinen Rücken. Er stieß wieder einen Laut aus, dann lag er still. Einen von Panik erfüllten Augenblick lang fragte sie sich, ob er ihr schreckliches Geheimnis entdeckt hatte.

Thaddeus Martin blieb etwa eine Minute lang schweratmend auf seiner Frau liegen. Dann wälzte er sich auf seine Seite des Betts hinüber und zog dabei sein Nachthemd wieder hinunter. Er beugte sich über Marys tränenüberströmtes Gesicht und flüsterte liebevoll: »Du darfst nicht so ängstlich sein, Mary. Diese Dinge zwischen Mann und Frau gehören eben zu einer Ehe. Ich werde dir das nächste Mal bestimmt nicht mehr so weh tun.« Er küßte sie leicht auf die Wange und schlief ein.

Mary lag wach und wartete verzweifelt darauf, daß der Atem ihres frisch angetrauten Ehemannes gleichmäßiger ging, um sicher zu sein, daß er schlief. Ihr Herz schlug so heftig, daß sie kaum atmen konnte. Er hatte es also nicht gemerkt! Sie konnte mit ihrer Lüge weiterleben. Aber sogar die Erleichterung darüber rief in ihr Schuldgefühle und Widerwillen hervor. Schließlich glitt sie aus dem Bett und flüchtete in die kleine Küche.

Sie nahm einen nassen Lappen und tupfte hastig die klebrige Flüssigkeit ab, die von ihrem Körper tropfte. Deshalb also sprachen die Frauen voll Abscheu vom Sex. Dieses mechanische Stoßen und Eindringen, der häßliche Schweiß, das war so anders als die zärtlichen, wilden, leidenschaftlichen Liebkosungen, die sie erlebt hatte. Und eine Ehe voll solcher Nächte lag nun vor ihr. Sie wusch das Schreckliche weg, so gut es ging, und weinte hemmungslos.

Thaddeus Martin lag im Bett und tat, als schliefe er, während er das Schluchzen seiner frisch angetrauten Frau hörte, das ihn zermürbte. Nur die Tatsache, daß man ihm schon gesagt hatte, er müsse bei einem unerfahrenen Mädchen mit dergleichen rechnen, bewahrte ihn davor, zu verzweifeln. Es sei ganz normal, hatte man ihn gewarnt, daß eine unschuldige Frau wie Mary durch den Geschlechtsakt in der Hochzeitsnacht abgestoßen werde. Aber sie würde lernen, seinen Bedürfnissen entgegenzukommen – wie alle anderen Frauen auch. Es werde bestimmt nur ein wenig Zeit und

Geduld erfordern. Sie war so reizend und zurückhaltend. Er wollte ihr Zeit lassen, und sie würde sicher lernen, ihm eine gute Frau zu sein. Jeder konnte erkennen, daß sie eine ehrbare und liebende Frau war. Er drehte sich um und schlief ein.

In der kleinen, kalten Küche stand Mary bei der Spüle und klagte sich verzweifelt selbst an. Sie hatte sich verkauft, als sie diesen Handel abschloß, aber konnte sie die Verpflichtung einhalten? Konnte sie sich täglich diesen tappenden Händen ausliefern und ein Leben lang jeden Morgen neben diesem Fremden aufwachen? Hatte sie nicht eine Form der Knechtschaft gegen eine viel schlimmere eingetauscht?

Sie hatte Michaels Andenken verraten, sie hatte Tom verraten, sie hatte sogar ihren neuen Ehemann verraten. Und sie war vor allem sich selbst untreu geworden.

Und alles war mit den besten Vorsätzen geschehen. Sie hatte das Richtige tun wollen, das einzig Mögliche. Gute Vorsätze! Die Straße zur Hölle war mit guten Vorsätzen gepflastert. Was waren diese guten Vorsätze wert, wenn sie mit ihnen alles, was ihr lieb und teuer war, treulos verraten hatte.

Mary starrte auf das Küchenmesser, das in der hölzernen Halterung über der Spüle steckte. Ein Schnitt damit, ein Stich der langen Stahlklinge würde allem Jammer ein Ende setzen.

Wenn sie aber der Selbstmord von den Seelen der Gerechten trennte? Wenn die Priester recht hatten und die Seele eines Selbstmörders für immer verloren war, verdammt zu endloser, fruchtloser Suche nach ihren Lieben, die sie nie finden würde, was dann? Wenn sie bis in alle Ewigkeit weder ihre Mutter noch Michael, noch jemand anderen wiedersehen konnte, den sie liebte?

Die Kälte war in ihr Gehirn gedrungen, und dort setzte ein wildes, wütendes Klopfen ein. Sie war jetzt unsicher geworden, steckte die tödliche Klinge, die sie schon in der Hand hielt, in die Halterung zurück und setzte sich verzagt auf einen Stuhl am Küchentisch. Sie versuchte, sich zu zwingen, klar zu denken. Das Leben sieht bei Nacht immer schlimmer aus, sagte sie sich. Sie wußte es aus den leidvollen Nächten in Irland. Aber sie hatte sich an die Hoffnung geklammert und hatte überlebt, erinnerte sie jetzt ein Instinkt. Halte durch, ermahnte er sie, wenn du am Leben bleibst, gibt es immer noch eine Chance für dich und Tom. Wenn du jetzt aufgibst, hat er niemanden mehr.

Gegen Morgen kehrte Mary ins Bett zurück und fiel vor Erschöpfung in tiefen Schlummer.

Mein liebster Tom,
was ich Dir zu sagen habe, wird für Dich sicherlich nicht leicht einzusehen sein. Ich kann nur hoffen, daß Du eines Tages meinen Entschluß verstehen wirst.
Ich habe einen braven Mann namens Thaddeus Martin geheiratet. Du allein in der Welt weißt, wie sehr ich Deinen Vater geliebt habe, also kannst vielleicht Du allein begreifen, welcher Kampf diesem Entschluß vorangegangen ist. Ich habe Mr. Martin nicht geheiratet, weil ich ihn liebe, wie ich Michael geliebt habe – denn ich fürchte, daß mir nie wieder in meinem Leben eine so große Leidenschaft beschert wird. Wie kann ich Dir nur die Gründe dafür erklären?
Das Leben ist hart, mein liebstes Kind, und ich bin schwächer, als ich dachte. Du bist zu jung, um all die Mühsal zu verstehen, mit der ich zu kämpfen hatte, seit ich Dich verlassen habe. Möge Dir genügen, wenn ich sage, daß ich bittere Wahrheiten gelernt und festgestellt habe, daß es für eine alleinstehende Frau nirgendwo einen Schutz geben kann als in der Ehe mit einem Mann.
Ich war ohne Dich so allein, lieber Tom, allein, verängstigt, zutiefst betrübt und verzweifelt über unser beider Geschick. Du fehlst mir so, daß mich der Schmerz darüber manchmal überwältigt und ich mich außerstande fühle, weiterzuleben.
Aber weiterleben ist das einzige, was uns noch bleibt, nicht wahr? Weiterleben und uns mit der Hoffnung trösten, daß die Zukunft besser sein wird.
Und deshalb, mein liebster Sohn, habe ich geheiratet. In der Hoffnung, daß ich Dich eines Tages zu mir holen und Dir ein Leben bieten kann, das für uns beide schöner sein wird. Bald, bald werde ich in der Lage sein, Mr. Martin von Dir zu erzählen, denn er ist ein guter Mann, und er wird es sicherlich verstehen.
Verzeih mir, lieber Tom, daß ich keine bessere Möglichkeit gefunden habe, unser Leben in geordnete Bahnen zu lenken. Ich bemühe mich sehr, sehr eifrig. Mehr als ich sagen kann.
Ich liebe Dich so sehr

Deine Mama

Tom las den Brief noch ein letztes Mal und zerknüllte ihn in der Faust. *Diesen* Brief wollte er nicht behalten. Wie hatte sie diesen Mann heiraten können? Wie konnte sie überhaupt jemanden heiraten? Warum konnte sie nicht warten, bis er erwachsen war? Warum war sein Vater gestorben? Warum? Warum war alles so gekommen? Er warf den schändlichen Brief in die Zimmerecke, ging hinaus und schlug die Tür donnernd hinter sich zu.

24

Boston war eine Stadt, die auf ihre Ehrbarkeit stolz war. Mary unternahm mit Thad kurz nach ihrer Ankunft einen Rundgang durch die City und merkte, daß alles an dieser ehrbaren Stadt ihren frischangetrauten Ehemann mit dem Gefühl erfüllte, die richtige Wahl getroffen zu haben.

Ihre Wohnung war klein, aber luftig und lichtdurchflutet; die Gegend war keineswegs wohlhabend, aber durchdrungen von der typischen Bostoner Atmosphäre der Solidität, die Marys Seele wohltat. Achtbarkeit verleiht Sicherheit und verheißt eine bessere Zukunft.

Die Menschen in Boston waren ein anderer Schlag als die Leute in Irland oder die Bewohner von Tuxedo-Park. Ihr Verhalten und ihre Umgangsformen waren liebenswürdig. Sie besaßen Charakter. Sogar die Armen lebten so anständig, wie es ihnen möglich war.

Thad hatte die Stadt richtig eingeschätzt; von der Faneuil Hall, die ein Bürger der Stadt geschenkt hatte, damit die Bostoner dort bis in alle Ewigkeit zusammenkommen und über öffentliche Angelegenheiten diskutieren konnten, bis zu den berühmten Kais, an denen sich die Geister früherer Walfänger, Schnellsegler und Alkoholschmuggler ein Stelldichein zu geben schienen, war Boston genau der richtige Ort für sie.

Es war der rechte Platz für einen Neubeginn, ja sogar für eine neue Familie. Natürlich waren Marys entsprechende Gefühle widersprüchlich. Denn sie hatte Thad noch immer nichts von Toms Existenz erzählt.

Es war nicht so, daß sie es überhaupt nicht versucht hätte; sie war bald nach ihrer Übersiedlung nach Boston nahe daran gewesen, es ihm zu gestehen. Er war verzagt nach Hause gekommen, weil ihm im Geschäft ein Fehler unterlaufen war, der sie eine Menge Geld gekostet hatte. Thad war über sein Versagen so deprimiert gewesen, daß sie ihm die Arme um die mageren Schultern gelegt und versucht hatte, ihn zu trösten. Armer Thad, hatte sie gedacht. Es war unvernünftig von ihm, sich den Irrtum so sehr zu Herzen zu nehmen. Und dann hatte sie einen Einfall gehabt: Vielleicht war *jetzt* der richtige Augenblick, um sich von der Last ihres Geheimnisses zu befreien.

»Jeder begeht doch einmal einen Fehler, Thad«, hatte sie tapfer begonnen. »Wenn du nur wüßtest, wie unvollkommen ich…«

»Nein!« hatte er sie heftig unterbrochen. »Nein, Mary. Komme mir nicht mit einer Unzulänglichkeit, meine kleine vollkommene Frau! Wenn du nur wüßtest, wie sehr ich deine Vollkommenheit liebe. Deine klare, strahlende Reinheit und Sanftmut, die mir das Leben erst lohnend machen.«

Sie hatte ihren Mann hilflos angesehen und bedauert, daß sie nicht den Mut besaß, ihm trotz seines Einspruchs alles zu bekennen. Aber ihre Unberührtheit war für ihn anscheinend so wichtig, daß sie nicht wagte, fortzufahren.

Es gab schon vier große Warenhäuser in Boston, als Thaddeus Martin mit seiner jungen Frau, seinen Ersparnissen und seinen Träumen dort eintraf. »Jordan Marsh«, im Besitz der alteingesessenen Bostoner Familie Mitton, war dafür bekannt, daß es Qualitätswaren für die Massen anbot. Das große, florierende Geschäft nahm eine der vier Ecken des Hauptplatzes ein, der das Mekka des Einzelhandels war, zu dem Bostons Frauen strömten, um ihre Wohnungen und ihre Garderobe auf den neuesten Stand zu bringen.

»Filene«, das zweite große Kaufhaus am Platz, war 1875 von der Familie Filene eröffnet worden, die ihren Einstieg in den Einzelhandel in Massachusetts begonnen und dann in der zweiten Generation beschlossen hatte, ihre Erfahrungen dem größeren Publikum von Boston zur Verfügung zu stellen. Die Brüder Filene hatten in weiser Voraussicht europäische Kleider nach Boston importiert, so daß die Damen der Stadt bei ihnen die neuesten Pariser Modelle kaufen konnten.

»Gilchrist« gehörte Felix Vahrenberg, einem tyrannischen Bayern, der aus den einfachen Anfängen eines ambulanten Händlers ein schönes Unternehmen aufgebaut hatte und sein Reich mit eiserner Hand regierte. Er war ein kleiner, dicker Mann mit einem Zelluloidkragen, der seinen Angestellten solche Angst einjagte, daß sich die Nachricht, er verlasse sein Büro im siebenten Stockwerk des hohen, schlanken Gebäudes, jedesmal mit der Schnelligkeit von Urwaldtrommeln verbreitete, um die Angestellten vor seinem bevorstehenden Erscheinen zu warnen.

»Slattery«, das sich auf der Tremont Street, zwei Blocks von den anderen Kaufhäusern entfernt, befand, war ein teures und elegantes Geschäft für Neuheiten in der Damenmode. Sein Besitzer war der stadtbekannte Charmeur O'Connell, der sein Leben lang jeden Mittwochabend seine Geliebte zum Souper bei »Daintry Moore« ausführte und aller Welt verkündete, daß »Slattery« im Gegensatz zur Konkurrenz nie daran denken würde, das Geschäft nur zur Bequemlichkeit der Kunden an einem Tag der Woche bis spät abends offenzuhalten.

Thaddeus hatte den Markt durchforscht, so gründlich er konnte, bevor er seine Zukunft darauf setzte. Die Konkurrenz schreckte ihn nicht ab; Boston bot ihr *und* ihm genügend Spielraum. Die Stadt steckte voller wohlhabender, angesehener Familien, deren Stammbaum man bis zur »Mayflower« zurückverfolgen konnte. Sie war stolz auf die Nachkommen von Hochseekapitänen, die im China-Klipper-Handel oder mit dem Walfang ein Vermögen gemacht hatten; sie beherbergte aber auch Bankiers, Ärzte, Rechtsanwälte und andere Akademiker in Hülle und Fülle. Kurz: In Boston gab es genau die reichen Kunden, von denen er immer geträumt hatte, und es gab sie noch dazu im Überfluß.

Thaddeus hatte lange Jahre auf die Vorbereitung seines Geschäfts verwendet, um die ganz speziellen Bedürfnisse in Boston zu befriedigen. Er wollte die jungen Männer an den Universitäten beliefern, sie preiswert mit jener Kleidung versorgen, die sie benötigten, und er wollte sie ihnen von den schönsten jungen Verkäuferinnen anbieten lassen, die er finden konnte. Er wollte in jeder Sparte nur das Beste führen, er wollte jeden Kunden mit dessen Namen begrüßen und bei größeren Einkäufen Karten mit einem Dankesgruß versenden. Er hatte hundert Ideen, wie er die gehobene Kundschaft, die er ansprechen wollte, umwerben würde. Es war nur eine Frage der Zeit, wann sie ihm dazu verhelfen würden, seinen Traum zu verwirklichen.

25

Das Kind, das an Marys Brust lag, sah Tom überhaupt nicht ähnlich. In gewisser Hinsicht war sie darüber erleichtert. Wo mochte ihr Erstgeborener sich jetzt aufhalten, fragte sie sich, als sie das winzige Gesichtchen betrachtete.

Tom mußte bereits ein großer Junge sein, dreizehn Jahre alt und fast schon ein junger Mann. Sie versuchte sich vorzustellen, wie er wohl aussah. Wie Michael, nahm sie an, vielleicht noch blonder, vielleicht auch ein wenig wie sie. Sie hatte Tom seit ihrer Heirat nicht oft geschrieben, weil sie Angst hatte, daß sie so ihrem Mann das Geheimnis seiner Existenz verraten könnte. Sie konnte nicht riskieren, daß der Junge direkt an sie schrieb, deshalb schickte er alle Briefe zu Händen von Pater Grogan, der sie an ihren Beichtvater in Boston weiterleitete. Aber es trafen nur sehr selten Briefe ein. Vielleicht war es für den Jungen ohnehin das beste, wenn die Erinnerung an seine Mutter allmählich verblaßte. Vielleicht wäre es überhaupt das beste gewesen, wenn er sie gänzlich vergaß.

Der Schmerz ihres Verlustes, der sich mit der Zeit gelegt hatte, war während der Schwangerschaft und nach der Geburt des zweiten Sohnes wieder aufgeflammt. Thaddeus trat ins Zimmer, und als er sie und das Kind umarmte, verkrampfte sie sich ein wenig. Es war eine unbeabsichtigte Reaktion, denn er bemühte sich sehr, ein guter Ehemann zu sein.

»Ach Mary, Mary«, sagte er, während er sie sanft an sich drückte, »du hast mir ein wundervolles Geschenk gemacht.« Sie hatte ihren Mann noch nie so lebhaft, so aufgeschlossen gesehen wie seit der Geburt des Kindes. »Wir müssen viele, viele Kinder bekommen, Mary«, strahlte er, dann wurde sein Gesicht plötzlich besorgt. »Natürlich nur, wenn du dazu bereit bist, meine Liebe.«

Er besaß jetzt ein kleines Geschäft statt eines Lieferwagens und beschäftigte zwei junge Angestellte. »Er ist doch süß, nicht wahr?« fragte sie und redete sich ein, daß es die Wahrheit war. In Wirklichkeit hatte das Kind den leicht eulenartigen Gesichtsausdruck seines Vaters und eine Nase, die für sein Gesichtchen viel zu groß war.

»Er ist das schönste Baby auf der ganzen Welt. Warte nur ab, Mary! Ich werde dir und unseren Kindern jede mögliche Sicherheit geben, um dich für dieses Geschenk zu belohnen. Du bist doch jetzt glücklich, Mary, nicht wahr?« fragte er plötzlich besorgt.

»Natürlich, mein Lieber«, antwortete sie, so ehrlich sie konnte. Der Mann lächelte Mutter und Kind liebevoll zu, bevor er den Raum verließ.

Thomas Dalton saß am Bett seines sterbenden Freundes. Seamus' trockene Lippen waren aufgesprungen, seine spärlichen Haare schweißverklebt, und sein Atem ging flach und rasselnd.

Zwei Tage und eine Nacht waren vergangen, seit der für die Klosterschüler zuständige Arzt Tom eröffnet hatte, er müsse von seinem Freund Abschied nehmen. Zornestränen liefen dem Fünfzehnjährigen über die Wangen; seine Trauer hatte sich gelegt, nicht aber sein Zorn. Es würde heißen, daß Seamus an einer Lungenentzündung gestorben war, und das mochte auch stimmen, aber in Wirklichkeit starb der Junge an gebrochenem Herzen, und nur Tom und Bruder Damien verstanden es und litten darunter.

Tom strich dem Jungen das wirre, feuchte Haar aus der gefühllosen Stirn und fragte sich, warum das Sterben so lange dauerte. Der Raum war bis auf das Licht zweier Kerzen dunkel, und Tom hatte den Jungen mit seiner eigenen Decke und seinem Mantel zugedeckt, denn Seamus hatte sich immer vor der Kälte gefürchtet, weil er da Hustenanfälle und Atemnot bekam und nach Luft ringen mußte.

»Tom.« Seamus' Stimme war kaum zu hören. »Tom, ich habe Angst vor dem Sterben.«

Tom legte seine starken Arme um den Freund und drückte ihn mit einer schützenden Geste an sich, denn er wußte nicht, was er sonst tun sollte. »Du mußt alle unsere Pläne verwirklichen, Tom. Du mußt sie durchführen und dabei an mich denken.« Die Anstrengung des Sprechens erschöpfte den Jungen. »Es ist sehr kalt, wenn man stirbt...« Tom spürte, wie das Leben den schwachen

Körper unmerklich verließ. Er schrie verzweifelt auf und drückte seinen Freund fester an sich, als könne er ihn wieder zum Leben erwecken.

Tom spürte, wie eine Hand sanft seine Schulter berührte, blickte auf und sah mit tränenblinden Augen das bekümmerte Gesicht von Pater Damien.

»Willst du mit mir für deinen Freund beten, Tom? Er hat heute abend die Sterbesakramente erhalten und ist im Zustand der Gnade gestorben.«

Toms Augen blitzten verächtlich angesichts der Hohlheit dieser Phrase, aber Bruder Damien erinnerte ihn sanft: »Ich habe Seamus ebenfalls geliebt, Thomas.«

»Wie können Sie dann von Gnade sprechen, wenn Sie wissen, daß man ihn umgebracht hat?«

»Die Gründe für einen solchen Tod liegen in Gottes unerforschlichem Ratschluß, Tom. Keiner von uns kann das Warum erkennen.«

»Wie können Sie von mir verlangen, für ihn zu beten, wenn es die Kirche war, die ihn ermordet hat?«

»Nein, mein Junge. Es war vielleicht der Unverstand unwissender Menschen, aber was gibt uns das Recht zu sagen, daß es ihm heute nacht nicht viel besser geht als uns? Die Zeit seiner Prüfungen ist vorüber. Laß uns für seine unsterbliche Seele beten, Tom!« Er bückte sich mühsam und kniete neben dem Bett nieder.

»Warum?«

»Weil es das einzige ist, was du noch für ihn tun kannst. Es ist das einzige Geschenk, das du ihm noch machen kannst.«

»Nein, Bruder Damien, das stimmt nicht. Ich kann ausführen, was wir geplant haben, und ein Leben in seinem Sinn führen – und ich kann an ihn denken. Ich kann an ihn denken.« Lautlos rollten dem trotzigen Jungen die Tränen über die Wangen.

Nach einer langen Pause, während der Bruder Damien leise allein gebetet hatte, rief er mit seiner melodiösen Stimme die Dreifaltigkeit an.

Dreifaltigkeit! dachte Tom mit bitterem Schmerz. Seamus ist das letzte Glied der einzigen Dreifaltigkeit, die ich je gekannt habe: zuerst mein Vater, der zu früh starb und mir für immer verlorenging; dann meine Mutter, die, nach dem Inhalt ihrer Briefe zu schließen, für immer von meiner Seite gerissen wurde; nun

Seamus, der liebe, freundliche, rebellische Seamus, der Freund meines Herzens... meine Dreifaltigkeit des Abschiednehmens.

Ja, das ist es: Ich muß von jedem Menschen Abschied nehmen, den ich geliebt habe. Meine Dreifaltigkeit! Trotzig wischte er sich die Tränen vom Gesicht.

Wieder blickte er auf die Leiche seines Freundes und dann auf den alten frommen Bruder in dem stillen Raum, und ihm wurde bewußt, daß er nun vollkommen allein war.

Nach Seamus' Tod widmete sich Tom seinem Studium mit wilder Verbissenheit. Er wollte genau das tun, was sein Vater ihm in seinem Brief geraten hatte. Er wollte lernen, was er nur konnte, um die anderen mit ihren eigenen Waffen zu schlagen.

Er besaß einen wachen Verstand, und er war geradezu verbissen entschlossen, Erfolg zu haben – zu nehmen, was die Brüder ihm gaben, und nichts dafür zu geben. Wenn sie ihn schlugen, reagierte er mit eisiger Verachtung, der sie nichts entgegenzusetzen hatten. Wenn sie seine schulischen Leistungen lobten, reagierte er mit der gleichen Kälte. Sein einziger leidenschaftlicher Wunsch war, ihnen beizubringen, daß sie an sein eigentliches Ich nicht herankonnten. Weder mit ihrem Lob noch mit ihren Strafen.

Die Briefe seiner Mutter – entschuldigend, impulsiv und sehnsüchtig – waren seit jenem gräßlichen Schreiben, in dem sie ihn von ihrer Heirat in Kenntnis gesetzt hatte, seltener geworden. Wie hatte er in jener Nacht geweint, als dieser Brief angekommen war. Geweint und aus Wut und Schmerz mit den Fäusten gegen die Wände getrommelt. Bis zu diesem Zeitpunkt hatte er immer geglaubt, daß seine Mama ihn nie im Stich lassen würde; auch als sie von ihm verlangt hatte, er solle seine Briefe an Pater Grogan schicken. Das hatte er immer geglaubt, bis zu diesem Brief.

Kein einziges Mal war in seinen Briefen von den näheren Umständen der verhaßten Sklaverei im Kloster die Rede, denn das war ein Kummer, den er als Mann allein tragen mußte. Sie war nur eine Frau: allein, verängstigt und hilflos. Zu diesem Schluß war er schließlich gelangt. Sie hatte getan, was sie mußte, denn sie war zu schwach, um ohne Stütze zu bleiben.

Diese großzügige Entschuldigung hatte ihm Kraft gegeben, und er hatte den neuen, abgrundtiefen Schmerz ebenso überwunden wie alle anderen Qualen.

Er wollte den Traum seines Vaters verwirklichen. Er wollte sich eine gediegene Bildung erwerben. Er wollte ein Mann werden, und er wollte seine Mutter in Amerika besuchen. Und sie sollte auf den Mann stolz sein, der er geworden war.

26

Mary grübelte über die Frage nach, was sie im Hinblick auf Tom beginnen sollte. Ihre Unterlassungssünde war im Lauf ihrer Ehe so schwer geworden, daß sie nun ein unüberwindliches Hindernis war. Hätte sie nur zu Beginn ihrer Bekanntschaft den Mut aufgebracht, Thaddeus von Toms Existenz zu erzählen, dann müßte sie jetzt nicht das entsetzliche Schuldgefühl empfinden. Sie besaßen inzwischen ein kleines Haus, um ihre Aussichten im Leben stand es gut, und Thad war meist liebevoll zu ihr. Er behandelte sie natürlich nicht so, als würde bei einer Entscheidung ihre Meinung eine Rolle spielen, aber das war eben typisch männlich. Michael war darin eine Ausnahme gewesen, da er sie so geliebt und ihr vollkommen vertraut hatte – vor so langer Zeit.

Sie seufzte, weil sie an Michael dachte, der nun zu einer schmerzlichen, tragischen Erinnerung geworden war, die sie nach so langer Zeit endlich ertragen konnte. Tom jedoch – der war aus Fleisch und Blut. Wie ihr jüngstes Neugeborenes würde Tom immer und ewig einen Platz in ihrem Herzen einnehmen, bis man sie zur ewigen Ruhe bettete.

Wie mochte er inzwischen aussehen? Ob seine Augen so waren wie die seines Vaters: klar und immergrün wie eine Gebirgspflanze? Sicher viel anders als die kleinen Äuglein, die sie aus dem Gesicht ihres Jüngsten anstarrten.

Sie hatte dem jungen Priester, der ihr Toms Briefe brachte, anvertraut, daß sie ein schreckliches Geheimnis hütete. Als sie ihm die Geschichte beichtete, hatte sie gedacht, er würde verlangen, daß sie ihrem Mann gegenüber das Gewissen erleichtere. Doch der Priester war der Meinung gewesen, sie tue ihrem Mann und ihrer Familie weh, wenn sie es zu diesem Zeitpunkt gestehe.

Wenn Tom in Irland blieb, bis er erwachsen war, hatte sie Zeit, das leidige Problem gründlich zu überdenken. Vielleicht würde sich unverhofft ein Augenblick ergeben, in dem sie Thaddeus die Wahrheit sagen konnte.

Das unlösbare Dilemma bereitete Mary schreckliche Kopfschmerzen. Manchmal mußte sie ganze Tage im Bett verbringen. Sie lag dann in einem verdunkelten Raum und versuchte verzweifelt, nicht an Tom zu denken. Wenn die Schmerzen vorbei waren, war ihr Entschluß stets der gleiche: Sie mußte ihn noch etwas länger in Irland lassen und versuchen, mit weniger Schuldgefühlen an ihn zu denken, damit sie unbeschwerter leben konnte.

Und da erhielt sie einen Brief von ihm, in dem er ihr mitteilte, daß er das Kloster verlassen und nach Amerika kommen wolle. Sie mußte ihm sofort antworten, wenn sie ihn daran hindern wollte.

Liebster Tom,
über Deinen Brief, in dem Du mir mitteilst, daß Du nach Amerika kommen willst, sobald Du das Kloster verläßt, bin ich schrecklich beunruhigt. Wenn Du nur wüßtest, wie sehr ich Dich liebe und wie sehr Du mir fehlst, würdest Du vielleicht besser verstehen, wie mich die Antwort bekümmert, die ich Dir geben muß.
Es ist jetzt leider nicht der richtige Augenblick, mein lieber Sohn, um hierherzukommen – aus Gründen, die Dich und auch mich betreffen. Ich will versuchen, es Dir zu erklären:
Ich habe immer von ganzem Herzen gehofft, Du würdest Dich genauso verhalten, wie es Dein Vater aus einem ganz bestimmten Grund von Dir verlangt hat. Du weißt, es war sein sehnlichster Wunsch, daß Du Deine Erziehung in Irland erhältst und Dich mit jedem verfügbaren geistigen Rüstzeug versiehst, bevor Du Dich ins Leben hinauswagst. Du kannst besser als jeder andere die schreckliche Qual ermessen, die Dir aus Deiner Geburt erwachsen ist. Wenn Du die Klassenschranken und die Barriere Deiner unehelichen Geburt durchbrechen willst, mein liebstes Kind, mußt Du über eine hervorragende Intelligenz und über großes Können verfügen. Glaube mir, ich habe erlebt, wie schwierig das Leben für jeden ist, auf dessen Weg nur der leiseste Schatten einer Schande fällt. Glaube mir, wenn ich Dir sage, daß Du Deine Erziehung brauchst, um über die speziellen Schwierigkeiten Deines Lebens hinwegzukommen.
Es fällt mir noch schwerer, lieber Tom, weiterzuschreiben. Aber

meine derzeitigen Lebensumstände, auf die ich hier nicht im einzelnen eingehen kann, verbieten es mir, Dich nun zu mir nach Boston kommen zu lassen – so sehr ich mir von ganzem Herzen wünsche, Dich bei mir zu haben. Es ist für mich sogar überaus wichtig, daß Du die Überfahrt nicht schon jetzt antrittst. Ich bitte Dich aber, mir zu glauben, daß ich mich mit allen meinen Kräften dafür einsetzen werde, daß Du sehr bald zu mir kommst.
Im Augenblick ersuche ich Dich, mein geliebter Sohn, Dich nach dem Willen Deines Vaters zu richten und Dein Studium in Irland abzuschließen. Werde der Gentleman, zu dem Deine Geburt Dich bestimmt hat, und komm dann zu mir! Bete zu Gott, daß ich dann besser in der Lage sein werde, Dich aufzunehmen.
All meine Liebe wie immer

Deine Mama

27

Der mürrische Bruder Matthew war ein muskulöser Mensch, der in ständigem Kampf mit den Versuchungen des Fleisches lebte. Jeden Abend hatte er Angst, seine kalte, aus Steinen gemauerte Zelle zu betreten, denn dort lauerte der Teufel auf ihn, sandte ihm abscheuliche, schmutzige Gedanken und noch schlimmere Lokkungen. Selbst wenn er sich geißelte, bäumte sich sein böses Glied hartnäckig auf, zog das heiße, harte Fleisch unerbittlich seine Hand an und verführte seinen protestierenden Geist zu abstoßenden Dingen, während in seiner Phantasie Bilder von nackten Körpern auftauchten und sein gewaltiger Penis, nach Erleichterung ächzend, sich in seine widerstrebenden Hände zwängte.

An diesem Morgen war Bruder Matthew nach einem anregenden Traum aus unruhigem Schlaf erwacht. Er goß das eisige, beinahe gefrorene Wasser aus seinem Waschbecken auf das schamlose Stück Fleisch, um dessen Geilheit zu ersticken, bevor er in der Dunkelheit zur Vieruhrmesse eilte. Obwohl er diesmal den Kampf mit dem unzüchtigen Fleisch gewonnen hatte, besserte sich seine stets ungute Stimmung nicht, im Gegenteil, Bruder Matthew wollte an diesem Morgen jemandem weh tun.

Der neun Jahre alte Sean Sullivan hatte das Pech, der erste

hierzu geeignete Kandidat zu sein, der ihm in die Quere kam. Sean war der Sohn einer Näherin aus dem Dorf, der jüngste Zuwachs der bemitleidenswerten Schar von Jungen, die das Unglück hatten, zur Ausbildung ins Kloster geschickt zu werden.

An diesem Morgen hatte der strohblonde Sean, der um vier Uhr natürlich noch schläfrig war, vergessen, rechtzeitig den Wein von dem kleinen Seitentisch für das Offertorium herbeizuschaffen, und sobald die Messe zu Ende war, stürzte sich Bruder Matthew auf sein hilfloses Opfer.

»Du erbärmlicher Dummkopf«, schrie er den erschrockenen Jungen an. »Wie oft muß man dir noch sagen, wann du den Wein bringen sollst?«

»Es tut mir leid, Bruder Matthew, ich war so schrecklich müde, und habe es einfach vergessen. Es wird nie wieder vorkommen.«

»Das wird es wirklich nicht, du elender Schelm, denn ich werde so viele Striemen auf deinem Rücken hinterlassen, daß du dich das nächste Mal sehr genau erinnerst. Zieh dich sofort aus und empfange deine Strafe wie ein Mann.«

»Nein, Bruder Matthew. Bitte nicht die Katze! Hier ist es kalt wie in einer Gruft. Ich hole mir den Tod, wenn ich mich ausziehe, und Sie sind so stark, daß Sie mir mit diesem Ding das Rückgrat brechen.« Sean wich beim Sprechen zurück, doch Matthew packte den Jungen am Kragen des von seiner Mutter gemachten Rocks, riß das Kleidungsstück von oben bis unten auf und warf das Kind zu Boden.

Der hilflose Junge begann stumm zu weinen, denn er wußte, daß es keinen Sinn hatte, laut um Hilfe zu schreien, weil niemand kommen würde.

Der muskulöse Mönch ließ die Lederriemen mit einem widerlichen Geräusch auf die schmalen Schultern des Kindes klatschen. Er hob die Arme hoch über den Kopf, um zum zweiten Schlag auszuholen, da schlang sich ein starker Arm um seinen Hals und hielt den mächtigen, widerstrebenden Körper von hinten fest. Von dem unerwarteten Angriff verblüfft, wehrte sich Matthew, um den Griff zu lockern, der ihn so überrascht hatte.

»Wer bist du«, keuchte er, »daß du einen frommen Bruder hinterrücks überfällst?«

»Frommer Bruder? Daß ich nicht lache«, kam die Antwort.

»Sie sind ein dreckiger, sadistischer Schuft, Bruder Matthew, und ich habe genug von Ihresgleichen. Genau diese Frömmigkeit hat vor drei Jahren meinem Freund Seamus das Leben gekostet. Ich lasse Sie erst los, wenn das Kind fort ist.« Er bedeutete dem verängstigten Jungen zu gehen. »Fort mit dir, lauf, was du kannst!«

Der hochgewachsene, kräftige junge Mann ließ den verwirrten Klosterbruder vorsichtig los, der sich nun zu seinem Gegner umdrehte.

»Du bist es also, Thomas Dalton. Ich hätte deine heidnische Seele erkennen sollen. Dafür werde ich dich bei lebendigem Leib schinden!«

Toms kalte grüne Augen begegneten dem wütenden, starren Blick des Älteren verächtlich.

»Heute jedenfalls nicht, Bruder Matthew«, entgegnete er ruhig, »und auch später nicht. Ich bin fertig mit Ihrem Sadismus und Ihrer zum Himmel stinkenden Heuchelei – mit Ihnen und den übrigen frommen Brüdern, denen es Freude macht, Kinder in Gottes heiligem Namen zu quälen.«

Bruder Matthew blickte den kräftigen Burschen mit einem abschätzenden Blick an, mit dem man für gewöhnlich Pferde taxiert. Der mußte einsneunzig oder etwas darüber groß sein und war mit seinen achtzehn Jahren breit wie ein Scheunentor. Jung und unerfahren, aber, nach dem Druck seines Armes um seinen Hals zu schließen, stark wie ein Bulle und offensichtlich furchtlos.

»Für diese Frechheit gegenüber einem Geweihten wirst du in der Hölle braten«, knurrte das kleingewordene Großmaul.

»Sie werden vor mir dort ankommen«, erklärte Tom. »Und wenn Sie dem Kind wieder etwas antun, Bruder Matthew, schicke ich Sie eigenhändig dort hin... noch heute, bevor ich aus diesem gottverlassenen Asyl verschwinde.«

Der gutaussehende junge Mann, der älter wirkte, als er war, wandte sich plötzlich um und ließ den Mönch stehen. Er war jetzt achtzehn Jahre als, und für ihn war dieses Kapitel seines Lebens abgeschlossen. Furcht und Entsetzen hatte er hinter sich. Nur Zorn war geblieben. Nun würde er nie wieder den Fuß über die Schwelle dieses leidensvollen Klosters setzen, dieses düsteren Platzes des Schreckens und der Grausamkeit, wo Seamus gestorben und auch sein eigenes Herz beinahe zu Stein geworden war.

Als Thomas Dalton packte, um St. Ignatius zu verlassen, hatte er lediglich zwei Besitztümer, die ihm etwas bedeuteten: eine Haarbürste mit silbernem Griff und einen alten, ein wenig verblaßten Brief, der für ihn jedoch ungeheuer wertvoll war. Er besaß auch Briefe seiner Mutter aus Amerika, doch sie bedeuteten ihm nicht so viel wie das zerfledderte Vermächtnis seines Vaters, denn sie hatte ihn schwer enttäuscht, während er das Andenken seines Vaters zur geheiligten Vollkommenheit stilisiert hatte.

Er war ein ausgezeichneter Schüler, in Latein und Griechisch den anderen um Meilen voraus, und er besaß mathematisches Talent. Die Resultate fielen ihm so schnell ein, als könnte er in Zahlen denken. Er sah gut aus und war stark, vielleicht noch wichtiger war aber, daß er große Entschlußkraft hatte. Wenn er seine Talente und Eigenschaften abschätzte, kam er zu dem Schluß, daß er zwar ärmer war als die meisten seiner Altersgenossen, für das Leben aber genauso gut ausgerüstet wie jeder andere.

Vor allem war Tom schon immer praktisch veranlagt. Er wußte, daß er nur das Geld besaß, das Pfarrer O'Hanlon für ihn verwahrte, und nahm an, daß nach zehn Jahren nur noch sehr wenig vorhanden sein würde. Er besaß das geistige Rüstzeug, um Lehrer oder Gelehrter zu werden oder sich mit seinen kräftigen Händen seinen Unterhalt zu verdienen. Er brauchte einen Beruf oder zumindest eine Anstellung, und das schnell. Doch bevor er sein neues Leben beginnen konnte, mußte er nach Drumgillan reisen. Er mußte sich mit seiner unbewältigten Vergangenheit auseinandersetzen, bevor er den Weg in die Zukunft antreten konnte. Er wollte das Grab seines Vaters aufsuchen, bevor er ein neues Leben begann.

Ich habe meine Erziehung erhalten, Vater, und dafür einen hohen Preis bezahlt, sagte er im Geiste, als er das kalte Eisentor des Klosters hinter sich schloß und sich auf den Weg nach Westmeath machte. Aber du weißt, daß ich stark bin. Hast du damit gerechnet, daß ausgerechnet die frommen Brüder mich so stark machen würden, oder hast du gedacht, daß sie freundliche, gelehrte Männer sind? Aber was spielt das jetzt noch für eine Rolle, Dad? Sie haben gute Arbeit geleistet. Und wir haben alle mehr von ihnen erhalten, als wir erwartet hatten, nicht wahr? Mehr, als wir erwartet hatten.

Das Haus war ein Denkmal georgianischer Anmut und Eleganz. Seine würdigen, bleigefaßten Fenster und die großen Glastüren wirkten wie halbgeschlossene Augen, die die Welt nach jeder Seite betrachteten. Das Dach war von riesigen Schornsteinen gekrönt. An diesem schönen Morgen des Jahres 1892 verschlug es dem jungen Mann beinahe den Atem, als er am See stand und zu dem prächtigen Herrenhaus hinaufblickte, in dem sein Vater einst gewohnt hatte und das seltsamerweise sein väterliches Erbteil war.

Er stieg entschlossen den Hügel hinauf, glättete seinen von der Reise verknitterten Anzug, fuhr sich mit den Fingern durch sein dichtes, gewelltes Haar, schaffte es jedoch nicht, es zu glätten, hob den glänzenden Türklopfer aus Messing und wartete darauf, daß der Geist seiner Vergangenheit die getäfelte Tür öffnete. Seit er die Nacht am Sarg seines Vaters gewacht hatte, war er nicht mehr im Herrenhaus gewesen. Ein bejahrter Diener öffnete die Tür.

»Mein Name ist Thomas Dalton, Sir, und ich möchte bitte mit Seiner Lordschaft sprechen.«

»Ja, natürlich«, antwortete der Mann ungläubig, bevor er sich wieder gefaßt hatte. Toms Ähnlichkeit mit seinem Vater war erstaunlich.

»Seine Lordschaft befindet sich im Arbeitszimmer... junger Mann. Er ist mit Rechnungen beschäftigt. Ich weiß nicht, ob er gestört werden darf. Warten Sie hier, bis ich gefragt habe, ob er Sie empfangen will.« Der alte Mann trippelte mit merkwürdig lautlosen Schritten über den Marmorfußboden des Korridors und verschwand, während er leise vor sich hinmurmelte.

»Der Herr wird Sie im Arbeitszimmer empfangen.« Der neugierige Ausdruck auf dem faltigen Gesicht des alten Dieners ließ ahnen, daß er seinen Wochenlohn dafür gegeben hätte, bei der bevorstehenden Unterredung anwesend sein zu können.

»Ich kenne den Weg«, sagte Tom.

Vor den viereinhalb Meter hohen Fenstern an der Ostseite des schönsten Raumes, den Tom je gesehen hatte, zeichnete sich die Silhouette eines Mannes ab. Er war hochgewachsen und hatte dem eintretenden Ankömmling den Rücken zugewandt. Seine Haltung war herrisch.

»Wer sind Sie, und warum haben Sie mich ohne gehörige Verabredung aufgesucht?« Die Stimme klang ganz so, wie sie Tom in Erinnerung hatte, seit dieser Mann, sein Onkel, sie aus ihrer Hütte vertrieben hatte.

»Mein Name ist Thomas Dalton, Sir, und ich bin der Sohn eines ehemaligen Dienstmädchens Ihrer Familie, Mary Dalton.«

»Ach ja, ich erinnere mich.« Aus Randolphs Stimme klang verächtlicher Spott. »Ein ziemlich gewöhnliches Mädchen, wenn ich mich recht erinnere, die schwanger wurde und unser Haus verlassen mußte. Sie sprechen doch von dieser Person?«

Tom ballte die Fäuste, als er antwortete: »Ich habe nie gefunden, daß meine Mutter gewöhnlich war, Sir. Und daß Sie Ihr Haus verließ, hatte tatsächlich damit zu tun, daß sie ein Kind bekam, aber Sie werden darüber wohl nicht mit mir sprechen wollen.« Nun wandte sich der Mann vom Fenster um und blickte ihn an.

»Ihre Mutter war eine Bettlerin und eine Hure«, sagte er in perfektem Latein.

»Wie die Ihre, Sir«, antwortete der junge Mann ruhig in derselben Sprache.

Randolphs Blick verriet Überraschung und Zorn. »Wo haben Sie Latein gelernt?«

»Bei den Brüdern von St. Ignatius.«

»Und was haben Sie dort noch gelernt, junger Mann?«

»Daß der Sohn eines Dienstmädchens die gleiche Erziehung braucht wie der Sohn eines Adeligen, Mylord. Und deshalb bin ich zu Ihnen gekommen. Ich brauche einen Empfehlungsbrief für die Universität, um sowohl eine Ausbildungsmöglichkeit wie auch eine Anstellung zu finden. Mein Vater hat in einem in meinem Besitz befindlichen Brief festgehalten, daß er Vorsorge für meine Erziehung getroffen hat. Ich bin gekommen, um die Mittel zu beanspruchen, die er erwähnte.« Tom sprach gefaßt und mutig.

Randolph Hartingtons Augen verengten sich langsam, und sein Gesichtsausdruck wurde verächtlich. Er hatte sich schon manchmal gefragt, was aus dem Kind seines Bruders und dieser verkommenen Person geworden war.

»Du arroganter Lümmel, du glaubst wohl, weil du eine Ahnung von Latein hast, kannst du mit Höherstehenden auf freundschaftlichem Fuß verkehren? Wie kannst du es wagen, zu mir zu kommen? Glaubst du, daß ich mit deinesgleichen etwas zu tun haben will? Du bist der Bastard meines Bruders, und du spielst dich gewaltig auf. Hinaus aus diesem Haus, bevor ich die Diener auf dich hetze!«

»Ich werde das Haus verlassen, Sir, wo man so geringschätzig vom Andenken meines Vaters spricht. Ich wollte mich nur überzeugen, ob Sie wirklich so gefühllos und engherzig sind, wie meine Mutter Sie geschildert hat, und ich sehe, sie hat Sie außergewöhnlich treffend eingeschätzt.« Tom machte absichtlich eine Pause, in der er einen Schritt auf seinen Onkel zutrat. »Hetzen Sie nur Ihre Diener auf mich, wenn Sie wollen, Eure Lordschaft, aber vergessen Sie nicht, daß ich Ihnen das Genick brechen könnte, bevor sie Ihnen zu Hilfe kommen.« Wieder kamen seine Worte ruhig und unerschrocken.

»Hinaus mit dir, du ungebildeter Bastard!« stieß Randolph wütend hervor. »Eher will ich dich tot sehen als in Oxford!«

»Ich habe keine Vorliebe für Oxford, Mylord, obwohl mein Vater dort studiert hat, denn ich verspüre keine große Sympathie für die Engländer, für die Sie ein glänzendes Beispiel abgeben. Ich denke eher an ein Studium am Trinity-College in Dublin, und merken Sie sich eines: Ich werde ohne die Hilfe von Leuten Ihres Schlages dorthin gelangen.« Er drehte dem wütenden Hartington den Rücken zu und verließ das Haus mit dem festen Vorsatz, nie wieder jemandem zu gestatten, ihm etwas zu verweigern, was er wirklich haben wollte.

28

»Junger Mann, gehen Sie doch bitte langsamer! Junger Mann!« rief eine verzweifelte, aber freundliche Stimme hinter Tom her, als er vom Herrenhaus zu dem Wald ging, der den See umsäumte. »Junger Mann, wie können Sie erwarten, daß ich Sie einhole, wenn Ihre Beine dreimal so lang sind wie die meinen? Wollen Sie mir keine Gelegenheit geben, Sie einzuholen?«

Tom war vom Zorn über das schändliche Verhalten seines Onkels vereinnahmt und merkte zuerst nicht, daß die kultivierte ältere Frau, der die Stimme gehörte, ihn meinte. Dann drehte er sich um und sah eine kleine, elegante alte Dame, die ihn den Hügel herunter unsicher verfolgte.

»Na also, das ist schon bedeutend besser!« Die zarte Frau mit dem weißen Haar und dem Schmuck an den Ohren und am Hals triumphierte, als sie ihn erreichte und aufmerksam in sein verwirrtes Gesicht blickte. »Du bist das getreue Abbild deines Vaters, Kind. Ich habe noch nie eine so sprechende Ähnlichkeit gesehen. Du hast zwar die Augen deiner Mutter, aber alles übrige an dir ist Hartington bis auf die Knochen!« Sie kicherte, und ihre Augen funkelten vor rachsüchtiger Freude. Tom fand, daß sie das interessanteste Gesicht besaß, das er je gesehen hatte. Nicht ausgesprochen schön, zerknittert wie Pergament, aber sprühend vor Intelligenz und Mutwillen.

»Mein Name ist Thomas Dalton, Ma'am«, stellte er sich erstaunt vor. »Darf ich fragen, wieso Sie meinen Vater kennen?«

»Ich kenne ihn, weil er mein Neffe war, lieber Junge. Mein Lieblingsneffe sogar, denn sein Bruder konnte ihm meine Zuneigung kaum streitig machen. Aber komm mit mir, wir dürfen nicht hier stehenbleiben, sonst sieht man uns, und sie holen mich, damit ich nicht mit dir spreche. Ich habe alles mitangehört, weißt du. Ich habe meinen niederträchtigen Neffen belauscht, während du bei ihm warst. Der Butler hat mir verraten, daß du bei Randolph bist. Du hast ihm einen ganz schönen Schrecken eingejagt. Er ist ein abscheulicher Grobian, nicht wahr? Aber du bist mit ihm großartig fertig geworden. Er ist ein ausgesprochener Tyrann.«

Tom wunderte sich über den Wortschwall, mit dem ihn diese vollkommen fremde Dame überschüttete, die ihm sichtlich ihre Freundschaft anbot.

»Ich bin mit ihm vielleicht großartig fertig geworden, Ma'am, aber leider verfüge ich noch immer über keinen Empfehlungsbrief für die Universität, und ich ärgere mich darüber, daß ich mich zu einem Bittsteller gemacht habe. Ich weiß nicht, warum ich auf den absurden Gedanken verfallen bin, überhaupt hierherzukommen.« Er lächelte ein wenig kläglich, und die fröhliche kleine Dame erwiderte sein Lächeln.

»Mach dir nur deshalb keine Sorgen, mein lieber Junge! Es war nur allzu menschlich, daß du deinem Onkel seine Unmenschlichkeit vorgehalten hast. Ich kann dir nicht so einfach einen Studienplatz an der Universität verschaffen, Tom, obwohl mich dein Vater seinerzeit darum gebeten hat, denn ich befürchte, daß Iren dort nicht willkommen sind. Es gibt aber vielleicht doch einen Weg zu der Ausbildung, die du anstrebst, wenn wir die richtigen Personen in Dublin auf deine schwierige Lage aufmerksam machen können. Mein Bruder Edmond lebt dort, drei seiner Enkel gehen zur Schule, und du könntest bei ihm eine Stellung als Hauslehrer bekommen, damit du deinen Lebensunterhalt verdienst. Wenn du der junge Mann bist, für den ich dich halte, wirst du die Gelegenheit mit beiden Händen ergreifen und nötigenfalls deinen Stolz hintanstellen, um es zu schaffen zu studieren. Es gibt immer Arbeit für die Jungen und Kräftigen, wenn sie den Mut besitzen, es durchzustehen. Du warst doch ein guter Schüler, nicht wahr, Tom? Ja, ja, natürlich warst du das, du bist doch Michaels Sohn! Wir werden über diese hochnäsige Familie triumphieren, du und ich, warte nur ab! Dein Vater war an seinem schlechtesten Tag besser, als sie alle zusammen an ihrem besten sind, und wir werden dafür sorgen, daß sie bekommen, was sie verdienen.«

Tom und Eleanor Catherine Hartington Devereaux verbrachten fast den ganzen Nachmittag in einem kleinen, verlassenen Häuschen auf dem riesigen Besitz. Sie schwelgten in Erinnerungen, lachten und taten, als hätten sie Tee und heißes Teegebäck mit Butter und Heidelbeer-Jam vor sich stehen.

»Du mußt mir erzählen, junger Mann, wo du all diese Jahre gewesen bist. Ich habe, seit dein Vater so früh starb, oft an dich gedacht und hätte gern gewußt, wo du dich aufhältst und vieles mehr. Als mein Mann und ich von seinem Posten im Fernen Osten zurückkamen, habe ich mich nach dir und deiner Mutter erkundigt. Michael hatte mir von euch geschrieben. Doch leider wurde mir mitgeteilt, daß deine Mutter nach Amerika ausgewandert war, und so kam mir gar nicht der Gedanke, daß du noch in Irland sein könntest.«

Tom erzählte ihr alles, was er noch von seinem Vater wußte, und sie staunte über die Verehrung, die sich der Junge so viele Jahre lang für seinen Vater bewahrt hatte.

Er erzählte ihr von seiner Odyssee seit dem Tod seines Vaters, von O'Leary und der Vertreibung aus der Hütte, von seiner Mutter, die vor so langer Zeit nach Amerika gegangen war, von Pfarrer O'Hanlon sowie den frommen Brüdern und schließlich von seinen Plänen für die Zukunft. Sie war eine angenehme, aufmerksame Gesprächspartnerin – und es war so lang her, daß er jemand Vertrauten gehabt hatte, mit dem er sich aussprechen konnte.

»Mein lieber Junge«, begann sie, als sie den Rest der Geschichte gehört hatte, »ich habe eine Zofe, der ich vertrauen kann. Morgen mittag werde ich sie zu der Straßengabelung hinter den Haselnußsträuchern am See schicken. Sie wird einen Brief für dich haben, den du meinem Bruder überbringst, und einen weiteren an den Bischof von St. Bartholomews in Dublin. Einer von beiden wird bestimmt meine Bitte erfüllen. Mein Bruder wird zwar für deine schwierige Lage kaum Verständnis haben, aber er mag mich und wird, wenn nicht dir, so doch mir zuliebe vielleicht helfen. Die Zofe wird dir auch eine kleine Geldsumme aushändigen, soviel ich bis dahin auftreiben kann. Es wird nicht viel sein, denn ich habe im allgemeinen kaum Geld im Haus, aber es wird ausreichen, damit du nach Dublin kommst und dir einen anständigen Anzug kaufen kannst.«

Eleanor Devereaux machte eine kurze Pause, als wolle sie ihre Gedanken sammeln, dann fuhr sie fort.

»Ich habe deinen Vater sehr geliebt, Thomas. Hätte ich nicht im Fernen Osten gelebt, als dieser schreckliche Skandal passierte, wäre ich sicher dir und deiner armen Mutter zu Hilfe gekommen. Wenn es in meiner Macht steht, dir zu helfen, kannst du sicher sein, daß ich es tue. Leider ist mein lieber Mann nicht mehr am Leben, denn der würde mir bestimmt zur Seite stehen.«

Tom ergriff ihre juwelengeschmückten Hände, beugte sich nieder und küßte sie. Eleanor drückte ihm einen liebevollen Kuß auf sein lockiges Haar, erhob sich und verließ mit großer Würde das stille kleine Haus, während sich Tom noch immer über diese merkwürdige Wendung seines Schicksals wunderte und über Eleanors Herzlichkeit entzückt war, die er zum erstenmal in den vielen Jahren des Alleinseins empfunden hatte.

Eleanor Catherine Hartington Devereaux war die merkwürdige Mischung aus einer vollkommenen Lady und einer mutwilligen Aufrührerin. Sie war die jüngere Schwester von Sir Jeffrey und hatte in ihrer Jugend gern über die Stränge geschlagen, wodurch sie bei ihrer Schwägerin Lady Geraldine nicht gerade beliebt war, ihren Bruder aber amüsierte, der sie als »mutig« bezeichnete. »Ich möchte nicht mit dir verheiratet sein, Elly«, hatte er ihr wiederholt erklärt. »Aber davon abgesehen, besitzt du mehr Mumm als die meisten Frauen in meinem Bekanntenkreis.«

Irgendwann Mitte der Dreißig wurde Elly ein wenig ruhiger. Sie war nach Paris gezogen, um Künstlerin zu werden, hatte sich dort zur Kunstmäzenin gemausert und David Devereaux geheiratet, einen gutaussehenden, reichen Industriellen, der im Ausland lebte und dem britischen diplomatischen Corps in Frankreich angehörte.

Davids Diplomatenkarriere führte die beiden von Kontinent zu Kontinent, während er immer höhere Posten bekleidete und Elly Gelegenheit bekam, ihre literarischen Salons von Moskau bis Sansibar an allen Ecken und Enden der Welt einzurichten. So führte sie ein Nomadenleben in der obersten Gesellschaftsschicht, das ihrem abenteuerlustigen Naturell sehr entgegenkam.

Sie war auch nach dem Tode ihres Mannes im Ausland geblieben, bis sie die Nachricht von der unheilbaren Krankheit ihres Bruders erhielt und fand, daß es ihre Pflicht war, sich bis zu seinem Ende um ihn zu kümmern. Da ihr Bruder Jeffrey in seinem Testament verfügt hatte, daß sie mit einer großzügigen Zuwendung bis zu ihrem Tod in Drumgillan leben solle, war Geraldine trotz ihrer Antipathie gezwungen, sich mit der Anwesenheit der Schwägerin abzufinden.

Eleanor Devereaux führte als alte Dame ein fast ebenso ungebundenes Leben wie in ihrer Jugend, was ihr älterer Bruder Edmond ungehörig, aber irgendwie interessant fand.

Edmond lebte in Dublin in einem herrlichen Bauwerk mit Stil Palladios, in der Nähe der Four Courts. Bei ihm lebten drei seiner Enkel, die seit kurzem in Dublin eine angemessene Erziehung erhielten.

Eleanor reiste mit wenigen Habseligkeiten zu ihrer Bequemlichkeit und Marie, ihrer französischen Zofe, zwischen Drumgillan, Edmonds Haus und dem Kontinent hin und her, wie sie Lust dazu hatte. Sie war sich sicher, daß Edmond zwar wegen ihres Interesses für den illegitimen Großneffen mißbilligend mit der Zunge schnalzen, aber dann doch höchstwahrscheinlich ihrer Bitte nachgeben würde, wie er es im Lauf der Jahre bei ihren meisten Eskapaden gehalten hatte.

Voraussetzung war, daß Tom hielt, was er versprach, sonst

würde ihm ihre Bitte nicht einmal eine Anstellung als Hauslehrer verschaffen können. Sie wollte die Entwicklung abwarten und dann entsprechend handeln.

»Verflucht noch mal, Eleanor, warum kommst du nie mit einem Ansinnen zu mir, mit dem ich mich vorbehaltlos einverstanden erklären kann?« Wenn Edmond gereizt war, schwabbelte sein rundliches Kinn wie der Kehlsack eines Truthahns.

»Um mir treu zu bleiben, mein lieber Edmond. Nur um mir treu zu bleiben. Du weißt sehr gut, daß in deinem Alter ein Schock das letzte ist, was du brauchen kannst!« Ihre Augen zwinkerten fröhlich wie immer.

»Du weißt sehr gut, Elly, daß ich nie imstande war, dir etwas abzuschlagen, und wenn dieser junge Mann ein so lauterer Charakter ist, wie du behauptest, bin ich sicher, daß ich ihm reichlich Beschäftigung als Hauslehrer verschaffen kann, indem ich mit dem Dekan unter vier Augen spreche. Weiter werde ich aber keinesfalls gehen. Keinen Schritt weiter! Ich bin für Michaels Liebesaffären nicht verantwortlich, ganz gleich, wie gern wir den Jungen hatten.«

»Du bist ein sehr lieber Junge, Eddy«, lobte sie den Sechsundsiebzigjährigen liebevoll. »Warst es immer. Ich habe gewußt, daß ich mich auch in dieser Sache auf deine Hilfe verlassen kann. Achte nur darauf, daß der Junge eine ordentliche Bezahlung erhält, von der er leben kann, und daß er ins Trinity-College aufgenommen wird – vorausgesetzt natürlich, daß er eurem akademischen Stand entspricht. Alles Weitere überlasse ich der Zeit, damit wir beobachten können, aus welchem Holz er geschnitzt ist. Abgemacht?«

»Abgemacht, obwohl ich dir sagen muß, Elly, daß es mich kaum interessiert, aus welchem Holz er geschnitzt ist.« Damit war für ihn das Gespräch beendet und er klingelte nach dem Tee.

29

Mary saß im Schaukelstuhl, stillte den Säugling und schaukelte die Wiege seines zwölf Monate alten Bruders mit der Zehe. Beide Tätigkeiten zu koordinieren war ein Kunststück, das ihrer Meinung nach nur eine Mutter zuwege bringen konnte. Das neugeborene Mädchen, das seinem Bruder so bald gefolgt war, hatte sie viel Kraft gekostet.

Der Einjährige in der Wiege bekam Schluckauf. Sie stand behutsam mit der Kleinsten auf und ging in die Küche, um Zucker und Wasser für ihren Sohn zu holen.

Vier Kinder in sechs Jahren sollten der Kirche und ihrem Mann eigentlich reichen. Sie legte das Mädchen in seine Korbwiege, versorgte das Kind mit dem Schluckauf mit Zucker und Wasser und setzte es sich geschickt auf die Schulter. Dann ging sie zu dem Tischchen, in dessen Schublade sie Schriften der Suffragetten sammelte. Mit dem Kind setzte sie sich wieder in den Schaukelstuhl und blätterte mit der freien Hand in den Broschüren. Sie hatte sie auf der Straße von den Damen bekommen, die sich am Tor des Rathauses angekettet hatten.

»Mir wäre es wirklich lieber, wenn du ihnen den Kopf nicht mit Märchen verdrehst, meine Liebe«, beschwerte sich Thaddeus. »Natürlich meinst du es gut, aber ich finde, daß es für sie entschieden besser wäre, von frühester Jugend an mit der Wirklichkeit konfrontiert zu werden. Harte Arbeit ist das einzig Richtige, harte Arbeit und ein einwandfreier Charakter. Je früher sie das lernen, desto besser.«

»Aber Thaddeus, ich kann doch bestimmt sehr gut beurteilen, welche Geschichten für sie geeignet sind.« Sie hörte selbst die Entrüstung in ihrer Stimme.

»Nein, meine Liebe, leider bin ich der Ansicht, daß ich es besser weiß. Deine Absichten in Ehren, Mary, aber du bist nicht sehr weltklug, meine Liebe. Du hast keine Ahnung, was ein junger Mensch durchstehen muß, um seinen Weg zu machen. Ich möchte dich daher ersuchen, meine Autorität in dieser Frage anzuerkennen.« Er lächelte gütig und wandte sich wieder seiner geliebten Zeitungslektüre zu.

Die eiserne Faust mit dem Samthandschuh, dachte Mary. Ich bin zwar gut genug, um sie zur Welt zu bringen, die Arbeit auf mich zu nehmen, ihre Windeln zu wechseln, sie ununterbrochen sauberzuhalten, ihre Wehwehchen zu lindern und so weiter, aber ich bin nicht gut genug, um Entscheidungen zu treffen.

Ihr Mann bemerkte, daß sie nur widerwillig nachgab, und blickte hinter der Brille von der Zeitung auf. »Wenn das Geschäft weiter so gut geht, werden wir uns bald eine Frau leisten können, die dir bei den Kindern hilft. Ich weiß, welche Belastung die Kleinen sein können, zumal unsere Nachkommenschaft mit beunruhigender Regelmäßigkeit größer wird.« Er kicherte in typisch männlichem Besitzerstolz, was Mary in Rage brachte.

Er ist stolz auf seine Männlichkeit, weil er mir jedes Jahr ein neues Kind macht, dachte sie leicht verstimmt. Aber es muß doch auch etwas anderes für mich geben. Etwas, das mir Freude und Erfüllung schenkt wie damals Tom. Vielleicht hatte ihr Thad unabsichtlich bereits teilweise die Antwort darauf gegeben. Thads Geschäft ging ausgezeichnet; er hatte ihr gegenüber mehrmals erwähnt, daß es Leute gebe, die sie eigentlich aus geschäftlichen Erwägungen einladen sollten. Wenn sie von ihrer ewigen Plackerei mit den Kleinen befreit wurde, konnte sie vielleicht sogar im Geschäft mithelfen. Es wäre sicher angenehm, zur Abwechslung einmal mit einem Menschen zu sprechen, der älter als fünf Jahre war.

Irgendwie mußte sie Thad einreden, daß es seine Idee war, mußte ihm aber dabei das Gefühl geben, daß sie nicht ihre Pflichten den Kindern gegenüber vernachlässigen, sondern sie nur an jemanden abtreten wolle, der für die Betreuung der Kleinen besser geeignet war. Mary wußte nämlich, daß ihr Mann sie bei aller Zuneigung den Kindern gegenüber für zu nachsichtig und bei weitem nicht so streng hielt, wie er sich wünschte.

Sie würde jemanden finden müssen, der Thads Anforderungen erfüllt und zugleich freundlich war und ihren Kindern die Zuneigung entgegenbrachte, die sie brauchten. Dann würde sie eine Möglichkeit suchen, mehr zur Verwirklichung seiner Ambitionen beizutragen. Wenn sie nicht im Geschäft mitarbeiten konnte, würde sie die Gastgeberin werden, die er brauchte. Mary war erleichtert und insgeheim zufrieden, weil es ihr gelungen war, seinen Tadel in einen Vorteil zu verwandeln.

»Warum siehst du plötzlich so aus wie eine Katze, die den Kanarienvogel verschluckt hat, meine Liebe?« fragte ihr Mann, dem die Veränderung an ihr aufgefallen war.

»Ich dachte nur daran, was für ein liebevoller Ehemann du bist, weil du daran denkst, jemanden anzustellen, der mir bei den Kindern hilft. Du bist wirklich sehr gut zu mir.«

»Das ist auch immer mein Bestreben«, beteuerte er sichtlich erfreut über den unerwarteten Gesinnungsumschwung. Es ist wirklich faszinierend, dachte er, wie Frauen auf ein wenig Strenge und eine feste Hand reagieren. Wie sehr sie darin doch Kindern gleichen!

30

Die Kälte und der Schmutz in Toms Pension in Dublin sorgten für einen nahtlosen Übergang vom Dasein in der Zelle, in der er und die anderen Schüler hinter den freudlosen Klostermauern gehaust hatten, zu seiner neuen Existenz.

Der einzige Raum, den er sich leisten konnte, lag im obersten Stockwerk eines alten Fachwerkhauses, und die Decke war so schräg, daß er sich nur in der Mitte des Zimmers zu seiner vollen Größe aufrichten konnte. Ein wackliges Feldbett stand in der niedrigsten Ecke des schäbigen Raumes, und Tom hatte durch leidvolle Erfahrung gelernt, daß er das Bett von der niedrigen Decke wegrücken mußte, denn wenn er sich halb verschlafen aufsetzte, stieß er mit dem Kopf schmerzhaft an den schrägen Dachbalken. Seltsamerweise gefiel Tom dieser Raum, denn er gehörte nur ihm. Er bezahlte ihn von seinem mageren Verdienst, denn er unterrichtete stumpfsinnige, verwöhnte Aristokratenkinder, nahm aber außerdem auch jede andere Arbeit an, die er bewältigen konnte. Obwohl der Raum so eng war, bedeutete er Freiheit für Toms rebellischen Geist.

Thomas Dalton verfolgte nur das eine Ziel, dem Rat seines Vaters zu gehorchen und sich alles Wissen anzueignen, das erreichbar war. Bücher wurden seine Geliebten, seine Lehrer, seine Gefährten, seine Freunde. Er lebte für die Stunden, die er in der großen Bibliothek verbringen konnte, und er brachte es fertig, auch nachts in seinem kleinen Zimmer zu lesen, solange das Licht seiner kleinen Kerze in dem gesprungenen, weißen Teller flackerte.

Das Leben an der Universität, dem Trinity-College, war eine Wohltat für seinen Geist und eine Schmach für sein Herz. Wie versprochen hatte ihm Eleanor Devereaux den Posten als Hauslehrer bei ihren drei Großneffen verschafft, eine verhältnismäßig leichte Aufgabe, die ihm die Möglichkeit bot, ähnlichen Arbeiten bei vielen Aristokratensöhnen nachzugehen.

Seine Erlebnisse an der Universität stellten eine anstrengende Lehrzeit dar. Zuerst wurde er nur geduldet, weil Edmond Hartington sein Gönner war, später erst wegen seiner Begabung. Nur seine Intelligenz, deren Brillanz seinen Kollegen und seinen Lehrern Achtung abnötigte, ermöglichte ihm das Überleben. Die frommen Brüder hatten ihm neben dem Haß auf ihren Orden und strenger, harter Selbstdisziplin viel beigebracht.

»Thomas Dalton«, erklärte einer seiner Professoren am Trinity-College, der soeben erfahren hatte, daß Tom wieder die Besten in Griechisch und Latein übertroffen hatte, und ihn im Hof traf, »es ist wirklich schade, daß Gott in seinem unerforschlichen Ratschluß es richtig fand, ein Gehirn wie das Ihre an einen armen Iren zu verschwenden. Stellen Sie sich nur vor, was Sie alles erreichen könnten, wenn Sie ein Gentleman wären.«

»Das ist richtig, Sir«, antwortete Tom dem Mann mit kühlem, entwaffnendem Lächeln. »Ich hätte vielleicht das gleiche Niveau an Takt und Nächstenliebe erreicht wie Sie.« Und er ging an dem ungehobelten Professor vorbei, ohne ihn eines weiteren Blickes zu würdigen.

»Lerne, soviel du kannst, Tom! Eine gute Erziehung ist Deine einzige Chance«, hatte ihn der Vater in seinem Brief ermahnt.

Toms knarrendes Bett war leider für seine hochgeschossene Gestalt um eine Nummer zu klein, so daß er gezwungen war, in einer Art Embryohaltung zu schlafen, die Beine zur Brust hochgezogen, und sich mit seinem kurzen Mantel sowie der dünnen, fadenscheinigen Decke zuzudecken, die zu der Zimmerausstattung gehörte. Wenn ich einmal reich bin, dachte Tom, der keinen Augenblick daran zweifelte, daß er es eines Tages schaffen würde, werde ich mir das größte Bett in ganz Irland machen lassen und mich von einem Ende bis zum anderen ausstrecken. Dieser Gedanke tröstete ihn, wenn sein Rücken nach mehr Platz verlangte.

Weniger Toleranz brachte er für das Ungeziefer und die Ratten auf. Die Nager huschten durch das alte Gemäuer und krochen nachts mit glänzenden Augen hervor, um sich über ihre Mitbewohner zu informieren und ihre Suche nach herabgefallenen Nahrungsresten aufzunehmen. Doch in dieser Hinsicht hatten sie bei Tom kein Glück, denn er hatte Mühe, seinen eigenen Magen zu füllen.

Wenn er auch arm war – nie, niemals fühlte er sich auch nur einen Augenblick als Angehöriger der unteren Schichten; das verhinderten seine Bildung und seine hochfliegenden Träume.

Dublin war gegen Ende des neunzehnten Jahrhunderts eine bemerkenswerte Stadt. Es gab dort einerseits die schlimmsten Slums in ganz Europa, andererseits aber auch ein glanzvolles gesellschaftliches Leben, das blendender gewesen sein soll als das in den Städten der Kolonien, die Höfe der Maharadschas ausgenommen.

Das Nebeneinander von äußerster Armut und unermeßlichem Reichtum führte zu der Zeit, da Tom Dalton in die Stadt kam, allmählich zu Unruhen. Nach siebenhundert Jahren englischer Herrschaft begann man von Autonomie, von der Home Rule für die Iren zu sprechen. Das Interesse an keltischen Mythen und an der alten irischen Sprache lebte verstärkt auf, und der Nationalismus trat auffällig zutage. Man sprach von einer Labour Union, um die Arbeiter vor Ausbeutung zu schützen, und Schriftsteller und Dichter von Format sorgten für eine außergewöhnliche Renaissance der irischen Literatur. Kurz, das Dublin, in dem Toms Odyssee begann, war eine Stadt der faszinierenden Möglichkeiten.

Toms Verwandte in Dublin und die anderen Angehörigen ihrer Schicht nahmen von einem solchen Aufleben des Nationalismus wenig Notiz. Aber die jungen Männer am Trinity-College diskutierten das Tagesgeschehen hitzig.

Tom befand sich in der besonderen Lage, bei den heftigen Debatten beide Seiten zu hören. Er unterrichtete die Söhne der Reichen, deren Ansichten voraussagbar waren: Die Home Rule sei ein Wahnsinn, ein Haufen dummer Bauern könne sich nicht selbst regieren, die Iren sollten Mutter England dankbar sein, daß sie Irlands Geschick lenke, das Wiedererwecken einer alten Bauernsprache voll häßlicher gutturaler und kehlkopflastiger Laute sei einfach absurd, da in Irland jahrhundertelang Englisch gesprochen worden sei. Und was diese literarischen Ambitionen anlangte: Irland habe noch nie einen großen Dichter oder Dramatiker hervorgebracht, und dies werde auch nie gelingen. Tom hörte sich die selbstgefälligen Ansichten mit belustigter Nachsicht an, denn in den Kneipen, die er besuchte, wenn er genügend Geld hatte, hörte er etwas ganz anderes.

»Habt ihr von Frau Gonne gehört, die durchs Land zieht und den Bauern hilft?« Der junge Mann namens Richard hielt einen Krug Bier in der Hand und richtete an der Bar des kleinen, gemütlichen Pubs diese Frage an alle.

»Wer ist das, und was will sie?« fragte Tom.

»Sie ist die Tochter eines Garnisonsobersten. Und wenn man den Zeitungsberichten über ihre Sozialarbeit glauben kann, ist sie die großartigste Frau von ganz Europa.«

»Ich hege keinen Zweifel daran, daß sie wunderbar ist«, antwortete Tom, der über die Lobeshymne lachen mußte, »aber was zum Teufel will sie?«

»Soviel ich weiß, geht sie von einem Bauernhaus zum anderen und organisiert die Vereinigung der Bauern gegen die Gutsbesitzer. Die Zeiten sind hart, und der Pachtzins für die kleinen Farmen ist unerhört hoch, denn die Gutsbesitzer versuchen, die Katholiken von ihrem Land zu vertreiben, damit sie es den Protestanten geben können, die ihnen sympathischer sind. Dann kommt diese einsachtzig große und stolze Miss Maud Gonne und erklärt den Bauern, daß sie sich zur Wehr setzen und wie Männer kämpfen sollen. Sie gibt ihnen sogar Geld, das sie und ihre reichen Freunde gesammelt haben, stellt ihnen einen Rechtsberater zur Verfügung und hämmert ihnen ein, den Unabhängigkeitskandidaten zu wählen, wenn es soweit ist. Und bei Gott, sie tun es!«

»Das muß vielleicht ein Mädchen sein!« lachte Tom.

»Wirst du dir Mr. Yeats anhören, Tom?« fragte ein pausbäckiger Junge. »Er wird Dienstag abend in der Aula Gedichte vortragen.«

»Ja, George. Ich möchte Mr. Yeats auf jeden Fall erleben. Er kann doch einen Mann, sagt man, mit ganz ruhigen Worten aufwühlen, nicht wahr?«

»Ganz richtig. Meiner Ansicht nach ist er der Beste von allen, obwohl mich manchmal auch Dr. Gogarty mächtig aufwühlt. Angeblich ist Mr. Yeats ganz wild nach Miss Gonne.«

In Dublin ist allerhand los, dachte Tom, als er sich verabschiedete. Es gibt eine Menge Dinge hier, die mich interessieren und festhalten würden, wenn ich nicht andere Pläne hätte. Revolution, Politik und Poesie – was für eine berauschende Mischung für einen Mann! Aber Tom mußte sich um seine Vorsätze kümmern: Er mußte nach Amerika fahren und seine Mutter besuchen, herausfinden, wie es ihr ging, und dafür sorgen, daß es ihr an nichts fehlte. Dann konnte er ruhigen Gewissens und reinen Herzens seinen eigenen Weg gehen.

Er hatte ihr geschrieben, was er vorhatte, und wollte ihre Antwort abwarten, ehe er abreiste.

»Tante Elly?« Erregt und bekümmert stand Tom in der Tür zum Salon in Edmond Hartingtons Haus.

Eleanor Catherine Hartington Devereaux blickte vom Schreibtisch auf, an dem sie saß, und sah einen sehr traurigen jungen Mann. Er war zudem sehr hübsch, was ihr jedesmal auffiel, wenn sie ihn erblickte. Er war groß und breitschultrig, sein rotblondes Haar war dicht, wenn auch ein wenig ungebärdig, und er wirkte ungewöhnlich männlich. Und seine Augen waren von einem besonderen, wunderbar tiefen Blau, rätselhaft wie tiefe Wasser.

»Du siehst ein wenig deprimiert aus, mein lieber Junge«, bemerkte sie und forderte ihn auf, sich zu ihr zu setzen.

»Ich brauche einen Rat, Tante Elly… und ich brauche einen Freund.« Er lächelte zaghaft, und sie erwiderte sein Lächeln befriedigt, weil er in ihr einen Freund sah.

»Dann hast du an die richtige Tür geklopft«, erklärte sie in aller Ruhe. »Was gibt es denn für ein Problem?«

»Meine Mutter, Tante Elly. Ich habe einen Brief von ihr, der mich beunruhigt. Du weißt ja, daß ich immer schon nach Boston fahren wollte, und ich hatte ihr geschrieben, daß ich Geld spare und nächstes Jahr mein Studium beenden und hinüberkommen könne.« Er unterbrach sich sichtlich verlegen, dann räusperte er sich und fuhr fort. »Sie hat mich gebeten, nicht zu kommen.«

Die alte Frau blickte ihrem Neffen in die Augen und erkannte darin den großen Schmerz des verwaisten Kindes.

»Nennt sie Gründe?«

»Sie meint, ihr Mann sei neben dem Geschäft in der Kommunalpolitik tätig und es wäre peinlich, wenn ich plötzlich genau in dem Augenblick, in dem er vor die Augen der Öffentlichkeit tritt, aus dem Nichts auftauche.«

Sie nickte, während sie die Angelegenheit überdachte. »Bist du schon auf die Idee gekommen, daß ihr Mann dich vielleicht gar nicht in seinem Haus haben will, Tom?« fuhr sie dann fort. »Wenige Männer sind so großzügig, daß sie ein Kind akzeptieren, das nicht ihr eigenes ist, auch wenn das Kind unter weniger außergewöhnlichen Umständen geboren wurde als du.« Er blickte sie forschend an, und sie fügte hinzu: »Denke nur an die unsäglichen Demütigungen, denen sie wegen deiner unehelichen Geburt und wegen des frühen Todes deines Vaters ausgesetzt war! Damit mache ich deinem Vater keinen Vorwurf, mein lieber Junge, denn er muß deine Mutter außerordentlich gern gehabt haben, um den Widerständen zu trotzen, als er sich an ihre Seite stellte. Dennoch bleiben die traurigen Tatsachen bestehen, trotz aller guten Absichten. Mein lieber Thomas, du kannst dir unmöglich ausmalen, welche Unbill deine Mutter in ihrem Leben erdulden mußte. Für eine Frau ist es entsetzlich, als ledige Mutter gebrandmarkt zu werden – und das Leben eines Dienstmädchens ist meiner Meinung nach sehr demütigend. Ich glaube, daß sie höchstwahrscheinlich gar nichts anderes tun konnte, als diesen Mann zu heiraten. Und wie sollen wir wissen, ob er den Sohn aus ihrem früheren Leben unter seinem Dach haben will? Wahrscheinlich hat deine Mutter keine andere Wahl.«

Sie erkannte an seiner angespannten Haltung seine Gemütsbewegung. Die Adern an seinem kräftigen Hals traten hervor, weil es ihm schwerfiel, die bittere Wahrheit zu ertragen. Eleanors Stimme wurde weicher.

»Bitte sieh mich an, Thomas! Ich habe dir etwas sehr Wichtiges zu sagen.«

Er riß sich zusammen, wandte sich vom Fenster ab und sah seiner Tante in die Augen; die entsetzliche Verzweiflung in seinem Gesicht bestärkte sie in ihrem Entschluß, ihm mitzuteilen, was sie sich vorgenommen hatte.

»Du mußt mir glauben, daß ich dir diese schmerzlichen Dinge nicht sage, mein Lieber, weil ich herzlos bin. Ich habe viele Jahre lang beobachtet, wie du gelernt hast, gereift bist und dich entwikkelt hast. Du bist ein höchst bemerkenswerter junger Mann, denn du bist vielseitig begabt. In intellektueller Hinsicht kannst du meine überzüchteten Neffen und ihre arroganten Freunde mit Leichtigkeit in die Tasche stecken. Körperlich – du bist der anziehendste junge Mann, der mir jemals unter die Augen gekommen ist, und du kannst mir glauben, daß ich eine ganze Menge genau angesehen habe!«

Sie kicherte leise in der Hoffnung, ihn dadurch zum Lachen zu bringen, merkte aber, daß sie keinen Erfolg hatte, und fuhr fort:

»Aber in emotioneller Hinsicht, mein lieber Junge, da stimmt es nicht ganz. Zweifellos bist du vom Schicksal hart angefaßt worden. Aber du hast auch große Gaben und Möglichkeiten mitbekommen. Noch ein paar Monate, und du hast den letzten Wunsch deines Vaters erfüllt, du hast dein Studium abgeschlossen und noch dazu verflucht gut. Aber im Hintergrund deines Gehirns hält sich immer noch diese stark emotionelle Bindung an deine Mutter. Ich erkenne das an dem Schmerz in deinen Augen, noch Tage nachdem du einen Brief von ihr erhalten hast.«

»Aber sie ist der Grund dafür, daß ich all das tue...«

»Das ist sie nicht!« Sie schleuderte ihm die Worte leidenschaftlich entgegen. »Sie ist ganz bestimmt nicht mehr der Grund! Vielleicht war das der Fall, als du noch ein Kind warst und in deiner grenzenlosen Einsamkeit einen Leitstern gebraucht hast. Aber jetzt nicht mehr, Tom. Jetzt bist du selbst der Grund! Du verdienst es, ein eigenes Leben zu leben. Du verdienst es, dein Glück zu machen, ein Mädchen zu finden, das du liebst, wie dein Vater deine Mutter geliebt hat, gesunde Kinder zu haben und alle deine Träume zu verwirklichen. Wenn du *dann* noch in deinem Herzen Platz für deine Mutter hast, ist es gut, mein Junge. Aber du bist jetzt ein Mann. Ein großartiger, kluger, starker und anständiger junger Mann, und du mußt dein eigenes Leben leben, das beste, das du dem Schicksal abringen kannst, genauso wie sie das ihre leben muß!«

»Dann meinst du also, daß ich nicht zu ihr hinüberfahren soll?« fragte er vorsichtig.

»Erst wenn sie dich dazu auffordert oder bis du so weit bist, daß es keine Folgen für dich hat, wenn euer Zusammentreffen negativ ausfällt.«

Ihre Stimme klang liebevoll, aber entschieden, und er freute sich wieder über den seltenen Glücksfall, daß sie in sein Leben getreten war, als es am nötigsten gewesen war.

»Vielleicht liegt es nicht in ihrer Macht, Tom, dich jemals zu sich zu rufen. Ihr Mann kann dagegen sein, ihre Kinder können sich dadurch verletzt fühlen, die Laufbahn ihres Mannes kann gefährdet sein, und es gibt noch eine Unmenge anderer Hindernisse. Du weißt im Innersten genau, daß deine Mutter unter starkem Druck steht, wenn sie dich nicht zu sich holen kann.«

Er nickte. Natürlich hatte sie recht. Es war ein Kindheitstraum, den er aufgeben mußte. Seine Mutter gehörte jetzt anderen Menschen mehr als ihm. Er mußte seinen Lebensweg allein gehen, durfte sie nicht noch mehr belasten. Wenn er einmal reich und berühmt war, würde er sie aufsuchen, und sie würde dann auf ihn stolz sein.

»Ich liebe dich, Tante Elly«, sagte er etwas verlegen. »Ich liebe dich sehr.«

»Und ich liebe dich ebenfalls«, erklärte die vornehme alte Dame mit absoluter Befriedigung. Sie hatte ihm alles gesagt, was sie auf dem Herzen hatte, und er hatte es so aufgenommen, wie sie es von ihm erwartet hatte.

Drei Tage nach diesem Gespräch, das er sich sehr zu Herzen genommen hatte, erschien Tom mit Blumen bei seiner Tante, die er zum Dank für sie gekauft hatte. Da erfuhr er, daß sie erkrankt war und daß der Arzt sie überredet hatte, nach Drumgillan zurückzukehren. Es war eine schreckliche Enttäuschung für ihn.

Tante Eleanor schrieb ihm häufig aus Westmeath während seines letzten Jahres in Dublin. Als seine einzige Verbindung zur Vergangenheit, seine Wohltäterin und seine welterfahrene Freundin fehlte sie ihm sehr. Als er von ihrem Tod erfuhr, war ihm klar, daß damit seine letzte Verbindung zu Irland zerschnitten war und es Zeit wurde weiterzuziehen.

Er beschloß, nach Amerika auszuwandern, aber nicht nach Boston. Es würde zu schmerzlich sein, in derselben Stadt wie die Mutter zu leben, ohne sie zu sehen, und er wollte sie erst sehen, wenn sie ihn einlud. Die ideale Alternative war New York. Es lag nah genug bei Boston für einen Besuch, wenn sich die Gelegenheit ergab, und weit genug davon entfernt, damit er sich eine eigene Existenz aufbauen konnte.

31

»Du siehst ja nicht gerade lustig drein.« Die Stimme an Toms Schulter gehörte der Kellnerin in der »Mews Tavern«, dem seiner Wohnung zunächst gelegenen Pub, wo er sich beinahe zu Hause fühlte. Die Nachricht von Eleanor Devereaux' Ableben hatte ihn auf der Suche nach etwas Trost hierher geführt.

Er blickte das vollbusige, dunkelhaarige Mädchen lächelnd an. Längst hatte er festgestellt, daß sich die Frauen zu ihm hingezogen fühlten.

Nachdem Tom das Kloster verlassen hatte, hatte er die Mädchen entdeckt – und sie ihn. Seine imponierende Gestalt und das hübsche Gesicht erinnerten sie unbewußt an die Helden des Roten Zweigs, und unter den Dienstmädchen und Kellnerinnen, die ohne weiteres mit jemandem von Toms Stand verkehrten, erregte er Aufsehen.

»Ja, Mädchen, ich bin wirklich bedrückt. Willst du ein Guiness mit mir trinken, damit ich mein Herz ein bißchen bei dir ausschütten kann?« Er rückte auf der Holzbank beiseite, um ihr Platz zu machen, und beobachtete amüsiert ihren wippenden Busen, als sie sich vorneigte, um sein Glas zu füllen.

»Du weißt ja, an der Schulter der alten Molly kannst du dich jederzeit ausweinen.« Sie fuhr ihm mit der Hand lachend durch das struppige Haar. »Was hast du heute abend auf dem Herzen, Tom? Sogar während der Hungersnot habe ich Kartoffeln mit lustigeren Gesichtern gesehen als dem deinen.«

»Ich habe eine großartige Dame gekannt, Molly, die mich förderte und die mir mehr als nur einmal geholfen hat. Und jetzt erfahre ich soeben, daß sie gestorben ist, und das ist ein harter Schlag für mich.«

»Um zwölf ist mein Dienst zu Ende, also in einer halben Stunde. Was würdest du dazu sagen, wenn ich dich aufheitere, so gut ich kann? Es geht sozusagen auf Kosten des Hauses, denn du bist mein Freund, und du fühlst dich mies.«

Sie lächelte ihn freundlich an. Molly war keine Schönheit, aber sie hatte etwas Großzügiges an sich, das Männer anzog. Tom hatte bereits mehr als einmal ihr Bett geteilt und sich dabei sehr wohl gefühlt.

Es gab die verschiedensten Arten von Frauen, fand er. Die Kellnerinnen waren fröhliche, gutmütige, leichtfertige Mädchen, mit denen man ohne viele Umschweife ins Bett gehen konnte, die sich im Liebesspiel auskannten und ihm gern beibrachten, was er lernen wollte. Dienstmädchen waren mitunter ähnlich entgegenkommend, wenn es darum ging, mit ihnen in die Federn zu steigen. Aber sie waren nicht sein Fall, weil er ihre Unwissenheit nicht ausnutzen wollte. Die Kellnerinnen, die ihn nicht gern mit anderen Frauen teilten, hatten ihm erzählt, daß die Dienstmädchen nicht wußten, wie man eine Schwangerschaft vermeiden könnte, und weil er stets die Notlage seiner Mutter vor Augen hatte, empfand er es als gewissenlos, sie zu verführen.

Dann gab es die verheirateten Frauen, bei denen er merkwürdig oft die Bereitschaft fand, ihm beim Sammeln von Erfahrungen zu helfen. Er wunderte sich immer wieder darüber, wie viele trostbedürftige, einsame Frauen in all den Villen und Herrenhäusern lebten, Frauen, deren Ehemänner unfreundlich waren, zu wenig Feingefühl besaßen oder zu wenig Verständnis für ihre Bedürfnisse aufbrachten.

Es gab eine unendliche Schar von Frauen, die sich nach jemandem sehnten, der ihnen ein wenig Liebe schenkte, und sei es auch nur flüchtig, damit sie ihr einförmiges, liebesleeres Leben für einen Augenblick vergessen konnten.

Dabei liebte er keine der vielen Damen, mit denen er damals ins Bett ging, denn obwohl sie seine Phantasie oder seine Sinne reizten, dienten sie nur der Erforschung einer ihm gänzlich neuen Welt, auf die ihn das Kloster St. Ignatius nicht vorbereitet hatte; und er versuchte immer, ihnen gegenüber vollkommen ehrlich zu sein.

Tom ging niemals mit einer Jungfrau ins Bett, soweit es sich vermeiden ließ, denn er hatte das Gefühl, daß er dadurch Verpflichtungen einging. Er flirtete möglichst nicht mit Dienstmädchen, und mit verheirateten Frauen ließ er sich nur dann ein, wenn er das Gefühl hatte, daß sie ihre Männer nicht liebten. Er tat immer sein Bestes, damit die Frau, die ihm ihre Gunst schenkte, ihren Schritt nicht bereute, und er rühmte sich nie, niemals vor anderen Männern seiner Erfolge.

An diesem Abend also brauchte er Gesellschaft und Trost. Der Tod seiner Großtante und der Schmerz, den der Brief seiner Mutter hervorgerufen hatte, ließen ihn sich einsam und verletzlich fühlen.

Tante Ellys Rat war natürlich richtig gewesen. Leben! hatte sie gesagt. Lebe dein Leben! Verwirkliche alle deine Träume!

»Molly, meine Liebe«, sagte er plötzlich, als er merkte, daß die Kellnerin noch immer keine Antwort auf ihr großzügiges Angebot bekommen hatte, »auf dieser Welt wüßte ich nichts Schöneres, als eine wilde Nacht mit dir zu verbringen.« Er tätschelte liebevoll ihren Po, als sie sich glücklich umdrehte, um die restliche Arbeit an diesem Abend zu verrichten.

Edmond Hartington saß hinter seinem Schreibtisch, als Tom den mit Walnußholz getäfelten Raum betrat, in den er bestellt worden war, und ruhig darauf wartete, daß der alte Herr seine Anwesenheit zur Kenntnis nahm.

Tante Eleanors Bruder hatte ihm eine ganze Reihe von Gefälligkeiten erwiesen, seit er nach Dublin gekommen war. Empfehlungsbriefe, Hauslehrerposten, sogar seinen Studienplatz am Trinity-College verdankte er diesem rundlichen alten Gentleman, der freilich dabei von Tante Elly unter Druck gesetzt worden war.

Edmond Hartington blickte über seine Brille hinweg, räusperte sich und bedeutete Tom, Platz zu nehmen.

»Meine Schwester hat Sie sehr gern gehabt, junger Mann. Das ist Ihnen vermutlich bekannt. Und ich hatte meine Schwester sehr gern. Sie hat mich ersucht, dafür zu sorgen, daß Sie diesen Brief erhalten. Bevor sie starb, hat sie diesen sehr persönlichen Wunsch geäußert.«

Er verstummte, zog ein Leinentaschentuch aus der Tasche, schneuzte sich und wischte sich Tränen aus den Augen.

»Sie war eine verflucht gute Frau«, fuhr er fort.

Dann steckte er das Taschentuch wieder ein.

»Ich kann nicht sagen, daß ich wirklich damit einverstanden war, daß Sie eine Universitätsausbildung erhielten. Sie haben sich zwar gehalten wie ein Mann, aber ich bin dagegen, daß Leute über ihren Rang hinausstreben. Eine höhere Bildung sollte meiner Meinung nach jener Schicht vorbehalten bleiben, die etwas mit ihr anfangen kann. Natürlich haben Sie mich nicht nach meiner Meinung gefragt... und Elly hat es auch nicht getan, und außerdem ist alles vorbei. Hier ist jedenfalls der Brief, den ich Ihnen übergeben soll, und da habe ich noch ein Paket. Ich weiß nicht, was darin ist, aber hier haben Sie es.«

Hartington stemmte seine massige Gestalt aus dem Stuhl hoch und deutete mit einer Geste das Ende des Gesprächs an.

»Ich wünsche Ihnen Glück.« Er streckte plötzlich die Hand aus. »Verflucht merkwürdig, aber Sie sehen tatsächlich wie ein Hartington aus«, meinte er abschließend. »Verflucht merkwürdig.« Und er ließ Tom mit dem Brief und dem Paket vor dem Schreibtisch stehen.

Tom öffnete zuerst den Brief.

Mein sehr lieber Großneffe Tom,
was soll ich Dir jetzt noch sagen, da mein Ende nahe ist, und ich sicher bin, daß ich dahingehen werde, ohne Dich noch einmal zu sehen?
Trauere nicht um mich! Ich habe ein schönes, langes Leben hinter mir, das randvoll mit aufregenden Erlebnissen war. Vielleicht ist der Tod nur noch ein weiteres. Ich fühle nicht die geringste Angst, habe ich doch schon immer Reisen in ferne Länder geliebt, wo es mir immer gut ging.
Es hat mich beglückt, Dich kennengelernt zu haben. Daß ich Dein Leben wenigstens kurze Zeit begleiten konnte, hat mir unerhörte Freude bereitet. Und ich glaube, daß es mir auf meine Art gelungen ist, Dir ein wenig zu helfen und eine Leere in Deinem Leben auszufüllen, genauso wie Du es für mich getan hast.
Ich habe Dir ein wenig Geld hinterlassen. Nicht viel, da Du meine diesbezüglichen Angebote immer so stolz zurückgewiesen hast, und ich meinen Tod nicht dazu benützen will, Dir Deine Skrupel doch noch auszureden. Außerdem habe ich gar nicht viel eigenes Geld – das meiste ist ein Treuhandvermögen von Sir Jeffrey, das dieser gräßlichen Geraldine zufällt, wenn ich sterbe.
Das spielt aber keine Rolle, denn ich zweifle nicht daran, daß Du in Amerika selbst ein Vermögen erwerben wirst. Und ich bitte Dich dringend hinüberzugehen, Tom! Entrinne dem Klassensystem Irlands! Geh in ein Land, in dem der einzige Adel der der Leistung ist!
Wichtiger als das Geld ist ein kleines Geschenk, das ich Dir hinterlassen habe, um dir zu zeigen, daß ich mir die Geschichte gemerkt

habe, die Du mir erzählt hast, als wir zum ersten Mal zusammentrafen, und die mich tief gerührt hat.

Viel Glück, lieber Junge! Wenn mich im Jenseits jemand erwartet, der Dir von Nutzen sein kann, kannst Du Dich darauf verlassen, daß ich ihn ebenso schonungslos für Dich einsetzen werde, wie ich es mit dem armen Edmond getan habe.

Mit Liebe und Vertrauen

Deine Tante Eleanor

Die Schachtel enthielt neben der kleinen Geldsumme eine Haarbürste mit Silbergriff, das genaue Abbild jener, die ihm sein Vater vor so vielen Jahren geschenkt hatte. In die polierte Oberfläche waren die Initialen TH und das Wappen der Hartingtons eingraviert.

32

Mary Martin blickte ihren Mann über den Eßtisch hinweg an und seufzte. Nur an den Sonntagen konnte man sicher sein, daß er mit ihr und den vier Kindern zu Abend essen würde. Je erfolgreicher er war, desto mehr Zeit verbrachte er fern von seiner Familie.

Um fünf Uhr stand er auf, um gegen sechs im Geschäft zu sein. Dort streifte er durch die einzelnen Abteilungen und wartete auf kaufmännische Inspirationen, die ihm nicht selten zuteil wurden. Ein Beispiel dafür waren die Wühltische vor dem Laden, wo veraltete Lagerbestände fast zum Selbstkostenpreis verkauft wurden. Von Spitzenjabots bis zu Damenhandschuhen konnte man dort alles finden, und Martin galt in Boston bald als der Mann, dem das Wohlergehen seiner Kunden besonders am Herzen lag, obwohl sein Geschäft größtenteils sehr teure Waren führte.

Thad hatte entdeckt, daß es immer Leute mit Geld gab, die bereit waren, für Qualität gut zu bezahlen; das hatte er in Tuxedo-Park gelernt. Er hatte große Pläne, die sich von Monat zu Monat ausweiteten. Mary sah ihn jetzt mit einem gewissen Stolz über den Tisch hinweg an. Ja, sogar mit Zärtlichkeit. Es war nicht die wilde, leidenschaftliche Liebe, wie sie sie für Michael empfunden hatte, aber eine beständige Herzlichkeit, die dauerhaft und verläßlich war. Thad würde etwas aus ihrem Leben machen, und sie konnte sich bei ihm sicher fühlen.

Es wäre ihr lieb gewesen, wenn er auch in bezug auf die Kinder soviel Phantasie entwickelt hätte. Die ordentliche Mrs. Anderson betreute den Nachwuchs tagsüber, und beim Abendessen wurde erwartet, daß jedes Kind aus seinem Tagesablauf eine Geschichte erzählte, vorzugsweise mit einem moralischen Kern, aber es wurde auch eine Neuigkeit geduldet, die aus der Zeitung stammte. Diesen Kindern wurden keine sanften Wiegenlieder oder irischen Freiheitslieder vorgesungen und keine Märchen von dem Zwergenvolk und seinen Feen erzählt.

Mary befürchtete, daß sie und Thad keine Dichter aufziehen würden, wie sie und Michael es sich einmal vorgestellt hatten. Nun ja, es beruhigte sie wenigstens, daß Thads Theorien über Kindererziehung keinen Schaden anrichteten. Die drei kleinen Jungen und das Mädchen liebten ihren ernsten Vater sehr, dessen Ambitionen es sehr entgegenkam, daß er drei Söhne hatte.

»Anna« rief Thad das Jüngste, »willst du uns eine Geschichte erzählen?« Mary beobachtete, wie sich das Gesichtchen der Kleinen für die Erzählung sammelte, und sie dachte, es ist doch wirklich seltsam für eine Mutter, wenn ihre Kinder ihr in Aussehen und Benehmen überhaupt nicht gleichen.

»O ja, Papa«, lispelte die Fünfjährige. »Heute habe ich von einem kleinen Mädchen gehört, das mit seinem Papa auf einem großen Schiff war. Er war der Kapitän, und als sich ein großer Sturm erhob, sagten alle, das Schiff versinkt, nur das kleine Mädchen sagte, nein, es wird nicht sinken.« Thad blickte Mary an, und seine Augen hinter der randlosen Brille blinzelten belustigt.

»Und warum war das so, Anna?«

»Weil das kleine Mädchen gesagt hat: ›Schwebt nicht Gott über dem Ozean genauso wie über dem Land?‹ Alle haben nämlich vergessen, daß Gott für sie sorgt, alle außer dem kleinen Mädchen.«

»Und wurden sie gerettet?«

»O ja, Papa, Gott hat sie gerettet.«

Dann war Ted an der Reihe und nach ihm Robbie und schließlich Andrew; alles schöne, englische Namen, für die ihr Vater verantwortlich war. Er wollte keine Desmonds oder Seans oder Siobhans.

Mary hatte schon sehr lange nichts mehr von ihrem Sohn Tom gehört. Sie wußte nicht, ob der abgerissene Kontakt ihre Schuld abschwächte. Tom war jetzt ein erwachsener Mann, der längst verlorene Sohn, und höchstwahrscheinlich hatte er sie vollkommen vergessen. Er hatte auch alle Ursache dazu. Sie aber konnte ihn nicht vergessen.

Mary legte die Feder weg und las den Brief, den sie ihrem Bruder Rory nach Kalifornien geschrieben hatte, noch einmal durch. Rory hatte fast vom Beginn seines neuen Lebens an in Amerika Erfolg gehabt. Die Lektüre der vielen Bücher über Amerika hatte sich schließlich gelohnt, denn kaum daß er in den Vereinigten Staaten angekommen war, hatte es ihn in den Westen gezogen, in den Westen, wo das Ackerbaugebiet war, von dem er immer geträumt hatte. »Kalifornien, Mary!« hatte er ihr geschrieben. »Ein goldenes Land, in dem die Sonne das ganze Jahr über scheint und der Boden so fruchtbar ist, daß man ihn nur anritzen muß, damit die Samen Wurzeln schlagen.«

Er besaß eine Farm in einem wunderschönen, grünen Tal, in dem Obst und Gemüse fast von selbst gediehen, wenn man seinen Berichten Glauben schenkte. Und die Pferde, die er jetzt beschlug, gehörten ihm. Er hatte auch eine Frau und zwei Söhne, die er zärtlich liebte.

Rorys Briefe waren immer randvoll mit Neuigkeiten über seine Lieben.

Mary hoffte, daß ihre Briefe ihren Bruder genauso erfreuten wie die seinen sie. Er war die einzige Verbindung zu den alten Zeiten und ihrer Familie. Er und natürlich Tom. Sie seufzte, als ihr der Gedanke an ihren Sohn durch den Kopf ging, dann schob sie ihn beiseite, um noch einmal zu überfliegen, was sie zu Papier gebracht hatte.

Lieber Rory,
das Leben im Haushalt der Martins verläuft in ausgefahrenen Geleisen. Ich bin wieder einmal schwanger, zu meiner Überraschung. Anna, Ted, Andrew und Robbie gedeihen wie gesunde Bostoner Ulmen, und Thads Geschäfte gehen anscheinend von Tag zu Tag besser.
Ich habe jetzt ein Dienstmädchen, das mir im Haushalt hilft, sowie

eine Gouvernante. Die Dienstboten ahnen wohl kaum, daß Mrs. Martin einmal in ihrer Stellung gearbeitet hat.

Thad will die Jungen in ein Internat stecken, obwohl ich dagegen bin. Er behauptet, daß mein Widerstand auf meine Herkunft aus einem Land zurückgeht, in dem die Familien ein Leben lang zusammenbleiben. Offensichtlich hat er keine Ahnung, wie wenig Familiensinn wir Daltons besitzen.

Hast Du von den Angehörigen unserer Familie noch etwas gehört, Rory? Ich habe natürlich seit dem Tag, an dem ich zu Michael zog, kein Wort mehr von ihnen gehört – und erwarte eigentlich, daß ich bis zu meinem Tod nichts mehr von ihnen höre.

Und die Deinen! Mein lieber Bruder, in Deinem letzten Brief wirkt Kalifornien wie der Garten Eden! Ich freue mich so darüber, daß es Euch gut geht und Ihr glücklich seid. Meine herzlichsten Grüße an Eileen und die Jungen

von Deiner Dich liebenden Schwester Mary

Das klang alles genauso fröhlich, zufrieden und optimistisch, wie sie es beabsichtigt hatte. Warum, o warum war sie niemals wirklich so glücklich, obwohl sie für so vieles dankbar sein mußte?

Warum bereiteten ihr ihre Kinder so wenig Freude? Warum war die Zuneigung ihres Mannes nie mit Michaels Leidenschaft zu vergleichen ? Warum fand sie nie den Mut, die Existenz Toms einzugestehen?

Weil wieder ein Kind unterwegs war, mußte sie so viel überdenken. In ihr wuchs die Überzeugung, daß dieses Kind eine glückliche Ergänzung ihres Lebens darstellen würde. Es war volle fünf Jahre her, seit sie zum letztenmal schwanger gewesen war, und sie hätte ursprünglich geschworen, daß eine Schwangerschaft in diesem Alter sie geärgert und mit dem Gefühl, in der Falle zu sitzen, erfüllt hätte, wie es schon bei den früheren Geburten der Fall gewesen war. Aber nun reagierte sie ganz anders.

Vom ersten Augenblick an freute sie sich aus einem unerklärlichen Grund über das in ihr heranwachsende Leben. Seit sie Tom unter dem Herzen getragen hatte, war sie während der Schwangerschaft nicht mehr so gesund und vital gewesen. Sogar ihre Beziehung zu Thad hatte sich in den letzten Monaten positiv entwikkelt und die Annehmlichkeiten der zunehmenden finanziellen Sicherheit und des festen Platzes im gesellschaftlichen Leben von Boston waren nicht zu verleugnen.

Mary griff impulsiv wieder zur Feder und fügte dem Brief ein Postskriptum hinzu.

P. S. Ich bin wirklich glücklich über das neue Baby, Rory. Ich werde dir ein Bild von uns allen schicken, wenn es soweit ist.

33

Tom saß im Pub und dachte, daß es wohl das letzte Mal sein würde. Er zwinkerte Molly über sein Glas Bier hinweg zu und merkte, daß sie hinter ihrem vordergründigen, freundlichen Lächeln traurig war.

Es ging auf die Sperrstunde zu, und es waren nur noch wenige Gäste im Lokal, aber Tom hatte wenig Lust, in seiner letzten Nacht in Dublin nach Hause zu gehen.

Morgen würde die »Lady May« auslaufen, auf der er als Besatzungsmitglied angeheuert hatte. Morgen würde sein Leben zum zweitenmal beginnen.

Er lächelte Molly an, die hinter der Theke eifrig Gläser abtrocknete. »Würdest du für mich ›Der Abschiedstrunk‹ singen, Mädchen?« fragte er und prostete ihr mit seinem Glas zu. »Du weißt, wie gern ich deine Stimme höre.«

Sie nickte und freute sich über das Kompliment. Von all den Liedern, die sie für gewöhnlich im Pub zum besten gab, wenn einer der Männer sie auf der Maultrommel begleitete, liebte Tom dieses am meisten – und heute abend hatte es eine besondere Bedeutung.

Sie überwand ihre Trauer und strahlte den Favoriten unter ihren Stammgästen an. Im Gegensatz zu vielen anderen war er freundlich und gesprächig. Sie räusperte sich, setzte sich neben ihn und sang mit einer leisen, leichten Stimme, die unerwartet kindlich und rein klang:

Das Feuer verlosch,
Der Mond sank hinab,
Das letzte Glas
Ist trocken und leer.
Und ich muß fort aus dieser Stadt,
Ehe die Sonne am Himmel erscheint.

Der Weg ist lang
Und meilenweit,
Bis meine Seele
Wieder ruhen kann.
Die Mädchen weinen und lachen gar leicht,
Kennen der Männer Treueschwur.

Doch manche von ihnen,
Die warten nicht lang,
Sie wandern weiter,
Bis der Weg zu End.
Nehmen kein Mädchen zur Braut
Und keinen Mann zum Freund.

Und wenn das Wandern
Zu Ende ist,
Sitz ich am Wegrand
Voll Gram,
Um all die Lieder, die ich nicht sang,
Und alle Schwüre, die ich brach.

Die einprägsame Melodie und die letzten Worte klangen in dem fast leeren Lokal nach, als Molly aufgehört hatte zu singen. Sie trocknete sich die Augen mit der Schürze und tat einen tiefen Zug aus Toms Glas.

»Du wirst alle Lieder singen und alle Schwüre halten«, brachte sie tapfer hervor, als der Moment der Rührung vorbei war.

»Ich werde es jedenfalls versuchen«, erklärte er, neigte sich zu ihr, küßte sie zum letztenmal liebevoll und verließ den kleinen, verräucherten Raum, um sich auf den langen, weiten Weg zu machen, von dem in dem Lied die Rede war.

III

New York 1900

Für Amerika, mein neu entdecktes Land:
Der Mensch, der dich haßt, haßt das Menschengeschlecht.

Brendan Behan

34

New York war ein erstaunliches Kunterbunt aus Sehenswürdigkeiten und Geräuschen. Es strotzte vor Leben und war, soweit die phantastischen Avenuen mit ihren mächtigen, vornehmen Häusern den Schluß zuließen, viel reicher, als Tom es sich in seinen wildesten Träumen vorgestellt hatte. In den verkommenen Straßen, in denen die Einwanderer mit ihren rasch wachsenden Familien lebten, war es jedoch, wie Tom bald feststellen mußte, ärmer als alles, woran er sich aus seiner Kindheit erinnerte.

Tom war froh, daß er die Überfahrt hatte abarbeiten können. Zum Glück war dem Schiffskapitän in Cork aufgefallen, daß der Körper des jungen Mannes für das Beschicken des ewig hungrigen Heizkessels wie geschaffen war, so daß dieser seine kümmerlichen Ersparnisse in einem Geldgürtel und den Brief seines Vaters sicher in einer Wachstuchhülle an seinem Körper trug.

Es war nicht schwer gewesen, zu dieser Überfahrt auf der »Lady May« zu kommen, einem alten Dampfer, der im regelmäßigen Turnus Güter von den Vereinigten Staaten nach den Britischen Inseln beförderte; dank seiner Muskeln war Tom sofort angeheuert worden. Das Leben an Bord eines Schiffes zusammen mit fünfunddreißig Männern, von denen die meisten Analphabeten waren, stellte dann freilich eine nicht gerade angenehme Erfahrung dar. Es war eine gefährliche Arbeit, zu der noch schreckliche Eintönigkeit und die Langeweile hinzukamen, und die Primitivität der Lebensbedingungen machte das Leben auf See beinahe unerträglich.

Tom erfuhr an Bord, daß der Schiffseigner laut Gesetz nur knapp zwei Quadratmeter Fläche pro Mann zur Verfügung zu stellen brauchte. Erholung war für die Besatzungsmitglieder ein Fremdwort, und die Überfüllung wie auch die unzureichenden sanitären Einrichtungen machten das Leben unter Deck zu einem Härtetest der körperlichen Widerstandskraft. Die sechsunddreißig Mann waren in eine »Rumpelkammer« gezwängt, in der man jeweils drei Kojen übereinander angebracht hatte, dazwischen war kaum genügend Platz, um aufrecht zu stehen. Die Mannschaftsräume befanden sich zudem unter Deck in Höhe der Wasserlinie, so daß es nur wenig Frischluft gab.

Ein einziger Wasserhahn mußte auf der »Lady May« für sechsunddreißig Männer zum Waschen und Wäschereinigen ausreichen, und Tom lernte bald, daß ein Seemann auf einer langen Fahrt gut daran tat, sich mit dem Koch anzufreunden, denn der Herd in der Küche lieferte Wärme, und ein Mann, der so ungeschickt war, sich mit dem Mann nicht anzufreunden, der dort stand, tat sich schwer, einen Platz zu finden, wo er seine eiskalten, klatschnassen Kleidungsstücke nach einer Wache auf Deck bei einem Regenguß trocknen konnte.

»Hör zu, Junge«, hatte einer der Vollmatrosen zu ihm gesagt, bevor er die »Lady May« verließ, »es gibt im Hafen von New York Arbeit, wenn du unbedingt in dieser gottverlassenen Stadt mit ihrem Einwanderermief, ihren Huren und ihren verdammten Reichen bleiben willst, mit denen du nie Bekanntschaft machen wirst. Mir ist die weite, offene See mit ihrer reinen Luft lieber«, fügte er hinzu. »Aber wenn du meinst, an Land bleiben zu müssen, Arbeit gibt es im Hafenviertel. Geh ins ›Slaney‹ oder zu ›O'Rourke‹ in der Nähe der Battery; dort kann dir jeder sagen, wo du Arbeit findest. Natürlich schlagen sie dir vielleicht ein paar deiner strahlenden, ebenmäßigen Zähne ein, bevor sie Auskunft geben, aber sie bringen dir auch die Kniffe bei.« Der zahnlose Seemann kicherte über seinen Scherz, und Tom gelangte einmal mehr zu dem Schluß, daß bis zur Erfüllung seiner Träume noch ein weiter Weg vor ihm lag.

Zunächst fing dieser am Pier sechsundvierzig des North River an, wo die »Lady May« festgemacht hatte. Tom begann ohne bestimmtes Ziel loszumarschieren, er wollte nur vor Einbruch der Nacht so viel wie möglich sehen und in sich aufnehmen. Die Einwandererschuppen, an denen er vorbeikam, spotteten jeder Beschreibung. Baufällige Buden mit traurigen, knochigen Frauen und Kindern, die ausdruckslos auf die Straße starrten; Straßen, in denen häßliche Ratten sich furchtlos in Scharen pfeifend und quietschend herumtrieben. Zerlumpte Kinder in Kleidern aus Mehlsäcken oder der gröbsten Baumwolle spielten mit selbstgemachten Bällen aus Gummibändern. Die allgemeine Atmosphäre des Elends konnte man beinahe riechen wie den Gestank von Knoblauch und ungewaschenen Körpern.

Er ging zur Fifth Avenue, wo prächtige Pferdekutschen fröhliche Frauen in Samt und Brokat zu Geschäften oder Teesalons beförderten. Andere Frauen, deren Röcke so wogten, daß man erwartete, sie würden beim nächsten Windstoß davonfliegen, trippelten die große Avenue hinunter, begleitet von Männern in feinen, grauen Wollanzügen, mit rüschenbesetzten Seidenhemden und glänzend polierten Stiefeln, die sie als Gentlemen auswiesen.

Tom ging weiter, bis seine Füße schmerzten und sein Kopf angesichts der Ungeheuerlichkeit der Gegensätze in dieser Stadt zu zerspringen drohte. Er wußte, daß er vor Einbruch der Dunkelheit eine Mahlzeit einnehmen und ein Bett finden mußte, erinnerte sich an die Namen »O'Rourke« und »Slaney«, ging zum Fluß zurück und aß den letzten trockenen Zwieback, den er, ehe er von Bord gegangen war, aus der Kombüse geklaut hatte.

Der Saloon »O'Rourke«, Ecke Pearl Street und Park Row, war ein Lokal für Seeleute und Hafenarbeiter, die sich dort in glückselige Räusche tranken, krakeelten, einen Mann suchten, mit dem sie sich unterhalten, oder eine Frau, bei der sie sich austoben konnten. Über dem alten Lokal hing der Geruch von Tang, Bier und Sägemehl, ganz zu schweigen von dem Urin- und Schweißgestank der ungewaschenen Männerkörper, die sich um die Theke drängten, hinter der das Porträt einer kräftigen, nackten Dame mit einer Rubensfigur hing, die aufreizend in den Raum blickte, als wolle sie die Seeleute daran erinnern, worauf sie jedesmal, wenn sie an Bord eines Schiffes gingen, verzichteten.

Ein magerer, blinder Klavierspieler saß in einer lächerlich wirkenden, eleganten Haltung auf einem wackeligen, dreibeinigen Hocker vor dem Klavier, dessen Tasten abgeschliffen und vergilbt waren wie die Zähne eines alten Mannes. Ohne sich um den Zustand seines Instrumentes und um seine Zuhörer zu kümmern, spielte der schlanke Blinde, dessen Arme und Beine wie die eines Hampelmanns wirkten, unaufhörlich, obwohl um ihn herum betrunken gegrölt und ständig gerauft wurde.

Was für ein seltsames Lokal, dachte Tom, der an die lange, verschrammte Mahagonitheke trat und ein Bier bestellte. Auch wenn der Preis des Biers bei seiner derzeitigen finanziellen Lage übertrieben hoch war, wußte er doch, daß ihn das damit verbundene Gratisessen in Form halten würde. Auf der Theke standen für die hungrigen Trinker Würstchen mit Sauerkraut bereit, einfache Sandwiches sowie Kartoffelsalat, eine Delikatesse, die er noch nie gesehen hatte. Er nahm sich eine große Portion Sandwiches, da er nicht wußte, wann er wieder etwas zu essen bekommen würde, und der Barmann betrachtete ihn mit dem Neulingen gegenüber angebrachten feindseligen Mißtrauen.

»Sie sind wohl fremd hier?« knurrte der Barmann, als Tom sein Bier bezahlte. »Fremde mag man hier nicht besonders«, fügte er warnend hinzu.

»Ich suche Arbeit«, erklärte Tom, der ihn ruhig ansah und sich bemühte, die Feindseligkeit zu übersehen. »Ich muß dringend etwas verdienen.«

»Wer nicht?« fragte ein Mann zu seiner Linken und begann zu lachen, als hätte Tom etwas äußerst Witziges gesagt.

»Hier gibt es keine Arbeit für Fremde«, schnauzte ihn der Barmann schließlich an. »Nicht einmal für unsere Leute.«

Tom nahm sein Bier und die Sandwiches und ging zu einem kleinen, wackligen Tisch am anderen Ende des überfüllten Raumes. Er mußte nachdenken und seine Kräfte mit der einfachen Mahlzeit auffrischen.

»Für einen Mann, der bereit ist, ordentlich zuzufassen, gibt es immer Arbeit, Junge.« Die Stimme, die so unerwartet hinter ihm ertönte, klang kräftig und tief; ein Mann war ihm von der Theke zum Tisch gefolgt. »Du mußt nur um sechs Uhr morgens zum Hafen gehen und dich dort anstellen. Man nennt das ›Musterung‹. Der Vorarbeiter kommt heraus, mustert euch und sucht ein paar kräftige Burschen für einen Arbeitstag aus. Wenn du Glück hast, nimmt man dich als ›Gelegenheitsarbeiter‹. Wenn nicht... dann versuchst du es eben am nächsten Tag wieder. Es ist aber harte Knochenarbeit. Macht einen Mann vorzeitig zum Greis.« Toms Gesprächspartner machte eine lange Pause, um einen Schluck Bier aus dem großen Krug zu trinken, den er in seinen Riesenhänden hielt. Dann wischte er sich die Hand an der Hose ab und reichte sie Tom.

»Ich heiße Donaher, Kumpel, und war all die Jahre Vollmatrose. Du bist Ire wie ich, nicht wahr?« Donaher war ein Riese, fast ebenso groß wie Tom und viel breiter gebaut. Auf seinem muskulösen Körper schien der strubbelige Kopf ohne Hals direkt zwischen den massiven Schultern zu ruhen. Der freundliche Ausdruck seines offenen Gesichtes wollte gar nicht zu seiner Größe passen.

»Ich heiße Tom Dalton und freue mich, deine Bekanntschaft zu machen, Donaher. Du hast recht, ich bin Ire; ich stamme aus Westmeath, aber da bin ich schon lange weg. Die letzten Jahre habe ich in Dublin gelebt, bis ich Arbeit auf der ›Lady May‹ für die Überfahrt annahm, und die hat mich heute morgen hier abgesetzt.« Er lächelte.

Donaher sah ihn prüfend an. »Du kommst also aus Irland. Ich war in Madagaskar, habe das Kap auf der Fahrt nach Asien umfahren, war aber nie mehr in Irland, seit ich als Vierzehnjähriger mit Mam und Dad von dort ausgewandert bin.«

Donahers Gesicht sah aus wie ein abgenütztes Stück Kautschuk, und seine Nase war so oft gebrochen, daß sie ganz aus der Form geraten war. Seine Augenbrauen waren buschig und die Augen blau und leuchtend wie bei einem Kind. Das Gesicht war alt, aber diese Augen waren jung und merkwürdig freundlich.

»Hast du hier Verwandte, Tom, oder wirst du bei der ersten Flut wieder abdampfen?«

»Ich bin nicht traurig, wenn ich nie wieder ein Schiff betreten muß.«

»Ja, du siehst auch so aus, als wärst du für etwas anderes geschaffen. Du hast nicht die Hände eines echten Seemanns. Was soll es also sein? Kennst du jemanden, der dich in der Stadt vermittelt?«

»Ich kenne hier keine einzige Seele, Donaher. Und um die Wahrheit zu sagen, ich bin viel zu müde, als daß mich das groß kümmern würde. Es war ein langer, anstrengender Tag nach einem langen, anstrengenden Monat auf See, und im Augenblick will ich nichts anderes, als für heute nacht einen Schlafplatz finden, damit ich mich morgen nach Arbeit umsehen kann.«

Das Gummigesicht wurde lebendig und fröhlich.

»Dann werde ich dir mal was flüstern, Junge. Wenn du willst, kannst du heute nacht mit mir bei Barnacle Billy bleiben, und ich werde dich dann am Morgen zum Hafen mitnehmen. Billy wird einen Platz zum Pennen und ein nettes, strammes Mädchen auftreiben, wenn du willst, mit dem du schlafen kannst, und ich kann dich den Kerls vorstellen, die diesen Teil der Welt in der Hand halten. Wie gefällt dir das?«

»Ich habe nicht genug Geld für Extratouren. Ich muß wohl in einem dieser Parks schlafen, an denen ich heute vorbeigekommen bin.«

»Das kann ich nicht zulassen, Tom«, brummte der kraftstrotzende Gefährte. »Es gibt zu viele Schurken, die dich bestehlen und dir die Kehle durchschneiden könnten, während du schläfst, weil du ein Fremder bist. Nein, du kommst mit mir zu Billy, und wir werden sehen, daß du über die Runden kommst, bis du Arbeit findest. Vor einiger Zeit bin auch ich in dieser Stadt ein Fremder gewesen. Es ist die reine Hölle, wenn nicht jemand es sich in den Kopf setzt, dir alle Kniffe beizubringen. Ich meine, wir Iren müssen zusammenhalten, Tom. Komm mit!«

Er wankte schwerfällig aus dem Lokal, und Thomas, der keinen Grund zum Mißtrauen hatte, folgte ihm.

35

Eine Frau wie Barnacle Billy hatte Tom noch nie gesehen. Ihr gelbes Haar, dessen Farbe einzigartig war, türmte sich in Ringellöckchen auf ihrem Kopf, so daß sie trotz ihrer ohnehin beachtlichen Körpergröße um volle fünfzehn Zentimeter größer aussah. Sie hatte einen Busen wie eine Galionsfigur, der vorragte wie ein Schiffsbug und ein Eigenleben zu führen schien. Ihr Händedruck hätte einem kräftigen Mann zur Ehre gereicht, ihre Stimme klang kehlig und so fröhlich, daß sie Tom mit ihrer unverhüllten Sinnlichkeit überwältigte.

»Du meine Güte, Donaher«, rief sie und musterte Tom wie ein Mann, der ein Pferd kaufen will, von oben bis unten. »Das ist aber eine erlesene Schönheit! Wo hast du den gefunden? In einem eleganten Salon in der Fifth Avenue? Er sieht aus wie ein preisgekrönter Vollbluthengst.«

Tom lachte über die Unverfrorenheit der erstaunlich jungen Wirtin. Eine Bauernvenus, dachte er und betrachtete sie ebenso offen wie sie ihn. Ihm gefielen ihre direkte Weiblichkeit, ihre offensichtliche gute Laune und ihre unverhohlene Sinnlichkeit. Er griff höflich nach ihrer reichberingten Hand, führte sie an die Lippen und küßte sie galant. Zu Donahers Verwunderung errötete Billy und sah einen kurzen Moment in ihrer Verlegenheit fast mädchenhaft aus. »*Sie* sind eine erlesene Schönheit, Madam«, gab Tom das Kompliment zurück, ließ ihre Hand los und wartete ruhig und ehrerbietig ab, was die Dame als nächstes zu tun gedachte. Sie hatte wahrscheinlich noch nie einen Mann gesehen, der sich mit so natürlicher Würde bewegte.

»Da soll mich doch gleich der Teufel holen«, fluchte Billy, als sie ihre Fassung wiedergewonnen hatte. »Hast du so etwas schon erlebt?« Dann lächelte sie gutgelaunt und zwinkerte Tom zu. »Die beiden Gentlemen brauchen wahrscheinlich einen Drink und vielleicht ein klein wenig Unterhaltung. Ich nehme an, Donaher, daß du mir deinen Freund vorstellen willst, wenn du ihn schon mitgebracht hast.«

»Das hier ist Tom, Billy, und er ist arm wie eine Kirchenmaus. Ein Ire, frisch von der ›Lady May‹, der einen einträglichen Posten sucht. Ich habe ihm verraten, daß Billy Henderson genau das Mädchen ist, mit dem er sprechen muß.«

»Das stimmt«, erklärte sie entschieden und führte die beiden ohne weitere Worte in den Salon, in dem schon viele Leute versammelt waren. In Billys Haus regierte grelle Pracht, die angesichts der schäbigen Außenfront sehr überraschte. Die Vergoldung war zwar abgesplittert und der Samt zerschlissen, aber alles wirkte irgendwie robust und voller Leben – wie die Besitzerin. Tom hatte sofort Gefallen an Billy gefunden. Sie war wie er, Strandgut im stürmischen Meer des Lebens; eine Frau, der es gelungen war, mit den ihr zur Verfügung stehenden Mitteln ihren Weg in der rauhen Welt zu machen.

Im vorderen Salon stand ein ramponiertes Klavier, über dem ein mit Fransen besetztes, gesticktes Tuch hing. Es hatte bessere Tage gesehen wie auch einige der Mädchen, die sich ausgelassen mit den verschiedensten Typen von ständig kommenden und gehenden Männern unterhielten. Hatte sich ein Paar glücklich gefunden, schlenderte es über die mit einem reich verzierten Geländer versehene Treppe zum oberen Stockwerk hinauf, nachdem mit Billy die finanzielle Seite geregelt war. Tom bemerkte im Lauf des Abends, daß sie ihr Etablissement mit der Präzision eines Bankiers und der Tüchtigkeit eines Großindustriellen leitete. Ihre gute Laune ließ nie nach, und er bemerkte, daß die Männer, die in diesem Haus verkehrten, gut bei Kasse und wohlhabend waren, mit Ausnahme der Seeleute, die im rückwärtigen Salon ihren Stammplatz hatten.

In Gesellschaft von Billy, der Organisatorin, Leiterin, Rausschmeißerin und dem Mädchen für alles, verging der Abend schnell. Donaher hatte sich längst mit einer jungen Dame seiner Wahl zurückgezogen. Tom aber interessierte sich für das pulsierende Leben des Etablissements und sah zu, wie Billy ihr Geschäft abwickelte. Er bewunderte ihren Mut und ließ sich von ihrem Übermaß an Weiblichkeit erwärmen. Er konnte kaum glauben, daß die junge Frau es schaffte, unter den rauhen Männern und all den Mädchen, die lachten, Klavier spielten, sangen, einander kniffen und begeistert die Nacht hindurch zechten, Ordnung zu halten.

»Ihr Geschäft scheint gut zu gehen«, stellte Tom fest, als Billy eine leichte Flaute ausnutzte, um sich neben ihn auf den roten Plüschdiwan beim knisternden Kaminfeuer zu setzen.

»Das kann man sagen, Tom.« Im Schein des Kaminfeuers wirkte ihr Lächeln sehr sinnlich. »Ich führe ein anständiges Haus. Keine Diebe, die hinter Geheimtüren lauern, keine Erpressungen, kein Schlafmittel in den Getränken. Nur ein fairer Preis für ein wenig Abwechslung und volle Verschwiegenheit, wenn man hier war.«

»Liegt das Haus nicht ein wenig zu nahe am unsicheren Hafengebiet?« Er merkte, daß sie erstarrte, als hätte er sie angegriffen. »Das soll keine Beleidigung sein«, entschuldigte er sich rasch, weil ihn ihre Verletzlichkeit erschreckte und er bedauerte, daß er dieses einmalige Geschöpf beleidigt hatte. »Ich habe nur bemerkt, welche Art von Männern hier verkehren. Sie wirken gebildet, wohlhabend – überraschend reich. Anscheinend wohnen sie nicht in der Hafengegend.«

»Ist doch besser für meine Kunden, wenn sie weit von zu Hause weg sind, finden Sie nicht?« meinte sie gereizt. »Außerdem wird das Geschäft in den Wohnvierteln von den Sieben Schwestern in der Forty-fifth Street kontrolliert.«

»Von den Sieben Schwestern?«

»Sieben Damen aus Massachusetts – Schwestern, die in Hell's Kitchen nebeneinander ihre Häuser eröffnet haben. Sie versorgen die Reichen, und die spuren auch ganz schön. Sie verlangen, daß die Männer an einem Abend in der Woche Smoking tragen und den Damen Blumen bringen. Sie haben ein Mordsvermögen gescheffelt und das Geschäft nördlich von Tenderloin fest in der Hand.« Sie hielt inne, weil sie merkte, daß er sich wirklich nur erkundigen wollte und nicht die Absicht hatte, ihr Etablissement herabzusetzen. »Ich bin nicht so stinkvornehm wie die Schwestern, aber ich habe hier zwei gute Geschäfte: eines für die Geschäftsleute – da kommt das große Geld rein –, und eines für die Seeleute, weil ich ein Herz für sie habe und« – ihre Augen glitzerten verschwörerisch – »sie mich beschützen. Es gibt im Hafengebiet keinen Kunden, der sich mit Billy anlegen dürfte. Mein Vater und meine acht Brüder waren Seeleute; arm bis aufs Hemd, aber Seeleute. Also kümmere ich mich um sie, und sie kümmern sich um mich.«

Er betrachtete die großzügige junge Puffmutter mit wachsendem Interesse. Sie trug ein perlgraues, tief ausgeschnittenes Moirékleid, das ihre schönen, hohen, weißen Brüste ausgezeichnet zur Geltung brachte. Ihre geschnürte Taille wirkte im Vergleich zu ihrem üppigen Busen schlank, und der wallende Rock ihres Kleides folgte dem Rhythmus ihrer sinnlichen Bewegungen, so daß Tom ihre Größe vergaß. Auch ihre Hände waren schlank und reizvoll.

»Nun, mein Freund«, wandte sie sich an ihn, als der Geräuschpegel im Raum gesunken war und die letzten, beschwipsten Kunden selbstzufrieden schnarchten, wo sie eingeschlafen waren, während eine Sinfonie von gemütlichem Gekicher und Gebumse aus dem Oberstock kam. »Wir müssen überlegen, was wir mit Ihnen tun, nicht wahr? Ihr Freund sagt, Sie haben nicht genug Geld für ein Bett mit Frühstück, und ich kann Sie nicht auf die Straße werfen, das würde mir Donaher nie verzeihen. Es gibt nur eine Lösung, bei der wir beide das Gesicht wahren.«

»Und die wäre?« erkundigte sich Tom mit dem amüsierten Lächeln eines Mannes, der bereits die Antwort auf seine Frage ahnt.

»Daß Sie heute nacht das Bett mit mir teilen, mein lieber Junge, denn ich kann niemandem gratis Tisch und Bett geben, das würde meinem Ruf schaden. Aber in der Gegend ist allgemein bekannt, daß niemand für einen Platz unter meiner Decke bezahlen muß; ich lade ein, wer mir paßt. Und wenn heute nacht Sie mein Auserwählter sind, wer kann dann morgen etwas dagegen haben?«

Tom stand auf und verneigte sich spontan, und wieder fiel ihr seine natürliche Anmut auf.

»Ich fühle mich höchst geehrt, Miss Billy, Ihr Bett zu teilen. Ich hoffe nur, daß Ihre Wahl Sie nicht enttäuschen wird.«

Sie betrachtete ihn mit der abschätzenden Direktheit einer Frau, die Männer in- und auswendig kennt. »Ich werde es riskieren, mein Freund, wenn du willst«, meinte sie und schritt voran wie eine Amazone auf dem Weg zum geliebten Schlachtfeld. Sie führte ihn zu ihren Räumen im zweiten Stockwerk des alten Hauses – einer Etage, die ihr allein vorbehalten war, mit einem hübschen, in blassem Grünblau gehaltenen Schlafzimmer, einem kleinen Wohnzimmer mit einem Rokokokamin aus Marmor und einem großen Raum, in dem sich nur eine große, weiße Porzellanbadewanne mit blitzenden Armaturen und vergoldeten Greifenfüßen befand.

»Wenn du inzwischen Feuer machst, Tom, ziehe ich meine Arbeitskleidung aus und mache es mir ein wenig bequemer. Das Korsett und all die Bänder sind für meine Rippen um zwei Uhr morgens die reinste Folter.« Sie sagte es gutgelaunt, während sie hinter einem reichverzierten Wandschirm verschwand.

Der schöne, cremefarbene Schlafrock, in dem Billy dann auftauchte, betonte ihren prächtigen Körper mehr, als er ihn verhüllte. Sie setzte sich an den nierenförmigen Frisiertisch mit dem dreiteiligen Spiegel und begann, während Tom fasziniert zusah, die tausend Haarnadeln zu lösen, die ihre kunstvolle Frisur zusammenhielten. Nach kaum einer Minute hing das gelbgefärbte Haar lose auf ihre Schultern herab. Sie zögerte einen kurzen Augenblick und musterte ihr Spiegelbild, in dem sie hinter sich Tom sah. Dann wandte sie sich ruhig um, erhob sich zu ihrer vollen Größe, öffnete den Schlafrock, ließ ihn zu Boden fallen und blieb vollkommen regungslos stehen, als warte sie ab, wie Tom reagieren würde.

»Du bist eine wunderschöne Frau«, gestand er leise und rückhaltlos aufrichtig. Er hatte noch nie einen so üppigen Körper gesehen. »Du siehst aus wie eine große Venusstatue; du solltest in einem Museum stehen.« Er näherte sich ihr nicht, sondern begann bedächtig, sich auszuziehen, und ließ die Kleidung in einem kleinen Haufen auf den Boden neben dem Kamin fallen, ohne dabei die Augen von der Frau zu lassen. Die bewußte Trägheit seiner Bewegungen erregte sie und spannte sie fast auf die Folter.

Billys Körper war jünger als ihr Gesicht. Die dicke Schminke hat dich getäuscht, dachte Tom. Sie ist trotz ihrer Erfahrenheit und ihres herausfordernden Benehmens kaum älter als zweiundzwanzig. Er führte sie nackt zum Bett, und sie war ebenso ungeduldig wie er. Billy riß die Daunendecke mit einem Ruck weg und drehte sich für einen Augenblick um, damit sie sich und Tom im Spiegel betrachten konnte: Sie war fast ebenso groß wie er, und beide lächelten dem staatlichen Paar im Spiegel zu. Dann bemerkte sie seinen »besten Freund«, der sich zwischen seinen Beinen aufgerichtet hatte. Ihrer Rolle in dem bevorstehenden Spiel völlig sicher, lächelte sie abermals und streichelte sein Glied zart mit kundigen Fingern. »Ich will dir zeigen, wieviel Freude ich einem Mann bereiten kann«, sagte sie mit ihrer wunderbaren kehligen Stimme und beugte den Kopf über das erigierte Glied.

Tom bemühte sich zunächst, die Initiative an sich zu reißen, da er jedoch spürte, daß diese Frau ihre Liebeskünste unter Beweis stellen wollte, legte er sich schließlich zufrieden zurück und gab sich den wollüstigen Berührungen durch ihre Hände und ihren Mund hin. Sie liebkoste ihn an Körperstellen, die keine Frau, ob Dame oder einfache Bedienung, jemals auf diese Art berührt hatte. Sie drückte ihre üppigen Brüste an ihn, umarmte ihn, reizte ihn mit ihren erigierten Brustwarzen und schien alle Fasern seines Körpers, der nach ihr verlangte, zugleich zu erregen. Als er schließlich das Gefühl hatte, daß ihre Liebeskünste ihn gleich zum Bersten bringen würden, richtete sie ihren großen Körper auf und bestieg ihn so gekonnt, daß er vor Wonne aufstöhnte. Wenn eine Virtuosin am Werk ist, ist es wohl am vernünftigsten, einfach ihre Kunst zu genießen. Hochaufgerichtet, die Hände über den Kopf erhoben, vollführte sie das uralte Paarungsritual, das beide zum explosiven Höhepunkt brachte: Zwei schöne Riesengestalten, wie das Liebespaar aus einer Sage, im Liebesrausch ineinander verschlungen.

Mehrere Minuten lang blieben sie vollkommen ruhig und erschöpft liegen. Ihr schweres Atmen und das Knistern des Feuers waren die einzigen Geräusche in dem alten Haus. »Was hältst du von mir?« fragte sie schließlich, wieder ganz die Puffmutter, die als Bezahlung Anerkennung forderte.

»Du bist so wunderbar, daß ich dir jetzt zeigen möchte, was *ich* unter Freude bereiten verstehe.« Er erwiderte ihr Lächeln und küßte sie auf den Mund, doch seine Zunge und seine Lippen verlangten nach ihrem ganzen Körper. Er streichelte mit seinen großen, kräftigen Händen ihre heiße, weiße Haut, und sie konnte kaum glauben, daß er so genau wußte, was sie brauchte. Er spielte mit ihren harten, rosigen Brustwarzen, nahm sie in den Mund und saugte und knabberte an ihnen, bis sie aufschrie. Er küßte ihren Bauch, dann ihre Schenkel, öffnete sie liebevoll, stürmisch und geschickt, spielte mit dem blonden Haar zwischen ihnen und mit allem, was sich darunter verbarg. Als er mit harten Stößen in sie eindrang, brachte er sie zu einem Höhepunkt, den sie in diesem Ausmaß nur selten erreicht hatte, denn es kommt bei einer Lebedame in ihrem eigenen Bett selten vor, daß sie die Kontrolle über sich verliert.

Sie wölbte den Rücken mit einer gekonnten Bewegung, erwiderte seine Stöße mit der ihr eigenen Wildheit, und wenig später schliefen sie in enger Umarmung und dem sicheren Bewußtsein ein, daß sie beide ihren Meister gefunden hatten.

Als Tom erwachte, war Billy schon angekleidet. Sie saß auf einem Stuhl neben dem Bett und betrachtete ihn.

»Komm zu mir, Billy-Mädchen!« forderte er sie verschlafen auf.

»Nein, mein lieber Freund, jetzt nicht und nie mehr. Um dir die volle Wahrheit zu gestehen, ich habe Angst.«

Er hatte sich auf den Ellbogen gestützt, war plötzlich hellwach und verwundert über die Abfuhr. Ihr ernster Gesichtsausdruck und ihre traurige Stimme verwirrten ihn. »Was hast du, Billy? Was hat sich seit dieser Nacht geändert? Habe ich dir weh getan?«

»Weißt du, ich führe ein ordentliches, angenehmes Leben, Tom«, begann sie vorsichtig, als lege sie sich die Worte erst beim Sprechen zurecht. »Ich bezahle meine Rechnungen, ich halte meine Mädchen vom Straßenstrich fern, ich verschaffe einer Menge Gentlemen, von denen einige meine Freunde sind, ein bißchen Glück in meinem Haus. Aber da ist ein Mann, der mir das alles ermöglicht hat, als ich noch ein Kind aus der Gosse war, keine Hoffnung und noch weniger Aussichten hatte. Er hat mich aufgenommen und mich alles gelehrt.« Sie lächelte kritisch. »Natürlich nicht über Männer. In dieser Hinsicht hatte ich meine Lehrzeit schon hinter mir. Er schenkte mir elegante Kleider, gab mir zu essen und ermöglichte mir ein menschenwürdiges Leben. Bis jetzt ist nie etwas vorgefallen, was uns auseinandergebracht hätte.«

»Du hast doch erwähnt, daß du dir immer den Mann aussuchst, der dein Bett teilt.«

»Das tue ich auch.« Ihre Augen begegneten herausfordernd seinem festen Blick; ebenso offen, ebenso beherrscht. »Jim hat nichts dagegen, wenn ich mir gelegentlich einen Liebhaber nehme, vorausgesetzt, daß es nie ernst wird, und ich tue es nie, wenn er im Haus ist. Jedoch ist es mir noch nie mit einem Mann so ergangen wie diese Nacht mit dir, und das ist eine Gefahr, die ich mir nicht leisten kann. Verstehst du, was ich meine?«

Er runzelte die Stirn angesichts ihrer sichtbaren Verwirrung. »Natürlich, Billy. Ich möchte nicht, daß dir ein Nachteil erwächst, weil du mich aufgenommen hast.«

»Zum Teufel, Mensch, wozu die Köpfe hängen lassen? Ich muß Diamond Jim Mulvaney gegenüber mein Wort halten, und ich kann mich wegen eines Fremden nicht selbst in Schwierigkeiten bringen. Aber ich kann dich – verdammt noch mal – gern haben und dir helfen, vorausgesetzt, daß du mir nicht wieder so nahe kommst. Abgemacht?« Sie sah mit ihrem flehenden Blick beinahe unschuldig aus. Tom mochte sie sehr.

»Abgemacht, Mädchen. Du bist wirklich etwas Besonderes, in mehr als einer Hinsicht, und ich freue mich wie ein Schneekönig, dich kennengelernt zu haben.« Tom stand auf, warf die Decken zurück und streckte sich. Er zog seine Hose an, während sie sitzen blieb, zusah und sich dabei verwirrt und sehnsüchtig auf die Lippen biß.

»Du gehst mit Donaher und versuchst, im Hafen Arbeit zu finden, Tom, und ich werde ein Wort mit Diamond Jim sprechen, wenn er zurückkommt. Ich muß natürlich vorsichtig vorgehen, denn es soll beiläufig klingen, und das braucht Zeit. Aber ich habe ein paar Dollar auf der hohen Kante liegen und kann dir damit helfen, bis du Arbeit findest.«

Verblüfft über ihr großzügiges Angebot, sah er sie an. »Warum solltest du so etwas tun, Billy? Du kennst mich doch kaum. Vielleicht siehst du dein Geld nie wieder.«

Sie lachte laut auf. Ihre gute Laune war wiederhergestellt, denn sie hatte ihr Problem bereinigt. »Ich habe in dieser Branche nur überlebt, weil ich Männer gut beurteilen kann. Über diese Fähigkeit verfüge ich wirklich. Ich kann auf eine Meile Distanz sagen, wer gut und schlecht, wer klug und verschlagen, wer anständig und wer ein Gauner ist. Eine Gabe. Du wirst bestimmt niemals etwas nehmen, das du nicht zurückgeben kannst.«

Sie erhob sich zu ihrer imposanten Größe von einsachtzig, nahm ihn an der Hand und führte ihn aus dem Zimmer. »Es gibt kein Gesetz, das mir verbietet, dir ein Frühstück zu verabreichen, bevor du gehst. Vögeln macht mich immer hungrig wie einen Wolf. Wie steht es mit dir?«

Sie hatte die halbe Treppe hinter sich, als sie sich zu ihm umdrehte und ihn aus sanften, fast unschuldigen Augen ansah. »Du mußt wissen, Tom, daß es gestern nacht für mich wirklich phantastisch war. Du bist ein reizender Kerl, und es war großartig.« Damit lief sie die restlichen Stufen hinunter.

36

Zwanzig Minuten vor sechs kamen Dalton und Donaher am nächsten Morgen am Hafen an, wo bereits ein Haufen Männer in abgetragener Kleidung vor dem eisernen Tor wartete: alte Männer und junge Männer, große und kleine, in den verschiedensten Stadien der Verzweiflung.

»Wie viele werden sie nehmen?« fragte Tom den erfahrenen Donaher.

»Nicht mehr als ein Dutzend«, war die Antwort. Tom sah sich um. Über vierzig Männer hatten sich bereits versammelt.

»Das Stammpersonal hat immer Arbeit«, flüsterte Donaher, um niemanden in ihr Gespräch einzubeziehen. »Zumeist politische Arschkriecher oder Verwandte von jemandem Einflußreichen. Die arbeiten hier regelmäßig. Wenn ein Schiff einläuft, nehmen sie zusätzliche Arbeiter. Die nennen sie Gelegenheitsarbeiter. Meist werden sie nur für einen Tag oder eine Nacht angeheuert. Es handelt sich zwar um Schwerstarbeit, aber sie bringt ein bißchen Geld, ohne das die meisten nicht durchkommen.«

»Wie treffen sie die Auswahl?« fragte Tom mit fast klinischem Interesse an dieser ihm neuen Möglichkeit, einen Menschen zu entwürdigen.

»Sie suchen sich zuerst die Größten und Kräftigsten aus oder die, von denen sie annehmen, sie lassen sich am leichtesten herumschubsen, oder die mit der richtigen Augenfarbe. Wer weiß schon, wonach sie ihre Wahl treffen? Sie haben das Recht, willkürlich vorzugehen, und das tun sie denn auch.«

Irgendwo läutete dumpf eine Glocke, und der Klang hallte in der Dunkelheit weit über den Fluß. Im riesigen Eingang zum Hafenlagerhaus erschien ein kräftiger Mann und schritt im Gefühl seiner Macht hochmütig zum Tor. Er überblickte die schweigende Menschenmenge, die nach Toms Schätzung inzwischen auf fünfzig oder sechzig Leute angewachsen war, und zeigte auf einen Mann in der vordersten Reihe.

»Du kannst reinkommen, Farley, und du auch, O'Shaughnessy. Bist du das dort hinten, Donaher? Du bist auch dabei.«

»Was ist mit meinem Freund, Boß?« rief Donaher. »Er hat Hände wie Wagenräder und ist noch größer als ich.«

Der Vorarbeiter warf den beiden einen verächtlichen Blick zu, schätzte Tom aber gleichzeitig ab. Dann nickte er, und die beiden riesigen Männer wurden zusammen mit den wenigen anderen Auserwählten durch das Tor gelassen.

»Hast du schon mal Hafenarbeit verrichtet?« fragte Donaher leise, während sie eintraten.

»Ich hatte auch nicht als Seemann gearbeitet, bis ich die Überfahrt zu diesem Paradies von einer Stadt abarbeiten mußte«, erwiderte Tom grimmig.

»Dann halte den Mund, und mach mir alles nach! Man braucht mehr Muskeln als Hirn, wenn man erst den Dreh heraus hat. Gib nur acht! Die Arbeit am Kai ist gefährlich, und noch schlimmer ist es im Laderaum. Also bleib in meiner Nähe!«

»Was laden wir?«

»Zumeist Fässer. Die schwersten werden zuerst verstaut. Das hier ist eine große Ladung. Sie werden den Wasserballast auspumpen und das Schiff mit Fracht volladen.«

»Kielraum und auf Lücke!« schrie der Aufseher, und alle nickten ernst.

»Das heißt, du schließt die zweite Reihe Fässer zwischen den Rundungen der ersten Reihe an«, flüsterte Donaher. »Auf diese Weise geht kein Platz verloren.«

»Schluß mit dem Gequassel dort drüben!« überschrie der Aufseher den Lärm der hydraulischen Winde. Donaher zwinkerte Tom zu, und sie begannen die schweren Fässer zu verstauen.

Tom war groß, jung und kräftig und konnte mit den meisten Männern mithalten, aber die Geschicklichkeit, mit der Donaher die hundertachtzig Pfund schweren Fässer hob und trug, setzte ihn in Erstaunen. Als der Aufseher außer Sicht war, sprach er dem älteren Mann seine Bewunderung aus.

»Man gewöhnt sich daran«, wehrte Donaher bescheiden ab, aber er freute sich über das Kompliment. »Nach einiger Zeit kriegst du schon heraus, wie man sich dabei anstellen muß. Du verstaust Hopfen nicht in der Nähe von Butter und getrocknete Äpfel oder Tabak nicht in der Nähe von Frühstücksflocken. Tee verträgt sich nicht mit Mehl und Zucker, und Öl darfst du nie neben Baumwolle lagern. Das ist Erfahrung, weißt du.« Er hielt einen Augenblick inne und stemmte ein schweres Faß hoch.

»Viel hängt auch davon ab, wie gut der Mann an der Winde und der Anhakmann sind. Du siehst ja, wie es läuft, sobald die Fracht aus der Luke kommt, muß der Anhakmann seinen Haken samt Tau um das Stückgut werfen. Das erfordert ein gewisses Geschick, damit er dich oder einen anderen nicht dabei erschlägt. Du wirst das alles noch lernen, wenn du das Pech hast, lange hier kleben zu bleiben.«

»Schluß mit dem Gequassel, Donaher!« schrie der Aufseher. »Das ist keine Teegesellschaft beim kirchlichen Frauenverein.«

»Ich bin Ihnen sehr dankbar, Boß, daß Sie mir das klarmachen!« rief der große Ire zurück, und sie setzten die zermürbende Ladearbeit schweigend fort.

Tom erfuhr, daß die Arbeitszeit an den Docks theoretisch von sieben bis zwölf Uhr und von dreizehn bis achtzehn Uhr dauerte – ein Zehnstundentag, wenn man das Glück hatte, nach dem Mittagessen wieder beschäftigt zu werden. In Wirklichkeit mußten die Männer aber oft auch während der Mittagsstunde, während der Nacht und an Sonn- und Feiertagen arbeiten, wenn der Aufseher es verlangte. Zwei Tage und eine Nacht stellten die übliche Grenze für die Ausdauer eines Mannes dar, und viele konnten bezeugen, daß sie anstandslos fünfunddreißig bis vierzig Stunden durchgearbeitet hatten. In solchen Fällen sollte um Mitternacht eine halbe Stunde Pause eingelegt werden, obwohl das dem Ermessen des Aufsehers überlassen blieb. Ein Mann ruhte sich dann aus, während die anderen seine Arbeit neben der eigenen mitbesorgten.

So anstrengend die lange Arbeitszeit war, so riskant war die Tätigkeit, wenn die Arbeitskräfte knapp waren. Ein skrupelloser Aufseher konnte den Lohn für einen Mann in die eigene Tasche stecken, indem er eine Ladung für fünf Arbeiter von vier Mann löschen ließ und den fünften zwang, die Dampfwinde zu bedienen und gleichzeitig das Loshaken des Seils vorzunehmen. Dies war eine fast sichere Methode, die Arbeiter mit heißem Dampf zu verbrühen. Da ein Verwundeter keine Vergütung erhielt, wurde während seiner Genesung unter den anderen eine Sammlung von einem Vierteldollar pro Mann für seine Familie veranstaltet.

Das Leben im Hafen war ein Anschauungsbeispiel für die Härte des Lebens. Riesige Ballen lösten sich oft von den Vertäuungen; das kalte Salzwasser zerfraß die Haut der Männer, bis sie gegerbt war und zerknittert wie faltiges Leder; die Hitze und die Kälte machten das Leben das ganze Jahr über zur Qual; und Tom erfuhr bald, daß das einzige, was noch schlimmer war als die Arbeit, darin bestand, keine Arbeit zu haben.

Das Hafengebiet war schmutzig und verkommen. Überall war die Armut zu spüren, und Gassen wie die berüchtigte Sackgasse Little Water im Cow-Bay-Bezirk bei der Battery waren die Regel. Besuchern wurde geraten, ein Taschentuch in Kampferlösung zu tauchen, bevor sie das Viertel betraten, um den entsetzlichen Gestank ertragen zu können. Lange, enge Durchgänge führten in schmale Gassen, in denen die Besucher achtgeben mußten, damit sie nicht in den dampfenden Kot traten.

Brodelnde Töpfe mit Suppe aus Fleischabfällen kochten auf kleinen Feuerstellen mitten auf der Straße und waren von hungrigen, hoffnungslosen Menschen umgeben, die sehnsüchtig auf einen Löffel mit dieser schauderhaften Brühe warteten.

Zu den berüchtigtsten Wahrzeichen des Gebiets gehörte die Old Brewery, die 1837 zu einem Wohngebäude umgebaut worden war. In der riesigen ehemaligen Brauerei befanden sich Räume und Korridore mit seltsamen Namen wie »Mördergrube« und »Diebeshöhle«, und in den Kellern waren Hunderte Neger und Iren zusammengepfercht, von denen manche nie einen Sonnenstrahl sahen, nachdem sie dort das sogenannte Licht der Welt erblickt hatten, denn wenn sie den schmalen Platz auf dem Lehmboden verließen, wurde er vielleicht von einem Fremden mit Beschlag belegt. Im allgemeinen war der einzige Grund, aus dem man überhaupt hinausging, daß man einem Passanten einen Schlag auf den Kopf versetzte und seine Habseligkeiten raubte, eine Aufgabe, welche die einzelnen Familienmitglieder abwechselnd übernahmen.

Schlägereien, Prostitution, Perversion und Mord – all das gehörte in der Old Brewery und in den anderen übelriechenden Mietshäusern dieses Bezirks, der die berüchtigtsten Straßen-Gangs hervorbrachte, die jemals die Stadt bevölkerten, zum Alltag. Banden mit Namen wie »Bowery Boys«, »Little Plug Uglies« und »Little Dead Rabbits« waren oft einzige Überlebensmöglichkeit für die vielen Waisenkinder, wenn sie sich durch Diebstähle, die sie in speziellen »Schulen« lernten, in den verkommensten Gegenden des unteren New York über Wasser hielten. Viele Saloons in der Hafengegend waren auf die Rekrutierung von Seeleuten mittels des uralten Tricks des Shanghaiens spezialisiert: Ein Mann wurde durch Drogen oder durch einen Schlag auf den Kopf betäubt, durch eine Falltür zu einer im Kanalnetz unter der Straße wartenden Bande befördert und von dort zu einem abfahrbereiten Schiff gebracht. Viele Männer wachten erst auf, wenn sie sich außerhalb des Hafengebiets am Beginn einer drei Jahre dauernden Fahrt befanden, und sie hatten keine andere Alternative, als sich damit abzufinden.

Die Polizei neigte dazu, die meisten anrüchigen Aktivitäten im Hafengebiet nach dem Grundsatz zu übersehen, daß sich die Angelegenheit wahrscheinlich auch ohne ihr Eingreifen von allein erledigen würde. Diese Theorie wurde durch ansehnliche finanzielle Zuschüsse erhärtet, die sie von den ortsansässigen Geschäftsleuten und den Schiffseignern dafür erhielten, daß sie im Hafengebiet ein Auge zudrückten.

So also sah der rattenverseuchte, verdreckte Bezirk aus, in den Donaher Tom einführte, den das Nebeneinander von Herrlichkeit und Verwahrlosung in seinem Leben beinahe amüsierte. Das Ganze war ein seltsamer, komplizierter Alptraum aus Schatten und Licht, den er nicht ganz erfassen konnte. Es war, als neige sein Leben immer zu Extremen und könne nie in angenehmer Mäßigung verlaufen.

Dennoch war er über Donahers Freundschaft froh. Ohne ihn wäre ihm das Leben in der Stadt wirklich aussichtslos erschienen.

Unter den fürsorglichen Fittichen von Barnacle Billy, die alle

Überlebensrezepte im Hafengebiet kannte, hatten sich Tom und Donaher in Timothy Sheehans Pension für Seeleute und Hafenarbeiter eingemietet. Es war ein häßliches, holzverschaltes Gebäude in der Nähe des North River, verwittert und heruntergekommen, aber dennoch eine prächtige Logis für einen Vollmatrosen oder einen Schauermann auf Arbeitssuche.

»Er führt die Bruchbude im Auftrag der Schiffseigner«, hatte Billy ihnen ernsthaft verraten. »Aber ihr habt bessere Aussichten, eine Stellung zu finden, wenn ihr dort wohnt. Die Reeder und Timothy stecken unter einer Decke, deshalb bekommen seine Kostgänger als erste eine Chance, wenn es Arbeit gibt. Es kann euch natürlich passieren, daß ihr in diesem Genossenschaftsladen von Timmy bis über beide Ohren in Schulden steckt, aber im Hafen sind das die Tatsachen des Lebens, wie Donaher sehr wohl weiß. Die Bude ist wenigstens sicher und relativ sauber, und ich weiß, wo ich euch finden kann, wenn Jimmy zurückkommt und ich darangehe, Tom einen anständigen Posten zu besorgen.«

Billy hatte sich als bemerkenswert zuverlässige Freundin erwiesen. Selbst wenn man berücksichtigte, daß Donaher der engste Freund ihres Bruders gewesen war, erklärte dies nach Toms Dafürhalten ihre Haltung nur teilweise. Dahinter steckte auch, daß sie ein mitfühlendes Herz für Seeleute und ungewöhnliches Verständnis und eine Vorliebe für Männer im allgemeinen hatte. Sie waren ihre Studienobjekte, ihr Lebensunterhalt, ihre Schützlinge, ihre Kinder, ihre Freunde – und sie nahm Tom in ihren Verein von Heimatlosen mit einer freundlichen Selbstverständlichkeit auf, als wäre sie schon immer darauf gefaßt gewesen, ihn vor ihrer Haustür zu finden.

Der Raum, den die beiden Freunde bei Timothy Sheehan bewohnten, war spärlich möbliert: durchgelegene Feldbetten mit Matratzen auf Drahteinsätzen, eine wackelige Kiefernholztruhe und ein abgenutzter Waschtisch waren strategisch geschickt auf dem teppichlosen, verzogenen Fußboden verteilt. Das vorhanglose Fenster ging auf einen schmalen Durchgang, wo sich das Trippeln der Nagetiere, der Klang der Nebelhörner auf dem Fluß und das klatschende Geräusch des an die Kais schlagenden Wassers zu einer traurigen Sinfonie der Armut vereinten.

Pünktlich wie eine Schiffsmannschaft beim Wachwechsel erschienen jeden Abend um sechs vierzehn massiv gebaute Seeleute an Timothys Speisetisch. In dem von einer Gaslampe erleuchteten Raum, in dem sie ihre kräftige, aber einfallslose Mahlzeit zu sich nahmen, hielt sich zäh der abgestandene Geruch nach Männerkörpern und Reinigungsmitteln, der sich nicht selten auf die Speisen auf dem stabilen Eichentisch übertrug. Gespräche wurden während der Mahlzeiten bei Timmy nur spärlich und wenn vorsichtig geführt. Eines Abends, etwa eine Woche nach Toms Ankunft in Sheehans Pension, fragte Donaher einen der Männer am Tisch, ob er etwas Neues über die Gewerkschaft gehört habe. Mehrere der Essenden blickten einander an, sagten aber nichts, also beharrte der große Ire auf seiner Frage. »Ich habe gehört, daß ein Norweger versucht hat, die Seeleute zu einer Gemeinschaft gegen die Eigner zu organisieren.«

»Halt doch den Mund!« zischte ein nahezu zahnloser, stiernakkiger Seemann, der am anderen Ende des Tisches saß. »Sheehan ist doch der Spion der Eigner. Wenn du in diesem Haus das Wort Gewerkschaft in den Mund nimmst, wirst du bald mit durchgeschnittener Kehle in einem stillen Gäßchen liegen.«

»Sheehan ist heute abend mit seiner Geliebten ausgegangen«, meldete ein rundgesichtiger Mann mit blassem Teint. »Ich habe selbst gesehen, wie er sich dafür fein gemacht hat.«

»Ich sehe keine Möglichkeit, die Eigner zu zwingen, etwas an den Verhältnissen zu ändern«, warf ein anderer Mann widerwillig ein. »Es ist zu bequem, einen Kapitän dafür zu bezahlen, daß er einen Mann, der Unruhe stiftet, um die Ecke bringt, wenn das Schiff erst mal auf hoher See ist.«

»Hört mal zu, Leute!« Donahers tiefe, kräftige Stimme klang ermutigend. »Es muß anders werden. Die Lebensbedingungen auf den Schiffen sind so erbärmlich, daß eine Veränderung unvermeidlich ist. Außerdem beginnen bereits andere Berufszweige, so etwas wie Gewerkschaften zu gründen. Die Hüttenarbeiter haben sich organisiert, die Stahlarbeiter haben bessere Löhne und Arbeitsbedingungen durchgesetzt, sogar die Frauen in den Spinnereien schlossen sich zusammen, um bessere Konditionen zu erlangen. Warum sollen wir uns da zurückhalten?«

»Weil wir keine Möglichkeit haben, uns zu schützen, Donaher. Du kennst die Zustände genauso wie wir. Sobald wir draußen auf See sind, haben wir überhaupt keine Rechte mehr. Ein Kapitän kann uns kielholen, an die Rahnock hängen, über Bord werfen lassen – er hat die Macht dazu. Mann, du weißt doch sehr gut: Sie müssen uns nicht einmal den Lohn bezahlen, für den wir angeheuert wurden, wenn sie nicht wollen. Und wenn wir uns wehren, gibt es hundert andere Burschen, die nur darauf warten, unseren Platz einzunehmen.«

Zustimmendes Gemurmel erhob sich am Tisch.

»So gut mir deine Worte gefallen, Donaher«, meinte Tom, »leider hat er recht. Wir sind alle verdammt froh, einen Job zu haben, überhaupt einen Job.«

»Ja, Tom«, gab Donaher traurig zu. »Und das ist leider der Grund, weshalb uns die Eigner in der Hand haben. Aber nicht für immer. Merk dir, was ich sage, Junge! Nicht für immer.«

»Wer ist der Norweger, den du erwähnt hast? Was hat er vor?«

»Er heißt Furuseth. Andrew Furuseth. Ein langer Kerl. Größer als wir beide. Ein Zwei-Meter-Mann. Hände wie eine Keule. Er war einer von uns, wie ich gehört habe. Hat als Junge in Norwegen auf einem Frachter angeheuert. Er hat mit dem Maat Streit bekommen und war verdammt nahe daran, gekielholt zu werden. Jedenfalls ist er in Seattle vom Schiff verschwunden, und sie haben ihn nie mehr in die Finger bekommen.«

Da das Verlassen eines Schiffes an einem anderen Ort als dem Ausgangshafen nicht nur der Verlust des Lohns bedeutete, sondern auch als ein Kapitalverbrechen galt, war dieser Umstand für die erfahrenen Seeleute um den Tisch sehr interessant. Auf See gab es zwar keine Gesetze zum Schutz der Seeleute, doch gab es sehr strenge Strafen für Vergehen gegen die Schiffseigner.

»Jedenfalls«, fuhr Donaher, der die Aufmerksamkeit der anderen bemerkte, fort, »kam der Bursche, der inzwischen neunzehn oder zwanzig Jahre alt war, zu dem Schluß, daß seine einzige Chance darin bestand, den Seemannsberuf so weit aufzuwerten, daß er als anständiger Lebensunterhalt gilt, und der einzige Weg, der dazu führt, besteht darin, lesen und schreiben zu lernen.«

»Warum wollte er das lernen?« fragte der nahezu zahnlose Mann, als wäre es abartig, lesen und schreiben zu lernen.

»Damit er den Zeitungen und den Politikern seine Geschichte berichten konnte, mein Lieber, und damit er eine Bruderschaft gründen konnte.«

»Hat er lesen und schreiben gelernt?« fragte Tom.

»Ja, und er hat sich auch selbst Englisch beigebracht, indem er mit den Leuten auf den Feldern arbeitete und dergleichen mehr. Er bekam einige Bücher von einer Lehrerin in Seattle, die er immer bei sich trug, um daraus zu lernen: Shakespeare und die Bibel. Sobald er lesen konnte, begann er die Westküste entlangzuwandern, nahm mit Zeitungsherausgebern Kontakt auf und erzählte ihnen, wie es wirklich auf den Schiffen zugeht. Er ermittelte die Namen von ortsansässigen Seeleuten und legte ihnen nahe, Mitglieder seiner Bruderschaft der Seeleute zu werden. Viele traten bei. Ich habe das alles von einem Seemann auf meinem letzten Schiff erfahren; er ist ihm in Portland begegnet. Furuseth war der eindrucksvollste Mann, der ihm je begegnet ist. Er erinnerte ihn an Präsident Lincoln.«

Der Chinese aus der Küche hatte begonnen, den Tisch abzuräumen. Tom fiel sein lauernder Blick auf; er war sicher, daß der Mann Englisch verstand, obwohl er so tat, als spreche er nur das gröbste Pidgin. Deshalb beschloß er, das Gespräch außerhalb der Hörweite dieses Mannes fortzusetzen.

Tom und Donaher verließen das schäbige Eßzimmer, als der Tisch abgeräumt war, und gingen langsam die verlassene Straße am North River entlang. Die Luft hier war nach dem stinkenden Mief im Haus frostig und frisch. Tom steckte die Hände tief in die Taschen und fragte sich, wann er wohl das Geld beisammen haben würde, um sich eine wärmere Jacke zu kaufen.

»Du bist wirklich sehr für diese Bruderschaft, Donaher, nicht wahr?«

»Ja, mein Freund. Ich wollte den Burschen dort nicht auf die Nase binden, daß ich schon beigetreten bin. Ich habe Furuseth auf einer Küstenfahrt kennengelernt. Er ist wirklich ein großartiger Mann, Tom. Ich habe noch nie einen Kerl wie ihn gesehen, und ich glaube ihm, daß die Dinge anders werden können, wenn wir zusammenhalten.«

»Ist es das Risiko wert, Mann? Die Eigner können es sich nicht leisten, daß hier eine Gewerkschaft entsteht. Sie werden jeden Seemann in die Mangel nehmen, von dem sie wissen, daß er in einer Organisation steckt.«

»Wir werden bald erleben, was sich abspielt, er kommt nämlich hierher. Andrew hat mir verraten, daß er in diesem Winter nach New York kommt, und er wird es bald geschafft haben. Man braucht lange, um von San Diego nach New York zu wandern, aber nur eine Kugel ins Herz kann Furuseth aufhalten. Wenn er herkommt, wird jeder Vollmatrose Farbe bekennen müssen.«

»Hast du keine Angst vor Repressalien?«

Donaher blieb einen Moment ruhig mitten auf der dunklen Straße stehen und blickte über den Fluß, ehe er antwortete.

»Das Leben hat sich mir nicht von der besten Seite gezeigt, deshalb habe ich keine Angst davor, es für ein gutes Ziel aufs Spiel zu setzen. Ich war schon immer Seemann, das ist das einzige, wozu ich tauge. Ich bin seit meinem fünfzehnten Lebensjahr dabei, und inzwischen verstehe ich mein Handwerk. Aber wir haben keine Rechte, Tom. Sie können uns umbringen, sie können uns zu Krüppeln schlagen, sie können uns shanghaien, sie können sich weigern, uns unseren rechtmäßigen Lohn zu bezahlen, nachdem wir uns auf einer fünf Jahre langen Reise die Seele aus dem Leib geschunden haben, und wir können uns mit unseren Beschwerden an niemanden wenden, wirklich an niemanden.«

Tom antwortete nichts, war aber vom Schmerz und der Erbitterung in der Stimme seines Freundes betroffen.

»Ich hatte einmal eine Frau und ein Kind, Tom. Es ist lange her, und ich war damals ein junger Mann. Ich heuerte für eine dreijährige Fahrt nach Asien an, weil die Bezahlung hierfür die höchste war und ich für die beiden gut sorgen wollte. Sie waren mein ein und alles, Tom. Sie hießen Marie und Daniel. Gott habe sie selig. Ich vereinbarte mit dem Mann von der Schiffsagentur, daß die Gesellschaft die Löhnung während meiner Abwesenheit meiner Frau auszahlen würde. Ach, Junge, ich wälzte große Pläne, was wir anfangen würden, sobald ich von der großen Fahrt zurückkommen würde. Wir wollten mit dem Rest unseres Geldes in den Westen ziehen, vielleicht eine kleine Farm kaufen und den Jungen in einer schönen Gegend groß werden lassen. Als ich von der Fahrt zurückkam, Tom, ging ich zu unserer kleinen Wohnung. Ich war außer mir vor Glück, wieder daheim zu sein – und sie waren nicht da. Eine alte Dame wohnte in unserer Wohnung, und sie teilte mir mit, daß beide tot waren. So ohne Umschweife sagte sie es mir.« Donaher brach ab, um sich wieder zu sammeln. »Daniel war an Grippe gestorben und Marie im Armenhaus. Kannst du dir vorstellen, was für ein Schock das für mich war? Nach all den Jahren steckt mir der Schock noch in den Gliedern. Der Mann von der Schiffsagentur hat ihr nie einen Penny gegeben. Keinen Penny von meiner Löhnung hat sie je gesehen, und sie war ein armes Einwanderermädchen, eben erst angekommen, das sich an niemanden wenden konnte, und ich war so lange auf See gewesen. Kein Geld für den Arzt, um den Kleinen behandeln zu lassen. Kein Geld, um das Leben zu fristen. Ich habe beinahe den Verstand verloren, Tom. Ich habe eine Woche lang geweint, und ich schäme mich nicht, es zu erzählen. Ich ging zum Büro des Schiffseigners, aber sie haben mich nicht vorgelassen. Sie haben mir die Hälfte meiner Heuer für die Fahrt angeboten, denn sie hatte sich angeblich nicht gelohnt. Und sie hatten natürlich niemals etwas von meiner Frau Marie gehört. Also wartete ich auf eine Gelegenheit, mich zu rächen. Und eines Nachts kam sie. Dem kaltherzigen Hurensohn, der versprochen hatte, daß Marie meine Löhnung bekommen würde, habe ich, als er es am wenigsten erwartete, in einem Durchgang das Genick gebrochen. Doch es hat mir natürlich nicht geholfen, überhaupt nicht. Aber eine Gewerkschaft gründen, Tom, das könnte uns ein bißchen helfen. So lange ich lebe, helfe ich, eine Gewerkschaft zu gründen, damit eine solche Sauerei, wie sie mir, Marie und dem kleinen Daniel widerfahren ist, nie wieder vorkommen kann. Wenn ich sterbe, scheide ich aus einem Leben, das mir nicht mehr viel bedeutet, seit meine Familie tot ist. Und wer weiß, vielleicht gibt es wirklich ein Jenseits, in dem sie auf mich warten.« Die Augen des großen Iren waren feucht, und er fuhr sich verlegen mit der Hand darüber.

37

Andrew Furuseth, dem die mächtigen Schiffseigner den Zutritt zum New Yorker Hafengebiet verwehrt hatten, stand am Heck des kleinen Bootes, das hinter dem riesigen Tanker am Kai siebenundvierzig im North River vor Anker lag.

Seine mächtige Stimme übertönte mit Leichtigkeit die Geräusche im Hafen, als er in der kalten, grauen Nachmittagssonne zu den Seeleuten und Hafenarbeitern sprach. Im eiskalten Novemberwind lauschten Tom und Donaher der ersten Rede, die dieser Mann in New York hielt.

»Seeleute, ich bin gekommen, um vor euch über unser gemeinsames Schicksal, das Schicksal von Brüdern, zu sprechen.«

Seine Stimme klang tief und voll, sein Tonfall war fast feierlich, sein Akzent reizvoll nordisch.

»Ich sage euch, ein Seemann hat keine Rechte, sobald er den Hafen verläßt. Sein Kapitän kann ihn bis auf die Knochen auspeitschen, er kann ihn in den dreckigen Laderaum sperren, bis er beinahe krepiert ist; er kann ihn kielholen, den Haien zum Fraß vorwerfen oder wegen eines geringfügigen Vergehens in Eisen legen lassen. Wer unter euch hat noch nicht erlebt, daß ein armer Teufel für ein Vergehen, das an Land kaum bemerkt würde, ertrinken mußte? Allein jedoch sind wir machtlos. Allein sind wir Abfall, Sklaven. Aber wenn wir nicht mehr allein sind, was dann? Wenn wir uns wie Brüder zusammenschließen, Männer, die Schulter an Schulter stehen, so daß sich unsere Stärke vervielfacht, was dann? Wenn wir den Schiffseignern ihr Unrecht vorhalten und unser Recht fordern? Was wird dann mit uns geschehen? werdet ihr wohl fragen. Und ich muß euch ehrlich gestehen, genau weiß ich es noch nicht. Aber gewisse Dinge weiß ich. So weiß ich, daß die Bruderschaft der Stahlarbeiter Schulter an Schulter gestanden und ihre Rechte durchgesetzt hat; ich weiß, daß die Bruderschaft der Hüttenarbeiter zusammengehalten und faire Löhne erreicht hat; ich weiß, daß die Fabrikarbeiter in Massachusetts höhere Löhne und bessere Arbeitsbedingungen durchgesetzt haben, weil sie zusammenhielten und den Unternehmern entgegentraten, die um nichts weniger anmaßend, mächtig und korrupt waren als diejenigen, mit denen wir es zu tun haben. Ich weiß also, Männer, daß wir es erreichen können! Hört mich, Männer, es ist *möglich*! Wißt ihr, was das für euch und eure Familien bedeuten kann? Es kann *Freiheit* bedeuten.«

Sanfter sprach er weiter: »Wenn es eine Chance gibt, nur eine Chance, daß wir als freie Menschen leben und sterben können, mit Rechten und dem vollen Schutz des Gesetzes, müssen wir dann diese Chance nicht ergreifen? Und wenn wir Gott um den Schutz Seiner göttlichen Vaterschaft bitten, müssen wir dann nicht als Brüder zusammenstehen und den Kampf um unsere Rechte durchstehen? Denn wenn wir es nicht tun – siegen die Menschenhändler und die Eigner, und wir Seeleute sind für alle Zeit und Ewigkeit die Verlierer. Denkt darüber nach, Seeleute.

Das ist es, was ich heute von euch fordere, nur daß ihr *darüber* nachdenkt!«

Tom blickte Donaher an, dessen funkelnde Augen vor Tatendrang glühten. »Der Mann ist ein Prophet, Donaher, ein verdammter Prophet. Ich sehe ja, wie er alle mitreißt.«

Donaher nickte. »Wir werden ihn heute abend um acht im ›Longshoremen's Rest‹ in der Fourteenth Street treffen«, sagte er heiser. »Ich habe es eingerichtet, daß du mit ihm sprechen kannst. Er ist ein großartiger Mann, Tom. Einer unter Millionen.«

So hatte es begonnen, erinnerte sich Tom. Furuseths Gesicht, wie aus rauhem Stein gemeißelt, wettergegerbt, das Antlitz eines bäuerlichen Heiligen, hatte er an diesem Abend gedacht, während er ihn im schäbigen »Longshoremen's Rest« beobachtete. Furuseth trug eine ausgefranste wollene Matrosenjacke und einen schäbigen Strickschal um den Hals, hatte Arme wie knorrige Baumstämme und diskutierte über die Anliegen der Seeleute und Hafenarbeiter, denn ihre Probleme waren die gleichen. Trotz seiner Hingabe an die gute Sache war er ein seltsam sanfter Mensch.

Tom, Donaher und dieser große Mann waren Freunde geworden. Sie debattierten in den kalten Nächten lange miteinander, stellten sich die Zukunft vor, planten eine bessere Welt als diejenige, in der sie bei Tag lebten. Durch Furuseth lernte Tom die anderen Gewerkschaftsorganisatoren kennen; die Visionäre und die Fanatiker, diejenigen, die es ehrlich meinten, aber auch die, die eine Gewerkschaft nur als weitere Gelegenheit zur Ausbeutung betrachteten. Durch letztere erkannte er, daß zwischen den Männern der verschiedenen Zweige des Überseehandels eine merkwürdige geistige Verbindung bestand, als wären die Menschen, die vom Handel auf den Weltmeeren lebten, eine von den übrigen Menschen verschiedene Rasse.

Er erkannte auch, daß manche Organisatoren nur davon träumten, die mächtigen Schiffseigner zu stürzen, um eigene Machtzentren zu errichten, und daß andere wie Furuseth und Donaher lediglich Gerechtigkeit anstrebten.

»Wie hat es bei dir angefangen, Andy?« fragte Tom, als sie eines Abends im »O'Rourke« saßen und ihr Bier besonders langsam tranken, um ein wenig länger der kalten Straße zu entgehen.

»Ich bin der Sohn eines norwegischen Bauern, Thomas. Wir

waren arm, hatten zu viele Münder zu stopfen und zu wenig Zukunftsaussichten.«

Furuseth sprach mit einem starken norwegischen Akzent, den Tom sympathisch und melodisch fand.

»Als ich vierzehn Jahre alt war, lief ich von zu Hause davon und heuerte als Schiffsjunge in Oslo an. Wir fuhren um das Kap Horn, und ich fand, daß es das größte Abenteuer für einen Mann ist, als Seemann die fernsten Städte der Welt kennenzulernen, Städte, von denen ich früher nur geträumt hatte. Gleich den meisten Träumen ging der meine nicht ganz so in Erfüllung, wie ich erhofft hatte. Bei meiner letzten Fahrt – damals war ich schon sieben Jahre lang Seemann – geriet ich an einen Kapitän, der wie ein Tyrann über sein Schiff herrschte. Als ich für die Rechte der Mannschaft eintrat, ließ er mich an den Handgelenken an der Rahnock aufhängen.«

Er schob die Ärmel seiner Matrosenjacke hoch und zeigte die Narben, die vom Handgelenk bis zur Mitte des Unterarms reichten. Sie waren über dreißig Jahre alt, aber noch immer böse, häßliche Entstellungen.

»Eine Nacht und einen Tag lang hing ich dort, wahnsinnig vor Schmerzen. Ich wußte nicht, ob mich der Kapitän als warnendes Beispiel für die anderen umbringen lassen würde, wenn er mich losschnitt, und ob ich jemals meine Hände wieder gebrauchen konnte, denn die Finger waren schwarz und so angeschwollen, daß die Haut aufzuplatzen begann. Und während ich dort im kalten Wind baumelte, schwor ich einen heiligen Eid, daß ich die Zustände ändern würde, wenn Gott mein Leben und meine Hände rettete. So seltsam es mir jetzt erscheint, wenn ich daran denke, aber ich faßte den Plan halb bewußt und halb in einer Art Vision: Ich sah deutlich vor mir, wie ich es anpacken mußte. Wie ich lesen und schreiben lernen, wie ich die Gesetze studieren, wie ich den Menschen Mut machen mußte, frei zu sein.«

Das offene Gesicht verzog sich zu einem schüchternen Lächeln. »Für einen Analphabeten und Bauernjungen war das eine merkwürdige Vision, nicht wahr? Aber ich wußte von diesem Tag an, daß Gott mir den Weg weisen würde, wenn ich bereit war, die Opfer zu bringen, die meine Aufgabe erforderte.«

»Hast du niemals Sehnsucht nach einer Frau und einer Familie gehabt, Andy?« fragte Tom interessiert.

Furuseth schaute den jungen Mann lange an, bevor er antwortete, sein Blick war in diesem Augenblick sanft, fast wie bei einem Jungen oder einer Frau. »Ja, Thomas, das wollte ich auch wie jeder Mann. Aber was für ein Leben könnte ich einer Frau oder Kindern bieten? Ich reise doch ständig von einem Ende der Welt zum anderen und lande in der Hälfte der Orte, in denen ich haltmache, im Gefängnis. Ich bin zu dem Entschluß gelangt, daß die Gewerkschaft meinen Lebensinhalt ausmacht und ich eben das Beste für sie leisten muß, soweit es mir möglich ist.«

Donaher, der während der Fragen und Antworten geschwiegen hatte, knallte seine Brille mit einer heftigen Geste auf den Tisch. »Eines Tages wird kein Mann, nur weil er zur See fährt, auf ein anständiges Leben verzichten müssen. Wenn dieser Tag kommt, verdanken wir es Andrew Furuseth.«

»Darauf trinke ich«, erklärte Tom und blickte Andy an, dessen Augen glänzten. Tom fand, daß zwei außergewöhnliche Männer seine Freunde waren.

38

»Stört es dich, Mädchen, wenn ich Donaher hierher begleite?« Billy lächelte über Toms Frage und über ihn. Er ist wirklich ein schöner Mann, dachte sie. Ihr Haus war voll, und da sich ein ertragreicher Abend abzeichnete, war sie guter Laune. Sie freute sich, daß Tom sich angewöhnt hatte, mindestens an einem Abend der Woche mit Donaher vorbeizukommen, aber daß er sich stets mehr in ihrer Nähe aufhielt, statt sich nach einer willigen jungen Dame umzusehen, machte sie nervös.

»Ich freue mich über deine Freundschaft, Tom. Aber so sehr es mir gegen den Strich geht, dich mit einer anderen zu teilen, muß es den Mädchen doch merkwürdig vorkommen, wenn du immer mit Donaher herkommst und er sich mit ihnen vergnügt, während du und ich bloß plaudern. Es wird nicht lange dauern, fürchte ich, bis es den falschen Leuten zu Ohren kommt.«

»Also gut, Mädchen. Wenn ich dich besuche, werde ich meine Pflichten bei einer deiner Hübschen erfüllen, und anschließend komme ich dann zum Plaudern zu dir. Was hältst du davon?«

Billy lachte gutmütig.

»Du bist ein Goldschatz, Mädchen.« Toms Gelächter vermischte sich mit dem ihren.

»Und du, mein Freund, wirst mir letzten Endes dafür dankbar sein, daß ich so großmütig bin, obwohl ich dafür sorgen werde, daß du, wann immer du vorbeikommst, das am wenigsten hübsche, am wenigsten zur Liebe talentierte Mädchen bekommst, das ich auf Lager habe.«

Billy strich wie zufällig mit der Hand über die Vorderseite seiner Hose, wo sich eine Wölbung abzeichnete, zwinkerte ihm zu und stellte fest: »Wir dürfen offenbar keinen Moment verlieren, deshalb werde ich dich sofort mit Gloria bekanntmachen.« Sie winkte einem in Gelb gekleideten Mädchen am anderen Ende des Raumes, gab Tom einen leichten Kuß auf die Wange und verschwand, während er belustigt den Kopf schüttelte.

Billy hatte seit jenem denkwürdigen Abend, an dem Donaher Tom Dalton zu ihr gebracht hatte, viel öfter an Tom gedacht, als ihr lieb war. Er besaß die fatale Eigenschaft, in ihr Wünsche zu wecken, denen sie nicht nachgeben durfte, und sie in Träume zu wiegen, denen sie sich nicht hingeben sollte.

Diamond Jim Mulvaney war ihre Zukunft, wie er auch ihre Vergangenheit war. Mit seinem Geld hatte er ihr Haus eingerichtet, ihre Kleider gekauft, ihre Mädchen bezahlt. Seinen Beziehungen hatte sie die ersten Stammkunden zu verdanken, sein starker Arm hatte sie gestützt, als ihre zur See fahrenden Brüder nacheinander ums Leben kamen. Drei von ihnen und ihre Eltern waren gestorben, als die Cholera den ärmsten Teil der Stadt heimsuchte, noch bevor sie Mulvaney kennengelernt hatte. Die anderen waren im Lauf der Jahre Opfer der See geworden. Nur Donaher, der Freund ihres ältesten Bruders, stellte noch eine Verbindung zu ihrer Vergangenheit dar. Nur Donaher, der sie verehrte – und Mulvaney, der sie auf eine nette und freundliche Art als sein Eigentum betrachtete.

Sie versuchte, nicht daran zu denken, wie es ihr nach dem Verlust ihrer Familie auf den Straßen ergangen war. Ihre älteren Brüder in weiter Ferne an Bord irgendeines Schiffes, und sie als Kind allein und ohne Elternhaus. Sie hatte sie alle gepflegt: die Mutter, den Vater und die drei Brüder, als sie an Cholera erkrankt waren, fünf auf entsetzliche Weise sterbende Menschen in einer kleinen, dumpfen Wohnung. Zuerst hatte sie versucht, die Kranken irgendwie gesund zu bekommen, dann nur noch ihre Leiden zu lindern. Schließlich hatte sie untröstlich, verängstigt und aufgelöst um die Erlösung der Ihren von den furchtbaren Qualen gebetet.

Als sie gestorben waren, hatte sie in der dunklen Wohnung gesessen und darauf gewartet, daß sich die ersten verräterischen Anzeichen der Krankheit an ihrem zarten Körper zeigten: die heftigen Anfälle von Übelkeit und der bösartige Durchfall, der sogar die Knochen aufzulösen schien. Zwei Tage und eine Nacht lang hatte sie gewartet, nachdem der Leichenkarren die fünf toten Familienmitglieder abgeholt und die Leichenträger ihr geraten hatten, sie solle alles verbrennen, was ihr gehörte. Doch die Krankheit hatte sie verschont.

Als sie nichts mehr besaß, war sie schließlich auf die Straße gegangen und von dort in ein Bordell, aus dem Jim Mulvaney sie fast wie durch ein Wunder gerettet hatte. Mit elf Jahren ist es nicht leicht, Arbeit zu finden, und in den fünf Jahren zwischen dem Augenblick, als sie auf eigenen Füßen stehen mußte, und dem Moment, als Diamond Jim das Bordell, in dem sie arbeitete, betrat, und die wunderbarste Sechzehnjährige sah, die er je erblickt hatte, mußte sie viel Lebenserfahrung sammeln und ihre Träume vergessen. Ein Heim, ein Ehemann, Kinder, Ehrbarkeit hatten für sie niemals im Bereich des Möglichen gestanden, und bis Tom Dalton auftauchte, hatte dies keine Rolle gespielt.

Billy sah Tom nach, als er mit Gloria, ihre kleine Hand in seiner großen Pranke, die Treppe hinaufging. Sie holte tief Atem, trank einen Schluck Wein, zwang sich, dankbar an Jim Mulvaney zu denken, seufzte hörbar, kehrte in das Gewirr fröhlicher Männer und Frauen zurück und trug auf ihrem schönen Gesicht ein Lächeln zur Schau.

Tom Dalton lag in dem engen Bett, das für seinen mächtigen Körper um mehrere Nummern zu klein war, und dachte über seine Zukunft nach. Sein Zimmergenosse Donaher schnarchte behaglich und erfüllte den schäbigen Raum mit seinem Rasseln.

Tom lächelte bei dem Geräusch; er selbst schlief nie tief und freute sich, daß sein Freund friedlich wie ein Baby einschlafen konnte, sobald sein Körper in die Waagrechte kam.

Tom arbeitete nun seit fast zwei Monaten im Hafen. Seine

Hände waren hart geworden und hatten von der schweren Arbeit Schwielen bekommen, und wenn er den Haken der Hafenarbeiter nicht am Gürtel trug, hatte er bereits das Gefühl, nur halb angezogen zu sein. Was hält mich hier? hatte er sich im letzten Monat tausendmal gefragt. Es konnte doch nicht seine Bestimmung sein, sein Leben als Hafenarbeiter oder Seemann zu fristen. Es war sicherlich nur ein Übergangsstadium. Aber wie sollte es weitergehen, und an wen sollte er sich wenden?

Er drückte die Hand auf seine schmerzenden Augen und an den Kopf. Selbst die Kälte schien bedrückend und trübselig. Oder vielleicht war es nur die Kluft in seinen Träumen, die ihm einmal trotz der Umwege so vernünftig, so realisierbar erschienen waren. Er schien in einer Sackgasse zu stecken; er war in eine Spur geraten, die er sich nicht ausgesucht hatte. Doch bald war es an der Zeit, weiterzukommen.

Auch Barnacle Billy lag in ihrem Bett, während der korpulente Diamond Jim an ihrer Seite schlief. Sie strich mit den Fingern nachdenklich über seinen rosa Bauch und dachte an alles, was sie ihm verdankte. Diamond Jim war kein hervorragender Liebhaber. Infolge seiner massigen Gestalt vollführte er die Bewegungen beim Geschlechtsakt nur unter Mühen, und er überließ deshalb lieber den Großteil der Liebesmühe Billys erfahrenen Händen.

Während sie spielerisch ein Muster auf seinen gewichtigen Bauch zeichnete, ging ihr durch den Sinn, daß sie ohne Mulvaney noch immer eine zwar hübsche, aber mittellose Außenseiterin der Gesellschaft ohne jede Zukunftsaussichten wäre. Dennoch konnte sie Tom Dalton nicht vergessen. Doch er durfte nicht mehr sein als eine angenehme Erinnerung. Billy besaß ein ausgezeichnetes Gedächtnis und war ihren Freunden gegenüber absolut loyal.

»Jim«, flüsterte sie, um festzustellen, ob Mulvaney wirklich schlief.

»Hm.« Er öffnete ein Auge und blickte sie an.

»Ich möchte, daß du jemanden kennenlernst. Einen jungen Mann, den Donaher vor einiger Zeit hier angeschleppt hat. Er behauptete, daß er Seemann ist, aber es ist mehr an ihm dran, etwas wirklich Besonderes.«

»Und was wäre das, kleine Dame?«

»Ich weiß es nicht, Liebling, nur daß er wie ein Gentleman wirkt, der Pech gehabt hat. Er spricht wirklich vornehm, weißt du, und er benimmt sich auch nicht so grob wie die anderen. Du solltest ihn dir einmal ansehen. Er könnte dir vielleicht gute Dienste leisten.«

»Ist es vielleicht so, daß du ein Auge auf ihn geworfen hast, damit er *dir* gute Dienste leistet?«

»Jim Mulvaney, ich kann dir mein Wort darauf geben, daß er niemals unter meiner Decke landen wird. Aber ich sage dir, Liebling, du solltest ihn dir ansehen. Er ist etwas Besonderes.«

Und um ihren fülligen Liebhaber nicht im unklaren zu lassen, wem ihre Zuneigung galt, ließ sie ihre Hand ein wenig tiefer gleiten und begann ihn zu liebkosen.

»Ich liebe dich, Jim«, sagte sie und meinte es auf ihre Art ehrlich, während sie sich über ihn beugte. »Du hast dafür gesorgt, daß in mein Leben Ordnung eingekehrt ist, und ich werde dich dafür immer lieben.«

Mulvaney legte seine Wurstfinger auf Billys blonden Kopf und tätschelte ihn voll Besitzerstolz. Er verstand ihre Loyalität und akzeptierte sie als sein erworbenes Recht. Seit er sie aus der Gosse gerettet hatte, hatte sie sich als nützliche Freundin erwiesen. Sie war zu einer Frau von ungewöhnlich gesundem Menschenverstand und gutem Urteilsvermögen geworden, und ihre raffinierten sexuellen Praktiken waren zudem eine seltene Gabe bei einer Frau.

Wenn Billy versprach, den jungen Mann nicht in ihr Bett zu nehmen, konnte man sich darauf verlassen. Wenn sie ihm riet, er solle den Jungen ansehen, würde er es tun.

»Billy will dich sehen, Junge«, zischelte Donaher eines Morgens, während sie ein Schiff aus Indien löschten. »Sie hat dir ein Gespräch mit Mulvaney verschafft. Du sollst dich so fein herausputzen wie nur möglich und heute abend um sieben in Diamond Jims Haus an der Fifth Avenue vorsprechen. Vorher solltest du aber bei ihr vorbeischauen, um zu erfahren, worum es geht.« Donaher zwinkerte Tom zu, während er den riesigen Oberkörper aufrichtete, nachdem er sich einen zweihundertfünfzig Pfund schweren Zuckersack aufgeladen hatte.

Tom, den ebenfalls die Last eines Zuckersacks beugte, lachte laut über seinen Freund.

»Ja, am besten hole ich meinen Samtsmoking und das Satinhemd für diese Gelegenheit aus der Pfandleihe.« Und sie kicherten beide, während sie der ermüdenden Schinderei nachgingen, Zucker aus dem dunklen Laderaum des knarrenden, alten Kahns zu holen.

39

Mary saß auf dem Fußboden des Kinderzimmers und spielte mit ihrem achtzehn Monate alten Sohn. Der helle Bostoner Sonnenschein fiel zum Fenster herein und glitzerte auf dem rotgoldenen Haar des Kleinen, und sein Lachen erschien ihr wie das klare, silberhelle Plätschern eines Wiesenbaches im Sommer.

Welche Freude ihr dieses Kind gebracht hatte! Es war bei der Geburt schon groß und kräftig gewesen, ein Baby mit Pfirsichhaut und einem rötlich-goldenen Heiligenschein aus seidigem Haar, das man auf seinem schöngeformten Kopf nur ahnen konnte.

Der Arzt hatte ihr das Kind sofort nach der Geburt gereicht, und sie hatte bei seinem Anblick vernehmbar nach Luft geschnappt, so sehr war er Toms Ebenbild. Sie hatte mit Freudentränen in den Augen nach ihm die Arme ausgestreckt, und der Arzt hatte sich darüber gewundert, daß eine Frau von fast vierzig Jahren bei der Geburt ihres fünften Kindes so überglücklich sein konnte. So ist es eben, dachte er, bei Frauen und Kindern muß man immer auf Überraschungen gefaßt sein.

»Sean, mein Liebling«, sagte Mary leise zu ihrem Sohn und streichelte seine seidige Wange, »zeig doch Mammi, wie du die Bausteine aufschichten kannst.« Sie wußte, daß es das Kindermädchen und Thaddeus ärgerte, wenn sie ihren Sohn Sean statt John nannte. Aber bei diesem Kind war es ihr gleichgültig, was die anderen dachten. Die ersten vier Kinder mußten Thad reichen. Dieser Kleine gehörte ihr allein. Er war ihr Sean, ihr Sohn.

IV

Diamond Jim Mulvaney

»Haltet zusammen«, mahnte Häuptling Tamanend seinen Stamm.
»Steht einander bei, und ihr werdet ein Berg sein,
den niemand bewegen kann.«

Das Motto des politischen Tammany-Hall-Clubs

40

Noch nie in seinem Leben hatte Tom Dalton ein Mädchen kennengelernt, das ihn so aus der Fassung brachte.

Er starrte Deirdre Mulvaney an, als hätte er noch nie zuvor eine Frau gesehen, und er hatte tatsächlich noch keine gesehen, bei der er mit einem so sicheren Gefühl wußte, daß die Begegnung schicksalhaft erfüllt war. Er blieb wie angewurzelt stehen, und sein Blick heftete sich an den ihren, als warte er auf eine Bestätigung, daß sie das gleiche fühlte; vielleicht würde sie ihm ein Zeichen geben, daß sie das gleiche mächtige Gefühl erfaßt hatte.

Deirdre war groß und schlank, ohne zart zu sein. Schüchtern und belesen, fand ihr Vater – sinnlich und intelligent, dachte Tom. Das Mädchen war durch den merkwürdigen Ausdruck in Toms Augen für einen Moment irritiert. Wie seltsam, dachte sie, er hat die Augen eines Dichters, nicht die eines Hafenarbeiters.

Tom hatte Diamond Jim Mulvaneys Villa in der Fifth Avenue aufgesucht, wie Billy ihn angewiesen hatte, und er war davon überzeugt gewesen, daß dieser Abend ihm die einmalige Möglichkeit bot, eine Stellung bei einem mächtigen Mann zu erhalten. Daneben verblaßten alle anderen Probleme und Interessen. Aber als er Deirdre Mulvaney mit ihrem bis zur Taille reichenden goldbraunen Haar und ihren faszinierenden grauen Augen sah, verschlug es ihm den Atem.

»Deirdre, steh nicht da wie ein Milchmädchen! Frage Mr. Dalton, ob er etwas trinken möchte, sonst glaubt er, daß du keine Manieren hast.«

»Natürlich, Vater, tut mir leid«, stammelte sie und versuchte, ihre Fassung wiederzugewinnen. »Möchten Sie eine Tasse Tee mit uns trinken, Mr. Dalton, oder wäre Ihnen etwas Stärkeres lieber, wie es mein Vater manchmal um diese Tageszeit trinkt?«

»Tee wäre schön. Danke, Miss Mulvaney. Er erinnert mich immer an mein Zuhause in Irland vor langer, langer Zeit.« Er lächelte ihr zu, ein warmes, offenes Lächeln, offener und sanfter, als es Jim Mulvaney von einem so ernsten jungen Mann erwartet hätte.

Tom war von Billy genau über Mulvaneys Geschäfte informiert worden. Sie hatte ihm in knappen Worten ein Bild von

Mulvaneys weitreichendem geschäftlichem und politischem Imperium skizziert. Jim Mulvaneys Macht war in New York sprichwörtlich; wenn Tom bereits längere Zeit hier gelebt hätte, hätte er aus anderen Quellen alles erfahren, was Billy ihm erzählte.

Tom hatte den ganzen Tag im Laderaum des Frachtschiffes darüber nachgedacht, wie er sich an diesem Abend verhalten, wie er sich Mulvaney als unentbehrliche Erwerbung präsentieren sollte. Während er nun in dem eleganten Salon saß, kam er zu dem Schluß, daß ehrliche Offenheit der einzige Weg war, den er bei dem schlauen Mulvaney einschlagen konnte, da dieser Angeberei bestimmt verachten und Lügen durchschauen würde. Dieser Vorsatz brachte ihm Erleichterung, denn Ausflüchte bereiteten ihm Unbehagen.

»Miss Billy hat mir gesagt, Mr. Mulvaney«, begann Tom, nachdem Deirdre unauffällig den Raum verlassen hatte, »daß ein Mann in Ihrer Position einen Assistenten brauchen könnte. Jemanden, der sozusagen Ihre Augen und Ohren wäre, wenn Sie von Ihren vielen Geschäften erdrückt zu werden drohen. Selbstverständlich ist der Gedanke recht vermessen, denn ich verfüge über keinerlei entsprechende Erfahrung, aber ich hoffe dennoch, daß Sie mich für einen solchen Posten in Betracht ziehen.«

Mulvaneys schwarze Augen wurden schmal, während er den Jungen abschätzte. Kein Hochmut, stellte er fest, nur Stolz und angeborene Würde. »Niemand außer mir kann meine Augen und Ohren sein, junger Mann.« Er sagte es schärfer als notwendig, um klarzustellen, daß mit ihm nicht zu spaßen war. »Aber ich könnte zusätzliche Beine und Hände gebrauchen. Meine vielen Unternehmungen würden einen schwächeren Mann als mich umbringen, und es täte mir wohl, einen Helfer zu haben.« Er lehnte sich zurück. »Ich rede mir ein, daß ich die Zähigkeit und Ausdauer meinen irischen Vorfahren verdanke. Sie waren alle Bauern. Arm und von den Engländern unterdrückt, aber rauflustige, fleißige und einfallsreiche Arbeiter und vor allem ausdauernd. Das ist ein großes Vermächtnis, mein Junge.«

Er beugte sich vor und blickte Tom direkt in die Augen – die Angewohnheit eines Rechtsanwalts, eine überhebliche Geste. »Erinnert Sie wohl an Ihre Herkunft?«

»Die Familie meiner Mutter bestand aus Bauern. Ich habe sie nie gekannt«, antwortete Tom ruhig.

»Und was ist mit der Familie Ihres Vaters?«

»Sie hatten neben ihrem Gutsbesitz auch noch andere Interessen.«

»Und die waren?« Mulvaney hatte seine Millionen nicht durch übertriebenes Taktgefühl gemacht.

»Ich werde Ihnen über mein Leben alles erzählen, was Sie wollen, Sir. Von meinem Vater aber werde ich nicht sprechen«, sagte Tom mit großer Entschiedenheit.

»Schämen Sie sich seiner, Tom? Sie können es mir ruhig sagen.«

»Ich empfinde alles mögliche für meinen Vater, obwohl er schon lange tot ist, Mr. Mulvaney, doch keine Scham.«

»Sie lassen sich nicht leicht einschüchtern. Man kann Sie auch nicht beeinflussen, und ich bin ein Meister im Beeinflussen. Das gefällt mir. Man kann einem Mann vertrauen, der sich nicht in die Karten schauen läßt – jedenfalls in der Regel.« Er nahm eine dicke Havanna-Zigarre aus einem verzierten Lederetui und befaßte sich eingehend damit, die Spitze abzuschneiden, an der Zigarre zu schnuppern und sie anzuzünden.

»Ich sage Ihnen, was ich tun werde. Ich möchte Ihnen die Chance geben, es zu etwas zu bringen, wenn Sie das Zeug dazu haben. Ich gebe Ihnen die Gelegenheit zu lernen, wie man Geschäfte macht, und zu sehen, ob Sie dafür geeignet sind. Daß ein Mann Verstand besitzt und sich ausdrücken kann, ist keinen Pfifferling wert, wenn es ums Geschäft geht. Man muß gerissen, rücksichtslos und schnell sein. Man muß schneller denken, sich schneller entscheiden und schneller handeln als jeder Konkurrent. Manche haben die Gabe dazu, manche nicht. Wir wissen noch nicht, zu welcher Sorte Sie gehören. Ich habe meine jetzige Position erreicht, indem ich meinem Instinkt folgte, nicht indem ich Maulaffen feilhielt und auf die Straßenbahn wartete. Ich gebe Ihnen die Chance zu lernen, und ich gebe Ihnen eine gute Gelegenheit. Aber kommen Sie mir nie in die Quere, Junge, denn ich bin ein gefährlicher Feind, und eine Kränkung vergesse ich nie. Mein Ehrenkodex entspricht zwar nicht dem, nach dem sich meine Mutter oder ihr Pfarrer gerichtet haben, aber er entspricht meinen Grundsätzen, und an die halte ich mich strikt. Wenn jemand mein Wohlwollen mißbraucht, wird er es schwer bereuen.«

Tom antwortete nicht, sondern studierte Mulvaney. Er war

etwa fünfundfünfzig, klotzig wie ein Felsen, mit unverhältnismäßig breiten Schultern (Tom erfuhr später, daß er als Junge bei einer Eisenbahnkolonne als Streckenarbeiter achtzehn Stunden am Tag den Hammer geschwungen hatte) und kurzen, stämmigen O-Beinen. Trotz seines Übergewichtes strahlte sein Körper Kraft aus, und seine kleinen Schweinsäuglein konnten engelhaft und fröhlich, aber auch kalt und grausam sein oder glühen wie die eines zornigen Evangelisten in der Gesellschaft von Sündern. Er besaß die typisch irische Gabe, Menschen durch Freundlichkeit zu bezaubern, und er flößte selbst hartgesottenen Geschäftsleuten Vertrauen ein. Er war von wildem Wetteifer erfüllt und verfügte zudem über einen scharfen Verstand. »Jim kann noch im Finstern Unrat wittern«, hatte beunruhigt, aber liebevoll, seine Mutter von ihm behauptet. Bis zu dem Tag, an dem sie starb und wie alle Bedürftigen auf dem Armenfriedhof begraben wurde, hatte er den Boden geliebt, den ihre Füße betreten hatten. Sie war die einzige wahre Heilige, die er je gekannt hatte, und er ehrte ihr Andenken, wie es sich gehörte.

Jims Verstand war so nüchtern und sachlich, daß er den geborenen Rechtsanwalt abgab, aber er hatte schwer arbeiten müssen, um diesen Beruf auch zu erlernen. Nachdem er dank der Schwerarbeit bei der Eisenbahn, wo Iren wegen ihrer Kraft und ihrer geringen Lohnforderungen willkommen waren, durch das ganze Land gekommen war, hatte er einem Rechtsanwalt, den er in einer Kneipe in Denver kennengelernt hatte, seine Dienste als Lehrling und Kanzlist angeboten. Da er ein unerschrockener, kräftiger Junge war, hatte der Rechtsanwalt ihn aufgenommen, vorausgesetzt, daß er auch als Leibwächter und Diener fungierte. So hatte Jims Karriere als Anwalt recht schmählich damit begonnen, daß er seinen Wohltäter eifrig bediente, Leuten die Köpfe einschlug, wenn es notwendig war, und bei Tag und Nacht so lange arbeitete, wie er Geist und Körper wachhalten konnte.

Mulvaney war in der Geschäftswelt keineswegs blitzschnell, doch stetig emporgestiegen. Die üblichen Moralbegriffe waren ihm fremd: Er konnte einen Gegner ohne Gewissensbisse betrügen, und er betrachtete es als Schwäche, wenn sich ein Mann durch konventionelle Wertvorstellungen einschränken ließ. Doch er verfügte über ein sonderbares Mitgefühl mit den Armen. Alle verarmten, alten Frauen sah er im Licht seiner geheiligten

Mutter, und jüngere, die er überraschend zärtlich behandelte, fand er begehrlich und liebenswert. Natürlich nahm er Frauen nicht besonders ernst, aber in dieser Hinsicht unterschied er sich kaum vom Rest seiner Generation.

Er haßte die Kleriker, denn er hielt sie für Heuchler und heimliche Sünder. Vor allem konnte er ihnen nicht verzeihen, daß sie den Armen ihren einzigen wirklichen Trost, den Sex, versagten. »Kratze an einem Priester, und du findest einen perversen Menschen oder einen Inquisitor«, pflegte er zu sagen und beunruhigte damit seine Tochter, die von Nonnen dazu erzogen worden war, ernst, gottesfürchtig und durch und durch irisch-katholisch zu sein.

Jim erlernte die Rechtswissenschaft leidenschaftlich und unermüdlich, denn er erkannte in ihrer Kompliziertheit den Schlüssel zum Himmelreich. Die Gesetze bedeuteten seine Rettung vor den Gefahren der Armut, denn sein sachlicher Geist begriff ihre Feinheiten mit einem angeborenen Zynismus, der seinen Mentor erstaunte und den anderen Angestellten des Anwalts Angst einjagte. Sie erkannten in Jim den vollendeten Anwalt, für den Recht und Unrecht keinerlei Bedeutung besaßen, sondern dessen zweite Natur schlaue und verschlagene Manipulationen geworden waren.

Tom und Mulvaney unterhielten sich am offenen Kaminfeuer bis tief in die Nacht hinein. Mulvaney genoß Brandy und Zigarren, Tom trank mäßig irischen Whiskey und sprach mit einer entwaffnenden Klarheit, die sein Gegenüber beeindruckte, denn Mulvaney erfaßte einen Charakter instinktiv. Das ist ein Mensch, sagte er sich, den das Leben zutiefst verletzt hat, der sich jedoch selbst ohne allzuviel Bitterkeit geheilt hat. Vor mir sitzen ein begabter Intellekt und eine poetische Seele in einem. Letztere verzieh ihm Mulvaney, weil er sie für ein irisches Vermächtnis hielt. Tom konnte nötigenfalls auch rücksichtslos sein, nahm Jim an. Er war stark, ohne grausam, und großzügig, ohne weich zu sein. Dem Anwalt gefiel die ruhige, selbstsichere Art, mit der Tom seinen Gedanken Ausdruck verlieh. Doch er ist arm wie eine Kirchenmaus, dachte der intuitive Beobachter, hungrig, einsam und verzweifelt. Eine interessante Kombination, wenn ich die Bestandteile manipulieren kann.

Die Bemerkungen des jungen Mannes, der keine Erfahrungen

im Geschäftsleben besaß, waren nicht naiv, und seine Fragen trafen den Nagel auf den Kopf. Seine Schwäche liegt in seiner Sanftmut, dachte Jim befriedigt, denn es befriedigte ihn immer, im Charakter eines Mannes den verhängnisvollen schwachen Punkt aufzuspüren.

Mit dem jungen Mann, den er eben begutachtet hatte, vollkommen zufrieden, erhob sich der Ältere zum Zeichen, daß der Abend zu Ende war, aus seinem großen Lehnstuhl.

»Kommen Sie morgen früh in mein Büro, mein Junge«, sagte er herzlich, während er Tom zur Tür begleitete. »Sie haben viel zu lernen, wenn Sie mir von Nutzen sein wollen.«

»Ich habe vor, Ihnen sehr nützlich zu sein, Sir«, antwortete Tom ernsthaft. »Ich bin Ihnen für die Chance, die Sie mir geben, sehr dankbar, und ich werde Sie nicht enttäuschen.« Er zögerte einen Augenblick, als überlege er, ob seine nächsten Worte am Platz seien, dann fuhr er fort. »Sehen Sie, Mr. Mulvaney, ich will möglichst viel Geld verdienen, denn ich möchte mich um Ihre Tochter bewerben, und sie darf nicht an einen armen Mann geraten, der ihr nichts bieten kann.«

»Sie stecken sich ein etwas zu hohes Ziel, Tom«, antwortete Jim und zog seine Augenbrauen ablehnend hoch. »Meine Tochter ist für eine Ehe bestimmt, die ihr eine sichere Stellung in der Gesellschaft und ein behagliches Leben verschafft. Es könnte eine Lebensaufgabe für Sie sein, wenn Sie ihr das bieten wollen, falls Sie es überhaupt schaffen.«

»Dann muß ich um so härter arbeiten, Sir«, war die freimütige Antwort.

Jim schloß nachdenklich die Tür und dachte über das instinktive Ehrgefühl nach, das Tom gezwungen hatte, ihm für seine Gastfreundschaft zu danken, indem er ihm reinen Wein über seine Absichten einschenkte, auch auf die Gefahr hin, seine Gunst zu verlieren. Unter anderen finanziellen Bedingungen wäre dieser Mann vielleicht eine interessante Verbindung gewesen, aber Jim war ein praktischer Mann und verwarf diese Möglichkeit. Wie gewöhnlich ging er als zufriedener Mann zu Bett.

»Ich habe ein Problem. Ich muß mit dir sprechen.« Tom schüttelte seinen schlafenden Freund, bis der mürrisch aufwachte.

Donaher setzte sich benommen auf. »Großer Gott, Junge, um wieviel Uhr reißt du mich aus dem tiefsten Schlaf, um mit mir zu plaudern? Hast du den Verstand verloren?« Dann sah er den besorgten Gesichtsausdruck seines Freundes, fluchte über die Kälte, schob seinen riesigen Körper aus den warmen Decken und setzte sich auf den Bettrand.

»Mulvaney hat mir einen Posten angeboten.«

»Was für einen?«

»Gewissermaßen als Lehrling.«

»Allmächtiger Gott, Junge! Was für ein Glücksfall!« Er schlug sich bekräftigend aufs Knie, aber Tom hörte den hohlen, einsamen Klang in der Stimme seines Freundes.

»Ich will dich nicht im Stich lassen, Donaher. Auch Andy nicht.«

»Ja, Tom, das glaube ich dir.«

»Es ist eine gute Gelegenheit. Ich kann gut rechnen, und außerdem habe ich heute abend dort ein Mädchen kennengelernt. Sie ist irgendwie anders...« Er führte den Gedanken nicht zu Ende, weil er nicht wußte, wie er sich ausdrücken sollte. »Was soll ich tun? Ich will um jeden Preis ein besseres Leben erreichen, einen Beruf erlernen, mir eine Zukunft ohne Ratten und Hoffnungslosigkeit aufbauen. Das ist eine Chance zur Realisierung meiner Träume, Donaher. Aber mein Herz ist nicht dabei.«

»Du willst also meine Erlaubnis dazu, daß du reich wirst, Junge? Daß du aus Schmutz und Elend rauskommst und es zu etwas bringst?« Toms Gesicht sah im flackernden Licht der Gaslampe vor dem Fenster traurig aus. »Diese Erlaubnis hast du! Eine richtiggehende, erstklassige Dispens von Seiner Heiligkeit H. P. Donaher. Furuseth und ich haben immer gewußt, daß du nicht für immer bei uns vor Anker gegangen bist. Wir lieben dich, klar. Aber wir haben gewußt, daß du nicht immer einer von uns bleiben wirst. Du bist für ein höheres Dasein bestimmt als wir, Tom. Ein Leben mit Büchern, eleganten Häusern, einer wunderbaren Frau, Kindern und einer behaglichen Zukunft.«

Tom sah seinen Freund an, ein ungeschlachter Koloß mit kantigem Gesicht in der Dunkelheit, und entdeckte Tränen in seinen Augen.

»Du bist der beste Freund, Donaher, den ein Mann in diesem traurigen Leben haben kann.«

»Ja, Junge, für einen alten Seemann, der Pech gehabt hat, bin ich gar nicht so übel. Aber du hast noch ein schönes Leben vor dir. Und ich wäre dir verbunden, wenn du von Zeit zu Zeit an deinen alten Freund denkst.«

Sie sprachen noch lang weiter und schliefen erst in den frühen Morgenstunden ein. Tom war angesichts der sich ihm plötzlich bietenden Möglichkeiten völlig durcheinander, während Donaher sich so einsam fühlte wie schon lange nicht mehr.

41

Diamond Jim Mulvaneys Büro stellte eine eigentümliche Mischung aus teurer Einrichtung und schlechtem Geschmack dar. Verschnörkelte Möbel standen in dem massiv getäfelten Zimmer, das wahrscheinlich einmal hochherrschaftlich gewesen war. Ein kitschiger Kristallüster erdrückte den Raum, und ein Rokokomarmorkamin mit glänzenden Messinggeräten und einem gemusterten Schirm beherrschte eine Wand, an der auch ein riesiges Porträt von Deirdre hing.

Der Schreibtisch, hinter dem Mulvaneys schwere Gestalt thronte, stand in starkem Gegensatz zu der Geschmacklosigkeit der übrigen Einrichtung. Er war ein Muster hervorragender Tischlerarbeit, wirkte gewaltig und männlich, besaß kräftige, einfache Linien und war doch fein empfunden und vornehm. Die Oberfläche strahlte fast mystisch, als leuchte das Holz darunter.

»Mein Schreibtisch gefällt Ihnen wohl, Söhnchen?« dröhnte Mulvaneys kräftige Stimme, und Tom merkte verlegen, daß er statt den Besitzer das schöne Möbelstück angeschaut hatte.

»Ich habe so etwas noch nie gesehen«, erwiderte Tom wahrheitsgemäß. »Aber ich habe immer geträumt, daß es so etwas irgendwo auf der Welt gibt.«

Mulvaneys pausbäckiges Gesicht verzog sich zu einem selbstzufriedenen Lächeln. »Ich habe ihn von einem bankrotten Mann bekommen. Ich ließ ihn von seinem Pfandgut ausschließen und habe ihn mir besorgt, bevor der Rest unter den Hammer kam.

Der Mann stammte aus einer alten Familie und war einmal reich wie Krösus, aber die Spielleidenschaft und wilde Weiber haben ihn ruiniert. Wenn ich mich recht erinnere, hat er sich eine Kugel in den Kopf gejagt.« Mulvaney kicherte genüßlich. »Sie kennen ja die Redensart: Jedes Ding hat auch seine guten Seiten. Ich bin richtig verliebt in dieses Möbelstück. Ich habe darüber nachgedacht, was ich mit Ihnen anfangen soll, Dalton. Im Moment verstehen Sie nur eines: Ihre angeborene Muskelkraft einzusetzen. Muskelkraft aber ist nicht der richtige Weg zum großen Geld; dafür braucht man Verstand. Ich habe achtzehn Stunden täglich bei den Eisenbahntrupps gearbeitet und war froh, fünfzig Cent dafür zu bekommen. Seit ich begonnen habe, meinen Verstand einzusetzen, bin ich ein reicher Mann. Man könnte mich als einen Mann mit vielen Unternehmungen bezeichnen; manche davon sind legal, manche erfordern die Dienste eines oder zweier Rechtsanwälte, damit sie legal wirken. Können Sie rechnen, Junge?«

Tom lächelte offen. »Es bereitet mir keinerlei Schwierigkeiten, Mr. Mulvaney.«

»In Ordnung. Ich habe mit Ihnen folgendes vor, Dalton. Ich kann einen Stellvertreter brauchen, jemanden, der mein Geschäft wirklich gut kennt und mich dort, wo ich nicht bin, vertreten kann. Über die Voraussetzungen für diesen Job verfügen Sie. Aber Sie müssen eine Unmenge lernen, Junge. Deshalb möchte ich Sie gewissermaßen zu zwei Männern in die Lehre geben. O'Reilly ist mein Buchhalter, der die finanziellen Interessen meiner kleinen Geschäfte leitet. Tierney ist mein Anwalt. Ich bezahle beiden unglaubliche Summen, damit sie dafür sorgen, daß ich kein Gesetz übertrete. Beide sind durch und durch Gauner, aber sie kennen die richtigen Tricks.«

»Mit welchen Geschäften befassen Sie sich denn, Mr. Mulvaney?« Tom kannte die Liste bereits von Billy, aber die Frage war vernünftig.

»Ich habe in Denver und weiter im Westen mit Nutzholz begonnen. Dort gab es Tausende Hektar erstklassiges Waldland für jeden, der es kaufen wollte. Als die Eisenbahn gebaut wurde, kümmerte sich keiner darum. Ich verdanke meine erfolgreiche Karriere im Holzgeschäft dem Anwalt, der mich ausgebildet hat, auch wenn er ein schäbiger Hurensohn war. Ich habe mit Nutzholz erfolgreich spekuliert und mit der Eisenbahn ein Abkommen für den Transport geschlossen, noch bevor es dort eine Bahn gab. Dann betätigte ich mich im Baugeschäft hier in New York und entlang der ganzen Bahnstrecke. Das ist ein großes Geschäft, im ganzen Land herrscht Baufieber, und alle brauchen Nutzholz. Meine Philosophie besagt, daß man bei einem Kopplungsgeschäft alle Aspekte einbeziehen muß. Wenn man Nutzholz hat und die Bahnen, die es befördern, und die Baufirmen, die es verwenden, fehlen nur noch die Immobilienfirmen, die das Land verkaufen, auf dem gebaut wird – dann kann man mit einer gewissen Kontinuität rechnen. Inzwischen aber ist die Politik mein eigentliches Geschäft. Ohne Politik kann man in New York nichts erreichen, deshalb konzentriere ich mich auf sie. Wir Iren haben da ein Talent dafür, Dalton, für das Gequatsche und das Mitgefühl in der Politik.«

Bei dem überraschenden Wort blickte Tom auf. »Warum Mitgefühl, Sir?« fragte er, dann begriff er verärgert, daß Mulvaney ihm diese Frage in den Mund gelegt hatte.

»Hüten Sie sich vor einem Irrtum, Dalton: Der Kern jeder Politik besteht darin, den armen Schweinen dort draußen zu helfen. Haben Sie gesehen, wie die zitternden Arschlöcher der Menschheit leben, die in Ellis Island die Schiffe verlassen? Manchmal wohnen zwei oder drei Familien in einem Raum, ohne Wasser, ohne Toilette, ohne allein sein zu können und ohne eine Spur von menschlicher Würde. Sie suchen Arbeit, die es nie ausreichend gibt, und sie ernähren ihre Kinder mit den von den Reichen weggeworfenen Küchenabfällen. Es gibt in meinen Wahlbezirken Frauen, die für fünfunddreißig Cent siebzig Kleider im Tag nähen, wenn sie das Glück haben, Arbeit zu bekommen. Wissen Sie, was Sie für fünfunddreißig Cent kaufen können, Junge? Nicht genug, um eine einzige Seele vor dem Verhungern zu retten, ganz zu schweigen von einer Familie. J. P. Morgans Hunde haben besseres Fressen als neunzig Prozent meiner Wähler.«

»Sie brauchen mir Armut und Hunger nicht zu schildern, Mr. Mulvaney«, erklärte Tom hart.

»Sie glauben vielleicht, daß Sie die Armut in- und auswendig kennen, aber erst wenn Sie die Iren in New York und Boston gesehen haben, wissen Sie Bescheid. Und erst wenn Sie gesehen haben, wie die Kinder einer Frau in einem Keller verhungern, weil ein Fabrikbesitzer ihren Mann gefeuert hat, als er hörte, daß ihr siebenjähriger Junge zum halben Lohn des Vaters für ihn arbeiten kann, werden Sie verstehen, was es heißt, in dieser Stadt Politik zu machen. Wir geben ihnen zu essen, Dalton, wir geben ihnen Arbeit, wenn es keine gibt, wir geben ihnen jemanden, mit dem sie sprechen können, wenn das Gesetz mit ihnen kurzen Prozeß macht. Und dann wählen sie so, wie wir es ihnen empfehlen, und sind dankbar dafür, daß sie es tun dürfen. Sie sind dankbar.«

Mulvaneys heftige Rede überzeugte Tom von den Qualitäten dieses Mannes in der Politik. Der Mann besaß die irische Gabe für Rhetorik und die irische Sentimentalität, die sie glaubhaft machte. Tom zweifelte nicht daran, daß Mulvaney glaubte, was er sagte, vorausgesetzt natürlich, daß sein Mitgefühl seinen Unternehmungen nicht schadete. Eine faszinierende Kombination, dachte der kluge junge Mann.

»Zunächst sollen Sie sich ansehen, Tom, wie meine Wähler leben. Besuchen Sie Ellis Island. Sehen Sie sich die irischen Mietskasernen an und vergessen Sie die Waisenhäuser und das Arbeitshaus nicht. Wenn Sie so viel gesehen haben, daß Sie die Politik verstehen, kommen Sie zurück, und dann beginnt Ihre Ausbildung bei O'Reilly und Tierney. Nehmen Sie Duffy auf Ihre Tour mit! So heißt der zähe, kleine Kerl, den Sie im Vorzimmer finden. Er weiß schon, worum es geht, und kann Sie überall hin-, aber auch überall wieder herausbringen.«

Tom erhob sich unsicher, weil er nicht wußte, ob das das Ende des Gesprächs war. Mulvaney wandte seine Aufmerksamkeit dem Stoß von Papieren unter seiner fetten Hand zu. Als Tom bei der Tür war, blickte Diamond Jim auf, und ein wohlwollendes Lächeln spielte um seine Lippen.

»Haben Sie genug Geld, um bis zu Ihrem ersten Zahltag durchzukommen, Junge?« Seine Stimme klang beinahe sanft.

»Ja, Mr. Mulvaney. Ich habe meinen Lohn von den Docks.«

»Ich möchte, daß Sie eine Zeitlang bei mir wohnen, damit Sie sozusagen unter meiner geistigen Leitung stehen. Packen Sie heute nachmittag Ihre Sachen und sprechen Sie mit meiner Haushälterin über Ihre Unterbringung! Wir essen um halb acht Uhr zu Abend, nicht später. Sehen Sie zu, daß Sie pünktlich sind!«

Mulvaney hielt es für vernünftig, Tom während dessen Lehrzeit in der Nähe zu haben, um ihn genau beobachten zu können.

»Ich möchte Ihnen für Ihre Hilfe danken, Mr. Mulvaney. Ich werde dafür sorgen, daß Sie sie nicht bedauern werden, Sir.«

»Ja, Junge, das werden Sie auch. Ich tue niemals etwas ohne Gegenleistung, wie Sie bald herausfinden werden. Sie werden sich entweder krumm arbeiten, oder Sie sitzen auf der Straße. Sie können viel herausholen, wenn Sie die Chance wahrnehmen, die ich Ihnen gebe. Ich setze darauf, daß Sie erkennen, wie wichtig es ist, daß Sie sich krumm arbeiten.« Er wandte sich wieder seinen Papieren zu und gab damit deutlich zu verstehen, daß Tom entlassen war.

Als Tom den Raum verließ, war er von dem ungewöhnlichen Mann, der beschlossen hatte, ihn unter seine Fittiche zu nehmen, fasziniert.

Francis Duffy war einer der unscheinbarsten Iren, die Tom je gesehen hatte. Er war klein und viereckig wie ein Eiskasten. Sein Gesicht wies die kränkliche Blässe aller echten Iren mit karottenrotem Haar auf und war voller Sommersprossen, die zum Glück so dicht gesät waren, daß sie über die schlimmen Pockennarben hinwegtäuschten. Seine Augen leuchteten blau und intelligent, aber das Gesicht, in dem sie steckten, sah aus, als wäre es aus Einzelteilen zusammengesetzt, die nicht zueinander paßten.

Der Junge stand auf, als Tom Mulvaneys Allerheiligstes verließ, trat lächelnd auf Tom zu, der beinahe doppelt so groß war wie er, und hielt ihm die Hand hin.

»Ich bin dazu auserwählt, dich auf die Armentour mitzunehmen«, erklärte er fröhlich mit einem irischen Akzent, der Tom an Bruder Damien erinnerte. »Du solltest nicht viel zum Frühstück essen, bevor wir loszuckeln, denn es ist eine verdammte Strapaze für deinen Magen und eine noch schlimmere für ein weiches Herz.« Während sie hinausgingen, fuhr er fort: »Wir beginnen am besten mit Ellis Island, dort fängt für die meisten Iren alles an. Wie bist du überhaupt reingekommen, ohne ›bearbeitet‹ zu werden, wie man das nennt?«

»Ich bin als Matrose auf der ›Lady May‹ gekommen. Um Seeleute kümmert sich niemand, weil man annimmt, daß sie eines Tages wieder anheuern werden.« Duffy war Tom sympathisch, weil er so treuherzig liebenswert wirkte.

»Diamond Jim hat uns erlaubt, die Kutsche zu nehmen. Es ist

komisch, weißt du, daß wir vornehm hinfahren, um den Abschaum der Menschheit zu sehen.« Sie stiegen in die glänzende, schwarze Kutsche und fuhren los.

»Arbeitest du schon lange für Mulvaney?« fragte Tom, um ein Gespräch zu beginnen.

»Mehr oder weniger schon mein ganzes Leben lang. Manche glauben, daß ich sein unehelicher Sohn bin, weil er gut zu mir war, aber das stimmt nicht. Ich sehe ihm auch gar nicht ähnlich. Er hat mich nur aus einem Waisenhaus geholt, als ich ein Kind war. Er ist einmal auf seiner Wahlrunde durchs St.-Mary-Waisenhaus gegangen und hat mich dort gesehen. Er blieb bei meinem Bett stehen, ich war acht Jahre alt und ziemlich verdrossen, und fragte mich: ›Na, junger Mann, wie heißt du?‹ Und ich antwortete ganz einfach: ›Frank Duffy, Euer Ehren.‹ Da sagte er zu der Oberschwester, die ihn begleitete: ›Ich nehme den Jungen mit, denn ein so häßlicher Junge muß vom Allmächtigen zum Ausgleich eine andere Gabe mitbekommen haben.‹ So war es. Seither lebe ich in seinem Büro. Ich esse regelmäßig, ich habe ein nettes kleines Zimmer hinter dem Vorzimmer, und weil Diamond Jim mich Verschiedenes für ihn erledigen läßt, habe ich genug Geld für fast alle meine Bedürfnisse. Er war wirklich gut zu mir, Tom.«

So läuft es also, dachte Tom, den Mulvaneys einfache Taktik belustigte. Höchstwahrscheinlich steht jeder Mann auf seiner Lohnliste ebenso in seiner Schuld. Er hat sich eine Palastgarde von Männern aufgebaut, deren Loyalität auf Ergebenheit beruht.

»Was erledigst du denn für ihn, Frank?» fragte Tom, der sich die Antwort allerdings vorstellen konnte.

»Ach, alles mögliche. Ich bringe Pakete zum Tammany-Hall-Club und zurück, ich führe Besucher wie dich herum, ich sorge dafür, daß das Büro sauber ist und Nachschub bestellt wird, und ich repariere, was kaputtgeht. Was immer er von mir verlangt. Ich habe auch ein paarmal jemanden umgebracht, wenn er es gewünscht hat. Ich bin eine Art Leibwächter, könnte man sagen. Es gibt nichts, das ich für Diamond Jim nicht tun würde.« Der Junge sagte es ernsthaft, und Tom war vollkommen sicher, daß es stimmte.

Ellis Island war ein öder, grauer Ort. Ein langgestrecktes, einfaches Gebäude beherrschte das Gelände, und eine Menge kleiner, häßlicher Hütten umgab es. Der Lärm, der Tom im Inneren dieses Gebäudes begrüßte, war eine merkwürdig gedämpfte Kakophonie, ein ununterbrochenes, schluchzendes Summen wie ein bedrückender Singsang: kleine Babys, junge Frauen, alte Männer, Leute, die an den Schultern von Verwandten weinten, während sie einander umarmten, andere, die leise allein und verlassen schluchzten, aus Angst um ihr Leben, wenn man sie dorthin zurückschickte, wo sie herkamen.

Toms Magen verkrampfte sich angesichts der übelriechenden Menschen, die sich in einer unordentlichen Linie zu den Sperren drängten, an denen gelangweilte, launenhafte Beamte den Eingang Amerikas bewachten.

»Siehst du die Verschläge dort drüben?« Frank zeigte auf eine verschlagähnliche Umzäunung, in der sich Hunderte Körper zusammenpreßten; der Ausdruck auf ihren gequälten Gesichtern erinnerte an Gespenster in einem Alptraum. »Die befinden sich in Quarantäne. Das heißt, die Beamten nehmen an, daß mit ihnen etwas nicht stimmt. Es könnte sich um Gelbfieber, Cholera, Bronchitis oder Ruhr handeln. Es könnte sich um fast alles handeln, denn diese armen Teufel bekommen auf den Schiffen nie genug zu essen, es gibt wenig Luft oder Licht, und das Wasser ist fast immer faul. Ich bin auf einem Kahn herübergekommen – ich war damals nur ein Dreikäsehoch, aber ich werde es nie vergessen. Der Geruch von Gekotztem im Laderaum des Schiffes wird mich bis zu meinem Tod nicht verlassen.«

Tom nickte verständig.

»Siehst du die Gruppe dort drüben, diese Leute, die weinen und sich die Haare raufen oder einfach ins Leere starren, als wären sie schon tot? Das sind die Leute, die erfahren haben, daß sie zurück müssen, weil sie krank sind oder kein Geld haben oder aus einem anderen Grund. Meist begehen sie noch hier in Ellis Island Selbstmord. Deshalb nennt man die Stelle die ›Selbstmordecke‹, weil sie meist kein Geld haben und nirgendwohin zurückgehen können. Das einzige, was die armen Kerle am Leben erhielt, war die Hoffnung, daß es ihnen, wenn sie erst einmal hier sind, besser gehen wird.«

»Was ist dort drüben los?« Ein Haufen abgerissener Männer

umgab einen etwas besser gekleideten Redner, der auf einer Seifenkiste stand und den Lärm übertönte.

»Das ist der gemeine Lockvogel von der Eisenbahn«, erklärte Frank sichtlich angewidert. »Er sammelt die frisch von den Schiffen gekommenen Iren und erzählt ihnen Märchen von dem Vermögen, das sie bei der Eisenbahn verdienen können. Er verspricht ihnen drei Dollar am Tag, Unterkunft und Verpflegung, und noch dazu eine Fahrt in den Wilden Westen als Dreingabe. Sobald er sie unter Vertrag hat und die Bahn sie nach Kansas oder Nebraska bringt oder wo immer sie arbeiten müssen, stellen die armen Kerle fest, daß ihr normaler Lohn fünfzig Cent am Tag beträgt, nicht drei Dollar, und daß sie der Gesellschaft fünfundsiebzig Cent am Tag bezahlen müssen, um zu essen. Sie haben keine Möglichkeit, nach New York zurückzukehren, und es bleibt ihnen nichts anderes übrig, als sich zu Tode zu arbeiten, achtzehn Stunden am Tag, sieben Tage in der Woche, bis ihr Vertrag abgelaufen ist. Die Eisenbahn stellt die Iren nur an, um ihnen alles wieder abzuknöpfen, diese Blutsauger!«

»Warum klärt niemand diese Männer darüber auf, worauf sie sich einlassen?« fragte Tom entsetzt.

Frank blickte ihn mit unendlicher Geduld an. »Wenn ich es ihnen sagen würde, Tom, würde ich noch vor morgen früh tot in einem Rangierbahnhof in Jersey liegen. Außerdem, was haben sie denn sonst zu erwarten? Es gibt nicht genug Arbeit für sie, keine Unterkunft, gar nichts. Dort draußen im Westen können sie wenigstens, wenn ihr Vertrag abgelaufen ist, eine Heimstätte suchen oder Gold schürfen oder irgendeine Arbeit finden, um Leib und Seele zusammenzuhalten. Wenigstens nehmen die Eisenbahnen die unverheirateten Männer, so daß hier mehr Jobs für die verheirateten mit kleinen Kindern übrig bleiben. Das bringt wenigstens einen kleinen Vorteil.«

Tom wunderte sich über die schlichte Einsicht des Jungen, doch sein Zorn über das Elend der Armen, die niemand wollte, stieg. Es war hier also genauso wie in Irland. Keine goldgepflasterten Straßen, keine leichterworbenen Reichtümer, kein gesichertes Überleben. Er dachte an Mulvaneys Rat, sich die Armen anzusehen, um die Politik zu verstehen. Schon begann er, vieles zu verstehen.

Tom war überaus froh, als er wieder draußen in der kalten, frischen Luft stand. Die schmutzige, feuchte Kälte in Ellis Island war ihm bis in die Knochen gekrochen, und er wußte, daß es sich um ein geistiges, kein körperliches Kältegefühl handelte.

»Was geschieht mit den armen Teufeln, wenn sie hier rauskommen?« fragte er Frank, als sie wieder in der Kutsche saßen.

»Wenn sie Verwandte in New York haben, ziehen sie im allgemeinen für einige Zeit zu ihnen, bis sie Arbeit und eine eigene Unterkunft haben. Natürlich bedeutet das, daß zwei oder mehr Familien in einer winzigen Wohnung hausen, aber sie sind um vieles besser dran als jene, die niemanden haben.« Er schwieg eine Weile und überlegte sichtlich, ob er weitersprechen sollte. »Das hat meine Eltern das Leben gekostet. Als sie hier eintrafen, erfuhren sie, daß der Bruder meiner Mutter, der sie hergeholt hatte, bei einem Unfall umgekommen war. Nun hatten sie niemanden, der ihnen die Tricks beibringen konnte. Die armen Teufel wurden außerdem von einem Hausherrn in den Slums hereingelegt. Er brachte sie im Keller unter und verlangte unverschämt viel dafür, ohne ihnen zu verraten, daß der letzte Bewohner des Raumes an Fieber gestorben war. Deshalb wurden beide krank und starben. Ich war damals erst sechs Jahre alt, aber ich erinnere mich daran, daß ich bei ihnen im Dunkeln saß, sie weinend anflehte, mit mir zu sprechen, und nicht wußte, was ich tun sollte. In der letzten Nacht schlief ich zwischen ihnen ein. Gott helfe mir, ich war froh, daß sie sich so warm anfühlten, denn wir hatten keine Decken, und ihre Körper hielten mich warm. Am Morgen waren sie tot und kalt, und ich phantasierte, weil ich hohes Fieber hatte, wie ich nachher erfuhr. Zur Erinnerung habe ich diese schönen Narben auf meinem Gesicht. Man brachte mich ins St.-Mary-Waisenhaus, wo mich die Schwestern wieder gesund pflegten. Und dann fand mich, wie gesagt, Jim.«

Der Junge starrte lange aus dem Fenster, und Tom, der sich mit Tod und Einsamkeit gut auskannte, hielt es für das beste, ihn mit seinem Kummer in Ruhe zu lassen.

Im Vergleich zu Mulvaneys Wahlbezirk in den Slums wirkte sogar Ellis Island wie ein menschenwürdiger Ort. Im Einwanderungszentrum verschaffte den Leuten wenigstens gelegentlich eine Brise Abkühlung, oder ein Windstoß brachte Meeresluft mit sich und man atmete wieder leichter. In den Slums stand die Luft still wie die Pfützen, die die tropfenden Eiswagen an der Hester Street zurückließen, oder wie die stinkenden Ausgußbecken, die Tom in den Höfen und Korridoren der Mietskasernen sah.

Frank Duffy führte Tom durch verwahrloste, häßliche Straßen, die er widerspruchslos akzeptierte, weil sie für ihn die einzige Wirklichkeit darstellten. Die Gesichter, die entlang der Route aus den Fenstern starrten, gehörten Iren, aber Frank versicherte Tom, daß er ihm Slums mit Italienern, Juden, Chinesen und Negern von ebensolcher Ärmlichkeit zeigen werde, noch bevor der Tag zu Ende sei.

Sie stiegen in einem Gebäude, das nach Verwesung und Laugenseife roch, eine baufällige Treppe empor. Tom sah die nackten, fensterlosen Korridore mit den häßlichen schwarz-weißen Fliesenböden.

»Wann wurden diese Häuser gebaut, Frank?« fragte er, als sie den dritten Stock erreichten. Er brauchte einen Vorwand, um stehenbleiben und Atem holen zu können. Der Sauerstoff schien irgendwie aus diesem abgeschlossenen Korridor entwichen zu sein.

»Die meisten Iren sind während der Hungersnot in den vierziger Jahren eingewandert.« Duffy war vom Treppensteigen nicht einmal außer Atem geraten. »Die Hungerschiffe trafen schneller ein, als du glauben würdest. Dann begannen ein paar gerissene Spekulanten blitzschnell diese Mietskasernen zu bauen. Sie gleichen einander wie ein Ei dem anderen. Wohnungen wie Eisenbahnabteile, ohne Fenster, ausgenommen an der Vorder- und Hinterfront. In den mittleren Räumen wird es im Sommer ganz schön stickig, das kann ich dir sagen. Natürlich sind die Zimmer mit den Fenstern teurer als die, die nur einen Luftschacht oder gar nichts haben, deshalb sind viele Leute über die Mittelzimmer froh.«

Im obersten Stock klopfte Duffy an eine dunkelgestrichene Tür, die stark verzogen war und deren Farbe abblätterte. »Ich bin es! Duffy!« rief er, während er klopfte. »Ich bringe der kleinen Mary eine Überraschung von Mr. Mulvaney.« Die Tür ging sofort auf.

Eine abgezehrte alte Frau in einem geflickten, aber sauberen Musselinkleid, die einen ebenso abgetragenen Wollschal um die Schultern trug, ließ sie ein. Es gab kein Fenster, nur ein fensterähnliches Loch, das auf eine schmutzige, kaum mehr als einen halben Meter entfernte Ziegelmauer hinausging. Das war also eine Wohnung mit Luftschacht, erkannte Tom, der Platzangst bekam. Ein kleines, dunkelhaariges Mädchen, das eine schäbige Decke über die Knie gebreitet hatte, saß an einem rohen Tisch nächst dem Luftschachtfenster. Es blickte die Besucher interessiert an. Tom schätzte es auf etwa sechs oder sieben Jahre. Duffy winkte sie zu.

»Das hier ist mein Freund Tom Dalton, Mrs. Cochran. Er wird von nun an für Diamond Jim arbeiten, Sie werden ihn also von Zeit zu Zeit hier sehen.« Das Kind winkte wieder, und die Frau lächelte befangen, denn ihr fehlten etliche Zähne, und sie war Fremden gegenüber sichtlich schüchtern.

Duffy griff in die Tasche und zog eine Tüte billiges Zuckerwerk heraus. Die reine Freude im Kindergesicht brachte Licht in den winzigen, dumpfen Raum. Die Kleine tanzte geradezu unter ihrer Decke hervor, lief zu Duffy und umschlang seine Knie. Inzwischen nahm er ein paar Geldstücke – Tom konnte nicht sagen, wie viele – aus der anderen Tasche und drückte sie der Frau verstohlen in die Hand. »Von Mr. Mulvaney, meine Liebe«, flüsterte er, »nur als Überbrückung, bis die Lage besser wird.«

»Gott segne Sie und Mr. Mulvaney«, sagte die Frau vollkommen aufrichtig.

Tom ging zu dem Kind. »Was machst du da, mein Liebling?« fragte er und beugte sich aus seiner großen Höhe nieder, um ihr näher zu sein.

»Ich nähe Aufputz für Damenhüte«, antwortete sie lispelnd, weil ihr gerade zwei Vorderzähne fehlten. »Ich kann es schon wirklich gut. Siehst du, ich kann bereits Blumen, Perlenverzierungen und sogar Schleier machen. Mama sagt, daß ich ihr eine große Hilfe bin, seit Papa fort ist.«

Tom schluckte krampfhaft, weil er jetzt begriff, daß die alte Frau die Mutter des Kindes war und nicht seine Großmutter. Obwohl sie alt aussah, war sie vermutlich nicht älter als dreißig. Er klopfte dem kleinen Mädchen auf die Schulter und drehte sich zu Duffy und Mrs. Cochran um. »Ihr Mann...«

Sie zog den Schal um ihre knochigen Schultern zusammen, und Tom bemerkte plötzlich, daß es in der fast unmöblierten Wohnung sehr kalt war.

»Er kam vergangenes Jahr beim Hafenaufruhr ums Leben, Mr.

Dalton«, antwortete sie wehmütig. »Mr. Mulvaney hat uns seither geholfen, Gott segne seine gütige Seele. Mary fertigt Hutschmuck an, und ich nähe im Akkord Männer-Overalls, aber es ist schwer, im Winter auszukommen, denn man muß Kohle und dergleichen kaufen.« Sie zeigte gleichgültig auf die trostlose Wohnung. Tom begriff, daß ihre niedergeschlagene Müdigkeit Hoffnungslosigkeit war.

Er griff in die Tasche, weil er ihr gern etwas gegeben hätte wie Duffy, fand aber nichts, also murmelte er nur ein paar gute Wünsche und verließ bald darauf mit Duffy die kleine Wohnung.

»Wieviel können die mit ihrer Arbeit verdienen, Frank?«

»Die Frau näht sechzig oder siebzig Hosen am Tag, schätze ich. Sie bekommt dafür wahrscheinlich zwei Dollar die Woche. Das Kind bekommt vielleicht weitere fünfzig Cent oder einen Dollar pro Woche. Leider wissen die Arbeitgeber, daß diese Akkordarbeiterinnen sich an niemanden um Hilfe wenden können, deshalb nützen sie sie schändlich aus. Die beiden armen Wesen liefern die fertigen Stücke vielleicht am Freitag ab, und da sagt man ihnen, daß nur die Hälfte davon in Ordnung ist, also bekommen sie für alles zusammen nur fünfundsiebzig Cent. Hier greift Mr. Mulvaney ein. Es gehört zu seinen Aufgaben, darauf zu achten, daß die Leute in seinem Bezirk nicht übervorteilt werden.«

»Und woher kommt das Geld, das du ihr gegeben hast?«

»Das meiste von den Tammanys, etwas von Diamond Jim. Schon ein paar Kupfermünzen können den Unterschied zwischen Leben und Sterben ausmachen.« Duffy sprach in einem merkwürdig gleichgültigen Ton, als rede er vom Wetter.

Sie verbrachten den restlichen Tag damit, durch die vom Tammany-Hall-Club kontrollierten Bezirke zu gehen. Tom sah die Armen in jedem vorstellbaren Stadium der Trostlosigkeit. Er sah die zahllosen Karren auf den Straßen, er sah die teilnahmslosen Gesichter der Hungernden und die zornigen Gesichter von Männern, die ihr Los nicht mehr ertragen wollten. Er sah auch die ruhige Würde auf den Gesichtern, wenn Familien durch übermenschliche Anstrengung und Glück eine Möglichkeit gefunden hatten, mit ihrem Geld auszukommen. Er sah kleine Mädchen in Kleidern aus Mehlsäcken, die Perlen auf die Seidengarderoben der Reichen nähten, und kleine Jungen, denen Finger fehlten, die sie bei der Arbeit in den Fabriken eingebüßt hatten.

»Fabrikbesitzer stellen gern Kinder an«, berichtete Frank in seinem geschäftlichen Plauderton. »Sie kosten weniger als Erwachsene und lassen sich leichter betrügen. Das einzige Problem besteht darin, daß die Kinder nachmittags erschöpft sind, wodurch es zu vielen Unfällen kommt, die die Fabrikbesitzer wütend machen.«

Noch vor dem Abend hatte Tom den komplizierten Hintergrund der New Yorker Politik schmerzlich einfach und klar erkannt: Wenn sich die Demokraten um dich kümmern und deine Familie ernähren, während es niemand anderer tut, wählst du früh und immer wieder demokratisch und bist froh, daß du es tun kannst.

42

Timothy O'Reilly, Mulvaneys Buchhalter, war ein zusammengeschrumpfter Mann mit einer Glatze, die von einem schütteren Haarkranz umgeben war. Seine Brille rutschte häufig ans Ende seiner Nase, und er hatte die Gewohnheit, sie mit einer Fingerbewegung hinaufzuschieben, wobei er gleichzeitig nickte, so daß sein Kopf fast ständig in Bewegung war. Der Mann sah so komisch aus, daß Tom über die absolute Genauigkeit seines Intellekts und über das Stakkato der Informationen staunte, das er, wann immer möglich, auf seinen Schüler abfeuerte.

Mulvaney hatte dem Buchhalter klargemacht, daß Tom so rasch wie möglich geschult werden sollte. O'Reilly nahm seinen Arbeitgeber beim Wort, und Tom mußte sich mächtig konzentrieren, um überhaupt mitzukommen.

Daniel Tierney, der Rechtsanwalt der Gesellschaft, war aus anderem Holz geschnitzt. Er ging Problemen mit der ruhigen, jedoch verbissenen Hartnäckigkeit eines Handgeldjägers zu Leibe. »Das Gesetz ist eine Hure, Mr. Dalton«, erklärte er mit seinem deutlichen New-England-Akzent. »Benützen Sie es, so gut Sie können, und vergewissern Sie sich, daß Sie genau wissen, was seine Hilfe kostet, bevor Sie sich mit ihm einlassen.«

Er unterrichtete Tom dienstags und donnerstags und an drei Abenden in der Woche. An einem der Abende spielten sie allerdings Schach, denn Daniel Tierney hielt auch das für ein richtiges Mittel, um den Verstand eines Gentleman zu schulen.

Tom arbeitete tagsüber, studierte nachts und an den Wochenenden und befand sich endlich in seinem intellektuellen Element. Buchhaltung fiel ihm leicht, und O'Reillys komprimierte Unterrichtstechnik regte ihn an und vermittelte ihm eine Menge wünschenswerter Kenntnisse.

Die Juristerei hingegen verursachte ihm mehr Probleme. Er war gern mit Tierney beisammen und mochte ihn persönlich lieber als O'Reilly; er bewunderte sein ruhiges, behagliches Leben und vor allem seine außergewöhnliche Bibliothek. Aber das Recht selbst blieb ihm fremd: ein pragmatisches System, in dem Gerechtigkeit wenig und Anständigkeit gar keinen Platz hatte. Dank seines außergewöhnlichen Gedächtnisses war er ein begabter Schüler, aber daß er das Fach eigentlich verachtete, war ein Nachteil.

»Sie würden trotz Ihrer vielen Begabungen nie einen guten Rechtsanwalt abgeben, Dalton«, bemerkte Tierney eines Abends nachdenklich während einer Schachpartie. »Sie suchen immer die gerechte Lösung und nicht die zweckmäßige. Ein ernster Nachteil für die erfolgreiche Ausübung der Rechtswissenschaft.« Der Tadel war nicht streng vorgebracht, und Tom lächelte.

»Dadurch bin ich noch ein wenig unberechenbar.«

»Im Gegenteil, mein lieber Junge. Sie sind viel zu berechenbar. Ein genügend skrupelloser Anwalt würde bald Ihre Sensibilität erkennen und Sie mit Ihren eigenen Gefühlen schlagen.«

»Und zwar wie?«

»Ein Anwalt erwartet bei Berufskollegen zu Recht den erforderlichen Pragmatismus, den das Recht braucht, um zu funktionieren. Wem die Fähigkeit fehlt, ausschließlich zweckmäßig zu handeln, verzichtet auf eine unbedingt notwendige Waffe in seinem beruflichen Arsenal. Jeder Anwalt, der diesen Mangel spürt, hat absolut das Recht, Ihre Schwäche auszunützen.«

Tom sträubte sich gegen diese Kritik, wußte aber, daß sie stimmte.

»Diese Schwäche wird für Sie im Geschäftsleben ein geringeres Handicap darstellen als im Strafrecht. Es fällt leichter, in Geldangelegenheiten rücksichtslos zu sein als dort, wo es um Leben und Tod geht.«

»Wurden Sie nie von den Bedenken geplagt, die ich bezüglich des Rechtes habe, Mr. Tierney? Vielleicht als Sie noch jung waren?«

Tierney zog seinen Läufer mit einer eleganten Bewegung vor. »Kein einziges Mal in meinem Leben, mein Junge, kein einziges Mal. Das Recht und ich sind über Recht und Unrecht einer Meinung. Recht hat die Seite, die gewinnt.«

Es war schwer, mit O'Reilly auszukommen, und als Mulvaney ihm einen Teil von Toms Ausbildung anvertraute, verließ er sich darauf, daß O'Reilly auch den Beherztesten zermürben konnte. Der Junge mußte auf eine harte Probe gestellt werden; Mulvaney kannte gern die Grenzen eines Menschen. Es konnte sich als nützlich erweisen, wenn sich jemals die Notwendigkeit ergab, ihn zu brechen.

O'Reilly mochte Tom nicht, nicht aus persönlicher Feindschaft, sondern weil Tom jung und in der Welt der Zahlen ungeschult war. Junge, ungeschulte Leute machten Fehler, und Fehler waren etwas, das Timothy O'Reilly nicht ertragen konnte. Schon ein kleiner Fehler in einem Hauptbuch konnte ihn in Wut versetzen, und er hatte Buchhalter gefeuert, wenn er auf den ansonsten ordentlichen Seiten ihres Journals einen Klecks fand, oder wenn ihre kleinen Ziffernreihen nicht so ordentlich waren, wie er es verlangte.

Auch Toms gutes Aussehen empfand er als ungehörig, als störend. »Er sieht wie der Held einer Nachmittagsvorstellung und nicht wie ein Buchhalter aus«, erzählte er seiner Frau verächtlich. »Gott allein weiß, was Mulvaney geritten hat, als er ihm eine so strenge Ausbildung verordnet hat. Ich will nicht, daß er bei mir in der Buchhaltung arbeitet, und Tierney behauptet, daß er sich zum Juristen nicht besonders eignet.«

»Mr. Mulvaney ist ein kluger Mann, Mr. O'Reilly«, hatte seine rundliche, kleine Frau vorsichtig geantwortet und wie üblich respektvoll die Anrede verwendet, eine Artigkeit, die er nach erst dreiunddreißig Ehejahren durchaus für richtig hielt. »Vielleicht hat er für den Jungen einen besonderen Job im Auge, von dem du noch nichts weißt?« O'Reilly sah seine kleine Frau verärgert an, räusperte sich und wandte sich wieder seiner Zeitung zu.

Für O'Reilly war Tom ein in ein Geheimnis gehülltes Rätsel. Es sah Mulvaney nicht ähnlich, einem unerprobten Mann vertrauliche Informationen anzuvertrauen. Es war daher äußerst ungehörig, diesen Jungen sowohl in die finanziellen als auch die rechtlichen Seiten des Geschäftes einzuweihen, die er und Tierney so gewissenhaft vor der Öffentlichkeit versteckt hielten.

O'Reilly war natürlich ein schlauer alter Schurke. Er würde dem Jungen bestimmt nicht erzählen, wo die wirklichen Geheimnisse lagen, aber dennoch – es war verdammt zermürbend, den Privatlehrer eines Grünschnabels zu spielen, der sich wie der König von England aufführte.

»Hättest du heute abend Lust auf ein wenig Unterhaltung?« fragte Duffy, der in der Tür von Toms Büro stand. »Du siehst ein bißchen mitgenommen aus, weil du zu viel studierst.«

»Ja, Duffy. Ich fühle mich allmählich wie ein verdammter Bücherwurm mit verdorbenem Magen, aber O'Reilly gerbt mir das Fell, wenn ich am Montag nicht über diese Erwerbungen Bescheid weiß.«

»Montag, Mann! Heute ist Freitag abend, und ich will dir auch etwas beibringen. Natürlich etwas anderes als der knausrige Mr. O'Reilly.«

»Einverstanden, Frank, ich bin ja froh über die Unterbrechung. Wohin geht es?«

»Zufällig bin ich im Besitz von zwei schönen Eintrittskarten ins ›Hippodrom‹, wo ein Freund von mir mit einem Kerl namens Barrymore auftritt.«

»Ein Varieté? Ich hatte keine Ahnung, daß du in deiner Freizeit Varietés besuchst, Frank.«

»Ich bin ein Mann mit manchen überraschenden Seiten«, war die Antwort.

Sie gingen auf die breite, mit Bäumen bestandene Avenue hinaus, und die Düfte der von den Straßenhändlern angebotenen Speisen begrüßte sie.

»Darf ich Sie auf eine Brezel einladen, Mr. Duffy?«

»Sie dürfen, Mr. Dalton. Ich habe die Absicht, Sie vor der Show auf ein Bier einzuladen.«

Einen Häuserblock später fragte Duffy: »Du hast die letzten Monate hart gearbeitet, nicht wahr, Tom? Hast du vielleicht herausgefunden, warum O'Reilly dich so hart arbeiten läßt?«

»Vermutlich weil er ein Gemüt wie eine Bulldogge hat.«

»Ja, das stimmt, weiß Gott. Aber das ist nicht alles.«

»Und was steckt noch dahinter?«

»Er hatte einen Sohn. Er war ein Taugenichts und ein Faulpelz; immer in Schwierigkeiten, mußte immer wieder gegen Kaution herausgeholt werden.«

»Was hat das mit mir zu tun?«

»Er beneidet dich. Du verfügst über den Verstand und den Willen zum Erfolg, den sein Willy nie besaß. Und obendrein mag dich Mulvaney, und er gibt dir die Möglichkeit, es zu etwas zu bringen. O'Reilly findet wahrscheinlich, daß dir alles in den Schoß fällt, deshalb versucht er, dich dafür schwitzen zu lassen.«

»Und wie steht es mit dir, Frank? Glaubst du auch, daß ich es zu leicht habe?«

»Ich?« Der Junge war über die Frage wirklich überrascht. »Auf keinen Fall! All das Lernen, die Zahlen und das hochgestochene Gerede über Geschäfte würde mich vorzeitig ins Grab bringen. Ich gönne es dir, das ist Tatsache. Außerdem mag ich meinen Job lieber als jeden anderen. Ich bin für Mr. Mulvaney wirklich wichtig. Er will bestimmt nicht darauf verzichten, daß ich mich so um ihn kümmere.«

»Wahrscheinlich hast du recht, Duff.« Tom wunderte sich, wie leicht der junge Mann zufriedenzustellen war.

Tom mochte Duffy, den klugen Waisenjungen, der seinem Wohltäter uneingeschränkt ergeben war. In seiner bedingungslosen Treue lag etwas Rührendes, außerdem verfügte er auch über positive Eigenschaften: Treue, Standhaftigkeit, Freundlichkeit und sogar ein gewisses Ehrgefühl. Mulvaney wollte, daß sein Schützling begriff, worauf seine Wähler ansprachen, und Duffy war genau der Richtige, diese Erziehung zu begleiten.

Duffy war im schmutzigen Teil von Toms New Yorker Erziehung sein Führer und Lehrer gewesen. In den Winkeln und Ecken des Tenderloin – des Vergnügungs- und Verbrecherviertels, des schlimmsten Teils von Hell's Kitchen – kannte er sich aus wie kein anderer. Duffy wußte genau, wie man in den Slums vorgehen mußte, hatte Jim stolz von ihm behauptet, und Tom war dem jungen Mann dankbar, weil er ihn an seinen Spezialkenntnissen teilhaben ließ.

Er war auch auf fast kindliche Art skrupellos. Als er einen

Mann umgebracht hatte, der ertappt worden war, als er in das Büro seines Arbeitgebers einzubrechen versuchte, berichtete er Diamond Jim unschuldig lächelnd und begeistert darüber, wie ein Kind, das ein schönes Zeugnis nach Hause bringt und von seinen Eltern eine Belohnung für seine Leistung erwartet.

»Er hat versucht, sich an Mr. Mulvaneys Eigentum zu vergreifen«, antwortete er Tom, als dieser glaubte, ihm in einem Gewissenskonflikt helfen zu müssen. »Es war meine Aufgabe, ihn zu töten.«

43

Thomas Dalton machte es sich zur Angewohnheit, bei jeder sich bietenden Gelegenheit Deirdre Mulvaneys Nähe zu suchen. Sie aßen, natürlich in Anwesenheit ihres Vaters, gemeinsam zu Abend in dem riesigen Rokokospeisezimmer mit den prunkvollen, vergoldeten Stukkaturen, den übergroßen Mahagonimöbeln und der angeblichen Ahnengalerie, die vor einigen Jahren bei einer Versteigerung erworben worden war. Er hatte erfahren, daß das Mädchen seine Mutter schon im frühen Kindesalter verloren hatte, als Mulvaney noch kein reicher Mann gewesen war, weshalb kein Porträt von Mrs. Mulvaney die Wände zierte.

Tom stellte fest, daß Deirdre für gewöhnlich früh aufstand, was ihm sehr gefiel, da der frühe Morgen schon immer seine liebste Tageszeit gewesen war. Heimlich begrüßte er den Umstand, daß auch Deirdre am frühen Morgen, noch vor Tagesanbruch, aufstand, denn dies war einer der wenigen Lichtblicke, mit denen er bisher nicht verwöhnt worden war.

Es fiel schwer, innerhalb der Grenzen der Schicklichkeit mit ihr ins Gespräch zu kommen, wenn nicht die jeweiligen Umstände einen Anknüpfungspunkt boten. So ließ sich Tom Zeit und erforschte jede Einzelheit an dem Mädchen, das er verehrte: wie ihr glänzendes, goldbraunes Haar das Kerzenlicht beim Abendessen in tausend kleinen Glanzlichtern zurückwarf, wie die leise Musik ihres Lachens eine humorvolle Anekdote krönte, die er oder ihr Vater zum besten gaben. Sie vertrödelte die Zeit in der Bibliothek nicht mit leichten Jungmädchen- und Liebesromanen, sondern widmete sie dem Studium der verschiedensten Schriftsteller, die auch Tom bewunderte. Er kannte mit einer Genauigkeit, die sie zum Erröten gebracht hätte, die aufreizende Silhouette ihrer festen, jungen Brüste, die stets die einengenden Kleider oder Blusen zu sprengen drohten, ebenso wie den geringen Umfang ihrer schlanken Taille, die er bestimmt leicht mit beiden Händen umspannen hätte können.

Sie mochte ihn offenbar. Sie lächelte so offen, wenn sie einander auf der Treppe begegneten. Ihre Bewegungen und ihre Haltung wurden deutlich weiblicher, wenn sie ihn in der Nähe wußte. Es fiel ihm für gewöhnlich nicht schwer, zu erkennen, ob eine Frau an ihm Gefallen fand oder nicht, aber in diesem Fall war für ihn die Antwort auf diese Frage so überaus wichtig, daß er sich kein Urteil zutraute, weil er Angst hatte, sich zu irren.

»Warum sehen Sie immer so traurig und ernst aus, Mr. Dalton?« Deirdre Mulvaney stellte die Frage sehr früh am Morgen, während der Tau noch auf den Rosen und Päonien perlte, als sie durch den Garten spazierten, der der ganze Stolz des Mädchens war. Sie hatte noch vor dem Frühstück eine Begegnung herbeigeführt, von der sie hoffte, daß sie zufällig wirken würde. Sie durfte nicht zu sehr die Initiative ergreifen.

»Ich wußte nicht, daß man mir das so ansieht.« Tom lächelte, und prompt beschleunigte sich Deirdres Herzschlag.

»Ich wollte schon seit unserem ersten abendlichen Zusammensein mit meinem Vater einmal allein mit Ihnen sprechen. Wir unterhalten uns immer beim Abendessen und in der Bibliothek und auch sonst, aber ich hatte gehofft, Sie würden auch mit mir sprechen, wenn Vater nicht dabei ist.«

Tom blickte sie fragend an. »Miss Mulvaney, der einzige Grund, weshalb ich mich Ihnen gegenüber so zurückhaltend gezeigt habe, besteht darin, daß ich Ihnen noch nichts zu bieten habe. Ich will versuchen, zu Geld zu kommen und damit das Recht zu erwerben...«

»Sie müssen doch nicht reich sein, um meine Freundschaft zu gewinnen. Ich wäre Ihnen sehr dankbar, wenn Sie sich einfach dann und wann mit mir unterhalten würden. Ich habe bemerkt, daß Sie sehr viel lesen, und auch ich lese sehr gern. Vielleicht können wir wenigstens über Bücher sprechen.«

»Glauben Sie, Miss Mulvaney, daß Ihr Vater mit unserer Freundschaft einverstanden wäre?«

»Wenn Sie nicht gleich um meine Hand anhalten, hat er sicherlich nichts dagegen.«

»Aber ich will um Ihre Hand anhalten. Das ist mein größter Wunsch.« Er sehnte sich danach, sie zu berühren, hatte sich aber völlig in der Hand.

»Ich hätte auch nichts dagegen, Mr. Dalton. Da es aber im Augenblick nicht möglich ist, sollten wir uns vielleicht mit einer Freundschaft begnügen.«

»Ja, Miss Mulvaney, ich werde gern Ihr Freund und hoffe, Ihnen später viel näher zu kommen. Aber ich muß erst das Recht erwerben, um Sie anzuhalten. Bis dahin können wir über Bücher und all Ihre sonstigen Neigungen sprechen, denn ich möchte gern mehr über Sie erfahren, als ein Mann sonst von einer Frau weiß.«

Deirdre starrte ihren ernsthaften Bewerber mit vor Staunen geweiteten Augen an. Sie verspürte den übermächtigen Wunsch, ihn zu berühren. Noch nie hatte sie bei einem jungen Mann etwas Ähnliches gefühlt.

»Mr. Dalton... auch ich möchte Ihre geheimsten Gedanken kennen!« Sie sprudelte es hervor, dann warf sie ihm einen erschrockenen Blick zu, als ihr klar wurde, was ihr entschlüpft war, und lief ins Haus, ohne sich einmal umzusehen.

Tom wußte, daß er sehr hart würde arbeiten müssen, damit Diamond Jim zuließ, daß er sich um sie bewarb, aber er kam mit seiner Ausbildung gut voran; er besaß einen ausgeprägten Geschäftssinn, das mußten Tierney und O'Reilly widerwillig zugeben. Er wollte zuerst seinen Weg machen und dann mit Mulvaney über die Zukunft von dessen Tochter sprechen.

In der darauffolgenden Woche wurde Tom in Mulvaneys Allerheiligstes bestellt. Das Seltsame daran war nicht die Aufforderung an sich, sondern die Tatsache, daß sie an einem Sonntagmorgen erfolgte, und daß Tierney und O'Reilly bereits anwesend waren.

Das Gesicht des Buchhalters glich wie immer der grauen Pappe auf der Rückseite von Gerichtsakten, und sein ganzes Wesen erfüllte Tom wie gewöhnlich mit Abneigung, obwohl er dem scharfen Verstand des älteren Mannes Achtung zollte. Diamond

Jim saß hinter seinem schönen Mahagonischreibtisch, Tierney stand, wie immer makellos gekleidet, aufmerksam neben dem Kamin. In der Luft lag elektrische Spannung. Alle drei Männer wirkten wachsam wie Jagdhunde auf einer frischen Fährte.

Tom nickte den beiden Adjutanten zu und blickte Mulvaney fragend an, während er ihm einen guten Morgen wünschte. Es kam selten vor, daß er allen drei Männern gleichzeitig gegenüberstand, und offensichtlich war etwas Wichtiges im Gange.

»Setzen Sie sich, mein Junge«, forderte Mulvaney ihn freundlich auf. »Wir haben Ihnen etwas Besonderes anzubieten. Eine Möglichkeit sozusagen, sich vor den Augen Ihrer beiden ausgezeichneten Lehrmeister zu bewähren. Sie sind jetzt zwei volle Jahre bei mir angestellt. Sie haben sich bei der Bewältigung Ihrer Pflichten als tüchtig erwiesen, aber Sie haben nie wirklich selbständig ohne Rückgriff auf die Erfahrungen dieser beiden Gentlemen handeln müssen. Das Geschäft, von dem ich spreche, wird Ihnen eine Chance bieten, Ihren Lehrern und mir... vielleicht sogar Ihnen selbst Ihre Tüchtigkeit zu beweisen.«

»Ich freue mich, die Möglichkeit zu bekommen, zu beweisen, daß Ihr in mich gesetztes Vertrauen nicht ganz unberechtigt war, Mr. Mulvaney.« Tom drückte sich vorsichtig aus, was den drei scharfsinnigen Männern im Raum nicht entging.

»In der Nähe von Boston existiert ein kleines Reedereiunternehmen, dessen Besitz für mich vorteilhaft wäre. Ich habe es bereits seit einiger Zeit im Auge. Gerade die richtige Größe für den Transport unserer, na, sagen wir, speziellen Produkte, falls es zu einem Krieg kommt.« Er paffte an seiner dicken Zigarre, bevor er weitersprach, und warf seinen beiden Adjutanten einen forschenden Blick zu. »Natürlich steht das Unternehmen nicht zum Verkauf. Es befindet sich im Besitz eines robusten Geschwisterpaares vom typischen New-England-Schlag. In letzter Zeit hatten sie einige finanzielle Schwierigkeiten, und wenn sie nur richtig unter Druck gesetzt werden, wette ich meinen Kopf, daß ihnen keine andere Wahl bleibt, als zu verkaufen, zumal Mr. Tierney sich der Hilfe einiger mit uns befreundeter Bankiers in Boston versichert hat, die dann ihre Kredite sperren wollen.«

Mulvaney legte die Zigarre weg, beugte sich über den Schreibtisch und musterte Toms ausdrucksloses Gesicht. »Ich will diese Firma besitzen, Junge. Außerdem will ich sehen, ob Sie fähig sind, sie mir zu verschaffen. Wenn Sie dazu imstande sind, bin ich bereit, den Geschäftsabschluß mit einer ansehnlichen Prämie zu honorieren, die in einer Bank Ihrer Wahl deponiert wird. Ich weiß, daß Sie fast jeden Penny, den Sie verdienen, auf die hohe Kante legen« – er lächelte breit – »natürlich abzüglich der Summen, die Sie Ihren Freunden von der Gewerkschaft zustecken.«

Tom stieß die Luft aus, die er während Mulvaneys letzten Worten angehalten hatte. Darin sollte also die Prüfung bestehen: Ob er kaltblütig genug war, einen Mann und eine Frau durch unsaubere Praktiken um ihr Lebenswerk zu bringen. Er warf O'Reilly, der ihn verächtlich beobachtete, und Tierney, den es sichtlich interessierte, wie die Antwort seines Schülers auf diesen Vorschlag ausfallen würde, einen Blick zu.

»Bevor ich einen solchen Auftrag übernehme, Mr. Mulvaney, benötige ich eine Menge Informationen. Mr. O'Reilly und Mr. Tierney sind doch wohl deshalb anwesend, um mir ihre diesbezüglichen Unterlagen zur Verfügung zu stellen?«

Mulvaney nickte seinen Gefolgsmännern zu, und jeder holte wie auf ein Stichwort geheime Dokumente aus seiner Aktentasche.

»Hier finden Sie alle finanziellen Angaben, die Sie brauchen, Mr. Dalton«, erklärte O'Reilly mit seiner hohen Stimme. »Ich schlage vor, daß Sie sie erst studieren, bevor wir unsere Zeit mit Diskussionen vergeuden. Es ist ein ziemlich unkompliziertes Geschäft, wenn Sie den Mut dazu aufbringen.« Mit seiner üblichen Feierlichkeit überreichte er Tom die Akte.

Tierney übergab Tom mit feinem Lächeln zwei versiegelte Mappen. »Wie gewöhnlich ist die rechtliche Seite ein wenig schwieriger als die finanzielle, Mr. Dalton. Ich habe beachtlich viele Fakten über die beiden Firmeninhaber gesammelt sowie über die Rechtsauffassung in der Bostoner Reedergemeinde. Sobald Sie das gesammelte Material durchgelesen haben und die Möglichkeit hatten, über die Bedeutung der Aktion nachzudenken, die Mr. Mulvaney im Auge hat, würde ich vorschlagen, daß Sie und ich uns über einige der Ihnen offenstehenden Vorgangsweisen unterhalten. Vielleicht wird unsere Schachpartie am Donnerstag dieser Woche zugunsten eines Spiels auf höherer Ebene ausfallen.« Offensichtlich wollte er ihm seine Hilfe anbieten, was O'Reilly nicht getan hatte.

Tom hielt die Dokumente in den Händen und fühlte sich wie ein auf einer Nadel aufgespießter Schmetterling. Er wünschte sich nichts sehnlicher, als einen geschäftlichen Erfolg zu erringen, und war bestrebt, Mulvaney für sein Entgegenkommen und seine Unterstützung eine entsprechende Gegenleistung zu bieten. Doch noch wichtiger war, daß er mit einer großen Prämie seinen Traum, um Deirdres Hand anzuhalten, einen Schritt näher rükken konnte. Er hatte eine Prüfung erwartet, aber nicht geahnt, welche Formen diese annehmen würde. Sein Magen krampfte sich zusammen. Konnte er wirklich einen Mann und eine Frau durch brutale Machtausübung um ihr Lebenswerk bringen? Und wenn er es nicht fertigbrachte, was hatte er dann in der Gesellschaft von mächtigen Männern zu suchen? Er mußte einige ernste persönliche Widerstände überdenken, und er wußte nicht, ob die Aussicht, sich selbst zu prüfen, ihn abstieß oder anspornte.

»Ich werde mein Bestes für Sie tun, Mr. Mulvaney«, versprach er vorsichtig.

Tom klappte Tierneys zweite Mappe zu und legte sie auf den auf seinem Schreibtisch bereits angesammelten Stapel von Papieren. Die Dunkelheit vor dem Fenster und der pochende Schmerz in seinen Schläfen, weil er zu lange beim unzureichenden Licht einer Lampe mit grünem Schirm gelesen hatte, verrieten ihm, wie spät es war. Unsicher stand er auf. Weil er stundenlang in der gleichen Stellung gesessen hatte, war sein Körper steif. Er streckte sich müde.

Henry und Abigail Marshall waren die Besitzer der kleinen Reederei Marshall, die sie von ihrem Vater geerbt hatten. Der alte Mann war seit seiner Jugend als Vollmatrose zur See gefahren, und nachdem er beim Poker in Macao mit dreißig Jahren sein erstes Schiff gewonnen hatte, war er fast zehn Jahre lang mit ihm auf den meisten Handelsrouten im Orient hin und her gependelt. Es war ein einträgliches Geschäft für John Marshall gewesen, bis ihn ein Anfall von Ruhr fast das Leben gekostet hatte und er gezwungen gewesen war, nach New England zurückzukehren, um sich von seiner geduldigen Frau gesundpflegen zu lassen, die er während des Jahrzehnts im Orient nur zweimal besucht hatte.

Einem der beiden Besuche bei seiner Ehefrau verdankt ein Sohn namens Henry sein Leben: ein intelligentes, sehr belesenes

Kind, das in Denkweise und Aussehen seinem Vater überaus unähnlich war. Zum Glück war Mrs. Marshall eine Säule der Kirchengemeinde, sonst wären vielleicht Zweifel an Henrys ehelicher Abstammung aufgetaucht. Bei dem zweiten Heimaturlaub hatte Johns tatkräftiges Wesen Mrs. Marshall mit einer Tochter namens Abigail beschenkt, einem drahtigen, intelligenten kleinen Mädchen, mit scharfer Zunge und noch schärferem Blick, die in der Umgebung als Wunderkind galt. Abby war zwar um einige Jahre jünger als ihr Bruder, aber es war allen klar, daß sie ihn, ob es nun die Schule oder das tägliche Leben betraf, leicht in die Tasche stecken konnte.

Da die kleine Reederei, die Mr. Marshall mit dem Geld aus dem Chinahandel bei seiner Rückkehr gegründet hatte, zuverlässige Angestellte brauchte, erzog er seine Kinder von frühester Jugend an zu seiner rechten und linken Hand. Der Umstand, daß die Folgen der Ruhr es ihm unmöglich machten, wieder zur See zu fahren, hinderte ihn nicht daran, ein glückliches, erfolgreiches Leben zu führen. Daß er kein glänzender Geschäftsmann war, stellte ein gewisses Handicap dar, aber er besaß ein optimistisches, gewinnendes Naturell, und seine mangelnden Geschäftskenntnisse wurden durch sein Talent im Umgang mit Kunden aufgewogen. Er unterhielt sie mit Berichten vom Leben auf See oder von seinen wilden Abenteuern im Orient, und es gelang ihm, mit Charme und Witz Verträge abzuschließen und Aufträge an Land zu ziehen; dabei erweiterte er seine Kenntnisse des Berufs, den er nur deshalb gewählt hatte, weil dieser mit dem Meer in Beziehung stand.

Sein Sohn Henry war der freundlichste, netteste junge Mann, den John jemals kennengelernt hatte. Er war ein liebenswürdiger, friedfertiger Junge, der fast immer tat, was man von ihm verlangte, ob die Anweisungen nun von seinen Eltern oder von seiner Schwester kamen, die er von Anfang an als ihm geistig überlegene Autorität anerkannte. Deshalb widmete John der Tochter seine besondere Aufmerksamkeit, die gewöhnlich die meisten Männer ihren Söhnen entgegenbringen, seinem Sohn dagegen feines nachsichtiges Desinteresse, das die meisten Männer ihren Töchtern gegenüber zeigen.

Als Mr. Marshall starb und das kleine Schiffahrtsunternehmen seinen Kindern hinterließ – Mrs. Marshall hatte schon früher das

Zeitliche gesegnet –, vermachte er es ihnen zu gleichen Teilen, mit dem beruhigenden Bewußtsein, daß Abby die schwierigen Entscheidungen treffen und Henry ihr, so gut es ihm möglich war, beistehen würde.

Die Tatsache, daß das Geschäft unter der Leitung der Geschwister gut florierte, lenkte unglücklicherweise die Aufmerksamkeit Diamond Jim Mulvaneys auf die kleine Firma, die klein genug war, damit er sie problemlos übernehmen konnte, und so gut geführt wurde, daß er sie mühelos zu dem idealen kleinen Unternehmen ausbauen konnte, das ihm den Einstieg ins Reedereigeschäft von New England ermöglichen sollte.

Während Tom die Papiere ordnete und in die Mappen zurücklegte, fiel ihm ein, daß der Aufenthalt in Boston ihm die Gelegenheit bieten würde, die einzige unerledigte persönliche Angelegenheit ins reine zu bringen, die ihn belastete.

Er legte ein Blatt Papier vor sich auf den Schreibtisch, griff nach seiner Feder, tauchte sie in das kleine Tintenfaß und begann zu schreiben: *Liebe Mutter*...

Mary Dalton Martin hatte über eine Stunde lang wie gelähmt an ihrem Schreibtisch gesessen. Der Brief von Tom bedeutete für sie einen entsetzlichen Schock, einen Schock, der durch seine Unausweichlichkeit noch schlimmer wurde. Sie hatte ihr Leben lang geahnt, daß der Tag kommen würde, an dem dieses Damoklesschwert auf sie niederfiel.

Wie war es möglich, daß sie noch immer nicht wußte, wie sie sich verhalten sollte! Warum hatte sie es Thad nicht gebeichtet, als es noch möglich gewesen war? Warum hatte sie gewartet, bis ihre Familie gefestigt, glücklich und angesehen war?

Gerade jetzt, da Thad sein neues Warenhaus eröffnet hatte, von dem man in ganz Boston sprach; jetzt, da das Geschäft ihnen die Annehmlichkeiten bot, von denen sie immer geträumt hatten, und die gesellschaftliche Stellung, die sie angestrebt hatten; jetzt, da die Kinder aus ihrer zweiten Ehe die richtigen Schulen besuchten und die richtigen Verbindungen angeknüpft hatten; jetzt, da sie Sean hatte, den sie liebte.

Sie wollte Tom einfach schreiben, um alles zu erklären und ihm nahezulegen, nicht zu kommen.

Und wenn es die letzte Gelegenheit war, ihren Sohn noch einmal zu sehen, was dann? Die einzige Möglichkeit zu sehen, was aus ihm geworden war? Wie konnte sie es über sich bringen, ihn nicht zu sehen? Wie sehr sehnte sie sich danach, ihn zu sehen! Wenn es weder Thaddeus noch Anna, Robert, Andrew, Ted oder Sean gäbe, nicht die Jahre der Lüge und der sorgfältig zurechtgezimmerten Vergangenheit? Wie anders wäre dann alles. Wie würde sie sich danach sehnen, ihn zu sehen!

Aber sie konnte unmöglich alles aufs Spiel setzen, was sie aufgebaut hatte. Sie konnte sich nicht erinnern, sich in all den Jahren je so verzweifelt gefühlt zu haben.

Erschöpft vom Weinen und von der Ausweglosigkeit, hob sie ihr tränenüberströmtes Gesicht und trocknete sich die Augen mit dem Taschentuch. Sie hatte einen Entschluß gefaßt.

44

Das lärmende Rattern noch im Ohr, stieg Tom in Boston aus dem Zug, von widersprüchlichen Gefühlen und Ungewißheit erfüllt. Seit jenem herzzerreißenden Augenblick, da er ihr zum Abschied zugewinkt hatte, als der Karren sie zum Schiff nach Amerika gebracht hatte, war er immer entschlossen gewesen, seine Mutter eines Tages wiederzusehen.

Er hatte sofort nach seiner Ankunft in New York Pater Grogan ihre Adresse abgeschmeichelt, dem Priester, zu dem Pfarrer O'Hanlon sie vor so vielen Jahren geschickt hatte, hatte aber Tante Ellys Rat befolgt und auf eine Einladung gewartet, die niemals kam. In Boston erwarten mich zwei kritische Entscheidungen, hatte er sich im Zug gesagt. Wenn ich beide hinter mich gebracht habe, werde ich wesentlich mehr über mich wissen als jetzt.

Tom, der einen schönen, neuen Anzug aus taubengrauem Wollstoff trug, den er eigens für diese Gelegenheit gekauft hatte, hielt den Zettel mit der Adresse seiner Mutter fest in der Hand, während er sich durch Bostons geschäftige Straßen mit ihrem Kopfsteinpflaster kämpfte. Seinem Ziel so nahe, wurde er an seinem Vorhaben schwankend. Die Stadt hatte infolge ihrer Geschäftigkeit viel Ähnlichkeit mit New York. Tom wußte, daß Boston der reichste Hafen an der Ostküste war. Generationen von Werftbesitzern, Walfängern und Alkoholschmugglern hatten dafür gesorgt, daß die begüterten Bostoner immer reicher wurden.

Das Haus auf dem Beacon Hill war groß und eindrucksvoll. Eine glänzende, ovale Messingtafel bezeichnete es als den Wohnsitz der Martins. Tom klopfte, äußerlich entschlossen, aber sein Herz schlug heftig. Als er das letzte Mal an die Tür seiner verlorenen Kindheit geklopft hatte, war er von seinem Onkel Randolph abgewiesen worden. Er fragte sich, ob es ihm heute besser ergehen werde.

Ein Zimmermädchen in einem gestärkten, schwarzen Kleid öffnete die Tür. Die sichtbaren Teile des Hauses strahlten eine gepflegte Atmosphäre aus. Er empfand die unterschiedlichsten Gefühlsregungen angesichts des offenkundigen Wohlstands. Er war sich nicht sicher, ob Ärger oder Erleichterung das Übergewicht hatte.

»Thomas Dalton möchte Mrs. Martin sprechen«, antwortete er auf den fragenden Blick des Mädchens.

»Werden Sie von der gnädigen Frau erwartet?«

»Das kann ich wirklich nicht sagen«, antwortete Tom leicht belustigt. »Ich habe ihr geschrieben, daß ich heute kommen würde, hatte aber keine Zeit, die Antwort abzuwarten.« Er reichte der Bediensteten seine Visitenkarte, und sie trippelte davon. Er warf einen Blick auf sein Spiegelbild und suchte die Spuren des Kindes, an das seine Mutter sich vielleicht erinnern würde: Es schien keine zu geben.

Eine tiefe Männerstimme unterbrach seine Träumerei: »Mr. Dalton, ich bin Thaddäus Martin, der Ehemann Ihrer Tante. Es freut mich, den Sohn des geliebten Bruders meiner Frau kennenzulernen.« Er reichte Tom die Hand und schüttelte sie scheinbar begeistert. »Es tut mir leid, daß ich bei Ihrem Besuch nicht anwesend sein kann, aber ich bin unterwegs zu meinem Warenhaus. Meine Frau wird jedoch gleich herunterkommen und Sie begrüßen.« Mr. Martin sah den jungen Riesen durchdringend an. »Wie lang ist es her, junger Mann, seit Sie Ihre Tante Mary zuletzt gesehen haben?«

Tom wurde allmählich bewußt, daß er als der Neffe seiner

Mutter ausgegeben wurde, was ihn aus dem Gleichgewicht brachte. Er beschloß jedoch, sich vorsichtig zu verhalten, bis er genauer Bescheid wußte.

»Es ist zwanzig Jahre her, seit ich Mary Dalton gesehen habe, Mr. Martin. Ich war noch ein kleiner Junge, als wir uns zum letztenmal trafen.«

»Ich verstehe.« Der ernste Mann musterte ihn abschätzend. »Dann werden Sie ja eine Menge Gesprächsstoff haben. Das Leben Ihrer Tante hat sich sehr verändert, mein Junge.«

»Das sehe ich, Mr. Martin«, stimmte ihm Tom unverbindlich bei.

»Ja, natürlich. Also, ich muß jetzt gehen, junger Mann. Vielleicht bleiben Sie zum Essen, damit ich mehr von Ihnen hören kann?« Er wartete die Antwort nicht ab. »Machen Sie es sich doch für eine Weile im Salon bequem, bis Mrs. Martin angekleidet ist. Wissen Sie, daß Sie meiner Frau ein wenig ähnlich sehen, Mr. Dalton?«

»Angeblich sehe ich eher meinem Vater ähnlich«, antwortete Tom ruhig.

»Ja, ja, natürlich.« Der große, hagere Mann hatte kaum hingehört. »Dann wünsche ich Ihnen einen guten Tag«, murmelte er, während er die schöne Biberpelzmütze auf seinen Glatzkopf drückte und den Pelzkragen seines teuren Mantels zum Schutz gegen die Bostoner Kälte aufstellte. »Vielleicht sehen wir einander wieder.«

»Vielleicht.« Tom bezweifelte es aufrichtig.

»Haßt du mich jetzt, mein Sohn?« Eine sanfte, einschmeichelnde Stimme durchbrach die Stille des Salons, in dem Thomas Dalton stand.

Die Frau, die leise die Tür hinter sich schloß, war Mitte Vierzig. Ihr einst flammendrotes Haar war jetzt mehr grau als rot; ihr langer, geschmeidiger Körper war im Lauf der Jahre voll geworden, aber der wunderbare Busen, an den sich Tom liebevoll erinnerte, war ebenso fest und schön wie einst. Ihr Haar war zu einer modernen Frisur hochgesteckt. Ihre Kleidung war teuer und stand ihr gut.

»Meine Gefühle für dich sind so unterschiedlich, Mutter, daß ich sie kaum voneinander trennen kann. Ich hoffe, daß keines davon Haß ist.« Er sprach ruhig, seine Stimme war von Gefühlen erstickt, die er längst für überwunden gehalten hatte. Ihre zarten, blassen Wangen waren feucht und ihre Augen geschwollen, als hätte sie geweint.

»Thomas. Kleiner Thomas. Wie konnte Gott uns das antun?« In ihrer Frage lag tiefer Schmerz. Die Frau ging mit ausgestreckten Armen flehend auf ihn zu, und obwohl er am liebsten ihrer Anziehungskraft widerstanden hätte, umarmte er die fremde, schluchzende Frau, die seine Mutter war und die den Kopf in einer merkwürdigen Umkehrung ihrer einstigen Rollen an seine breite Brust drückte.

»Was ist aus dir geworden, Mutter?« Er stellte die Frage drängend, seine Stimme war von Schmerz und Zorn gedämpft. »Warum weiß dein Mann nicht, wer ich bin? Hast du dich nicht all diese Jahre nach mir gesehnt wie ich mich nach dir? Wie konntest du mich so enttäuschen!«

Wegen des heftigen Vorwurfs in seiner Stimme wich sie zurück und richtete sich würdevoll zu ihrer vollen Größe auf, als wolle sie Haltung annehmen, bevor sie antwortete.

»Ich habe diesen Tag tausendmal in meiner Phantasie erlebt, mein Sohn.« Ihre Stimme hatte sich ein wenig verändert. »Was kann ich dir sagen? Wie kann ich erklären, was ich getan habe? Nachdem du jetzt hier bist, kann ich dich nur bitten, mich bis zu Ende anzuhören, bevor du deine Mutter verurteilst. Du hast zweifellos das Recht, mich zu hassen, Tom. Aber es wäre besser, zuerst zu hören, was ich erlebt habe, bevor du über mich urteilst.«

»Ja, Mutter. Aber nicht hier, nicht im Haus dieses Mannes.«

»Es ist auch mein Haus, Tom – und das meiner Kinder.«

»Ja, Mutter. Und deshalb kann ich nicht hier bleiben.«

Mary strich sich die Haare zurück, die ihr ins Gesicht gefallen waren, trocknete ihre Augen mit einem gestickten Taschentuch, das sie aus dem eleganten Ärmel zog, und blickte den erwachsenen Mann, der ihr Sohn war, an.

»Du bist Michaels Ebenbild, Tom. Solange du lebst, wird dein Vater nicht sterben.« Sie wandte ihr Gesicht ab, als schmerze sie der Anblick körperlich. Ihre Stimme war fast ein Flüstern. »Du kannst dir nicht vorstellen, was für schmerzliche Erinnerungen du in mir wachrufst. Damals habe ich geglaubt, daß ich es nicht überleben werde.«

»Du bist aber offenbar nicht gestorben... Mutter.« Die Frau hörte die Ironie in seiner Stimme und die Betonung des letzten Wortes.

Mary Dalton Martin hob würdevoll den Kopf. »Ich habe meine Schuld bezahlt, Blut von meinem Blut und Fleisch von meinem Fleisch. Das Leben hat mir nur Schmerz, Erniedrigung und Armut zugeteilt, bis ich es durch Gottes Gnade in ein gutes Leben für mich und meine Kinder verwandelt habe. Wenn du annimmst, daß ich nicht gelitten habe, als ich dich verließ und Michael verlor, irrst du dich. Seit Mr. Martin mich in sein Bett genommen hat, habe ich in jeder Nacht meines Lebens an meine tote Liebe gedacht und an alles, was hätte sein können. Hätte ich eine Möglichkeit gehabt, dich bei mir zu behalten und zu überleben, dann dürfte dir doch klar sein, daß ich es getan hätte. In diesem Land wären wir ohne Chance gewesen, Tom, wenn ich dich entgegen dem Willen deines Vaters bei mir behalten hätte, das kannst du mir glauben.«

Er blieb finster und antwortete nicht auf ihren Wortschwall.

»Weißt du, wie das Leben eines Dienstmädchens aussieht, Tom?« Ihre Stimme klang rauh und bitter. »Du arbeitest dich zu Tode und bist dankbar dafür, daß du zu essen hast und am Leben bleibst. Du bedienst die Privilegierten und sehnst dich danach, einer von ihnen zu sein. Planen und Sparen und Lernen und Hoffen, verloren und allein in einem fremden, neuen Land, während dir das Herz bricht, weil du soviel verloren hast. Hast du eine Ahnung, was die Welt von einer Frau hält, die ein Kind, aber keinen Mann hat? Du kennst bestimmt die Ausdrücke, mit denen eine Frau wie ich bezeichnet wird?« Ihre Worte waren verkrampft und kaum hörbar. »Ich war in Irland Dienstmädchen und bin es in New York gewesen, und wenn du nur eine Minute lang findest, daß ich die einmalige Chance, etwas Besseres zu werden und mein Leben neu zu beginnen, nicht hätte wahrnehmen sollen, bist du ebenso herzlos wie alle anderen.«

Tom wollte etwas sagen, doch sie hinderte ihn mit einer Handbewegung daran.

»Wenn Mr. Martin gewußt hätte, daß ich keine Jungfrau mehr war, glaubst du, daß ich dann diese Chance gehabt hätte? Keine Spur! Deshalb gab ich die geringe Hoffnung, dich jemals wiederzusehen, für die Möglichkeit, ein ordentliches Leben zu führen, auf. Und wenn du mich deshalb haßt, ist es dein gutes Recht, und ich wäre die letzte, die es dir übelnimmt. Aber Gott ist mein Zeuge: Ich schäme mich meiner Handlungsweise nicht. Ich bin unglücklich darüber, daß ich dich verloren habe. Aber du sollst wissen, daß ich mich nicht schäme.«

Tom ballte die Fäuste, Tränen des Zorns und des Kummers brannten in seinen Augen, Wut über das Schicksal, das mit ihrer beider Leben so gespielt hatte. Er wandte sich in hilflosem Ungestüm von der Frau ab, als würde es ihm dann leichter fallen zu sprechen. Er verstand ihren Schmerz, aber das milderte nicht den seinen.

»Ich habe auf dich gewartet, Mutter, immer habe ich gewartet. In all den langen Jahren habe ich mit verzweifeltem Verlangen an dich gedacht. Ich habe dich geliebt und gehaßt... aber immer, immer warst du in meinem Herzen und in meinen Gedanken.« Er hielt einen Augenblick inne, als wolle er Kraft sammeln. »Aber bis heute habe ich nur mit der Sehnsucht eines Kindes an dich gedacht, nie mit dem Verständnis eines Mannes für das Los einer Frau.« Er wandte sich ihr zu. »Ich hasse dich nicht. Du bist nur nicht die Mutter, an die ich mich erinnere. Daran bist nicht du schuld. Meine Erinnerungen und das Schicksal sind schuld daran.«

Wie kann dieser Mann meine Qual verstehen, dachte sie schmerzlich. Wie kann ein Mann begreifen, was mich mein Existenzkampf gekostet hat. Mary brach das lange Schweigen, ihre Stimme klang heiser und schmerzvoll. »Ich möchte dir von meinem Leben erzählen, Thomas, wenn du es hören willst; und ich möchte wissen, wie es dir ergangen ist, seit wir uns getrennt haben.« Etwas unendlich Klagendes in diesen einfachen Worten rührte Toms Herz, etwas, das von Einsamkeit und Schmerz sprach, Gefühle, die er nur allzugut verstand.

In dem schönen Gesicht des Sohnes kämpften Zorn und Traurigkeit, schließlich jedoch verflüchtigte sich der Zorn allmählich.

»So viele Jahre. So viel Kummer. Womit sollen wir überhaupt beginnen?« Seine Stimme klang noch gespannt, aber freundlicher als zuvor, und seine Mutter spürte, wie Balsamtropfen der Erleichterung ihre Seele kühlten.

»Komm, fahren wir mit der Kutsche aus, Tom. Ich werde dir Boston zeigen, und vielleicht kommen wir fern von diesem Haus einander näher, wenn es dich schmerzt, hier zu sein. Ich möchte dir von deinem Vater erzählen, denn ich besitze etwas von ihm, das eigentlich dir gehört.« Sie nahm einen kostbaren, pelzbesetzten Samtschal von einem Tisch bei der Tür und schlang ihn sich um die Schultern, und der Sohn fragte sich wieder, was aus seiner schüchternen, bäuerlichen Mutter geworden war.

Die Kutsche wurde von einem livrierten Bediensteten vorgefahren. Es war ein großer, glänzend schwarzer Wagen mit einem Emblem, das Tom nicht kannte, auf der Seitenwand. Das Gespann, zwei Apfelschimmel, tänzelte im kalten Bostoner Dunst. Tom tätschelte die samtigen Nüstern der Pferde, und sie beruhigten sich und knabberten an seiner Schulter. Seine Mutter beobachtete ihn mit feuchten Augen, und er wußte, daß sie seinen Vater und nicht ihn vor sich sah. Wenn er seinem Vater wirklich so ähnlich sah, wie sie behauptete, mußte es für sie ein doppelt trauriger Tag sein, dachte er, während er ihr in die schöne Kutsche half.

Sie fuhren durch die geschäftigen Straßen, und Mary zeigte ihm Mr. Martins neues Warenhaus. Es sei das am schnellsten expandierende Unternehmen in Boston, erzählte sie ihm voll Stolz. Sie fuhren an den Einwandererslums und den prächtigen Häusern der Wohlhabenden vorbei, am betriebsamen Hafen und durch die belebten Geschäftsstraßen. Seine Mutter war eine kluge Frau, die sich klar ausdrückte, nicht mehr das Bauernmädchen aus Drumgillan, das sich danach gesehnt hatte, eine Dame zu sein.

Sie erzählten einander, was sie in all den Jahren erlebt hatten. Es tat gut, sich all die Dinge von der Seele zu reden, aber die wiedererwachten schmerzhaften Erinnerungen setzten ihnen arg zu und gaben ihnen das Gefühl, schwach und verwundbar zu sein.

Die Offenheit und Selbstsicherheit seiner Mutter, ihr unbekümmertes Lachen und ihr gesunder Menschenverstand entwaffneten Tom. Gegen Mittag hatte er sie bereits so lieb gewonnen, daß er es sogar fertigbrachte, ihren Bericht über die Leistungen ihrer Kinder und die Erfolge ihres Mannes ohne Ärger und Erregung zuzuhören.

»Ich habe ein Geschenk für dich, Tom«, sagte sie sanft, als sie zu dem Haus auf dem Beacon Hill zurückfuhren und ihnen klarwurde, daß der Besuch zu Ende ging. Sie griff in den Ausschnitt ihres Kleides und zog einen herzförmigen Anhänger an einer dünnen Goldkette hervor. Sie öffnete die Schließe und drückte ihn Tom in die Hand, dabei staunte sie über den Gegensatz zwischen der riesigen Hand und dem winzigen goldenen Schatz. »Dieses Medaillon enthält eine Miniatur deines Vaters. Es gehört dir.«

»Du hast gesagt, du würdest dich nie davon trennen.«

»Das stimmt.« Sie lächelte bedauernd. »Ich habe vieles gesagt, bevor ich wußte, was das Leben mir bringen wird. In dem Medaillon wirst du auch dein Gesicht erkennen, Tom. Ich habe das Schmuckstück zwanzig Jahre lang in einer Lade meines Frisiertisches versteckt. Es war mir ein Bedürfnis, Michaels Andenken lebendig zu erhalten. Aber jetzt, da ich dich gesehen habe, mein Sohn, weiß ich, daß er in dir weiterlebt und mein Dahinwarten irgendwie zu Ende ist.«

»Bist du glücklich, Mutter?« fragte der junge Mann ernsthaft.

»Das einzige Glück, das ich je erlebt habe, ist in der strohgedeckten Hütte mit den beiden Menschen, die ich am meisten geliebt habe, zurückgeblieben. Manchmal glaube ich, es war in einem anderen Leben.« Sie seufzte und schwieg kurz, bevor sie weitersprach. »Mr. Martin, meine Kinder und mein schönes Haus schenken mir Zufriedenheit; du brauchst also weder um mich noch um meine Familie Angst zu haben. Besonders eines meiner Kinder macht mir große Freude. Der Junge heißt John, aber ich nenne ihn immer Sean. Er ist mein Jüngster, und er erinnert mich sehr an dich, Tom, als du noch klein warst. Es ist beinahe, als wäre ich wieder mit dir zusammen. Sean macht mich glücklich.«

Sie tätschelte Toms Hand. »Und wie geht es dir? Bist du glücklich?«

»Da ist ein Mädchen, das ich liebe. Ich habe noch nicht genügend Geld, um um ihre Hand anzuhalten, aber ich habe Grund zur Annahme, daß ich ihr nicht gleichgültig bin. Sie wird mein Glück sein, Mutter, das spüre ich.«

»Dann mußt du gut für sie sorgen, Tom, und dich durch nichts von ihr trennen lassen. Gott kann nicht so grausam sein, dir in diesem Leben noch einen Abschied zuzumuten.«

»Ich liebe dich, Mutter«, sagte er und fragte sich, was er nach all den Jahren der Trennung eigentlich mit diesen Worten verband.

»Ich liebe dich auch, mein Sohn.«

Er drückte sie lange an sich, spürte, wie mitgenommen und bekümmert sie war, dann stieg er aus der Kutsche und fragte sich, ob sie einander je wiedersehen würden, denn sie hatten beide die Frage einer weiteren Begegnung unausgesprochen gelassen.

Thomas Dalton hatte die Hände in die Taschen gesteckt und schritt mit leerem Blick langsam den Beacon Hill hinunter. Sie war seiner Mutter so merkwürdig unähnlich gewesen, diese reizende Dame in mittleren Jahren, die ihn eigenartigerweise an die Frauen in Dublin mit ihren traurigen Augen erinnerte. Es gelang ihm nicht, die ruhige, aristokratische Erscheinung mit der robusten, bäuerlichen Lebenskraft der Mutter seiner Kindheit in Zusammenhang zu bringen. Er versuchte, die Leiden zu erraten, die zu dieser Veränderung geführt hatten, aber ihr Kummer verblaßte neben dem seinen.

Das war sie also, die Wahrheit, der er nie ins Gesicht sehen wollte. Der Grund, weshalb sie ihn nie zu sich gerufen, ihn nie gebeten hatte, sie zu besuchen, war ihr neues Leben gewesen.

Tante Elly hatte also die eigentliche Ursache gekannt, die kluge Tante Elly. »Sie ist ganz bestimmt nicht mehr der Grund«, hatte sie festgestellt. »Jetzt bist du selbst der Grund. Du verdienst es, ein eigenes Leben zu leben.«

Seine Mutter hatte ihren Weg gefunden. Sie war anders, als er erhofft hatte, aber wie wäre das auch möglich gewesen nach zwanzig Jahren? Wäre sie das sanfte Mädchen geblieben, an das er sich erinnerte, würde sie längst nicht mehr leben. Nur die Verbindung zwischen ihnen lebte nicht mehr, und vielleicht war das für alle Beteiligten das Beste. Er mußte darüber hinwegkommen. Er mußte versuchen, sich liebevoll an sie zu erinnern.

45

Abigail Marshall war eine unverheiratete Dame; und Tom zweifelte nicht daran, daß sich daran bis zu ihrem Tod nichts ändern würde, denn sie hatte das lange Pferdegesicht und die spitze Zunge ihrer New-England-Ahnen.

Sie begrüßte ihn mit einer Offenheit, die sympathisch wirkte, und stellte ihn ihrem Bruder Henry vor, den sie offensichtlich anbetete.

Henry war ruhig, anspruchslos, und sein Kopf glänzte kahl wie ein Ei. Er blinzelte wie ein alter Professor, der seine gesamte Zeit glücklich mit Büchern verbringt, und er behandelte seine Schwester mit einer Achtung, die Tom amüsierte.

»Sie kommen, um unser Unternehmen zu kaufen«, eröffnete Abigail sachlich das Gespräch. »Wir wollen es aber nicht verkaufen, Mr. Dalton. Wir haben die Firma von unserem verehrten Vater geerbt und bestreiten aus ihr unseren Lebensunterhalt.« Tom hatte keine so direkte Konfrontation erwartet.

»Sie und Ihr Bruder befinden sich doch in finanziellen Schwierigkeiten, Miss Marshall. Wäre es nicht vernünftig, das Geschäft zu verkaufen und den Erlös in ein kleineres Unternehmen zu investieren? Ich muß Sie fairerweise darauf aufmerksam machen, daß mein Auftraggeber für gewöhnlich das Ziel erreicht, das er sich gesetzt hat.«

»Verkaufen wäre vielleicht vernünftig, Mr. Dalton, wenn unser Leben wie das unseres Vaters nicht so eng mit der Reederei Marshall verbunden gewesen wäre. Für uns ist sie mehr als nur eine angesehene Firma, sie ist unser Erbe, sichert unsere Stellung in der Gemeinde und ist mit unseren schönsten Erinnerungen verbunden.«

Er betrachtete die Frau, während sie redete. Ihr Haar war kastanienbraun, reichlich mit grauen Fäden vermischt und zu einem kleinen Knoten aufgesteckt. Sie hatte energische, lebhafte Augen, einen überaus beweglichen Verstand und eine Offenheit, die er reizvoll fand. Er wunderte sich, wieso sie Mulvaney hatte die Oberhand gewinnen lassen, denn sie wirkte, wenn es um Geschäfte ging, keineswegs unerfahren.

»Wären Sie bereit, mich zum Abendessen einzuladen, Miss Marshall?« Er fragte dies, einer plötzlichen Eingebung folgend, nachdem er fast eine Stunde lang mit ihr über den angestrebten Kauf gesprochen hatte.

»Können Sie mir verraten, warum ich für den Mann, der sich mit der Absicht trägt, mich aus meiner Firma zu drängen, ein Abendessen kochen sollte?« Sie sah ihn belustigt an, und ihm gefiel der Stolz, der sie zu einer so heftigen Reaktion veranlaßt hatte.

»Weil Sie ein großes Problem für mich darstellen, Miss Marshall, und meine eigene Zukunft genauso auf dem Spiel steht wie die Ihre. Um ehrlich zu sein, wenn wir Gelegenheit hätten, einander besser kennenzulernen, könnten wir eine Möglichkeit finden, die Frage gemeinsam zu lösen, sicher etwas rascher, als wenn sich jeder für sich mit ihr abmüht.«

Sie lächelte spöttisch bei diesem merkwürdigen Ansinnen und nickte.

»Dann also um sieben Uhr, Mr. Dalton. Mein Bruder und ich bevorzugen die spartanische New-England-Küche, also erwarten Sie keine ausgefallenen Leckereien.«

»Ich werde pünktlich sein, Miss Marshall«, versprach er und verließ das kleine Büro. In seinen Überlegungen nahm bereits ein Plan Gestalt an. Er wollte sich durch nichts beeinflussen lassen, weder von Tierney noch O'Reilly, noch Mulvaney und auch nicht von Gott dem Allmächtigen. Er war achtundzwanzig Jahre alt, und es war bei Gott an der Zeit, daß er auf eigenen Füßen stand.

Der Hafen von Boston sah merklich anders aus als der von New York. Vor allem war er sauberer und weniger häßlich, obwohl Tom die Ursache dafür nicht nennen konnte. Die Schiffe ähnelten denen in New York, die Arbeitskräfte zum Laden und Löschen der Frachten gleichfalls, aber die arbeitenden Männer wirkten frischer, weniger verdrießlich, und es gab auch entschieden weniger Schmutz im Hafenviertel.

Tom zog Erkundigungen über die Marshalls ein, und überall erhielt er die gleiche Auskunft. »Henry Marshall, Gott segne ihn, ist der beste, freundlichste Mann, dem Sie begegnen können. Grundanständig, er würde sein letztes Hemd herschenken, Hand aufs Herz! Und Abigail? Blitzgescheit. Sie rechnet so schnell wie eine Maschine, ist schlau und kräftig und auch ein harter Brocken, wenn es ums Verhandeln geht. Sie unterrichtet an der Sonntagsschule der Kirchengemeinde und arbeitet in ihrer Freizeit für die Armen und die Mission.«

»Möchten Sie noch etwas von dem Maispudding, Mr. Dalton?« Abigails Gesicht war von der Hitze am Herd gerötet. Sie trug ein strenges kleines Abendkleid aus dunkelgrünem Gabardine mit weißem Kragen und weißen Manschetten, und Tom dachte zum erstenmal, seit er sie kennengelernt hatte, daß sie in ihrer Jugend hübsch gewesen sein muß, falls sie es der Mühe für wert gefunden hat, an ihr Äußeres zu denken.

»Miss Marshall, noch ein einziger Bissen würde unweigerlich dazu führen, die Knöpfe von meiner Weste zu sprengen.« Sie lächelte darüber, daß er soviel gegessen hatte, und freute sich, weil ihr einfaches Abendessen bei ihm so großen Anklang gefunden hatte.

»Bekommen Sie in New York denn nichts zu essen, Mr. Dalton?«

»Doch, Madam, sicherlich«, antwortete er und blinzelte Henry zu, »aber es schmeckt leider bei weitem nicht so gut wie in Boston.«

Abigail Marshall nahm ihre Schürze ab, faltete sie sorgfältig und legte sie auf die Anrichte aus Nußbaumholz.

»Mit Speck fängt man Mäuse, nicht wahr, Mr. Dalton?« fragte sie. »Erwarten Sie vielleicht, daß Sie mich mit Schmeicheleien aus dem Geschäft werfen?«

»Aber Abigail!« mahnte ihr Bruder, der über diesen Fauxpas entsetzt war. »Mr. Dalton hat es nicht verdient, in unserem Haus beleidigt zu werden, meine Liebe!«

Abigail holte tief Luft. »Wie gewöhnlich hast du vollkommen recht, lieber Henry. Ich bitte um Entschuldigung, Mr. Dalton! Es ist einfach die große Anstrengung, unsere Firma über Wasser zu halten, die mich so mitnimmt, daß ich unhöflich werde. Und natürlich die Einsicht, daß meine eigene Dummheit daran schuld ist, daß Mr. Mulvaney die Oberhand bekommen hat.«

Tom beobachtete die kräftige, aber vornehm erzogene Frau und war von ihrer Offenheit gerührt. Zum zwanzigstenmal an diesem Tag überdachte er seine Möglichkeiten. Er konnte einfach seinem Auftrag gemäß vorgehen; niemand durfte ihm einen Vorwurf machen, wenn er die Arbeit machte, für die er bezahlt wurde. Und Abigail Marshall hatte tatsächlich einen unverzeihlichen geschäftlichen Fehler begangen: Sie hatten sich übervorteilen lassen. Aber sie hatte es auch mit einem besonders starken Gegner zu tun; O'Reilly und Tierney waren außergewöhnlich rücksichtslos und schlau und hatten zudem die gewaltigen Machtmittel Mulvaneys hinter sich. Es war sicherlich keine Schande, von so überlegenen Streitkräften vernichtend geschlagen zu werden.

Er konnte auch die verworrene Angelegenheit aufgeben, mit eingezogenem Schwanz zurückkehren und zugeben, daß er nicht die Härte besaß, die Heldentat zu vollbringen. Keine verlockende Alternative, nein: unmöglich, wenn er jemals um Deirdres Hand anhalten wollte.

Oder er war in der Lage, einen Ausweg aus dem Labyrinth zu finden, einen Kompromiß, mit dem er vermeiden konnte, an einem Unrecht beteiligt zu sein, das er nicht auf sein Gewissen nehmen wollte, und mit dem er zugleich Mulvaney keinen Vorwand liefern würde, ihn wegen seines Versagens zur Rechenschaft zu ziehen. Während des Abendessens war er auf eine Idee gekommen.

»Miss Marshall«, brach er schließlich das Schweigen, »ich würde gern noch etwas bleiben, um Ihnen vielleicht ein wenig über den Mann zu erzählen, für den ich arbeite.«

Henry Marshall lächelte den ernsten jungen Mann an. »Ich schlage vor, Mr. Dalton, wir verlegen das Gespräch ins Herrenzimmer, wenn Sie nichts dagegen haben. Dort können wir uns gleich ein wenig von dem Brombeerschnaps meiner Schwester genehmigen. Auf diese Art werden wir, wenn Ihre Geschichte vielversprechend klingt, angenehm entspannt sein und uns über sie freuen, und wenn sie unerfreulich ist, wird es uns vielleicht nicht mehr soviel ausmachen.«

Tom folgte den beiden in das kleine Herrenzimmer. Er wollte die nächsten Stunden dazu verwenden, das Ausmaß ihrer geschäftlichen Erfahrungen zu erkunden und ihre Charaktere zu erforschen. Er hatte nicht vor, ihnen zu verraten, daß er Mulvaney verpflichtet war, und wie sehr ihm daran lag, um Deirdre werben zu können, noch wollte er über seine Erlebnisse mit Donaher und Furuseth im Hafenviertel sprechen. Doch noch bevor er sich von ihnen verabschiedete, hatte er beide Vorsätze gebrochen. Dazu hatte er mit Handschlag ein Abkommen mit den beiden besiegelt, das vielleicht das Ende seiner Tätigkeit bei Mulvaney bedeuten konnte. Es war ein Wagnis, zu dem er sich nach reiflicher Überlegung entschlossen hatte, ein Wagnis, das er um seiner selbst wie der Marshalls willen eingehen mußte.

»Könnte ich bitte Mr. Mulvaney sprechen.« Tom war neugierig, wie sein Boß die ungewöhnliche Lösung des heiklen Marshall-Problems aufnehmen würde.

»Mr. Mulvaney ist bereit, Sie gleich zu empfangen, Mr. Dalton.« Die Frau mittleren Alters, die den Zugang zu Mulvaneys Büro bewachte, hielt die schwere Tür auf und trat zur Seite. Von der Tür aus erkannte Tom Diamond Jims massigen Körper, der am Fenster stand und auf die Stadt hinunterblickte. Tom räusperte sich, um den anderen darauf aufmerksam zu machen, daß er eingetreten war.

»Setzen Sie sich, Dalton!« forderte der Chef ihn auf und drehte sich zu ihm um. Sein rundes Gesicht wirkte ruhig, aber seine Augen sprühten vor Energie und Tatkraft.

»Sie sind sicher gekommen, um mir zu berichten, was Sie in Boston erreicht haben.«

»Das und noch einiges mehr, Sir.«

Mulvaneys buschige Augenbrauen schnellten drohend in die Höhe. »Dann raus damit!«

Tom holte tief Luft. »Ich habe die Reederei Marshall in Ihrem Namen gekauft, Mr. Mulvaney. Ein hübsches Objekt, möglicherweise recht rentabel, wie Sie wissen.«

»Das habe ich erwartet.«

»Haben Sie auch erwartet, Sir, daß ich die Marshalls als Geschäftsführer anstellen würde?«

»Sie haben sie angestellt?«

»Ja, Sir. Auf Lebenszeit, vorausgesetzt, daß sie ihre Aufgabe gut erfüllen.«

»Darf ich fragen, warum?«

»Sie sind tüchtige Geschäftsleute. Die Frau denkt blitzschnell, der Mann wird von allen geschätzt. Sie sind ehrlich, klug, fleißig und in der Gemeinde angesehen. Mit denen werden Sie zufrieden sein.«

»Die beiden waren aber so dumm, sich von Tierney und O'Reilly reinlegen zu lassen.«

»Wer betreibt schon ein Leben lang ein Geschäft, ohne einmal einen Fehler zu begehen? Und wer ist noch gerissener als Tierney und O'Reilly?«

Mulvaney lächelte unergründlich.

»Fazit: Sie haben es also nicht fertiggebracht, die schmutzige Arbeit zu erledigen, nicht wahr?«

Tom erwiderte Mulvaneys scharfen Blick. »Es stimmt, daß ich es nicht fertiggebracht habe, die Marshalls zu vertreiben, nachdem ich die beiden kennengelernt habe.« Er schwieg eine Weile.

»Aber es stimmt auch, daß ich sie nicht als Geschäftsführer angestellt hätte, wenn ich nicht davon überzeugt wäre, daß sie die besten Leute für diesen Job sind. Sie kommen aus einer stolzen Familie, Mr. Mulvaney. Die beiden werden ihr Bestes für Sie geben, und wenn sie Tierney und O'Reilly statt gegen sich an ihrer Seite haben, dürfte die Reederei Marshall eine recht gute Investition für Sie sein.«

»Und was hätten Sie, wenn ich fragen darf, in Ihrer allmächtigen Weisheit getan, wenn Sie daraufgekommen wären, daß die beiden nicht so tüchtig sind?« Mr. Mulvaney wirkte eher belustigt als verärgert, aber Tom war sich nicht sicher.

»Ich hätte sie ausbezahlt und fortgeschickt, glaube ich.«

»Glauben Sie!« donnerte Mulvaney plötzlich. »Im Geschäftsleben müssen Sie genau wissen, nicht nur glauben, was Sie tun sollen! Ich bezahle Sie dafür, daß Sie meine Befehle ausführen... und nicht dafür, daß Sie an meine Geschäfte moralische Maßstäbe anlegen! Vergessen Sie das nie!«

»Dann ist Duffy der Richtige für den Job, Sir, und nicht Tom Dalton.« Die Stimme des jungen Mannes klang ruhig und doch angespannt. Er wollte seine Stellung behalten; die Anstellung bei Mulvaney war eine einmalige Chance in seinem Leben. Aber er konnte auch nicht zulassen, daß Diamond Jim ihn wie ein gedankenloses Werkzeug gebrauchte.

Der Ältere taxierte ihn ungeniert. Als er wieder zu sprechen begann, spürte Tom, daß man ihn gewogen hatte, wußte aber nicht, ob er als zu leicht befunden worden war.

»Gehen Sie zu Ihren beiden Lehrmeistern, erstatten Sie ihnen Bericht, und damit ist die Angelegenheit erledigt.« Diesmal klang die Stimme unbeteiligt.

Tom stand auf.

»Übrigens, mein Junge, Sie werden für diesen Abschluß keine Prämie erhalten. Im Geschäftsleben kostet ein gutes Herz Geld. Das ist ein Lehrgeld, das Sie nicht früh genug zahlen können.«

Als Tom das Büro verließ, wußte er nicht, ob er froh sein sollte, daß er nicht gefeuert worden war, oder ob er sich darüber freuen sollte, daß ihm die Prämie entgangen war, mit der er gerechnet hatte, oder ob er einfach erleichtert sein sollte, weil er diese Prüfung hinter sich hatte. Er beschloß, sich erleichtert zu fühlen.

46

Für Tom schien sich nach dem Aufenthalt in Boston alles zum Besseren gewendet zu haben. Er hatte zwar seine Prämie nicht bekommen, dafür aber eine kleine Gehaltserhöhung. Obwohl O'Reilly seinen Ärger über Toms »Gefühlsduselei« lautstark zum Ausdruck gebracht hatte und Tierney belustigt darüber gekichert hatte, wie er sich aus der Affäre gezogen hatte, wandelte sich dank der Bostoner Episode sein Status in Mulvaneys Unternehmen vom Lehrling zum Gesellen.

Alle drei Männer behandelten ihn nunmehr als Gleichgestellten, und Duffy, der rasch jede Änderung in der Einstellung seines Idols gegenüber anderen registrierte, begann Tom mehr als Respektsperson denn als Kollegen zu behandeln.

»Es hatte unerwartete Auswirkungen, Donaher«, berichtete Tom seinem Freund, als sie eines Abends im »Longshoremen's Rest« saßen. »Sie behandeln mich jetzt besser, obwohl ich mich nicht an ihre Weisungen gehalten habe. Kannst du das verstehen?«

»Kein wirklich bedeutender Mann will nur Jasager um sich haben, Junge. Mulvaney weiß jetzt, daß er an dir mehr hat, als er erwarten konnte, und darüber freut er sich. Einen Jasager um sich zu haben kann recht angenehm sein, aber einen Mann mit einer eigenen Meinung und dem Mut, zu ihr zu stehen, ist verdammt viel nützlicher.«

»Vielleicht hast du recht, Donaher.« Tom war nicht ganz überzeugt. »Auf jeden Fall fühle ich mich seit Boston selbstsicherer. Ich weiß nicht, ob es damit zusammenhängt, daß ich mich bei Mulvaney durchgesetzt habe, oder weil ich mich nach all den Jahren endlich mit meiner Vergangenheit auseinandersetzen mußte, aber ich habe das Gefühl, daß ich mit allen Schwierigkeiten fertig werden kann.« Er lachte fast verschämt über so viel Eigenlob. »Bald werde ich Jim um die Erlaubnis bitten, um Deirdre zu werben.«

Donaher blickte erschrocken auf. Er hoffte, daß sein junger Freund Mulvaney nicht mißverstanden hatte. »Ich werde dir die Daumen drücken, Junge. So wie du sie schilderst, scheint sie genau das richtige Mädchen für dich zu sein.« Es hatte keinen

Sinn, Tom mit seinen Bedenken zu belasten. Donaher sah seinen jungen Freund voll tiefer Zuneigung an und hoffte von ganzem Herzen, daß die Träume des Jungen sich im Gegensatz zu den Sehnsüchten der übrigen Menschheit wirklich erfüllen würden.

Mulvaney lehnte sich in seinen braunen Ledersessel zurück und zündete in einem feierlichen Ritual seine große Havanna-Zigarre an. Auf dem Tisch neben ihm stand ein Schwenker mit Brandy, um ihn häuften sich in der Bibliothek die Hinweise auf seinen Reichtum und seine Stellung: Fotos von ihm mit den Großen und Beinahegroßen; seltene, in Leder gebundene Bücher, teure, wenn auch nicht unbedingt geschmackvolle Möbel. Zufriedenheit umgab ihn wie ein Hauch von Sonnenschein.

»Habe ich Ihnen jemals von meinem kurzen Gastspiel im Viehhandel erzählt?« Er blickte seinen Schützling vergnügt an. Der Junge war viel zu ernst, aber bei Gott, er würde ihn aus der Reserve locken, und wenn er ihn dabei umbrachte.

»Diese Phase in Ihrer wechselvollen Laufbahn kenne ich noch nicht.« Tom klang interessiert und ein wenig belustigt – jedes neue Kapitel in Mulvaneys Leben war eine Offenbarung. Der Mann war ein skrupelloser Schweinehund, aber irgendwo in ihm gab es eine weiche Stelle. Warum hätte er sonst einen jungen Mann von der Straße geholt und ihm glänzende Möglichkeiten geboten?

Tom freute sich immer auf die Abende, an denen ihn Mulvaney nach dem Dinner zu einer Zigarre und zu Brandy einlud. Er konnte viel von dem Mann lernen, und dieser war auch durchaus bereit, Lernenswertes zu erzählen.

»Nachdem die Lehrzeit bei meinem Hundsfott von Wohltäter, dem Juristen und Bauholzmagnaten, vorbei war, stand ich also im Begriff, in den Osten zurückzukehren. Da erfahre ich, daß eine Rinderherde ins Schlachthaus nach Chicago getrieben werden soll, und Chicago lag genau in der Richtung, in die ich wollte. Ich verstand nicht mehr von Kühen als Sie, aber ich hatte immer eine gute Nase für Geschäfte, und zudem hatte ich einmal in einem Saloon von einem alten mexikanischen Trick gehört, wie man Gringos unten in Texas Spitzenpreise für Rinder abknöpft. Ich beschließe also, die Rinderherde auf meiner Heimreise mitzunehmen, nachdem ich das Geld für das Vieh bei einer Pokerpartie gewonnen hatte, damals konnte ich nämlich mit einem gezinkten Paket Karten recht geschickt umgehen.«

Er blickte Tom unter seinen ausdrucksvollen Brauen forschend an, und als er keine Anzeichen von Mißfallen bei ihm bemerkte, fuhr er mit der Erzählung fort.

»Ich habe also ein Rudel Viehtreiber und einen einohrigen Koch mit seinem Küchenwagen angeheuert und außerdem drei Wagen mit Salz beladen. Dann zogen wir los, und wenn Sie noch nie in Begleitung von Rindern und Cowboys gereist sind, können Sie sich weder die Mühsal noch die Qualen für ihren Geruchssinn vorstellen. Dreitausend Kilometer lang hielt ich mir tagsüber die Nase zu und spielte nächtelang Poker mit einem elenden Haufen von Viehdieben, die Gott nur im Zorn erschaffen haben konnte. Aber das ist schon wieder eine andere Geschichte. Als wir noch etwa hundertfünfzig Kilometer von Chicago entfernt waren, sagte ich den Treibern, sie sollten die Salzsäcke aufmachen und das Salz an das Vieh verfüttern. Meine mexikanische Saloon-Bekanntschaft hatte mir nämlich verraten, daß die Rinder auf Salz scharf seien, und bei Gott, er hatte verdammt recht damit. Das gefräßige Vieh stürzte sich auf das Salz, und je mehr wir vom Wagen schütteten, desto mehr fraßen sie.«

Tom dämmerte allmählich, welche Wendung die Geschichte nehmen würde.

»Und diese Kühe wurden dann ganz zufällig durstig, nicht wahr, Mr. Mulvaney?«

»Und ob sie das wurden!« Der Ältere schlug sich begeistert auf sein rundes Knie. »Sie tranken sich toll und voll, bis sie prall und vollgepumpt waren, wie man es in Chicago noch nie gesehen hatte, und wir verkauften diese fetten Kühe um das Eineinhalbfache ihres Wertes.«

Tom schüttelte verwundert den Kopf über die spontane Überschwenglichkeit des abgefeimten Mannes. Das Schönste für Diamond Jim war ein Sieg über widrige Umstände, den er durch seine Schlauheit errang.

»Sie überraschen mich immer wieder, Mr. Mulvaney«, sagte Tom aufrichtig. »Jede Geschichte, die Sie mir erzählen, ist großartig.«

Mulvaney hörte auf zu lachen, aber ein wohlwollender Ausdruck breitete sich auf seinem Gesicht aus, während er seinen Schüler musterte.

»Ich habe es aufgegeben, Ihnen Verschlagenheit beizubringen, aber es macht mir immer noch Spaß, Ihnen zu zeigen, wie es gemacht wird.«

Tom blickte auf, um festzustellen, ob das als Zurechtweisung gedacht war, doch Mulvaney winkte ab, als wolle er die unausgesprochene Frage abwehren.

»Ich kritisiere Sie nicht. Sie besitzen andere Eigenschaften, die für mich ebenso nützlich sind. Außerdem reicht meine Verschlagenheit für uns beide, also, vergessen Sie es!«

Er betrachtete den gutaussehenden jungen Mann wohlwollend. Die Faszination, die Dalton auf ihn ausübte, gefiel ihm selbst. Tom war viel zu anständig und zu ernst, er sah viel zu gut aus und war noch dazu allzu bereit zu hören, was sein Gegner einzuwenden hatte, aber er war etwas Besonderes. Und Jim hatte das Besondere immer bewundert. Außerdem besaß Tom jene eigentümliche Vornehmheit, die den Iren gelegentlich eigen ist und die Jim beeindruckte. Er war ein kluger, leistungsfähiger Arbeiter. In Boston war er natürlich völlig richtig vorgegangen; Jim hatte schadenfroh über O'Reilly und Tierney gelacht. Die alten Schurken wollten dem Jungen ein Bein stellen, und er stieg mit blütenweißer Weste aus der Sache heraus. Die Marshalls waren die idealen Geschäftsführer, sie würden den guten Ruf der Firma wahren, bis er andere Pläne hatte. Sie waren Stützen der Gemeinde, und Jim hatte gern ein paar brave Kirchgänger auf seiner Lohnliste.

Aber natürlich war das nicht alles. Tom hatte selbst eine Entscheidung getroffen und war bereit gewesen, die Folgen auf sich zu nehmen. Diamond Jim Mulvaney blickte schon auf ein Überangebot an Jasagern auf seiner Lohnliste. Es war erfrischend, jemanden zu haben, der den Mut besaß, zu seiner Überzeugung zu stehen.

»Tom.« Die Stimme seines Brotherrn klang gleichmütig.

»Ja, Mr. Mulvaney?«

»Es ist an der Zeit, daß Sie mich nicht mehr ›Mr. Mulvaney‹ nennen. Ich heiße Jim oder Diamond Jim, verstanden?«

Tom war von diesem offensichtlich großzügigen Sympathiebeweis überrascht. Er zielte klarerweise darauf ab, ihn in den

Kreis, wenn schon nicht von Gleichrangigen, so doch von Gleichgesinnten aufzunehmen.

»Das freut mich sehr, Jim«, antwortete er ruhig. »Danke, das freut mich wirklich sehr.«

Als Tom, ermutigt durch die unvorhergesehene Wendung, die der Abend genommen hatte, in sein Zimmer zurückging, fragte er sich, was Jim zu dieser Geste veranlaßt haben konnte. Ganz gleich, wie lange er für ihn arbeitete, der Mann würde immer ein Rätsel für ihn bleiben.

V

Deirdre

Die »Sechs Gaben« der Frauen, wie sie die alten keltischen Barden besangen:

Die Gabe der Schönheit
Die Gabe des Gesanges
Die Gabe süßer Sprache
Die Gabe der Handarbeit
Die Gabe der Weisheit
Die Gabe der Keuschheit

47

»Ich möchte Ihre Tochter heiraten, Jim.« Tom sprach laut aus, was er sich in den letzten zweieinhalb Jahren, seit er für Mulvaney arbeitete, zehntausendmal vorgesagt hatte.

»Das weiß ich. Aber ich kann es nicht zulassen.«

»Ich habe fleißig gearbeitet. Sie wissen, daß ich vertrauenswürdig bin, und Sie wissen auch, daß ich gut für Ihre Tochter sorgen werde.«

»Das alles stimmt, Tom. Aber es genügt nicht. Ich habe in meinem Leben einen langen, langen Weg zurückgelegt und will noch ein gutes Stück weiterkommen, bevor ich abtrete. Ich habe vor, Deirdre in die große Gesellschaft einheiraten zu lassen. Sie besitzt die notwendige Schönheit, und ich besitze das notwendige Geld und die Macht. Ihre Kinder sollen niemals erfahren müssen, daß wir Iren einst Ausgestoßene waren. Altes Geld und neues soll ihnen Sicherheit geben. Deirdre weiß schon, welche Pläne ich mit ihr verfolge, und sie ist ein braves, gehorsames Mädchen. Sie wird ihrem alten Vater nicht die einzige Bitte abschlagen, die er jemals an sie gerichtet hat.« Er sagte es kühl und sicher, und sein Selbstvertrauen erfüllte Tom mit erdrückender Besorgnis.

»Sie waren sehr gut zu mir, Jim Mulvaney. Sie haben mich von der Straße aufgelesen, mir einen Beruf beigebracht und mich mit den Männern bekannt gemacht, die diesen Teil der Welt in Gang halten. Ich bin Ihnen mehr als dankbar, Sir, und Sie wissen auch genau, daß ich meine Schuld an Sie nach Kräften abgetragen habe, indem ich Tag und Nacht tätig war, um Ihre Unternehmungen zu fördern. Aber hier handelt es sich um etwas ganz anderes, Sir. Ich liebe Ihre Tochter, und ich habe allen Grund zur Annahme, daß ich ihr nicht vollkommen gleichgültig bin. Ich verlange nicht mehr und nicht weniger als jeder andere Mann, Jim. Ich ersuche nur um die Erlaubnis, um sie zu werben. Alles Weitere liegt bei ihr.«

»Nein!« Jim explodierte. »Es liegt keineswegs bei ihr und wird es auch nie! Glauben Sie, ich bin schon so verblödet, daß ich die Blicke nicht gesehen habe, die ihr beiden tauscht? Glauben Sie, ich bin so verkalkt, daß ich nicht merke, wie eure Herzen schneller schlagen, wenn ihr euch im selben Raum befindet? Verstehen Sie mich gut; Junge: Sie sind da auf dem falschen Dampfer. Ich habe Sie aufgenommen, habe Sie ausgebildet und Ihnen Kost und Quartier gegeben, aber ich ziehe meine Hand sofort von Ihnen ab, wenn Sie auf dieser Narrheit bestehen. *Ich* werde einen Mann für Deirdre wählen, und das wird bei Gott kein Ire sein, den ich von der Straße aufgelesen habe!«

Sein Gesicht war vor Erregung dunkelrot geworden. Er sprudelte wieder los, bevor Tom antworten konnte.

»Oh, ich könnte natürlich dafür sorgen, daß Sie reich werden und daß Deirdre und auch Sie auf nichts verzichten müssen. Aber wenn es um einen Platz an der Sonne geht, ist mein Geld machtlos – dazu muß sie im Bett eines aufgeblasenen, alteingesessenen Bostoners liegen. Und genau das will ich erreichen. Nicht für mich, sondern für meine Enkelkinder und deren Enkelkinder. Meine Nachkommen sollen so vornehm und angesehen sein, daß sie mit der Königin von England speisen können, wenn sie Lust dazu haben, und niemand sie daran hindern kann. Meine Mutter liegt auf dem Armenfriedhof, Dalton, aber ihre Urenkel werden mit Königen am gleichen Tisch sitzen, merken Sie sich meine Worte, so wird es kommen!«

»Hören Sie mir zu, Jim! Ich werde uns einen Platz an der Sonne erobern, wenn es erforderlich ist, damit ich Deirdre bekomme. Geben Sie mir diese Möglichkeit! Ich liebe sie zu sehr, um sie aufzugeben.«

»Lieben Sie sie auch genug, um ihr zuliebe auf mein Imperium zu verzichten?« Mulvaneys kleine Augen waren kalt wie Stein.

»Was meinen Sie damit?«

»Schwören Sie mir, daß Sie sie nie wieder sehen werden, und ich werde Sie als meinen Erben einsetzen: Nutzholz, Bauunternehmen, Politik, was immer Sie wollen. Den ganzen verdammten Klimbim können Sie haben, wenn Sie wollen.« Er schwieg eine Weile, damit Tom das ungeheuerliche Angebot verarbeiten konnte. »Denken Sie doch, wie viele hübsche Frauen es auf dieser Welt für einen Mann gibt, dem all das zur Verfügung steht. Ich bin jetzt siebenundfünfzig Jahre alt, Dalton. Mein einziger Wunsch ist, daß mein Traum für Deirdre in Erfüllung geht, daß meine Tochter die Frau eines jener Menschen wird, die mich heute geringschätzig behandeln. Das ist alles, was ich mir auf dieser gottverlassenen Welt wünsche. Geben Sie mir Ihr Versprechen, und ich lasse Sie bedenkenlos in meinen schmutzigen, reichen Fußstapfen wandeln!«

Die Stille in dem überheizten Raum war erstickend.

»Wenn Sie mir nicht heute Ihr Wort geben, daß Sie sie nie wiedersehen, müssen Sie dieses Haus noch vor dem Abend verlassen. Ihr idiotischer Kadaver geht mich dann nichts mehr an. Sie können in die Gosse zurückkehren, in der ich Sie gefunden habe, und glauben Sie mir, ich bin ein unangenehmer Feind.«

Tom stand auf. Wie konnte er Deirdre zumuten, ihn zu heiraten, wenn er arbeitslos war? Wo sollte er Arbeit finden, wenn Mulvaney hinter ihm her war? Würde sie ihn zum Mann haben wollen, wenn er nur ein einfacher Arbeiter war? Würde sie bereit sein, New York zu verlassen, um Mulvaneys Einflußsphäre zu entrinnen, und wenn ja, wohin sollten sie sich dann wenden? Würde sie ihn später einmal hassen, wenn sie sich seinetwegen ihrem Vater entfremdet hatte? Wenn Mulvaney sein Feind war, sobald er diesen Raum verließ, welche Garantie besaß er dafür, daß Deirdre seine Gefühle noch erwiderte? Was hatte er doch hochfliegende Träume von Erfolg, gesellschaftlicher Stellung, einem geordneten Leben, einer Familie, einer gesicherten Zukunft gehabt.

»Ich kann es nicht, Jim.« Er sprach leise und heiser.

»Was können Sie nicht?« Mulvaneys Stimme klang zynisch, denn er wußte, daß jeder Mensch käuflich ist.

»Ich kann Ihnen, was Deirdre betrifft, nicht mein Wort geben. Ich muß erst herausbekommen, wie sie darüber denkt.«

»Sie sind nicht nur undankbar, sondern auch ein Schwachkopf. Ein Vermögen für eine Frau wegzuwerfen, von der Sie nicht einmal wissen, ob sie Sie haben will? Bei meinen Geschäften komme ich sehr gut ohne Sie aus.« Er stemmte seine massige Gestalt schwerfällig aus dem Ledersessel hoch. »Sie sind ein Versager. Ich habe nicht geglaubt, daß Sie so ein sentimentaler Quatschkopf sind. Ich bringe Deirdre noch diese Woche aus New York fort in ein vornehmes Kloster, das Sie niemals finden werden.« Er wandte seinem ehemaligen Schützling verächtlich den Rücken zu und polterte aus dem Raum.

Tom stieg benommen die Treppe hinauf und schaute den Perserläufer unter seinen Füßen an, ohne ihn recht zu sehen. Die Enttäuschung war erdrückend. Er war tief unglücklich. Er würde schnell packen und das Haus verlassen, ehe Jim zurückkehrte. Er mußte eine Möglichkeit finden, Deirdre eine Botschaft zu hinterlassen, damit sie wenigstens wußte, wo sie ihn erreichen konnte, falls sie es tun wollte. Sein Herz verkrampfte sich, wenn er an seine unglaubliche Dummheit dachte: Nur ein Narr gibt sich so viele Blößen. Ich hätte mich zumindest vergewissern müssen, wie sich Deirdre dazu stellt. Ein paar geraubte Küsse und eine geheime Freundschaft waren schließlich alles gewesen, was er bei ihr erreicht hatte, und Frauen galten ja bekanntlich als wankelmütig.

Er schloß die Tür seines Zimmers, setzte sich bedrückt auf den Rand des Bettes und stützte den Kopf mutlos in die Hände.

»Tom?« Deirdres Stimme vor der Tür war kaum zu hören. »Bitte laß mich hinein!« Sie stand im Korridor, ihr blaßlila Musselinrock bauschte sich über ihren kleinen, in Brokatpantöffelchen steckenden Füßen, die gerade noch unter dem Volant hervorguckten.

Er blickte sie verständnislos an.

»Lieber Tom, ich habe alles gehört. Ich stand unter dem Fenster draußen im Garten. Ich bin die Dienstbotentreppe zu dir heraufgerannt.« Sie lächelte ihn zärtlich an und zog ihn über den Parkettboden in die Mitte des Zimmers. »Es erfordert großen Mut, sich so zu verhalten wie du. Ich habe noch nie erlebt, daß jemand meinem Vater widersprochen hat.« Sie fuhr mit der Hand über sein sorgenvolles Gesicht und strich ihm mit ihren langen, zarten Fingern das Haar aus der Stirn.

»Deirdre«, sagte er verzweifelt und umschloß ihre kleine Hand mit der seinen. »Ich habe alles schrecklich verpfuscht. Er wird dich jetzt bestimmt fortschicken. Ich bin arbeitslos, und dadurch verändert sich alles. Wie sollst du jetzt jemals wissen, wie du zu mir stehst?«

»Ich muß nicht noch mehr von dir wissen, Thomas Dalton. Ich liebe dich seit dem Abend, an dem wir uns zum erstenmal gesehen haben. Ich werde dir folgen, wohin du mich auch führst, denn ohne dich hat mein Leben keinen Sinn.« Sie sagte es so offen, so liebevoll, daß er ihr verwundert in die Augen blickte; der sanfte, starke Ausdruck darin zeugte von unendlicher Liebe und Zärtlichkeit.

»Ich habe nur ganz wenig Geld, Deirdre, und meine wenigen

Ersparnisse, wie lange werden sie reichen? Dein Vater ist ein einflußreicher Mann, und er wird meine Weigerung nicht leicht verwinden. Ich werde vielleicht nur im Hafen Arbeit finden. Ich kann mir dich nur schwer in einem elenden Quartier vorstellen.«

»Elendes Quartier oder nicht, ich gehe mit dir, wenn du mich haben willst. Ich besitze kein Geld, aber ich habe meinen Schmuck und den meiner Mutter; davon können wir leben, bis du Arbeit findest.«

»Bist du sicher, Deirdre, daß du das alles auf dich nehmen willst?« fragte er zögernd. »Gott allein weiß, ob ich dir dein Opfer jemals abgelten kann.« Er deutete mit einer ausdrucksvollen Handbewegung auf den gediegen eingerichteten Raum.

»Was ist mir das alles ohne dich wert, Liebster? Soll ich weniger für dich aufgeben, als du für mich aufgegeben hast?«

Er schloß sie liebevoll in die Arme, und sie dachte, ihr Herz würde vor süßem Schmerz brechen. In seiner männlich starken, liebevollen Umarmung wurde ihr vor Glück schwindlig. Sie setzte sich neben ihn auf das Bett. Sie war froh, daß ihr Vater aus dem Haus gestürmt war, und wußte, daß die Dienerschaft ihm nicht verraten würde, daß sie mit Tom zusammen war, weil alle befürchteten, daß es sonst zu Mord und Totschlag kommen könnte.

Sorgfältig überlegten die beiden ihren Auszug aus Mulvaneys Haus, und sie trennten sich unendlich schwer voneinander, damit Tom jemanden auftrieb, der sie vermählte, und eine Unterkunft suchte, in der sie bleiben konnten, bis er Arbeit gefunden hatte. »Wir müssen sofort heiraten«, erklärte Deirdre entschlossen. »Sobald die Heiratsurkunde unterschrieben ist, kann uns mein Vater, auch wenn er uns ausfindig macht, nie wieder trennen.«

Tom fragte sich, ob ihr klar war, was sie vorschlug, und ob sie sich das Ausmaß des Zorns ihres Vaters ausmalen konnte. Ein Mann von Diamond Jims Schlag vertrug es nicht, wenn man ihm die Stirn bot. Tom dachte daran, Billy um Hilfe zu bitten. Sobald bekannt wurde, daß er sich Mulvaney zum Feind gemacht hatte, würden nur noch wenige Freunde zu ihm halten, und Jim würde bestimmt Donaher und Furuseth überwachen lassen, denn er würde zu Recht annehmen, daß Tom sich an sie wandte, wenn er sich in Schwierigkeiten befand. Nur Billys Haus würde Mulvaney kaum als Zufluchtsort in Betracht ziehen.

Deirdre schloß die Tür lautlos, hob mit einiger Mühe zwei vollgestopfte Reisetaschen hoch und schlich verstohlen über die hintere Veranda und durch den Garten zu der Hecke, an der Tom sie ungeduldig erwartete.

»Bist du vollkommen sicher, daß du das alles auf dich nehmen willst?« flüsterte Tom eindringlich, als sie bei ihm anlangte.

»Ich bin mir, was dich betrifft, vollkommen sicher.«

»Du hast keine Ahnung, was Armut bedeutet, Deirdre«, wandte er ein und berührte ihr Gesicht zart mit der Hand. »Du gibst für sehr lange Zeit sehr viel auf. Meine Aussichten sind alles andere als rosig, nachdem ich nun deinen Vater zum Feind habe.«

»Kannst du mir versprechen, daß du mich immer lieben wirst, Tom?«

»Ja, das ist das einzige, das ich dir mit gutem Gewissen versprechen kann.« Er sah so bekümmert und traurig aus, daß das junge Mädchen ihn am liebsten umarmt und getröstet hätte.

»Du vergißt offenbar, daß ich mich entschlossen habe, mit dir zu gehen. Du brauchst keine solche Angst um mich zu haben. Ich bin so stark, wie ich es jetzt sein muß. Was immer geschehen mag, ich könnte nicht mehr leben ohne dich, seit ich weiß, daß du mich ebenso liebst wie ich dich.«

Tom nahm sie in die Arme, denn er wußte nicht, was er sagen sollte; er drückte ihren weichen, anschmiegsamen Körper an sich, sie preßte den braungoldenen Kopf an seine Brust, dann hob er ihr Gesicht zu seinem empor und küßte sie mit unbeherrschter Zärtlichkeit, ehe er sie widerstrebend freigab. Er nahm ihre Tasche, und sie gingen im Schatten der riesigen Hecke vorsichtig zu der Straßenecke, an der die Kutsche wartete.

»Wohin werden wir jetzt fahren, Tom?« fragte Deirdre, während sie in der Kutsche Platz nahm.

»Ich kenne nur einen Ort, an dem wir einige Tage in Sicherheit sind und wo uns niemand vermuten wird, am allerwenigsten dein Vater.« Tom zögerte einen Augenblick, ehe er weitersprach, dann sprudelten die Worte rasch hervor: »Es ist ein Bordell, Deirdre, aber es wird von einer braven Frau namens Billy geführt, die uns helfen wird, bis wir verheiratet sind und eine Wohnung gefunden haben.«

Deirdres Augen wurden groß. Wie, um Himmels willen, konnte ihr geliebter Tom in freundschaftlichen Beziehungen zu einer Puffmutter stehen? Sie wußte, daß Männer die Bekanntschaft solcher Frauen nicht scheuten, aber daß er eine Bordellwirtin als seine Freundin bezeichnete...

»Sie ist eine alte Bekannte von Donaher, und sie ist die Frau, die mich deinem Vater vorgestellt hat«, fügte er zur Erklärung hinzu, als er merkte, wie verwirrt sie war.

»Meinem Vater?«

»Ja, Liebste, er hat sie in dem Gewerbe etabliert. Er ist sehr gut zu ihr gewesen.«

»Weshalb sollte sie uns dann helfen?«

»Weil sie ein gutes Herz hat und weiß, wie sehr ich dich liebe.« Er sagte es so einfach, daß sie erstaunt war, welch seltsame Erfahrungen ihr neues Leben ihr bescherte. Innerhalb von nur vierundzwanzig Stunden hatte sich alles unwiderruflich verändert. Sie hatte sich entschlossen, den Schritt vom Mädchen zur Frau zu vollziehen. Sie hatte ihr Leben und ihre Sicherheit in die Hände eines Mannes gelegt, den sie liebte, aber kaum kannte. Sie hatte von einem Geheimnis ihres Vaters erfahren, an das sie nicht einmal im Traum gedacht hätte, und sie war im Begriff, den Abend vor ihrer Hochzeit in einem Bordell zu verbringen.

Sie begann zu lachen, zuerst leise, dann aus vollem Hals. »Ich liebe dich, Thomas Dalton«, stieß sie lachend hervor. »Ich habe das bestimmte Gefühl, daß unser gemeinsames Leben niemals so sein wird wie das Leben anderer Leute.«

Sie betraten das Haus durch die Hintertür und stiegen so lautlos wie möglich, vorbei an den lärmerfüllten Salons, zu Billys Wohnung im oberen Stock hinauf. Tom klopfte und schob Deirdre schnell hinein, als die Tür geöffnet wurde.

Tom und Billy wechselten hilflose Blicke, weil sie nicht wußten, was sie sagen sollten, da trat Deirdre vor und reichte der hochgewachsenen blonden Schönheit, deren Üppigkeit ihr den Atem geraubt hatte, die kleine, behandschuhte Hand.

»Tom hat mir erzählt, daß Sie eine Freundin meines Vaters sind, Miss Billy, es muß also doppelt peinlich für Sie sein, uns in dieser Verlegenheit zu helfen. Sie sollen wissen, wie dankbar ich Ihnen dafür bin.«

Tom wunderte sich, wie selbstsicher Deirdre in dieser seltsamen Situation auftrat, und der gequälte Ausdruck in Billys Augen wurde schwächer, als das verwirrte Mädchen sich ihr gegenüber so ostentativ höflich benahm.

»Sie sind genauso schön und anmutig, wie Tom Sie beschrieben hat, Ma'am«, antwortete sie. »Ich freue mich, weil ich zwei so sympathischen Menschen helfen kann, in dieser kalten Welt einen Funken Liebe zu finden.«

»Gott segne Sie, Billy«, dankte Tom, der instinktiv spürte, wie unangenehm die Szene diese Frau berühren mußte, die in ihrem Leben nie Hilfe oder Sicherheit an der Seite eines Ehemanns finden würde, der sie so liebte wie er Deirdre.

»Billy, ich möchte sie heute nacht bei Ihnen lassen, während ich versuche, alles andere zu erledigen. Ich muß Donaher und Andy finden und eine Wohnung für uns besorgen, vor allem aber einen Priester, der uns traut. Glauben Sie, daß sie hier in Sicherheit ist?«

»Hier ist der letzte Ort auf der ganzen Welt, an dem Jim sie suchen wird. Sie kann in meinem Zimmer bleiben, und falls er zufällig herkommen sollte, kann sie in die Mansarde übersiedeln, bis er wieder fort ist.«

Beide Frauen waren über die Besorgnis im Gesicht Toms erschrocken. »Gehen Sie nur ruhig«, meinte die Ältere. »Tun Sie, was notwendig ist. Solange sie in meinem Haus ist, wird ihr kein Leid geschehen. Das dürfen Sie mir glauben.«

Er nickte, warf Deirdre einen Blick zu und verschwand.

Nachdem die Tür ins Schloß gefallen war, musterten die beiden Frauen einander verlegen und doch interessiert. Billy versuchte, ihr pochendes Herz zu beschwichtigen, während sie das Mädchen betrachtete, das bald alles bekommen würde, wonach sie sich immer gesehnt hatte.

»Sie sehen aus, als würden Ihnen eine Tasse Tee und etwas Ruhe guttun, Miss Mulvaney«, stellte sie ruhig fest.

»Bitte, nennen Sie mich doch Deirdre, Miss Billy! Eine Tasse Tee wäre herrlich, aber ich bin so nervös, daß ich jetzt bestimmt nicht schlafen kann. Würde es Sie stören, wenn wir uns inzwischen unterhalten?« Die seltsame Situation ließ Deirdres Puls rasen. War es möglich, daß ihr geliebter Tom Billy nur als Freundin sah und nicht auch ihr Geliebter gewesen war?

»Es stört mich keineswegs, Miss Deirdre. Es würde mich im Gegenteil sehr freuen, wenn Sie mit mir plaudern. Ich habe nicht oft Gelegenheit, mich mit einer Dame zu unterhalten.«

Deirdre versuchte, den seltsamen Ton in der Stimme der Frau zu analysieren. War es Scheu oder Neid? Sie konnte es nicht herausfinden. Vielleicht war es eine Art Wehmut.

»Woher kennen Sie meinen Vater?« Sie stellte die Frage zögernd, aber direkt.

»Ich habe Ihren Vater schon gekannt, als ich noch nicht einmal halb so alt war, wie Sie heute sind. Er hat mich aufgelesen, als ich arm war und keine Freunde hatte, und er hat mir mein Unternehmen eingerichtet. Ich weiß, daß Frauen wie Sie dergleichen verachten, aber Jim war mir ein wirklich guter Freund, das muß ich sagen. Ich bin stolz darauf, ihn zu kennen.«

Die Tochter errötete leicht bei der Vorstellung, daß ihr Vater Teilhaber eines Bordells war, aber sie fuhr fort: »Und Tom?«

Billy hörte die Besorgnis aus Deirdres Stimme heraus und stellte überrascht fest, daß sie mit dem zarten, behüteten jungen Mädchen Mitleid empfand, das sich offensichtlich vor der Antwort fürchtete, aber dennoch die Frage wagte. »Donaher, Toms bester Freund, ist ein alter Bekannter von mir. Donaher fuhr auf demselben Schiff wie mein ältester Bruder, der vor langer, langer Zeit auf See blieb. Donaher ist seit undenklicher Zeit mein guter Freund. Ich würde wirklich alles für ihn tun, was ich kann. Er hat mich gebeten, Ihnen beiden zu helfen.«

»Ich verstehe. Danke, daß Sie es mir erzählt haben«, stammelte Deirdre, und Billy lächelte über ihre Naivität.

»Miss Deirdre, Sie sollten sich immer vor Augen halten, daß Tom Sie über alles liebt.« Billy wußte selbst nicht recht, warum sie das sagte, fuhr aber fort: »Er würde alles auf der Welt für Sie aufgeben, und verdammt wenige Frauen haben das Glück, von einem so großartigen Mann geliebt zu werden.« Deirdre konnte die heftige Gemütsbewegung aus der Stimme der üppigen Frau heraushören.

»Es ist wirklich freundlich von Ihnen, mir alles zu erklären. Ich liebe ihn mehr als alles auf der Welt, und ich werde alles tun, was in meiner Macht steht, um ihn glücklich zu machen. Ich verstehe nur nicht sehr viel von Männern, Miss Billy, und ich habe mich schon gefragt, vielleicht... na ja, Sie müssen doch soviel mehr über sie wissen...« Sie errötete über ihre Kühnheit, und Billy, die erschrocken begriff, daß eine Dame bei einer Hure Rat suchte, war sprachlos.

»Das ist das einzige Gewerbe auf dieser ganzen traurigen Welt, von dem ich etwas verstehe, Miss Deirdre«, gab sie wehmütig zu. »Ich werde uns Tee und Plätzchen holen, und vielleicht werden wir Mädchen dann ein paar Themen finden, über die wir uns unterhalten können.«

»Nimmst du mich wieder auf, Andrew?« Tom stand in der Tür des »Longshoremen's Rest« und wandte sich leise an den kräftigen Arbeiterführer, der vor dem erlöschenden Feuer saß.

Furuseth stand verdutzt auf, zögerte nur einen Augenblick und ergriff dann mit seinen riesigen Pranken Toms Hand. Das derbe Gesicht des mächtigen Nordländers verzog sich zu einer Art Lächeln, während er vor Freude Toms Rechte überschwenglich schüttelte.

»Ich habe gewußt, daß du wieder bei uns landen wirst, Junge! Ich habe es Donaher prophezeit. ›Du wirst sehen, er kommt wieder‹, habe ich gesagt, ›mit dem Herzen ist er bei uns.‹«

»Ja, ich bin wieder da, aber ich weiß nicht, ob du dich darüber freuen sollst, bevor du meine Geschichte gehört hast. Ich will dir nichts vormachen, Andrew, ich bin nur wieder hier gelandet, weil mich Mulvaney gefeuert hat.«

»Bist du mit ihm aneinandergeraten?«

»Noch schlimmer, Andrew. Ich bin mit seiner Tochter durchgebrannt.«

Furuseth sah ihn aus großen Augen vielsagend an, verlor aber kein Wort.

»Wir sitzen leider in der Klemme, Andy. Deirdre ist der Augapfel des alten Mannes. Er ist über unsere Handlungsweise außer sich.«

»Wollt ihr heiraten, oder...«

»Ja, Andy. Wenigstens das werden wir in Ordnung bringen. Morgen früh traut uns Pater Mulcahey. Alles ist abgesprochen. Das Problem ist nur, daß ich mir darüber klarwerden muß, was danach geschehen soll. Wir brauchen eine Wohnung, und ich brauche Arbeit.«

»Ja, das wird wohl stimmen, Junge. Und wo ist die Dame jetzt, wenn ich fragen darf?«

»Sie ist bei Billy. Ich kann sonst niemandem trauen, und wir hatten auch keine Zeit, einen besseren Plan ausfindig zu machen.«

»Du hast deine künftige Frau in einen Puff gebracht, Tom? Du mußt ganz schön verzweifelt sein. Und dann auch noch zu Diamond Jims Geliebter. Da hol' mich doch gleich der Teufel!« Er pfiff vor Staunen durch die Zähne. »Wie kann ich dir jetzt helfen? Du weißt, daß ich es gern tue, wenn ich dazu in der Lage bin.«

»Ich wollte dich nicht um Hilfe bitten, ohne daß du weißt, was geschehen ist. Deirdre und ich lieben einander; sie ist das Liebste auf der ganzen Welt für mich. Ich habe versucht, um sie zu werben, wie es sich gehört, aber Jim wollte nichts davon wissen. Er hätte sie in ein Kloster gesteckt, wenn wir nicht durchgebrannt wären. Ich hatte es mir eigentlich ganz anders vorgestellt.«

»Du hast doch bei dem Alten einen Beruf erlernt, nicht wahr, Tom? Du mußt nicht im Hafen nach Arbeit suchen, oder?«

»Ja, ich habe mehr gelernt, als du dir vorstellen kannst, Andrew, aber weil Jim hinter mir her ist, sollte ich am besten für einige Zeit untertauchen, sonst riskiere ich eine kräftige Abreibung. Seine Beziehungen reichen überallhin. Sicher haßt er uns jetzt, er wird aber bestimmt nicht wollen, daß Deirdre verhungert. Er will uns demütigen, aber nicht umbringen, hoffe ich. Ich könnte mich morgen mit den Leuten zusammensetzen, Andrew, und wenn du mich haben willst, würde ich dir in der Organisation helfen. Ich habe sehr viel über Recht und Gesetz gelernt, womit ich euch nützlich sein kann.«

»Natürlich will ich dich haben, Thomas. Und ich freue mich, daß du wieder bei uns bist. Donaher wird bestimmt froh sein, wenn er es erfährt. Deine derzeitige Lage ist aber alles andere als erfreulich. Hast du ein wenig Geld?«

»Ein wenig, Andrew. Und Deirdre hat ihren und ihrer Mutter Schmuck, falls es nicht anders geht. Zuerst brauchen wir aber eine Wohnung. Kannst du uns da helfen? Ich will Deirdre nicht bei Billy lassen, es ist für beide zu gefährlich, wenn Jim dahinterkommt.«

»Billy ist eine großartige Frau. Und sie hat dich ein bißchen ins Herz geschlossen. Aber du willst nicht, daß sie mit Jim Ärger bekommt – das wäre nicht der richtige Lohn für ihr Entgegenkommen. Ich habe eine Freundin, die euch vielleicht helfen kann. Sie verwaltet ein Haus, das nicht so teuer ist, daß ihr es euch nicht leisten könnt, falls etwas bei ihr frei ist, und es muß dir nicht peinlich sein, deine Frau dort unterzubringen, zumindest für eine Weile, bis du wieder festen Boden unter den Füßen hast. Wenn es dir recht ist, bringe ich dich zu ihr.«

Sie verließen die Geborgenheit des geheizten Raumes und stellten den Kragen zum Schutz gegen den kalten Nieselregen auf.

»Du hast eine Menge für dieses Mädchen aufgegeben. Glaubst du nicht, daß du es vielleicht einmal bereuen wirst?«

»Sie ist mir mehr wert als alles auf der Welt«, antwortete Tom ruhig.

Mulvaney tobte in seinem Büro wie ein wilder Stier. Sein rundes Gesicht war gerötet, als stünde er knapp vor einem Schlaganfall. Er lief auf und ab und schlug mit aller Kraft donnernd auf den Tisch, wann immer er an ihm vorbeikam.

Deirdre, der undankbare kleine Dummkopf, war seit fast einem Tag fort. Nach allem, was er für sie getan hatte – die Liebe, die Geschenke, die gute Klostererziehung –, hatte sie diesem Hurensohn von einem Dalton zuliebe ihrem eigenen Vater die Stirn geboten. Der junge Bastard würde nicht mehr lange am Leben bleiben, um sich seines Triumphes zu erfreuen, dafür wollte Jim sorgen.

»Duffy!« Er donnerte den Namen mit einer Lautstärke, daß die Nippes auf dem Kamin klirrten und der Kronleuchter in Schwingungen geriet.

Der kleine Ire stand im Zimmer, bevor Mulvaney den Mund geschlossen hatte.

»Ich will ihn tot sehen. Verstehst du mich? Mausetot. Und mach dir nicht die Mühe, es schmerzlos zu erledigen.«

»Ja, Sir. Wen wollen Sie tot sehen?«

»Diesen Bastard Dalton, du Dummkopf! Er ist mit meiner Tochter durchgebrannt, und ich will ihn noch vor Sonnenaufgang tot zu meinen Füßen sehen.«

Duffy zuckte mit keiner Wimper. Seine vollkommen ausdruckslose Miene, die Tom bereits bei ihrem ersten Zusammentreffen fasziniert hatte, verlieh seinem Gesicht jetzt schlicht das Aussehen eines Pfannkuchens.

»Ich würde Ihre Befehle mit Vergnügen ausführen, Sir, und ihm die Finger der Reihe nach abschneiden, wenn Sie es wünschen, Mr. Mulvaney. Nur eines beunruhigt mich dabei.«

Mulvaneys Blutdruck hatte sein rundes Gesicht tiefrot gefärbt.

Er wollte von diesem hirnlosen Laufburschen keinen Widerspruch dulden, wenn der sich nur auf Grund seines jahrelangen Wohlwollens getraute, ihm zu widersprechen.

»Und das wäre, Duffy?« fragte er mit einer ruhigen, spöttischen Stimme, in der ein gefährlich bösartiger Unterton mitschwang.

»Ich bitte um Verzeihung, Sir, aber wenn er das Mädchen herumgekriegt hat, Mr. Mulvaney, was dann? Sie könnte schwanger sein, Sir, und wenn das der Fall ist, wäre es vielleicht nicht wünschenswert, den Mann zu töten.«

»Schwanger?« schrie der bis zur Weißglut gereizte Vater. »Es ist noch keine vierundzwanzig Stunden her, daß er sie aus meinem Haus entführt hat. In dieser Zeit kann sie unmöglich schwanger geworden sein.«

»Sie sind verheiratet, Sir.« Duffys Stimme war tonlos.

»Und wieso weißt du das?« fuhr ihn Mulvaney an.

»Der Priester im Hafenviertel hat sie ganz früh am Morgen getraut, Sir. Ich habe es mir angelegen sein lassen, es herauszufinden.«

»Es ist sehr schade, daß du es dir nicht hast angelegen sein lassen, sie daran zu hindern«, tobte der alte Mann, aber Duffy blieb eiskalt.

»Warum verhindern Sie nicht, daß er Arbeit findet, Sir? Er bekommt keinen Job, wenn Sie bekanntgeben, daß er auf Ihrer schwarzen Liste steht. Dann muß sie zu Ihnen zurückkommen, Sir.«

Mulvaney hörte die letzten Worte nur gedämpft, denn falls Duffys Informationen wie gewöhnlich stimmten, war er bereits ein geschlagener Mann. Wenn sie geheiratet hatten, war es schon geschehen, war die Ehe schon vollzogen. Kein alteingesessener Bostoner Bürgerssohn würde seine Tochter mehr haben wollen. Schwanger oder nicht, die Ware war beschädigt, vergeudet an einen Mann, den er, Mulvaney, vor dem Hungerdasein eines Tagelöhners gerettet hatte, vor einem Leben, zu dem er doch geboren war. Der enttäuschte Wohltäter ließ sich in einen Stuhl sinken, der unter dem Gewicht des fetten Körpers ächzte. Gut, lassen wir die beiden in dieses Leben zurückkehren! Sie sollen nur herausfinden, wie es ist, in einem Elendsquartier von der Hand in den Mund zu leben, nicht genug Brot für ihre Kinder zu haben und einem Alter in Armut entgegenzusehen. Soll sie doch am eigenen Leib spüren, was ihr Vater ihr mit so viel Mühe ersparen wollte!

Er bedeutete Duffy wortlos, den Raum zu verlassen. Der Bursche nickte und entfernte sich lautlos wie immer. Er schloß die Tür hinter sich, und ein eigenartig schadenfrohes Grinsen überzog sein pockennarbiges Gesicht. Er lächelte einen Augenblick vor sich hin, dann verschwand das Lächeln, und die Maske war wieder da. Er hatte gründlich über die Grenzen seiner Loyalität nachgedacht und war schließlich zu dem Schluß gelangt, daß Mr. Mulvaney in diesem Fall nicht wußte, wie die beste Lösung aussah. Tom war ein feiner Bursche, er würde für Deirdre einen guten Ehemann und für Mulvaney einen ordentlichen Schwiegersohn abgeben. Duffy war davon überzeugt, daß er das Problem richtig gelöst hatte. Er nahm ein Stück Holz und ein Messer mit breiter Klinge aus einer Lade und summte aufs Geratewohl eine Melodie, während er ein Hochzeitsgeschenk schnitzte, das langsam erkennbare Formen annahm.

48

Thomas Dalton schloß die Tür des schäbigen kleinen Schlafzimmers und betrachtete das schöne scheue Mädchen, das nun seine Frau war und unsicher schweigend vor dem kleinen Fenster stand. Du mußt sie mit großer Zärtlichkeit und Vorsicht behandeln, ermahnte er sich. Sex wird wohlerzogenen Mädchen als etwas Fürchterliches beschrieben, ihre Nerven müssen also aufs äußerste angespannt sein. Er fragte sich, ob sie ihrer Hochzeitsnacht nicht mit ganz anderen Gefühlen entgegensah als er.

Tom ging ruhig und entschlossen zum Bett und setzte sich. Er wußte, daß Mädchen aus gutem Haus überhaupt nichts über den Ablauf des Geschlechtsaktes erfuhren, außer daß er eine widerliche Pflicht war, der sie sich unterziehen mußten, weil die animalischen Triebe ihres Ehemannes es verlangten.

»Deirdre.« Er flüsterte ihren Namen. »Komm zu mir, meine Liebste.« Sie ging langsam zum Bett, blieb vor ihm stehen und blickte auf sein ihr zugewandtes Gesicht hinab.

»Du hast Angst vor mir, Deirdre?«

»Nein, Liebster, nicht vor dir.«

»Dann hast du Angst davor, in mein Bett zu kommen, nicht wahr, geliebte Frau?«

Sie lächelte bei dem Wort Frau und berührte sein dichtes, gewelltes Haar mit ihrer feingliedrigen Hand.

»Ich habe schreckliche Geschichten darüber gehört, wie es ist, eine Frau zu werden, Liebster, und mir ist ein wenig bang, das ist wahr. Doch zugleich kann ich mir nicht vorstellen, daß es etwas anderes als vollendete Seligkeit sein könnte, in deinen Armen zu liegen.«

»Kannst du dich überwinden, mir zuliebe deine Kleider abzulegen, meine kleine Schönheit? Ich sehne mich danach, dich ohne das Korsett und die Spitzen zu sehen und an mich zu drücken.«

Ohne zu antworten, öffnete Deirdre Mulvaney Dalton die fünfundzwanzig kleinen Stoffknöpfe, die vom Hals bis zur Taille reichten, knotete die blaue Seidenschärpe auf, die im Farbton genau Toms Augen glich, zog ihr Kleid mit dem schweren Rock über den Kopf, schüttelte es vorsichtig aus und legte es zögernd über den Stuhl vor dem Fenster. Sie brauchte ein wenig zu lang, um das Korsett auszuziehen, das ihre schmale, junge Taille zusammenschnürte, machte nervös ihre vollen Brüste frei und stand schamhaft, aber entschlossen vor ihrem ruhig wartenden Ehemann. Sie trug nur ein Baumwollhemd, das ihren Körper zwar bedeckte, ihn aber nicht ganz vor den Augen des Mannes verbarg, der sie so sehr liebte.

»Deirdre, du bist schöner, als ich es mir erträumt habe. Ich kann nicht erwarten, dich in meinen Armen zu halten.« Er stand auf, so daß er das barfüßige Mädchen überragte. »Stört es dich, wenn ich mich ausziehe?«

»Ich würde wahrscheinlich sterben, wenn du es nicht tätest«, lautete die überraschende Antwort.

Tom zog sich bis auf die wollene Unterhose aus und blickte das verliebte, aber verschüchterte Mädchen an, das jetzt seine Frau war und die Decken zurückschlug. Nach kurzem Zögern schlüpfte er entschlossen auch aus der Unterhose, während Deirdre sich umdrehte und ihn ansah. Ihre Augen weiteten sich vor Staunen über den harten Schaft, der sich beim Anblick ihres nahezu nackten Körpers aufgerichtet hatte. Er lächelte absichtlich über ihren ungläubigen Gesichtsausdruck.

»Ich werde dir nicht weh tun, Deirdre. Glaube mir, ich werde dir niemals weh tun.«

Tom schlüpfte neben seine zitternde Geliebte ins Bett und starrte einen Moment zur Decke. Er suchte nach den richtigen Worten und kämpfte mit seiner drängenden Begierde, sie zu umarmen, zu lieben, in ihren süßen, weichen Körper einzudringen. Obwohl sie sich nicht rührte, glaubte er, ihr wild pochendes Herz schlagen zu hören, und da ihm die Worte fehlten, drehte er sich zu ihr und schloß sie sanft in die Arme. Zu seiner Verwunderung erwiderte sie seine Umarmung mit ungewöhnlicher Leidenschaft, klammerte sich an ihn und wiederholte immer wieder seinen Namen.

»Deirdre, meine Frau, meine Liebste«, flüsterte er in ihr seidiges, duftendes Haar. »Hör mich an, denn ich suche verzweifelt nach den richtigen Worten für unsere Situation. Es gibt so herrliche Freuden, die ich mit dir teilen möchte, aber du erscheinst mir so zart, daß ich fast befürchte, dich zu zerbrechen. Deirdre, Mann und Frau können einander in ihrer Liebe solchen Genuß bereiten, daß selbst Engel sie beneiden. Ich will dich zu nichts zwingen, ich will dich nur lehren, mich so zu begehren, wie ich nach dir verlange. Mich mit deinem Körper ebenso wie mit deinem Verstand zu begehren. Wenn du dich führen läßt, kann ich dir helfen, Höhepunkte der Gefühle zu erreichen, die du dir nicht vorstellen kannst. Willst du versuchen, alles zu vergessen, was man dir bisher eingetrichtert hat, und nur auf mich und deinen süßen Körper und auf dein Herz zu hören?«

»Willst du, daß ich wollüstig bin, Tom? Willst du, daß deine Frau so ist?«

»Ja, ich möchte, daß es dich mit jeder Faser deines Körpers nach mir gelüstet. Du sollst meinen Mund, meine Hände und meine Männlichkeit mit der gleichen Sehnsucht begehren, die ich empfinde, wenn ich nur an dich denke.«

»Ist es richtig, wenn eine Frau auf solche Art empfindet?«

Er antwortete nicht, sondern nahm sie in die Arme und begann, ihre weiche, glatte Haut zu streicheln. Er schob das dünne Hemd, das sie trug, über die Spitzen ihrer vollen Brüste hoch, und sie überraschte ihn, indem sie es ganz auszog, so daß sie ganz nackt und frei in seinen Armen lag.

Ihr Mund war weich und nachgiebig. Er streichelte ihre Brüste und nahm ihre festen jungen Brustwarzen zwischen die Lippen. Er spielte mit ihrem langen, schlanken Körper, bis sie mit einer Intensität reagierte, die ihn erstaunte und sein Herz aufjubeln ließ. Er nahm ihre Hände und führte sie an seinen heißen, harten Schaft. Zuerst hatte sie Angst, ihn zu berühren. Wie war es möglich, daß etwas so Großes in ihr Platz haben sollte?

Ihr Herzklopfen übertönte alles, dennoch hörte sie, wie ihr Name von fern gerufen wurde. Toms Mund berührte, liebkoste, küßte ihre geheimsten Körperstellen, ihre zarten, verborgenen Höhlen, und sie begehrte seinen Mund mit einer Verzweiflung, die jede Vorstellung überstieg. »Tom, Tom, Tom.« Sie hörte, wie ihre Stimme seinen Namen rief, sie konnte sich aber nicht vorstellen, daß sie die Kraft aufbrachte, ihn zu rufen. Sie fühlte Ungeheures. Ihr Körper beherrschte ihren Verstand und ihre Seele. Sie zog Tom an sich, seinen großen, starken männlichen Körper auf sich, in sich, bis er tief zwischen ihren Beinen in ihr feuchtes Ich, in den zentralen Punkt ihres Wesens eindrang. Er glitt zuerst vorsichtig hinein und wurde dann härter, schneller und tiefer, als sie seinen Rhythmus aufnahm und sich instinktiv auf das uralte Ritual einstellte.

Wie konnte er so hart, so stark, so drängend und dennoch so zärtlich, so behutsam mit ihrem Körper umgehen? Eine solche Wollust konnte nicht für Sterbliche bestimmt sein.

Deirdre klammerte sich an Tom – erschöpft, erregt, verängstigt durch die Wildheit des Geschlechtsaktes, doch begeistert von der sinnlichen Schönheit des soeben Erlebten. Seine riesige Gestalt lag noch auf ihr, aber leicht, ruhig und erschlafft. Er hielt sie fest, flüsterte Liebesworte in ihr Haar und drückte sie so fest an sich, als würde er sie nie, niemals wieder loslassen.

Ich liebe dich, wollte sie sagen, aber sogar diese Worte erschienen ihr blaß und unzulänglich. Also schwieg sie, hielt ihn aber fest und fuhr ihm mit den Fingern unbewußt über den breiten Rücken und die Schultern, tätschelte ihn, als wäre er ein Kind, das man beruhigen mußte. Das Wunder seines Körpers, der nun ihr gehörte, betäubte sie.

Tom richtete sich aus der Verschlingung mit ihren weicheren Gliedern auf und blickte ihr tief in die Augen, bevor er sprach. »Du bist ein wahres Wunder, und ich liebe dich mehr als alles auf der Welt.«

Sie lächelte über die Einfachheit seiner Worte und über die zottige Haarmähne, die ihm im letzten Flackern der Kerze, die sie zu löschen vergessen hatten, in sein ernstes junges Gesicht fiel.

»Ist es möglich, Liebster«, flüsterte sie, »daß eine Frau dieses Gefühl mit ihrem Mann erleben kann? Er ist zu schön und zu wild.« Sie wirkte ehrlich verwirrt. »Könnte es sein, daß ich einen zu starken Hang zur Wollust habe und nicht die tugendhafte Frau bin, für die du mich hältst?«

Tom ließ sich wieder neben sie sinken und lachte über ihr besorgtes Gesicht.

»Ich glaube wirklich, Deirdre, daß du die Begierden einer Kurtisane, das Herz einer Frau, den Körper eines Engels und die Leidenschaft aller drei vereinst, und ich bin der glücklichste Mann auf der Welt, weil ich dich zur Frau habe.« Zärtlich berührte er ihr errötetes Gesicht. »Siehst du denn nicht, daß uns Sterblichen in diesem Leben so wenig geschenkt wird? Wir plagen uns, mühen uns ab, leiden und sterben, aber dieses Geschenk bleibt uns: das Geschenk der Liebe zwischen einem Mann und einer Frau, die uns befähigt, alles übrige zu ertragen. Habe keine Angst davor, Deirdre, denn sie ist die einzige Gnade, die uns zuteil geworden ist, und sie wird durch alle anderen Leiden abgezahlt.«

Das neuvermählte Paar bezog eine winzige Wohnung, die ihm Furuseth in der Desbrosses Street verschafft hatte, und war froh über den sicheren Hafen trotz all seiner Nachteile. Donaher und der große Norweger übernahmen es, Möbel zu besorgen, und sogar Billy half mit, die Wohnung mit gebrauchtem Mobiliar auszustatten. Eine Opalbrosche von Deirdre wurde zu Geld gemacht, um einen Herd zu kaufen. Mit seinen Ersparnissen ging Tom sorgfältig um, er besorgte das Lebensnotwendige bei den ambulanten Händlern und kehrte in den Hafen zurück, um dort wieder zu arbeiten.

Deirdre kochte, hielt die Wohnung sauber und nähte. Die Liebe zu ihrem Mann entschädigte sie reichlich für die Notwendigkeit, mit den harten Bedingungen ihres neuen Lebens fertig zu werden. Schließlich überwand sie sogar ihre Furcht vor der heruntergekommenen Umgebung, in der sie lebten, und sie begann, sich auch außer Haus zu wagen, während Tom arbeitete, holte aber vorher immer bei Mrs. O'Connor, ihrer Wirtin, Ratschläge und Hinweise ein.

»Wagen Sie sich niemals in die Nähe der River Street und dieser scheußlichen Orte, junge Dame!« warnte sie die freundliche alte Frau. »Dort gibt es Kerle, die ein hübsches junges Ding wie Sie gleich schnappen würden. Sie würden sich mit Ihnen vergnügen und Sie dann an ein Freudenhaus verkaufen.« Die tränenden alten Augen glitzerten bei dem Gedanken ängstlich, und Deirdre nahm sich die schrecklichen Gefahren zu Herzen.

Deirdre lebte für den Moment, in dem ihr frischangetrauter Ehemann jeden Abend zur Tür hereinkam. Der Anblick seines von Wind und Wetter gegerbten Gesichtes und seiner kraftstrotzenden Gestalt erfüllte sie mit einem Gefühl der Sicherheit, das sie nie zuvor gekannt hatte.

Sie hatten nur sehr wenig Geld zur Verfügung. Nach dem Reichtum und der behaglichen Annehmlichkeit im Haus ihres Vaters waren alle Verrichtungen des täglichen Lebens – das Kochen, das Reinemachen, das Stopfen eines zerrissenen Sockens, statt von einem Dienstboten einen neuen besorgen zu lassen – ungewohnte Gegebenheiten, mit denen sie fertig werden mußte. Doch sie gaben ihr das Gefühl, etwas für die Dauer, etwas Nützliches zu tun, ein Gefühl, das sie in ihrem Vaterhaus voller Behaglichkeit und dienstbarer Geister nie empfunden hatte.

Oft brachte Tom Mitglieder der wachsenden Bruderschaft in die kleine Wohnung mit; Donaher und Furuseth waren stets dabei. Die kleine Gruppe gewann immer mehr Anhänger unter den Arbeitern. Deirdre bemühte sich, für die Männer bei ihren Zusammenkünften eine Erfrischung bereitzuhalten: Tee, Backpulverkeks, die sie jetzt schon mit einiger Aussicht auf Erfolg zubereiten konnte, ein paar Schluck Whiskey, den sie nicht mehr als Nobelgetränk der Salons betrachtete, sondern als Notwendigkeit angesichts des Lebens in der beißenden Kälte, aus der ihr Mann oft genug mit fast blau gefrorenen Händen und Füßen nach Hause kam. Manchmal reichte das Geld nicht einmal für sie beide, aber irgendwie kamen sie immer zurecht, und trotz der Mühsal war das erste Jahr von Deirdres Ehe die glücklichste Zeit, die sie jemals erlebt hatte.

Mrs. O'Connor erkannte Deirdres Schwangerschaft noch vor ihr selbst. Zuerst hatte Deirdre geglaubt, daß die morgendliche

Übelkeit die Folge ihrer nicht immer geglückten Kochküste war. Als dann ihre monatliche Regel ausblieb, wandte sie sich an die Hauswirtin um Rat. Da Deirdre niemals von einer Mutter in die Geheimnisse des weiblichen Organismus eingeführt worden war, hatte sie bei dem Gedanken an das ihr bevorstehende Ereignis Schreckensvorstellungen. Obwohl sie sich unsagbar glücklich schätzte, ein Kind zu bekommen, war sie ob ihrer völligen Ahnungslosigkeit, wie sie sich anstellen sollte, entsetzt.

»Ich werde mich wegen meiner Schwangerschaft an deine Freundin Billy wenden«, erklärte sie Tom sehr feierlich an dem Abend, an dem sie ihm von ihrem Zustand erzählte. Zu ihrem Schrecken spürte sie, wie ihr Mann in ihren Armen merkwürdig steif wurde, als hätte sie ihn mit ihren Worten verletzt.

»Willst du etwa das Kind nicht?« fragte er nach langem Schweigen heiser; seine Stimme war kaum mehr als ein gequältes Flüstern.

»Natürlich will ich unser Kind!« antwortete sie, ohne seine plötzliche Besorgnis zu begreifen. »Deshalb habe ich doch beschlossen, Billy um Hilfe zu bitten – natürlich nur, wenn du nichts dagegen hast. Ich verstehe doch nichts von diesen Frauensachen. Ich hatte keine Mutter, die mich unterwiesen hätte, und ich bin mit keiner jungen Frau befreundet, die mir da helfen könnte. Ich verstehe, daß es dich beunruhigt, wenn ich mich an eine Frau wie Billy wende, aber sie war sehr freundlich, als sie uns geholfen hat, und sie muß doch von diesen Dingen sehr viel verstehen.« Atemlos legte sie eine Pause ein. »Außerdem brauche ich eine junge Frau als Freundin, und ihr Gewerbe stört mich nicht, wenn sie mir nur die Ratschläge geben kann, die ich brauche.«

Tom lachte vor Erleichterung schallend und drückte seine Frau mit solcher Kraft an sich, daß sie in der Dunkelheit aufschrie.

»Ich liebe dich, mein Gott, wie ich dich liebe!« Er vergrub sein Gesicht in ihrem Haar und streichelte ihren beglückenden Körper ganz sacht, bis sie seinen merkwürdigen Ausbruch von Fröhlichkeit über ihren Vorschlag, den sie für vollkommen vernünftig hielt, vergaß und unter seinen erfahrenen Liebkosungen leise zu stöhnen begann.

»Ich möchte zu Miss Billy, bitte«, sagte Deirdre deutlich zu der schlampigen jungen Frau, die die Tür öffnete, aber das Mädchen schien sie nicht zu verstehen. »Ich bin Mrs. Dalton, sie kennt mich«, versuchte ihr Deirdre auseinanderzusetzen. »Sie wird mich bestimmt empfangen, wenn Sie ihr nur sagen, daß ich hier bin.«

»Aber klar, Herzchen«, sagte das Mädchen endlich. »Billy ist oben. Ich hole sie herunter. Kommen Sie nur herein«, fügte sie dann hinzu, worauf Deirdre erleichtert eintrat.

Sie nahm in dem roten Plüschsofa Platz und sah sich um, denn an jenem Abend, den sie in diesem Haus verbracht hatte, war keine Gelegenheit gewesen, die Räumlichkeiten kennenzulernen.

Deirdre war nervös und aufgeregt, weil sie sich in diesem »verrufenen Haus« befand, wie man so etwas nannte. Sie hatte in ihrem ganzen Leben noch nie etwas so Gewagtes getan, abgesehen davon, daß sie Tom geheiratet hatte, aber dabei hatte sie ihn als Stütze gehabt, während sie diesmal ganz auf sich allein gestellt war. Sie fühlte sich forsch und plötzlich sehr erwachsen und lächelte über ihre Kühnheit, als Billy den Salon betrat.

Deirdre hatte nie ein großartigeres Wesen gesehen. Ohne Schminke, mit gelbblondem, offenem Haar, das auf die Schultern eines Seidenkleides herabfiel, war Billy eine so beeindruckende Erscheinung, daß es Deirdre den Atem verschlug.

»Weiß Ihr Mann, daß Sie hier sind, Mrs. Dalton?« fragte Billy besorgt.

»Er weiß nicht, daß ich gerade jetzt hier bin.« Sie überlegte, wie sie ihren Besuch erklären sollte. »Aber ich habe ihm gesagt, daß ich mit Ihnen sprechen muß, und er war damit einverstanden.«

Billy legte den Kopf etwas schief, eine merkwürdige, spöttische Geste, die Deirdre schon bei ihrer ersten Begegnung bemerkt hatte und durch die Billy beinahe wie eine Statue in einem Museum wirkte.

»Ich habe Ihnen ein kleines Geschenk mitgebracht«, begann Deirdre zögernd. »Kein richtiges Geschenk, nur ein paar Kekse, die ich selbst gebacken habe.« Sie lachte ein wenig, um ihre Verlegenheit zu verbergen. »Sie sind wirklich das einzige, was ich seit meiner Hochzeit gelernt habe, gut zuzubereiten.« Sie überreichte der verwunderten Bordellwirtin ein in braunes Papier und Bindfaden gehülltes Päckchen, und Billy begann allmählich zu begreifen, daß diese wohlerzogene Dame, Tom Daltons Frau, versuchte, ihre Freundin zu werden.

»Noch nie hat jemand für mich Kekse gebacken.« Billy nahm das Päckchen an sich. »Es ist wirklich nett von Ihnen, mir ein Geschenk zu bringen. In meinem ganzen Leben hat mir noch keine Dame ein Geschenk gemacht.« Sie lächelte Deirdre offen an, setzte sich neben sie auf das Sofa und öffnete das Päckchen freudig wie ein Kind sein Weihnachtsgeschenk. »Wir werden eine Tasse Tee dazu trinken.« Plötzlich war sie ganz Gastgeberin. Sie klingelte mit einem Glöckchen, worauf ein kleiner schwarzer Junge aus der Küche kam.

»Sage Bell, sie soll für Mrs. Dalton Tee machen, Josiah.« Der kleine Junge lief davon, und die beiden Frauen schauten sich etwas verlegen an.

»Es macht mich recht nervös, daß ich hier bin, Billy, denn ich möchte Sie um einen Gefallen bitten.«

Billy nickte.

»Ich bin in anderen Umständen und brauche Ihre Hilfe.« In Billys schöne blaue Augen trat ein bekümmerter Ausdruck, und Deirdre begriff den Grund nicht.

»Ich weiß nicht genau, wie ich es ausdrücken soll, aber die Sache ist die, daß ich nicht viel von Frauensachen verstehe. Ich weiß überhaupt nichts über die Schwangerschaft, und der Arzt war noch verlegener als ich, als ich ihm Fragen stellte. Um die Wahrheit zu sagen, ich weiß nicht einmal, wonach ich fragen soll.« Sie blickte Billy flehend an, in der Hoffnung, daß diese sie verstehen würde. »Ich dachte nur... Sie waren an dem Abend, an dem wir davonliefen, so nett zu mir... und Sie müssen so vieles wissen, was ich nicht weiß...« Sie beendete den Satz nicht und blickte auf ihre Hände, die in ihrem Schoß lagen.

Als sie aufblickte, lächelte Billy freundlich, und ihre langen dunklen Wimpern glänzten unerklärlicherweise feucht, als sie antwortete: »Ich werde Ihnen etwas sagen, Schätzchen. Wenn Sie so freundlich sein wollen, mir beizubringen, was ich tun muß, um eine Dame zu sein, werde ich Ihnen alles darüber beibringen, was es heißt, eine Frau zu sein.«

Als Tom an diesem Abend nach Hause kam, erfuhr er zu seiner Verwunderung, daß seine Frau an diesem Nachmittag vier Stunden in Gesellschaft einer Freundin in einem Freudenhaus verbracht hatte.

49

»Sie sprechen von Aussperrung«, berichtete Donaher, als er und Furuseth in Daltons Wohnung kamen und die Tür zum kalten Korridor schlossen.

Tom hatte daheim mit Deirdre auf Nachrichten von den Gewerkschaftsverhandlungen gewartet. »Kommt herein und setzt euch«, forderte er die beiden auf und nahm ihnen die schweren Wollmäntel ab. »Wir haben auf Neuigkeiten gewartet.«

»Sie sind leider nicht gut.« Donaher sah Deirdre an. »Ich wünsche dir einen guten Abend, Kleine. Leider bringe ich euch beiden schlechte Nachrichten.«

Deirdre stellte sich auf die Zehenspitzen, um den großen Iren und den noch größeren Norweger auf die Wange zu küssen. »Ihr seid in unserem Heim willkommen, wie immer die Nachrichten sein mögen, meine Freunde, das wißt ihr doch!« Sie ging zur kleinen Küche. »Eine Tasse Tee wärmt euch doch sicher?« rief sie ins Zimmer.

»Wenn ein Tropfen Whiskey drin wäre, würde er meinen alten Knochen wieder den Atem des Lebens einhauchen«, rief ihr Donaher nach, und Furuseth, der zu tief in Gedanken versunken war, um sich zu unterhalten, lächelte ihr zu.

»Ein Glück, daß wir zufällig noch einen Tropfen für euch aufgespart haben«, rief sie von der Tür aus, und die beiden Männer merkten, daß sie sich bemühte, trotz der schlechten Nachrichten nicht den Mut zu verlieren.

»Sie sieht ein bißchen blaß aus, finde ich. Hängt es damit zusammen, daß das Baby in zwei Monaten fällig ist oder mit den Sorgen wegen der Gewerkschaft?«

»Du hast den Blick einer Hebamme, Donaher«, stellte Tom mit einem gequälten Lächeln fest. »Vermutlich macht sie beides nervös. Wenn ich ihr die Wahrheit erzähle, macht sie sich Sorgen; wenn ich versuche, sie ihr zu verschweigen, ist es noch schlimmer. Billy behält sie in letzter Zeit im Auge und behauptet, daß mit der Schwangerschaft alles in Ordnung ist. Aber Deirdre macht sich trotzdem Sorgen.«

»Ja«, unterbrach ihn Furuseth. »Wir haben allen Grund, uns Sorgen zu machen.«

»Wie sieht es also aus?« fragte Tom, während er Furuseth beobachtete, der die Hände heftig aneinander rieb, um die Blutzirkulation anzuregen und warme Finger zu bekommen.

»Zwischen den Führern der fünf Ortsgruppen wird fast ebensoviel gestritten wie zwischen uns und den Unternehmern.« Wenn Andy aufgeregt war, wurde sein norwegischer Akzent deutlicher, und oft mischten sich etliche norwegische Wörter unter die englischen.

»Der eine will streiken, der andere will verhandeln, der dritte will seinen Namen in der verdammten Zeitung sehen, und wieder ein anderer will die ›Black Hand‹ holen, um gegen die Pinkertons zu kämpfen.«

Tom schenkte dem großen Norweger, der noch immer verfroren und zornig aussah, einen Drink ein.

»Du hast das alles schon einmal durchgemacht, Andy. Was wäre das Beste, das wir jetzt tun sollten?«

»Am besten wäre es, wenn wir mit ihnen verhandeln. Wenn wir sie dazu bringen, sich unsere Forderungen anzuhören und vielleicht so viele Zugeständnisse zu machen, daß wir bis zum wärmeren Wetter durchhalten. Die Schweinehunde haben jetzt auch noch den Winter auf ihrer Seite, und jede Verzögerungstaktik wäre wertvoll.«

»Verzögerungstaktik, so eine Scheiße!« fluchte Donaher. »Die wissen ebensogut wie wir, daß der Winter kommt, Andy! Sie werden ihn bestimmt als Knüppel benützen, um uns die Knochen noch gründlicher zu zerschlagen.«

»Was meinst denn du, Donaher?« fragte Tom ernst.

»Sie wissen genau, daß wir den Winter nicht durchhalten können, also werden sie uns an einem der nächsten Tage den Lohn kürzen, weil sie davon ausgehen, daß wir zum Frühjahr nicht zurückschlagen können.«

Tom sah Andy fragend an und las in seinen traurigen Augen, daß das stimmte. Ein schönes Taufgeschenk für meinen Sohn, dachte Tom, sprach es aber nicht aus.

»Nächsten Donnerstag findet ein Treffen der fünf Ortsgruppen statt, Thomas. Wir könnten die Zeit bis dahin nutzen, um mit den Unternehmern zu verhandeln. Nur wir, ohne die anderen, um zu sehen, wie sie auf unsere Argumente reagieren. Vielleicht finden wir heraus, was sie vorhaben, vielleicht auch nicht. Aber wir können wenigstens unsere Meinung äußern. Es wäre den Versuch wert.«

»Wie kommst du auf die Idee, daß sie uns empfangen werden?«

»Ich habe darüber nachgedacht, Thomas. Du kannst reden wie ein Anwalt. Vielleicht könntest du an Mr. Morgan persönlich schreiben.«

Donaher stieß einen leisen Pfiff aus.

»Vielleicht sind sie neugierig, was so ein intelligenter Jurist im Hafen sucht«, fuhr Furuseth unbeirrt fort. »Vielleicht genügt die Neugierde, um dort hineinzukommen.«

Tom und Donaher tauschten einen Blick. Keinem von beiden wäre je eingefallen, sich an Morgan selbst zu wenden. Vielleicht unterschied sich Andy dadurch von allen anderen. Er würde auch zu Gott dem Allmächtigen gehen, wenn er annahm, daß es der Gewerkschaft helfen könnte.

50

Der Raum, in den die Unterhändler der Arbeiter geführt wurden, war übertrieben verschwenderisch eingerichtet. Tom zählte sieben Männer an dem riesigen Konferenztisch: düster dreinblikkende reiche Männer in dunklen Anzügen, auf deren gutgenährten Gesichtern ein verächtlicher Ausdruck lag. Der offensichtliche Reichtum dieser Männer stand in erschreckendem Gegensatz zu dem Eindruck, den die kleine Abordnung erweckte. Tom wurde zornig, als er den selbstgefälligen, skrupellosen Magnaten sah, der inmitten seiner Clique von gut gekleideten Handlangern am Ende des Konferenztisches saß. Er war eigentlich verblüfft darüber, daß sein Brief an Morgan zur Einladung zu diesem Treffen geführt hatte.

Donaher stieß Tom verstohlen mit dem Ellbogen an und deutete auf Morgan. »Er sieht aus wie ein Mann, der lieber an einem zu großen Bissen erstickt, als ihn mit jemandem zu teilen«, flüsterte er, und Tom fand, daß er recht hatte.

Der Mann rechts von J. P. Morgan war sein Hausjurist. Er sprach als erster, seine nasale Stimme hallte in dem höhlenartigen Raum mit der neun Meter hohen, vergoldeten Decke und den polierten Ebenholzwänden wider. Tom dachte unwillkürlich an das schäbige »Longshoremen's Rest«, in dem die Arbeiter ihr Vorgehen absprachen, und vor Wut über den Gegensatz verkrampfte sich sein Magen.

»Was wollt ihr Arbeiter genau?« Der Mann betonte das Wort Arbeiter verächtlich. Die Frage war anzüglich und geringschätzig, als sei es undenkbar, daß solches Gesindel überhaupt etwas wollte.

»Wir wollen vor allem mit Achtung behandelt werden, Sir«, antwortete Tom mit ruhiger Würde. Seine gebildete Sprache überraschte die Männer am Tisch. Das war nicht die Stimme eines gewöhnlichen Arbeiters, deuteten sie einander mit beredten Blicken an.

»Und wer sind Sie?« Diesmal kam die Frage von Morgan selbst, einem dürren, häßlichen, kleinen Mann. Tom, der ihn zum ersten Mal sah, kam der Gedanke, daß Gott es für richtig gehalten hatte, dem Industriellen das Gesicht zu geben, das er verdiente.

»Mein Name ist Thomas Dalton, Sir. Ich bin es, der Ihnen geschrieben und Sie um diese Zusammenkunft ersucht hat, um über unsere Probleme zu sprechen. Da ich eine gewisse Ausbildung in Jura hinter mir habe, bin ich bei diesen Verhandlungen der Sprecher für die Männer der vereinten Seemannsberufe.«

Morgan bewegte den Mund, als kaue er etwas, die Geste eines alten Mannes, antwortete aber nicht.

»Ich wiederhole meine Frage«, sagte der Anwalt. »Was wollt ihr Männer von den Seemannsberufen?« Der Spott in seiner Stimme veranlaßte Donaher beinahe aufzustehen, doch Tom spürte die Bewegung an seiner Seite und legte seinem Freund die Hand auf den Arm.

»Unsere Bedürfnisse sind bescheiden. Wir Hafenarbeiter brauchen eine Halle für die Arbeitsvergabe. Einen Ort, an dem die Jobs ordentlich verteilt werden, damit die erniedrigende Vorgangsweise, einen Mann in Regen oder Schnee stehen zu lassen, bis er willkürlich ausgesucht wird, abgeschafft werden kann. Wir brauchen ferner einen Lohn, von dem man leben kann, damit wir unsere Familien ernähren können, und das Recht, mit den Unternehmern auf zivilisierte Art darüber zu verhandeln, wie hoch dieser Lohn sein soll. Wir brauchen bei der Arbeit Schutz vor skrupellosen Aufsehern, die mit einer zu kleinen Mannschaft arbeiten und den übrigen Lohn einstecken, während wir vor Erschöpfung Verletzungen erleiden. Wir müssen in der Lage sein, uns ohne Angst vor Repressalien oder Aussperrung gewerkschaftlich zu organisieren. Wir müssen in der Lage sein, unseren Beschwerden Ausdruck zu verleihen und zum Vorteil aller Beteiligten einschließlich der Unternehmer eine ordentliche Antwort darauf zu erhalten. Wir wollen als Menschen, nicht als Sklaven oder Tiere behandelt werden. Wir müssen für unseren gewissenhaften Beitrag zum geschäftlichen Erfolg von Männern wie Ihnen geachtet und wir müssen für diesen Beitrag anständig entlohnt werden.«

Er machte eine kurze Pause und blickte einen Mann nach dem anderen an.

»In erster Linie fordern wir die Wiedereinstellung der Gewerkschaftsanhänger und das Recht, über eine Lohnerhöhung zu verhandeln.«

Als er schwieg, blickten die Handlanger zuerst einander und dann Mr. Morgan an. Sie waren neugierig, wie er auf solchen Unsinn reagieren würde.

Der alte Mann betrachtete Dalton mit leicht schiefgelegtem Kopf. Als er zu sprechen begann, war die Spannung im Raum greifbar.

»Erzählen Sie mir mehr, junger Mann!« Es klang nicht unfreundlich. Also erzählte ihm Tom mehr über die Bedingungen, unter denen sie arbeiteten, und über das elementare Bedürfnis nach menschlicher Würde. Furuseth und Donaher staunten darüber, wie beredt er aus dem Stegreif formulierte. Als sie das Wort erhielten, bemühten sie sich sehr, ihrem Freund nicht nachzustehen und sich genauso klar auszudrücken wie er.

Als sie fertig waren, ersuchte man die drei, den Raum zu verlassen, während Morgan und seine Männer über das Gesagte berieten.

Der unerschütterlich optimistische Furuseth war hoffnungsvoll. Donaher, der die Reeder aus eigener Erfahrung kannte, machte sich keine Illusionen, und Tom, der die kalten, herzlosen Augen von J. P. Morgan gesehen hatte, wußte, daß ihre Hoffnungen zum Scheitern verurteilt waren.

»Mr. Morgan möchte Sie sprechen, Mr. Dalton.« Die nasale Stimme des Rechtsanwalts durchbrach die Stille, in der sie ihren persönlichen Gedanken nachhingen. Tom, der auf den nächsten Schritt bei dieser Scharade neugierig war, stand auf und folgte dem Mann in das Sitzungszimmer. Diesmal saß nur der ältliche Krösus am Tisch.

»Sie interessieren mich, Mr. Dalton.« Die Stimme klang alt, heiser und matt, war aber zugleich fest und selbstsicher. »Sie haben Ihrer Sache mit Ihrem heutigen Referat einen sehr schlechten Dienst erwiesen, denn Sie haben mich mißtrauischer gemacht. Ich stand der Sache der Arbeiter gleichgültig gegenüber, weil ich nicht wußte, daß es unter ihnen einen Mann mit Ihren Fähigkeiten gibt. Doch jetzt kenne ich Ihr Talent, und ich werde alles tun, was in meiner Macht steht, um Sie zum Schweigen zu bringen.«

Tom wollte antworten, doch Morgan unterbrach ihn mit einer herrischen Geste.

»Auf der anderen Seite, wie ich Ihnen soeben sagte, interessieren Sie mich. Ich habe deshalb beschlossen, Ihnen eine Stelle anzubieten. Ein intelligenter junger Mann wie Sie könnte es mit der entsprechenden juristischen Ausbildung in meinem Unternehmen weit bringen. Wenn Sie mein Angebot ablehnen, bleibt mir keine andere Wahl, als Sie und Ihre armselige Gewerkschaft zu vernichten, da ich keinerlei Interesse an den Arbeitern habe. Sie sind für mich nichts anderes als des Pharaos Arbeitsheer für ihn. Arbeiter bauen meine Pyramiden, Mr. Dalton, sie brauchen weder noch verdienen sie Entgegenkommen. Wenn sie meine Pyramiden nicht bauen, werden sie durch andere Arbeiter ersetzt, die es tun. Habe ich mich klar ausgedrückt?«

Tom antwortete nicht, denn er spürte, daß Morgans Monolog noch nicht zu Ende war.

»Treten Sie bei mir ein, Dalton, und Ihre Zukunft ist gesichert! Widersetzen Sie sich mir, werde ich, sobald Sie diesen Raum verlassen haben, anordnen, daß jeder Mann ausgesperrt wird, der auch nur im Verdacht steht, mit der Gewerkschaft zu sympathisieren. Ich brauche Ihnen nicht zu erzählen, wie weit Ihre Beredsamkeit Ihren Arbeitern Unterhalt verschaffen wird. Eure Gewerkschaft ist zum Scheitern verurteilt, ob Sie bei ihr bleiben oder nicht, junger Mann. Warum verlassen Sie das sinkende Schiff nicht, bevor Sie mit ihm untergehen?«

»Haben Sie sich nie gefragt, was Sie am Tag des Jüngsten Gerichtes Gott über sich berichten werden, Mr. Morgan?« fragte

Tom, wie nur ein irischer Katholik es konnte. Er sprach beinahe wie ein Racheengel, und zu seiner Überraschung verzog sich das häßliche Gesicht zur Karikatur eines Lächelns.

»Haben Sie nie bemerkt, Mr. Dalton, daß Gott auf meiner Seite steht und nicht auf der Ihren?« fragte der böse alte Mann tückisch.

»Ich nehme Ihr Angebot nicht an, Mr. Morgan. Ich schätze meine Dienste zu hoch ein, um sie den Philistern anzubieten.« Er lächelte. »Was die Rolle Gottes in dieser Angelegenheit betrifft, so hat Er mir Seine Ansichten noch nicht klargemacht, wie Er es offenbar Ihnen gegenüber getan hat. Aber ich bin sicher, Er wird dafür sorgen, daß für Männer wie Sie der Tag kommt, an dem sie Rechenschaft ablegen müssen. Vielleicht ist es noch nicht soweit, Mr. Morgan, vielleicht hat die Stunde der Männer, die ich vertrete, noch nicht geschlagen, aber merken Sie sich meine Worte: Der Tag wird kommen, an dem Männer wie Sie nicht mehr imstande sein werden, die Arbeiter auszubeuten. Denken Sie daran, daß Gott der Herr letzten Endes den Erbauern der Pyramiden geholfen und dem Pharao die Zehn Plagen geschickt hat.«

»Ich möchte bezweifeln, daß er für Sie das gleiche tun wird.«

In der Stille des Sitzungssaales sehnte sich Tom nach Macht, um diesen grausamen, arroganten Despoten zerschmettern zu können. Macht, um dem Heer der in Armut lebenden Menschen, die er vertrat, zu helfen. Zorn, Ohnmacht und Kummer, dachte er, sind das einzige, was Männer wie Morgan den Armen lassen.

Er verließ das Gebäude in Gesellschaft des finsteren Furuseth und des zornigen Donaher. »Bei dem Begräbnis dieses Mannes wird es viele trockene Augen geben«, knurrte der kräftige Ire. »Der zieht noch einer Laus die Haut ab und verkauft sie wie das Fett.« Die beiden Freunde, die mit ihm die steinerne Treppe zur Straße hinunterstiegen, hatten nicht das Herz zu antworten.

Diamond Jim lag auf Billys großem Bett, und sein rundes Gesicht verriet Ärger. »Heute abend, mein Freund, siehst du aus wie eine Gewitterwolke«, meinte die schöne Frau und setzte sich auf den Bettrand. »Sie fehlen dir beide, nicht wahr, mein Lieber?« Während sie sprach, strich ihre Hand langsam über seine Oberschenkel, was ihm aber keine Reaktion entlockte.

»Nein, sie fehlen mir nicht! Sie können meinetwegen dorthin gehen, wo der Pfeffer wächst.«

»Diamond Jim Mulvaney, du redest Blödsinn.«

»Du hast ganz recht – wie immer«, sagte er und zog sie kichernd zu sich ins Bett. Anscheinend hatte er nie in seinem Leben die Frauen wirklich eingeschüchtert. »Ohne Deirdre gibt es in meinem Haus keinen Sonnenschein, Billy, kein zartes, hübsches Wesen, das mir abends meinen Brandy bringt und mir einredet, daß ich wunderbar bin.« Er lächelte über die Selbstsucht seiner Bedürfnisse. »Und der Teufel soll den Jungen holen! Er war der beste, der jemals für mich gearbeitet hat, und um die Wahrheit zu sagen, es tat mir gut, ihn in meiner Nähe zu haben und mich mit ihm zu unterhalten. Vermutlich habe ich in ihm einen Ersatz für einen Sohn gesehen. Das ist auch der Grund, weshalb ich ihn nicht gleich vor die Tür gesetzt habe, als ich merkte, daß die beiden hinter meinem Rücken Händchen hielten.«

»Und zum Teil auch der Grund, daß du so hart zu ihm warst, als er dich darum bat, um sie werben zu dürfen«, fügte sie verständig hinzu. »Du hast immer Angst davor, dich an einen Menschen zu binden, Jim. Deshalb umgibst du dich auch mit Mitarbeitern und nicht mit Freunden.«

Er runzelte wieder die Stirn, weil sie so scharfsinnig war. »Ich habe aber nie meine ›Bindung‹ an dich bereut, oder?«

»Nur weil du glaubst, daß ich dir gehöre. Solange du davon überzeugt bist, daß ich bei dir bleibe, weil du mein Wohltäter bist, brauchst du nicht zu befürchten, daß ich dich beeinflussen kann.« Sie lächelte ihn freundlich an, was ihn sehr ärgerte, denn er haßte es, durchschaut zu werden.

»Und du liebst mich Adonis wohl um meiner selbst willen«, erwiderte er scharf.

»Ich leugne nicht, daß die Dankbarkeit für alles, was du für mich getan hast, zu unserer Beziehung gehört, Jim. Aber du bist ein verdammter Narr, wenn du glaubst, daß das alles ist. Wir vertrauen einander, wir mögen einander, wir tun einander in vieler Hinsicht gut und stellen dabei sehr wenig Ansprüche. Du bist ein großartiger Mensch, Jim, trotz deiner unangenehmen Launen und so weiter. Aber eines muß ich dir sagen, wenn es sonst niemand tut: Du kannst den Charakter der anderen ausgezeichnet, die Frauen und die Liebe hingegen nur miserabel beurteilen. Wenn es um Liebe geht, besitzt du nicht einmal den Verstand eines Schuljungen, und wenn du deine Tochter und ihren Mann wegen deines dummen Stolzes verstößt, dann verdienst du es bei Gott, die beiden zu verlieren!«

Ihr Busen hob und senkte sich lebhaft, weil sie sich in Rage geredet hatte.

»Du bist ohnehin nur wütend auf ihn, weil er dich überlistet hat. Du solltest verdammt froh darüber sein, daß deine Tochter mit einem intelligenten Mann verheiratet ist und nicht mit einem feigen, überzüchteten, alteingesessenen Bostoner, der einen schlappen Schwanz und den dazu passenden Verstand hat.«

Diamond Jim hob erstaunt den Kopf. Über seinen riesigen Bauch hinweg sah er, wie die Frau aufgebracht aus dem Zimmer stürzte und ihn allein im Bett zurückließ.

»Verdammt noch mal!« sagte er laut. »Was ist denn in die gefahren?« Es war verdammt lächerlich, in einem Bett zu liegen, im Puff, das einem auch noch gehörte, und niemand neben sich zu haben. Er mußte über die absurde Situation schallend lachen, und als Billy das Gelächter hörte, schaute sie ins Zimmer und sah, wie sein runder Bauch auf dem knarrenden Bett hoch und nieder hüpfte.

51

Deirdre schob sich die Haarsträhnen aus dem Gesicht und bemühte sich, geradezustehen. Ihre Schwangerschaft war weit vorgeschritten, und die anderen Frauen schüttelten seit Wochen über sie den Kopf, weil sie trotzdem weiterhin in der Suppenküche der Streikenden arbeitete. Auch ihr Mann machte sich ernste Sorgen um ihre Sicherheit; daß die Unternehmer Schläger schickten, um das Lokal zusammenzuschlagen, das den Lebensunterhalt für die Familien der Streikenden lieferte, lag durchaus im Bereich der Möglichkeit.

Trotz dieser vernünftigen Warnungen arbeitete Deirdre Dalton weiter, weil die nützliche Beschäftigung ihr half, nicht zu verzweifeln, wenn sie sah, wie es Tom und der Gewerkschaft erging. In der Küche hatte sie wenigstens das Gefühl, daß sie den mittellosen Familien irgendwie half. So trug sie wenigstens zu einem kleinen Teil die Last ihres Mannes mit.

Zuerst hatte eine beinahe urchristliche Hingabe an die gerechte Sache die Streikenden begeistert. Sie waren so sicher gewesen, daß die Italiener und die übrigen Streikbrecher, die man herbeigeschafft hatte, unmöglich ihre spezielle Arbeit übernehmen konnten, daß sie erwartet hatten, alles würde in einer Woche vorbei sein. Als dann auch noch die Arbeiter in den Kohlengruben einen Sympathiestreik begannen, war die Freude der Gewerkschafter grenzenlos gewesen. Andere Arbeitergewerkschaften waren den Kohlearbeitern gefolgt, und die Führer der anderen Ortsgruppen waren sicher gewesen, daß zum erstenmal ein Sieg möglich war.

Doch die Italiener lernten die Arbeit schneller und besser, als man erwartet hatte. Und wenn diese kleineren Männer einen Hundertdreißigkilosack Zucker nicht so heben konnten wie ein Ire, spielte das kaum eine Rolle. Bei dem niedrigen Lohn, den sie erhielten, konnte es sich der Vorarbeiter leisten, die Arbeit eines Iren von zwei Italienern besorgen zu lassen, Die letzten Nachrichten lauteten, daß sie sich eine Verspätung beim Laden eingehandelt hätten, aber sie war nicht so groß, wie alle gehofft hatten.

Und natürlich mußte man mit dem Winter fertig werden, noch dazu mit einem besonders kalten. Während das Geld für Nahrung und Brennstoff im Gewerkschaftssäckel immer weniger wurde, erkannte Deirdre, daß die Suppenküchen für manche Familien die einzige Möglichkeit war, etwas zu essen zu bekommen. Sie erkannte es an der zunehmenden Panik in den Gesichtern der Frauen, die zu ihr um Brot und Suppe kamen.

Nachdem Deirdre in der kleinen Küche saubergemacht hatte, setzte sie sich in den Schaukelstuhl, den eine der Frauen ihr freundlicherweise gebracht hatte. Die Rückenschmerzen waren zu einer beharrlichen, dumpfen Qual geworden. Sie hoffte nur, sie würden nicht so arg werden, daß sie sie Tom gegenüber erwähnen mußte. »Er hat derzeit mit genügend Belastungen fertig zu werden, da brauche ich ihm nicht zusätzlich Sorgen zu machen«, sagte sie laut, und dann lächelte sie darüber, wie heftig ihre Erklärung in dem stillen Raum geklungen hatte.

Andrew Furuseth nahm seinen Platz am Verhandlungstisch gemeinsam mit den Führern der anderen Ortsverbände der Hafenarbeiter und den Vertretern der Dampfschiffahrtslinien ein. Seine Kleidung war schäbig, seine Hände waren die eines Arbeiters, aber sein strenges Gesicht, seine ungeheure Größe und seine persönliche Würde erweckten bei allen, die in dem üppig eingerichteten Raum versammelt waren, den Eindruck von innerer Kraft. Tom und Donaher saßen neben ihm, doch Furuseth war fraglos der ranghöchste Unterhändler.

Der Sprecher der Old Dominion Line eröffnete die Konferenz scharf und gespannt. »Wir sind hier, Gentlemen, um die Schwierigkeiten zwischen den... äh... vereinten Seemannsberufen und den Eignern der großen Schiffahrtslinien zu schlichten.«

Er räusperte sich nervös und spielte mit einem Bündel Papiere, das er in seinen kleinen, rosigen Händen hielt.

»Die Unternehmer ziehen es vor, dieses Problem gemeinsam zu behandeln, und haben uns, ihre Vertreter, bevollmächtigt, in ihrem Namen ein großzügiges Angebot zu machen, um so diesen Differenzen ein Ende zu bereiten.« Er lächelte höflich, und die Gruppe der Arbeiter tauschte wortlos Blicke.

Der Mann von Old Dominion, der Harrow hieß, rückte seine Brille zurecht. »Wie Sie wissen, Gentlemen, ist derzeit auf den Docks eine große Zahl von Arbeitern beschäftigt, deren Wochenlohn zwölf Dollar beträgt.«

»Man nennt sie Streikbrecher, Euer Ehren«, warf Donaher ein, »nicht Arbeiter.«

Andrew hob die Hand, um seinen Freund zum Schweigen zu ermahnen, und der Mann von Old Dominion fuhr fort.

»Wie gesagt – trotz der Tatsache, daß die Schiffahrtsgesellschaften keine Schwierigkeiten haben, Männer zu finden, die für zwölf Dollar wöchentlich im Hafen arbeiten, wurde ich bevollmächtigt, Ihnen dreizehn Dollar pro Woche anzubieten, um diesen Schwierigkeiten ein Ende zu machen.« Es klang, als handele es sich um ein erstaunlich großzügiges Angebot.

Die fünf Arbeiter sahen einander an, und Furuseth ergriff das Wort.

»Ihr ›großzügiges Angebot‹ ist genau die Hälfte von dem, was wir bereits bekommen!« Die Stimme war zornig und herrisch.

»Ihr Gesetzesbrecher könnt froh sein, daß wir euch überhaupt ein Angebot machen!« warf ein weiterer Vertreter der Unternehmer mit nasaler Stimme wütend ein. Er war von der White Star Line geschickt worden.

»Wir sind hier, Sir, um uns wie Gentlemen zu benehmen«, antwortete Andrew gleichmütig, »und um eine ehrenhafte Meinungsverschiedenheit zum größten Nutzen aller zu bereinigen. Es ist bestimmt nicht günstig, wenn wir einander grobe Worte an den Kopf werfen.«

Der Mann von White Star setzte sich mit finsterem Gesicht, und der Mann von Old Dominion setzte die Debatte fort.

»Ich warne euch Männer davor, dieses großzügige Angebot abzulehnen. Dreizehn garantierte Dollar die Woche bedeuten keinen täglichen Kampf um die Arbeit, dafür aber Essen auf dem Tisch und Brennstoff im Kamin. Dreizehn Dollar bedeuten Rückkehr zu regelmäßiger Arbeit und Aussicht auf frohe Weihnachten.«

Furuseth antwortete ungerührt: »Ich bezweifle nicht, Mr. Harrow, daß Sie es gut meinen und daß Sie Ihre Behauptungen für wahr halten. Sie sind es aber nicht. Dreizehn Dollar die Woche sind nicht genug Geld, um unsere Kinder und unsere Frauen zu ernähren. Nicht genug, um Schuhe oder Mäntel für die Unseren zu kaufen, nicht genug, um erhobenen Hauptes durch unser Viertel zu gehen, weil wir einen Penny in den Sammelteller legen oder einem Nachbarn in diesen unsicheren Zeiten helfen konnten.« Er brach einen Moment ab und betrachtete mit müdem Lächeln die Männer am Tisch. »Dreizehn Dollar die Woche wurde den Leuten schon vor zwanzig Jahren angeboten, und sie haben deshalb gestreikt. Sie sehen also, daß wir unsere ›Schwierigkeiten‹, wie Sie es nennen, fortsetzen müssen, bis wir faire Bedingungen durchgesetzt haben.«

»Und darf ich fragen, wie in Ihren Augen ›faire Bedingungen‹ aussehen würden?« Ein weiterer Vertreter der Schiffahrtsgesellschaften, ein Rechtsanwalt, stellte die Frage.

»Daß unsere Löhne genau so hoch sind wie die anderer gottesfürchtiger, schwer arbeitender Männer; daß die härteste, gefährlichste Arbeit besser bezahlt wird und daß die Arbeitsbedingungen angemessen sind.« Furuseth machte wieder eine Pause. »Mehr verlangen wir nicht: fairen Lohn für faire Tagesarbeit!« Er sah die Vertreter der Unternehmer müde, beinahe belustigt an. »So wie wir *uns* nicht betrügen lassen wollen, wollen wir auch Sie nicht betrügen!«

Einen Moment lang herrschte Stille im Raum, als wolle jeder die Äußerung des schroffen Norwegers verdauen: Dann sprachen mit einem Male alle zugleich, und sie stritten noch fünf Stunden lang. Als die Konferenz zu Ende war, stand für die Vertreter der Eigner eines fest: Der junge Mann, der wie ein Anwalt sprach, war zu klug, um sich übers Ohr hauen zu lassen, und der kräftige Ire war zu gerissen dazu. Aber die wirkliche Macht stellte Furuseth dar. Wenn es möglich war, ihn auszuschalten, konnte man mit den anderen fertig werden.

52

Weihnachten kam. Deirdre, Tom und Donaher stapften gemeinsam mühsam zur Mitternachtsmesse und gingen dann nach Hause, wo es Eggnog und Plumpudding gab. Weil sie wußten, wie kläglich infolge des Streiks das Weihnachtsfest bei ihren Freunden ausfiel, waren sie bedrückt, obwohl das Ehepaar das Fest zum erstenmal miteinander beging.

»Es muß bitter für dich sein, Liebste, wenn du an die Weihnachtsfeiern in deinem Vaterhaus denkst«, meinte Tom traurig, als sie sich, nachdem Donaher gegangen war, in der kalten, kleinen Wohnung im Bett aneinanderdrängten.

Die junge Frau blickte liebevoll in das bekümmerte Gesicht ihres Mannes und berührte seine herabhängenden Lippen mit den Spitzen ihrer weichen Finger.

»Ich bedauere unseren Schritt keinen Augenblick, mein Lieber, das solltest du inzwischen schon wissen. Was meinst du denn, was für mich Weihnachten im Hause meines Vaters ohne dich bedeuten würde? Nächstes Jahr um diese Zeit ist der Streik längst vergessen, und wir feiern mit unserem kleinen Sohn.«

Andrew verließ den Versammlungsraum lange, nachdem die anderen gegangen waren. Er hatte niemanden, zu dem er hätte nach Hause gehen können. Er brauchte Ruhe, um über das Elend der Streikenden nachzudenken; es sah nicht gut aus für sie. Wenn er an die zornige Stimmung und die Not dachte, die die Männer bei dem Treffen beschrieben hatten, seufzte er.

Donaher war so überzeugt, daß die Gewerkschaft ihre einzige Hoffnung darstellte, daß er sich weder von Mühen noch von Problemen einschüchtern ließ. Andrew wußte, daß Donaher die Dinge richtig sah: Ohne eine Gewerkschaft gab es keine Hoffnung auf bessere Bedingungen. Er hatte das alles schon oft durchgemacht: mit anderen Ortsgruppen, in anderen Städten, gegen andere Unternehmer, bei anderen Streiks.

Er löschte die Lichter, zog seinen Mantel an, schlang den Schal um den Hals, ging hinaus und versperrte die Tür hinter sich. Als er den Gehsteig erreichte, sah er fünf Schläger, die ihn erwarteten. Ach ja, seufzte er leise, seltsam ergeben, bevor das Adrenalin in seine Adern strömte. Es war nicht das erste Mal, daß sie es auf ihn abgesehen hatten. Als er die häßlichen, hämisch grinsenden Gesichter sah, fragte er sich, ob dies das letzte Mal sein würde.

Erst eine Weile später kam Furuseth mühsam wieder zu sich. Er versuchte zu schreien, aber mit seinem Hals war etwas nicht in Ordnung. Er versuchte aufzustehen, doch wirbelnde Schwärze überwältigte ihn von neuem. Erst allmählich begannen seine Augen den Schleier des Schmerzes zu durchdringen, und er sah, daß er von einer dünnen Schneeschicht bedeckt war und daß er inmitten einer großen, klebrigen Blutlache auf dem gefrorenen Boden lag. Undeutlich erinnerte er sich, daß er von einem Mann gehört hatte, dem man die Kehle durchgeschnitten hatte, der jedoch infolge der Kälte mit dem Leben davongekommen war; sein Herzschlag hatte sich verlangsamt, und der Blutstrom aus der Wunde war zu einem Tröpfeln versickert. Furuseth fragte sich halb abwesend, ob auch ihm etwas Ähnliches zugestoßen war, denn sein Hals und seine Schultern waren dick mit geronnenem Blut bedeckt, und er wußte, daß er die Wunde nicht anrühren durfte, sonst würde ihn die Hoffnungslosigkeit überwältigen.

Er brauchte Hilfe, es ging um sein Leben. Etwas warnte ihn davor einzuschlafen, die Schwärze überhand nehmen zu lassen. Er begann sich müselig zu einer entfernten Straßenlampe zu schleppen, die irgendwo vor ihm einen gelben Lichtfleck auf den Schnee der verlassenen Straße warf. Mühsam, Zoll um Zoll, Elle um Elle, schleppte sich Andrew Furuseth zu dem Licht.

Später konnte er sich nicht an die Bande von Straßenjungen erinnern, die ihn ausraubte, bevor sie Hilfe holte. Er erinnerte sich an gar nichts, nur daß er dann verschwommen Donahers besorgtes Gesicht über sich sah, die Tränen in den funkelnden Augen wahrnahm und den Freudenschrei des Freundes hörte, als er den Kopf bewegte und, wenn auch ohne Erfolg, zu sprechen versuchte. Er wußte nicht, daß inzwischen eine ganze Woche vergangen war und daß alle außer Donaher die Hoffnung aufgegeben hatten.

53

Dalton, Donaher und Furuseth, drei wuchtige Männer in einem kleinen Boot, ruderten auf den finsteren North River hinaus, hinüber zum Ufer, wo sich die Männer versammelt hatten, um zu erfahren, wie der Streik verlief, frierende, hungrige Männer mit traurigen Augen, die abgerissene Stoffmäntel und gestrickte Mützen trugen, Hafenarbeiter und Seeleute mit knorrigen Händen. Sie stampften mit den Füßen und rückten zusammen, ein vergeblicher Versuch, sich in der feuchten Winterdämmerung warm zu halten.

Den dreien im Boot war schmerzlich bewußt, daß die Männer schon beinahe am Ende ihrer Kräfte waren. Mehrere Gruppen sprachen tatsächlich davon, die Arbeit wieder aufzunehmen und einen beträchtlich niedrigeren Lohn als vor Ausbruch des Streiks zu akzeptieren. Andere schickten die Ablösung für die Streikposten absichtlich verspätet: ein Zeichen von Schwäche bei den Streikenden, das nicht ohne Grund war.

Die drei warfen vor dem alten Pier Anker, so nahe, um über das plätschernde Wasser hinweg gehört zu werden, aber auch weit genug draußen, um rasch verschwinden zu können, wenn die Polizei oder die Pinkertons auftauchten, wie es letzthin im »Rest« und im Versammlungsraum der Fall gewesen war. Tom stellte zum Schutz vor dem kalten, feuchten Flußwind den Mantelkragen auf und stand vorsichtig auf, um das kleine Boot nicht aus dem Gleichgewicht zu bringen. Anstelle von Furuseth, der infolge seiner Verletzungen nicht reden konnte, sprach er zu den wartenden Männern.

Unmittelbar hinter den Männern auf dem Pier saß Diamond Jim Mulvaney in seiner Kutsche. Ein Kokon aus Pelz und Wolle hielt ihn warm, und er hörte zu, wie sein unerwünschter Schwiegersohn versuchte, die widerwilligen Märtyrer der Gewerkschaftssache zur Ordnung zu rufen. Er wußte nicht recht, was er hier zu suchen hatte.

Er hatte Tom und Deirdre natürlich seit ihrem Verschwinden von Duffy beschatten lassen. Er wußte, wo sie wohnten und in welch armseligen Verhältnissen sie lebten. Er wußte, wann Tom arbeitete und wann nicht, und hatte sogar die elegante Opalbrosche und die Smaragdohrclips ausgelöst, die die Verzweifelten verpfändet hatten. Das war ungefähr zu der Zeit gewesen, als er erfuhr, daß seine Tochter bestimmt schwanger war, und als er begann, davon zu phantasieren, wie es sein würde, einen Enkel zu haben.

Es war eine merkwürdige Schicksalswendung, daß Tom anstelle von Furuseth bei dieser Versammlung sprach. Jim war eigentlich gekommen, um den Norweger zu hören, um genau zu erfahren, wie der Gewerkschaftsmann diese vagabundierenden Arbeiter in seinen Bann zog. Aber es war überaus lehrreich zu erleben, wie Tom mit der wetterwendischen Menge der Arbeiter, der er sich angeschlossen hatte, fertig wurde. Jim zog den pelzgefütterten Kutschensack höher herauf und lauschte angestrengt.

Tom sprach zuerst leise und dann immer leidenschaftlicher von Gerechtigkeit, Ehre und Freiheit, mitfühlende, ehrliche Worte über den Jammer der Armut, den herzzerreißenden Anblick einer schwangeren Frau, die kein warmer Mantel schützt, oder von Kindern, die kein Paar Schuhe besitzen; zornige, eindringliche Worte über das Leben zur See oder im Hafen, ein Leben ohne Zukunft, ohne Schutz durch das Gesetz, ohne Würde und ohne Hoffnung.

»Zum Abschied gebe ich euch etwas zum Nachdenken«, sagte er, nachdem er fast eine halbe Stunde lang die Aufmerksamkeit der Versammelten gefesselt hatte. »Es ist ein Zitat aus einer Rede unseres geschätzten Senators Strathmore über unsere Gewerkschaft.« Er hielt einen Zeitungsausschnitt hoch und begann zu lesen: »›Es ist lächerlich, sich vorzustellen, daß diese Taugenichtse sich selbst regieren könnten, von einer Gewerkschaft ganz zu schweigen. Ohne die Mildtätigkeit der Reeder würden sie ihr Leben in stinkenden Bordellen verbringen, ihren Lohn bei Glücksspielen, Alkohol und Weibern vergeuden. Sie sind keine Männer, sondern unwissende Kinder, die streng geleitet werden müssen, damit sie in ihrer Dummheit nicht sich selbst und andere verletzen.‹ Das, Männer, erzählt Senator Strathmore der New Yorker Staatslegislatur und der Regierung in Washington über uns. Spieler, Trinker, Hurenböcke! Ich frage euch, ihr Männer der vereinten Seemannsberufe, wollte ihr, daß man so von euch spricht? Darf einer so von euch sprechen?«

Auf dem Pier herrschte Stille, bevor das erste zögernde Klatschen einsetzte, dann begann der Applaus und steigerte sich zu einer Ovation.

»Bei Gott, du hast sie, Junge!« flüsterte Mulvaney, denn der gefühlsbetonte Appell hatte seine irische Seele berührt. »Du hast diese Hungerleider dazu gebracht, für deinen Traum noch ein wenig länger zu hungern.« Er bedeutete dem Kutscher, der Menge Platz zu machen.

»Nach Hause, Mr. Mulvaney?« fragte der kleine, flinke Bedienstete.

»Nein.« Mulvaney war in widersprüchliche Gedanken versunken. »Kennen Sie die Desbrosses Street?«

»Ja, Sir.«

»Dann fahren Sie dorthin, Mann. Desbrosses Street Nummer einhundertzwölf.«

»Das ist eine ungute Gegend, Mr. Mulvaney, und es wird schon dunkel.«

»Ganz im Gegenteil, mein Bester.« Mulvaney grinste übermütig. »Es wird jede Minute heller.« Der Kutscher schüttelte verwundert den Kopf und lenkte die Pferde in Richtung Desbrosses Street.

Ich werde die beiden zurückholen, dachte der schlaue alte Mann. Ich war ein verdammter Narr, meine eigene Tochter und den fähigsten jungen Mann zu verstroßen, der je für mich gearbeitet hat.

Tom und Mulvaney saßen einander in der kleinen Wohnung am Küchentisch gegenüber, während Deirdre auf Zehenspitzen hin und her ging, was im neunten Monat der Schwangerschaft schwierig war, Tee bereitete und sich bemühte, nicht zu stören.

»Verdammt noch mal, Dalton, sind Sie verrückt? Sehen Sie nicht den Zustand Ihrer Frau, und schauen Sie sich nie in der Wohnung um, in der Sie leben? Was ist mit Ihnen los, Mann?

Wollen Sie ihr nicht ein anständiges Heim bieten, in dem ihr kleines Baby zur Welt kommen kann?«

»Ich würde meine Frau und das Kind in einem Palast unterbringen, wenn ich die Mittel dazu hätte, Mulvaney, aber ich kehre nicht in Ihr schönes Haus zurück, das wir Ihretwegen vor einem Jahr verlassen mußten.«

Mulvaney beruhigte sich. »Sie müssen es über sich bringen, einem Vater zu verzeihen, daß er für seine einzige Tochter nur das Beste will.«

»Sie wollten sie als Ihr persönliches Eigentum behandeln, Jim, und Sie würden uns als persönliches Eigentum betrachten, wenn wir zu Ihnen zurückkommen. Meine Frau hat ihr Leben für gute und schlechte Zeiten mit dem meinen verbunden. Wir haben vor, New York zu verlassen, sobald der Streik beigelegt ist. Die Vereinigten Staaten sind ein großes Land mit unabsehbaren Möglichkeiten für einen Mann, der sich vorgenommen hat, außerhalb Ihrer Einflußsphäre Erfolg zu haben.«

»Ich will Sie in mein Geschäft holen.«

»Aus dem haben Sie mich hinausgeworfen. Und Sie werden es wieder tun, sobald wir das nächste Mal Streit bekommen.«

»Ich werde Sie zu meinem Teilhaber machen. Verdammt noch mal, Mensch, ich mache Ihnen kein geschäftliches Angebot, ich bin ein alter Mann, der seine Familie wiederhaben will.«

»Ich kann Furuseth und Donaher nicht im Stich lassen, bevor wir unseren Kampf zu Ende geführt haben.«

Mulvaney bemerkte, daß es keine Ablehnung für immer und ewig war. »Und wie steht es mit Ihrer Frau? Ist Ihnen ihr Wohlergehen gleichgültig?«

In Toms Augen lag eine wilde Feindseligkeit, wie sie Deirdre nur selten an ihm gesehen hatte. Sie trat zwischen die beiden Männer.

»Vater«, sagte sie leise, »Tom! Ihr müßt aufhören, von mir zu sprechen, als wäre ich Luft. Und ihr müßt mich jetzt bis zu Ende anhören. Ihr beiden Dickköpfe müßt euch anhören, wie *ich* dazu stehe, denn es ist schließlich *mein* Leben, und ich liebe euch beide.«

Die Gegner wandten ihre Aufmerksamkeit der Schwangeren zu.

»Vater, ich war dir mein Leben lang eine gute Tochter. Als ich dich verlassen mußte, um Tom zu heiraten, glaubte ich, mein Herz würde brechen, weil ich dir Kummer machte. Doch nach einiger Zeit erwachte in mir ein gewaltiger Zorn auf dich, weil du Tom jede berufliche Tätigkeit auf einer höheren Stufe als der eines Hafenarbeiters unmöglich gemacht hast, und ich fürchtete schon, mit deiner Bösartigkeit und Grausamkeit meinem lieben Mann gegenüber nie fertig zu werden.«

Sie brach ab, um Atem zu holen.

»Doch jetzt sehe ich, daß du alles wieder gutmachen willst, und das will ich auch. Es wäre meine größte Freude, wenn mein Kind und sein Großvater zusammenkommen. Aber du mußt verstehen, Vater, daß ich von Tom nicht verlangen kann, seine Freunde oder seine Ideale im Stich zu lassen, denn die bedeuten ihm zu viel. Und außerdem bin ich unerhört stolz auf seinen kühnen Kampf gegen die Übermacht von – du mußt mir schon verzeihen, daß ich es ausspreche – so mächtigen, umbarmherzigen Männern, zu denen auch du gehörst. Unser Haushalt ist zwar nicht so großartig wie der deine, aber ich lasse ihn nicht von dir schlechtmachen. Unser Heim ist erfüllt von unserer Liebe zueinander und zu unserem ungeborenen Kind, es ist bis zu den Dachbalken angefüllt mit immateriellen Werten, die du nicht sehen kannst. Ich muß euch beide um meinetwillen bitten, die Vergangenheit ruhen zu lassen. Wir können nicht zu dir heimkommen, Vater, denn das hier ist jetzt unser Heim – hier im Hafenbezirk, bei den Leuten, an denen uns gelegen ist. Doch wir können wieder eine Familie werden, und wir können dem Kind zuliebe, das bald dasein wird, einander respektieren – und wegen der Liebe, die ich für euch unvernünftige, halsstarrige Männer empfinde.«

54

Tom und Donaher beugten sich über den kleinen Tisch im Wohnzimmer, während Deirdre versuchte, die nervöse Spannung in ihrem Magen so weit zu beruhigen, daß sie schlafen konnte. Sie wußte, daß eine Handvoll Männer die italienischen Streikbrecher bei der Old Dominion Line vertrieben hatten und daß die Unternehmer daraufhin gedroht hatten, zur Vergeltung die gefürchteten Pinkertons einzusetzen, die Pinkertons, deren einzige Aufgabe darin bestand, Gewerkschafter zum Schweigen zu bringen, zum Krüppel zu schlagen und zu töten.

Sie lauschte angestrengt dem heiseren Flüstern im Wohnzimmer und versuchte, das laute Klopfen ihres Herzens und die Bewegung des Kindes zu besänftigen, um besser hören zu können.

»Du gehst morgen nicht, Tom. Nicht zur Old Dominion Line!« Donahers Stimme klang entschieden.

»Ich wäre froh, wenn ich davon loskommen könnte, Donaher; glaube mir, ich bin hin- und hergerissen, weil Deirdre sich doch in diesem Zustand befindet. Aber ich kann mich nicht drücken wie ein Feigling, damit wäre sie auch nicht einverstanden.«

»Unsinn, sie würde dich gern davon abhalten! Du bist ihr lebend lieber als tot, Junge, und Gott segne sie dafür.«

»Ich möchte dich und Andy gerade jetzt nicht allein lassen.«

»Andy wird morgen nicht dort sein, Tom, sondern beim White Star.«

»Verdammt noch mal, Donaher, dann lasse ich dich nicht allein! Ich werde nicht zu Hause sitzen, während du dich den Pinks stellst, und damit ist die Debatte erledigt!«

»Du bist ein gottverdammter Narr, Tom Dalton, aber ich liebe dich, als wärst du mein eigenes Fleisch und Blut. Wenn dir morgen etwas zustößt, weil ich dich in die Gewerkschaft gebracht habe, werde ich es mir niemals verzeihen!« Seine Stimme klang schroff und rauh.

Deirdre hörte das Einschnappen des Schlosses und wußte, daß Donaher ihre Wohnung verlassen hatte, aber es dauerte noch sehr lange, bis ihr Mann zu Bett ging. Sie spürte, wie sich Tom neben ihr ausstreckte, hörte ihn seufzen, lang und sorgenvoll.

Nach einer Weile verriet ihr sein schwerer, erschöpfter Atem, daß er schlief und nichts sie hinderte, ihren Tränen freien Lauf zu lassen, die sie seit Stunden unterdrückt hatte.

»Du liebst ihn sehr, nicht wahr?« Donaher saß, derb und gutmütig wie immer, mit einem großen Krug Bier in seinen nicht eben zierlichen Händen in einer Ecke von Billys privatem Salon. Er war von Daltons Wohnung direkt zu ihr gekommen, weil er nach seinem Gespräch mit Tom zu beunruhigt war, um schlafen zu können.

»Ja, das stimmt«, bestätigte sie nachdrücklich, »auch wenn es nie zu etwas führen wird.«

»Es muß dir schwerfallen, die beiden so glücklich zu sehen.«

»Nein, das ist nicht richtig«, widersprach sie ruhig. »Dazu kommt es nicht, denn ich liebe auch sie. Es ist merkwürdig, Donaher, aber sie bedeutet mir ebensoviel wie er. Es ist verrückt von mir, eine so lächerliche Situation zuzugeben, aber ich würde keinen von beiden für alle Schätze der Welt hergeben.«

»Nicht einmal für einen ehrbaren Ruf?«

»Na ja, dafür vielleicht!« gab sie zu und lachte, weil er sie so gut kannte. »Wir waren immer aufrichtig zueinander, Donaher. Deshalb bin ich froh, daß du mich heute abend besucht hast – damit wir über alles sprechen können, was uns bedrückt.«

Er sah von dem Bierkrug in seinen Händen auf und nickte. »Wir könnten morgen beide umkommen, Billy. So einfach ist es. Die Pinks sind gewalttätig, und die Streikbrecher sind auch nicht gerade zimperlich. Nicht daß ich mir wegen meiner alten Knochen Sorgen mache. Du weißt, daß das Jenseits mir nähersteht als diese Welt, seit Marie und Dan nicht mehr am Leben sind.« Donahers heisere Stimme war ernst geworden.

Billy nahm seine große, schwielige Hand und drückte sie kräftig. »Dann machst du dir also Sorgen um Tom?« fragte sie und wußte bereits die Antwort.

»Ich habe ihn in die Sache hineingezogen, habe ihn Furuseth vorgestellt. Ich habe ihn gegen die Ungerechtigkeit und die Armut aufgehetzt.«

»Und er liebt dich. Du hast ihm Arbeit besorgt, als er mittellos war, du warst ihm der beste Freund, den sich ein Mann nur wünschen kann.« Sie sprach aus voller Überzeugung.

»Ja. Und vielleicht werde ich morgen früh auch an seinem Tod schuld sein.« Donaher trank den Rest Bier aus seinem Krug.

»Was immer morgen geschieht, ist Toms und Gottes Sache, Donaher, nicht deine.«

Er nickte, war aber nicht überzeugt. Die große blonde Frau legte die Arme um den freundlichen Riesen, den sie schon ihr ganzes Leben lang kannte, und drückte ihn an sich. Sie fühlte die Last seines Kummers, als er ihre Umarmung erwiderte.

»Geh mit Gott, mein Freund«, sagte sie mit Tränen in den Augen. »Ich liebe dich, Donaher, du alter Grizzly! Du gibst morgen wenigstens meinetwegen auf dich acht, hörst du? Du bist alles, was ich in die heutige Zeit hinübergerettet habe.«

Er nickte und küßte sie auf die Wange.

Die kleine schweigsame Kampfgruppe der Streikposten war entlang der Schranken von Pier achtundvierzig und neunundvierzig der Old Dominion Line postiert. Es hatte sich herumgesprochen, daß die Lastwagen mit den Streikbrechern für sechs Uhr morgens erwartet wurden und daß sie von Pinkertons begleitet sein würden, die dafür sorgen sollten, daß sie die Sperrkette durchbrachen. Die kleine, aber kampferfahrene Streitmacht der Streikposten machte auf Tom einen geduldigen, aber gefährlichen Eindruck, als er seinen Platz in der Reihe neben Donaher einnahm.

Nachdem der erste, kleine Lastwagen in Sicht kam, ergriffen die Männer vor den Schranken einander wortlos bei den Händen und legten ihre Schilder mit den Streikparolen weg. Die meisten hatten sich mit Knüppeln oder sonstiger Waffen versehen, jeder hatte seinen Schauerhaken wie üblich am Gürtel hängen. An diesem Morgen bekamen die Haken eine neue Bedeutung.

Als der Lastwagen um die Ecke der Twelfth Avenue bog, folgte ihm eine Reihe von Pinkertons, die widersinnigerweise Anzüge und Melonen trugen, um die Ecke. Waffen waren nicht zu sehen, aber jeder Streikposten wußte, daß die Pinkertons Schußwaffen trugen und daß die Polizei, die sich nicht sehen ließ, dafür bezahlt worden war, sich herauszuhalten, was immer auch geschehen würde. Allan Pinkerton hatte unter Andrew Carnegie und anderen seines Schlags das Streikbrechen als Gewerbe so weit vervollkommnet, daß seine Söldner im ganzen Land zur Geißel der Gewerkschaftsbewegung geworden waren.

»Du, Donaher!« rief eine Stimme vom Lastwagen. »Befiehl den Männern, den Weg freizugeben!« Die Streikposten erkannten Jimmy Cahan, einen Vorarbeiter, der sich nicht mit den Arbeitern solidarisiert hatte. Er war an sich ein anständiger Mann, hatte aber elf Kinder zu ernähren, und die Sorgen um seine Familie hatten mehr Gewicht erhalten als seine Überzeugung.

»Du weißt, daß ich das nicht tun kann, Jimmy!« rief Donaher zurück, beinahe ein wenig traurig. Bevor es so weit gekommen war, hatte er Jimmy Cahan gemocht. Seine Liebe zu seiner ständig wachsenden Familie war im Hafen fast legendär.

»Sie haben Auftrag, direkt durch euch hindurchzufahren, wenn es sein muß. Um Himmels willen, geht doch aus dem Weg!« Die Stimme des Mannes klang verzweifelt, und jeder Streikposten in der Kette spürte den eisigen Klumpen der Angst in seinem Bauch.

»Wenn ihr es versucht, setzt es Hiebe, Jim. Du weißt, daß wir einige von euch erwischen werden, bevor es zu einem Ende kommt«, rief Donaher mit hohler Stimme zurück.

Die Pinkertons nahmen neben dem Lastwagen Aufstellung, drohend und mit ausdruckslosen Gesichtern. Die Männer und der Lastwagen begannen vorzurücken.

Tom stand neben Donaher in der Reihe und sah deutlich Deirdres angstvolles Gesicht, als er sie vor einer Stunde zum Abschied geküßt hatte, vor sich. Der Wahnsinn und die Ungleichheit bei dieser Auseinandersetzung waren fast unbegreiflich. Und wenn er neben Donaher starb, was dann? Was würde sein Tod beweisen, wem würde er nützen, welchem Zweck würde er dienen? Wer würde je erfahren, daß es geschehen war, außer seiner geliebten Frau und dem Kind, das seinen Vater nie kennenlernen würde? Er schüttelte den Kopf, um die bohrenden Gedanken zu vertreiben, während er Donahers starke Hand auf seinem Arm spürte und den großen Mann auf gälisch fluchen hörte, da der Wahnsinn begann.

Als das Fahrzeug plötzlich das Tempo beschleunigte und feststand, daß sie geradewegs durch die Reihe der Männer fahren wollten, die die Arme ineinander geschlungen hatten, erhob sich ein Schrei aus hundert Kehlen.

Die Hafenarbeiter umdrängten den Lastwagen, während die Pinkertons angriffen; Arme und Beine, die um sich schlugen, Männer, die in die Luft geschleudert wurden, die widerlichen, dumpfen Schläge von Stöcken auf Schädel, aufgerissenes Fleisch, die obszönen Laute der Männer, die ihre Gegner zu Krüppeln schlugen – all diese Bilder blitzten um Tom auf, während er mit einem Mann in schwarzem Anzug rang, der eine Pistole in der Hand hielt. Er hörte, wie das Handgelenk des Mannes gleich trockenem Brennholz krachte, als er ihm die Waffe entriß, und Übelkeit lähmte seinen Magen.

»Achtung, Tom, hinter dir!« Donahers dröhnende Stimme übertönte sogar das Kampfgetümmel. Tom duckte sich und drehte sich um: Ein Knüppel hatte seinen Kopf um Haaresbreite verfehlt, landete schmerzhaft auf seiner Schulter und brachte ihn aus dem Gleichgewicht. Als Tom wieder hochkam, wurde ihm klar, daß der Freund ihn scharf im Auge behielt, während er mit den Pinkertons und den Streikbrechern kämpfte, eine unglaublich gefährliche Situation. Tom drängte sich zu Donaher durch und bemühte sich, nicht zu Fall zu kommen. So schob er sich durch die Welle von Männern, die einander umbringen wollten.

Mehrere Minuten lang, die ihnen wie Jahre vorkamen, kämpften die beiden kräftigen Iren Rücken an Rücken gegen die Schläger und Streikbrecher, die sich scheinbar zurückzogen, zumindest aber keinen nennenswerten Geländegewinn erzielten. »Wir werden die Hurensöhne lehren, sich mit Iren einzulassen!« rief Donaher. Im gleichen Moment pfiff eine Kugel an Tom vorbei, und er spürte mehr, als er es sah, daß sie Donaher in den breiten, muskulösen Rücken drang. Während der Hüne sich an Tom lehnte und niedersank, wobei ein seltsam gurgelnder Laut aus seiner Kehle drang, traf ihn eine zweite Kugel von rechts, und Tom wußte plötzlich, daß es gezielte Schüsse gewesen sein mußten. Die Scharfschützen der Pinkertons waren strategisch richtig zu beiden Seiten der Kämpfenden postiert und hatten ihre Gewehre auf Donaher und Tom gerichtet. Man hatte ihnen befohlen, die Anführer zu erschießen, und sie waren gerade dabei, sich der Aufgabe zu entledigen. Tom wurde zu seinem Ensetzen bewußt, daß er das nächste Opfer war, und er sank neben seinem gefallenen Freund auf die Knie.

Ohne sich um die stöhnende, schreiende Menschenmenge ringsum zu kümmern, beugte Tom den Kopf zu Donahers Gesicht; der Mann rang nach Luft, versuchte zu sprechen, doch der Lärm der Menge verschluckte fast jedes Wort. Ohne Rücksicht auf das Kampfgetümmel oder die Gefahr von seiten der Scharfschützen drückte Tom verzweifelt sein Gesicht an das Antlitz des Freundes.

»Du darfst nicht dafür sterben, Tom«, ächzte Donaher. »Nimm deine Frau und dein Kind und zieh weg! Nicht dafür sterben, Junge! Nicht sterben...«

Tom hielt den leblosen Körper in den Armen. Er weinte und fluchte. Es dauerte lange, bis er merkte, daß der Lärm um ihn aufgehört hatte und die Schlacht zu Ende war. Er hörte das Rumpeln der Lastwagen, die durch die geöffneten Tore von Pier achtundvierzig fuhren, nur undeutlich. Die Streikposten hinderten sie nicht daran, denn sie waren damit beschäftigt, sich um ihre Toten und Verwundeten zu kümmern, und es war ihnen inzwischen gleichgültig, wer an diesem Morgen die Fracht löschte. Viel später erfuhr Tom, daß der Kampf nur neun Minuten gedauert hatte.

»Ich gehe an die Westküste, Tom«, erklärte Furuseth auf dem Friedhof nach Donahers Beerdigung. Es war ein feierliches Begräbnis gewesen, das von der Gewerkschaft bezahlt worden war. Die Trauerfeierlichkeiten wurden bei Billy abgehalten, und die Sargträger waren Tom, Andrew und die Führer der anderen Ortsgruppen.

Obwohl Donaher kein Testament hinterlassen hatte, fand Tom unter den Habseligkeiten seines Freundes in dem Zimmer, das sie früher geteilt hatten, ein Stück Papier, das an ihn adressiert war und in dem Donaher ersuchte, man solle ihn neben seiner Frau und seinem Sohn auf dem Armenfriedhof begraben.

»In San Francisco gibt es einen Hafenteil, der Embarcadero heißt«, erklärte Furuseth mit vor Rührung unsicherer Stimme. »Dort werde ich es versuchen, Junge. Es hat keinen Sinn, die Gewerkschaftsarbeit hier fortzusetzen. Die Spannung ist zu groß, die Stimmung zu gedrückt – und, um die Wahrheit zu gestehen, mir fehlt auch der Mut, seit Donaher nicht mehr unter uns weilt. Gott schenke ihm die ewige Ruhe! Wir haben die Streikauseinandersetzungen verloren, Thomas, aber eigentlich haben wir viel mehr verloren. Donaher war ein tapferer Mann mit einem guten Herzen. Es gibt wenige wie ihn. Er verkörperte wohl das Beste, was wir Menschen erreichen können.«

»Ja, Andy, da hast du sehr recht.«

»Hast du dich, was deine Zukunft betrifft, entschieden, Thomas?«

»Ich werde zu Mulvaney zurückkehren, Andy, zumindest für einige Zeit. Ich bereite meiner Frau damit eine Freude, und wenn ich etwas aus diesem Debakel gelernt habe, dann daß ich nie wieder arm sein will, wenn ich es vermeiden kann. Sooft meine Familie und ich eine Chance für ein besseres Leben bekommen, werde ich sie ergreifen.«

»Damit hast du nicht unrecht. Für Menschen wie mich ist das

Leben ein dauernder Kampf. Wir gewinnen hier, wir verlieren dort. Am Ende werden wir auf der ganzen Linie siegen, aber es wird sehr lange dauern, bis es soweit ist. Du solltest deine Kraft nicht damit vergeuden. Du trägst eine andere Verantwortung.«

Tom nickte unglücklich. Er hatte nicht mehr die Kraft, weiter darüber nachzudenken. Auch Donahers Vermächtnis an ihn war ja gewesen, daß er nicht »dafür sterben« dürfe.

Er verabschiedete sich von Andrew Furuseth, wie er es von seinem dahingegangenen Freund getan hatte, und fragte sich, ob jemals ein Mensch den Mut dieser Männer begreifen würde.

Er half Deirdre in die wartende Kutsche, in der bereits die schwarz verschleierte Billy saß. Lautloses Schluchzen schüttelte ihren Körper, und kleine, salzige Tropfen bildeten auf dem schwarzen Moiré ihres Kleides winzige Pfützen.

55

»Nachdem du in den Schoß der Familie zurückgekehrt bist, habe ich mir Gedanken über deine Zukunft gemacht.« Wenn Mulvaney feierlich wurde, verlieh seine Korpulenz seinen Worten noch mehr Gewicht.

»Ich habe auch ein wenig darüber nachgedacht«, antwortete Tom ruhig.

»Du hast von Tierney und O'Reilly genug gelernt, Tom, und du hast dich bei beiden gut gehalten. Aber ich hatte nie die Absicht, dich zu einem Buchhalter oder Juristen auszubilden.«

»Was hast du denn für mich vorgesehen, Jim?«

»Politik... und Reisen. Du mußt dich im Land umsehen, um die Kräfte zu erkennen, die es in Gang halten, und um zu sehen, was die Menschen benötigen, damit du es ihnen dann verkaufen kannst. Und du brauchst die verdammte Politik, weil du ohne sie nichts erreichen kannst.«

»Ich bin zu annähernd dem gleichen Ergebnis gekommen«, antwortete der junge Mann auf die unausgesprochene Frage. »Und ich möchte Deirdre mitnehmen, wenn ich kreuz und quer durch die Staaten reise.«

Jim bemerkte, daß Tom nicht darum bat, wie er es vor einem

Jahr getan hätte, sondern eine Feststellung traf. Es freute ihn, daß Tom durch die harte Zeit, die er bei der Gewerkschaft verbracht hatte, gereift war.

»Ja, Junge. Das dürfte mit deinem eigenen Eisenbahnwaggon kein Problem darstellen.«

Tom blickte überrascht auf. »Eisenbahnwaggon?«

»Meine neueste Erwerbung.« Mulvaney strahlte stolzgeschwellt. »Wir sollten unseren Reichtum auch nach außen hin demonstrieren. Das wird die Hinterwäldler in den Nestern so beeindrucken, daß ihnen die Luft wegbleibt, meinst du nicht?«

»Und ob«, stimmte Tom belustigt zu. »Mir bleibt auch die Luft weg.«

Diamond Jim lachte laut. Ehe und Vaterschaft verändern einen Mann, sagte er sich, machen die Kontinuität des Lebens, die Notwendigkeit einer Dynastie klar. Der Junge war seiner Frau ungewöhnlich stark verbunden. Er zog sie in sein Vertrauen und wollte mehr mit ihr beisammen sein als andere Ehemänner mit ihren Frauen.

»Ich muß mehr über den Mechanismus der politischen Maschinerie wissen, bevor ich dir eine Hilfe sein kann.« Tom wußte, daß kein Mensch über den Tammany-Hall-Club, die New Yorker Organisation der Demokratischen Partei, so genau Bescheid wußte wie Jim. Es würde eine unschätzbare Lehre sein, wenn er seinen Schwiegervater dazu bringen konnte, ihm Zugang zum Allerheiligsten der Häuptlinge des Tammany-Hall-Clubs zu verschaffen. Tom strebte keineswegs ein politisches Amt an, aber das Jahr unter den Arbeitern hatte ihm gezeigt, wie wichtig es war, Macht zu besitzen, zu wissen, wie man sie erlangt und wie man sie einsetzt. Ein Jahr bei den Machtlosen hatte ihm die Notwendigkeit eingebrannt, nie wieder machtlos zu sein.

Jims Einflußsphäre war für seinen Schwiegersohn eine unaufhörliche Offenbarung. Seit Mulvaneys Imperium vor fünfunddreißig Jahren mit Nutzholz im Nordwesten begonnen hatte, war Jims Vermögen in dem Maß gewachsen, in dem das Land gewachsen war, und es umfaßte nun Eisenbahnlinien, Bauunternehmen, eine Reederei, Erdölraffinerien und Bergbaubetriebe. Er besaß ferner zwei Banken in Pennsylvanien und war an einer neuen Wachstumsindustrie, dem Versicherungswesen, beteiligt.

Die Holzfirma, die Grundlage des Vermögens, gedieh infolge des Baubooms weiterhin anscheinend uneingeschränkt, und die Entwicklung wies keinerlei Anzeichen für ein Nachlassen auf, als Tom in die Unternehmen seines Schwiegervaters zurückkehrte, diesmal als Teilhaber. Auf Schildern und Briefköpfen stand nun Mulvaney und Dalton, obwohl die Gesellschaft seit ihrer Namensänderung allgemein nur M & D genannt wurde.

»Wir haben uns verändert, Mr. Dalton«, erklärte der schweigsame O'Reilly, der wie üblich auf die Sicherheit des Kapitals bedacht war. »Aber auf das Holzgeschäft ist Verlaß, und daran wird sich in den nächsten zehn oder zwanzig Jahren auch nichts ändern. Man kann ein Land nicht ohne Nutzholz aufbauen. Man kann seine Güter nicht exportieren, wenn es keine Schiffe für den Transport gibt. Jedes neue Geschäft hängt davon ab, ob Holz zur Verfügung steht. In ungefähr zwanzig Jahren werden uns ein paar Newcomer an Bedeutung im Holzgeschäft überflügeln. Aber das wird noch geraume Zeit dauern.«

Toms politische Schulung erfolgte ebenso gründlich wie seine Einführung in das Rechts- und Finanzwesen. Diesmal fungierte Mulvaney selbst als Lehrer, erklärte, demonstrierte, nahm Tom zu Reden, in politische Clubs, zu den Mächtigen und zu den einfachen Leuten mit.

»Niemand besitzt die Überredungsgabe eines Iren«, sagte Diamond Jim, während Tom mit ihm unterwegs zum Büro des Bürgermeisters war. »Wir haben eine Art, bei der die anderen nicht mitkommen, weil wir unser Herz genauso sprechen lassen wie den Verstand. Wir beeinflussen die Regierung über die Partei, und wir tun es, um die Armen am Leben zu erhalten.«

»Woher bekommen wir das Geld?«

»Durch eine Art Steuer auf bestimmte Unternehmungen. Vor allem auf die Spielhöllen, die Freudenhäuser, die Saloons und die Bauunternehmen. Sie tragen alle ihren Anteil bei, und die Partei verteilt die Summe wie ein richtiger Robin Hood. Wenn die Partei Macht hat, bauen wir alles mögliche: Gerichtsgebäude, Schulen, Brücken; wir pflastern die Straßen und graben U-Bahnen.«

»Und bringen dabei unsere Scherflein ins Trockene?« Der verächtliche Unterton in der Frage entging dem schlauen Mulvaney nicht.

»Allerdings! Wir kassieren Schmiergelder von den Unternehmern und von dem Mann, der der Stadt die Grundstücke verkauft. Vielleicht bekommt der Vetter von jemandem den Versicherungsvertrag dafür, und einem anderen Vetter gehören die Sand- und Schottergruben. Aber es bringt den Menschen Arbeit. Frage doch die Klempner, Pflasterer, die Tischler, Anstreicher und all die anderen, die in Berufen arbeiten, die Einwanderer ausüben dürfen, ob sie unser System für gut halten oder nicht!«

»Damit willst du mir also einreden, daß es eine ehrliche Bestechung gibt, nicht wahr?«

»Wenn die Partei die Macht in Händen hält, haben die Leute zu essen! Wenn die Partei die Macht hat, gibt es einen Rechtsanwalt, der einem Jungen hilft, der in Schwierigkeiten geraten ist, gibt es einen Mann, der dir hilft, in die alte Heimat zu schreiben, gibt es Fackelzüge, Kinderpicknicks und Ausflüge an den Strand und tausend andere Dinge, die einem Armen das Leben erträglicher machen. Wenn die Partei das Heft aus der Hand gibt und den Reformisten überläßt, wird das alles weggeblasen wie Löwenzahnflaum. Bevor du also von oben herab über Recht und Unrecht urteilst, frag doch den Mann auf der Straße, was er von der korrupten Maschinerie hält, und er wird dir erzählen, daß die Partei seinem Bruder Arbeit und seiner verwitweten Mutter eine Rente verschafft hat. Wahrscheinlich wird er dir auch erklären, daß mit Schmiergeldern finanzierte Bauvorhaben besser sind als gar keine Bauvorhaben.«

»Und wo liegt die Wahrheit in alldem, Jim?«

»Die Wahrheit?« Jim lachte schallend. »Suchst du die Wahrheit? Das ist ein bißchen viel verlangt und hängt ganz davon ab, welche Wahrheit du finden willst.«

»Es kann doch nur *eine* Wahrheit geben, Jim.«

»Ja, in einem Schweinearsch, dort schon! Wenn ich mit dir spreche und du glaubst, daß es für alles auf dieser Scheißwelt nur eine einzige Wahrheit gibt, ist es so, als würde ich einem Blinden mit dem Zaunpfahl winken. Die Wahrheit ist dort zu finden, wo der Erfolg ist, vergiß das nie! Meine Wahrheit ist, daß ich das alles weiß, und deine Wahrheit ist, daß du Dinge weißt, von denen ich keine Ahnung habe. Aber was ich besitze, ist Erfahrung. Welcher Wahrheit würdest du also eher trauen, wenn dein Leben davon abhinge? Erwirb Erfahrung und komm wieder zurück und rede dann von Wahrheit!« Er lachte glücklich über die Verblüffung seines Schülers und ergriff die Klinke der Bürotür des Bürgermeisters.

»Zum Beispiel«, flüsterte er, »ist es die reine Wahrheit, daß wir im Augenblick ein Arschgesicht auf dem Bürgermeisterstuhl sitzen haben, aber eine weitere Wahrheit ist, daß man mit ihm fertig werden kann.«

»Guten Tag, Mrs. O'Shaugnessy!« Mulvaney nahm seinen Hut mit einem eleganten Schwung ab und strahlte die Sekretärin des Bürgermeisters mit seinem freundlichsten Lächeln an. »Ist der große Mann schon im Amt, dessen Sekretärin das schönste Mädchen ist, das jemals von einem Schiff aus der Grafschaft Limerick hier an Land gegangen ist?«

Mrs. O'Shaugnessy, eine rundliche Frau mittleren Alters mit dicht gelocktem, grauem Haar und rosigen Wangen, erwiderte die plumpe Schmeichelei mit einem Lachen.

»Sie sprechen doch wohl nicht von mir, Mr. Mulvaney, denn ich bin nicht mehr so jung wie früher.«

»Sicherlich, und was verstehen die Jungen schon von den schönen Dingen des Lebens, würden Sie mir das verraten, Mrs. O'Shaugnessy?« Er zwinkerte der fröhlichen, kleinen Frau zu, während er auf ihr Zeichen hin ins Büro des Bürgermeisters marschierte.

Wenn Deirdre sah, wie ihr Vater seinen Enkel in den Armen hielt, mußte sie lächeln. Seit Rorys Geburt war er wie ausgewechselt. Noch nie war er von etwas so begeistert gewesen wie von seinem Enkel.

»Der ist so gut geraten, meint Tom, daß wir noch ein Dutzend nachbestellen sollten. Was meinst du dazu?« fragte Deirdre.

»Diese Frage erinnert mich an meinen Freund O'Brian mit seinen achtzehn Kindern. Habe ich dir jemals von ihm erzählt?«

Deirdre sah Tom an, der seiner Frau zuzwinkerte. Sie hatten sich an die Unzahl von zwei- bis eindeutigen Geschichten gewöhnt, die zum Repertoire ihres Vaters bei seinen Wählern und auch im Kreis seiner Familie gehörten. »Ich kann mich an O'Brians Geschichte nicht erinnern, Vater«, sagte sie lachend.

»Der wurde doch eines Morgens im Central Park radfahrenderweise aufgegriffen, als er nur ein Nachthemd anhatte. Der Polizist, der dort die Runden drehte, brachte ihn wegen unsittlicher

Entblößung vor den Richter. Der Richter fragte ihn: ›Mr. O'Brian, sind Sie verheiratet?‹ Und O'Brian sagte: ›Ja, Sir.‹ – ›Und haben Sie auch Kinder?‹ fragte Seine Ehren. ›Ja, Sir‹, sagte O'Brian. ›Ich habe achtzehn Stück.‹ – ›Die Klage ist abgewiesen‹, verfügte der Richter. ›Der Mann hat doch nur seine Arbeitskleidung getragen!‹ «

Alle drei lachten. Das Leben lief für Deirdre jetzt wieder in gesicherten Bahnen. Sie betete ihren schwarzhaarigen Sohn Riordan an, dem sie den Kosenamen Rory gegeben hatten. Ihre Tage waren mit der Betreuung des Kindes ausgefüllt und mit tausend zusätzlichen Handgriffen, die ihr gar nicht bewußt wurden. Und sie betete ihren Mann an, der ihr in den Nächten mehr Liebe schenkte, als sie jemals für möglich gehalten hätte.

Tom erwies sich auch im Geschäft als sehr tüchtig. Ihr Vater hatte ihr gesagt, daß er dafür talentiert war. Merkwürdigerweise war jene Tätigkeit, für die ihm offenbar jede Begabung fehlte, mit seinem Sohn zu spielen.

Er liebte das Kind und beobachtete es aufmerksam, als befürchte er, es könne ihm etwas zustoßen. Er war stolz auf jede neuerworbene Fähigkeit und wollte ihm Sicherheit bieten. Aber er hatte eben keine Ahnung, wie er mit ihm spielen sollte. Deirdre hatte das sichere Gefühl, daß dieser Mangel mit Toms Kindheit zusammenhing, von der sie so wenig wußte. Doch sie besaß keinen Hinweis darauf, was ihm damals zugestoßen war.

56

Deirdre, die erneut im neunten Monat schwanger war und auf Anordnung des Arztes nicht mehr ausgehen durfte, fragte: »Glaubst du, Billy, daß wir diesmal ein Mädchen bekommen?« Ihre Freundin verbrachte den Tag bei ihr.

Billy musterte Deirdres Bauch, dann schüttelte sie den Kopf: »Es liegt zu hoch für ein Mädchen. Diemals wird es wieder ein Sohn.«

Deirdre legte den Pullover, den sie strickte, auf ihren gewölbten Bauch und lachte fröhlich. »Was würde ich tun, wenn ich dich nicht hätte?«

Billy lachte gleichfalls. »Du hast mir mehr beigebracht als ich dir, meine Liebe, aber bei Kindern kenne ich mich aus. Meine Mutter hat mir verraten, worauf man achten muß, und ich hatte immer den richtigen Blick.«

»Glaubst du, daß Tom sich noch einen Sohn wünscht?«

»Die meisten Männer wollen so viele Söhne haben, wie sie nur zeugen können, aber Tom wird in beiden Fällen glücklich sein.«

»Glaubst du, daß er sich bei einer Tochter ebenso zurückhaltend benehmen wird, Billy? Er weiß offenbar nicht recht, wie er sich Rory gegenüber als Vater verhalten soll. Er liebt ihn sehr, aber zwischen ihnen besteht eine fast unmerkliche Barriere. Ich habe keine Erklärung dafür. Was meinst denn du?«

Billy munterte ihre besorgte Freundin mit einem Lächeln auf. »Von meiner Mutter weiß ich auch, daß schwangere Frauen manchmal auf die merkwürdigsten Gedanken kommen. Du siehst Probleme, wo es keine gibt, und das hängt mit deinem Zustand zusammen. Männer geben sich mit Kindern nicht so ab wie Frauen, das ist alles. Tom liebt dich und Rory so sehr, daß er Tag und Nacht schuftet, um euch alles zu geben, was euch seiner Meinung nach zusteht. Du kannst einfach nicht erwarten, daß er in den Kleinen so vernarrt ist, wie wir beide es sind. Warte nur ab, sobald dieses Kind geboren ist, wird dir die ganze Welt wieder freundlicher erscheinen.«

Deirdre nickte seufzend. »Du hast natürlich recht. Gott hat die Schwangerschaft nur um einen Monat zu lang veranschlagt. Ich werde nämlich ganz kribbelig, weil ich mich nicht rühren kann.« Sie nahm ihre Strickarbeit wieder auf, und Billy wußte, daß ihre Freundin wieder beruhigt war. Leider hatte Deirdre mit ihrem Sohn und Tom recht: Er liebte den Jungen, aber die Vaterschaft war bei ihm kein instinktives Gefühl. Rory war eben sein erstes Kind; vielleicht würden weitere Nachkommen Wunder wirken.

Billy flocht ihr langes, blondes Haar zu einem dicken Zopf und wickelte ihn als Kranz um ihren Kopf, wie sie es im »Ladies' Home Journal« gesehen hatte. Sie steckte die letzte Haarnadel in die goldenen Flechten und betrachtete aufmerksam ihr Spiegelbild. Sie wollte heute abend schön sein und hoffte, daß sie nicht aussah wie eine Hure. Sie hatte in letzter Zeit, seit Deirdre ihr beibrachte, wie sich eine Dame zu benehmen hatte, viel über diese

Beziehung nachgedacht. Sie bedeutete natürlich, daß sie ihren Körper für Geld verkaufte. Aber sie hatte den Eindruck, daß die meisten Frauen ihres Bekanntenkreises gezwungen waren, auf die eine oder andere Art das gleiche zu tun. Warum sollten dann nur die Frauen ihres Gewerbes gebrandmarkt werden? Denn zu Frauen ihres Schlages kamen die Ehemänner anderer Frauen, um fremdzugehen. Zu den Frauen ihrer Profession strömten sie, um verbotenen Freuden und geheimen Leidenschaften zu frönen. Ihr ganzes Leben war ein ständiges Lernen und Lehren von Dingen, die keine dieser Damen je kennen oder auch nur ahnen konnte.

Billy wußte natürlich, daß Deirdre die Geheimnisse erfahren wollte, die sie kannte. Die junge Frau fragte sich, ob es köstliche Liebeskünste gab, die Billy beherrschte und die Tom neues Glück verschaffen konnten. Natürlich fragte Deirdre nie direkt danach, und Billy gab die Informationen nie von sich aus.

Billy zog den schweren Mantel zusammen und streifte ihre langen Handschuhe über, denn auf ihrer Fensterbank hatte sich seit dem Nachmittag Schnee angehäuft. Sie lächelte wehmütig, denn sie wußte sehr gut, daß keine neuen sexuellen Praktiken erforderlich waren, um Tom an Deirdre zu fesseln. Er küßte den Boden, den seine Frau mit den Füßen berührte. Deirdre war sein fester Grund, sein Anker, sein Leitstern. Sie war der sichere Hafen, von dem er immer geträumt hatte. Bei ihr war sein Suchen zu Ende.

Billy seufzte, weil sie unerwartet schreckliche, unbezähmbare Sehnsucht nach solch beständiger Liebe erfaßte. Wie war es, wenn man geliebt und geschätzt wurde, wenn man die Mutter der Kinder eines geliebten Mannes war? Wie mochte es sein, wenn man von einem Mann geachtet wurde?

»Das ist wohl eine der Erfahrungen, die ich nie in meinem Leben machen werde«, sagte sie laut, als sie die Tür öffnete. Während sie die lange Treppe hinunterging, fiel ihr ein Gespräch ein, das sie vor wenigen Tagen mit Deirdre geführt hatte.

»Glaubst du, daß es mir eines Tages gelingen wird, zu einer Gesellschaft zu gehen, und daß niemand erkennen wird, daß ich eine Hure bin?« hatte sie Deirdre ernst gefragt, als ihre Lektion für diesen Tag beendet war.

»Du bist keine Hure!« hatte ihre Freundin heftig protestiert, die über ihre Schülerin und Freundin nichts Nachteiliges hören wollte.

»Aber ich bin doch eine«, hatte Billy leise geantwortet.

»Es klingt so... entsetzlich!« sagte Deirdre stockend und unglücklich, weil es ihr an Worten mangelte, um die bittere Erkenntnis zu widerlegen.

»Allerdings«, hatte Billy zugestimmt. »Ich beschäftige mich schon einige Zeit mit diesem Problem, seit du mir gute Manieren und feine Lebensart beibringst. Wäre mein Leben anders verlaufen und hätte ich eine Chance gehabt, eine brave Frau zu sein...«

»Du bist eine brave Frau!«

»Ja, ich bemühe mich, aber in den Augen der Welt bin ich abgestempelt. Ich möchte nur eines wissen: Ist das, was meine Mädchen und ich tun, wirklich so schrecklich, wie alle meinen? In meinem Haus werden Männer freundlich behandelt, sie lassen es sich mit meinen Mädchen im Bett gutgehen, was ihnen daheim zumeist nie widerfährt. Tun wir damit wirklich etwas so Verdammenswertes, frage ich mich? Wie willst du beurteilen, ob es recht oder unrecht ist? Ist eine rechtmäßig angetraute Frau, die ihren Mann schlecht behandelt und ihm nicht die Zuneigung gibt, die er braucht, besser als meine Mädchen? Ehrlich gesagt, ich habe so meine Zweifel.«

»Was meinst du damit, Billy?«

»Daß Gott mir eben diesen Platz zugewiesen hat, und vielleicht gibt es auch einen Grund dafür. Aber manchmal, wenn ich mir vorstelle, was die Leute so von mir denken, würde ich gerne in eine fremde Haut schlüpfen.« Der wehmütige Ausdruck in Billys Augen brachte Deirdre beinahe zum Weinen. »Ich mag es, wenn wir ausgehen und niemand etwas Abträgliches von mir weiß. Verstehst du? Du hast mir das ermöglicht, und du sollst wissen, wie verdammt dankbar ich dir dafür bin.«

»Eine Dame sagt nicht ›verdammt‹, Billy!« verbesserte sie Deirdre automatisch und schlüpfte wieder in die Rolle der Lehrerin, weil sie Zeit gewinnen wollte, um eine entsprechende Antwort zu finden. Schließlich sagte sie, »Ich denke auch über das Problem nach, seit ich dich kenne. Ich kann Recht und Unrecht an deinem Gewerbe nicht beurteilen, aber ich weiß, daß du der Mensch mit dem besten Herzen bist, den ich je kennengelernt habe. – Unterbrich mich jetzt nicht«, befahl sie, als Billy sprechen wollte. »Du bist freundlich, liebevoll, intelligent, anständig und du besitzt alle möglichen guten Eigenschaften. Wenn das Schicksal dich anders behandelt hätte, wärst du sicherlich eine große Dame geworden, aber vielleicht hättest du dann nicht so viele Menschen glücklich gemacht.«

Billy war von Deirdres Anhänglichkeit und Zuneigung gerührt. »Manchmal möchte ich wissen, wie Gott das alles sieht. Ich bin keine praktizierende Christin, aber manchmal frage ich mich, was Er am Jüngsten Tag zu mir sagen wird. Vielleicht wird Er sich die Zeit nehmen, uns alles zu erklären, was meinst du?«

»Ich hoffe nur, daß Er mich um meine Meinung fragt, wenn es um dich geht, bevor Er eine voreilige Entscheidung trifft«, versicherte Deirdre mit solcher Überzeugung, daß Billy hellauf lachte. Es tat sehr gut, eine solche Freundin zu haben.

Als die junge Bordellwirtin am unteren Ende der Treppe anlangte, hörte sie Weihnachtslieder, die die im Wohnzimmer versammelten Mädchen sangen. Der Heilige Abend war der einzige Tag des Jahres, an dem ihr Haus geschlossen blieb. Im Salon stand ein Christbaum, und ihre Mädchen hatten sich im Schlafrock darum versammelt und sangen Weihnachtslieder. Billy wußte, daß diejenigen unter ihnen, die Freunde oder eine Familie besaßen, sich bald zu denen begeben würden; sie wußte auch, daß die überwiegende Mehrzahl der Mädchen keinen Menschen hatten, den sie aufsuchen konnten; ihre Familie waren die Frauen dieses Hauses.

Sie lächelte, weil sie so andächtig sangen, und nahm den Stoß von in buntes Papier verpackten Geschenken, die sie für Tom, Deirdre, Rory und den Neuankömmling Seamus gekauft hatte.

»Wenn ich zurückkomme, Kinder, werden wir unsere Geschenke auspacken und eine Flasche Champagner aufmachen«, rief sie den Sängerinnen mit erzwungener Fröhlichkeit zu, als das gefühlvolle Lied zu Ende war.

Sie schloß die Tür hinter sich und trat in die frische, klare Dezembernacht hinaus. Ihre Schritte knirschten auf dem frisch gefallenen Schnee. Im Haus hatte wieder Gesang eingesetzt, und die süße Melodie klang durch die eisige Winterluft.

Billy seufzte laut. Sie wußte besser als jeder andere, daß der Heilige Abend in einem Freudenhaus ein sehr einsamer Abend war.

57

Diamond Jims Eisenbahnwaggon war eine Symphonie aus rotem Plüsch, Gold und Mahagoni, und beinahe alle seine Konkurrenten beneideten ihn darum. Tom mußte zugeben, daß der Salonwagen wundervolle Möglichkeiten eröffnete, das Land kennenzulernen. Er lag in dem vergoldeten Bett und betrachtete stillvergnügt seine Frau. Sie schlief so friedlich, fern von den beiden kleinen Buben, die sie jetzt unaufhörlich auf Trab hielten. Er hatte nicht geahnt, daß zwei Kinder sie so völlig mit Beschlag belegen würden und sich das Leben durch ihre Existenz so veränderte.

Er war entschlossen, diese Rundreise zu einem wirklichen Erlebnis zu gestalten. Er hatte unterwegs in mehreren Städten Geschäfte abzuwickeln, die meisten in Denver, dem Endziel ihrer Reise. Aber während der langen Fahrtstrecken dazwischen konnten sie frei über ihre Zeit verfügen – wieder als Mann und Frau wie zu der Zeit, bevor Rory und Seamus in ihr Leben getreten waren. Nun gehörte so etwas wie Ungestörtheit der Vergangenheit an. So sehr Tom sich tadelte, weil er eifersüchtig auf die viele Zeit war, die Deirdre mit den Kindern und nicht mit ihm verbrachte, fiel es ihm doch schwer, seine Frau teilen zu müssen, weil sie das Wichtigste auf der Welt für ihn war. Natürlich liebte er seine Söhne, aber Deirdre war für ihn das Lebenselexier. Im Gegensatz zu den meisten anderen Männern, die er kannte, genoß er es, nie von seiner Frau getrennt zu sein, denn sie bildete für ihn zweifellos den Mittelpunkt des Universums. Nur bei ihr fand er die sichere Ergänzung seines Ichs, ein Maß an Frieden und Zufriedenheit, das er noch nie zuvor erreicht hatte. Denn auch in seiner Kindheit waren ihm die entsetzliche Verunsicherung durch seine uneheliche Geburt und die Sorgen bewußt gewesen, die seine geliebten Eltern belastet hatten. Deirdre strömte Ruhe und Stärke aus. Vor allem aber war sie das zärtlichste Wesen, das er je kennengelernt hatte.

Und diese Reise unternahmen sie nun zu zweit. Alles war, wie es am Anfang ihrer Ehe gewesen war. Daran dachte er und rückte näher zu seiner schlafenden Frau. Sie reagierte auf seine Bewegung, indem sie sich an seinen starken Körper schmiegte. »Ich liebe dich«, murmelte sie, als sie bei seiner Berührung erwachte.

58

Tom freute sich immer, abends in das neue Haus heimzukommen, das Mulvaney ihnen zu Seamus' Geburt geschenkt hatte. Mit Deirdre hatte er lange überlegt, wie sie ihren zweiten Sohn nennen sollten; während der Schwangerschaft hatten sie dazu geneigt, ihn nach seinem Großvater Jim, also James zu nennen, doch schließlich hatten sie sich, auch zur Erinnerung an Toms ersten Freund, auf die gälische Version des Namens geeinigt. Sie hatten sich gefragt, ob Diamond Jim wegen dieser Änderung beleidigt sein würde, doch dem genügte in seiner Begeisterung die Aussicht auf einen Namensvetter, ganz gleich in welcher Sprache.

»Seamus, James... was macht es schon aus, ob ihr ihn in der alten oder der neuen Sprache James nennt, er bleibt ja doch Jim«, hatte Mulvaney glücklich erklärt, als er die Neuigkeit erfahren hatte, und die Schenkungsurkunde für das Haus war sein Taufgeschenk gewesen.

Tom nahm jeden Abend, wenn er das Haus betrat, die Post vom Silbertablett auf der Anrichte in der Halle, ein Ritual, das sich eingebürgert hatte. Deirdre nahm ihm den Mantel ab, die Kinder klammerten sich an seine langen Beine und behinderten ihn beim Gehen, während er den Stoß von Briefen überflog, sie vorerst einmal auf den Tisch im Wohnzimmer warf, um sie später zu lesen, und sich dann hinsetzte, um sich mit seinen Söhnen zu befassen.

An diesem Abend fiel ihm ein Brief auf; er trug Abigail Marshalls energische New-England-Handschrift. Abigail hatte ihm noch nie nach Hause geschrieben, und als er den Briefkopf las, empfand er deutliche Besorgnis.

»Geht in euer Zimmer, und beschäftigt euch mit euren Spielsachen!« forderte er die beiden wilden Indianer auf, die sich an ihn klammerten. Deirdre runzelte die Stirn wegen der sich im Gesicht ihres Mannes abzeichnenden Besorgnis, aber auch wegen der Enttäuschung der Kinder.

»Euer Daddy hat einen wichtigen Brief erhalten, Rory, Seamus«, tröstete sie die beiden. »Geht für eine Weile ins Kinderzimmer hinüber, Daddy wird mit euch spielen, wenn er ihn gelesen hat.«

Tom beachtete sie kaum und vertiefte sich betroffen in den Brief.

»Schlechte Nachrichten?« fragte sie schließlich.

Tom holte tief Luft, als fiele ihm das Sprechen schwer.

»Alte Nachrichten«, antwortete er endlich. »Meine Mutter versucht, mich zu finden. Sie hat Abby Marshall aufgesucht, um etwas über uns zu erfahren.«

»Deine Mutter?« Deirdre war mehr als überrascht. Etwas in ihr verkrampfte sich. »Ich verstehe nicht ganz. Wenn du weißt, daß sie noch am Leben ist, warum hast du mir dann nie von ihr erzählt?« Sie wollte nicht glauben, daß Tom ihr etwas so Wesentliches verheimlicht hatte – oder daß er sie sogar wissentlich belogen hatte. Er war also nicht elternlos, wie er ihr eingeredet hatte. Er hatte noch eine Mutter, die ihn suchte. Wenn er in dieser Beziehung gelogen hatte, stimmte dann vielleicht auch anderes an seiner Lebensgeschichte nicht?

Tom sah seine verunsicherte Frau hilflos an und biß sich auf die Unterlippe, bevor er zu sprechen begann.

»Ich wollte dir von allem Anfang an von ihr erzählen... schon vor langer Zeit, mein Liebling. Es ist eine alte Wunde, und ich wußte einfach nie, wie ich dir alles begreiflich machen konnte.« Er streckte ihr die Hand entgegen, und sie ergriff sie zum erstenmal erst nach einem kurzen Zögern.

»Weißt du, sie war Dienstmädchen im Haushalt meines Vaters. Sie verliebten sich ineinander. Ich kam zur Welt, und alle stellten sich gegen die beiden. Sie müssen einander sehr geliebt haben, wenn sie das auf sich genommen haben.« Die Traurigkeit in der Stimme ihres Mannes linderte Deirdres Schmerz; sie fragte sich, was ihn an dieser Geschichte so quälte, daß er sie ihr verheimlicht hatte. Sie setzte sich vor ihrem Mann auf den Boden, und Tom holte tief Atem, bevor er fortfuhr.

»Mein Vater schaffte es irgendwie, daß meine Mutter und ich in einer Hütte auf dem Besitz wohnen durften. So verbrachte ich die ersten acht Jahre meines Lebens am Rand der Welt meines Vaters. Er war ein großer, goldblonder Riese von einem Mann, der gern lachte.« Tom sah Deirdre an, als wolle er sich vergewissern, daß sie verstehen würde, was er ihr zu sagen hatte. »Er lehrte mich reiten – Gott, wie liebte er die Pferde, das hatte er von seinem Vater. Er nahm mich immer in die großen Stallungen des

Herrenhauses mit und erklärte mir alles. ›Wenn deine Mama und ich einmal verheiratet sind‹, sagte er, ›werden wir auswandern und in Amerika schöne Pferde besitzen, und wir werden jeden Morgen ausreiten, um unseren Besitz zu besichtigen.‹« Tom machte eine Handbewegung, die er vermutlich seinem Vater abgeschaut hatte, und in seinen klaren Augen standen Tränen. »Ein Pferd hat ihn getötet. Ich war acht Jahre alt, und ich war dabei, als das Unglück geschah.« Er hatte die Hände gefaltet und stützte die Ellbogen auf die gespreizten Knie. Während er weitersprach, beugte er den Kopf, so daß sie sein Gesicht nicht sehen konnte. »Am Morgen nach dem Tod meines Vates verjagten sie uns von dem Besitz. Der Priester der Gemeinde hatte etwas Geld, das ihm mein Vater für einen Notfall in Verwahrung gegeben hatte. Mein Vater hatte meiner Mutter und auch mir einen Brief hinterlassen. Ich weiß nicht, ob er eine Art Vorahnung von seinem Tod gehabt hat oder ob er nur ein vorsichtiger Mann war, der unsere unsichere Lage richtig einschätzte.«

Deirdre umschloß mit beiden Händen seine Handgelenke und hielt sie fest. Er blickte sie an und versuchte zu lächeln.

»Jedenfalls fuhr meine Mutter nach Amerika, und ich blieb in Irland, um eine gründliche Ausbildung zu erhalten und ›sie mit ihren eigenen Waffen zu schlagen‹, wie mich mein Vater in seinem Brief ermahnt hatte.«

»Warum hast du deine Mutter nie zuvor erwähnt?« fragte sie zaghaft, als habe sie Angst vor der Antwort.

»Sie hat wieder geheiratet und ihrem neuen Mann nicht gestanden, daß sie einen unehelichen Sohn hat.« Er lachte angewidert. »Ich habe die beiden vor Jahren bei einer Reise nach Boston aufgesucht. Sie hat mich als ihren Neffen ausgegeben.« Der Ärger und die Bitterkeit in dieser Feststellung waren nicht zu überhören.

»Mein armer Liebling«, hauchte Deirdre, deren Stimme vor Kummer erstickt klang. »Wie entsetzlich das für dich sein muß!«

Er nickte. »Ich wollte es dir immer schon erzählen. Ich bin aber so unsicher, wenn es um diese Sache geht, daß ich nie gewußt habe, wie ich es dir beibringen soll. Verstandesmäßig ist mir klar, daß ihr als mittellosem Einwanderermädchen, das sich verzweifelt bemühte, vorwärtszukommen, kaum eine andere Wahl blieb. Aber gefühlsmäßig? Gefühlsmäßig will ich mit ihr nichts mehr zu tun haben.«

Er reichte ihr den Brief, als gebe er zu, daß er ebensowenig wie seine Mutter wußte, was er zu diesem Thema sagen sollte. Deirdre las:

Lieber Tom,
ich hoffe, daß die Nachricht, die ich Ihnen übermittle, Sie nicht zu sehr beunruhigen wird.
Henry und ich hatten eine Besucherin, die behauptet, Ihre Mutter zu sein. Aber ich gehe mit der Direktheit der Yankees vor und beginne mit dem Ende der Geschichte statt mit dem Anfang. Folgendes hat sich ereignet:
Als ich gestern das Büro verlassen wollte, kam eine überaus elegante Dame herein, deren Kutsche vor der Tür wartete. Sie trug einen schönen Hut, war elegant gekleidet und wirkte aufgeregt und erschöpft.
Sie stellte sich als Mrs. Thaddeus Martin vor (ein Name, der in Boston an Ansehen immer mehr zunimmt) und fragte nach mir. Sie wußte, daß Thomas Dalton vor einiger Zeit geschäftlich mit mir zu tun gehabt hatte, und hoffte verzweifelt, daß ich seine Adresse in New York kenne.
Ich muß Ihnen vor Augen halten, wie erregt die Frau sich an mich wandte. Ihr ganzes Benehmen wies darauf hin, daß sie sich in einer ausweglosen Lage befindet. Ich erwähne das nicht, um Sie zu beunruhigen, sondern nur, um Ihnen die seltsame Szene möglichst genau zu schildern.
Ich erwiderte natürlich, daß ich nicht das Recht habe, persönliche Informationen weiterzugeben, daß ich aber, wenn sie mir eine Nachricht für Sie anvertraute, dafür sorgen würde, daß Sie sie erhalten.
›Nein, nein!‹ rief sie. ›Dann wird es zu spät sein. Mein Kind wird dann schon tot sein.‹ Daraufhin begann sie zu schluchzen, und Henry, den der Vorfall noch tiefer betroffen machte als mich, führte sie zu einem Stuhl und begann mit ihr zu sprechen.
Wie Sie wissen, wäre Henry imstande, selbst einen Stummen zum Sprechen zu bringen, und nach einigen Minuten hatte er Mrs. Martin überredet, eine Tasse Tee zu trinken und sich auszusprechen.
Sie erzählte uns dann folgende Geschichte: daß Sie ihr Sohn sind, der ihr entfremdet wurde, weil sie Ihre Existenz verleugnete, um

ein neues Leben zu beginnen. Dieser Umstand dürfte bei ihr übertriebenes Schuldgefühl ausgelöst haben (was meiner Erfahrung nach ein typisches Problem der irischen Katholiken darstellt). Der springende Punkt ist jedenfalls, daß sie ein Kind hat, das krank ist und um sein Leben kämpft. Sie ist davon überzeugt, daß Gott sie bestrafen will, weil sie Sie im Stich gelassen hat. Sie glaubt, das Kind nur dadurch retten zu können, daß sie ihrem Ehemann die volle Wahrheit gesteht und die Folgen als eine Art Buße auf sich nimmt.

Mein lieber Tom, ich würde unter anderen Umständen niemals wagen, mich in Ihr Privatleben einzumischen. Da ich aber völlig unfreiwillig in diese merkwürdige Situation geraten bin, werden Sie mir vielleicht verzeihen, wenn ich Ihnen meine Hilfe anbiete.

Henry hat die Frau dazu überredet, vierundzwanzig Stunden lang nichts zu unternehmen, während wir Verbindung mit Ihnen aufnehmen. Er vertraut diesen Brief einem Freund an, der nach New York reist; ich weiß also, daß Sie ihn unverzüglich erhalten werden. Wir haben uns die Freiheit genommen, der armen Mrs. Martin zu versichern, daß Sie die Nachricht erhalten werden.

Wenn diese Geschichte tatsächlich der Wahrheit entspricht, würde ich Sie dringend bitten, der armen Seele zu helfen. Sie ist durch Kummer und Schuldkomplexe vollkommen zerstört, und ich glaube, daß sie nicht ganz bei klarem Verstand ist.

Wir wissen nicht, welche Differenzen zwischen Ihnen und Mrs. Martin bestehen, deshalb können wir Ihnen auch keinen Rat anbieten. Natürlich entbieten wir Ihnen unsere herzlichen Grüße und Gebete.

Ihre Freundin
Abigail Marshall

Deirdre legte den Brief beiseite. »Du mußt natürlich hinfahren«, sagte sie.

»Muß ich wirklich?«

»Das Leben deines Halbbruders und der Seelenfrieden deiner Mutter stehen auf den Spiel. Du kannst doch nicht mit dem Bewußtsein leben, daß du sie in der Not im Stich gelassen hast!«

»Sie hat mich im Stich gelassen.«

»Und es ist deiner nicht würdig, Gleiches mit Gleichem zu vergelten.« Ihre Stimme klang ruhig und bestimmt.

Tom nickte; er akzeptierte die Einstellung seiner Frau und schloß sie in die Arme, nicht aus Leidenschaft, sondern zum gegenseitigen Trost. Dann ging er die Treppe zu ihrem Schlafzimmer hinauf, warf ein paar Kleidungsstücke in einen Koffer und erkundigte sich, wann der nächste Zug nach Boston ging.

Tom läutete nach Mitternacht an der Tür der Marshalls. Henry kam in einem karierten Bademantel und in Pantoffeln zur Tür, und Abigail war schon in der Küche, um einen Topf Kaffee zu kochen, als Tom Mantel und Galoschen abgelegt hatte.

»Sie ist also Ihre Mutter«, stellte Abigail fest. Sie hatte einen wollenen Morgenmantel eng um ihr langes Flanellnachthemd geschlungen.

»Ja.«

»Das habe ich mir gedacht.«

»Abby, meine Liebe, Tom ist bis auf die Haut durchnäßt und hundemüde von der Bahnfahrt. Sollte er nicht zuerst die nassen Sachen ausziehen? Während du Kaffee kochst, kann ich den Brandy holen, den du für medizinische Zwecke mißbrauchst, und dann können wir uns beim Kamin in der Bibliothek die Köpfe zerbrechen.«

»Ich nehme jede Hilfe gern an, die Sie mir geben können«, sagte Tom über seine Schulter, während er gehorsam hinter Henry den Raum verließ.

Henry schürte das Feuer, so daß die Flammen behaglich knisterten. Die Uhr am Kamin schlug eins.

»Es tut mir leid, daß ich Ihnen den Schlaf raube«, entschuldigte sich Tom.

»Unsinn!« unterbrach ihn Abigail. »Freundschaft kennt keine Stunde.«

»Wir wollen uns nicht einmischen, wenn Sie es vorziehen, nicht mit uns darüber zu sprechen«, begann ihr Bruder.

»Henry Marshall, das ist nicht der richtige Moment für gesellschaftliche Formalitäten! Nach dem Bekenntnis der armen Mrs. Martin zu schließen, hat jeder der Beteiligten schon zu lange zu viel für sich behalten.« Abigail schob das Kinn vor, wie es nur die Frauen in New England können, verschränkte die Hände und wandte sich Tom zu: »Raus damit! Worum handelt es sich eigentlich?«

Um vier Uhr morgens hatte sich Tom alles, was ihn in seinem Leben belastete, von der Seele geredet. Er hatte einen guten Rat erhalten und festgelegt, wie er vorgehen wollte.

Mary saß am Bett ihres sterbenden Kindes. Es war zwölf Jahre alt, das letztgeborene ihrer Kinder und ihr liebstes. Sie hatte Sean nicht zusammen mit seinen Geschwistern ins Internat schicken wollen. »Er ist noch zu jung, und er macht hier in Boston so gute Fortschritte«, hatte sie Thaddeus wiederholt dringend versichert, aber im September war das Unvermeidliche eingetreten und er war wie seine Brüder vor ihm nach St. Paul's geschickt worden.

Sie hatte nie jemandem gestanden, daß das Kind ihrem Erstgeborenen geradezu unheimlich ähnlich sah, denn wie hätte sie das tun können? So hatte sie auch niemandem verraten, daß sie Sean heimlich für ihre zweite Chance hielt. Hier lag er also im Sterben als Strafe für ihren schweren Betrug.

»Mama.« Das Gesicht des Jungen sah infolge des Fiebers, das ihn so plötzlich befallen hatte, zusammengeschrumpft aus. Eine Epidemie, hatte man ihr erklärt, Influenza. Nun starb ihr Kind den Erstickungstod, damit sie ihre gerechte Strafe erhielt. »Ich bekomme keine Luft, Mama.« Die Stimme war kaum hörbar, sie klang erschöpft und ängstlich, weil es ihn solche Mühe kostete, am Leben zu bleiben. Und er Arzt hatte ihnen versichert, daß Sean die Nacht nicht überstehen würde.

»Es ist schon gut, Liebling«, flüsterte sie und strich ihm das schweißnasse rote Haar aus der glühenden Stirn. »Mama weiß, wie sie dich gesund machen kann. Mama weiß es.« Sie legte sich über das Kind und umklammerte es, als wolle sie das Leben in seinem kleinen Körper festhalten. Sie mußte ihn am Leben erhalten, bis Tom eintraf. Wenn auch der Doktor gemeint hatte, das Kind liege im Sterben, sobald Tom kam, würde alles wieder gut sein. Sie würde Thaddeus und ihren Kindern die schwere Sünde beichten; ihre Selbstbezichtigung und ihre Bußfertigkeit würden bestimmt ein Milderungsgrund vor Gottes Richterthron sein. Wenn sie reinen Tisch machte, mußte Gott ihrem Jungen noch eine Chance geben. Er konnte nicht so grausam sein, dieses schöne Kind zu sich zu nehmen, nur weil es Tom ähnlich sah und weil seine Mutter es am meisten liebte.

Um sieben Uhr morgens läutete Tom. Das gleiche Mädchen,

das ihn bei seinem letzten Besuch eingelassen hatte, führte ihn in das Haus, an dessen Tür ein Quarantäneschild befestigt war.

Als er das Schild erblickte, schwankte er einen Augenblick, denn er dachte an seine kleinen Kinder und an Deirdre; für diese schreckliche Krankheit gab es keine Heilung.

»Ich muß Mrs. Martin sprechen«, erklärte er dann entschieden, und das kleine Dienstmädchen sah ihn hilflos an.

»Sie ist bei dem jungen Herrn, Sir, und er ist so krank, daß sie niemanden empfangen kann.«

»Mich wird sie empfangen. Sie müssen ihr melden, daß ich hier bin.«

»Wieso sind Sie eigentlich so sicher, daß sie Sie empfangen wird?« Thaddeus Martins Stimme hallte gespenstisch durch das stille Haus.

»Weil ich ... zur Familie gehöre und sie mir eine Botschaft geschickt hat«, war die Antwort.

»Ihre Tante ist infolge der nervlichen Überbeanspruchung nicht bei klarem Verstand. Sie duldet nicht einmal mich in ihrer Nähe.« Die Stimme des Mannes verriet die schreckliche Angst, die ihn erfüllte. Tom sah deutlich die Verzweiflung im Gesicht Mr. Martins. Dann deutete Thaddeus mit einer Handbewegung an, das Mädchen solle Toms Wunsch nachkommen. Sie führte ihn die Treppe hinauf und zeigte auf einen Raum, den sie selbst offenbar aus Angst nicht betreten wollte.

Die Szene im Schlafzimmer war herzzerreißend. Das fieberheiße Kind lag fast leblos im Bett, sein Atem erzeugte ein häßliches, rasselndes Geräusch. Die Mutter kauerte erschöpft neben ihm. Ihr ungekämmtes Haar fiel ihr lose auf die Schultern wie bei einem jungen Mädchen. Das Gesicht hingegen sah alt und gramzerfurcht aus.

»Mutter«, sagte Tom zögernd, »hier bin ich.«

Die Frau, die vom Bett aufblickte, hatte keine Ähnlichkeit mit jener selbstbewußten Dame, die er vor Jahren besucht hatte. Ihre Kleidung war zerknittert, und ihre verstörten, angsterfüllten Augen waren von dunkelbraunen Ringen umschattet, die verrieten, daß sie, seit ihr Sohn erkrankt war, nicht mehr geschlafen hatte.

»Mein Sohn liegt im Sterben«, klagte sie mit einer heiseren Stimme, aus der nackte Angst sprach. Plötzlich stand sie auf, glättete ihr Kleid, und Tom merkte, daß in ihren Augen ein irrer, unkontrollierter Ausdruck aufflackerte.

»Das hat Gott wegen meiner Lebenslüge getan, Thomas, und weil ich ihn am liebsten hatte, denn er gleicht dir so sehr.«

Sie zeigte auf das sterbende Kind, als genüge sein Anblick als Erklärung.

»Ich wollte, daß du kommst, weil ich vor Thaddeus und den Kindern meine Beichte ablegen möchte. Wenn ich ihnen die Wahrheit bekenne, wird ihn Gott vielleicht am Leben lassen.« Aus ihrer Stimme sprach der Wahnsinn, und Tom wußte nicht, wie er sich verhalten sollte.

»Was meint der Arzt, Mutter?«

»Ärzte!« Sie spie das Wort wutentbrannt aus. »Was verstehen Ärzte schon von Sünden! Wir brauchen einen Priester!«

»Mutter, der Junge ist krank geworden, weil eine Epidemie ausgebrochen ist. Abby Marshall hat mir erzählt, wie viele Jungen erkrankt sind. Es ist unmöglich, daß alle ihre Mütter Sünderinnen sind. Die Epidemie hat nichts mit *dir* zu tun.« Er sprach die letzten Worte langsam und überdeutlich aus, damit sie ihn verstand.

Mit flackerndem Blick wandte sie sich ihm zu: »Es *hat* mit mir zu tun! Jeder Tag, den ich mit ihnen verbracht habe, war eine Lüge. Ich habe meinen Mann im Bett und die Kinder an meiner Brust belogen. Ich habe sogar mich selbst belogen – und Gott! Er hat mich entlarvt. Es ist genauso, wie Pfarrer McKuen vorausgesagt hat. Er hat mich entlarvt!« Ihre Stimme war zu einem Schreien angeschwollen, und Tom war sicher, daß Mr. Martin nicht weit sein konnte. Er versuchte, sie zum Schweigen zu bringen, indem er sie in die Arme schloß, aber sie riß sich schnell wieder los.

»Es ist Gottes Wille, Tom. Er nimmt mir das Kind, das ich am meisten liebe, um mir zu zeigen, daß er meinen Hochmut brechen will.«

»Es ist kein Hochmut, wenn man versucht zu leben!« Nun schrie auch er. »Du hast das Recht auf ein neues Leben gehabt.«

»Und was ist mit *seinem* Recht auf Leben?« Ihre Stimme schwankte jetzt zwischen Schreien und Jammern. »Ich habe ihn mit meiner Selbstsucht getötet. Ich habe ihn mit meinen Lügen getötet. Ich habe ihn mit meiner schrecklichen Sünde getötet!«

»Mutter, du mußt versuchen, dich zu beruhigen.« Er warf rasch einen Blick auf den Jungen im Bett und flüsterte: »Mein Gott, er atmet nicht mehr!« Er legte dem Knaben seine große Hand auf die Brust, konnte aber keine Bewegung mehr feststellen. Er lief zur Tür. »Mr. Martin, Mr. Martin!« schrie er vom Treppenabsatz aus. »Sie müssen Hilfe holen, Sir. Das Kind atmet nicht mehr!«

Er lief ins Zimmer zurück und blieb bei dem Anblick, der sich ihm bot, starr in der Tür stehen. Seine Mutter saß auf dem Bett, hatte ihr Kleid geöffnet und den zwölfjährigen Jungen an ihre nackte Brust gelegt, als wäre er ein Säugling. Sie sang leise ein irisches Wiegenlied, und auf ihren Lippen lag ein Lächeln. Ihr Blick war leer, als wäre der Funke des Lebens in ihren Augen erloschen. Und das Kind, sein Halbbruder, lag mit blicklosen Augen tot in ihren Armen.

Tom zog die Decke hoch, um den Körper seiner Mutter und den des leblosen Halbbruders zu bedecken, während ihm Tränen über die Wangen liefen. Er berührte den Jungen voll Mitgefühl, und sie lächelte.

»Es wird alles wieder gut, Michael«, kündigte sie mit einer zarten, eintönigen Stimme an. »Der Junge schläft, und wir können uns zum Feuer setzen.«

Niedergeschmettert hockte sich Tom auf den Bettrand und starrte das unwirkliche Bild an, während Thaddeus Martin das Zimmer betrat, in dem sich seine Frau und die beiden Söhne, die sie liebte, befanden.

Thaddeus erfaßte mit einem Blick die verzweifelte Situation. Er schloß kurz die Augen und schwankte leicht, als hätte er einen Schlag erhalten, dann kam er zu dem Bett. Er versuchte, den toten Jungen aus den Armen seiner Mutter zu lösen, zuckte bei dem Anblick ihrer nackten Schulter und Brust jedoch zusammen, bedeckte sie hastig und wandte sich zornig an Tom.

»Hinaus!« zischte er. »Hinaus mit Ihnen! Sie sollten soviel Anstand besitzen, uns mit unserem Kummer allein zu lassen!«

Tom empfand tiefes Mitleid mit dem Mann. »Es ist auch mein Kummer«, stellte er ruhig fest.

Thaddeus Martin sank neben seiner Frau und seinem toten Sohn auf das Bett, legte seine langen, mageren Arme um beide und begann zu weinen.

59

Mary saß im Schaukelstuhl auf der geräumigen Veranda des Cambridge-Sanatoriums und hielt eine Puppe auf dem Schoß, der sie etwas vorsang. Tom und Dr. Peabody gingen auf dem Kiesweg, der die großen Rasenflächen durchschnitt, und sprachen miteinander. Thaddeus Martin war kurz zuvor nach Hause gefahren, um an dem Begräbnis seines Sohnes teilzunehmen.

»Ehrlich gesagt, junger Mann, wir wissen nicht viel über Geisteskrankheiten«, gestand der Arzt. »Wir wissen, daß ein schwerer Schock, wie ihn Ihre Mutter erlitten hat, in Verbindung mit einer heimlichen Schuld, die man jahrelang mit sich herumschleppt, einen Menschen zeitweilig um den Verstand bringen kann. Ihre Mutter hat sich in eine weniger peinigende Zeit ihres Lebens zurückgezogen, in eine Zeit, in der die seelischen Belastungen geringer und ihre Lebensumstände gesicherter waren. Wie lange sie in dieser Kindheitsphase bleiben wird, können wir nicht abschätzen.«

Er blickte den jungen Mann an, dessen Leid und Schmerz für ihn nichts Außergewöhnliches waren, dann fuhr er fort.

»Der Mensch verhält sich ähnlich wie ein verwundetes Tier, das sich in seine Höhle zurückzieht, um zu schlafen und so zu gesunden. Befindet es sich einmal dort, nimmt die Natur ihren Lauf: Das Tier stirbt an seinen Wunden, oder es wird gesund.«

»Dr. Peabody, ich fühle mich in gewisser Hinsicht dafür verantwortlich. Mir ist, als hätte ich im Laufe der Jahre vorbeugen können, obwohl ich nicht weiß, was ich hätte anfangen sollen.«

»Aber, aber, Mr. Dalton! Niemandem ist damit geholfen, wenn Sie das gleiche Schuldgefühl auf sich laden wie Ihre Mutter.« Der alte Herr war hochgewachsen und würdevoll; sein bereits schütteres Haar war weiß, und seine Wangen schimmerten rosig wie die eines Kindes.

»Was kann ich nur tun, um ihr zu helfen?«

»Die Tatsache, daß Sie ihr helfen wollen, ist bereits ein Schritt zur Besserung, Mr. Dalton. Wenn es ihr ein wenig besser geht, werden Ihre Anwesenheit und die des Ehemannes wesentlich zu ihrer Gesundung beitragen.«

»Wie hält sich Mr. Martin, Doktor?«

»Sie können etwas für diesen Mann tun, wenn Sie wollen.«

»Und was?«

»Ihm helfen, Ihre Mutter zu verstehen, damit seine Liebe zu ihr erhalten bleibt. Wenn ihre Heilung einsetzt, wird sie besonders viel Zuneigung brauchen. Mr. Martin fühlt sich durch ihr Geheimnis, das er als Heimtücke sieht, verraten, genauso wie Sie das Gefühl gehabt haben, daß Ihre Mutter Sie durch ihre Lüge verraten hat. Sie müssen beide mit der Tatsache fertig werden, daß Ihre Mutter den einzig gangbaren Weg eingeschlagen hat: Sie hat überlebt. Der Selbsterhaltungstrieb ist ein mächtiger menschlicher Instinkt und so gesehen überhaupt kein Verbrechen.«

Tom blieb stehen und blickte den Arzt an, weil er nicht die Verantwortung für den Ehemann seiner Mutter übernehmen wollte. »Ich weiß nicht, ob er mich empfangen wird«, wandte er ein.

»Das können Sie erst wissen, Mr. Dalton, wenn Sie den Versuch unternommen haben, nicht wahr?« lautete die Antwort des klugen alten Mannes.

»Es ist wohl klar, Mr. Martin, daß wir miteinander etwas zu besprechen haben.«

Thaddeus blickte Tom mit deutlichem Widerwillen an, schwieg aber. Es war der Tag nach dem Begräbnis, an dem Mary nicht hatte teilnehmen können.

»Mr. Martin, Sie haben das Recht auf eine Erklärung für das Vorgefallene, aber ich muß Sie bitten, mir zu glauben, daß ich nicht weiß, ob es mir zusteht, Ihnen die ganze Geschichte zu erzählen. Das ist der Grund für mein Zögern. Es ist Sache Ihrer Frau, zu erklären.«

»Meine Frau, Mr. Dalton«, unterbrach ihn Thaddeus scharf, »ist nicht in der Verfassung, mir irgend etwas mitzuteilen. Um Himmels willen, Mann! Wenn Sie etwas wissen, das all das erklärt und uns hilft, müssen *Sie* es mir mitteilen.« Thaddeus Martin war keineswegs mehr der kühle Geschäftsmann, den Tom kennengelernt hatte, sondern ein tief erschütterter, ratloser Mann.

»Hoffentlich können Sie das, was ich Ihnen jetzt erzählen werde, verstehen und verzeihen, Mr. Martin.«

Trotz seines Kummers hörte Thaddeus das Mitgefühl in der Stimme des Jüngeren.

»Sie sehen einen Mann vor sich, Mr. Dalton, der soeben seinen jüngsten Sohn verloren hat... dessen Frau Gefahr läuft, den Rest ihres Lebens in einer Nervenheilanstalt zu verbringen... dessen geordnete, glückliche Welt innerhalb von wenigen Tagen in Trümmer zerfallen ist. Glauben Sie, mir noch etwas mitteilen zu können, das meinen Schmerz vergrößert?«

Während Tom erzählte, hörte Thaddeus ihm mit gebeugtem Kopf stumm zu. Er verschränkte und löste immer wieder die Hände hinter dem Rücken. Tom verteidigte seine Mutter, schwächte ihr Vergehen angesichts ihrer Leiden ab und erwähnte den tiefen Kummer, mit dem sie gelebt hatte. Er führte die schrecklichen Schuldgefühle ins Treffen, die ein katholisches Mädchen wegen ihrer fleischlichen Sünde und ihres alten Geheimnisses bestimmt empfunden haben mußte. Als er verstummte, schwiegen beide Männer eine volle Minute lang.

»Ihr Vater muß Ihnen sehr ähnlich gesehen haben, nicht wahr?« fragte Thaddeus endlich, und Tom hörte verwundert tiefe Eifersucht aus seiner Stimme.

»Ja«, antwortete er und zollte gleichzeitig der Liebe Respekt, die der Grund für diese selbstquälerische Frage gewesen war.

»Sie erkennt mich nicht einmal...« Tiefer Schmerz sprach aus der unglücklichen Stimme des Mannes.

»Sie erkennt niemanden, Sir«, antwortete Tom so freundlich er konnte.

»Aber sie spricht mit Ihnen!«

»Nur weil sie mich für meinen Vater hält.« Tom bemerkte, daß der Mann bei dem Hinweis auf Michael zusammenzuckte, fuhr jedoch fort. »Sie kennt nur ihren Schmerz, ihren Kummer und ihre Schuld, Mr. Martin. Sie sieht in ihrer Sünde die Ursache für den Tod meines Bruders.«

Bei dem Wort Bruder blickte Thaddeus auf, dann schaute er wieder beiseite. Sein Gesichtsausdruck war rätselhaft, sein Blick verschleiert.

»Sie hat sich in eine Zeit zurückgezogen, die vor ihrer schuldhaften Verstrickung liegt, an einen sicheren Ort, an dem es keinen Kummer gibt. Nur Sie können mit Ihrer Verzeihung das Leben und den Verstand meiner Mutter retten.«

»Ja«, bestätigte der Ältere nach einer Weile und starrte immer noch aus dem regennassen Fenster. »Höchstwahrscheinlich haben Sie in dieser Hinsicht recht.« Nach einer kurzen Pause fuhr er fort: »Eine bittere Ironie des Schicksals, daß es so gekommen ist.«

»Er ist ein grundanständiger Mann, Abby. Ich war darauf eingestellt, ihn zu hassen, war aber nicht fähig dazu. Er wurde durch das Drama, das sich abgespielt hat, schwer getroffen, ist jedoch im Grund ein braver, redlicher Mann. Er wird zu ihr halten, zumindest bis sie wieder gesund ist.«

Abigail Marshall räusperte sich – ein typischer New-England-Laut – und reichte Tom eine Schnitte selbstgebackenes Brot mit Butter. »Das essen Sie jetzt ohne Widerrede! Sie haben seit Tagen keinen Bissen zu sich genommen und waren noch dazu dieser gottverdammten Influenza ausgesetzt. Sie müssen etwas tun, um bei Kräften zu bleiben.«

Tom verzehrte gehorsam, aber ohne Begeisterung die Schnitte.

»Wo ist Ihre Mutter jetzt, Tom?«

»Sie wurde in das Privatsanatorium Cambridge gebracht. Die einzige andere Heilanstalt, die in Frage kommt, wird von Nonnen geleitet, und Thaddeus ist der Ansicht, daß die Kirche meiner Mutter schon genügend Leid zugefügt hat und man den Schaden nicht noch vergrößern darf.«

»Was werden Sie nun tun?«

»Sie besuchen, sooft ich kann, ihr schreiben, mich bemühen, in ihrem Mann noch mehr Verständnis zu erwecken. Was immer ich tun kann. Warum?«

»Weil Sie eine schlimme Zeit hinter sich haben. Ich bezweifle, daß Sie selbst sich darüber im klaren sind, wie sehr Sie das alles mitgenommen hat. Nach ihrem Telegramm zu schließen, ist Deirdre krank vor Sorge um Sie, und zwar mit vollem Recht.«

Tom nickte geistesabwesend. »Der Junge, Abby, hat wirklich genauso ausgesehen wie ich in seinem Alter. Ich werde das Bild des toten Kindes in ihren Armen bis an mein Lebensende vor Augen haben. Meine arme, gequälte Mutter! Als ich hörte, welche Schuld sie sich zuschreibt, erfaßte ich zum ersten Mal, wie sehr sie all diese Jahre gelitten haben muß. Sich vorzustellen, daß Gott sie strafen wollte, indem er ihr das Kind nahm – das ist grotesk!«

»Aber nicht unverständlich, denn sie ist im Glauben an Sünde und Bestrafung erzogen worden.« Abby setzte sich neben Tom an den hölzernen Küchentisch. »Was empfinden denn Sie im Zusammenhang mit diesen Ereignissen?«

»Ich bin tief betrübt wegen meiner Mutter... auch wegen Mr. Martin und wegen der anderen Kinder, die von dem allen so sehr betroffen sind. Gott sei Dank sind sie nicht mehr zu klein! Ich würde ihnen gerne helfen, wenn ich könnte.« Er schwieg eine Weile, um zu überlegen, ob er alles erwähnt hatte, was er zu sagen hatte. »Merkwürdiger- und unverständlicherweise fühle ich mich jetzt von der Vergangenheit befreit.«

»Heißt das, daß Sie ihr verzeihen?«

»Ja, Abby, ich verzeihe ihr und wünsche fest, daß sie gesund wird. Sie hat schon zu viel gelitten. Es war nicht gut von mir, ihr das Leben noch schwerer zu machen.«

»Sie sind ein guter Mensch, Tom Dalton. Jede Mutter wäre stolz darauf, Sie zum Sohn zu haben.«

Er lächelte. »Ich soll den Arzt aufsuchen, bevor ich heute die Klinik verlasse, und dann muß ich leider zurück nach New York. Sie waren mir eine gute Freundin, Abby. Ich bin Ihnen sehr dankbar.«

»Wenn Sie Ihre Mutter wieder besuchen, können Sie bei uns wohnen. Vielleicht können Sie noch eine Zeitlang moralische Unterstützung brauchen; Henry und ich haben einen breiten Rücken.«

Während Tom packte, dachte er über sein Gespräch mit Dr. Peabody nach. Der Arzt konnte nicht sagen, wie lange es dauern würde, bis Mary wieder genesen sei, falls es überhaupt so weit kommen würde. Die Vorstellung, daß seine Mutter vielleicht auf Jahre hinaus im Sanatorium eingesperrt sein könnte, jagte Tom einen Schauer über den Rücken. Dann schüttelte er die düsteren Gedanken ab und schlüpfte in die dem Bostoner Klima gemäße Kleidung, um sich von den Marshalls zu verabschieden und in die Nachmittagskälte hinauszutreten.

60

Je reifer Deirdre wurde, um so schöner wurde sie. So sah es jedenfalls Tom, wenn er sie mit ihren beiden Söhnen beobachtete: Riordan war für seine sechs Jahre groß gewachsen, hatte dunkles Haar und sah gut aus; der ausgelassene Seamus war vier Jahre alt, ein heller Typ und kräftig gebaut.

Deirdre war nun voll aufgeblüht, fand ihr Mann, und ihre Anmut war von fraulicher Art, nicht mehr mädchenhaft. Ihr hellbraunes Haar reichte ihr noch immer bis zur Taille, wenn sie es löste. Tom betrachtete sie gern am Abend, wenn sie dic Nadeln aus dem Haar zog, die es tagsüber zu einer würdevollen Frisur zusammenhielten, und die losen, mädchenhaften Haarkaskaden bürstete, die im Lichtschein des kleinen Toilettentisches schimmerten.

Auch an diesem Abend merkte Deirdre, daß Tom ihr zusah, während sie mit den Jungen spielte. Sein Heim bedeutete Halt für ihn, und sie spürte seine Sorge und Angst, daß ihm das alles einmal genommen werden könnte. Vielleicht fiel es ihm deshalb schwer, seinen Söhnen wirklich näherzukommen. Nicht daß er sie nicht geliebt, mit Geschenken überschüttet und ihnen väterlichen Schutz gewährt hätte, aber es blieb doch immer diese merkwürdige Distanz, die Deirdre schon so lange spürte. Es war, als verstehe er nicht richtig, wie man sich als Vater zu verhalten habe, vielleicht, weil er selbst keinen Vater als Vorbild gehabt hatte, vielleicht, weil er zu sehr fürchtete, die Söhne zu verlieren. Er distanzierte sich deshalb unbewußt von ihnen, als könnten sie ihm irgendwie geraubt werden wie so viele Menschen, die er geliebt hatte.

Deirdre hätte gern gewußt, ob andere Frauen die gleiche Einstellung zu ihren Ehemännern hatten wie sie. Nie hatte sie eine andere Frau begeistert von der geschlechtlichen Liebe reden hören, vielleicht schwiegen diese Frauen jedoch nur aus Schicklichkeit. Oder waren ihre Ehemänner nicht wie Tom? Er war im Bett so phantastisch. Sie hatte zwar keine Vergleichsmöglichkeiten, aber sie konnte sich nicht vorstellen, daß es einen besseren Liebhaber geben könne. Er war stark und kraftvoll und unendlich einfühlsam; ein geduldiger Lehrer, ein leidenschaftlicher Geliebter. Endlich frei von den Zwängen, die ihn tagsüber einschränkten, entfaltete er sich im Ehebett stürmisch und hingebungsvoll. Sie lächelte, wenn sie an seine unerschöpfliche Fähigkeit, ihr Freude zu spenden, dachte. Sie hoffte, daß sie ihm das gleiche bot. Und sie war sich beinahe sicher, daß ihr das gelang, denn in ihrer Umarmung wirkte er so glücklich.

Sie drehte die Lampe im Kinderzimmer kleiner und ging zu ihrem Mann, der mit der Zeitung am Kamin saß.

»Könntest du dir vorstellen, deine Frau heute abend ein wenig früher im Bett zu empfangen, Liebster? Ich möchte möglichst bald in deinen Armen liegen.« Während sie die betont altmodische Frage stellte, fuhr sie ihm mit den Fingern liebevoll durch das Haar. Sie wußte, ohne hinzusehen, daß er lächelte, amüsiert, erfreut, in sie verliebt.

Er ergriff ihre Hand und führte sie an die Lippen.

»Ja«, stimmte er zu, »ich könnte es mir vorstellen.«

»Diesmal ist es ein Mädchen, meine Liebe«, verkündete Billy ihre Prognose entsprechend feierlich, und Deirdre, die längst ihre vertraute Freundin geworden war, lachte fröhlich.

»Das letzte Mal hast du recht gehabt, meine Liebe; ich kann mir nicht vorstellen, wieso du diese Dinge weißt, aber du wirst wahrscheinlich auch diesmal recht bekommen.« Deirdre ließ die Steppdecke, an der sie arbeitete, kurz auf dem kleinen Stückchen ihres Schoßes liegen, das noch übrig war, seit das Baby soviel Platz beanspruchte. »Ich fühle mich diesmal anders, Billy. So friedlich und gelassen... als wäre unsere Welt in Ordnung. Und dieses Kind ist auch viel ruhiger und sanfter als die Jungen. Wenn es sich in mir bewegt, ist es, als würde ein winziges Vögelchen flattern.« Sie brach ab und legte ihre Hände auf ihren gewölbten Bauch, als wolle sie mit ihnen lauschen. »Hier, Billy, du mußt spüren, wie sanft es sich bewegt.«

Billy legte ihre schlanken Hände auf den Bauch der Freundin und spürte, wie sich das junge Leben unter ihrer Berührung bewegte. Sie lächelte Deirdre an.

»Ich beneide dich«, sagte sie, ohne die Hände von Deirdres Bauch zu nehmen. »Um dieses Erlebnis beneide ich dich.« Die Aufrichtigkeit und Wehmut in Billys Stimme veranlaßten Deirdre, das Gesicht ihrer Freundin mit der Hand zu berühren. Wie schlimm mußte es sein, als Frau zu wissen, daß man niemals spüren wird, wie neues Leben in einem wächst, ein Leben, das man liebt und aufzieht, ein Leben, das ein Teil von einem selbst ist.

»Wir werden dieses Kind miteinander teilen, Billy«, schlug Deirdre plötzlich voll Überzeugung vor. »Es wird uns beiden gehören, wir werden das Mädchen kleiden wie eine schöne, kleine Puppe, wir werden mit ihm spielen und ihm alles gestatten, was kleine Mädchen gern tun. Und...«, sie schob Billy das platinblonde Haar aus dem Gesicht, »... wir werden ihr beibringen, sowohl eine Dame als auch eine Frau zu sein – gemeinsam!« Beide lachten über Deirdres guten Vorsatz, und Billy gab dem Baby einen Klaps, ehe sie wieder ihren Platz auf der anderen Seite der Steppdecke einnahm, die sie zusammen bestickten.

Was für ein großzügiger Mensch ist doch Deirdre, dachte Billy, während sie die bunten Fäden ordnete. Sie versprach, das erwartete Mädchen mit ihr zu teilen, und Billy zweifelte nicht daran, daß sie es auch tun würde.

»Du bist eine wunderbare Freundin, Deirdre«, erklärte sie impulsiv. »Ich liebe dich sehr.«

Die kleinere, zartere Frau sah ihrer Freundin in die Augen und erklärte freimütig. »Ich liebe dich auch, Billy«, sagte sie, als wäre die Freundschaft zwischen ihnen das Natürlichste auf der Welt. Dann setzte sie ihre Arbeit fort.

61

»Wir müssen endlich etwas wegen des Hafengebiets unternehmen.« Mulvaney, dessen Gesicht wie immer, wenn er zornig war, rot leuchtete, schlug mit den dicken Händen entschieden auf den Konferenztisch.

Tom, O'Reilly und Tierney warteten bedrückt auf den Rest des Zornausbruchs, während sich Duffy im Hintergrund hielt. Tom hatte sich gefragt, wie lange Mulvaney brauchen würde, um sich über das ungeheure Ausmaß der Gefahr klarzuwerden.

Tom hatte sich von Duffy über die Veränderungen im Hafenviertel auf dem laufenden halten lassen; teilweise, weil er Jim zu immer größeren geschäftlichen Engagements im Hafen veranlaßt hatte, und zum anderen, weil er noch immer eine sehr starke Bindung zu den Männern hatte, die dort arbeiteten.

Duffy war für Tom das gleiche wie für Mulvaney geworden. Seit seinem Wiedereintritt in die Firma hatte Tom amüsiert festgestellt, daß Duffy sein fanatischer Parteigänger geworden war und ihm die gleiche Loyalität entgegenbrachte, die bis dahin allein Mulvaney vorbehalten gewesen war.

Duffy ging zum Tischende und setzte sich. »Jeder einzelne von diesen Italienern ist in einer Organisation, die sie eine ›Familie‹ nennen«, warf er ein, ohne darauf zu warten, daß er gefragt wurde. »Jede Familie hat ein Oberhaupt, den ›Paten‹, der für jeden innerhalb der Familie zu sorgen hat.«

»Wie rührend, mein Junge«, antwortete Mulvaney verächtlich.

»Diese Familien haben auch professionelle Schläger auf ihrer Lohnliste, Mr. Mulvaney. Sie beschützen die Familienmitglieder, ganz gleich, was es kostet: eine gebrochene Nase, einen eingeschlagenen Schädel, Brandstiftung, Mord. Es gibt nichts, was sie für ihren Paten nicht tun würden.«

»Was du uns da beschreibst, Duffy, ist doch das gleiche, was bisher jede Einwanderergruppe in der einen oder anderen Form in unserer hübschen Stadt praktiziert hat. Du glaubst doch nicht, daß wir Iren so lange die politischen Fäden in der Hand haben, weil wir so nette Kerle sind, oder?«

»Das stimmt, Mr. Mulvaney«, antwortete Duffy ernst, »aber das Problem ist, daß diese Kerle die Docks unter Kontrolle bringen wollen. Tom weiß, daß sie Wagenladungen voller Itaker hergebracht haben, die für den halben Lohn ein- und ausladen. Sie bringen ihre eigenen Aufpasser mit, die ihr Kauderwelsch sprechen, und sie schieben den Vorarbeitern unter dem Tisch Geld zu, um die Arbeit zu bekommen. Niemand kann mit ihnen mithalten, Mr. Mulvaney, denn wenn Sie diese Zustände an die große Glocke hängen, wird Ihnen in einer dunklen Nacht in einem Gäßchen der Schädel eingeschlagen. Sie wollen den Großhandel, die Faß- und Bottichherstellung und jedes Geschäft im Hafen, das sie in die Finger bekommen können. Und nicht nur deshalb, damit sie Olivenöl einführen können, was sie einem immer einreden wollen. Sie handeln mit Rauschgift und einer Menge anderem Mist. Das Hafenviertel ist doch der günstigste Platz, um alle schwarzen Einfuhren aus Sizilien einzulagern.«

»Wir haben ja auch ein wenig geschmuggelt, mein guter Junge. Wir brauchen deshalb die Nase nicht hoch zu tragen, obgleich ich für den Rauschgifthandel nichts übrig habe. Aber ich verstehe, worauf du hinauswillst. Es erhebt sich also die Frage, was wir dagegen unternehmen.«

»Wir müssen darüber sprechen, Jim«, warf Tom ein. »Ich weiß nicht, ob es einen Sinn hat, gegen sie zu kämpfen. Wir sind an genügend anderen Geschäften beteiligt und können steinreich werden, auch wenn wir niemals wieder den Fuß in die Hafengegend setzen...«

»Wir können unmöglich soviel von unserem Einflußbereich aufgeben, ohne schwere finanzielle Einbußen zu erleiden«, gab O'Reilly zu bedenken, der wie gewöhnlich an den Niederschlag auf der Soll- und Habenseite dachte.

»Leider hängt mehr damit zusammen«, fügte Tom hinzu. »Die politischen Verflechtungen sind ungeheuer. Jims Wähler brauchen die Arbeitsplätze im Hafen. Sie werden durch ungelernte Arbeiter, die bereit sind, für einen geringeren Lohn als die Iren zu arbeiten, hinausgedrängt. Es wird nicht lange dauern, bis ihre Loyalität Jim gegenüber ins Wanken gerät, wenn er ihnen ihre Arbeitsplätze nicht garantieren kann.«

»Nicht nur das, Gentlemen«, gab Tierney zu bedenken, »sie bestechen die Vorarbeiter, die Polizei, alle, und sind darin fast ebenso tüchtig wie wir früher. Sie haben die alten McQueeney-Lagerhäuser auf Pier dreiundzwanzig und vierundzwanzig gekauft und sich dort eine Operationsbasis geschaffen.«

»Glaubst du, daß ein Kompromiß denkbar ist, Jim?« Toms Stimme klang besorgt, beunruhigt.

»Nicht, wenn uns ein Krieg bevorsteht. Und es kommt zu einem Krieg, das ist so sicher wie das Amen in der Kirche.«

»Senator Shoreham und Senator Brush haben uns doch beim Dinner versichert, daß diese Regierung sich nicht einmischen wird.«

Jim schüttelte gespielt traurig den Kopf, knipste die Spitze einer dicken Havanna ab und zündete die Zigarre umständlich an, bevor er seine Überlegungen darlegte.

»Kriege sind gleichbedeutend mit Profit, das darfst du nicht vergessen. Leute wie du und ich und diese italienischen Paten machen in einem Krieg unglaubliche Vermögen. Und sobald sie ein

Vermögen wittern, werden Idioten wie die Senatoren Brush und Shoreham rasch andere Töne anschlagen. Wenn du nur eine Minute lang glaubst, daß diese glubschäugigen, kleinen Makkaronis Diamond Jim Mulvaney so lange hinhalten können, bis er die Gelegenheit seines Lebens versäumt, mußt du ganz gehörig umzudenken lernen!«

Er paffte zufrieden an seiner Havanna und sah seinen Schwiegersohn abschätzend an.

»Was ist dir eigentlich über die Leber gelaufen? Es sieht dir doch nicht ähnlich, auf ein einträgliches Unternehmen zu verzichten.«

»Ich weiß nicht, Jim. Diese Kerle sind ein merkwürdiger Verein. Duffy hat sie zwei Monate lang ausgekundschaftet und erzählt nur gräßliche Dinge über sie. Sie kennen die feine Tour nicht. Wir Iren machen unsere krummen Geschäfte, indem wir die Gesetze verdrehen oder sogar die Gesetzgeber beeinflussen; aber jeder bekommt seinen Anteil, manche einen ordentlichen Happen, manche nur die Brosamen. Aber wir machen es mit Köpfchen, wenn du mich richtig verstehst. Vincenzo und seine Bande sind wie Maschinengewehre, sie kennen keine Rücksicht und mähen alles nieder, was sich ihnen in den Weg stellt. Und ihre Loyalität untereinander ist sagenhaft, die muß man erlebt haben! Vielleicht sollten wir uns wirklich noch eine Zeitlang ruhig verhalten, bevor wir uns zu einem Schritt entschließen.«

»›Nach einem langen Schlaf erwachst du mit nacktem Arsch‹, pflegte meine Mutter zu sagen, Junge. Am besten zeigen wir ihnen, daß wir ihnen auf die Schliche gekommen sind, und warten ab, wie sie darauf reagieren.« Mulvaney zog entschlossen an seiner Zigarre. »Dieser Vincenzo ist der Anführer bei der Eroberung des Hafengebiets. Läßt sich ›Don‹ nennen, eine Art Boß. Ich schlage vor, daß wir beide, Thomas, uns mit ihm unterhalten. Wir nehmen Duffy zu unserer Rückendeckung mit.«

»Glaubst du, daß das nötig ist?«

»Schwer zu sagen. Es kann aber nicht schaden, auf jede Möglichkeit vorbereitet zu sein. Ich habe für heute nachmittag drei Uhr ein Treffen in Vincenzos Haus vereinbart.«

»Warum sollen wir ihnen auf ihrem eigenen Boden begegnen?«

»Um ihnen das Gefühl zu geben, sie hätten Macht. Du darfst deinem Feind erst deine wahre Stärke zeigen, wenn du zuschlägst, lautet mein Wahlspruch.« Jims kleine schwarze Augen funkelten. »Und ich möchte mich auch ein wenig bei ihnen umsehen. Ich will eine Ahnung davon haben, was sich in Vincenzos Festung abspielt.«

»Wie stark sind sie deiner Meinung nach?«

»Sehr stark. Wie Mr. Duffy uns freundlicherweise berichtet hat, sind Paten wie Vincenzo die Anführer einer Art von erweiterten Familienclans, in denen jeder unter dem Schutz eines mächtigen Anführers steht, eines Mannes, der die Interessen, wenn notwendig, mit Hilfe von Killern verteidigt. Ein vielversprechendes Konzept: Hält sie alle bei der Stange und verleiht ihnen eine Macht, die sie sonst nie erreichen könnten.«

»Wie weit würdest du dich herunterhandeln lassen, Jim?« Der Schwiegersohn hatte gelernt, daß es klug war, sich bei einer Auseinandersetzung auf den Instinkt des Älteren zu verlassen.

»Im Augenblick will ich überhaupt nicht handeln. Ich möchte ihn mir nur anhören.«

Duffy hatte eine beträchtliche Menge von Informationen über Vincenzo und dessen Familie zusammengetragen. Angelo Vincenzo war 1850 in einer kleinen Stadt in der Nähe von Palermo zur Welt gekommen. Es war eine erbarmungslose Stadt ohne alle Heiterkeit, und in ihr gab es viele große Familien wie die Vincenzos. Aber nur wenige dieser Familien hatten je das Glück gehabt, einen Sohn wie Angelo hervorzubringen.

In der Schule war Angelo nicht sonderlich erfolgreich gewesen, aber er war drahtig und kräftig, und er besaß einen wachen Verstand, der sich schon in seiner frühen Jugend zeigte. Die erste Gelegenheit, sich das Ansehen zu erwerben, das er brauchte, um ein bedeutender Mafioso zu werden, ergab sich, als er siebzehn war. Angelo fand Gefallen an einer jungen Dame, deren Herkunft um einiges bedeutender war als die seine. Sie hingegen schenkte den Aufmerksamkeiten eines anderen Verehrers mehr Beachtung, und als dieser um ihre Hand anhielt, empfand Angelo das als Beleidigung seiner Männlichkeit. Er sammelte eine Bande von Schlägern um sich und prügelte den Mann tot. Danach verkündete er, daß es jedem Verehrer, der sich um die junge Dame bemühe, ebenso ergehen werde. Obwohl er wegen seiner Hitzigkeit im Gefängnis landete, sorgte die örtliche Mafia, die spürte, daß sich ein junger Mann von außergewöhnlichem Talent in ihrer Mitte befand, für seine baldige Freilassung.

Don Angelo Vincenzo war ein kräftiger Bourgeois mit einem wie aus Travertin gemeißelten Gesicht. Er besaß die verwirrende Fähigkeit, so lange vollkommen still sitzen zu können, bis Leute, die seine eidechsenartige Fähigkeit nicht kannten, sich fragten, ob er überhaupt zuhöre. Das war aber immer der Fall. Seine Begabung zuzuhören war in seiner Heimatstadt legendär, denn mit dieser natürlichen Gabe, mit seiner unendlichen Geduld und seiner Skrupellosigkeit gelang es ihm, schon in früher Jugend beträchtliche Macht zu erlangen.

Mit zweiundzwanzig Jahren wurde Angelo von den Bewohnern der ganzen Gegend wegen seiner Schlauheit und seines Wissens als angesehener Mann respektiert. Mit dreiundzwanzig hatte er den Titel »Zio« – Onkel – erworben, eine gewaltige Leistung für einen so jungen Mann. Mit vierundzwanzig war Zio Angelo schließlich wegen seiner Brutalität bei der Ausschaltung von Gegnern berüchtigt.

Nachdem er seinen Einfluß in Sizilien gefestigt hatte, beschloß Vincenzo, nach Amerika auszuwandern. Nach seiner Ankunft in New York dauerte es nicht lang, bis er sich auch in den überbevölkerten Slums dieser Stadt eine Position geschaffen hatte. Er stellte fest, daß Hafenviertel einander in der ganzen Welt ähnelten, und er bewährte sich auch in dem Land der unbeschränkten Möglichkeiten in den unsauberen Machenschaften, mit denen er sich schon in Italien hervorgetan hatte. Die Erpressung von Schutzgebühren war eine seiner hervorstechendsten Eigenschaften, und er bemühte sich so eifrig, sich einen Ruf zu schaffen, daß er jenen Leuten in der Neuen Welt, die Talente suchten, bald auffiel.

Angelo ließ zum frühestmöglichen Zeitpunkt zwei seiner Brüder nachkommen (die drei anderen blieben in Palermo, um seine dortigen Unternehmungen im Auge zu behalten), und da Angelo ein weitblickender Mann war, der die Geschäftsmethoden der Neuen Welt sorgfältig erkundet hatte, half er seinen Brüdern mit einem Teil seines schwerverdienten Geldes, einen Importhandel für Olivenöl aufzuziehen.

Nach achtzehn Monaten in New York, als er wußte, daß er dort bleiben würde, ließ er auch ein rundliches, reizvolles sizilianisches Mädchen namens Rosanna nachkommen, weil er Söhne wollte, die sich an seinen Geschäften beteiligten. Rosanna gebar ihm innerhalb von dreizehn Jahren pflichtschuldigst elf Kinder, von denen acht am Leben blieben. Da fünf von ihnen Söhne waren, begann sich Don Angelos Familie im eigentlichen und im erweiterten Sinn zu einer bemerkenswert fruchtbaren Dynastie zu entwickeln.

Eben diese Dynastie bereitete Tom Dalton Sorgen, denn sogar Duffy, der kalt war wie eine Hundeschnauze, witterte die Gefahr, die von Vincenzos Clan ausging. Und Tom hatte gelernt, Duffy in allen fragwürdigen Dingen zu vertrauen, denn auf seinen Instinkt bei solchen Dingen konnte man sich blindlings verlassen.

»Don Vincenzo erwartet Sie im Garten.« Ein brutal aussehender, stiernackiger junger Mann öffnete die Tür zu dem Haus, das befestigt war wie ein Arsenal. Jim, Tom und Duffy gingen über den marmorgefliesten Korridor zu einem Eisentor, das in einen mit Weinstöcken dicht bewachsenen Laubengang führte. Unter den grünen Ranken dieser Pergola saß ein kleiner Mann mittleren Alters in einem Holzstuhl an einem runden Steintisch; hinter ihm standen zwei riesige, muskulöse Leibwächter. Zwei aggressiv wirkende junge Männer mit dunklem Lockenhaar und lauerndem Blick saßen bei Vincenzo, nickten zustimmend, wenn er sprach, und schienen von seinen Worten beeindruckt zu sein. Als die Mulvaney-Gruppe eintrat, brach das Gespräch jäh ab, und die drei Männer wandten sich den Besuchern zu.

Vincenzo bedeutete ihnen mit einer Handbewegung, am Tisch Platz zu nehmen. Er begrüßte sie erst, als sie saßen. »Willkommen in meinem Garten, Gentlemen. Lieben Sie Gärten?«

»Allerdings.« Mulvaney sagte es lächelnd, machte aber keinen Versuch, ein Gespräch in Gang zu bringen. Vincenzo und er betrachteten einander eingehend, schätzten sich ruhig ab und taxierten die Distanz.

»Worüber wollen Sie mit mir reden, Mr. Mulvaney? Sie sind doch derjenige, der dieses Treffen angeregt hat, nicht wahr?« Vincenzos Gesicht war rund und von Falten durchzogen; die schweren Lider verdeckten seine Augäpfel, und sein Mund war dünnlippig und hart.

»Ich hatte das Gefühl, wir sollten einander besser kennenlernen, Don Angelo. Viele Leute in meiner Umgebung sehen in Ihnen das Haupt ihrer Familie und in mir die Verbindung zu ihrer Regierung«, antwortete Mulvaney verbindlich.

»Meine Leute brauchen Ihre Regierung nicht, Mr. Mulvaney. Wir haben unsere eigene Regierung, was?«

Die beiden jungen Männer grinsten einfältig, und die beiden Leibwächter kamen etwas näher, weil sie Tom wegen seiner Größe für Jims Leibwächter hielten. Duffy übersahen sie. Tom beobachtete fasziniert die beiden Rivalen: starke, zähe alte Männer, beide erfahren in der Ausübung von Macht. Sie würden interessante Gegner abgeben.

»Ihre Leute mischen sich in die Jobs meiner Wähler im Hafengebiet ein, Don Angelo«, erklärte Mulvaney lässig. »Deshalb bin ich hier, um Sie zu fragen, was Sie im Hafen vorhaben.«

»Wir werden den Laden übernehmen, Mr. Mulvaney. In zwei Jahren wird das gesamte Hafengebiet uns gehören«, erklärte Vincenzo schlicht, und seine Leute lächelten über die scharfe, selbstsichere Antwort.

»Das halte ich keineswegs für fair, Mr. Vincenzo«, stellte Mulvaney mit angriffslustig glitzernden Augen fest; Tom kannte diesen Ausdruck bereits. »Und wenn wir den Hafen nicht hergeben wollen, was dann?«

»Ich habe nicht erwähnt, daß Sie etwas hergeben, Mr. Mulvaney. Ich habe nur festgestellt, daß wir es nehmen werden.«

»Dann soll ich das wohl als Drohung auffassen?«

»Sie könnten es als ein Versprechen auffassen.« Der schmale Mund Vincenzos verzog sich zu einem Lächeln.

»Dann hat es wenig Sinn, das Gespräch fortzusetzen.« Mulvaney stemmte seine mächtige Gestalt aus dem Stuhl hoch, wobei er fast seine Westenknöpfe absprengte; Tom, der kein Wort gesprochen hatte, erhob sich gleichfalls, und auch Duffy verließ seinen Platz hinter dem Stuhl. Duffy beobachtete die beiden Leibwächter unbeteiligt und abschätzend; daß jeder von ihnen doppelt so groß war wie er, störte ihn offenbar wenig. Im Garten war es totenstill, und die beiden gefährlichen Männer maßen einander mit Blicken. Im Gesicht eines jeden lag die gleiche bösartige Selbstsicherheit. Einen Augenblick später ging Mulvaney zum Tor. Sie hatten es beinahe erreicht, da drehte er sich um. »Don Angelo!« rief er dem sitzenden Mafioso zu.

Der lächelte noch immer und blickte auf.

»Kennen Sie die Bibel?« Vincenzo schaute ihn verwundert an, nickte jedoch. »Dann denken Sie doch, wenn Sie wollen, über die Weisheit der Sprüche Salomons sechzehn, achtzehn nach, Sir.« Das Tor ging auf, und die drei verließen wortlos das Haus.

»Was steht in den Sprüchen sechzehn, achtzehn?« fragte Tom, als sie die Straße erreicht hatten.

»›Wer zugrunde gehen soll, der wird zuvor stolz‹«, antwortete Mulvaney mit engelhaftem Lächeln, »›und Hochmut kommt vor dem Fall.‹«

62

Vincenzos Berater hatte ihm Papiere zur Überprüfung gebracht: die Gewinn-und-Verlust-Berichte für die Unternehmungen, die Geldeinlaufdiagramme und die Bilanzen. Er schob den Stoß von Papieren mit einer Geste der Verachtung von sich. Das war Arbeit für einen Buchhalter, nicht für den Paten.

Zwei Tage lang hatte er über seine Begegnung mit Mulvaney gegrübelt. Ein interessanter Charakter, dieser Mann, zäh, selbstsicher, nicht von der Sorte, die sich leicht einschüchtern ließ. Er mußte im Umgang mit Mulvaney vorsichtiger sein, denn der alte Politiker war ein mächtiger Mann in dieser Stadt. Die Tage der politischen Vormachtstellung der Iren in New York mochten zwar gezählt sein, aber Mulvaney kontrollierte noch immer eine Menge Polizisten und Kongreßabgeordnete, und er war reich genug, um eine Armee anzuwerben, wenn er Lust hatte.

Nein. Dieses Problem erforderte sizilianische Schläue und die Instinkte eines geborenen Patrons. Er mußte die verwundbare Stelle des Mannes herausfinden und einen Schlag führen, der sein Imperium von innen her zerstörte. Wenn Don Angelo Mulvaneys Charakter richtig einschätzte, würde die übliche Taktik – Brandstiftung, Überfälle, Drohungen – nur dazu führen, den alten Mann zu gefährlichen Gegenschlägen zu veranlassen.

Vincenzo kicherte, während er seinen ledernen Schreibtischstuhl zurückschwenkte. Es tat gut, einen gleichwertigen Gegner zu haben. Dies machte das Spiel reizvoller.

»Wir können deinen Freunden von der Mafia ein für allemal einen Strich durch die Rechnung machen.« Mulvaney befand sich in gehobener Stimmung, und Tom wunderte sich wieder einmal über die schiere, wohltuende Lebenskraft, die Mulvaney aus dem Geschäft schöpfte.

»Kennst du die alten McQueeney-Lagerhäuser, die sie gekauft haben und die sie zu ihrer Operationsbasis im Hafengebiet ausbauen wollen?«

»Ja, was ist mit denen?«

»Dank eines klug und richtig plazierten Geldbetrags wird dieser Besitz so lang durch einen Rechtsstreit blockiert sein, daß Vincenzo tot und begraben ist, ehe er seine Lagerhäuser benützen kann.«

Tom blickte seinen Schwiegervater fragend an. »Sie haben doch mindestens ebenso viele Kongreßabgeordnete geschmiert wie wir.«

»Allerdings. Aber nicht die richtigen. Nicht die richtigen. Die, welche auf meiner Lohnliste stehen, werden Informationen über die McQueeney-Immobilien hervorzaubern, daß diesen Itakern die kleinen, schwarzen Locken zu Berge stehen werden. Tierney hat mich auf die Idee gebracht, Gott segne seine schwarze Seele! Er hat sich daran erinnert, daß der alte McQueeney sich nie um Urkunden gekümmert hat. Deshalb hat er sich im Rathaus das Grundbuch genau angesehen, und siehe, der alte Hurensohn hat das Land offenbar niemals rechtmäßig erworben. Er hat es sich von einem Mann angeeignet, der vor ungefähr fünfunddreißig Jahren bei einer Wirtshausrauferei ums Leben kam. Dieser Mann hat zufällig eine kleine, alte, geldgierige Witwe in Denver hinterlassen, die bereit war, gegen McQueeneys Recht, das Land zu verkaufen, eine Klage einzubringen. Und außerdem hat ein bestimmter mit mir befreundeter Senator den Eindruck, daß der Tod von Joe Petrosino, dem Polizisten, der nach Sizilien geschickt wurde, um Jagd auf die ›Black Hand‹ zu machen, und der in Palermo durch Kopfschüsse ermordet wurde, Vincenzos Jungs anzulasten ist.« Die Geschichte von Petrosinos Tod war im Winter zuvor als Skandal durch alle Zeitungen gegangen.

Mulvaney wartete auf eine begeisterte Reaktion, die jedoch ausblieb, deshalb fuhr er fort: »Und noch dazu habe ich meinen alten Kumpel, Polizeihauptmann Peter O'Donnelly, davon überzeugt, daß man Vincenzos Olivenölbuchhaltung kontrollieren muß, weil geheimnisvollerweise so viel Schwarzmarktware in sizilianischen Kisten hier auftaucht.«

»Vorsicht, Vorsicht, Jim! Warum sollte O'Donnelly sein Leben aufs Spiel setzen, nur um Vincenzo bloßzustellen?«

»Weil er laut seinem Arzt ohnehin nur noch sechs Monate zu leben hat, und er möchte sicher sein, daß meine Wenigkeit für seine Frau und seine Kinder gut sorgt, wenn er ins Gras beißt.«

Tom schüttelte ungläubig den Kopf. Sein Schwiegervater hatte einen nie ausgehenden Vorrat an Trümpfen im Ärmel, wenn er einen Gegner in die Knie zwingen wollte. Aber Tom hatte den Eindruck, daß ihm diesmal ein fundamentaler Fehler unterlaufen war. Er war sicher, daß Jim seinen Gegner unterschätzte.

»Was soll das alles heißen, Jim? Du weißt doch, daß Vincenzo letzten Endes doch eine Möglichkeit finden wird, an die richtigen Leute heranzukommen, oder er wird eben ein anderes passendes Unternehmen im Hafenviertel finden, das er infiltrieren kann. Und du wirst nichts erreicht haben.«

Enttäuscht über die mangelnde Begeisterung seines Schwiegersohnes runzelte Mulvaney die Stirn. »Es verschafft uns aber Zeit, um gegen ihn zu kämpfen, Zeit, um unsere Interessen im Hafen abzusichern. Und er kriegt einen Tritt in die Eier, dieser anmaßende kleine Bastard, der gesagt hat, er wird Diamond Jim Mulvaney das Ganze wegnehmen. Darum geht es!« Das Gesicht des alten Mannes war rot, und seine Augen glänzten, als er seine Erklärung beendet hatte.

»Die geben nicht so leicht auf, Jim; es könnte sich nur um das Ende der ersten Runde handeln.«

»Es ist schon eine Weile her, seit ich Gelegenheit zu einer ordentlichen Rauferei hatte. Vielleicht amüsiere ich mich noch großartig, wenn dieser Hurensohn zur zweiten Runde antritt.«

Tom verließ das Haus seines Schwiegervaters beunruhigt und voll böser Vorahnungen. Jim war ein brillanter Nahkämpfer, aber er wurde langsam alt. Diesmal mutete er sich zuviel zu, das stand für Tom fest. Ebenso fest stand, daß es unmöglich war, den alten Mann von seinem Entschluß abzubringen.

Duffy steckte seine gereinigte und geölte Pistole in das Schulterhalfter, das er immer unter seiner Jacke trug. Er hatte etwas vor. Mary Louise, seine langjährige Freundin im Freudenhaus an der Thirty-ninth Street, hatte ihm eine dringende Botschaft geschickt, und er war direkt zu Mary Louise gegangen.

»Meine Freundin Josie war mit dem Itaker im Bett, mit dem sie eine Zeitlang gegangen ist«, hatte Mary Lou ihm vor kaum einer Stunde mit zitternder Stimme erschrocken erzählt. »Er war über irgend etwas aufgeregt, das mit Mr. Mulvaney zu tun hat.«

»Was hat er genau gesagt, Kleines?«

»Daß der Pate, Mr. Vincenzo, dem alten Iren eine Lektion erteilen will, die er nie vergessen wird.«

»Hat er gesagt, wie oder wo?«

»Warte, Liebling, warte! Josie hat mir erzählt, daß der Bursche immer, kurz bevor er seinen Auftrag ausführt, einen Steifen kriegt. Die Vorstellung, jemanden umzubringen, regt ihn an. Er ist der Killer der Bande, wenn du weißt, was ich meine. Er ist dazu da, Leute im Auftrag der Familie umzulegen.«

Seit Duffy Mary Louise vor einer halben Stunde verlassen hatte, um eine passende Waffe aus dem Büro zu holen, war er im Geist gewissenhaft alle Möglichkeiten eines Angriffs durchgegangen. Wenn Mulvaney das Ziel war, wann würden sie dann zuschlagen? Sie wußten, daß er sich immer mit Leuten umgab und daß Duffy sein ständiger Schatten war. Es würde schwierig sein, Mulvaney zu überrumpeln, außer sie benützten eine Bombe oder starteten einen bewaffneten Überraschungsüberfall. Aber dergleichen lag nicht auf ihrer Linie; sie waren hinterhältiger.

Wenn sie es auf Tom abgesehen hatten, hätten sie leichteres Spiel. Der neigte dazu, Duffys Warnungen in den Wind zu schlagen, und ging sorglos ohne Leibwächter auf die Straße. »Sie werden mich nicht überfallen, Frank«, hatte er mehr als einmal auf Duffys dringliche Warnungen hin geantwortet. »Ich bin ihnen zu groß, ich habe den psychologischen Vorteil«, und dann hatte er gutgelaunt darüber gelacht. Aber diese kleinen Schweinehunde jagten in Rudeln; drei oder vier, die mit einem Messer gut umgehen konnten, dann spielte es keine Rolle, wie groß der Gegner war.

Etwas an Mary Louises Mitteilung störte Duffy. Er wußte nicht genau, was, aber etwas stimmte nicht, und wenn Mary Lou recht hatte und der Angriff bevorstand, mußte er genau herausfinden, was geplant war. Er wollte ins Bordell zurückgehen und versuchen, mehr aus dem Mädchen herauszubekommen. Er hatte ihr schon angekündigt, daß er zurückkäme.

Duffy ging ungeniert sofort in Mary Lous Zimmer und legte wortlos das Geld auf ihren Nachttisch. Manchmal waren sie tagsüber oder in ihrer freien Nacht zusammen, und da bezahlte er nicht, aber wenn er sie im Freudenhaus besuchte, mußte die Hausordnung eingehalten werden.

Mary Louise sah verängstigt drein. Sie umarmte den kleinen, rothaarigen Iren und drückte ihn einen Moment fest an sich, bevor sie redete. »Ich weiß, daß du nicht gekommen bist, um mit mir zu schlafen«, sagte sie. »Das lese ich dir vom Gesicht ab. Du machst dir ebensolche Sorgen um Mr. Mulvaney wie ich. Seit du weggegangen bist, bin ich völlig durcheinander. Es ist wirklich schrecklich, daß ich da mit hineingezogen werde.«

»Hast du noch mehr aus deiner Freundin herausholen können, wie ich dir aufgetragen habe?«

»Ich habe versucht, Josie auszufragen. Aber sie hat Angst. Sie sagt, daß der Bursche sie umbringt, wenn er erfährt, daß sie geplappert hat. Sie würden auch mich umbringen, meint sie, oder mir vielleicht Säure ins Gesicht schütten.« Bei den letzten Worten wimmerte sie beinahe.

»Mach dir nur keine Sorgen, Mary Louise, ich lasse nicht zu, daß dir jemand Säure in dein süßes Gesicht schüttet.« Duffy streichelte das hübsche Mädchen, als wäre sie ein Kind. »Hat der Kerl etwas gesagt, was mir einen Hinweis geben könnte, ob sie es auf Mr. Mulvaney oder auf Mr. Dalton abgesehen haben?«

Mary Louise hob das Gesicht von Duffys Brust und blickte ihn erschrocken und verständnislos an.

»Ich habe geglaubt, daß du mich verstanden hast. Sie sind nicht auf einen Mord aus. Sie wollen etwas Entsetzliches tun, als Warnung für andere. Ich weiß nur nicht genau, was es sein soll. Vielleicht die ganze Familie umlegen oder etwas in dieser Art. Sie haben heute nachmittag Mr. Mulvaney einen Brief mit dem Zeichen der ›Black Hand‹ darauf geschickt.«

Wenn das wahr war, blieb Duffy nicht mehr viel Zeit, etwas dagegen zu unternehmen. Er fragte sich, warum sein Boß den Drohbrief nicht erwähnt hatte. Wenn es um Mulvaney ging, mußte er den alten Mann im Democratic Club aufsuchen, wo er ihn abgesetzt hatte, und ihn an einen Ort bringen, an dem er weniger gefährdet war als zu Hause.

Wenn aber Mulvaney nicht das Ziel war, was dann? Wenn der Brief mit der schwarzen Hand ein Trick war, um sie auf den Holzweg zu locken? Wenn es stimmte, daß Vincenzo ein Exempel statuieren wollte, damit sich niemand gegen die Mafia stellte?

Plötzlich war Duffy sonnenklar, wo sie zuschlagen würden: Diese gemeinen, feigen Schweinehunde konnten beide Männer zugleich treffen, wenn sie Deirdre und die Kinder überfielen.

»Mary Lou«, sagte er endlich mit erstickter Stimme, weil die schreckliche Erkenntnis alles verändert hatte. »Ich weiß, was sie planen. Sie haben es auf Mr. Daltons Familie abgesehen.«

Hastig kritzelte er zwei Telefonnummern auf ein Stück Papier und drückte es ihr in die Hand. »Du mußt mir helfen, Mary Lou! Du mußt Mr. Mulvaney im Democratic Club anrufen und ihm erzählen, was ich dir gesagt habe, und rufe auch Mr. Dalton an. Sag ihm, er solle alle Türen und Fenster dichtmachen und niemanden hereinlassen außer mich. Verstanden, Mary Lou? Sag ihm, daß ich direkt zu ihm komme! Sag ihm, daß es wirklich wichtig ist!«

Sie nickte rasch. Er sah Tränen in ihren Augen, als sie sich mit einem Kuß verabschiedete.

Sobald Duffy das Zimmer verlassen hatte, trat ein Mann aus dem Nebenraum.

»Das war wirklich gute Arbeit, Mary Louise«, lobte er das bestürzte Mädchen, das erschrocken zurückwich. »Jetzt wissen wir genau, was wir tun müssen.« Er lächelte boshaft, während er die Tür zum Flur öffnete und einem anderen Mann hastig Anweisungen erteilte. Er gab seinem Komplizen an, wohin Duffy unterwegs war, und Mary Lou wußte mit schrecklicher Klarheit, daß sie das Todesurteil ihres Freundes gehört hatte.

Der Mann kam zu ihr zurück und meinte: »Wirklich gute Arbeit, Kleine. Vielleicht werden wir dich jetzt nicht mehr mit hineinziehen müssen.« Sie schluchzte als Antwort und ließ sich hilflos auf das Bett fallen. »Du hast es genauso gemacht, wie ich wollte. Der kleine Ire geht geradewegs zu Dalton, und wir erwischen ihn, bevor er draufkommt, daß wir ihn hereingelegt haben.« Der Jammer des Mädchens schien ihn zu belustigen.

»Du hast versprochen, daß du meinen Bruder jetzt freiläßt«, erinnerte sie ihn trotzig unter Tränen. »Du hast gesagt, du wirst ihm nichts antun.«

»Ja, ja«, winkte der Mann mit der Pistole im Gürtel ab, »aber jetzt werde ich mich zuerst mit seiner großen Schwester vergnügen.« Er öffnete den Gürtel und knöpfte die Hose auf. Mary Louise funkelte ihn voller Haß an. Sie wollte alles tun, um den kleinen Bruder unversehrt zurückzubekommen. Die Vorstellung, daß sich Jimmy in der Gewalt dieser Männer befand, verursachte ihr Übelkeit. Sie mußte auch an den armen Frank Duffy denken, während sie sich auf das Bett legte. Er war immer so gut zu ihr gewesen, und sie hatte ihn seinen Mördern ans Messer geliefert. Sie konnte kaum glauben, daß das alles Wirklichkeit war.

Duffy rannte aus dem Bordell, sprang in das nächste Taxi, gab dem Fahrer Toms Adresse an und dachte fieberhaft darüber nach, was er nun tun solle. Es war fast zwei Uhr morgens. Die Mörder würden wohl bis zum ersten Tageslicht warten, und er konnte sich auf sie vorbereiten. Er dankte Gott für die kleine Mary Louise. Sobald er Mr. Dalton gewarnt und Mr. Mulvaney angerufen hatte, war alles in Ordnung. Auf Diamond Jims Lohnliste standen eine Menge Polizisten, mehr als genug, um die Familie zu beschützen, wenn es darauf ankam. Das Wichtigste war, den Mafiosi zuvorzukommen. Tom Dalton trug keine Waffe bei sich; Duffy war nicht einmal sicher, ob er außer derjenigen im Büro überhaupt eine besaß.

Das Taxi hielt vor Daltons Wohnhaus. Duffy stieg aus, bezahlte den Fahrer und ging vorsichtig zur Tür, nicht ohne nach rechts und links zu blicken. Als er die Hand nach dem Türklopfer ausstreckte, tauchte aus den Büschen des kleinen Vorgartens eine Gestalt auf.

»Laß die Waffe auf den Boden fallen, Duffy, und tritt von der Tür zurück! Ein Lauf zielt auf dein Hirn, oder was du sonst in deinem Kopf spazierenträgst.« Die Stimme klang häßlich, tief und sadistisch.

Duffy starrte unbeeindruckt auf die Waffe mit dem Schalldämpfer; das Gefühl, überlistet worden zu sein, beschäftigte ihn mehr als seine momentane üble Lage. Er war in eine Falle gegangen. Diese Erkenntnis betäubte ihn. Aber warum ausgerechnet

Mary Lou? Er wußte, daß sie ihn mochte, vielleicht sogar liebte. Wie hatten sie sie herumgekriegt? Durch die Drohung, ihr Säure ins Gesicht zu schütten? Indem sie den kleinen Bruder Jimmy bedrohten, für dessen Unterhalt sie sorgte? Die einzige Frage war nun, wie er die schlafende Familie warnen konnte. Ein toter Mann war er ohnehin.

Duffy griff blitzschnell nach seiner Pistole und stürzte sich auf die undeutlich wahrnehmbare Gestalt vor ihm. Er wollte wenigstens Krach schlagen, ehe er starb. Er wollte Tom warnen und damit Deirdre und die Kinder retten. Dieser Gedanke stand ihm klar vor Augen, als er den Einschuß in seinem Hinterkopf spürte. Der Mann im großen Rhododendronbusch vermied jedes Geräusch, und infolge des Schalldämpfers erzeugte die Kugel nur ein widerwärtiges, dumpfes Geräusch, als sie Knochen und Gewebe durchschlug und diesen Gedanken für ewig auslöschte.

Oben im zweiten Stockwerk bewegte sich Thomas Dalton im Schlaf und öffnete die Augen. Er hatte doch draußen ein Geräusch gehört, oder nicht? Er stand auf und bemühte sich dabei, Deirdre nicht zu wecken, die wie immer in seinen Armen eingeschlafen war. Er lächelte über die schlanke Frau und den kleinen Berg, unter dem sich ihr Bauch im Bett abzeichnete. Es war nur noch ein Monat, bis ihr drittes Kind zur Welt kam. Sie war nie so schön gewesen wie während dieser Schwangerschaft und auch nicht so glücklich und zufrieden. Auf Zehenspitzen ging er zum Fenster.

An der nächsten Ecke halfen Männer einem offensichtlich betrunkenen Freund in einen Wagen. Das mußten die Geräusche gewesen sein, die er gehört hatte. Merkwürdig, daß sich um zwei Uhr morgens auf dieser Straße ein Betrunkener herumtrieb; es waren doch keine Kneipen in der Nähe. Vielleicht hatte es in einem Nachbarhaus eine Party gegeben.

Der Wagen fuhr langsam davon, und Tom starrte auf die leere Straße hinaus. Er konnte das unangenehme Gefühl nicht abschütteln, das ihn während der letzten Tage beherrschte. Die Sache mit Vincenzo begann ihm allmählich auf die Nerven zu gehen. Es war das erste Mal, daß zwischen ihm und Mulvaney über die notwendigen Maßnahmen keine Einigkeit herrschte.

Er trat vom Fenster zurück und schlüpfte wieder unter die Decke, uneins mit sich, ob er seine Frau wecken solle. Sie sah unter der dicken Daunendecke so süß und zart aus, und plötzlich begehrte er sie seltsam dringlich. Aber er wußte, daß im neunten Monat der Schwangerschaft ein Geschlechtsverkehr für Mutter und Kind gefährlich war. Also wälzte er sich mit einem entschlossenen Seufzer auf den Bauch und versuchte wieder einzuschlafen.

63

Die Unruhe über die Drohungen gegen Mulvaney ließ Tom nicht los. Er hatte am Morgen versucht, mit Jim darüber zu sprechen, doch der alte Mann hatte jeden Gedanken an eine drohende Gefahr verächtlich von sich geschoben.

»Sie haben nicht den Mut, sich mit uns anzulegen. Es gibt keinen unter ihnen, der es mit einem von uns aufnehmen würde. Merke dir meine Worte! Außerdem haben auch wir unsere Leibwächter und Duffy. Man kann sich nicht sein Leben lang wie eine Jungfrau darüber Sorgen machen, daß einen jemand auf der Straße belästigen könnte.«

Die Haarwurzeln in Toms Nacken prickelten. Etwas war nicht in Ordnung. Seit er vergangene Nacht wach geworden war, beunruhigte ihn etwas. Und er hatte Duffy heute nicht finden können. Noch merkwürdiger war, daß er ein dutzendmal bei sich zu Hause angerufen, sich aber niemand gemeldet hatte. Vielleicht waren Deirdre und die Kinder ausgegangen. Die Dienstboten mußten doch anwesend sein. Er wollte sich vergewissern, sonst würde er mit seiner Arbeit nicht weiterkommen. Also verließ er sein getäfeltes Büro. Er warf kaum einen Blick auf die Hauptbücher und Schriftsätze, denen für gewöhnlich von acht Uhr morgens bis sechs Uhr abends und oft noch länger seine ungeteilte Aufmerksamkeit galt, sondern er versperrte die Tür und ging entschlossen ins Vorzimmer.

»Delaney«, sagte er leise zu dem sommersprossigen jungen Angestellten, der neben der Tür saß. »Ich fahre zum Mittagessen nach Hause. Lassen Sie niemanden in mein Büro, während ich abwesend bin. Falls notwendig, gebrauchen Sie eine Pistole, um ungebetene Besucher zu verscheuchen. Ich habe heute ein schlechtes Gefühl. Und versuchen Sie, Duffy aufzutreiben, ja? Er soll bei mir daheim anrufen.«

Der junge Ire war über Toms ernste Miene erschrocken, doch er nickte verständnisvoll und öffnete die Lade seines Schreibtisches, um seinem Arbeitgeber die Pistole zu zeigen, die er darin aufbewahrte.

In den fast acht Jahren, seit Tom verheiratet war, hatte er kein einziges Mal den Mittag zu Hause verbracht, aber heute mußte er zweifellos heimfahren. Er winkte dem Kutscher, der an der Ecke wartete, sprang in den glänzenden Wagen und verlangte, möglichst rasch nach Hause gebracht zu werden.

Die Pferdehufe klapperten über das Kopfsteinpflaster in Richtung auf Daltons Haus an der Fifth Avenue. Toms Gedanken jagten einander. Die Bruchstücke begannen, sich zu einem Ganzen zu ordnen. Warum war ihm nicht eingefallen, daß Jim wie gewöhnlich mit seiner Beurteilung recht hatte, diesmal jedoch die falschen Schlüsse gezogen hatte? Natürlich würden sie ihren Schlag nicht gegen ihn oder Diamond Jim richten, sondern gegen Deirdre und die Kinder. Auf diese Weise konnten sie beide Männer mit einer einzigen Blitzaktion vernichten. Bitte, lieber Gott, laß nicht zu, daß ihnen etwas geschieht! betete er immer wieder stumm mit zusammengebissenen Zähnen, und er klammerte sich angstvoll an den Armlehnen der Kutsche fest. Als der Kutscher die Pferde anhielt, sprang er auf die Straße und rannte in das stille Haus.

Mary O'Toole, die rundliche, kleine Haushälterin, lag in einer dunklen Lache auf dem Boden des Wohnzimmers. Ihr Kopf stand in einem merkwürdigen Winkel zum Körper. An ihrem Hals klaffte eine rote Wunde. Der viereinhalbjährige Seamus kniff sie in die Wange und versuchte vergeblich, sie zu wecken, während er lauthals weinte. Der immer beherrschte sechseinhalbjährige Riordan saß tränenüberströmt und benommen zu ihren Füßen auf dem Boden. Sein kleines Gesicht war grün und blau geschlagen, und sein Arm war zerkratzt.

Tom blieb einen Moment erschrocken in der Tür stehen, und die schlimmsten Befürchtungen ließen seinen Magen sich zusammenkrampfen. »Wo ist eure Mutter, Kinder?« fragte er heiser, während er die beiden Jungen in seine mächtigen Arme schloß. »Was ist passiert? Erzählt mir alles, damit ich eure Mutter finden kann!«

Der Kleinere begann von neuem zu schluchzen und atmete laut

keuchend an der Brust seines Vaters. Der Ältere suchte mühsam nach Worten.

»Ein paar Männer sind gekommen, Vater. Sie waren groß und häßlich, und sie haben Mary geschlagen, als sie versuchte, sie nicht hereinzulassen. Sie rief Mama zu, sie solle weglaufen, und da haben sie Mary mit einem Messer geschnitten, so daß sie umgefallen ist.« Tom lauschte der gequälten Stimme seines Sohnes, versuchte verzweifelt, Einzelheiten zu erfahren, hatte aber Angst vor jeder weiteren Enthüllung.

»Schnell, erzähle mir alles, woran du dich erinnern kannst. Was haben sie mit Mama gemacht?«

Aus dem Gesicht des Knaben war die Farbe gewichen, und seine Augen waren schreckgeweitet. »Sie haben sie mitgenommen, Dad. Sie haben sie gestoßen, und sie hat geweint, und dann haben sie sie auf den Kopf geschlagen, und sie ist hingefallen. Ich habe versucht, ihr zu helfen, Dad. Ich habe den großen Mann geschlagen und ihm viele Fußtritte versetzt, aber die Männer waren zu stark, und ich konnte Mami nicht retten.« Tränen flossen über das unglückliche Gesicht des Kindes. Tom drückte den kleinen, dunklen Kopf an seine Brust und küßte das weiche Haar seines Sohnes.

»Schon gut, Rory, du hast alles getan, was du konntest. Es war schrecklich für dich, aber du mußt jetzt deinen ganzen Mut zusammennehmen, wenn wir deine Mutter finden sollen. Kannst du mir helfen, Rory? Kannst du ganz genau zuhören und das tun, was ich dir sage?«

Der Junge schluchzte in Toms Hemd und nickte.

»Lauf nach nebenan, such Mrs. Devlin oder ihr Dienstmädchen und hol sie herüber, damit sie sich um Mary und Seamus kümmern! Den Kutscher werden wir zu Großvater schicken. Kannst du das tun, Rory, damit ich eure Mutter suchen kann?«

»Ja, Dad.«

»Du bist ein braver Junge. Deine Mutter wird stolz auf dich sein.« Tom stellte seinen Sohn auf den Boden und rannte aus dem Haus. Er rief dem erschrockenen Kutscher zu: »Bringen Sie Mr. Mulvaney in längstens zehn Minuten hierher, auch wenn Sie dazu die Pferde umbringen müssen! Sagen Sie ihm, sie haben Mrs. Dalton entführt!«

Er zweifelte keinen Augenblick daran, wohin sie sie gebracht hatten. Sie befand sich zum Zeichen der Vergeltung in einem der alten, leerstehenden Lagerhäuser. Das war die Art dieser Leute. Sie vergaßen nichts.

Guter Gott, laß nicht zu, daß sie sie töten! Der Gedanke jagte immer wieder durch seinen Kopf. Plötzlich war ihm alles vollkommen klar. Warum hatte er sie nicht früher durchschaut? Sie wollen uns zwingen nachzugeben, das aber ist mit einer toten Geisel nicht möglich. Er versuchte, sich mit diesem logischen Schluß zu beruhigen. Er sagte sich immer wieder vor, daß sie ihr nichts antun würden, aber das Schrillen in seinen Ohren ließ nicht nach. Das peinigende Vorgefühl einer Katastrophe wurde stärker. Er wußte nicht, was er tun würde, sobald er Vincenzos Lagerhäuser erreicht hatte, aber wo er seine entführte Frau finden würde und wer sie entführt hatte, stand außer Zweifel.

Deirdre Dalton war an Händen und Füßen gefesselt, ein schmerzhafter Knebel hinderte sie am Schreien. Ihr großer Bauch wölbte sich über ihre gefesselten Knie, während sie ruhig in einer Ecke der eisigen, leeren Halle des Lagerhauses hockte. Sie bemühte sich angestrengt, die Selbstbeherrschung zu bewahren.

Der Schock der Entführung, die Angst um die Sicherheit ihrer Kinder, die harte Tatsache, daß es ihrem Mann schwerfallen würde, sie zu finden – all diese Schrecken waren für sie jetzt zweitrangig, denn ihr wurde immer klarer, daß ihr Baby sich ankündigte.

»Heilige Mutter Gottes«, hatte sie verzweifelt gebetet, »laß das Kind noch nicht kommen! Es ist ein Monat zu früh, und hier wird es sicherlich ums Leben kommen.« Aber sie mußte einsehen, daß ihr Gebet nicht erhört wurde, und so begann sie in einem allen Frauen zu allen Zeiten bekannten archaischen Ritual, ihre Kräfte für die bevorstehende schwere Prüfung zu sammeln. Sie wußte, daß sie in einem solchen Moment ihre Fähigkeiten gezielt einsetzen mußte, und sie bemühte sich zu vergessen, wie entsetzlich ihre Lage und wie unwahrscheinlich ihre Rettung war. Sie verscheuchte alle Gedanken an die Ratte, die unter einem Tisch saß, sie mit ihren glänzenden schwarzen Knopfaugen anstarrte und mit der Zunge über die Barthaare über den gelben Zähnen fuhr. Deirdre dachte nur an das ungeduldige Kind, das sie unter dem Herzen trug und das zur Unzeit ans Licht der Welt drängte.

»Mein Kind ist stark und entschlossen«, sagte sie sich laut vor, um sich von der Überlebensfähigkeit ihres Kindes zu überzeugen.

Die Männer hatten ihre Kleidung zerrissen, als sie sie zu dem wartenden Lieferwagen schleppten, noch mehr, als sie sie dann in das kalte, graue Lagerhaus mit den quietschenden Nagern und dem Geruch nach Schimmel sperrten. Einer von ihnen hatte sie wiederholt in die geschwollenen Brüste gekniffen, anzügliche Bemerkungen über ihren hilflosen Körper gemacht und sogar seine schmutzige Hand unter ihre Röcke geschoben, bevor ihn ein anderer grob wegstieß. »Wir ficken keine hochschwangeren Frauen, hast du mich verstanden?« Dieser Mann war sehr entschlossen aufgetreten, erinnerte sie sich dankbar. »Sie hätten uns sagen müssen, daß sie ein Kind erwartet. Ich bin dagegen, einer schwangeren Frau etwas anzutun.« Der andere hatte nur geknurrt wie eine Bestie, die er ja auch war, und war zu dem Feldbett in der Ecke getrottet.

Sie hatte aufgehört, an ihn zu denken, als ihr Fruchtwasser abging, zuerst als Tröpfeln und dann als warnender Erguß der warmen Flüssigkeit, die ihre Unterröcke durchnäßte und sie sich noch erbärmlicher fühlen ließ. Sie konzentrierte sich darauf, die, Gott sei Dank, noch in großen Intervallen einsetzenden und noch nicht starken Wehen abzuschätzen. Bald würde sie ihren Entführern mitteilen müssen, was geschah, doch ihr Instinkt riet ihr zu schweigen, denn sie konnte sich bei der geringen Intelligenz der Männer nicht vorstellen, wie sie reagieren würden.

»Hör mal, Ritchie, mit der Frau stimmt etwas nicht«, knurrte die Bestie nach einer Weile. »Ich beobachte sie, und sie ist ganz in Schweiß gebadet.« Er sah verwirrt drein.

Zum ersten Mal wurde der andere unruhig. »Du meine Güte, Vince, wenn sie jetzt das Kind bekommt? Was wird da der Boß sagen? Ich verstehe nichts von Geburtshilfe. Hören Sie, Lady, Sie können doch hier kein Kind kriegen, verstehen Sie mich?« Der Mann namens Ritchie sprach beinahe mitfühlend, und sie versuchte, ihm zuzulächeln, denn er hatte ihr inzwischen den Knebel herausgenommen, aber eine neue Wehe zerrte an ihren Nerven, und es fiel ihr immer schwerer, ihre Angst im Zaum zu halten.

»Sie sollten mich lieber losbinden, Sir«, schlug sie ihm vor, als die Wehe abgeklungen war. »Ich kann mir selbst helfen, wenn Sie mir etwas Wasser und Decken bringen.«

»Wir haben weder Wasser noch Decken, Lady. Wir sollen Sie hier so lange festhalten, bis Ihr Mann kommt, dann wird uns der Boß sagen, was wir mit euch beiden tun sollen. Er hat uns nicht gesagt, daß Sie ein Kind bekommen.«

In diesem Augenblick rief der Mann namens Vince mit scharfer, gefühlloser Stimme: »Nimm ihr die Fesseln nicht ab! Wahrscheinlich spielt sie ohnehin nur Theater.«

»Sie kann uns doch nichts tun, Vince«, meinte der andere. »Sie kann nicht einfach weglaufen oder sonst etwas anstellen, und bei einer Geburt hat eine Frau immer Schmerzen.«

»Du Idiot, was macht das schon aus? Bis es Nacht ist, werden die beiden ohnehin tot sein. Willst du riskieren, daß der Boß sie ungefesselt vorfindet? Und was geschieht, wenn ihr Mann antanzt und sie ihm hilft? Er ist ein Riesenkerl, das weißt du. Mit dem wird man nicht so leicht fertig.«

Deirdres Herz pochte wieder bis in den Hals hinauf. Sie hatten also vor, sie und Tom umzubringen. Dazu durfte es nicht kommen.

»Ich werde ihr die Fesseln abnehmen, Vince. Ich will keine schwangere Frau und ihr Kind auf dem Gewissen haben.« Der größere, schwerfälligere Mann ging zu der leidenden Frau; er hielt ein Hafenarbeitermesser in der Hand, und auf seinem großen, häßlichen Gesicht spiegelte sich Mitgefühl. Der andere stürzte sich auf ihn. Deirdre mußte entsetzt mit ansehen, wie die beiden neben ihr auf den Betonboden fielen, mit Fäusten und Messern aufeinander losschlugen und mit bestialischer Wildheit gegeneinander kämpften.

Dann waren sie plötzlich still. Vince saß rittlings auf Ritchie. Er hatte dem unter ihm liegenden Mann die Kehle durchgeschnitten. Alles schwamm in Blut, aber der schluchzenden, sich in Wehen windenden Frau war es längst gleichgültig.

Der Mann erhob sich von der Leiche seines toten Genossen und beugte sich über sie.

»Ich bitte Sie, Sir, nehmen Sie mir die Fesseln von den Beinen!« Sie stieß die Worte heiser zwischen ihren vor Angst und Schmerz wundgebissenen Lippen hervor. »Mein Kind kommt, haben Sie doch Mitleid mit uns!«

»Du warst ja auch vorhin nicht so scharf darauf, daß ich deinen kostbaren Körper berühre, Lady, nicht wahr? Du kannst darauf warten, bis dein feiner Mann dir die Fesseln abnimmt, wenn dir seine Aufmerksamkeiten soviel lieber sind als meine. Ich werde verdammt schnell verduften, bevor der Boß kommt. Wenn du dann noch am Leben bist, kannst du ihm ausrichten, daß ich den Burschen, mit dem er mich hierhergeschickt hat, nicht sehr gemocht habe.«

Sein grausames Lachen hallte häßlich von den Steinwänden wider, und er verschwand rasch.

Die gepeinigte Frau konnte in ihrer unerträglichen Verzweiflung nur daran denken, ihre Beine frei zu bekommen. Sie schob den von Schmerzen gequälten Körper zu dem toten Mann hin, denn als er hingefallen war, hatte sein Messer unter ihm aufgeblitzt. Sie stieß mit ihren kleinen Füßen den leblosen Körper fort, und jede Bewegung verursachte ihr unerträgliche Schmerzen. Schließlich gelang es ihr, den toten Mann so weit von dem Messer wegzuschieben, daß die Klinge zum Vorschein kam. Mühevoll scheuerte sie mit gefesselten Händen das Seil durch, das ihre Knöchel umschnürte. Der Schmerz des in ihre taub gewordenen Füße zurückströmenden Blutes glich in seiner Intensität der einsetzenden Wehe. Als diese abgeklungen war, tastete sie sich nochmals zu dem Messer und dankte Gott stumm, daß man ihr die Hände vor dem Leib und nicht auf dem Rücken gefesselt hatte. Dann sägte sie mühsam auch die Fesseln um ihre wundgeriebenen, verfärbten Handgelenke durch.

Deirdre sank auf den kalten, harten Betonboden und überließ sich dem Gefühl der Erleichterung, von den Fesseln befreit zu sein. Jetzt konnte sie die Schmerzen ertragen. Wenn nur der Boß, wer immer das auch sein mochte, nicht kam! Sie würde diesen Alptraum überleben. Sie klammerte sich an den Tisch, um sich zu stützen, und versuchte, den Körper hochzuziehen. Sie schaffte es nicht und kroch zu dem Feldbett an der Wand, wobei ihr jeder Zoll unsagbare Schmerzen bereitete, denn das Kind war im Begriff zu kommen.

Heilige Maria, Mutter Gottes, bete für uns Sünder! schrie sie immer wieder im Geist als Mutter zur Mutter, wenn die Wehen sie überkamen. Tom, mein Liebster. Tom, mein Mann, komm zu mir! Ich brauche dich doch so sehr! Aber die Worte entstanden nur in ihrem Gehirn. Sie hatte Angst zu schreien, weil sie befürchtete, daß ein Mitglied der Gangsterbande in der Nähe sein könnte.

Als sie schließlich doch laut aufschrie, warfen die Steinmauern den Ton hart zurück, und er hallte als schmerzliches Jammern wider.

Schließlich lag sie auf dem Feldbett und schnitt mit dem Messer ihren Rock auf. Sie mußte es tun, um die Nabelschnur durchtrennen zu können. Mach mich stark, Mutter Maria! betete sie immer wieder stumm. Laß mich nicht das Bewußtsein verlieren, sonst muß mein Kind sterben!

Das kleine, krebsrote Wesen bahnte sich den Weg ans Licht, ohne sich um die schmutzige Umgebung oder den toten Mann zu kümmern. Deirdre band die glitschige Nabelschnur am Körper des Kindes ab und versuchte, bei sich das gleiche zu tun. Doch das ausströmende Blut ließ ihre Finger abgleiten, und der Schmerz in ihrem Bauch, wenn sie sich vorbeugte, war zu entsetzlich. Sie resignierte und versuchte, die Blutung mit einem Streifen von ihrem Kleid zum Stillstand zu bringen. Dann wickelte sie das winzige Mädchen in ein Stück Wollstoff vom Unterrock und legte es sich an die Brust. Tom würde bald kommen und alles in Ordnung bringen. Er würde die kleine Tochter finden und sie retten.

Die heiße, feuchte Lache zwischen Deirdres Schenkeln wurde größer, aber es machte ihr nicht mehr viel aus, denn sie wurde von dem süßen Baby in ihren Armen in Anspruch genommen, das jetzt in Sicherheit war. Sie trieb ruhig auf einem breiten, stillen Fluß dahin, der ihr seltsam bekannt vorkam. Sie hatte keine heftigen Schmerzen mehr, und ihr war auch wärmer. Tom, mein liebster Mann, ich liebe dich. Vergiß mich nicht! Sie sagte es oder sie dachte es, und sie fühlte die unendliche Zärtlichkeit seiner Arme, die sich um sie schlossen, und lächelte.

Das Lagerhaus war kalt, dumpf und abstoßend. Tom hatte bereits acht Lagerhäuser im Hafen, die Vincenzo gehörten, durchsucht, bevor er jenes fand, in dem Deirdre und seine kleine Tochter lagen.

Die Kälte des riesigen, feuchten Raums drang ihm in die Knochen, und er fühlte in seinem Herzen, daß er am Ende seiner Suche angelangt war. Wenn er nur Hilfskräfte mitgenommen hätte, hätte es nicht so lang gedauert, sie zu finden, machte er sich Vorwürfe. Wenn er nur gleich nach Hause gefahren wäre, als ihn an diesem Morgen das ungute Gefühl überfallen hatte, hätte er vielleicht alles verhindern können. Wenn er nur daran gedacht hätte, sein Haus bewachen zu lassen. Wenn es ihm nur eingefallen wäre, daß Deirdre das schwache Glied in der Sicherheitskette war, die er und Mulvaney so sorgfältig entworfen hatten.

Ein kaum hörbarer Laut durchbrach die Stille des leeren Lagerhauses. Das quiekende Weinen eines Neugeborenen erfüllte ihn mit unerträglicher Qual, denn es gab nur einen einzigen Grund dafür, daß sich ein Kind an diesem gottverlassenen Ort befand. Tom rannte in die Richtung, aus der diese unheimlichen, unerwarteten Töne gekommen waren. Jeder Gedanke an Vorsicht war wie weggeblasen.

Deirdre Mulvaney Dalton lag auf dem kleinen, schmutzigen Feldbett in der Ecke des grauen, fensterlosen Raumes, und ihr Körper war so grau wie der Betonboden um sie. Die Bewegung auf dem Feldbett kam nicht von ihr, sondern von dem wimmernden, roten Würmchen, das an ihrer Brust lag. Tom stand erstarrt vor dem Lager. Der Tote auf dem Fußboden, die umgeworfenen Möbel, die Spuren von Blut und Fruchtwasser auf dem Beton, die zerschnittenen Fesseln: Alles, was vorgefallen war, wurde ihm in einem einzigen, schrecklichen Augenblick klar. Und doch konnte er es nicht fassen.

Er packte den blutigen Körper seiner Frau, nahm sie und das winzige Kind in die Arme und drückte beide mit einem gequälten Aufschrei an seine breite Brust, als wolle er mit aller Willenskraft wieder Leben in diese bleiche Fetzenpuppe hauchen, die noch vor wenigen Stunden seine liebende, lachende, lebende Frau gewesen war. Er wiegte sie hin und her, murmelte in ihı Ohr, küßte ihr Gesicht und ihre Hände, bedeckte ihren eingesunkenen, nackten Bauch mit seinem Körper und drückte sie in dem uralten Ritual schmerzlichen Abschieds an sich. Das Kind hörte auf zu wimmern, als ihm die Wärme des männlichen Körpers und die Schaukelbewegungen eine neue Welt signalisierten. So fand sie dann Diamond Jim Mulvaney: die Leiche seiner Tochter, das schlafende Enkelkind und den Schwiegersohn, den er inzwischen so liebgewonnen hatte.

»Geht zurück! Bleibt draußen!« schrie er heiser, als sich seine Leute hinter ihm in der Tür drängten, denn wie Tom hatte er mit einem Blick die grausige Endgültigkeit der Szene erfaßt. Er legte dem jungen Mann die Hand auf die Schulter und redete mit tränenerstickter Stimme auf ihn ein: »Es ist an der Zeit, daß wir sie nach Hause bringen. Sie dürfen nicht länger an diesem schrecklichen Ort bleiben.«

Tom sah ihn mit leerem Blick an. Einen Augenblick später nickte er. Während Jim mit Tränen in den Augen zusah, legte Tom die Leiche seiner Frau zärtlich auf das Bett und küßte sie. Er drückte dem Großvater das winzige Kind in die kräftigen Arme und ging wortlos zur Tür.

»Wohin gehst du, mein Junge?« Jim stellte die Frage, obwohl er die Antwort kannte.

»Ich bringe diese Schweinehunde um.« Die Worte hallten noch im Raum, aber Tom war fort.

Viel später, als Diamond Jim sich zwang, diese Szene noch einmal zu durchleben, fiel ihm ein, daß auch Tom Dalton an diesem Tag in Vincenzos Lagerhaus gestorben war. Der Mann, den er und seine Tochter geliebt hatten, hatte die Ereignisse dieses furchtbaren Tages und dieser Nacht nicht überlebt. Der Mann, der am nächsten Morgen zu ihm zurückkam, war zutiefst verändert.

Wie Jim später erfuhr, tötete Thomas Dalton noch in der Nacht drei Männer: Vincenzo und seine beiden Leibwächter. Da die Polizeibeamten die Leiche von Mrs. Dalton, die sie gut gekannt hatten, identifizieren konnten und da die meisten auf Diamond Jims Lohnliste standen, untersuchten sie den Akt der Rache nie. Aber den empfindsamen, poetischen, liebevollen und starken Tom, den Jim in einer längst vergangenen Nacht in seinem Wohnzimmer kennen- und schätzengelernt hatte, gab es nicht mehr.

64

Tom saß jeden Abend im Lehnstuhl, als wäre auch er bereits gestorben. Das Begräbnis hatte er über sich ergehen lassen. Es war unverständlich, daß Deirdre nicht mehr am Leben war. Wenn er lange genug sitzen blieb, hörte er ihren leichten Schritt auf der Treppe vor seinem Arbeitszimmer; ihre Stimme hallte wieder durch das Haus, und sie rief die Kinder; er spürte die Berührung ihrer warmen, weichen Brüste, wenn sie sich über seinen Stuhl beugte, um ihn zu küssen. Ihr glockenreines Lachen verscheuchte die schreckliche Stille im Haus.

Diamond Jim hatte sich trotz seines großen Kummers um alles gekümmert. Zunächst um die gespenstische Totenwache, bei der drei unerträglich lange Tage und Nächte Deirdres schöner Körper wie schlafend in einem eiskalten Sarg im Wohnzimmer ihres Hauses gelegen hatte. Tom war in diesen Nächten einsam daneben gesessen und hatte zu Füßen des Sargs geschlafen wie einst vor langer Zeit in seinem Haus in Irland.

Jeden Abend, wenn die mitfühlenden Freunde sich verabschiedet hatten, wenn Diamond Jim an den Sarg getreten war, um seiner Tochter einen Gutenachtkuß zu geben, und kniend ein Gebet gesprochen hatte, bevor er sich in sein Haus zurückzog, wo er Francis Duffys Leiche hatte aufbahren lassen – jeden Abend setzte sich Tom neben die Leiche seiner Frau und sprach mit ihr.

Wie konnte ein Außenstehender jemals verstehen, wieviel zwischen den beiden ungesagt geblieben war? Wie viele unvollendete Pläne es gab, wie viele nicht gestellte Fragen? Was alles an Liebe unausgesprochen bleiben mußte? Ein Leben voll liebevoller Gespräche hätte er gebraucht, und nur drei Nächte der Verzweiflung blieben ihm, um sie zu führen.

»Daddy«, hatte ihn Riordan am ersten Tag der Totenwache gebeten, »laß nicht zu, daß sie mich von Mama wegnehmen.« Aber in seiner Verlorenheit hatte Tom die Bitte seines Sohnes kaum gehört. Er sagte sich, daß es am besten wäre, wenn jemand die Kinder wegbrachte, bis das Begräbnis stattgefunden hatte. Er hatte jetzt keine Zeit, mit ihnen zu sprechen, keine Zeit für etwas anderes als seinen Gram.

Später, sagte er sich... später würde er imstande sein, mit allem fertig zu werden. Nun mußte er mit seiner Frau beisammen sein, mußte jede Erinnerung in Stein meißeln, jede Einzelheit ihrer Gestalt, ihres gemeinsamen Lebens im Gedächtnis behalten. Jede Nuance ihres Gesichtes und Körpers mußte ein Teil seiner selbst werden. Das war eine Aufgabe, die ihn ganz in Anspruch nahm.

Fünfzehn Tage nach dem Begräbnis von Deirdre und Duffy hielt abends ein luxuriöses Automobil unerwartet vor Daltons Haus. Ein bewaffneter Wächter öffnete auf das stürmische Klingeln hin gemeinsam mit dem Dienstmädchen die Tür, denn Mulvaney und Dalton wollten verhindern, daß ihrer bedrängten Familie noch mehr Leid zugefügt wurde. Tom hatte einen Paten der Mafia getötet, man mußte also annehmen, daß es zu einem Vergeltungsschlag kommen würde. M & D hatten eine ansehnliche Truppe von Leibwächtern angeheuert, um die Kinder zu bewachen.

Ein kleiner, muskulöser, grauhaariger Mann stand, flankiert von zwei kräftigen Gorillas, ruhig vor der Tür und verlangte, mit Mr. Dalton zu sprechen. Es handle sich um eine dringende Angelegenheit. Sein Name sei Enzio Narducci, und er vertrete die Fünf Familien. Der Wächter schloß und versperrte die schwere Tür, ohne die Besucher hereinzulassen, und lief in die Bibliothek, um seinen Chef zu warnen. Er verständigte auch den Mann, der im ersten Stock Wache stand, wo die Kinder schliefen. Tom saß wie gewöhnlich vor den Regalen und hielt ein aufgeschlagenes Buch auf dem Schoß, ohne es zu lesen.

Don Enzios Eintreffen riß ihn aus seinen Träumen. Narducci war Vincenzos Nachfolger. Mulvaneys Freunde bei der Polizei hatten ihn wissen lassen, daß ein neuer Anführer das freigewordene Amt des Paten übernommen hatte, und ihn gewarnt, er solle sich in acht nehmen. Der neue Mann war aus ganz anderem Holz geschnitzt als Vincenzo. Er drückte sich klarer aus, war gebildet und wesentlich amerikanisierter als sein Vorgänger. Narducci war zwar höflicher als Vincenzo, aber nicht weniger skrupellos. Tom nahm bedächtig den Telefonhörer ab, war froh, daß der Apparat beim ersten Versuch funktionierte, rief seinen Schwiegervater an und ersuchte ihn, die Polizei zu alarmieren. Dann befahl er dem Wächter, den Mann hereinzubitten.

Narducci wirkte beeindruckend, obwohl er nicht groß war. Sein bulliger Körper und das harte Gesicht eines Mannes, der keine Einschränkung seiner Autorität duldet, ließen ihn größer erscheinen, als er tatsächlich war. Der Mafioso betrat die kleine, getäfelte Bibliothek und ließ den Blick über die von Bücherregalen bedeckten Wände schweifen, bevor er Tom ansah, der sich nicht bewegte und Feindseligkeit ausstrahlte. Dann streckte er

Tom die Hand hin, der an ihr vorbeisah. Narducci übersah die Zurückweisung, ohne auf sie zu reagieren.

»Ich bin Enzio Narducci, Mr. Dalton«, stellte er sich mit klangvoller Stimme vor. »Ich bin in Familienangelegenheiten hier.«

»Ich weiß, wer Sie sind, Don Enzio«, antwortete Tom, so ruhig er konnte. »Und was immer Ihre Angelegenheiten sind, ich muß Sie darauf aufmerksam machen, daß mein Schwiegervater und die Polizei gleich hier eintreffen werden.«

»Wir werden sie nicht brauchen«, antwortete Narducci selbstsicher. »Es hat zwischen meiner und Ihrer Familie Differenzen gegeben, Mr. Dalton. Es kam zu Unfällen, wir haben Schuld auf uns geladen. Um diese Schuld geht es.« Er schwieg kurz und blickte Tom ruhig in die Augen. »Sie kennen unsere Denkweise nicht, Mr. Dalton. Deshalb muß ich Ihnen sagen, daß mein Vorgänger einen Grundsatz unserer Familien gebrochen hat, obwohl er es nicht vorhatte. Er war dafür verantwortlich, daß einer schwangeren Frau etwas angetan wurde. Das entspricht nicht unserer Art. So etwas hätte nie geschehen dürfen. Unsere Ehre wurde durch das Blut dieser Frau, Ihrer Frau, besudelt. Sie muß wieder reingewaschen werden.«

Enzio war bei der Erklärung sichtlich erregt. Tom blickte den Mann verständnislos an. Er war sicher gewesen, daß er Geld verlangen würde.

»Sie haben sich an dem Mann gerächt, der Ihnen Leid zugefügt hat; das ist in Ordnung. Wir haben dafür gesorgt, daß der Mann, der bei Ihrer Frau im Lagerhaus war, den Preis für seinen Ungehorsam bezahlt hat. Er sollte Ihrer Frau nichts antun, verstehen Sie, Mr. Dalton. Sie sollte ja der Lockvogel sein, um Sie in die Falle zu locken.« Narduccis Stimme klang entschlossen. »In unserer Welt, Mr. Dalton, rächen sich Männer nicht an Frauen und Kindern. Männer kämpfen nur gegen Männer – das ist unser Gesetz. Falls Sie Angst um Ihre Kinder haben – Sie können diese Angst vergessen.«

Der Ältere beobachtete den Jüngeren genau, während er sprach, als wolle er sich vergewissern, daß Tom ihn verstand.

»Ich bin heute abend zu Ihnen gekommen, um zu erklären, daß wir eine Schuld eingegangen sind, und um Ihnen zu versichern, daß sie beglichen werden wird.« Seine Stimme klang eiskalt. »Von uns, Mr. Dalton. Eines Tages, wenn Sie es am wenigsten erwarten, werden wir reinen Tisch machen. Wir sind zwar Feinde im Geschäft wie zuvor, aber bis der Augenblick kommt, an dem wir unsere Ehre reinwaschen, bleibt die Schuld bestehen.« Der Mann blickte Tom scharf in die Augen, als wolle er sich davon überzeugen, daß die Sache klargestellt war. Dann wandte er sich zum Gehen, und Tom bemerkte die ungeheure Würde, die Narducci ausstrahlte.

»Was immer Sie auch Ihrer Ehre zuliebe unternehmen werden, Don Enzio«, rief ihm Tom bitter und mit unendlichem Schmerz in der Stimme nach, »meine Frau können Sie mir nicht wiedergeben.«

Der Mann wandte sich um und sah den Jüngeren voller Trauer an. »Nein«, sagte er beinahe sanft. »Das können wir nicht.«

Er drehte sich um und verließ den Raum, flankiert von seinen riesigen Leibwächtern, die neben ihm dennoch merkwürdig klein wirkten.

Tom, den das Gespräch verwirrt hatte, folgte ihnen. Als sie die Tür erreichten, polterten Mulvaney und sechs stämmige Polizisten in die Halle. Tom hob die Hand, um die Ankommenden aufzuhalten. »Es ist alles in Ordnung, Jim. Don Enzio ist im Begriff zu gehen.«

Er bedeutete seinem Schwiegervater, auf eine Erklärung zu warten, und geleitete, während er die finster blickenden Polizisten aus dem Weg winkte, den Mafioso zur Haustür.

VI

Riordan, Seamus und Maeve

Wenn ein Mann eine Frau heiratet,
heiratet er seine Kinder.

Irisches Sprichwort

65

»Es ist kaum zu glauben, Billy, aber der Bursche hat nicht das geringste Talent zum Vater.« Mulvaney saß in Billys Salon und hielt ein Glas in der einen und eine Zigarre in der anderen Hand.

»Was macht er denn falsch?« Billy stellte die Frage aus echter Besorgnis. Sie sehnte sich nach Tom und seinen Kindern, doch weil Deirdre nicht mehr am Leben war, fand sie es ungehörig, sie zu besuchen. Deirdres Tod hatte auch in ihrem Leben eine große Lücke hinterlassen, denn sie hatte mit ihr die beste Freundin und auch den Familienanschluß verloren.

»Was er *nicht* macht, ist schlimm, Billy. Er begrüßt die Kinder kaum. Er überläßt alles der Haushälterin. Sie ist wirklich freundlich, aber sie gehört doch nicht zur Familie.«

Billy überlegte kurz, dann sagte sie: »Sie erinnern ihn zu sehr an Deirdre und an die Vergangenheit, an die er nicht denken will und kann.«

»Hm«, brummte Mulvaney mißmutig. »Da steckt mehr dahinter. Deirdre hat mir immer erzählt, daß er den Kindern nie nähergekommen ist, weil er Angst hatte, sie zu verlieren, oder so ein Unsinn. Er hat als Kind alle Menschen verloren, die er liebte, und darüber ist er nie hinweggekommen.« Er schnaubte wieder. »Als hätte irgend jemand auf dieser Welt eine glückliche Kindheit gehabt!«

»Du gehst heute abend streng mit ihm ins Gericht, Jim. Wo drückt dich wirklich der Schuh?« Billy ging zu seinem Stuhl und setzte sich auf die Armlehne.

»Ich werde alt, Billy. Tom erledigt das Geschäftliche jetzt fast ganz allein bis auf die Mitarbeit von uns drei alten Knackern. Aber eigentlich kann er das meiste ohne Tierney, O'Reilly und mich hinkriegen. Und er macht es gut. Er hat nicht meinen Instinkt für überraschende Aktionen, besitzt nicht Tierneys raffinierten Verstand oder O'Reillys Begabung für Zahlen, aber er versteht genug davon, um alles hervorragend zu meistern. Und er denkt weiß Gott seit Deirdres Tod an nichts anderes als an die Arbeit.«

»Warum machst du dann ein langes Gesicht?«

»Weil die Kinder ohne Mutter und Vater aufwachsen. Seamus denkt überhaupt nicht, wenn du mich fragst, Maeve ist zart und ätherisch wie eine Elfe, und Riordan hegt einen Groll gegen seinen Vater, der für jemand seines Alters ungewöhnlich ist.«

»Hast du versucht, mit Tom darüber zu sprechen?«

»Habe ich, und habe soviel aus ihm rausgequetscht, wie man auf einem Stecknadelkopf eingravieren kann.«

»Soll ich es vielleicht versuchen?«

Er blickte in das lächelnde Gesicht neben sich und zog dabei die Brauen hoch. »Du hast doch nicht etwa Absichten auf ihn?«

Sie stieß ihr leises, heiseres Lachen aus und glitt von der Armlehne des Stuhls auf seinen Schoß.

»Das ist ein gutes Zeichen dafür, daß du noch nicht so alt bist, wie du tust, Jim Mulvaney. Du bist ja eifersüchtig!«

Er lachte gleichfalls und legte die Arme um die schöne Frau, die seine Freundin war.

»Was hältst du davon, wenn wir ins Bett übersiedeln und herausfinden, ob es in meinem Alter noch klappt?«

Die beiden standen auf und umarmten einander. Billy war beträchtlich größer als ihr väterlicher Freund. Eigentlich ergänzen sich die zwei Männer recht gut, dachte sie, während sie auf dem Weg zum Bett ihren Satinmorgenrock aufknöpfte: Tom Dalton ist ein unerfüllbarer Traum und Jim Mulvaney ein guter, verläßlicher Freund.

Mary Martin saß im Schaukelstuhl auf der großen Veranda des Cambridge-Sanatoriums und versuchte, sich zu konzentrieren. Es fiel ihr sehr schwer, die Gedanken zu ordnen. Der Arzt hatte ihr erklärt, sie müsse mehr Kontakt zur Wirklichkeit aufnehmen, bevor sie die Anstalt verlassen könne. Aber in ihrem Kopf gab es so viele Wirklichkeiten. Zunächst hatte es sehr lange Zeit nichts gegeben, dann waren hier und dort die kleinen Punkte der Wahrheit, die die anderen meinten, aufgetaucht. Jener Wahrheit, die sie nicht zur Kenntnis nehmen wollte: der Wirklichkeit, die bedeutete, daß ihr Leben vorüber war.

Sie wollte sich sehr energisch darauf konzentrieren, ihre Gedanken zu sammeln, ehe sie wieder mit dem Doktor sprach. Allmählich wurde sie unter der Dunstglocke ihrer Betäubung unruhig. Aber sie konnte sich wieder hinter den barmherzigen Vorhang des Vergessens zurückziehen, wenn es zu quälend wurde. Sie wußte noch, wie man dort hingelangte.

Mulvaney goß den Rest des Brandys in den Kristallschwenker und lehnte sich in seinem bequemen Ledersessel zurück. Da er an verschiedenen kleinen Unpäßlichkeiten litt, die älter werdende Menschen gern plagen, hatte er sich von Tom dazu überreden lassen, während der Rekonvaleszenz nach seiner letzten Erkrankung im Haus des Schwiegersohns zu leben.

Nun war er darüber froh, denn sein Aufenthalt bei den Daltons bot ihm die Gelegenheit, Tom aus der Nähe zu beobachten, wozu er seit Deirdres Tod nicht mehr gekommen war. Er hatte dabei festgestellt, was für ein einsamer Mann sein Schwiegersohn geworden war.

Tom hatte niemanden. Er stand nicht einmal seinen Kindern nahe, was mit geschlossenen Augen zu erkennen war. Jim bezweifelte, daß ein Mann wie sein Schwiegersohn ein Junggesellenleben führen konnte, und doch war es offenbar, daß flüchtige Liebschaften nie zu Tom Daltons Schwächen gehören würden. Er arbeitete und las ungeheuer viel, aber beides waren einsame Beschäftigungen.

Tom merkte, daß er prüfend gemustert wurde, und schmunzelte, während er das Buch weglegte, das er gelesen hatte. »Du beobachtest mich seit gut drei Stunden, Jim. Bedrückt dich etwas, oder habe ich beim Essen mein Hemd bekleckert?«

Jim lachte laut. »Keineswegs, mein Junge. Deine Tischmanieren waren wie immer vorbildlich. Wenn du es genau wissen willst, ich denke daran, dir ein besonderes Geschenk zu machen.«

»Und darf ich fragen, warum?«

»Weil ich dich sehr gern habe und weil ich alt werde.«

Tom runzelte die Stirn, als der Schwiegervater sein Alter erwähnte. Er wußte, daß die Diagnose des Arztes nicht gut ausgefallen war, denn als dieser Jim mitgeteilt hatte, daß er aufhören müsse, zu rauchen und zu trinken, hatte Jim geantwortet, er pfeife auf eine Gesundheit, der man seine Gewohnheiten opfern müsse.

»Fühlst du dich wieder krank, Jim?«

»Keineswegs. Ich fühle mich ganz ausgezeichnet, denn ich habe mich zu einer großartigen Geste entschlossen, und ich beweise mir immer gern, was für ein prima Kerl ich bin.«

Jim kicherte gutgelaunt, und Tom lächelte. Er hatte den Schwiegervater gern bei sich im Hause. Ihm gefiel die stete Behaglichkeit.

Jim stemmte sich mit einiger Mühe aus seinem Stuhl. »Ich fahre zu Miss Billy. Erwarte mich nicht vor dem frühen Morgen.«

»Gut, daß die Kinder dann schon im Bett sind«, scherzte Tom, »sonst gäbst du ihnen ein schlechtes Beispiel.«

Tom wunderte sich immer mehr über Mulvaneys Lebenslust, nahm aber an, daß die Sexualität in der Beziehung des alten Mannes zu Billy gegenwärtig kaum noch eine Rolle spielte. Dennoch: Bei einem Mann wie Mulvaney konnte man nie sicher sein.

Diamond Jim benützte den kleinen Fahrstuhl zu Billys Wohnung im zweiten Stockwerk. Er war froh darüber, daß der Aufzug vor kurzem eingebaut worden war, und er vermutete, daß Billy dies veranlaßt hatte, weil ihm das Stiegensteigen schon schwerfiel. Natürlich würden sie beide niemals erwähnen, daß er allmählich gebrechlich wurde.

Billy empfing ihn an der Tür in einem pfirsichfarbenen Satinschlafrock, der im Feuerschein des Marmorkamins schimmerte. Sie war zweifellos seine beste Investition.

»Was führt dich so spät hierher, mein Freund?« begrüßte sie ihn mit einem Kuß und einem warmen Lächeln.

»Heute abend ist mir ein bemerkenswert großzügiger Gedanke eingefallen, und ich will ihn dir gleich mitteilen.« Sie hatte ihn seit Monaten nicht mehr so überschwenglich und selbstzufrieden erlebt.

»Ich kann es kaum erwarten«, antwortete sie interessiert, half ihm aus Mantel und Jackett und in die samtene Hausjacke, die sie ihm aus Europa mitgebracht hatte.

Billy ließ Jim in seinem Lieblingssessel Platz nehmen, reichte ihm eine Havannazigarre und wartete darauf, daß er mit seiner Geschichte herausrückte.

»Ich habe den Jungen beobachtet, Billy. Er ist der einsamste Mann, dem ich je begegnet bin. Er arbeitet, denkt und liest. Von Zeit zu Zeit wird er wohl mit einer Frau zusammenkommen, aber ich weiß wirklich nicht, was er zur Befriedigung seiner sexuellen Bedürfnisse tut. Er denkt noch immer an Deirdre, das weiß ich. Ich habe ihn öfter als einmal in der Bibliothek überrascht, wenn er ihr Bild anstarrt. Also!« Er sah sie eindringlich an und verkündete laut: »Ich bin zu dem Schluß gekommen, daß du genau das bist, was er braucht.«

Billy blickte verdutzt auf, dann lachte sie. »Du glaubst also, daß ich so völlig in deinen Besitz übergegangen bin, daß du mich in deinem Testament wie eine silberne Teekanne oder einen Teil von M & D vererben kannst?« Ihre Stimme sollte beleidigt klingen, aber sie wußte, daß er ihr das anbieten wollte, was sie sich seiner Meinung nach am meisten wünschte.

»Keineswegs«, antwortete er nachdrücklich. »Wirklich nicht! Aber heute abend sind mir zwei Dinge eingefallen, Billy, und ich habe beschlossen, sie euch beiden gleich zu sagen. Erstens, daß du mein Leben lang für mich wichtiger warst, als ich dir je gestanden habe. Ich nehme zwar an, daß du es ohnehin weißt – du durchschaust ja wirklich fast alles –, aber dennoch wollte ich es einmal deutlich aussprechen. Zweitens habe ich immer gewußt, daß du eine kleine Schwäche für diesen Burschen hast. Du müßtest ja, weiß Gott, aus Stein sein, wenn du dich nicht von einem Mann angezogen fühltest, der so gut aussieht – und aus Stein bist du bestimmt nicht.« Er sah sie nachdrücklich mit hochgezogenen Brauen an. »Aber ich habe mich immer bemüht, dir klarzumachen, daß ich auf ihn eifersüchtig bin und daß du dich von ihm fernhalten mußt.« Er legte eine Pause ein, als versuche er, seine Gedanken zu sammeln. »Es geht um folgendes, Billy. Ich habe nicht mehr lange zu leben. Nein, nein, keinen Protest! Heute abend sollst du mich nur anhören und auf die Vorstellungen eines alten Mannes eingehen. Wenn ich nicht mehr bin und der Bursche sich nicht der Vernunft bedient, die Gott ihm geschenkt hat, und wenn er nicht aus eigenem Antrieb zu dir kommt, möchte ich, daß du zu ihm gehst.«

Billy sah Jim verwundert an. Fühlte er sich wirklich so elend, daß es ihn zu diesem seltsamen Vermächtnis drängte?

»Ich weiß, Billy, daß du nicht mir gehörst. Wenn du versprichst, es keiner Seele zu erzählen, verrate ich dir, daß ich es immer gewußt habe, sosehr es mir auch gefiel, unser Scheinspielchen zu treiben. Aber jetzt sage ich dir das Wesentliche: Er braucht dich, weil sein Lebensschiff führerlos dahintreibt und du sein Rettungsanker bist. Und du wirst ihn brauchen, wenn ich nicht mehr bin, denn dann stehst du zum erstenmal seit deinem sechzehnten Lebensjahr allein auf der Welt. Du wirst einen Beschützer brauchen, und er ist der beste, den es gibt.«

Sie wischte die Tränen von ihren Wangen, bevor sie antwortete. »Wir werden sehen, mein alter Freund, wir werden alles sehen, wenn es soweit ist.«

Doch er wußte, daß sie seine Geste verstanden hatte. Und sie lächelten einander zu mit dem Lächeln zweier Menschen, die die Geheimnisse des anderen kennen und einander trotzdem lieben.

66

Mary hielt sich am Messinggestell des Krankenhausbettes fest und ließ sich vorsichtig auf die frischen Leinenlaken sinken.

Vier Jahre hatte es gedauert, bis sie gelernt hatte, frei zu sein. Vier Jahre des Wiederzusichfindens, des Emporkletterns an den steilen Wänden eines Abgrunds, zurück zur Zurechnungsfähigkeit. Sie war wieder gesund; gesund und stark genug, um nach Hause zurückzukehren. Oder wenn schon nicht nach Hause, so doch stark genug, um irgendwohin zu gehen. Sie fühlte sich in ihrer sicheren Abgeschiedenheit geborgen, hatte aber in letzter Zeit das Gefühl, daß ihre Welt nicht mehr groß genug war. Der Doktor sah darin ein vielversprechendes Anzeichen.

Sie wollte in die wirkliche Welt zurückkehren, in die Welt, in der Menschen liebten, haßten, lebten, arbeiteten und starben. Sie wollte wieder fühlen, lieben, Teil einer Familie sein.

Bei dem Gedanken an ihre Familie seufzte Mary. Sie waren jetzt alle erwachsen; ihre Kinder waren Erwachsene, wenn sie in ihre Welt zurückkehrte. Sie fragte sich, ob sie sie wieder aufnehmen würden.

Thaddeus Martin war ein einsamer Mann. Seine Kinder begannen ein eigenes Leben zu führen, und das Kaufhaus nahm ihn voll in Anspruch, solange er sich dort aufhalten konnte, aber er war ein einsamer Mann.

Er schloß die Tür zu dem stillen Haus auf, zog den schweren Mantel aus, hängte ihn sorgsam in den Vorzimmerschrank und schaltete das Licht ein, während er zur Küche ging, um eine belebende Tasse Tee zu trinken.

Thaddeus nahm das Milchkännchen aus dem Eiskasten und die Zuckerschale aus dem Schrank. Er stellte sie neben die Porzellanteekanne, die Tasse und die Untertasse auf ein kleines Tablett, das die Köchin für ihn bereitgestellt hatte, und trug alles in sein Schlafzimmer hinauf. Wie jeden Abend seit Jahren fragte er sich, ob sein Haus je wieder zu einem richtigen Heim werden würde.

Die Ärzte sagten, daß es Mary besser ging; sie hatte ihr Gedächtnis fast vollkommen zurückgewonnen, und darin sahen sie ein gutes Omen. Aber irgendwo störten ihn ihre Erinnerungen an die Zeit vor ihm. Ihn störte das Andenken an den schattenhaften Mann, der so reich und so schön gewesen war und den sie geliebt hatte.

Und seine Mary war so reizend gewesen. Zunächst hatte er sie, weil sie seine Träume zerstört hatte, gehaßt. Am schlimmsten war, daß sein Zorn alle Erinnerungen an die glücklichen Tage ausgelöscht hatte, die sie gemeinsam erlebt hatten, die Erinnerung an den gemeinsamen Aufbau eines Lebens, an liebende Kinder, an einen gemeinsamen Traum, der sich langsam erfüllt hatte.

Doch irgendwann waren seine Erinnerungen wie die ihren langsam zurückgekehrt. Er sah ihren reizvollen hellhäutigen Körper, der sogar noch in den mittleren Jahren fest und geschmeidig war, und er spürte den Trost ihrer Wärme im Bett.

Thaddeus trank seinen Tee und sehnte sich nach Marys Heimkehr, damit sie es noch einmal versuchen konnten. Doch er wollte ihr auch von seinem Leid erzählen. Es konnte keinen Neubeginn geben, wenn sie nicht erfuhr, wie schwer sie ihn verletzt hatte, wie sehr er gelitten hatte, weil er sich bemühte, ihr zu verzeihen.

Die Worte des Arztes hallten bedrohlich in ihm nach: »Vielleicht wird sie nicht mehr zu Ihnen zurückkommen wollen, Mr. Martin. Sie hat Qualen durchlitten, die Sie sich kaum vorstellen können, und nachdem sie sie überstanden hat, wird sie vielleicht mit einer Person, die sie an ihre Leiden erinnert, nicht zusammenleben wollen. Vielleicht wird Ihre Frau ein neues Leben ohne Sie beginnen wollen, um mit den ihr verbleibenden Jahren etwas Vernünftiges anzufangen.«

Nun ja, morgen würde er endlich wissen, was sie beschlossen hatte.

Thaddeus Martin kam um sieben Uhr morgens in das Sanatorium. Er hatte dem für Marys Behandlung zuständigen Arzt klargemacht, daß er um neun wieder im Kaufhaus sein mußte. In Wirklichkeit hatte er fürchterliche Angst vor der Begegnung, und er brauchte diese Möglichkeit zum Rückzug.

Am Beginn der Erkrankung seiner Frau vor fast vier Jahren hatte er die Anstalt oft besucht, mehr aus Pflichtbewußtsein als aus Liebe. Aber er wußte natürlich, daß sie sich nicht vor ihren Schuldgefühlen gerettet, sondern nur ihre Qualen hinausgeschoben hatte. Schließlich hatte ihm der Arzt gesagt, daß seine Besuche erst dann Sinn hätten, wenn Mary beginne, auf ihre Umgebung zu reagieren; falls es überhaupt jemals dazu kommen sollte.

Er hatte also gehorsam seinen Haushalt und sein Leben neu geordnet. Er hatte seinen Söhnen und seiner Tochter, die alt genug waren, um zu begreifen, was geschehen war, erklärt, daß ihre Mutter durch den Tod ihres jüngsten Bruders den Verstand verloren hatte, daß sie Geduld üben, sie weiterhin lieben und für sie beten mußten, damit sie bald wieder zurückkam. Er hatte mit seinem jüngsten Sohn sehr viele Träume zu Grabe getragen.

Thaddeus lag mit sich im Widerstreit, wann immer er sich nicht im Kaufhaus befand. Die Angst vor diesen disparaten Kräften in sich war daran schuld, daß er seinen Arbeitstag so lang wie möglich in die Nacht hinein ausdehnte, und da die Kinder sich in der Schule oder im College befanden, war die Gelegenheit dazu günstig. So waren die Jahre vergangen.

Nun hatte der Arzt erklärt, daß Mary nicht nur wieder bei klarem Verstand, sondern beinahe so weit war, daß sie entlassen werden konnte. Wie am Vorabend beschlossen, wollte er ihr seine Gefühle, alle seine Gefühle schildern, wenn sie imstande war, ihn zu verstehen. Sie mußte erfahren, daß ihr Betrug ihn genauso getroffen hatte wie sie und daß er keineswegs sicher war, ob es eine gemeinsame Zukunft für sie gab, obwohl er es gern wieder mit ihr versuchen wollte.

Mary sah ihren Mann, der am Fuß der Verandatreppe mit dem Rücken zu ihr stand und offenbar viel lieber irgendwo anders gewesen wäre. Sie lächelte darüber, wie scharfsinnig sie geworden war. Vier Jahre mit unendlich viel Zeit zum Nachdenken; vier Jahre frei von der ständigen Beanspruchung durch die Kinder; vier Jahre bittere Buße für die Erleuchtung.

»Du hast zweifellos das Recht, mich zu hassen, Thad.« Mary erschauerte unwillkürlich – die gleichen Worte hatte sie einmal zu jemand aus ihrer Vergangenheit gesprochen.

Die Stimme hinter Thaddeus Martin hatte vertraut, aber verändert geklungen, tiefer, zarter. Aber es war unbestreitbar Marys Stimme gewesen.

»Ja.« Ihm fiel nur diese ehrliche Antwort ein. Sie hielt sich gerade wie ein junges Mädchen, aber sie war so dünn, daß sie ihm beinahe durchsichtig erschien. Ihr einst kupferrotes Haar war fast vollkommen weiß, es war kurz geschnitten und lockte sich weich um ihr schmales Gesicht, so daß sie ätherisch wie ein zarter Engel aussah.

Mary wirkte trotz des Feuers in ihren Augen ruhig und in ihrer Gelassenheit wie eine Nonne. Er hatte das Gefühl, daß sie ihn den Rest ihres Lebens so bewegungslos beobachten würde, wenn er jetzt den Mund nicht aufmachte.

»Wie geht es dir, Mary?« fragte er endlich, und seine tiefe Stimme war heiser vor Verwirrung.

»Danke, es geht mir schon viel besser.« Sie sprach so, als bemühe sie sich, richtig zu antworten. »Es ist, als hätte ich eine sehr lange Reise hinter mir und wäre infolge der Strapazen müde... Aber ich bin wieder da.« Sie zeigte auf eine kleine Bank, und sie setzten sich.

»Erinnerst du dich an die Ereignisse davor?« fragte er zögernd.

»Wenn du wissen willst, ob ich mich an den Tod unseres Sohnes erinnere, dann muß ich mit ja antworten. Die meisten Vorfälle danach sind noch irgendwo in mir verschüttet. Der Arzt ist der Ansicht, daß ich mich vielleicht nie mehr daran erinnern werde.

»Das wäre ein großer Segen.«

Der hochgewachsene, unbeholfene Thaddeus rutschte verlegen hin und her, und Mary legte ihm die Hand auf den Arm. Ihr Druck war so leicht, als wäre sie ein Schmetterling.

»Ich muß dir sagen, Thaddeus, wie sehr ich meinen Betrug bedaure, wie schrecklich leid er mir tut.« Sie unterbrach sich, als gäbe es nicht die richtigen Worte für das, was sie fühlte. »Ich wollte dich eigentlich nie täuschen, bin aber in eine Sackgasse geraten und habe keinen Ausweg mehr gefunden.«

»Hast du mich je geliebt, Mary?« Der deutlich erkennbare

Schmerz hinter der Frage veranlaßte Mary, in den Augen ihres Mannes Verständnis zu suchen. Sie wußte, daß sie ihm die Wahrheit sagen mußte.

»Nicht von Anfang an. Ich muß dir gestehen, daß du zunächst nur der Ausweg aus meiner mißlichen Lage warst… eine Möglichkeit, dem Leben eines Dienstmädchens zu entkommen und mit etwas mehr Hoffnung für die Zukunft neu zu beginnen. Aber später, als wir zusammenlebten, Kinder bekamen und unsere Existenz gemeinsam aufbauten, faßte ich tiefe Zuneigung zu dir, Thaddeus. Ich muß es dir jetzt sagen, denn nicht der Schatten einer Täuschung darf zurückbleiben, wenn wir uns trennen.«

Sie wollte also gar nicht zu ihm zurückkehren. Sie wollte sich von ihm trennen. Er hätte wissen müssen, daß es so kommen würde. Wahrscheinlich war es auch am besten so. Zeitweise war auch er zu diesem Schluß gelangt. Aber wenn dem so war, warum hatte er dann das Bedürfnis zu weinen?

Mary wartete ab, ob ihr Mann das Angebot, sich zu trennen, ablehnen würde. Sie klammerte sich an ihre letzte Hoffnung, daß er sie bitten würde, ihn nicht zu verlassen. Daß er ein neues Leben mit ihr beginnen wollte, daß er ihr verzieh. Als sie betrübt merkte, daß er nichts dergleichen tat, fuhr sie fort.

»Thad, ich muß dir alles sagen, damit zwischen uns nichts unklar bleibt.« Er nickte mit zusammengeschnürter Kehle. »Ich habe dich allmählich sehr lieb gewonnen, weil du ein guter, ehrenwerter, verläßlicher Mann bist. Und je mehr ich dich liebte, desto schlimmer erschien mir meine geheime Schuld. Mehr als einmal versuchte ich, es dir zu sagen, aber deine Rechtschaffenheit hinderte mich immer daran.« Er wollte sie unterbrechen, doch sie hob abwehrend die Hand. »Unsere Kinder waren dir nachgeraten, nicht mir. Sie waren anständige, wohlerzogene, vollkommene kleine Menschen mit gutem Benehmen – genau wie du, Thad. Anfänglich war ich so schwach vor Kummer, daß ich ihnen nur wenig geben konnte. Später brauchten sie mich dann nicht so wie früher einmal Tom. Sie hingen immer mehr an dir als an mir. Ich kann es ihnen nicht übelnehmen, aber es hat mich dennoch geschmerzt.«

Als sie die Qual in seinem Gesicht sah, berührte sie seine Hände, die ineinander verkrampft auf seinem Schoß lagen, und sie merkte, daß sie zitterten.

»Doch dann kam unser letztes Kind zur Welt, und vom Augenblick seiner Geburt an wußte ich, daß es mir gehörte. Der ausgelassene, lachende, waghalsige John – für mich blieb er immer Sean, trotz deines Protestes. Er nahm mir die Bitterkeit von der Seele, wiegte mich in dem Glauben, daß Gott mir meine schwere Sünde vergeben hatte. Er sah Tom ähnlich, und er glich auch mir.« Sie brach ab und biß sich auf die Lippe, als wolle sie die nächsten Worte für sich behalten. Endlich sprach sie ruhig weiter. »Als er starb, wußte ich, daß ich mich geirrt hatte. Daß Gott ihn mir nur geschickt hatte, um ihn mir wieder zu nehmen – als gerechte Strafe für das, was ich Tom und dir angetan hatte.«

»Ihr Katholiken müßt einen grausamen Gott haben, Mary, wenn du Ihm eine solche Handlungsweise zutraust.«

»Ich konnte es nicht ertragen, Thad! Den Schmerz, das Schuldbewußtsein, den Kummer – das Wissen, daß ich an allem schuld war... es war zu entsetzlich, um es zu ertragen. Deshalb habe ich mich für eine Weile zurückgezogen. Es ist sehr schwer zu erklären...« Sie hob hilflos die Schultern. »Ich habe mich an einen Ort geflüchtet, von dem nur wenige Menschen zurückkommen.«

»Und nun mußt du wieder fortgehen.« Er sagte es ruhig, und sie konnte nicht heraushören, ob es eine Frage oder eine Feststellung war.

»Ich muß endlich ein anständiges Leben führen.«

»Ich verstehe. Und was ist mit unseren Kindern?«

»Sie sind mehr deine als meine Kinder, Thad, und sie sind schon groß. Sie werden ohne mich zurechtkommen.«

»Gibt es sonst noch etwas, was du brauchst?«

»Meine Kleider sind mir alle zu weit. Ich muß sie ändern lassen...«

»Geld?«

»Tom hat mir versprochen, für mich zu sorgen.«

»Dann gibt es nichts mehr zu sagen, Mary, oder?«

Die ältliche Frau schaute den Mann an, mit dem sie seit siebenundzwanzig Jahren verheiratet war, und sah ihn, wie er wirklich war. Glatzköpfig, mit einem graumelierten Haarkranz, einem langen, knochigen Körper, der mit zunehmendem Alter hölzerner geworden war, einer reizlosen Hakennase und grundehrlichen Augen. Sie fand ihn schön, als sie sich von ihm verabschiedete. Sie würde ihn nicht mehr verletzen. Das konnte sie wenigstens für ihn tun. Niemals würde sie ihm auch nur in Gedanken einen Vorwurf daraus machen, daß er sie nicht wiederhaben wollte.

Thad küßte sie verlegen auf die Wange und spürte, wie ihr Körper zitterte, als er sie zum Abschied berührte. Er blieb einen Augenblick lang stehen, wollte verzweifelt das Gespräch verlängern, aber es war wohl schon alles gesagt worden. Sie wollte nicht mehr zu ihm zurück, und er würde ihren Entschluß respektieren. Er wollte nie wieder ihre Bürde durch seine Vorwürfe schwerer machen.

Er umklammerte krampfhaft den Biberhut und machte sich über den gewundenen Pfad auf den langen Weg zu der wartenden Kutsche. Natürlich war es am besten, daß sie nicht nach Hause kommen wollte. Er zog das Taschentuch aus der Manteltasche und schneuzte sich heftig in dem offensichtlichen Bemühen, in die Wirklichkeit zurückzufinden.

Aber sie hat gesagt, daß sie mich liebt, murmelte eine leise Stimme in ihm. Sie wollte wahrscheinlich nur freundlich sein, widersprach ein Chor von Gegenstimmen. Nein, sie hat behauptet, daß sie vollkommen ehrlich sein möchte. Ha! Ehrlichkeit, was weiß sie schon von Ehrlichkeit? Vielleicht mehr als irgendein Mensch, der nie gelitten hat, um zu ihr zu gelangen... Der letzte Gedanke hallte mehrmals in seinem Kopf wider wie eine Stimme in einer leeren Halle.

Plötzlich wandte sich Thaddeus, ohne zu wollen, um und begann zu laufen. Zum Sanatorium, zu seiner Frau, zu Mary. »Mary, Mary, Mary!« schrie er im Laufen und erschrak selbst über den ungehörigen Lärm und den Anblick, den er bot, weil er wie ein Verrückter rannte. Als Mary die Veranda erreichte, drehte sie sich um. In ihrem ganzen Leben mit Thaddeus hatte er sich nie so auffallend benommen. Durch einen Tränenschleier sah sie seine Storchengestalt auf sich zulaufen, seine knochigen Arme winkten ihr, und in einer Hand hielt er krampfhaft den Hut fest.

Thad langte keuchend, ohne sich um die Leute zu kümmern, bei der Veranda an und schlang die Arme um seine Frau. Er riß sie durch den Schwung seiner Umarmung beinahe vom Boden hoch.

»Ich liebe dich, Mary«, keuchte er. »Ich habe dich immer geliebt. Ich lasse dich nicht fort! Was immer auch geschehen ist, ist jetzt beglichen. Wir werden alt, Mary! Wir haben unser Leben zusammen verbracht. Welche Fehler wir auch begangen haben, du kannst doch nicht ernstlich fortgehen wollen! Ich werde es nicht zulassen, hörst du? Ich werde dich nie gehen lassen.«

Er liebte sie, er begehrte sie. Trotz allem Trennenden wollte er nicht, daß sie ihn verließ. Mary klammerte sich an ihren Mann und fühlte, wie sich die so lange geschlossenen Pforten ihres Herzens öffneten. Knarrende, verrostete alte Tore wurden endlich durch den Ansturm der Liebe, die sie überwältigte, aufgestoßen.

»Ich liebe dich, geliebter Mann, ich liebe dich!« gestand Mary Dalton ihrem Gatten immer wieder, und zum erstenmal in dem Vierteljahrhundert ihrer Ehe bürgte sie auch mit jeder Faser ihres Herzens dafür.

67

»Nicht das beste Wetter heute, Miss Billy, wie?« Der wettergegerbte, kleine Kutscher, der Billy überallhin fuhr, streckte sich, sosehr er konnte, um den großen, schwarzen Regenschirm über den Kopf seiner Arbeitgeberin zu halten, die um gute dreißig Zentimeter größer war als er.

»Es macht mir gar nichts aus, Tim«, antwortete sie ruhig, während sie es sich in der Kutsche bequem machte und die Regentropfen von den Schultern ihres schwarzen, maßgeschneiderten Mantels schüttelte. Sie legte den Blumenstrauß neben sich auf den Sitz, lehnte sich zurück und sah zu, wie der Regen in dünnen silbernen Rinnsalen über die geschlossenen Fenster strömte.

Sonnentage, Sommertage, sogar warme Herbsttage mit der farbenfrohen Pracht gefallener Blätter ließen den Friedhof friedlich und schön erscheinen. Aber Regentage, Schneetage... das war die Zeit, in der die Menschen, die man geliebt hat, Gesellschaft brauchten.

Es waren schon so viele. Ihre Eltern, alle ihre Brüder, Donaher, Deirdre... Von allen Lieben, die sie verloren hatte, besaß nur eine ein Grab, dem sie ihre Anhänglichkeit bezeigen konnte. Die anderen Toten ruhten auf dem Armenfriedhof oder in der Tiefe des stürmischen Meeres. Aber Deirdre... Deirdre hatte eine letzte

Ruhestätte, die man aufsuchen konnte. Ein Ehrenmal für all die anderen, so schien es ihr.

Die Kutsche hielt rasselnd an, und Timothy in seinem durchnäßten Regenmantel hielt die Tür weit auf und kämpfte wieder mit dem widerspenstigen Regenschirm. Sie lächelte leicht über den vergeblichen Versuch, ihn über ihrem Kopf zu halten. Sie hatte Tim vor Jahren auf der Bowery aufgelesen – er war der Vater eines ihrer Mädchen – und ihm eine Anstellung als Kutscher gegeben, vorausgesetzt, daß er während seines Dienstes nüchtern blieb, was er ihres Wissens all die Jahre hindurch befolgt hatte.

Sie band den Gürtel ihres Mantels fest, zog die Kapuze über ihren hellblonden Kopf, ergriff das Blumengebinde und beschritt vorsichtig den schmalen Weg zu dem doppelten Grabstein, auf dem stand:

Deirdre Mulvaney Dalton

1883–1911

Als unzureichende Huldigung für die unschätzbaren menschlichen Werte, die mit der Ehefrau, der Geliebten und der Freundin verlorengingen, wurde dieser Stein in andächtiger Erinnerung an Deirdre, die Frau von Thomas Dalton, von ihm errichtet, der ihre Tugenden kannte und sie noch immer liebt. Sie schied am neunundzwanzigsten Tag des Novembers 1911 aus diesem Leben. Möge ein barmherziger Gott es fügen, daß wir einander am jenseitigen Ufer wiedersehen.

Ja, so war es: Sie und Tom glaubten beide an das jenseitige Ufer, an den Ort, an dem die Menschen, die sie einst geliebt hatten und die früher dahingeschieden waren, sie willkommen heißen würden.

Eine Zeitlang versank sie in Gedanken und ins Gebet, wie jeden Freitag seit Deirdres Tod. Sie hatte weder Jim noch Tom jemals von ihrem allwöchentlichen Grabbesuch erzählt; das war ihr persönliches Anliegen. Sie wollte mit den Menschen allein sein, die sie liebte, zu einem stillen Zwiegespräch und zum Gedenken.

Mulvaneys »großherzige Geste« fiel ihr ein, und sie hätte zu gern gewußt, was Deirdre dazu sagen würde, daß sie sich Tom anbieten solle. Deirdre würde es wahrscheinlich in Ordnung finden. Billy legte die Blumen auf den grasbewachsenen Hügel, wischte die Tränen weg, die sich mit den kühlen Regentropfen vermischten, und nahm wieder für eine Woche Abschied, bevor sie zu dem mit dem Regenschirm wartenden Kutscher zurückkehrte.

68

»Vater? Schaust du am Sonntag zu, wenn ich Baseball spiele? Ich bin der Pitcher.« Der neunjährige Seamus stand in einer Knickerbockerhose aus Tweed und einem Sweater an der Tür zu Toms Arbeitszimmer.

»Ich habe jetzt zu tun, Seamus«, antwortete der Vater geistesabwesend. »Können wir nicht später darüber sprechen?«

»Aber ich bin der Pitcher, Vater, und ich werfe wirklich gut. Alle Klassenkameraden sagen es.« Die Stimme des Kindes klang traurig.

»Und bist du auch im Unterricht so gut?« Tom war wegen der Kriegsnachrichten aus Europa gereizt. »Dein letztes Zeugnis war eine Katastrophe.«

Seamus' glücklicher, hoffnungsvoller Gesichtsausdruck verschwand, und er schaute auf seine braunen Oxfordschuhe hinunter, um dem Blick des Vaters auszuweichen.

»Im Sport bin ich besser als in den anderen Schulfächern. Wenn du mir beim Baseball zusiehst, wirst du es verstehen.«

Tom sah den hübschen Jungen mit dem rotbäckigen Gesicht an, der um einen ganzen Kopf größer war als seine Altersgenossen, und fragte sich, was aus einem solchen Kind werden sollte, das für ernste Dinge nichts übrighatte und glaubte, der Erfolg im Baseball sei eine gute Voraussetzung für das Leben. Als Tom acht Jahre alt gewesen war, hatte er erlebt, wie sein Vater starb, und er war ganz auf sich selbst gestellt gewesen.

»Da die Vereinigten Staaten in den nächsten Tagen in den Krieg eintreten werden, rechne ich damit, das Wochenende mit deinem Großvater in Washington zu verbringen, Seamus.«

»Großvater wird mir beim Spielen zusehen.« Die Antwort klang vorwurfsvoll und leicht trotzig.

»Dann ist meine Anwesenheit ohnehin unnötig. Ich werde mir dein nächstes Spiel ansehen.«

Der Junge wandte sich zum Gehen, dann drehte er sich noch einmal um.

»Ich bin im Sport wirklich gut, Vater. Du wärst stolz auf mich, wenn du mich spielen sehen könntest.«

Doch Tom war bereits wieder in seine Arbeit vertieft. »Ja, sicherlich«, sagte er geistesabwesend, ohne aufzublicken.

Seamus blieb noch einen Moment stehen, dann verließ er langsam das Zimmer. Er hatte nicht wirklich erwartet, daß sein Vater das Spiel besuchen würde, es wäre aber schön gewesen, wenn er zugesagt hätte. Die Väter der anderen Jungen waren bestimmt da, um sie anzufeuern, und er hätte stolz mit seinem Vater angeben können.

Seamus bedauerte, daß er seinem Vater nicht ähnlicher war. Äußerlich glich er ihm zwar sehr, aber er lernte nicht so leicht und gut wie einst Tom. Rory dagegen, der seinem Vater überhaupt nicht ähnlich sah, war unglaublich klug.

Seamus nahm Tweedmütze, Schläger und Ball von der Garderobe in der Halle, wo er sie deponiert hatte. Noch ein paar Wochen, dann würde die Saison vorüber sein. Sobald das Wetter ein wenig kühler wurde, begann die Fußballsaison. Aber als Fußballspieler war er noch besser als beim Baseball.

»Ich bin wieder Klassenprimus geworden, Vater.« Riordans Stimme klang im Telefon ernst und förmlich.

»Wunderbar, mein Sohn! Jetzt werden wir es diesen feinen Pinkeln einmal zeigen, nicht wahr?« Toms Stimme war voller Begeisterung.

»Es wäre mir lieber, du würdest sie nicht so nennen.«

Du lieber Himmel, dachte Tom, der sich wie immer bei einem Gespräch mit seinem Ältesten klein und häßlich fühlte, was für ein verdammter Besserwisser er doch ist! »Wie du meinst, Rory«, sagte er und hatte es plötzlich eilig, das Telefongespräch zu beenden. »Viel Glück bei den Prüfungen.«

»Danke, Vater«, sagte der Junge, »ich werde sie bestimmt gut bestehen.«

Tom legte den Hörer auf, nachdem er auf Wiedersehen gesagt hatte. Er würde den Jungen nie verstehen.

Diamond Jim dagegen behauptete, daß er den Jungen begriff. Er sei verbittert, erklärte der Großvater. Er sei alt genug gewesen, um durch Deirdres Tod schwer getroffen zu werden. »Du warst sein Idol«, hatte Jim erst vor kurzem zu Tom gesagt. »Du hast ihn nie getröstet. Er glaubt, daß du ihm nach Deirdres Tod deine Liebe entzogen hast.«

»Das ist lächerlich«, hatte Tom geantwortet, der sich über diesen Vorwurf ärgerte.

»Unsinn!« explodierte Jim. »Du hast ihn enttäuscht, als er dich brauchte. Er hat an diesem Tag seine Mutter *und* seinen Vater verloren, Tom, und wenn du nichts gegen die Verbitterung unternimmst, die in ihm schwelt, wird er es dir eines Tages heimzahlen. Merk dir meine Worte!«

Vielleicht hatte Jim recht. Tom wollte versuchen, sich zu bessern, wenn der Junge in den Sommerferien nach Hause kam.

Maeve Dalton hätte gern gewußt, wie sie es anstellen solle, mit ihrem Vater zu sprechen. Sie legte es sich im Geist zurecht, nachts etwa, wenn sie in ihrem großen Bett lag und an ihn dachte. Wie gut er aussah, und wie geschickt er alle diese Geschäfte leitete! Sie wollte ihm darüber Fragen stellen, und er würde ihr alles erklären, würde sie in den Zirkus und in die Museen und überallhin führen, wohin das Kindermädchen sie mitnahm, und sie würden endlich beisammen sein.

Die Nonnen in der Schule meinten, Gott habe Maeve mit Schüchternheit geschlagen, um ihren Mut auf die Probe zu stellen, weil Er wohl wollte, daß sie in den Orden eintrat und eine Nonne wurde, wenn sie alt genug dazu war.

Sie betrachtete sich im Spiegel des Toilettentisches und zog ihr langes, braunes Haar straff aus dem Gesicht, um zu sehen, wie sie mit einer Nonnenhaube aussehen würde. Sie prüfte ihr Spiegelbild sorgfältig und versuchte ein Gefühl der Frömmigkeit in sich zu erwecken, doch sie kam sich nur unansehnlich vor. Die Augen waren zu groß, die Nase zu kurz, die Lippen waren zu voll, und dann noch diese widerlichen Sommersprossen!

Vielleicht sollte sie doch ins Kloster gehen. Kein Mann würde jemals ein so unansehnliches Mädchen heiraten wie sie. Sie rümpfte die kleine Nase über ihr Spiegelbild, ließ das Haar los und seufzte über ihre trostlosen Zukunftsaussichten.

69

Der Krieg, den Diamond Jim schon lange vorhergesagt hatte, brach in Europa aus: Antwerpen war gefallen, und die Zeitungen waren voll von Nachrichten über die blutige Schlacht bei Ypres.

Im ganzen Land sangen fanatische junge Leute Lieder und meldeten sich freiwillig zum Krieg in Europa. Meine Söhne sind Gott sei Dank noch Kinder, dachte sich Tom, als er die Berichte über das Gemetzel bei Lille und Ypres las.

M & D verdiente ein Vermögen an diesem Krieg, auch das hatte Jim vorausgesagt. Die Regierung benötigte Schiffe, um Waren nach Europa zu transportieren, und sie brauchte auch fast alle übrigen Produkte, die M & D liefern konnte. Wieder einmal hatten Jims Geschäftssinn und Voraussicht, ganz zu schweigen von seinen politischen Freunden in Albany und Washington, die Familie noch reicher gemacht.

Aber Jim wurde langsamer, »er baute ab«, war vielleicht die treffendere Bezeichnung. Seit dem Kampf um die Docks und Deirdres Tod war der Reiz des Geschäftslebens und der Kunst, dem Konkurrenten immer um eine Nasenlänge voraus zu sein, für den alten Mann nicht mehr so faszinierend. Er erwähnte einmal Tom gegenüber, daß Deirdre vielleicht nicht hätte sterben müssen, wenn er Vincenzo nicht diese Nasenlänge voraus gewesen wäre. Dieser Gedanke war übrigens beiden Männern gekommen.

Aus welchem Grund auch immer, Jim schob Tom überall in die Führungsposition. Nutzholz, Schiffahrt, Politik, Immobilien: er zog sich von einer Sparte nach der anderen unauffällig zurück. Die Palastgarde blieb natürlich die alte: Tierney und O'Reilly regierten noch immer in ihren Domänen. Die Organisation war mit den Jahren freilich so gewachsen, daß sie eine weit größere Zahl von Angestellten umfaßte als zu jener Zeit, da Tom ins Geschäft eingetreten war.

Tom spürte, daß zwischen ihm und Jim mehr als nur eine schlichte Wachablösung stattfand. Es war der Versuch, eine Dynastie zu gründen, das feierliche Zementieren einer Verbindung, um das Imperium mindestens noch eine Generation lang zu sichern – mit der Hoffnung, daß vielleicht ein weiteres Familienmitglied sich dafür qualifizieren würde, das Lebenswerk weiterzuführen.

Tom wußte, daß seine gestörte Beziehung zu den Söhnen Jim beunruhigte. Er wußte, daß es für den Alten eine Befriedigung bedeuten würde, wenn ein Enkel die Gewähr bot, ein würdiger Nachfolger zu werden. Es war aber nicht leicht, in den Jungen auch nur die kleinste Spur einer entsprechenden Anlage zu entdecken.

Tom nahm sich vor, Billy und Jim abends einmal auszuführen und überhaupt mehr Zeit mit ihnen zu verbringen. Billy konnte noch immer bei Jim die alte Überschwenglichkeit auslösen. So hatte sie auch begonnen, ihn ins Kino, diese neue Unterhaltungsform, mitzunehmen. Lustspiele von Mack Sennett und Charlie Chaplin hoben seine Stimmung, aber auch W. C. Fields oder Fanny Brice auf einer Bühne irgendwo in der Stadt. Tom wußte, daß Mulvaneys Vergnügen am Theater vor allem dem Aufsehen entsprang, das er erregte, wenn er mit Billy am Arm den Saal betrat. Die statuenhafte Schönheit in den modernen, knöchellangen Röcken und in Knopfstiefeln verursachte in jedem Theater Aufsehen, weil die meisten Leute Billy für einen Filmstar hielten.

Billy machte sich, wenn auch etwas ängstlich, sorgfältig für die Gelegenheit zurecht. Tom hatte darauf bestanden, daß sie zu Rorys Geburtstagsfeier kam. Die Kinder, Jim und eine Menge von Rorys Freunden würden anwesend sein. Sie war über diese Einladung alles andere als begeistert gewesen.

»Du bist doch, als die Kinder klein waren, immer zu uns gekommen«, hatte Tom argumentiert.

»Deirdre hat damals gelebt; die Einladung ging von ihr aus.«

»Warum konntest du ihre Einladung annehmen und meine nicht, möchtest du mir das erklären?«

»Wenn sie herausbekommen, wer ich bin, Tom, was dann? Die Jungen wachsen heran, und Rory ist sehr hell. Es ist nicht gut, wenn die Kinder über mich Bescheid wissen.«

»Was gibt es über dich Bescheid zu wissen? Sie wissen nur, daß du meine und Jims Freundin bist und daß du die Freundin ihrer Mutter warst. Außerdem werden sie sich alle im Garten aufhalten, und wir werden das Haus für uns haben. Ich bestehe darauf, daß du kommst.«

Widerwillig hatte sie zugesagt.

»Hübsches Haus, Rory, alter Junge«, lobte der kleine blonde Bursche mit der Brille, während er ein Brötchen kaute.

»Mein Vater meint, dein Alter hat ganz schön Kriegsgewinne an Land gezogen, obwohl er katholisch ist.« Die Bemerkung kam von einem größeren Jungen mit dunklem, glatten Haar, während sie müßig in der Bibliothek herumsaßen. Die Klänge der Kapelle und die Stimmen vom Garten her erfüllten die Bibliothek. »Scott, gib mir doch bitte einen Schluck.« Der blonde Junge griff in die Tasche und reichte seinem Freund Whit eine Reiseflasche.

»Auch kein übler Tropfen«, meinte der dunkle Junge anerkennend, dann steckte er das Fläschchen hinter ein Kissen der Couch, weil Stimmen von Erwachsenen näher kamen.

Tom, Jim und Billy kamen im Korridor vorbei, bemerkten die drei Jungen und blieben stehen, um Rorys Freunde kennenzulernen.

Riordan sprang auf, als sie eintraten, auf seinem Gesicht lag ein maskenhafter Ausdruck.

»Warum stellst du uns nicht deinen Freunden vor?« meinte Tom. Der Partybetrieb hatte ihn in gute Stimmung versetzt, und er freute sich, daß Billy gekommen war.

Rory erinnerte sich an seine tadellosen Manieren und besorgte die Vorstellung genau nach Etikette.

»Eine großartige Party, Mr. Dalton«, bemerkte Scott, dessen Benehmen alles andere als schlecht war.

»Ja, Sir«, bestätigte Whitney, der auch stramm stand. »Wir danken Ihnen für die Einladung.«

»Freut mich, daß ihr euch alle gut unterhaltet«, sagte Tom großzügig und fand, daß Rorys neue Freunde eigentlich nicht so übel waren. Sie unterhielten sich noch ein paar Minuten, dann gingen sie weiter, nachdem Tom Rorys Verdrossenheit und die unverhohlene Würdigung der Reize Billys seitens der beiden anderen Burschen bemerkt hatte.

Die drei Erwachsenen waren schon auf dem Korridor, als sie hörten, wie Whit Rory leise fragte: »Wer ist die prachtvolle Blondine?«

»Die Hure meines Großvaters«, war die kesse Antwort.

Mulvaney und Billy blieben wie versteinert stehen, doch Tom war so schnell wieder im Zimmer, daß Rory keine Zeit hatte, der Ohrfeige auszuweichen, die ihn neben einem kleinen Cocktailtisch zu Boden schleuderte.

Ohne zu warten, bis der Junge mit blutenden Lippen aufstand, kehrte Tom seinem Sohn den Rücken zu. Sein Gesichtsausdruck war so wütend, daß die beiden anderen sich eilig in Sicherheit brachten. Doch er ging an ihnen vorbei in den Korridor zurück, wo Billy blaß und bewegungslos dastand, als wäre sie zu einer Salzsäule erstarrt.

Diamond Jims mächtige Stimme, die von der Tür her dröhnte, erschreckte sie alle. Seine dichten Augenbrauen waren zutiefst mißbilligend und angewidert zusammengezogen. Seine Stimme grollte wie Donner, doch er beherrschte sich.

»Anscheinend mußt du noch etwas Achtung vor Leuten lernen, die älter sind als du, junger Mann.« Jims massiger Körper wuchs mit seiner Stimme, während er zu seinem Enkel sprach. »Da du dir nichts dabei denkst, mich und meinen Gast in deinem Haus zu beleidigen, wirst du bestimmt einsehen, daß ich keinen Grund habe, dich meinerseits mit Achtung zu behandeln: Du wirst keinen Penny von mir erhalten, wenn ich einmal das Zeitliche segne, darauf kannst du dich verlassen.«

Rory war inzwischen wieder aufgestanden, aber der herausfordernde Ausdruck ließ sein hübsches Gesicht häßlich erscheinen.

»Merk dir meine Worte, Rory!« erklärte der Großvater zornig. »Ich werde das Erbe, das ich dir zugedacht habe, der Dame hinterlassen, die du beleidigt hast – als Beweis dafür, daß nicht alle Männer in unserer Familie hochnäsige, kaltschnäuzige, flegelhafte Strohköpfe sind wie du. Es gibt ein irisches Sprichwort, das meine selige Mutter oft zitierte, du tätest gut daran, es dir einzuprägen: ›Laß dir von deiner Zunge nicht die Kehle durchschneiden‹, pflegte sie mich zu ermahnen. Du wirst noch feststellen, daß dies ein guter Rat ist.«

Damit stapfte Jim Mulvaney hinaus und bot der erschütterten Billy mit würdevollem Schwung seinen Arm. Sie blickte Jim in die Augen, dann richtete sie sich zu ihrer vollen, stattlichen Größe auf und verließ an seinem Arm ruhig das Haus.

Mrs. Thaddeus Martin

25. April 1915

Mein liebster Tom,

Ich kann Dir gar nicht schildern, um wieviel besser ich mich fühle, seit ich das Sanatorium verlassen habe. Thad hat sich seit meiner Heimkehr so liebevoll gezeigt, daß ich es allmählich für möglich halte, die Bitternis und den Kummer der letzten Jahre zu überwinden und mein Leben neu zu beginnen.

Mein Gedächtnis ist bis auf sehr wenige Ausnahmen zurückgekehrt, und ich kann zum ersten Mal im Leben meinem Mann und meinen Kindern (die natürlich keine Kinder mehr sind) mit reinem Gewissen gegenübertreten. Kannst Du Dir vorstellen, welch große Erleichterung das für mich bedeutet?

Leider hat der arme, liebe Thad, als er mich heiratete, mehr in Kauf nehmen müssen, als er erwartet hat. Nun ja, wir alle müssen doch mehr in Kauf nehmen, als wir erwartet haben, das habe ich inzwischen gelernt.

Jedenfalls wollte ich Dir erzählen, wie gut es mir geht, und Dir natürlich für alles danken, was Du – in Gedanken, Worten und Taten – für mich getan hast, mein geliebter Sohn. Du hast von meinen Kindern am wenigsten von mir erhalten und hast mir am meisten vergolten. Mir fehlen die Worte, um die Dankbarkeit und Liebe auszudrücken, die ich für Dich empfinde.

In meinem Bemühen, mein Leben neu zu beginnen, habe ich beschlossen, Dir das letzte Erinnerungsstück aus meiner Vergangenheit zu schicken. Du findest beiliegend eine Kopie des Testaments Deines Vaters. Ich brauche wohl nicht zu betonen, daß es keine rechtliche Gültigkeit besitzt, aber vielleicht wird die Liebe, die es ausdrückt, Hilfe für Dich bedeuten, wie es für mich viele Jahre lang der Fall war.

Und nun, mein lieber Thomas, mache ich mich auf den Weg zu meinem neuen Anfang. Thaddeus und ich fahren nächste Woche nach Irland. Von dort aus werden wir einen Monat lang Europa bereisen, da der Arzt findet, daß ich mich in einer neuen Umgebung, in der es keine Erinnerungen gibt, erholen muß. Thad hat mir zu meiner Freude versprochen, einen Monat Urlaub vom Geschäft zu nehmen, so daß wir zusammen reisen können, und ich freue mich darauf, als wäre es meine Hochzeitsreise.

Du wünschst mir hoffentlich Glück zu meinem neuen Abenteuer.

Manchmal fühle ich mich wie in einem zerbrechlichen Ruderboot, in dem ich dem Sturm trotze, aber vielleicht wird es mit Gottes Hilfe zur Abwechslung klares Wetter für die Fahrt geben, und wenn wir uns bei meiner Rückkehr wiedersehen, wirst Du Dich überzeugen können, daß ich gesund und glücklich bin.
Mit aller Liebe und Dankbarkeit, deren ich fähig bin,
Deine Dich liebende Mutter

Mary saß am Tisch im großen Salon des Liniendampfers und entspannte sich. Sie hätte es nicht für möglich gehalten, daß man sich so wohl fühlen konnte. Sie lebten ja in Boston nicht gerade bescheiden, aber der aufwendige Prunk dieses Schiffes war geradezu festlich. Überall an Bord herrschte trotz der Kriegsnachrichten, die aus dem Funkraum zu den Passagieren der oberen Klasse drangen, beinahe Karnevalsstimmung.

Die Kabinen der Ersten Klasse waren prächtiger, als sie es sich vorgestellt hatte. Mit Ebenholz und Mahagoni getäfelt, mit Wohnzimmer, Speisezimmer, Ankleideraum und zwei Badezimmern ausgestattet, waren die Appartements noch großartiger als das Plaza Hotel, in dem sie vor der Abreise logiert hatten.

Und der große Salon, in dem sie auf Thad wartete – er hatte kurz einen Bekannten an einem anderen Tisch besucht, der vom Bordfunker die neuesten Nachrichten erhalten hatte –, war goldglänzend und mit goldenen Wandleuchtern in der Größe von Springbrunnen geschmückt. Eine große Treppe mit vergoldetem Geländer bildete den Mittelpunkt des Raumes. Sie schwang sich elegant an den spiegelgeschmückten Wänden entlang, vom Licht der sich in ihnen spiegelnden Kerzen und Glühlampen glitzernd.

»Du bist die schönste Frau im Saal«, sagte Thad bewundernd, als er hinter sie trat und sich zu ihr beugte, um ihr die Worte ins von einer kunstvollen Abendfrisur verdeckte Ohr zu flüstern.

Mary lächelte zu ihrem Mann empor, und die Liebe zu ihm, die in ihr aufwallte, wärmte ihr Herz. »Ein sehr hübsches Kompliment, mein Lieber, angesichts der vielen Schönheiten in diesem Raum.« Sie sagte es lachend. Der Champagner begann, sie fröhlich zu stimmen.

»Es gibt keine Frau in diesem Raum oder auf der ganzen Welt, mit der ich lieber beisammen wäre als mit dir, Mary.« Ihr Mann beteuerte es so ernst, daß sie wußte, er sprach die Wahrheit.

»Und auch keinen Mann, mit dem ich lieber beisammen wäre«, gab sie das Kompliment zurück, und auch diese Worte waren endlich, nach all den Jahren, wahr.

Thaddeus Martin strahlte seine neunundfünfzigjährige Frau an und fand, daß sie der schönste Gewinn seines Lebens war. All die schlimmen Jahre hatten die überraschende Gnade gezeitigt, daß Mary ihn nunmehr rückhaltlos liebte. Diese Erkenntnis hatte ihn verwandelt.

»Wollen wir in unsere Kabine gehen, Liebste?« fragte er sanft, und sie wußte, daß er sie in die Arme nehmen wollte.

Auch dieser Aspekt ihres Lebens hatte sich seit ihrer Rückkehr aus dem Sanatorium geändert. Der körperliche Liebesakt, der ihr in den früheren Jahren eine lästige Pflicht gewesen war, hatte sich nun in etwas Schönes verwandelt und war von Zärtlichkeit erfüllt.

Sie hatte sich gefragt, ob die Ungeschicklichkeit, die sie Thad so viele Jahre lang beim Liebesspiel zugeschrieben hatte, nicht durch ihre frustrierte Haltung verursacht worden war. Solange sie sich an die Vorstellung geklammert hatte, in Michaels und nicht in Thads Armen zu liegen, war ihr Intimleben ein Alptraum gewesen. Jetzt war es auf einmal schön. Und aufregend.

Sie lächelte ihrem Mann verführerisch zu und hängte sich bei ihm ein, während sie zu ihrer Kabine gingen. Das erlesene weiße Seidenkleid von Poiret, das sie trug, wogte sinnlich im Schein des Lampenlichts, wenn sie sich bewegte.

Das Geräusch, das Mary und Thad aus ihrem Mittagsschlaf riß, war ein Zwischending zwischen Donnerrollen, Krachen und Rasseln. Das ganze Schiff wurde von heftigen Stößen erschüttert, und plötzlich zerrissen Alarmglocken und Schreie die Stille.

Mary setzte sich auf und sah, daß Thad schon auf den Beinen war und in seine Hose schlüpfte. Die Uhr zeigte vierzehn Uhr zwanzig, und als ihre Blicke einander in dem schwachen Licht der Kabine trafen, wußten beide, daß etwas Unvorhergesehenes eingetreten war.

»Du wartest hier, Mary!« Thads Stimme klang entschieden. »Ich werde herausfinden, was sich ereignet hat. Was immer auch geschieht, ich komme wieder hierher. Zieh, so schnell du kannst, deine wärmsten Sachen an, meine Liebe!«

»Warte!« Marys Stimme war scharf und befehlend. »Du mußt eines wissen, bevor du gehst, mein Liebster. Wenn es sich um einen Unglücksfall handelt wie bei der ›Titanic‹ und sie nicht alle retten können, bleibe ich bei dir.«

»Sei nicht albern, Mary. Wahrscheinlich gibt es ausreichend Platz für alle, wenn aber nicht, wirst du in eines der Rettungsboote steigen.«

Mary griff in der düsteren Kabine nach der Hand ihres Mannes. »Thaddeus, mein Lieber, es ist nicht der richtige Moment, um lange zu debattieren. Ich habe eben erst nach all den Jahren zu dir gefunden; und du mußt wissen, daß ich dich jetzt nie mehr verlassen werde.«

Er schloß sie dankbar in die Arme, drückte ihren Körper nur einen Augenblick lang an sich, dann schob er sie sanft von sich.

»Zieh deinen Mantel an, Mary! Was auch immer geschieht, wir werden dem Schicksal gemeinsam gegenübertreten.«

Mary zog schnell ein Wollkleid über den Kopf, warf ihren Pelzmantel über und ergriff die Hand ihres Mannes mit festem Druck, während sie sich auf den Weg zum Oberdeck machten.

Mr. Thomas Dalton
M & D Holzhandel und Reederei
15, John Street
New York, New York

Mutter und Vater an Bord der »Lusitania« stop torpediert durch deutsches U-Boot 7. Mai stop Befürchten keine Überlebenden stop Brauchen sofort politische Hilfe um Leichen nach Hause zu überführen stop Bitte drahtet ob Hilfe möglich stop

Robert Martin

Tom saß neben Billy auf der Couch in Jim Mulvaneys Bibliothek, als wäre er zu Eis erstarrt. Sein kräftiger Körper war zusammengesunken, und er stützte mutlos den Kopf in die großen Hände.

Billy saß mit untergeschlagenen Beinen neben ihm auf dem Boden. Sie war von der Schreckensnachricht in dem Telegramm beinahe ebenso betroffen wie er. Die Zeitungen brachten natürlich ausführliche Reportagen. Die »Lusitania«, ein riesiger Ozeandampfer, war von den Deutschen vor der irischen Küste versenkt worden. Nun würde Amerika sicherlich in den Krieg eintreten, aber im Augenblick war diese Tatsache noch unerheblich.

»Du bist absolut sicher, daß keine Hoffnung besteht?«

»Sie ist innerhalb von kaum zehn Minuten untergegangen, Billy. Sie hatten nicht einmal Zeit, die Boote zu bemannen. In der Irischen See ist es um diese Jahreszeit entsetzlich kalt. Sie hätten nur wenige Minuten überleben können, auch wenn sie nicht beim Untergang des Schiffes in die Tiefe gerissen wurden.« Seine Stimme klang heiser und verzweifelt.

Billy stand auf und legte ihm die Arme um die Schultern. Sie drückte ihn an sich, obgleich er keine Reaktion zeigte. Er konnte die Tränen aus ihrer Stimme heraushören, als sie sagte: »Du solltest alles loswerden, Tom! Du wirst ersticken, wenn du versuchst, einen so großen Kummer für dich zu behalten. Ich weiß, wie sehr du an ihr gehangen hast.«

»Es geht um mehr!« Er schüttelte Billys Arme ab und wandte sich ihr zu; sein Gesicht war erhitzt und zornig. »Das Ganze ist verdammt unfair. Sie hat so schwer darum gekämpft, ins Leben zurückzufinden, nachdem der Junge gestorben war. Ihr ganzes Leben lang hat sie so schwer gekämpft, Billy, um ein ganz kleines, kurzes Glück zu erleben. Doch am Ende war sie glücklich, Billy! Ihre Stimme am Telefon, ihre Briefe – das alles zeugte von dem neuen Glück. Sie war mit allem fertig geworden. Sie hat schließlich auch Thad Martin geliebt, weil er zu ihr gehalten hat. Und nun hat sie diese gemeine Ungerechtigkeit des Schicksals dennoch ereilt! Offenbar kann man dem nicht entgehen, ganz gleich, wie sehr man sich bemüht!«

Billy sah ihn genau an. Sprach er von Marys Schicksal oder von dem seinen? Man konnte es unmöglich unterscheiden.

»Die Reise sollte der Beginn eines neuen Lebens für sie beide sein. Ein neues Leben – daß ich nicht lache! Ihr Leben war vom Tag ihrer Geburt an zum Scheitern verurteilt.« Er lachte gequält.

»Jetzt hör mir mal genau zu, Tom Dalton!« Billy hatte sich vor ihn gestellt. »Niemand hat je behauptet, daß dieses Leben fair oder auch nur halbwegs fair ist. In Wirklichkeit ist es eine große, widerliche Schweinerei, und was uns in Gang hält, sind wir selbst und ein paar gute Dinge, die uns unterwegs zustoßen. Deine Mutter hatte viel mehr Glück in ihrem Leben als so manche andere Frau. Sie hat erlebt, wie ihre Kinder aufwuchsen, und sie hatte ein erfülltes Leben. Sie hat zwei Männer geliebt, die ihre Liebe erwiderten. Sie hat lang genug gelebt, um ihre geheime Schuld loszuwerden, so daß sie nicht mit ihr auf dem Gewissen starb. Und vor allem starb sie an der Seite eines Mannes, den sie liebte, mit jemandem, der sie trotz all ihrer Fehler und ihres Vorlebens liebte. Ich will damit nicht sagen, daß ich das, was geschehen ist, für gut halte. Es ist eine widerliche, dreckige, verdammte Schande! Aber du mußt wissen, daß ihr Leben keineswegs vergeudet war! Es ist unrecht von dir, so zu denken!«

Sie setzte sich wieder auf das Sofa, und Tom lehnte sich an ihre Brust. Sein Körper wurde von heftigem Schluchzen erschüttert, und sie seufzte erleichtert auf, als Jim Mulvaney das Zimmer betrat. Sie sah ihn vielsagend an, und er nickte verständnisvoll. Sie hatte genügend Kummer in ihrem Leben erlitten, um zu wissen, daß die schlimmste Gefahr darin bestand, daß man ihn für sich behielt.

»Es ist schon gut, mein Freund«, murmelte sie, während sie den großen Mann in den Armen hielt, als wäre er ein Kind, und ihr Tränen über die Wangen liefen. »Es ist vollkommen in Ordnung, daß du um sie weinst. Sie ist doch deine Mutter.«

Ach Thomas, Thomas, mein Thomas, dachte sie. Kann ein Mann, kannst sogar du jemals ahnen, welches Mitgefühl ich für deine Mutter empfinde? Kann einer von euch in seinen wildesten Träumen ahnen, was es für eine Frau bedeutet, ihren Körper zu verkaufen, um ihre Seele zu bewahren?

70

Das Geräusch von laufenden Schritten riß Tom aus seinen Tagträumen. Ein junger Bursche sauste vorbei, und als Tom ein Ziehen an seiner Seite spürte, begriff er verblüfft, daß man ihm seine Taschenuhr entrissen hatte. Als er zu Diamond Jim zurückgekehrt war, hatte dieser darauf bestanden, daß er sie sich von seinem ersten Gehalt kaufte. »Das ist das Markenzeichen eines erfolgreichen Mannes. Ich kann mir doch nicht nachsagen lassen, daß mein Protegé kein vermögender Mann ist.« Er hatte dazu wie über einen neuen Witz gekichert.

Tom war nach Boston gereist, um sich mit den Marshalls zu treffen. Es freute ihn immer wieder, daß die Lösung, die er vor langer Zeit für den gordischen Knoten Marshall Skipping gefunden hatte, sich für alle Beteiligten als so vorteilhaft erwies. Nicht zuletzt wegen des Krieges hatte sich der Umsatz der kleinen Reederei vervierfacht.

Der Junge mit den flinken Füßen hatte schon die Hälfte des nächsten Häuserblocks hinter sich gebracht, als Tom sich von seiner Verblüffung so weit erholt hatte, daß er ihm nachlief. »Haltet den Dieb!« rief er einmal, dann konzentrierte er den Atem auf das Laufen. Der Junge blickte kurz hinter sich, seine schwarzen, ungekämmten Haare flatterten um sein Gesicht, und bog dann in ein winkliges Gäßchen ab. Toms lange Beine waren natürlich den kürzeren des Jungen überlegen, und er holte den Ausreißer ein. Der wollte gerade über einen Zaun am Ende der Gasse klettern, um seinem Verfolger zu entgehen. Tom riß den Jungen kurzerhand vom Zaun herunter und warf ihn auf den Boden. Die mageren Arme und Beine wehrten sich hilflos gegen den Zugriff des großen, gelenkigen Mannes. Die Kleidung des Jungen war zerlumpt, fadenscheinig und schmutzig.

»Ich möchte meine Uhr wiederhaben, Bursche, wenn es dir nichts ausmacht.« Der Junge reichte ihm widerstrebend den goldenen Schatz, der an der abgerissenen Kette hing.

»Tut mir leid, Sir«, sagte der Gefangene mit breitem irischen Akzent. »Ich habe schon lange nichts mehr im Magen, und da hat mich der Teufel geritten.«

Tom lachte über die kühne, typisch irische Geschichte und stand wieder auf, doch als sein Gefangener sich zur Flucht wandte, hielt er ihn fest.

»Wie heißt du, und wo lebst du? Ist das deine einzige Möglichkeit, etwas zu essen zu bekommen? Wo ist deine Familie?«

»Ich heiße Jack Cavanaugh«, antwortete der Junge trotzig. »Ich bin meine Familie. Aber ich wäre Ihnen dankbar, wenn Sie Ihr Riesengewicht von meinem Bein nehmen, sonst brechen Sie es noch in Stücke.«

Tom verlagerte sein Gewicht und ließ den Jungen vorsichtig aufstehen. Das magere Kind klopfte den Straßenstaub ab und streckte Tom zu dessen Belustigung unternehmungslustig die Hand entgegen.

»Ich werde mich jetzt von Ihnen verabschieden, Sir, wenn Sie gestatten. Ich bin ein wenig hungrig und muß einen Gentleman mit einer Uhr wie der Ihren finden, aber mit kürzeren Beinen, wenn ich was in den Magen kriegen will.«

»Hast du denn gar kein Zuhause?« fragte Tom, während er mit geübtem Auge den Jungen einschätzte. Er war sichtlich intelligent und sprachgewandt, aber bettelarm wie so viele von Diamond Jims Wählern, die er jede Woche besuchte.

»Nein. Von klein auf nicht, Sir«, lautete die Antwort. »Für einen Mann in meinem Alter gibt es wenig Arbeit, und deshalb schlage ich mich durch, so gut es geht.«

»Und welches Alter wäre das?«

»Dreizehn, Sir. Beinahe.«

»Ich verstehe. Ich werde dir keine Predigt über das Stehlen von Uhren halten, und ich werde kaum deine Lage ändern können, aber« – Tom zog eine Münze aus der Tasche – »ich kann dir zu einer anständigen Mahlzeit verhelfen und dir meine Visitenkarte geben für den Fall, daß du jemals nach New York kommst. Wenn du mich dort aufsuchst, könnte ich behilflich sein, Arbeit für einen Mann wie dich zu finden.« Toms Augen funkelten vergnügt, aber der Junge sah ihn wieder trotzig an.

»Jack Cavanaugh nimmt keine Almosen«, lehnte er ab und wich vor dem angebotenen Geldstück zurück. »Ich bin ein stolzer Mann, Sir, obwohl ich derzeit in einer Pechsträhne stecke.«

Tom drückte die Münze und die Karte in die schmutzigen Hände des Jungen. Wie das Kind mutig den Stolz bewahrte und der Hunger in seinen Augen rührten ihn.

»Es ist kein Almosen, wenn ein Mann einen anderen zum Essen einlädt, Jack Cavanaugh. Wenn du nach New York kommst, kannst du dich revanchieren.«

Die blauen Augen des Jungen glitzerten in dem verschmutzten Gesicht, und Tom wurde klar, daß Jack bei der Aussicht auf eine warme Mahlzeit Tränen der Erleichterung unterdrückte.

»Gott segne Sie!« flüsterte der Junge, dann war er verschwunden, während Tom in Erinnerungen an einen anderen armen Jungen zu einer längst vergangenen Zeit und an einem entfernten Ort versank. Dann schüttelte er den Kopf, um die traurigen Gedanken zu verscheuchen, und eilte zu seiner Verabredung.

»Wie geht es der Marshall-Filiale des Reedereiimperiums M & D?« fragte Tom lachend, während er Abby stürmisch umarmte und Henry die Hand schüttelte.

»Wie Sie genau wissen, schwimmen wir praktisch im schnöden Mammon«, antwortete Abigail lachend und versuchte, das Gleichgewicht wiederzufinden und damit ihre Würde zu bewahren. »Ich bedaure es allerdings, daß ein Krieg kommen mußte, um uns alle reich zu machen.«

»Sie und Mr. Mulvaney, Sie sind natürlich noch reicher, wie?« Henry zwinkerte wohlwollend.

»Wenn Abby ihren berühmten Brombeer-Brandy herausrückt, werde ich Ihnen genau vorrechnen, wie reich wir laut der letzten Abrechnung sind. Eigentlich bin ich aus diesem Grund hier.«

Sie begaben sich freundschaftlich in die kleine, mit Büchern vollgestopfte Bibliothek. Jeder nahm in seinem Lieblingsstuhl Platz, während Abby mit den für New England typischen sparsamen Bewegungen, die Tom immer zum Schmunzeln reizten, den Brombeer-Brandy einschenkte.

»Wie Sie beide sehr wohl wissen«, begann Tom weitschweifig, »hat die US-Regierung neue Schiffseinheiten im Wert von vierzehn Millionen Dollar für Kriegszwecke in Auftrag gegeben...«

»...von denen ein ansehnlicher Teil dank gewisser gewagter politischer Machenschaften Ihres Mr. Diamond Jim Mulvaney an unsere kleine Werft ging«, fügte Abigail hinzu, während sie die drei Gläser mit dem dunklen Getränk austeilte.

»*Unseres* Mr. Mulvaney, liebe Abby«, verbesserte sie ihr Bruder freundlich.

»Ja natürlich, Henry, natürlich.«

Tom lächelte über den Wortwechsel und fuhr fort. »Und wie Sie gleichfalls wissen, war der Krieg zu Ende, bevor die meisten dieser Schiffe vom Stapel liefen, obwohl sie voll bezahlt wurden.«

»Ist auch wirklich schade«, meinte Henry, für den es unerträglich war, daß ein von Marshall gebautes Schiff noch im Trockendock lag.

»Sie wissen aber nicht, liebe Freunde, daß *unser* Diamond Jim Mulvaney soeben den Coup seines Lebens gelandet hat.«

»Raus mit der Neuigkeit, junger Mann, bevor Sie an ihr platzen!« Abbys Stimme war vor Erregung jugendlich.

»Sie wissen, wie peinlich berührt alle Verantwortlichen in Washington waren, weil sie einen vierzehn Millionen teuren Fehler begangen hatten. Ob Sie es glauben oder nicht, sie haben beschlossen, ihre Verluste soweit wie möglich wieder hereinzubringen, indem sie die im Trockendock liegenden Schiffe für zehn Cents je Dollar verkaufen.« Er freute sich über den überraschten Ausdruck auf den beiden Gesichtern und brachte stillvergnügt die Schlußpointe. »Und unser Diamond Jim Mulvaney hat sie dazu gebracht, M & D das Vorkaufsrecht für den ganzen Posten einzuräumen.«

Der Gesichtsausdruck der beiden Marshalls war ein Gemisch aus Verwunderung, Triumph und deutlichem Mißfallen. Tom wunderte sich, daß alle drei Gefühle sich so gut nebeneinander behaupten konnten.

Abigail wandte sich an ihren Bruder: »Ich weiß nicht, ob ich stolz sein soll, weil wir im Begriff sind, eine der größten Reedereien in Boston zu werden, oder entsetzt, weil wir es auf Kosten der Regierung tun.«

»In Washington werden wegen dieses Fiaskos bestimmt einige Köpfe rollen«, stellte der praktisch denkende Henry fest, als könne er nicht glauben, was er gehört hatte.

»Wahrscheinlich werden deshalb genauso viele Leute bestochen wie entlassen werden, Henry. Ich bin ebenso empört wie Sie beide über den bürokratischen Stumpfsinn, der so etwas ermöglicht. Aber ich bin auch verdammt glücklich darüber, daß M & D davon profitiert und nicht jemand anderer.«

»Sie müssen uns unsere rechtschaffene Entrüstung verzeihen, Tom«, erklärte Abby, die sich inzwischen beruhigt hatte. »Wir Yankees sind von Natur aus gegenüber Unfähigkeit unduldsam; nur unser Abscheu vor Vergeudung ist noch größer. Leider hat diese Geschichte mit beidem zu tun.«

»Ich muß schon sagen, ich habe ein bißchen mehr Begeisterung von Ihnen erwartet, wenn wir Millionen scheffeln. Denken Sie nur daran, wie stolz Ihr Vater über einen solchen finanziellen Erfolg von Marshall Shipping wäre.«

»Unser lieber Vater, der einen Teil seines Lebens mehr oder weniger als Seeräuber im Chinesischen Meer verbracht hat, wäre zweifellos begeistert«, erwiderte Abby. »Unsere Mutter aber, die ihr ganzes Leben Mitglied einer freien Kirchengemeinde war, dreht sich ebenso zweifellos in diesem Augenblick infolge dieses Gesprächs im Grabe um.«

»Liebe Abby«, begann Henry mit einer für ihn untypisch festen Stimme, »ich würde meinen, daß die beiden, falls sie unter uns weilten, einen Toast ausbringen würden. Auf den gesunden Menschenverstand!«

Tom und Abigail waren über die ungewohnte Haltung Henrys so überrascht, daß sie laut lachen mußten.

71

James Mulvaney, von Freunden und Feinden Diamond Jim genannt, ein Mann von überlebensgroßem Ehrgeiz, starb ebenso spektakulär, wie er gelebt hat.

Das stand in dem eindrucksvollen Nachruf in der »New York Times«, die sich damit diskret darauf bezog, daß Diamond Jim während einer Mahlzeit einem Herzanfall erlegen war. Er hatte zwölf mächtige New Yorker Tycoons bei einer verschwenderischen Dinnerparty in dem Bordell bewirtet, das ihm und Billy Henderson, der erfolgreichsten und bezauberndsten Puffmutter New Yorks, gehörte.

Billys Haus war nicht mehr im Hafenviertel, sondern sie unterhielt dank Diamond Jims geschickter Leitung nun ein erfolgreiches Geschäft an der East Seventy-second Street in der Innenstadt. Politiker, Juristen, Filmleute, die sich auf der Durchreise befanden, alle schätzten die Freuden ihres gutgeführten Etablissements. Als Jim ihr den Anteil seiner Vermögenswerte, den er einst Rory zugedacht hatte, wie angekündigt hinterließ, begann sie eine berühmte Persönlichkeit zu werden. Sie war jetzt dreiundvierzig und noch immer sehr schön.

An dem Begräbnis hatten alle bedeutenden Persönlichkeiten von New York und eine Abordnung aus Washington teilgenommen, deren Anwesenheit Jim mit Stolz erfüllt hätte, wenn er es hätte mit ansehen können. Nur sein ältester Enkel Riordan, der seinem Großvater seit jener Begegnung mit Billy geflissentlich ausgewichen war und keinen Grund sah, an dessen Begräbnis teilzunehmen, hatte durch Abwesenheit geglänzt. Rory hatte wegen dieses Entschlusses einen erbitterten Kampf mit seinem Vater erwartet und war ebenso erleichtert wie beunruhigt, als Tom seine Absage mit verächtlichem Gleichmut aufnahm.

»Das wird ihm nicht sehr viel ausmachen«, hatte er ausdruckslos auf die Mitteilung seines Sohnes geantwortet und sich wieder an die Durchsicht von Papieren gemacht, die ihm Jim kurz vor seinem Tod anvertraut hatte. »Nichts in meinem Leben kam so, wie ich es erwartet habe«, hatte der alte Mann Tom auf seinem Sterbebett gesagt, »...von dem Tag meiner Geburt an bis jetzt«; und Tom war ganz seiner Meinung gewesen.

»Wird er dir fehlen, Billy?« fragte Tom, als sie im Salon saßen und froh waren, der Schar der Trauergäste entkommen zu sein. Ihm war bewußt, wie sehr ihm der ungewöhnliche alte Mann fehlen würde, der ihn verändert, ihn ausgebildet, ihn gehetzt, aber auch geduldig ins Geschäft eingeführt und zu persönlicher Reife gebracht hatte.

»Ja, ich werde ihn vermissen«, Billy lächelte traurig. »Nicht als Liebhaber, Tom; das war leider schon lange nicht mehr seine Stärke. Aber als zuverlässigen Freund, als Vertrauten, als Mentor, als Kumpel – niemand kann jemals so sein wie er.«

»Eine schöne Grabrede. Sie hätte ihm besser gefallen als die Lobhudelei des aufgeblasenen Prälaten oder der Nachruf in der ›Times‹.« Er sah zu, wie sie nun in dem großen Wohnzimmer hin und her ging; ihr raschelndes, schwarzes Moirékleid brachte ihren noch immer sinnlichen Körper großartig zur Geltung.

»Du bist zur Kurtisane geboren, Billy. Du erinnerst einen Mann vollkommen unbefangen daran, daß er ein Mann ist.«

Billy stellte ein silbernes Teetablett hin, das sie in der Hand hielt, und blickte Tom fragend an. War es möglich, daß er aus Ehrgefühl oder aus Rücksicht auf sie in all den vielen Jahren geschwiegen hatte? Es war elf Jahre her, seit Deirdre gestorben war, und er hatte sich ihr immer nur als Freund genähert. Sie lächelte über seine vornehme Haltung.

»Ich habe dich nie vergessen.« Er sagte es mit großem Ernst, als beantworte er eine unausgesprochene Frage.

»Und was ist mit Deirdre? Hast du sie vergessen?« Sie fragte danach nicht als Zurechtweisung, sondern mit einer Sanftheit, die ihn überraschte.

»Nach ihrem Tod habe ich jahrelang Frauen gemieden«, antwortete er bedächtig. »Sie war in meinem Herzen und in meinem Sinn gegenwärtig. Jeden Abend ging ich mit der Erinnerung an sie ins Bett, und auch tagsüber war sie in Gedanken bei mir. Ich kann dir die Liebe nicht beschreiben, die uns miteinander verband. Dann kam Diamond Jim eines Abends zu mir und erklärte: ›Du mußt meine Tochter in ihr Grab legen und sie dort ruhen lassen! Dein Leben ist nicht zu Ende, weil sie uns auf so grausame Art entrissen wurde. Du kannst nicht länger wie ein Eunuch leben, und du mußt sie in Frieden ruhen lassen. Halte ihr Andenken in Ehren. Laß dich neben ihr zur Ruhe betten, wenn du stirbst. Aber zuerst lebe! Lebe für euch beide! Sie hätte nicht gewollt, daß du aus Kummer um sie stirbst.‹ Ich habe über seine Worte nachgedacht, und dann habe ich mich zu etwas sehr Merkwürdigem entschlossen. Ich bin in den Garten gegangen, zu den Kletterrosen, den Päonien und den wilden Blumen, die sie so sehr geliebt hatte. Und ich begann zu ihr zu sprechen, als wäre sie noch am Leben. Ich erzählte ihr, wie sehr sie mir fehlte und wie sehr ich sie liebte. Ich holte alle Liebesworte nach, die ich zu ihren Lebzeiten nicht ausgesprochen hatte, und ich bat sie um Verständnis dafür, daß ich leben wollte, leben mußte. Ich weiß, es klingt verrückt, Billy, aber in dieser Nacht habe ich mich mit meiner Frau versöhnt, und seither war ich imstande, damit fertig zu werden.«

»Andere Frauen?«

»Ein paar. Guter Sex, schlechter Sex, wie es sich gerade ergab. Aber das will ich eigentlich nicht von dir, obwohl ich mich an deinen wundervollen Körper und deine Künste gut erinnere.«

Sie lächelte über das Kompliment. »Was dann?«

»Ich möchte eine Geliebte haben, die zugleich meine Freundin ist. Donaher, Jim, Deirdre, die Hafengegend, die alte Zeit, all diese Erinnerungen sind mit dir verbunden. Ich will nicht jetzt und hier mit dir ins Bett gehen. Nicht, solange Jim kaum unter der Erde ist, vielleicht auch nicht in nächster Zeit. Aber wenn du mich einmal aufforderst, dich zu besuchen, wäre ich dir dankbar.«

Sie sah ihn prüfend an; ein seltsam rätselhafter Blick, den er noch nie in ihren Augen gesehen hatte und den er nicht verstand. Endlich antwortete sie: »Du bist ein bemerkenswerter Mann, Tom Dalton. Ich wußte es bereits in der Nacht, in der ich dich kennenlernte. Ich schlage vor, daß wir einen Schluck trinken und über Jim sprechen; das ist für uns jetzt genau das richtige.«

Sie schenkte zwei Whisky ein und reichte Tom einen, dann hob sie das Glas zu einem Trinkspruch auf Diamond Jim Mulvaney: »Möge Gott ihm die ewige Ruhe schenken, wenn Er nicht gerade einen Rat von ihm braucht!«

Sie leerten die Gläser im Gedenken an einen Mann, den sie beide geliebt hatten, und tauschten dann beinahe die ganze Nacht Erinnerungen an ihn aus.

72

Seamus Dalton saß im Schlafsaal in Groton auf seinem Bett und machte ein verdrossenes Gesicht. O Gott, war er es leid, Ire zu sein! Es war schon schlimm genug, daß sein rotes Haar und die Sommersprossen die verhaßte Herkunft verrieten, aber sein schrecklicher Name, der stellte ihn unweigerlich bloß.

Er war noch nicht einmal eine Woche in der neuen Schule und hatte wegen seines irischen Namens schon drei Boxkämpfe bestehen müssen. Und nun hatte jemand eine aus einer Bostoner Zeitung gerissene Seite an seine Tür geheftet. Es war die Annonce eines dortigen Warenhauses, das Teilzeitpersonal suchte. IREN WERDEN NICHT GENOMMEN war in deutlichen schwarzen Lettern quer über die Seite gedruckt. Die Worte waren mit Rotstift unterstrichen.

Zum Glück war er für sein Alter groß und fähig, sich zu verteidigen. Um einen guten Kopf größer als die meisten seiner Altersgenossen, hatte er bei den Kämpfen nicht viel einstecken müssen. Aber die Tatsache blieb bestehen: Er war Ire. Und »Iren werden nicht genommen« galt nicht nur für Verkäufer in Warenhäusern.

Als erstes mußte er seinen Namen ändern. Ab sofort würde er sich Shay nennen statt Seamus. Es war ohnehin ein blöder Name, der ihm nur aufgezwungen worden war, weil ein Schulfreund seines Vaters, der vor vielen Jahren gestorben war, so geheißen hatte. Sein Zimmergenosse, der mit dem vollkommenen protestantischen Namen James Sheridan gesegnet war, hatte ihm den Gedanken eingegeben. Der Junge hatte die undeutliche Aussprache des Namens mißverstanden, mit dem sich Seamus vorgestellt hatte, und sofort geantwortet: »Hast du Shay gesagt? So ein komischer Zufall! Die Mutter meines Vaters war eine Shay. Es würde mich interessieren, ob wir entfernte Verwandte sind.« In diesem Augenblick war der Plan geboren worden. Shay war annehmbar, Seamus nicht. Er würde eben den Rest seines Lebens Shay heißen.

Sein Zimmergenosse schien ein ganz netter Kerl zu sein, wenn er auch eine Leseratte war. Aber es konnte nie schaden, einen Freund zu haben, der sich in einem Lehrbuch auskannte. Bisher war das einzige Unterrichtsfach, bei dem Seamus mithalten konnte, das Turnen gewesen.

Lieber Vater,
ich möchte Dir berichten, daß die fünfzig Dollar, die Du mir jeden Monat schickst, gut angelegt wurden und Gewinn abwerfen.
Ich habe entdeckt, daß viele der Jungen gegen Monatsende knapp bei Kasse und bereit sind, sich Geld gegen geradezu wucherische Zinsen auszuleihen. Da ich bescheiden lebe und den größten Teil meiner Zeit dem Studium widme, war ich in der Lage, mit diesen Geldgeschäften mein Kapital fast zu vervierfachen.
Ich habe »The Wall Street Journal« und alle Wirtschaftspublikationen studiert, die ich in der Bibliothek finden konnte, und hoffe, bald genug Geld zu haben, um am Effektenmarkt zu investieren. Damit Du nicht glaubst, daß ich in bezug auf Geld leichtsinnig bin, versichere ich Dir, daß ich nie ein Geschäft riskieren würde, falls ich mir den Verlust nicht persönlich leisten kann. Wenn ich das nächste Mal nach Hause komme, wäre ich Dir dankbar, wenn ich mich mit Dir über die Aktien unterhalten könnte, die ich im Auge habe. Ich möchte sehen, ob ich eine gute Wahl getroffen habe.
Mit meinen besten Wünschen und in der Hoffnung, daß es Dir gutgeht,

Dein Sohn Rory

Tom legte den Brief stirnrunzelnd beiseite. Warum, zum Teufel, handelte Rory immer richtig und hinterließ trotzdem ein unangenehmes Gefühl bei ihm?

Der Junge arbeitete fleißig, erhielt erstaunlich gute Noten, wurde allgemein von seinen Lehrern gelobt, wahrscheinlich hatte er sogar die richtigen Aktien ausgesucht. Warum konnten sie einander nicht leiden? Rory verfügte natürlich über alle Eigenschaften, die Seamus fehlten. Seamus, der sich nur bei Kampfsportarten, durch gutes Aussehen und sein gewinnendes Wesen auszeichnete. Seamus, der sich, wie ihm seine Tochter Maeve mitgeteilt hatte, jetzt Shay nannte.

Mit einem Seufzer faltete Tom den Brief zusammen und nahm sich vor, Rory im nächsten Monat zusätzlich ein wenig Geld für seine Spekulationen zu schicken.

73

Billy lächelte Tom über die Köpfe der eleganten Nachtschwärmer hinweg zu, und er blinzelte zurück. Seit sie seine Geliebte war, hatte ihre Freundschaft sich in mehr als einer Hinsicht heilsam auf sein Leben ausgewirkt. Sie brachte ihn in bessere Stimmung und schmeichelte seinem Ich; ihre Geschichte war seine Geschichte, und sie war nicht die Frau, die Forderungen an einen Mann stellte.

Das neue Haus strahlte in hellem Licht. Der braune Sandstein verlieh ihm das Aussehen einer Botschaft, die von Stanford White entworfene schimmernde Mahagonitreppe führte von der mit schwarzweißen Fliesen versehenen Eingangshalle, die so groß wie ein Ballsaal war, mit elegantem Schwung ins obere Stockwerk.

Tom hatte das Haus Billy geschenkt, und sie liebte es, als wäre es ein lebendiges Wesen. Am Tag, an dem er die Schenkungsurkunde unterschrieben hatte, waren sie gemeinsam von einem Raum in den anderen gegangen. Er erklärte ihr, daß er das Haus als Investition gekauft habe, doch sie wußten beide, daß es ein Geschenk darstellte, damit sie genauso glücklich war wie er.

Er dachte oft über ihre merkwürdige Beziehung nach. Es stand außer Frage, daß sein Schutz und seine Gönnerschaft sie zu der angesehensten »Madam« in New York machte, über die auch am meisten gesprochen wurde. Umgekehrt hatte sie ihn fraglos glücklicher gemacht als jeder andere Mensch seit Deirdres Tod.

Billy war in seinen Augen genauso schön wie vor zwanzig Jahren. Ihr Haar schimmerte noch immer golden, ihr selbstbewußter Körper, ihre Wärme und ihre Fraulichkeit hatten durch die Jahre nur gewonnen. Sie war wirklich ein erlesenes Geschöpf.

Er trank einen Schluck aus dem Champagnerglas aus Bleikristall, das er in der Hand hielt. Für dich, alte Freundin! dachte er und prostete ihr zu, als sie durch den glitzernden Saal zu ihm blickte. Auch Billy hob ihr Glas und schenkte ihm ein strahlendes Lächeln, und er freute sich darauf, wie schön es sein würde, wenn alle Gäste nach Hause gegangen waren.

»Wie geht es den Jungen in der Schule, Tom?« fragte Billy, als sie mit ihrem Geliebten und Berater nach einem Einkaufsnachmittag im Wagen zurückfuhr. Er war für beide sehr unterhaltend gewesen.

Sein Gesicht verfinsterte sich bei der Erwähnung seiner Kinder, als hätte sich die Sonne plötzlich hinter einer Wolke versteckt.

»Es geht ihnen gut wie immer«, antwortete er lakonisch.

»Du solltest sie öfter besuchen! Fahr doch einmal über das Wochenende zu den Jungen, Tom! Ihr Vater fehlt ihnen bestimmt.«

»Ich weiß nie, wie ich mich ihnen gegenüber verhalten soll. Rory ist so kalt wie eine Hundeschnauze; er verachtet ein Erbe, durch das er Schwierigkeiten mit seinen reichen, kleinen Angebern bekommt. Seamus ist zwar ein liebenswertes Kind, aber ich kann bei ihm keine persönliche Überzeugung entdecken. Er redet von Sport, Sport und wieder Sport, und dann entschuldigt er sich höflich, um an einem der Jahreszeit entsprechenden Spiel teilzunehmen.«

Das Schlimme war, daß Tom tatsächlich nicht wußte, wie er sich verhalten sollte. Anderen Männern fiel die Vaterrolle leicht, ihm aber lag sie einfach nicht. Jim hatte oft genug entsetzt darauf hingewiesen, wie gespreizt Vater und Söhne miteinander verkehrten: stereotype, korrekte, zusammenhanglose Gespräche, die ihn verwirrten und beunruhigten.

Billy wechselte das Thema: »Und Maeve? Wie geht es deiner Tochter?«

»Bei den Nonnen dürfte es ihr recht gut gefallen. Sie ist ein so zartes Ding. Das Kloster Sacre Cœur dürfte der geeignetste Ort für sie sein. Dort bleibt ihr wenigstens das Problem erspart, mit dem die Jungen fertig werden müssen: nämlich wegen ihres irischen Katholizismus abgelehnt zu werden. Ich habe noch nie ein ängstlicheres, zarteres Menschenkind gesehen als Maeve.« Er lächelte wehmütig. »Ich weiß nicht, vielleicht sind alle kleinen Mädchen so zart wie Schmetterlinge.«

»Das sind sie nicht, Tom Dalton, und du weißt es genau!« fuhr ihn Billy überraschend an. »Schluß für heute mit Schmuck und Kleidern. Wir werden zum schönsten Spielzeugladen in der Stadt fahren und ein herrliches Geschenk für deine Tochter suchen. Sie braucht mehr von deiner Liebe, mehr von deiner Kraft, um selbst stark zu werden.« Sie sprach mit solcher Überzeugung, daß er sie wegen ihrer Heftigkeit erstaunt ansah.

»Und wieso weißt du soviel über elfjährige Mädchen, wenn ich fragen darf?«

»Weil ich genau in diesem Alter war, als meine Kindheit plötzlich zu Ende ging, und weil ich mich an alles erinnere, als wäre es gestern gewesen.« Billy brach ab, nahm ein Spitzentaschentuch aus der Handtasche und wandte den Kopf ab, um aus dem Fenster zu blicken. »Ich weiß alles, was man über traurige, einsame elfjährige Mädchen wissen kann.«

74

Maeve Dalton war wirklich äußerst schüchtern. Sie blickte mit den ängstlichen Augen eines Rehkitzes ins Leben, war scheu, geriet leicht aus der Fassung und war übersensibel ihrer Umgebung gegenüber.

Es war, als wären ihre Sinne zu empfindlich, anstelle einfacher Sinnesorgane schien sie überall blanke Nervenenden zu haben. Sie hatte von ihrem ersten Atemzug an übertriebenen Respekt vor Autorität gehabt. Da sie keine Mutter besaß, fügte sie sich ohne auch nur einen Gedanken an Rebellion den Wünschen ihres Kindermädchens. Da sie im Grunde auch vaterlos war, bemühte sie sich, dem ernsten Fremden zu gefallen, der in ihr Leben zurückkehrte, als sein Kummer sich gelegt hatte. Sie betete den freundlichen, starken Mann, der ihr Vater war, an, obwohl er während der Zeit, die er mit ihr verbrachte, immer irgendwie gequält wirkte, und sie fürchtete ihn als oberste Autorität.

Kaum hatte Tom Maeve als seine Tochter akzeptiert und sie nicht mehr für den Tod seiner Frau verantwortlich gemacht, entmutigte ihn ihre Zartheit.

»Es gibt Menschen, die zu zart besaitet sind, um unter den Wölfen zu leben, Jim«, hatte er ihrem Großvater erklärt, und Jim hatte traurig dazu genickt; er wußte genau, worauf Tom anspielte.

»Du solltest mehr Zeit mit der Kleinen verbringen«, hatte er geraten. »Sie liebt dich, und sie muß lernen, weniger schüchtern zu sein. Vielleicht könntest du ihr helfen, sich sicherer zu fühlen.«

»Ich habe noch nie ein so scheues Kind gesehen, Jim. Und auch kein so schüchternes. Ich werde mit Mrs. McKay darüber sprechen, vielleicht weiß sie einen Rat.«

»Sie braucht keine Gouvernante, Tom. Sie braucht die Geborgenheit einer Familie. Ich bin zwar kein kompetenter Ratgeber in bezug auf Familienfragen, bin aber dennoch überzeugt, daß es einen großen Unterschied ausmachen würde, wenn du ihr etwas mehr Zeit widmest.«

Tom hatte ihm zugehört und auch zugestimmt, aber abgesehen davon, daß er zu dem kleinen Mädchen freundlich war und sie mit hübschen Geschenken überhäufte, wußte er eigentlich nicht, wie er Jims Anregungen verwirklichen sollte.

Als Maeves beste Freundin nach der Mittelschule beschloß, in ein Kloster einzutreten, wäre Maeve beinahe ihrem Beispiel gefolgt, doch ihr von Schuldgefühlen stark belastetes Gewissen hatte sich dagegen gesträubt. Sie fühlte keine wirkliche Berufung. Sie wußte nur nicht, was sie mit ihrem Leben anfangen sollte, und das war kein ausreichender Grund dafür, den Schleier zu nehmen. Ihre Freundin Cecilia, die sich für das Kloster entschieden hatte, war fromm; das war sie nicht.

Ihre Kindheit war eigentlich nicht unglücklich gewesen. Sie hatte das große, schöne Haus geliebt, in dem sie lebten. Es vermittelte ihr ein Gefühl der Sicherheit, auf einen reichen, einflußreichen Vater, Dienstboten und einen gehobenen Lebensstil schauen zu können. Sie wußte nur nicht, wie sie sich den Kindern der anderen Reichen anpassen sollte, die imstande waren, ihr Leben in beide Hände zu nehmen und sich in jeder Situation wohl zu fühlen.

Als sie elf Jahre alt war, hatte der Vater ihr erlaubt, ihr Zimmer selbst einzurichten, und es war ihr ausgezeichnet gelungen, so daß es zu ihrem sicheren, stillen Zufluchtsort geworden war. Die Bücher entführten sie in Zauberreiche, in denen schöne Prinzen ihre Schüchternheit nicht beachteten, sich ihr zu Füßen warfen und sie unendlich ergeben um ihre Hand baten.

Im wirklichen Leben fiel es ihr immer schwerer, mit Jungen zu sprechen. Wenn sie unbefangen wirken wollte, blieben ihr die Worte immer im Hals stecken, und es kam nie zu all den netten, lockeren Gesprächen, die sie sich ausgedacht hatte. Sie hatte den Verdacht, daß die Jungen sie für langweilig und uninteressant hielten, was wirklich unfair war, denn sie wußte selbst, daß sie einfallsreich war.

Riordan Dalton heimste bei seiner Promotion alle Auszeichnungen ein, die seine Universität zu vergeben hatte, Seamus dagegen zeigte während seines langen Aufenthalts in der Vorbereitungsschule keinerlei akademische Ambitionen. Er war ein sehr guter Athlet. Wenn Kraft, Schnelligkeit oder Geschicklichkeit erforderlich waren, konnte man sich auf Seamus verlassen. Er war ein »Sportler«, erklärte er seinem Vater schon früh, und obwohl Tom die Betätigungen seines jüngeren Sohnes für oberflächlich und unwichtig hielt, zog er ihn Riordan vor.

Tom nahm an, daß er bei der Erziehung seiner Söhne viele Fehler begangen hatte, aber es war nicht absichtlich geschehen. Nach Deirdres Tod hatte er einfach nichts mehr geben, an nichts teilhaben können. Nach einiger Zeit war er natürlich bemüht gewesen, mit ihnen vertraut zu werden, aber er hatte nicht die Fähigkeit dafür gehabt. Als er sich endlich um sie kümmerte, waren sie stille kleine Fremde geworden, und es war zu spät, von vorn zu beginnen.

Wenn es sich allerdings um das Geschäft handelte, litt Tom unter keinerlei Schwierigkeiten. Er leitete M & D souverän und mit Geschick, wobei die M-&-D-Reederei nur die Spitze des Eisbergs darstellte. Unter Jims geschickter Leitung hatten sie sich im Bau- und Transportwesen und einer Reihe anderer Branchen etabliert, so daß sich die Firma unter Toms erfahrenem Management zu einem soliden und lukrativen Konglomerat entwickelt hatte.

Tom hatte die meisten Verbindungen zur lokalen Politik, in die er während Jims Firmenleitung involviert gewesen war, stillgelegt. Die Tochterfirmen von M & D waren sehr bedeutende Unternehmungen geworden mit einem starken Eigenleben und von politischen Wechselfällen unabhängig.

Tom war nicht der Ansicht, daß Politik unwichtig sei; er interessierte sich jetzt, da er weniger in die Stadtpolitik verwickelt war, sogar mehr für die Staats- und bundesstaatliche Verwaltung. Diese beiden Zweige entwickelten sich mehr und mehr zu den wahren Zentren der Macht, zu den Stellen, an denen man Freunde brauchte, um für die vielfach verästelten Geschäfte, die er jetzt führte, Nutzen zu haben.

Manchmal wunderte sich Tom über seine Fähigkeit, alle Interessen voll zu wahren. Jim war natürlich ein begabter Lehrmeister gewesen, aber zu dem Geschäft brachte Tom genau die Anlage mit, die ihm in seinem Gefühlsleben fehlte: die Fähigkeit, die Chancen richtig einzuschätzen. Er konnte seinen Verstand und seine Charakterstärke einsetzen, damit alles klappte. Keine höhere Gewalt vernichtete ihn, keine schlimmen Schicksalsschläge trafen ihn. Wenn er sich an die Regeln hielt, gewann er. Sein Geld zog weiteres Geld an, sein Panzer aus schützendem Reichtum wurde im Lauf der Jahre noch solider und bewahrte ihn vor Schicksalsschlägen, die ihn auf jedem anderen Gebiet des Lebens trafen. Der Herr hat es gegeben, und der Herr hat es genommen: So hatte der Herr ihm geschäftlichen Erfolg gegeben, aber der Herr hatte ihm auch die Menschen genommen, die er am meisten liebte.

Er war vielleicht kein großartiger Vater, ob er jedoch ein guter Vater war oder nicht, er würde für die Seinen sorgen. Was immer aus ihnen werden mochte, sie würden vor den Wechselfällen der Welt sicher sein: sicher vor Machtlosigkeit, sicher vor Armut. Und wenn sie eines Tages selbst Kinder hatten und wußten, wie schwer es ist, alles richtig zu machen, würden sie vielleicht erkennen, wie sehr er sie geliebt und wie er versucht hatte, sie vor dem Schlimmsten zu bewahren.

75

»Ich möchte ins Familienunternehmen eintreten, Vater.« Riordan Dalton, deutlich und direkt wie immer, stand vor Toms Schreibtisch. »Ich habe eine Zusammenfassung meiner akademischen Aufzeichnungen und die Unterlagen über das kleine Unternehmen mitgebracht, das ich seit meiner Promotion geleitet habe. Wie du weißt, habe ich keine Körperschaftserfahrung, aber ich würde bestimmt imstande sein, meinen Beitrag im Konglomerat zu leisten, wenn du mir Gelegenheit gibst, mich einzuarbeiten.«

Tom sah seinen ältesten Sohn stirnrunzelnd an. Es war unnatürlich, daß ein Sohn so förmlich zu seinem Vater sprach. Warum zum Teufel konnte sich der Junge nie wie ein normales menschliches Wesen benehmen?

»Wann hast du dich eigentlich entschlossen, ins Geschäft einzutreten?« Es war Tom nie in den Sinn gekommen, daß Riordan sich an etwas beteiligen würde, das so unmittelbar unter der Aufsicht seines Vaters stand. Die Vorstellung, daß sie zusammenarbeiten würden, beunruhigte ihn. Warum bist du nicht von dem Gedanken begeistert, daß er die Familientradition fortsetzen will? fragte er sich.

»Ich hatte schon immer die Absicht, in dein Geschäft einzutreten, Vater. Es tut mir leid, daß du es bis jetzt nicht gewußt hast.« Angesichts der vorwurfsvollen Stimme des Jungen zog Tom die Brauen in die Höhe, dann sagte er sich, daß sein Sohn allen Grund dazu hatte. Er wußte nicht sehr viel von Riordan.

»Ich habe ein Juradiplom und eine gewisse Gabe für Geldgeschäfte. Ich würde gern dort beginnen, wo ein fremder Bewerber mit ähnlicher Vorbildung anfangen würde. Ich möchte nicht bevorzugt werden, Sir.«

»Du sprichst immer mit mir, als wäre ich dir völlig fremd. Nimmst du an, wir könnten einander etwas näherkommen, wenn wir zusammenarbeiten?«

»Das weiß ich wirklich nicht, Sir.«

»Melde dich also Montag früh bei mir! Ich werde einen Ausbildungsplan für dich zusammenstellen.«

»Danke, Sir. Ich werde es zu würdigen wissen.«

Tom seufzte über die distanzierte Höflichkeit des Jungen. »Einen oder zwei reizende Fehler«, sagte er am gleichen Abend zu Billy, die sich ruhig den Verlauf der Unterredung anhörte. »Ich wünsche mir nur eines, daß er einen netten kleinen Fehler hat.«

»Leider hat dein anderer Sohn genug charmante Fehler für alle beide. Gestern nacht wurde er wieder von der Polizei aufgegriffen, wie mir zu Ohren gekommen ist. Er ist betrunken mit dem Auto gefahren und hatte ein ebenso blaues Luxusflittchen im Wagen.«

»Ist das der Bursche, von dem Diamond Jim einmal behauptet hat, die meisten Väter wären stolz, einen solchen Sohn zu haben, Billy?«

»Vielleicht sprach er nur von seinen sportlichen Erfolgen, nicht von seinen erstaunlichen Vorlieben«, antwortete Billy und lachte leise. »Jedenfalls wurde er gegen Kaution freigelassen, und der Schaden hält sich in Grenzen. Offenbar gewinnen sie ihn auf der Polizeiwache allmählich lieb. Ich glaube, der Captain ist ein Fußballfan.«

Tom lehnte sich in dem großen Bett, das sie teilten, zurück. »Es scheint, daß Gott seine Gaben genau geteilt hat: den ganzen Verstand dem einen, den ganzen Charme dem anderen.«

»Und was hat Maeve deiner Meinung nach bekommen?«

»Leider hat sie nur das Herz bekommen, Billy. Ein weiches, verwundbares Herz.«

Shay Dalton unterhielt sich mit seinen Mannschaftskollegen in dem eleganten Freudenhaus ganz fabelhaft.

Seine Kameraden hatten ihm vorgeschwärmt, daß es das Nonplusultra unter den Bordellen war, unverschämt teuer, aber jeden Penny wert. Er stellte sich vor, daß sein Vater diese Art von Etablissement aufsuchen würde, falls der Alte sich auf diesem Gebiet noch betätigte, was er bezweifelte.

Das Haus wurde von einer alten Puffmutter geführt, mit der es sein Großvater getrieben hatte – er konnte sich nicht an ihren Namen erinnern. Eigentlich konnte er sich nach fünf Glas Wodka und ungefähr der gleichen Menge Scotch überhaupt nicht mehr an viel erinnern.

Er betrachtete die hübsche Blondine neben sich. Ein prima Po. Er nahm an, daß er sie gebumst hatte, war aber nicht wirklich sicher. Manchmal war es schwierig, ihn hochzukriegen, wenn er viel getrunken hatte.

»Das leichteste Geld, das ich je verdient habe«, sagte die Blondine dann zu Billy, nachdem sie aus dem Riesenbett geglitten war und den großen, betrunkenen Burschen seinem dumpfen Schlaf überlassen hatte.

»Der große Dussel war zu sternhagelvoll, um auch nur den alten Collegetrick zu versuchen.«

Billy nickte dem Mädchen zu und fragte sich, ob sie Tom etwas von dem Zustand seines Sohnes verraten solle. Der Junge zeigte alle Anzeichen eines Alkoholikers. Er war vierundzwanzig Jahre alt, und es war schon das dritte Mal in einer Woche, daß er nicht fähig gewesen war, das Mädchen zu gebrauchen, für das er bezahlt hatte. Was für eine verdammte Schande für Tom Daltons Sohn, mit vierundzwanzig ein Trunkenbold zu sein! Sie mußte es sich genau überlegen, ob sie Tom die Geschichte erzählen konnte. Er hatte genügend Probleme mit dem anderen Jungen, den sie »die schlechte Saat« nannte.

»Ich sollte mich wirklich nicht so von dir küssen lassen, Teddy!« Maeve Dalton stieß den gutaussehenden jungen Mann von sich und löste sich aus seiner Umarmung. Ihr Herz klopfte so heftig, daß sie befürchtete, er könne es durch ihr Organdykleid sehen. »Ich hatte nicht die Absicht, es so weit kommen zu lassen…«

»Hör zu, Maeve! Die Nonnen, die dich in der Klosterschule, in der du dein bisheriges Leben verbracht hast, Gott weiß was lehrten, halten jungfräuliche Schüchternheit vielleicht für sehr erstrebenswert, aber ein Mann findet es nicht sehr amüsant, zuerst gereizt und dann zurückgewiesen zu werden.«

Sie sah den blonden jungen Mann erschrocken an. »Das wollte ich nicht, Ted. Ich war nur noch nie mit einem Mann so ganz allein, und ich bin ganz unsicher.«

»Mach dir nur keine Sorgen, Liebste! Überlaß es nur dem guten Teddy, sich um deine kostbare Ehre und alles andere zu kümmern! Du weißt ja, ich würde dich um nichts in der Welt verletzen.« Er begann den langen, schlanken Hals des Mädchens zu liebkosen und ließ seine Lippen in einem aufreizenden Spiel über ihr Gesicht gleiten.

»Warum zum Teufel verbringst du soviel Zeit mit der grauen Dalton-Maus? Weißt du nicht, daß sie sie in der Schule Mäuschen Maeve nennen?« Edward Schuyler Moncure III. stellte diese Frage seinem Zimmerkameraden Theodore Brewster Abbott, während sie sich zwischen zwei Vorlesungen würdevoll in der Harvard-Bibliothek räkelten.

»Sie mag eine graue Maus sein, aber ihr Vater ist an der Ostküste dick im Geschäft, ein Umstand, der meiner Ansicht nach ihre Anziehungskraft mächtig verstärkt.«

»Langweilig, langweilig, langweilig, Alter. Warum suchst du dir nicht ein reiches Mädchen, das ein bißchen mehr Klasse hat, ein wenig Schwung, vielleicht einen Prachtarsch. Es ist genauso leicht, ein attraktives Mädchen zu lieben wie ein unattraktives, sage ich immer.«

»Leicht zu lieben vielleicht, aber nicht so leicht einzufangen, falls du kapierst, auf was ich aus bin.«

»Dann hast du also ernstlich vor, sie einzufangen?«

»Hör mal, Sky, du weißt doch genau, daß meine Familie jede Menge Renommee besitzt, aber was das Geld anlangt, sind wir ein Grenzfall von verschämter Armut. Eine frische Kapitalaufstockung könnten wir verdammt gut gebrauchen.«

»Du würdest die Maus also heiraten, um dein Schäfchen ins trockene zu bringen?«

»Eine schiefe Metapher, aber mit einem Wort: ja. Vielleicht glückt mir auch etwas Besseres.«

»Zum Beispiel?«

»Zum Beispiel bin ich dabei, einen interessanten Plan auszuhecken, der mir auch ohne die Maus Geld einbringt, aber ich bin noch nicht ganz sicher, daß ich ihn verwirklichen kann.«

Edward Schuyler Moncure III. sah seinen Freund bewundernd an. »Laß es mich wissen, wenn es soweit ist, ja, alter Knabe?«

»Du wirst der erste Taufpate sein, wenn das Ei ausgebrütet ist«, versprach Teddy Abbott selbstzufrieden, »der allererste.«

»Bitte, Teddy, zwinge mich nicht dazu! Ich habe wirklich Angst.« Maeve richtete sich auf dem Vordersitz von Teds Wagen auf und bemühte sich, die Knöpfe ihrer Bluse wieder zu schließen. Ihr Gesichtsausdruck war so unglücklich, daß Teddy Abbott einen leisen Anflug von Schuldbewußtsein empfand.

»Ich weiß, Baby, wie du dich fühlst. Ich bin aber so verrückt nach dir, daß ich meine Hände nicht von dir fernhalten kann. Es macht mich wahnsinnig, dir so nah zu sein und dich nicht besitzen zu dürfen.«

Maeves dunkle Augen strahlten, weil sie geliebt wurde. Sie konnte kaum fassen, daß sie das Glück hatte, einen so gutaussehenden Verehrer aus einer erstklassigen Familie zu haben, der in sie verliebt war. Die Nonnen in der Schule hatten den Mädchen alle schmutzigen Begleiterscheinungen erklärt, die mit dem Geschlechtsverkehr verbunden waren. Sie wußte, daß Männer ein Bedürfnis besaßen, das Frauen nicht kannten und das sie veranlaßte, Mädchen ins Bett zu zerren und ins Unheil zu stürzen. Es war nur komisch, daß sie, seit sie Teddy kannte, ebenfalls ein solches Bedürfnis spürte.

»Liebst du mich wirklich, Teddy?« fragte sie zögernd, als habe sie Angst vor der Antwort.

Der junge Mann beobachtete ihr Gesicht und analysierte die Gefühle, die er von ihm ablas. Sie war beinahe soweit, daß er den Schlußteil seines Planes in Angriff nehmen konnte.

»Ich liebe dich nicht nur, schöne Maeve, sondern ich möchte dich heiraten.«

Der verwunderte Ausdruck in ihrem unschuldigen Gesicht brachte ihn beinahe dazu, laut herauszulachen. Sie hatte das altkluge Gesicht eines Babys, das durch eine unerträgliche Last niedergedrückt wird. Weiche, braune Locken umrahmten die hübschen Züge. Ihre dunkelblauen Augen erinnerten an ein Rehkitz, und das spitze, zarte Kinn, das in einem kräftigeren Gesicht herausfordernd ausgesehen hätte, wirkte bei ihr nur zerbrechlich.

»Meinst du es wirklich ernst, Ted?« Sie sah so traurig und rührend aus, als sie diese Frage stellte, daß es sein Gewissen erleichterte, denn für Dummheit gab es keinen Pardon.

»Natürlich meine ich es ernst, Gänschen! Ich muß es nur meiner Familie beibringen, du bist ja katholisch und so. Ich halte nicht viel davon, aber meine Familie legt Wert auf ihre gesellschaftliche Stellung. Du weißt ja, wie schrecklich Familien sein können.« Er fand, daß er es genau richtig angefangen hatte. Sie war gerade genug gedemütigt und in die Defensive gedrängt, um nicht zu vergessen, was für ein guter Fang er war. Es war gut, daß kaum jemand wußte, daß in den Familienkassen Ebbe herrschte.

Zum Glück war seine Mutter eifrig besorgt, den Schein zu wahren.

Maeve antwortete nicht. Er brauchte länger, als er angenommen hatte, um sie ins Bett zu bekommen, aber die Mühe würde sich lohnen. Wenn er sie nur sinnlich erregen konnte, würden ihre aufgestauten Emotionen rasch zum Ziel führen. Irgendein armer Hund würde dann daran glauben und ihr ein Leben lang als Ehemann dienen müssen. Er war dem Schicksal aufrichtig dankbar, daß er es nicht sein würde.

Maeve kniete in der dunklen, leeren Kirche und betete um Erleuchtung. Die Bank unter ihren Knien war kalt und schlecht gepolstert, aber das Unbehagen erhöhte nur das Gefühl frommer Andacht. Die Nonnen hatten ihr beigebracht, daß man seine Schmerzen Gott als Opfer für die armen Seelen im Fegefeuer anbieten konnte. Sie hatte also im Lauf der Jahre pflichtgetreu vieles ertragen, damit sie sich gut und von Frömmigkeit erfüllt fühlte.

Eben jetzt empfand sie ein großes Bedürfnis nach Frömmigkeit. Die Beziehung zu Teddy wuchs sich zu einem Dilemma aus. Sie konnte ohne ihn nicht leben, das stand fest. Sie war seit über einem Monat wegen Ted weder zur Beichte noch zur Kommunion gegangen. Kein Wunder, daß der Sex so eine große Sünde ist, dachte sie unglücklich. Er bringt einen dazu, sich sogar in der Kirche zu vergessen. Sie erschauerte angesichts ihrer Verworfenheit.

Und wie stand es mit ihrem Vater? Sie fühlte sich ihm gegenüber fast ebenso schuldbewußt wie vor Gott, weil sie sein Vertrauen enttäuscht hatte. Er würde in ungefähr einer Woche von seiner Geschäftsreise zurückkehren und sicherlich schnell erfahren, daß sie immer spät heimgekommen war und ständig Ferngespräche geführt hatte.

Sie erschrak über ein Geräusch in der unheimlichen Stille, dann bemerkte sie, daß ein junger Priester in der Soutane den Kirchenraum betreten hatte, vor dem Altar das Knie beugte und zum Beichtstuhl ging. Ihr Herz begann hörbar zu klopfen. Es war das dritte Mal, daß sie beschlossen hattte, zur Beichte zu gehen, um sich von ihrer geheimen Schuld zu befreien. Doch jedesmal, wenn sie fast soweit war, verlor sie den Mut. Wie konnte sie einem Priester – einem Mann – erzählen, was zwischen ihr und

Teddy in Motels und auf dem Rücksitz seines Autos geschah? Wie konnte sie bekennen, wie sie ihren Vater getäuscht hatte?

Von Unentschlossenheit und Scham bedrückt, senkte sie den Kopf auf ihre zitternden Hände. Dann glitt sie leise aus der Bank, beugte hastig das Knie, verschwand rasch in den hinteren Teil der Kirche und flüchtete.

»Mutter, ich möchte dir Maeve Dalton vorstellen, meine Freundin, von der ich dir erzählt habe. Maeve, das ist meine Mutter, Mrs. Abbott.«

Die elegante Frau hielt dem jungen Mädchen mit einem Ausdruck kühler Arroganz ihre diamantengeschmückte Hand entgegen.

»Ich freue mich, Sie kennenzulernen, Miss Dalton. Mein Sohn hat mir von Ihnen erzählt.« Der Ton war geziert und herablassend.

»Ich habe mich darauf gefreut, Sie kennenzulernen, Mrs. Abbott.«

Die Frau, deren Backenknochen scheinbar ausgeprägter waren als bei anderen Menschen, sah ihren Sohn voll Zuneigung und das Mädchen verächtlich an.

»Ihre Familie ist mir kein Begriff, meine Liebe. Kennen wir Ihre Eltern?«

»Maeves Vater ist Thomas Dalton«, warf Teddy rasch ein. »Ihm gehören die M-&-D-Reederei und etliche andere, sehr erfolgreiche Unternehmen. Du hast bestimmt von ihrem Großvater James Mulvaney gehört.«

»James Mulvaney? Du meinst doch nicht Diamond Jim Mulvaney, den irischen Politiker? War er wirklich Ihr Großvater? Wie überaus merkwürdig, meine Liebe.«

Maeve wäre am liebsten im Parkettboden versunken. Teddy hätte wissen müssen, daß seine Familie, die zu den alteingesessenen New Yorker Vierhundert Familien gehörte, sie nie akzeptieren würde. Ganz gleich, wieviel Geld man besaß, wenn man eine irische Katholikin war, das Kind von Einwanderern, sollte man am besten unter seinesgleichen bleiben. Maeve wußte, daß die Murrays und Cuddihys, die Kennedys und Cushings sie ohne weiteres akzeptieren würden, aber danach hatte sie kein Verlangen. Die selbstsichere Noblesse der ersten Familien, die ihren Status dem Umstand verdankten, daß sie auf Mrs. Astors Gästeliste gestanden hatten – vierhundert Namen, deren Träger bequem in ihrem Ballsaal Platz fanden, damals, in den herrlichen alten Zeiten, als die Gesellschaft wirklich noch die Gesellschaft war –, das war der Mount Everest, den Maeve besteigen wollte.

Seit sie nach Vassar gekommen war, hatte sie die Kinder aus diesen Familien mit einer unbestimmten, vagen Sehnsucht beneidet, die sie sich nicht erklären konnte. Die Vorstellung, »dazuzugehören«, so daß alle anderen sie beneideten, war für das Mädchen, das nie in eine Gemeinschaft integriert gewesen war, ein ungeheurer Anreiz.

Teddy sah seine Mutter zutiefst bewundernd an. Wenn er vorher mit ihr einstudiert hätte, wie sie Maeve auf ihren Platz verweisen sollte, hätte sie es nicht besser machen können. Genau das richtige Maß an Herablassung, genau der richtige Hinweis auf ihren Makel, den Katholizismus. Er war sicher, daß dieser Besuch bei Mama in der sorgfältig eingefädelten Werbung, die er sich zurechtgelegt hatte, gerade die richtige Dosis Verlangen nach den verbotenen Früchten erwecken würde. Als er seine Mutter auf die Wange küßte und ihr für den Besuch dankte, war jedes Wort ehrlich gemeint.

76

Maeve zog sich sorgfältig an. Das Gefühl, vollkommen in der Falle zu sitzen, schnürte ihr den Atem ab. Es war der vierte Morgen, an dem sie mit würgendem Brechreiz erwacht war. Sie prüfte ängstlich ihr Bild im Badezimmerspiegel, als habe sie Angst vor dem, was sie erblicken würde. Ihre Augen waren geschwollen, aber das kam vom Weinen, was neuerdings häufig vorkam.

Sie hatte gelegentlich gedacht, wie gut es wäre, eine Mutter zu haben, und jetzt war es wieder der Fall. Mädchen erzählten zwar für gewöhnlich ihren Müttern kaum, daß sie vermuteten, schwanger zu sein, aber schon der Klang ihrer Stimme wäre ein Trost gewesen. Als Kind hatte sie stundenlang vor dem riesigen Porträt Deirdres gestanden, das im Schlafzimmer ihres Vaters hing, und manchmal hatte sie lange Zwiegespräche mit dem schönen Mädchen geführt, das sie nie gekannt hatte, das aber unauslöschlich mit ihrer Vergangenheit und ihrer Zukunft verknüpft war.

Sie betrachtete verzweifelt ihr Bild im Spiegel und dachte: Meine Mutter war nur ein wenig jünger, als ich jetzt bin, da hat Großvater dieses Porträt malen lassen.

Sie dachte an die klaren, unschuldigen Augen und an das seidige, goldblonde Haar, das auf die Schultern des porträtierten Mädchens herabfiel. Was würde *sie* jetzt von mir denken? Teddy verhielt sich keineswegs so, wie Maeve erwartet hatte. Natürlich machte es Spaß, mit ihm zusammenzusein. Wenn er nicht immer auf Sex bestanden hätte, wäre es für sie sehr lustig gewesen. Noch nie hatte sie jemand zu glanzvollen Partys und gesellschaftlichen Ereignissen mitgenommen. Es bereitete ihr heimliche Freude, auf Einladungen zu erscheinen und zu wissen, daß alle Blicke der Damen neidisch auf ihren Begleiter gerichtet waren. Maeve war noch nie beneidet worden, es wirkte wie ein starkes Aphrodisiakum.

Sie stöhnte innerlich, wenn sie an das Gesicht ihres Vaters dachte, sobald er es erfuhr. Sie spritzte sich kaltes Wasser ins Gesicht, um die Schwellung der Lider abklingen zu lassen, aber das Bücken verursachte eine neue Welle von Übelkeit, die in ihr aufstieg. Dagegen konnte man nichts tun.

Sie mußte einen Arzt aufsuchen und sehen, was sich machen ließ.

»Teddy, der Arzt hat festgestellt, daß ich schwanger bin.« Maeves entsetzte Stimme ließ den jungen Mann zusammenzukken.

»Beruhige dich, Maeve! Bist du absolut sicher, daß es kein Irrtum ist?«

»Irrtum? Nein, der Doktor meint, es besteht nicht der geringste Zweifel. Ach, Teddy, was sollen wir nur tun? Du hast behauptet, der Gummi, den du benützt hast, würde so etwas verhindern. Mein Vater wird uns umbringen!«

»Sei nicht albern, Maeve! Wir müssen einen Arzt finden, der sich dieses Problems annimmt.«

»Problem!« Ihre Stimme wurde schrill vor Abscheu und Entsetzen. »Das ist kein Problem! Es ist unser Kind, von dem wir sprechen; berührt dich das nicht?«

»Natürlich berührt es mich, Maeve, aber denk nur daran, wie sich meine Familie verhalten würde, wenn sie es erfährt! Es wird schlimm genug sein, wenn ich ihnen gestehe, daß ich eine Katholikin heiraten will. Du kannst doch nicht erwarten, daß ich ihnen auch noch beichte, daß du schwanger bist!«

»Aber Teddy, ich bin gegen eine Abtreibung. Ich habe Angst. Verstehst du denn nicht, wie groß meine Angst ist, ich könnte sterben?«

»Sei doch nicht gleich so melodramatisch! Du wirst nicht sterben. Ich kenne jemanden, der es bei allen Mädchen der Gesellschaft macht.«

»Wieso kennst du so einen Menschen?«

»Ich kenne ihn eben. Das Problem besteht nur darin, das Geld aufzubringen. Es kostet ungefähr dreitausend Dollar.«

»Dreitausend Dollar? Ich habe nicht annähernd soviel auf meinem Bankkonto. Hast du soviel? Ich meine, wenn ich mich dazu entschließe, woher würden wir das Geld bekommen?«

»Von meiner Familie bestimmt nicht. Wenn sie davon Wind bekommen, stimmen sie niemals einer Heirat zu.«

Maeve schwieg längere Zeit, und er schwankte, ob es vernünftig war, das Mädchen zu drängen.

Endlich sagte sie: »Also gut, melde mich an, Ted! Ich kann meinem Vater nicht damit kommen.« Sie hob den Kopf, und in ihrem Gesicht lag Trotz. »Du wirst das Geld beschaffen müssen. Es ist das mindeste, was du unter diesen Umständen tun kannst. Wenn du willst, daß ich mich dazu entschließe, mußt du dafür bezahlen.«

Sie erhob sich, zog ihren Wollmantel über und verließ verbissen den Raum, ohne sich umzudrehen.

An der Tür der Wohnung im Village stand kein Name. Drei junge Frauen in Krankenhausmänteln saßen blaß, benommen und nervös auf dem schäbigen Sofa.

Maeve trat ein und bezweifelte, daß ihre Beine sie quer durch den Raum zu der Frau in Krankenschwesterntracht hintragen würden, die mit einem Mann sprach, der aufgeregt auf jemanden zu warten schien.

Ted schob sie vorwärts und zog den Briefumschlag mit dem Geld aus der Tasche. Die Schwester betrachtete das Kuvert zufrieden und forderte sie auf, Platz zu nehmen.

»Mir gefällt es hier nicht«, flüsterte Maeve eindringlich. »Diese Frauen sehen gräßlich aus. Glaubst du, daß sie vor oder nach dem Eingriff sind?«

»Ich habe dir doch erklärt, daß der Mann weiß, was er tut. Ein Glück, daß wir ihn aufsuchen können.«

Gedämpftes Stöhnen kam aus dem Sprechzimmer. Eine der Frauen auf der Couch begann zu würgen. Wieder ein Stöhnen, unterdrücktes Schluchzen und eine gedämpfte Männerstimme, die offenbar die weinende Person beruhigen wollte. Die Schwester blickte beunruhigt auf und lächelte den wartenden Frauen automatenhaft zu, als wolle sie sie beruhigen.

»Sie sollten einen dieser Mäntel anziehen, Mrs. Smith, und sich fertigmachen«, wandte sie sich an Maeve, die sich geistesabwesend fragte, wer diese Mrs. Smith wohl sein mochte, bis die in ihre Richtung zielenden Blicke ihr klarmachten, daß *sie* Mrs. Smith war. Sie schluckte ihre Angst hinunter und holte sich einen Mantel, als die Tür aufging und ein Mann erschien, der eine junge Frau in annähernd ihrem Alter stützte. Sie lehnte sich an ihn und hatte sichtlich Schmerzen. Die roten, geschwollenen Augen des Mädchens richteten sich auf Maeve. Die Intensität des Schmerzes in diesen Augen war fast ein körperlicher Schlag. Es war nicht nur körperlicher Schmerz, obgleich das schweißverfilzte Haar auf solchen hinwies. Aus diesen Augen starrte auch seelische Qual. Maeve ließ den Krankenhausmantel auf den Boden fallen. In ihrem Kopf hämmerte es, ihr Herz klopfte, als wolle es ihre Brust sprengen, und sie rannte los. Durch die Tür, die ausgetretenen Stufen hinunter, auf die Straße hinaus und weiter, weiter, bis sie die St.-Josephs-Kirche erreichte. Sie stürzte durch die Doppeltür, tauchte die Finger dankbar in das trostspendende Weihwasserbecken, bekreuzigte sich und suchte den Rosenkranz in ihrer Handtasche. Sie legte sich das Taschentuch auf den Kopf, weil sie keinen Hut trug, stolperte den Gang entlang zu den Beichtstühlen neben dem Altar und betete um Kraft.

»Segnen Sie mich, Vater, denn ich habe gesündigt! Ich bekenne dem allmächtigen Gott und Ihnen, Vater, daß ich versucht habe, mein Kind zu töten. Nein, nein, es war noch gar nicht geboren!

Nein, Vater, ich habe es nicht getan, ich hatte es nur vor. Ist das nicht fast ebenso schlimm? Ich habe es vorgehabt, ich habe in meinem Herzen gesündigt. Nein, nein, ich bin nicht verheiratet. Ja, ich bereue es. O mein Gott, ich bereue es so sehr. Ich bereue es so sehr.«

Nach einer Weile hatte sie sich so weit beruhigt, daß der alte Priester einen Wagen kommen ließ, damit sie nach Hause fahren konnte.

»Gerate nicht gleich in Panik! Das bedeutet doch nur, daß wir früher heiraten müssen, als wir dachten.« Ted war erleichtert, weil sie am Leben war. Nach der verrückten Szene in der Abtreibungspraxis hatte er befürchtet, daß sie von einer Brücke gesprungen war oder sich vor einen U-Bahn-Zug geworfen hatte.

»Aber jetzt werden sie es erfahren.« Ihre schwache Stimme klang vor Furcht laut.

»Bis sie es erfahren, ist es zu spät. Wir müssen nur über das Wochenende nach Maryland fahren.«

»Aber was werden wir dann tun? Wo sollen wir leben? Du hast keine Arbeit. Wir gehen beide noch zur Schule.«

»Du hast doch erwähnt, daß du Geld aus dem Nachlaß deiner Mutter und deines Großvaters hast.«

Maeve sah ihn groß an. »Ja, aber ich habe noch nie versucht, an es zu kommen. Ich habe einen Vermögensverwalter. Er investiert es für mich und weist mir ein Taschengeld an.«

»Wir werden aber verdammt viel mehr brauchen als dein Taschengeld, wenn ein Kind unterwegs ist. Und von meiner Familie kann ich nichts erwarten. Die wird außer sich sein, wenn sie erfährt, daß ich eine Katholikin geheiratet habe, ganz zu schweigen von einer schwangeren Katholikin.«

»Das ist gemein, Teddy. Dir ist es offenbar gleichgültig, was ich empfinde.«

»Es ist nicht der richtige Augenblick für Sentimentalitäten. Wir müssen praktisch denken. Wir können nicht von der Liebe leben, und das Kind auch nicht. Wir müssen deine Mündelgelder anzapfen, und wir müssen heiraten. Nicht unbedingt in dieser Reihenfolge. Wir können zunächst das für eine Abtreibung bestimmte Geld verwenden, aber wie lange wird es reichen?«

Maeve Dalton hob das tränenüberströmte Gesicht und schaute

ihrem Geliebten in die Augen. Sie erblickte in ihnen weder Besorgnis noch Kummer, weder Mitleid noch Liebe. Sie sah nur Berechnung und Verschlagenheit. Sie fragte sich, warum sie das nicht schon früher bemerkt hatte.

»Wie geht es im Mäuseland?« Sky Moncure lachte hinter seinem Bierhumpen und ließ seinen Blick an seinem Freund Ted vorbei über die Runde zechender Studenten im gemütlichen Pub wandern.

Ted lachte und trank einen Schluck aus seinem Glas.

»Nicht übel, mein Freund. Gar nicht übel. Sie ist im Moment ganz hübsch in mich verknallt.«

»Muß sie doch wohl, alter Junge. Du bist ein phantastischer Fang, wie mir meine anbetungswürdige Schwester einmal verraten hat.«

»Glücklicherweise hat sie mich gefangen – und ich werde sie in allernächster Zeit aufsuchen und ihren Vater kennenlernen.«

»So ernst ist es?« Sky zog die feinen Augenbrauen hoch.

»Was könnte ernster sein als eine voreheliche Schwangerschaft?«

Skys Brauen stiegen noch ein wenig höher, und er pfiff leise. »Das öffnet völlig neue Perspektiven, nicht wahr? Was wirst du tun?«

»Es wird mir nichts anderes übrigbleiben, als sie zu heiraten. Ich hatte gehofft, sie zu einer Abtreibung überreden zu können, um dann sie oder ihren Vater damit zu erpressen. Aber ihre Mündelgelder sind so gut abgesichert, daß sie keinen Penny in die Finger bekommt, ohne daß der liebe alte Dad es erfährt. Er ist zäher, als ich dachte. Auch sehr mächtig, wie meine Mutter sagt, die mich davor gewarnt hat, mich mit ihm anzulegen, zumal er ein verbiesterter Katholik ist.«

Schuyler Moncure sah seinen Freund leicht angewidert an. »Du wirst sie heiraten, um auf diese Weise an das Geld heranzukommen? Hört sich mühsam an.«

»Muß es aber nicht sein. Ich werde eben wie ein Pascha leben und herumbumsen wie jeder normale Ehemann mit einer reichen, langweiligen Frau.«

Teds Gefährte schüttelte den Kopf, als wolle er sich um einen Kommentar drücken.

»Du bist mit meinen Plänen nicht ganz einverstanden, nicht wahr?«

»Das stimmt. Aber ich bin noch nie in finanziellen Schwierigkeiten gewesen. Vielleicht wäre ich dann auch nicht so moralisch. Wer weiß?«

»Moralisch? Sie kriegt einen Ehemann, der eine gute Partie ist, etwas, zu dem sie sonst nie gekommen wäre. Ich bekomme den Lebensstil, den ich brauche. So gewinnt jeder.«

Sky legte den Kopf schief und sah seinen Freund seltsam an. »Jeder, außer dem Kind, nicht wahr?« fragte er, winkte dem Kellner und verlangte die Rechnung. Er hatte plötzlich das Gefühl, daß er frische Luft brauchte.

77

Thomas Dalton hatte die Neuigkeit von der Schwangerschaft und Heirat seiner Tochter äußerlich mit erstaunlichem Gleichmut aufgenommen, wenn man bedachte, wie sehr sie ihn innerlich erschütterte. Die beiden waren nach Maryland durchgebrannt und dann bei ihm erschienen, um zu beichten: sein neuer Schwiegersohn, elegant und selbstbewußt, Maeve bemitleidenswert in ihrer Reue und ihrem Schuldbewußtsein.

Er hatte die beiden beobachtet und zugehört, während sie ihm die Situation darlegten. Es schmerzte ihn, wie wenig Charakter der verwöhnte Bengel bewies und über wie wenig Weltklugheit seine Tochter verfügte. Wie hatte er sie so ahnungslos aufwachsen lassen können? Wieso hatte er zugelassen, daß sein Kind das Opfer eines Mitgiftjägers wurde? Denn das war Abbott zweifellos.

Er konnte in diesem haltlosen Burschen nicht den Funken einer Liebe oder Leidenschaft oder Hingabe für seine Tochter entdekken. Er selbst hatte so leidenschaftlich geliebt, daß er die Symptome bei einem Mann erkennen konnte. Bei Ted Abbott gab es jedoch nicht den geringsten Hinweis darauf.

Und Maeve? Sie war bestimmt in den Burschen verliebt, aber ihre tiefe Verzweiflung war erkennbar und machte ihn betroffen. Er bot ihnen an, bei ihm zu wohnen, zumindest bis Ted das letzte Studienjahr in Harvard abgeschlossen haben würde, und führte wirtschaftliche Vernunftgründe dafür ins Treffen sowie die Sicherheit, die die Nähe von Dienstboten und Verwandten während der Schwangerschaft bot. Die beiden hatten sich relativ rasch damit einverstanden erklärt.

Maeve blühte während der Schwangerschaft nicht auf wie seinerzeit ihre Mutter. Keine rosigen Wangen, kein körperliches Wohlbefinden wollten sich einstellen, während die Monate dahingingen, und niemand konnte ihr kummervolles Gesicht übersehen, als immer mehr Wochenenden verstrichen, ohne daß Ted nach Hause kam. Tom wußte nicht, was schlimmer war: die Wochenenden, während der Bursche sich in Boston herumtrieb, oder diejenigen, an denen er nach Hause kam und die beiden sich in ihre Zimmer einschlossen, um zu streiten. Maeves klagende und Teds verdrießliche Stimme drangen oft bis in den stillen Korridor.

Während der fünf Monate, die er mit ihnen zusammenlebte, fragte sich Tom oft, wie das alles enden mochte. Doch er dachte nicht im Traum daran, daß seine Tochter im Alter von neunzehn Jahren sterben würde.

»Komplikationen bei der Entbindung«, hatten sie den wartenden Journalisten in einer frisierten Erklärung mitgeteilt, aber der Vater wußte, daß sie an gebrochenem Herzen gestorben war, ganz zu schweigen von dem Röhrchen Schlaftabletten, die sie in der ersten Nacht, die sie wieder zu Hause verbrachte, geschluckt hatte.

Tom hatte ungläubig der Totenmesse beigewohnt und dem pathetischen Geleier des Erzbischofs kaum zugehört. In der Nacht, in der das Kind zur Welt gekommen war, hatte ihm Maeve traurig gestanden: »Er wollte nur dein Geld, Daddy. Uns wollte er gar nicht.« Sie hatte mit ergreifender, leiser Stimme gesprochen, und er war bemüht gewesen, sie zu trösten. Es mache doch nichts aus, hatte er ihr zugeredet. Sie werde sich wieder erholen, er werde ihr helfen, sie würden eine Gouvernante anstellen, und alles komme wieder ins Lot. Doch sie hatte ihn mit jenem verzweifelten Ausdruck angesehen, an den er sich aus ihrer Kindheit erinnerte. Es war, als hätte sie gesagt: »Warum verstehst du mich nie?« Und er hatte den Vorwurf bis in die Tiefe seiner keltischen Seele gespürt.

78

Das schluchzende Mädchen saß neben Billys Bett und war bemüht, sich so weit zu beherrschen, daß es seine Geschichte erzählen konnte. Seine geschwollene Lippe beeinträchtigte die Verständlichkeit, doch Billy hörte starr wie Stein zu, und in ihrer Seele staute sich so heftiger Haß an, daß sie es für angeraten hielt zu schweigen.

»Er... hat mich gefesselt und... und er war wirklich schlau, Billy, ich habe ihn für einen Jungen gehalten, der mit einer Nutte etwas besonders Raffiniertes anstellen will, du weißt ja, wie sie es manchmal treiben, um mit ihren Tricks anzugeben.«

Sie blickte zu Billy empor und begann von neuem zu schluchzen, doch Billy schwieg.

»Dann hat er begonnen, mich zu schlagen – wirklich fest –, und ich habe gesagt: ›Hör damit auf! Wenn du S und M willst, mußt du anderswohin gehen, das ist bei uns nicht üblich!‹ Da hat er mich auf den Mund geschlagen und gesagt, ich soll das Maul halten.« Zur Bekräftigung berührte sie ihre geschwollene Lippe.

»Weiter«, drängte sie Billy scharf. »Was geschah dann?«

»Dann hat er von Mr. Daltons Tochter gesprochen, nur hat er nicht gewußt, daß ich über die Geschichte Bescheid weiß. Und ich habe ihn weiterreden lassen, weil ich Angst vor dem hatte, was er mir antun würde, deshalb habe ich interessiert getan, damit er weiterredete.« Sie schnüffelte, nahm ein weiteres Papiertaschentuch vom Nachttisch und schneuzte sich wie ein Kind.

»Ich weiß, Charlene, daß du Schmerzen hast«, tröstete Billy sie freundlich. »Der Arzt wird in ein paar Minuten hier sein und sich um dich kümmern. Aber das ist wirklich wichtig – kannst du mir, bevor Dr. Sands kommt, genau sagen, was unser Mr. Abbott noch alles erzählt hat?«

»Ich kann dir alles sagen, Billy, weil ich weiß, was für ein netter Mann Mr. Dalton ist. Ich habe dem kleinen Schweinehund wirklich gut zugehört, da ich dachte, daß du es genau erfahren willst.«

Billy streichelte anerkennend über das Bein des Mädchens, obwohl sie innerlich kochte: Theodore Brewster Abbott hatte die Nacht, in der seine Frau gestorben war, in einem Freudenhaus verbracht, um sein Glück zu feiern.

»Er hat erzählt, daß er den Haupttreffer gemacht hat... daß seine Frau soeben ein Kind bekommen und sich anschließend umgebracht hat und daß er jetzt in Geld schwimmt. ›Dieses blöde Weib hat ein ganzes Röhrchen Schlaftabletten geschluckt, einfach so. Nachdem ich unzählige Pläne geschmiedet habe, um an ihr Geld zu kommen, hat sie es mir einfach auf dem Präsentierteller überreicht.‹ Ich habe ihn gefragt, wieso er durch den Tod seiner Frau reich wird, und er hat gesagt: ›Sie hat einen steinreichen Daddy.‹« Charlene schluchzte wieder, als sie an das Gespräch dachte.

»Der alte Mann hat ihn gefragt, ob er ihm das Kind überläßt, damit er es adoptieren kann. Seine Antwort war: ›Vielleicht ja, vielleicht nein!‹ Dann hat ihn der Alte fast auf den Knien angefleht, ihm das Kind zu überlassen, das er aufziehen wollte, und er hat gemeint: ›Warum sollte ich darauf eingehen, wenn ich es nur bei mir behalten muß, um alles von Ihnen zu bekommen, was ich will?‹ Ich habe ihm erklärt, daß das gemein ist, Billy, und da hat er mich verprügelt, und ich fing an, nach Jocko zu schreien, doch er stopfte mir etwas in den Mund und schlug wirklich auf mich ein. ›Für wen zum Teufel hältst du dich, du blöde Hure‹, hat er mich angeschrien. ›Du bist ein genauso blödes Weibsstück wie sie.‹ Dann hat er mich gebumst, so gut er konnte – es war nicht viel los mit ihm –, und dann hat Joanne ihn schreien und mich stöhnen gehört und hat Jocko geholt, der das miese Schwein hinausgeworfen hat«, schloß das Mädchen atemlos seine Geschichte.

Billys Gedanken waren bei dem unausstehlichen kleinen Schweinehund, der Deirdres Tochter auf dem Gewissen hatte. Und er würde ungestraft davonkommen! Seit Deirdres Tod war Billy nicht mehr so wütend gewesen. Die Ungerechtigkeit des Schicksals machte sie körperlich krank. Maeve war tot, und der jämmerliche Dreckskerl, der schuld daran war, würde alles einstecken.

Wann würde das alles ein Ende haben? Dieser nicht mehr zumutbare Verlust von Menschen, die Tom Dalton liebte. Nun war Maeve tot. Neunzehn Jahre alt. Es war unvorstellbar. Sie war das Opfer ihrer Schwäche und dieses Schweins, das sie verführt hatte, geworden.

Toms vom Gram gezeichnetes Gesicht kam ihr in den Sinn. Sie hatte ihn am vorhergehenden Tag nur ein paar Minuten lang gesehen, als er ihr von Maeve erzählt hatte, aber den Ausdruck auf seinem gequälten Gesicht würde sie niemals vergessen. Er hatte gemeint, er wolle versuchen, das Kind zu adoptieren, und sie hatte an seinen verzweifelten Zügen erkannt, daß er darin die einzige Möglichkeit der Wiedergutmachung sah: Indem er das kleine Mädchen vor Unbill schützte, wollte er wiedergutmachen, daß er seine Tochter nicht gerettet hatte. Sie hatte erwartet, daß er dem kleinen Scheißkerl, der Deirdres Tochter in den Tod getrieben hatte, den Hals umdrehen würde, doch er hatte die Schuld auf sich genommen.

»Ich hätte sie beschützen müssen, Billy«, hatte er mit seltsam dumpfer Stimme gesagt. »Sie war doch meine Tochter, und ich hätte ihr Kraft geben müssen, damit sie vor seinesgleichen sicher war. Ich bin schuld an ihrem Tod.« Dann war er gegangen.

»Du bist nicht schuld«, hatte sie ihm nachschreien wollen. »Du hast nicht gewußt, wie du besser für das Kind hättest sorgen sollen, und es war nicht deine Schuld, daß sie so verwundbar war!« Statt dessen hatte sie sich nur gelobt, daß dieses eine Mal sie und nicht er die Kraft aufbringen mußte, zurückzuschlagen. Für ihn... für Deirdre... für alle schwachen, verletzlichen Mädchen, die von einem solchen Mistkerl zugrunde gerichtet wurden. Sie würde zurückschlagen.

Die lange, schwarze Cadillac-Limousine hielt vor dem stattlichen Doppelhaus, in dem Miss Billys Etablissement untergebracht war, und ein großer, stiernackiger Mann stieg aus, ging zur Tür und läutete.

Billy schien auf die Aufforderung gewartet zu haben und trat aus dem Haus. Sie blickte weder nach rechts noch nach links, ging zu dem großen Wagen, und als die hintere Tür von selbst aufging, stieg sie in das mit dunklem Plüsch gepolsterte Auto.

Der Mann ihr gegenüber strahlte Macht aus. Er beobachtete sie beim Einsteigen gewollt berechnend; seine Augen nahmen ihre Schönheit zur Kenntnis, aber sein Gesicht blieb unbeweglich.

Sie hatte sich für diese Begegnung besonders sorgfältig gekleidet, denn er war ein gefährlicher Mann, und sie wollte etwas von ihm – ein gefährliches Unternehmen.

»Sie sind eine berühmte Dame«, sagte er. Seine Stimme klang

tief, und aus ihrem Ton sprach die Selbstsicherheit einer gewaltigen Macht.

»Und Sie sind ein berühmter Mann, Don Enzio«, antwortete sie unverbindlich.

»Sie sind gekommen, um mich um einen Gefallen zu bitten. Und Sie fragen sich, was ich von Ihnen dafür verlangen werde.« Er lächelte rätselhaft. Er mußte gegen Ende Sechzig sein, aber sein Alter war schwer zu schätzen, denn die Muskeln des bulligen Körpers waren fest, und sein Äußeres war gepflegt.

»Vor langer Zeit«, begann sie und ihre heisere, sinnliche Stimme klang in der Enge des Luxuswagens herausfordernd, »sind Sie einem Mann gegenüber eine Schuld eingegangen, der mir lieb und wert ist. Sein Name ist Thomas Dalton.«

Don Enzio reagierte darauf mit einem veränderten Gesichtsausdruck: Sie hatte sein Interesse geweckt.

»Ich will Ihnen Gelegenheit geben, reinen Tisch zu machen.«

»Die Angelegenheit, von der Sie sprechen, liegt weit zurück«, antwortete er langsam. »Wie kommen Sie auf die Idee, daß sie mich noch beschäftigen könnte?«

Sie blickte ihn einen Moment lang offen und abschätzend an, eine Geste, mit der sie ihm klarmachen wollte, daß er herausgefordert wurde. »Man hat mir gesagt, daß Sie ein gutes Gedächtnis besitzen.«

Er nickte. »Und woher wollen Sie wissen, daß ich mich diesmal entschließen werde, mich zu erinnern?«

»Weil Sie beide Männer sind, Sie und er.« Ihre schönen Augen leuchteten bei diesen Worten. »Etwas Seltenes, Don Enzio Narducci. Und Männer bezahlen ihre Schulden.«

Er lachte leise über ihre Antwort. »Und wie wollen Sie mir diesen Gefallen vergüten?«

»Ich werde Ihnen Ihre Ehre wiedergeben«, antwortete sie ohne zu zögern.

»Sie sind seine Frau, nicht wahr?«

»Ich bin seine Frau.«

»Dann ist er ein glücklicher Mann«, konstatierte er und betonte jedes Wort genau.

»Sie werden mir Ihre Geschichte erzählen, und wir werden sehen, an was ich mich erinnern werde...«

Sie wußte, daß sie wegen ihres Kontaktes mit Narducci eigentlich Gewissensbisse haben sollte, aber sie war leidenschaftlich davon überzeugt, daß Abbott seine Untaten mit etwas Gravierendem bezahlen mußte. Auge um Auge und Zahn um Zahn, stand in der Bibel. Ihre Rache würde diesem Grundsatz kaum entsprechen, aber wenn Narducci Wort hielt, würde Abbott wenigstens merken, daß er beobachtet wurde, daß es jemanden gab, der ihn für Deirdres Tochter, für Charlene und für all die hilflosen Mädchen der Welt verantwortlich machte. Vielleicht würde es sich Theodore Brewster Abbott zweimal überlegen, bevor er noch einmal einer Frau so übel mitspielte.

Tom Dalton hatte nur noch einen einzigen Wunsch. Es gab nur noch einen Weg, den Kummer und das Schuldbewußtsein zu lindern. Sie hatte getan, was in ihrer Macht stand, um ihm dazu zu verhelfen, und deshalb war ein Treffen mit einem Mann wie Narducci notwendig gewesen.

79

Die Türglocke schrillte durch das stille, dunkle Haus. Es klingelte fünf- oder sechsmal heftig, laut genug, um die Dienerschaft und den Herrn zu wecken. Dann verstummte die Glocke.

Tom stand auf und warf einen Schlafrock über seinen nackten Körper. Seit er unmittelbar nach dem Begräbnmis die Verhandlungen mit seinem Schwiegersohn aufgenommen hatte, schlief er nicht sehr gut. Er sehnte sich sehr nach seiner Enkelin, die Megan getauft worden war, wie Maeve es sich gewünscht hatte. Sie würde Megan Dalton heißen, wenn er die Adoption realisieren konnte. Abbott wollte das Kind gar nicht, das hatte er von Anfang an klargemacht. Aber er verlangte eine nicht vertretbare Summe für Megan. Zuerst hatte er eine Million Dollar gefordert, doch dann war der Preis jedesmal, wenn Tom sich einverstanden erklärt hatte, erhöht worden. Die letzte Forderung belief sich bereits auf fünf Millionen Dollar, eine unglaubliche Summe. Tom war natürlich bereit, das Lösegeld zu bezahlen und alles zu verkaufen, was dazu erforderlich war, aber die Vorstellung, daß das hilflose Kind sich in den Händen dieses kaltblütigen jungen Mannes befand, für den es nur ein Verhandlungsobjekt war, hatte ihn so aufgeregt, daß er nicht schlafen konnte. Er schaltete die Schlafzimmerlampe an und eilte zum Geländer des Balkons im ersten Stockwerk, von dem aus er die große Eingangshalle überblickte.

Der alte Butler schlurfte im Bademantel zur Tür und blickte in die Dunkelheit hinaus. Es war niemand da, nur ein in braunes Papier gewickeltes Paket lag vor dem Türpfosten.

»Was ist es, James?« Toms Stimme hallte durch die marmorne Stille der Halle.

»Ich weiß es nicht, Sir«, antwortete der Diener. »Scheint ein Paket zu sein.«

»Bring es her, James! Ich werde es selbst aufmachen.«

Der alte Diener stieg gehorsam die Treppe hinauf und reichte seinem Herrn das braune Paket, der es einen Moment in der Hand wog, als überlegte er, ob es klug war, es zu öffnen.

»Ist das alles, Sir?«

»Was? Ach ja, James, danke! Das ist alles.« Tom drehte sich um und ging ins Schlafzimmer zurück. Auf dem Papier stand sein Name, kein Absender. Er nahm eine Schere vom Schreibtisch, setzte sich auf das Bett und öffnete das Paket.

Aus dem Packpapier kam ein einfacher Karton zutage. In ihm lagen ein gefaltetes Stück Papier und ein offiziell aussehender Briefumschlag. Das Papier war leer bis auf den Abdruck einer schwarzen Hand und die Worte: »WIR ZAHLEN UNSERE SCHULDEN« in kleinen, sauberen Druckbuchstaben. Der Briefumschlag enthielt die Adoptionspapiere, um die Tom mit Abbott gekämpft hatte.

Tom starrte auf die ersehnten Papiere. Sein Herz klopfte heftig, Erinnerungen überfluteten ihn in schmerzhaften, Übelkeit verursachenden Wellen. Deirdre und Maeve: Qualen, die zwanzig Jahre voneinander trennten. Unvergessene Qualen. Offenbar hatte sich noch jemand daran erinnert.

Woher konnte Narducci wissen, daß Abbott für den Tod seiner Tochter verantwortlich war? Er hatte ein Vermögen ausgegeben, um das Ganze geheim und von der Presse fernzuhalten. Nur ganz wenige Leute kannten die Wahrheit.

Tom sah im Geist deutlich den mächtigen, kleinen Mafioso, der vor so vielen Jahren in seiner Bibliothek gestanden hatte. »Die Schuld wird beglichen werden«, hatte er erklärt.

Der junge Abbott war offenbar gezwungen worden, das Kind als Wiedergutmachung zur Adoption freizugeben. Die Papiere schienen vollkommen in Ordnung zu sein. Sie waren ordnungsgemäß unterschrieben und durch Zeugen beglaubigt. Tom hätte gern gewußt, welcher Druck angewendet worden war, um seinen Schwiegersohn zur Einwilligung zu zwingen, und er wunderte sich, daß er keine Gewissensbisse empfand, weil Don Enzio sein Wohltäter geworden war. Er empfand nur eine ungeheure Erleichterung darüber, daß Megan nun für immer sein war. Bei Gott, auf sie würde er gut aufpassen.

Welch eine bizarre Rache! Eine zwanzigjährige Vendetta war zu Ende gegangen. War es nicht grotesk, daß sich in seinem Leben eine zweite Tragödie ereignet hatte, die so überwältigend war, daß Don Enzio Gelegenheit hatte, seine Schuld aus der ersten zu bezahlen? Er wischte sich Tränen aus den Augen und legte seufzend und resigniert seinen Schlafrock über das Fußende seines Bettes. Er fühlte sich alt und müde.

»Alle Feuer brennen schließlich nieder...« Er hatte den Satz irgendwo in einem Buch gelesen. Sein tieferer Sinn war ihm im Gedächtnis geblieben.

Er legte die Nachricht der »Black Hand« in eine kleine Porzellanschale aus dem Badezimmer und zündete sie an. »Alle Feuer brennen schließlich nieder...«

Die kostbaren Adoptionspapiere legte er auf den Tisch neben dem Bett, dann streckte er sich müde aus. Er versuchte, sich die Gesichter seiner Frau und seiner Tochter deutlich in Erinnerung zu rufen, doch das einzige Bild, das er deutlich erkennen konnte, war die Vision eines kalten Raumes mit grauen Steinwänden, in dem die schreckliche Tragödie begonnen hatte.

Billy beobachtete Toms Anhänglichkeit an seine kleine Enkelin fasziniert und gerührt. In seiner erstaunlichen Hinwendung zu dem winzigen Kind Megan lag etwas Seltenes und Schönes. Es war, als ermögliche ihm das Baby, weiterzuleben und dem unerbittlichen Schicksal etwas Geliebtes, Vollkommenes abzuringen.

Die Leute wunderten sich natürlich über den Großvater, der mit so abgöttischer Liebe an seiner Enkeltochter hing. Nur Billy verstand, daß das Kind Toms Bindeglied zur Vergangenheit und zur Zukunft darstellte. Nur sie wußte, daß Megan seine letzte

Chance war, seine Schuld zu tilgen. Er würde kein zweites Mal die gleichen Fehler begehen; er würde dieses kleine Mädchen lieben und betreuen und selbst aufziehen. »Verstehst du, Billy«, meinte er, »ich habe eine zweite Chance erhalten. Ich konnte meine eigene Tochter nicht retten, aber ich kann ihrem Kind all die Liebe geben, die ich so viele Jahre in meinem Herzen bewahrt habe.« Thomas Dalton war zur Zeit des Todes seiner Tochter sechsundfünfzig Jahre alt gewesen.

80

»Draußen steht ein junger Mann, Sir, der Sie sprechen will.« Toms Sekretär Delaney, der schon länger bei ihm beschäftigt war, als sie beide wahrhaben wollten, konnte den Besucher nicht recht einordnen. »Er hat keinen Termin mit Ihnen vereinbart, Sir.« Delaney wurde nervös, wenn nicht alles gemäß dem offiziellen Protokoll ablief.

Tom blickte zerstreut von dem Vertrag auf, den er eben studierte. Sein Haar war graumeliert, und er hatte Falten in den Augenwinkeln, aber die Jahre hinter dem Schreibtisch hatten weder die Geschmeidigkeit seiner Bewegungen noch die Energie in seinem Blick vermindert.

»Hat er gesagt, worum es sich handelt, Delaney?«

»Er sei hier, sagt er, um mit Ihnen über eine Mahlzeit zu sprechen, die Sie ihm einmal bezahlt haben, als er hungrig war. Jetzt sieht er nicht hungrig aus, Sir, wenn ich das erwähnen darf.«

»Führen Sie ihn am besten herein, Delaney! Wie soll ich sonst herausfinden, worum es sich bei diesem Geheimnis handelt?«

Der magere, nervöse Sekretär wandte sich zur Tür, dann blieb er stehen, als sei ihm etwas eingefallen. »Ach, ich vergaß, Sir, er sagte, daß er Jack Cavanaugh heißt.«

Jack Cavanaugh? Der Name klingt irgendwie vertraut, dachte Tom, während er seinen Besucher erwartete. Der junge Mann war kräftig gebaut, und sein schwarzes Haar stand in Kontrast zu seinem hellen Teint. Seine Augen waren leuchtend blau und blitzten fröhlich. Er sieht gut aus, wer immer er sein mag, fand Tom, während er seinen Stuhl zurückschob und aufstand, um den

Mann zu begrüßen. Der Besucher trug einen schieferfarbenen, maßgeschneiderten Kammgarnanzug mit einer eleganten, goldenen Uhrkette. Sein Gang verriet ruhige Sicherheit.

»Habe ich das Vergnügen, Sie zu kennen, Sir?« fragte Tom.

»Sie hatten einmal das Vergnügen, mich vor dem Hungertod zu bewahren, Sir, und zwar in einem Bostoner Slum«, war die merkwürdige Antwort.

»Leider kann ich Ihnen nicht folgen«, begann Tom, dann brach er ab. Das konnte doch nicht der dürre, zerlumpte Junge aus der Seitengasse in Boston sein. Dieser Mann war wohlhabend und gebildet. Sein Händedruck war kräftig und herzlich.

»Ja, Mr. Dalton, ich bin tatsächlich der Bursche aus der Seitengasse.« Es war, als würde Cavanaugh auf eine unausgesprochene Frage antworten. »Oder vielmehr, ich war es. Seither hat mein Leben viele bemerkenswerte Veränderungen erfahren, und in letzter Zeit waren sie alle positiv.«

»Nach ihrem properen Aussehen zu urteilen, würde ich sagen, daß es sich um ein verdammtes Wunder handelt.« Tom zeigte freundlich auf den Stuhl vor seinem Schreibtisch. »Nehmen Sie bitte Platz. Ich würde gern die Geschichte dieser seltsamen Metamorphose hören, wenn Sie sie mir erzählen wollen. Merkwürdigerweise habe ich im Lauf der Jahre oft an Sie gedacht und mich gefragt, was nach diesem Tag aus Ihnen geworden sein mag.« Er unterbrach sich einen Augenblick, als wolle er sich erinnern. »Ich muß zugeben, daß ich Ihren Namen vergessen hatte.«

»Mr. Dalton, ich komme von weit her, um Ihnen meine Geschichte zu erzählen. Wenn Sie mir die Ehre erweisen, heute abend mit mir im ›Waldorf-Astoria‹ zu speisen, in dem ich abgestiegen bin, will ich Ihnen nicht nur meine Geschichte erzählen, sondern Ihnen auch einen Vorschlag unterbreiten, den Sie hoffentlich attraktiv finden werden.«

Tom zog die Brauen nachdenklich in die Höhe. Er hatte vorgehabt, vom Büro direkt nach Hause zu gehen, aber seine Neugier bezüglich dieses merkwürdigen Fremden war doch sehr groß.

»Mr. Cavanaugh«, antwortete er gutgelaunt, »sobald ich meiner Haushälterin mitgeteilt habe, daß wir nach dem Essen auf einen Kaffee und vielleicht einen Schluck Portwein nach Hause kommen, werde ich mit Vergnügen Ihr Gast sein. Obwohl die

Einladung ins ›Waldorf‹ Sie um einiges mehr kosten wird als mich vor Jahren Ihr Essen in Boston zu stehen kam.«

Sie saßen in der blauen Samtloge in der Mitte des in Gold gehaltenen Speisesaales, und vor ihnen stand zartes Porzellangeschirr auf dem Damasttischtuch.

»Ich habe seit jenem Tag in Boston so viel erlebt, Mr. Dalton«, begann Jack. »Ich weiß kaum, womit ich anfangen soll.«

»Wir haben den ganzen Abend vor uns, Mr. Cavanaugh, und um Ihnen die Wahrheit zu sagen, ich wäre enttäuscht, wenn die Ursache Ihres Wohlstandes keine lange Geschichte wäre.« Er lächelte ermutigend, und Jack lachte leise.

»In diesem Fall werde ich ziemlich weit ausholen. Wie Sie wissen, war ich Waise. Ich blieb in Boston, bis ich sechzehn war, dann zog ich los, um mein Glück zu machen. Natürlich nahm ich an, daß es mich hinter der nächsten Ecke erwartete. Ich hatte gehört, daß man am Yukon reich werden konnte, wenn man mit der Kälte und der Einsamkeit zurechtkam, deshalb beschloß ich, es dort zu versuchen.«

Er warf Tom einen Blick zu, um zu sehen, ob er auch zuhörte.

»Ich kam zu Beginn des Winters in Dawson an, Mr. Dalton, und war schon vom Klang des Namens, von den wilden Männern auf den Straßen und vom Gedanken an leichtfertige Weiber fasziniert...«

Tom zweifelte nicht im geringsten daran, daß eines von Jacks Talenten das Verführen von Frauen war.

»In der Handelsniederlassung in Dawson lernte ich einen Mann kennen. Er war alt, aber fröhlich wie ein kleines Kind. Ich traf ihn, als ich versuchte, ein Buch über das Schürfen zu lesen. Damals hatte ich praktisch keine Bildung, und Lesen war für mich ein mühsames, umständliches Unterfangen. Ich schäme mich heute noch darüber, aber als er versuchte, mir zu helfen und sich mit mir anzufreunden, hielt ich ihn für einen Gauner auf der Suche nach einem Dummen, obwohl mir nicht klar war, was er mir stehlen wollte. Es kam schließlich dazu, daß ich mit dem Mann zusammenlebte, in einem alten, ausgebeuteten Claim schürfte und lernte, kein Cheechako zu sein.« Tom sah ihn fragend an.

»Das ist im Klondike-Slang der Ausdruck für einen Grünschnabel. ›Grün wie Gras und die gleichen Aussichten, den Winter zu überleben‹, meinte Ned von mir – der Alte hieß Ned Fortnum –, und er hatte auch recht. Ohne ihn hätte ich den ersten Winter kaum überlebt.«

Er schwieg einen Augenblick, als steige eine Erinnerung in ihm auf.

»Ich werde nie mehr einen so guten Menschen kennenlernen wie Ned, Mr. Dalton. Er stammte aus New England, aus einer guten Familie – hatte sogar Harvard besucht. Aber er hatte sich wegen einer unglücklichen Liebesgeschichte – sein Bruder heiratete das Mädchen, das er liebte – entschlossen, in die Welt zu ziehen. So hatte er sich auf den Weg nach Norden gemacht und war viele, viele Jahre vor mir in Yukon gelandet.«

Auf dem weißen Damast wurden kleine Kaffeetäßchen serviert, und Jack spielte gedankenverloren mit dem Löffel, als Tom ihn unterbrach.

»Das klingt, als hätten Sie den alten Mann liebgewonnen, Mr. Cavanaugh. Habe ich recht?«

»Ich verdanke ihm alles, Mr. Dalton. Er lehrte mich zu lesen und zu schreiben, er öffnete mir die Welt der Bücher. Sie werden es nicht glauben, aber in der kleinen Hütte hatte er jedes Fach mit Büchern vollgestopft. Das war seine einzige Konzession an die zivilisierte Welt, die er hinter sich gelassen hatte. Er bat mich, ihm abends vorzulesen, und anfangs nahm ich ihm die Plage übel. – Längst ist mir klar, daß er es meinetwegen tat, damit ich die Worte der großen Denker laut hörte und begriff, weil in mir ein Durst nach der Welt des Intellekts steckte, der größer war als alle meine sonstigen Bedürfnisse. Ned und ich hatten nur ein Problem: Ich habe schon immer eine Vorliebe für das weibliche Geschlecht gehabt, und die brachte mich ein wenig in Schwierigkeiten.«

Tom lächelte.

»An einem Samstagabend ging ich nach Dawson. Ich kannte in einem Saloon ein Mädchen namens Lola und war schon ganz schön alkoholisiert, als ich sie aufsuchte, um die Nacht in ihrem Bett zu verbringen. Ich traf sie mit einem anderen Mann, der ein Spieler war, und sie saßen traulich beisammen am Pokertisch. Ich brach einen Streit mit dem Mann vom Zaun, und während wir uns prügelten, zog der Hurensohn eine Pistole und schoß auf mich. Die Kugel verfehlte mich zum Glück, sie traf jedoch ein

Tanzgirl in der Menge in den Bauch. Sie war nicht älter als sechzehn oder siebzehn. Ich kniete neben ihr auf dem Boden und sah zu, wie sie unter schrecklichen Qualen starb. In diesem Augenblick begriff ich, wovor Ned mich unbedingt bewahren wollte.« Die Stimme des Mannes klang schmerzlich, aber ruhig.

»Mußten Sie ins Gefängnis?«

»Für eine Woche. Dann wurde ich entlassen, in Neds Obhut. Am Yukon gibt es nicht viel Gerechtigkeit. Wenn es keine Familie gibt, die nach Rache schreit, kümmert sich niemand besonders um einen Toten, und das arme kleine Mädchen hatte keine Angehörigen. Ich muß Ihnen wohl nicht erzählen, daß die Dinge sich danach änderten. Obwohl ich dadurch auch kein besseres Gewissen habe. Neds Gesundheit wurde schwächer. Ich sorgte für ihn, und er sorgte für mich. Er unterrichtete mich in Geschichte, Geographie, Mathematik; er weckte in mir den Wunsch, noch mehr zu lernen. Er war eine gute Seele, Mr. Dalton, und stark. Ich hatte nie eine Familie gehabt, und so adoptierten wir uns gegenseitig.«

»Das erklärt aber noch nicht Ihre plötzliche Wandlung, Mr. Cavanaugh.«

»O doch, wenn Sie mir noch etwas länger zuhören wollen. Sehen Sie, Ned lag im Sterben. Er wurde von Tag zu Tag schwächer und war immer weniger imstande, für sich zu sorgen. An schönen Tagen hüllte ich ihn in eine alte, wollene Militärdecke und trug ihn hinaus, so daß er die Landschaft betrachten konnte, die er so liebte. Ja, er liebte Klondike, obwohl es ein so rauhes Land ist. Ich weiß nicht, warum, aber er liebt es es wirklich.«

Wieder legte er eine Pause ein und trank einen Schluck Kaffee.

»Ich konnte Ned nicht sich selbst überlassen, also legte ich meine Träume vom Reichtum für eine Weile ad acta und verbrachte meine Zeit mit Ned bei meinen Studien. Als sein Ende näher kam, legte er großen Wert darauf, daß ich alles lernte, was er an mich weitergeben konnte, und daß ich eifrig mein Wissen erweiterte. Das war wohl meine Art, ihm seine vielen Dienste zu vergelten. Eines Morgens war er einfach zu schwach, um zu seinem Stuhl zu gehen, und ich wußte, daß sein Ableben nur noch eine Frage der Zeit war. ›Du bist ein guter Mensch, Jack‹, sagte er auf seinem Sterbebett zu mir. ›Ein besserer, als du selbst glaubst. Wenn ich nicht mehr bin, nimm dir von meinem Kram, was du willst, aber vergiß den Dickens nicht! Er ist mein Vermächtnis an dich.‹ Er wußte, daß ich Charles Dickens' ›Eine Geschichte aus zwei Städten‹ liebte, also nahm ich an, daß er mir das Buch als Andenken vermachen wollte. Er starb noch in derselben Nacht, und ich gestehe, daß ich bis zum Morgen neben dem Toten saß und weinte wie ein Weib.«

Seine Stimme war weich und traurig geworden, und Tom war von der mit so klarer, aber ursprünglicher Gemütsbewegung erzählten Geschichte ergriffen.

»Nachdem ich ihn in seinem Pelzparka bestattet hatte, um ihn vor der schrecklichen Kälte zu schützen« – Jack lächelte verlegen über seine Sentimentalität –, »packte ich meine Habseligkeiten. Ich wußte nicht, wohin ich mich wenden sollte, wollte aber ohne Ned nicht dortbleiben.«

Jack griff in seine Brusttasche und zog einen Briefumschlag heraus, den er einen Augenblick liebevoll in der Hand hielt, bevor er ihn Tom reichte.

»Dieser Brief lag in dem Dickens-Band, Mr. Dalton.«

Der Brief war in schwungvoller, altmodischer Handschrift abgefaßt, und die Buchstaben waren zittrig, wie es bei einem alten Mann zu erwarten war. Tom las erstaunt:

Mein lieber Jack Cavanaugh,
nun befinde ich mich schon im Schoß derselben göttlichen Vorsehung, die Dich vor ein paar Jahren, in der Stunde meiner äußersten Not, mir zugeführt hat.

In der seither vergangenen Zeit habe ich viel über Dich erfahren, mein mir durch die Vorsehung bestimmter Gefährte, und um die Wahrheit zu sagen, ich habe eine tiefe Zuneigung zu Dir gefaßt, mein Waisenkind, mein Schüler, mein Freund und vielleicht auch das Kind meines Geistes.

Du trägst den Samen edler Männlichkeit in Dir: große Kraft und natürlich einen oder zwei Fehler, wie wir sie alle haben. Aus Liebe zu Dir und aus Dankbarkeit für Deine geduldige Güte in meinen letzten Tagen hinterlasse ich Dir zwei kostbare Geschenke. Du wirst bestimmt verstehen, daß das eine ebenso wichtig ist wie das andere.

Mein erstes Vermächtnis ist eine ehrliche Beurteilung Deiner selbst. Du hast einen bemerkenswerten regen, analytischen, gesunden Verstand. Dein Herz ist nicht weniger liebenswert als Dein

Verstand. In diesen Monaten hättest Du oft den alten Invaliden einfach seinem Schicksal überlassen können, doch du hast ihn gepflegt und warst ihm behilflich. Du wurdest um so freundlicher und liebevoller, je länger es dauerte und je schlimmer die Krankheit wurde. Es muß einer schon ein liebevolles Herz haben und ein guter Mensch sein, um sein Bestes zu geben, wenn er sich leicht mit dem Minimum begnügen könnte.

Auf der Sollseite, mein junger Freund, sehe ich zwei Fehler: ein hitziges Temperament und eine übermäßige Leidenschaft für das schönere Geschlecht. Und da Damen und Geld die beiden brisantesten Versuchungen des Menschen sind, warne ich dich vor den ersteren.

Was uns natürlich zur zweiten Versuchung bringt. Ich muß gestehen, daß ich wegen des Geldes nicht ganz ehrlich zu Dir war. Erstens weil ich Deinen Charakter erforschen wollte, dann, weil ich unsere Vereinbarung nicht komplizieren wollte, und schließlich, weil Geld zwischen uns keine Rolle spielte.

Ich bin ein reicher Mann, Jack. Eigentlich sollte ich jetzt schreiben, »ich war«, denn du wirst diesen Brief erst lesen, wenn Ned Fortnum der Vergangenheit angehört. Ich habe nicht so viele Jahre in der Wildnis gearbeitet, ohne auf eine ergiebige Erzader zu stoßen. Ich stellte nur fest, daß ich keine eigentliche Verwendung für die Reichtümer hatte, nachdem ich sie einmal angehäuft hatte. Jetzt aber glaube ich, daß ich eine gefunden habe.

Nimm das Geld, das in einem Schließfach in Dawson liegt, und was immer Du zur Erinnerung an mich behalten willst, und mach Dich daran, das Leben zu genießen. Ich muß nicht hinzufügen, daß meine Liebe und meine Gebete Dich begleiten, denn das weißt Du sicherlich schon.

Dein Dich liebender Freund Ned

Tom blickte Jack fragend an, und der junge Mann schüttelte den Kopf.

»Außer diesem Brief«, sagte er, »fand ich nur einen Schlüssel und die Nummer eines Schließfaches bei der Wells Fargo Bank. Erst nachdem ich das Schließfach geöffnet hatte, wurde mir klar, wie reich Ned Fortnum gewesen war. Sie sehen also, Mr. Dalton«, beendete Jack seine weitschweifige Erzählung, »ich bin ohne mein Dazutun ein reicher Mann geworden. Nicht so reich wie Sie, aber reicher als der Junge, dem Sie damals begegnet sind, sich jemals erträumte.«

»Da hol mich doch der Teufel«, staunte Tom, nachdem er Jacks unwahrscheinliche Geschichte gehört hatte. Dann lachte er laut, weil er genau den Satz ausgerufen hatte, den auch Diamond Jim gesagt hätte, wenn er anwesend gewesen wäre.

»Sie haben erwähnt, daß Sie nach Cambridge gegangen sind? Warum war Ihr erster Wunsch, an eine Universität zu gehen, statt Ihr Geld in ein Geschäft zu investieren oder sich auf eine Reise um die Welt zu begeben oder sich sonst zu amüsieren? Warum die Schule?«

»Wahrscheinlich wegen Ned. Es war sein Traum, mir eine wirkliche Bildung zu ermöglichen. Damit ich meine Bestimmung erfüllen könne, wiederholte er immer.« Jack lachte, dann wurde er wieder ernst. »Und natürlich meinetwegen.«

Tom nickte.

»Und was jetzt, Mr. Cavanaugh? Was werden Sie mit Ihren Reichtümern und der erstklassigen Bildung anfangen, nachdem Sie soweit sind?«

»Das ist der zweite Grund, weshalb ich Sie aufgesucht habe. Der Vorschlag, den ich heute schon erwähnt habe. Ich möchte bei Ihnen gewissermaßen als Lehrling eintreten. Ich habe einige Erkundigungen über Ihre Unternehmungen eingeholt. Ich könnte mir vorstellen, daß ich mich bei einigen Ihrer Projekte als ganz brauchbar erweisen könnte. Schließlich kenne ich das Holzgeschäft von Grund auf. Ich verstehe ein wenig vom Goldmarkt, und ich bin Besitzer eines besonders ertragreichen Claims, den mir Ned hinterlassen hat, natürlich nicht des mageren, den wir gemeinsam ausgbeutet haben. Aber darüber hinaus bin ich ein fleißiger Arbeiter und kann geschickt mit Zahlen jonglieren.«

Es dauerte eine Weile, bis der verblüffte Tom zum Sprechen ansetzen wollte.

»Antworten Sie mir erst, Mr. Dalton, wenn Sie mein Angebot gehört haben! Ich habe Ihnen einmal gesagt, daß ich ein stolzer Mann bin, und ich poche nicht auf eine zufällige Begegnung oder ein Dinner, um Sie um einen Gefallen zu bitten. Ich will nicht mit leeren Händen kommen, sondern Ihnen folgenden Vorschlag unterbreiten: Wenn Sie mich als Ihren Gehilfen oder Lehrling arbeiten und mich dabei Ihr Geschäft erlernen lassen wollen, verlange ich keinen Lohn für meine Dienste. Ferner werde ich am Ende meiner Lehrzeit, deren Dauer ganz von Ihnen abhängen soll, einen Betrag in ein Geschäft Ihrer Wahl investieren, das ich unter Ihrer Ägide leiten und dessen Gewinn ich mit Ihnen teilen werde.«

Tom rührte seinen Kaffee langsam mit dem kleinen Silberlöffel um, bevor er antwortete: »Das ist das gottverdammt merkwürdigste Angebot, Mr. Cavanaugh, das ich je gehört habe.«

»Heißt das ja oder nein, Mr. Dalton?« Jack lächelte.

»Es heißt nein, Mr. Cavanaugh. Aber mit dem Nein verbinde ich einen Gegenvorschlag. Ich werde Sie vom heutigen Tag an für ein Jahr als Lehrling aufnehmen. Während dieser Zeit werde ich Ihnen einen Lohn bezahlen, der der Arbeit, die Sie für mich leisten werden, angemessen ist. Am Ende dieser Zeit werden wir uns, wenn die Zusammenarbeit klappt, über die Möglichkeiten einer Partnerschaft unterhalten, zu Bedingungen, die uns beiden zusagen. Läuft es nicht so gut, werden wir uns eben trennen. Akzeptieren Sie meinen Gegenvorschlag, Mr. Cavanaugh?«

»Unter den Voraussetzungen, daß Sie mich Jack nennen, bin ich einverstanden.« Die beiden Männer, deren Altersunterschied fünfunddreißig Jahre betrug, besiegelten an diesem Abend mit einem Händedruck eine Abmachung, aus der eine Freundschaft entstehen sollte.

»Darf ich Sie fragen, Jack, warum Sie mir nach all den Jahren und auf Grund eines Gesprächs von vielleicht zehn Minuten ein so verlockendes Angebot gemacht haben?«

Jack Cavanaughs hübsches Gesicht verzog sich zu einem unergründlichen irischen Lächeln. »Wie Ned Fortnum, Gott sei seiner Seele gnädig, einmal zu mir sagte: ›Ich war zu lang allein.‹«

An diesem Abend lag Thomas Dalton wach im Bett, überwältigt von Erinnerungen an einen anderen arbeitswilligen Lehrling vor langer Zeit. Er fragte sich, wie Diamond Jim sich verhalten hätte, wenn er an seiner Stelle gewesen wäre. Und er fragte sich, welch seltsame Fügung des Schicksals ihm einen Protegé ins Geschäft gebracht hatte, gerade als ihm klar geworden war, daß er nie eine enge Beziehung zu Rory haben würde, unabhängig davon, wie klug und talentiert sein Sohn im Geschäft auch war.

81

Riordan Dalton erwies sich als tüchtiger Geschäftsmann. Er besaß die Rücksichtslosigkeit seines Großvaters und die glückliche Hand seines Vaters, wenn es um Spekulationen ging. Aber er war auch von einer Selbstgefälligkeit, mit der Jack Cavanaugh sich schwer abfinden konnte. Riordan war von Natur aus nicht dazu geeignet, länger in untergeordneter Stellung zu bleiben.

Es beunruhigte Jack, überraschte ihn aber nicht, daß Rory nur wenige Freunde und dafür viele Bekannte besaß. Er war Mitglied der ersten Clubs, natürlich nur jener, die auch Katholiken aufnahmen, er verkehrte in den besten Kreisen und legte Wert darauf, gesehen zu werden. Er hatte Cynthia Braithwaite, die begehrteste Debütantin des Jahrzehnts, geheiratet. Ihre Mutter war eine Harkness mit einem Stammbaum, in dem eine Menge Vanderbilts und Astors glänzten. Obwohl viele von der New Yorker alten Garde die Nase gerümpft hatten, weil die Vorfahren von Cynthias Mann Kartoffelbauern gewesen waren, achteten alle den ungeheuren Reichtum, den Rory in die Ehe mitbrachte.

Jack hatte sich zur Regel gemacht, Rory soweit wie möglich aus dem Weg zu gehen. »Ein Sohn ist schließlich ein Sohn, Tom«, hatte er seinem Arbeitgeber erklärt, nachdem sein Lehrjahr zu Ende gegangen war. »Sie dürfen nicht glauben, daß ich es auf etwas abgesehen habe, das Rory zusteht. Halten wir uns doch genau an die Vereinbarung, die wir an dem Abend im ›Waldorf‹ getroffen haben, und lassen Sie mir freie Hand mit einer oder zwei eigenen Unternehmungen, damit Sie mich im Auge behalten können. Dann wird Rory nicht auf die Idee kommen, daß ich es auf den Sessel des Erben abgesehen habe.«

»Ich möchte Sie weiterhin an dem M-&-D-Kuchen naschen lassen, während Sie sich zugleich an einem eigenen Unternehmen versuchen«, war Toms Antwort gewesen. »Ich hatte Gelegenheit, Sie im letzten Jahr ausreichend zu beobachten, und ich habe nicht die Absicht, mir auch nur eines Ihrer beträchtlichen Talente entgehen zu lassen, ob es nun Rory paßt oder nicht.«

So einigten sie sich auf eine Vorgangsweise, die beiden zusagte: Jack erhielt genügend Freiheit, um seine Talente selbst zu erproben, während Tom ihn in weitere Bereiche des M-&-D-Unter-

nehmens einführte. Tom mochte Jack lieber als Rory, obwohl der sein eigen Fleisch und Blut war. Selbst die Heirat und die Geburt der Kinder des Sohnes hatten ihn nur am Rand berührt.

Riordan und Cynthia Dalton hatten in angemessenen Abständen drei Kinder bekommen: zwei Knaben, die ihre Großeltern mütterlicherseits schon bei ihrer Geburt in Choate angemeldet hatten, und ein Mädchen, das für Emma Willard und Vassar bestimmt war. Tom fand seine Schwiegertochter und ihre Kinder seltsam farblos. Seine Aufmerksamkeit galt Megan, seinem Lieblingskind – und im Geschäft folgte er seinem Instinkt und ließ Jack Cavanaugh freie Hand.

Jack und Megan: Die beiden boten ihm segensreichen Trost und die Möglichkeit, seine Erfahrung und sein Schaffen weiterzugeben. Darin lag aus seiner Sicht eine Art von Unsterblichkeit. Wenn nämlich der Weizen von der Spreu des Lebens gesondert war, war vielleicht das einzige, das einem Menschen blieb, die Hoffnung auf Unsterblichkeit, die Hoffnung, daß all der Kampf und die Sorgen nicht umsonst gewesen waren.

»Wir sollten in Alaska Land kaufen – jetzt, bevor es ein Bundesstaat wird«, beendete Jack seine eindrucksvolle Darstellung mit einem eindringlichen Appell.

»Alaska ist viel zu weit entfernt, und man ist wegen der Kälte in seinen Möglichkeiten beschränkt. Außerdem wird das Land niemals ein Bundesstaat werden.« Rory wollte die Argumente sofort widerlegen, wie Jack es erwartet hatte.

Dieses Projekt bedeutete Jack sehr viel. Es war ein gutes Beispiel, Tom alles zu zeigen, was er anzubieten hatte. »Da die Transportmöglichkeiten täglich besser und neue Technologien entwickelt werden, kann und wird das Handikap des Klimas überwunden werden – und zwar bald. Das Erdöl und die Mineralien werden den Einsatz wert sein, und wir können vor dem Massenansturm Fuß fassen.«

»Wir sind gerade dabei, uns von der Depression zu erholen, Jack. Es gibt genug Probleme, mit denen wir hier fertig werden müssen. Jetzt in Alaska zu spekulieren wäre ein zu großes Wagnis für uns. Ich stimme dagegen.« Rorys Stimme war eisig.

»Wir erholen uns von der Depression, Rory«, erwiderte Jack

rasch, »und wir stehen vor einem Krieg. Ein Krieg aber ist gleichbedeutend mit Profit.«

Tom, der nachdenklich dem Gespräch zwischen den beiden jungen Leuten gefolgt war, vernahm zu seinem Erstaunen Jim Mulvaneys Worte aus Jacks Mund. »Kriege sind gleichbedeutend mit Profit«, hatte der alte Mann vor dem letzten Krieg erklärt, und er hatte recht behalten. Tom beschloß, die Debatte zu beenden, bevor die Kontrahenten anfingen, einander aufzuspießen. Wann immer die beiden zusammentrafen, schien die Temperatur im Raum zu steigen.

»Meine Herren, nach reiflicher Überlegung muß ich sagen, daß ihr beide recht habt«, warf Tom ein. »Ich habe ein langes Leben hinter mir, und mir sind im Verlauf der Zeit ein paar Prinzipien klargeworden.«

Rory sah verärgert aus, Jack interessiert.

»Die Zeiten ändern sich«, opponierte Rory bissig.

»Aber die menschliche Natur nicht!« Die eindringliche Feststellung seines Vaters kam blitzartig. Rory wollte sich erst dagegen wehren, beruhigte sich jedoch. »Europa wurde Hitler auf einem Präsentierteller serviert«, fuhr Tom fort. »Er ist unersättlich und wird sich nicht mit Europa begnügen. Außerdem braucht unsere Wirtschaft dringend Auftrieb, und ein Krieg bringt den größten Auftrieb, den es gibt. Hochkonjunktur für die Fabriken, neue Kriegsindustrien, alle kehren ans Fließband zurück. Es wird sicher zum Krieg kommen, und zwar bald. Deshalb« – er holte Luft und blickte Jack intensiv an – »muß ich leider im Augenblick Rory zustimmen. Wir werden zu Hause ganze Vermögen verdienen und zudem mit dem Transport von Regierungsgütern nach Europa.«

Tom las die Enttäuschung in Jacks Augen, fuhr aber fort.

»Rory, du bist im Begriff, dich mit halb Washington anzufreunden. Ich würde vorschlagen, daß du dich bemühst, ein paar Transport- und Baukontrakte für uns zu ergattern, damit wir gleich einsteigen können, wenn es zum Krieg kommt.«

Jack räumte seine Papiere zusammen, um Tom nicht ins Gesicht sehen zu müssen; Rorys dunkle Augen blitzten triumphierend.

»Jack«, sagte Tom ruhig. »Ich möchte mit Ihnen noch kurz sprechen, wenn Sie eine Minute Zeit haben.«

Der junge Mann blickte auf, und Tom sah den deprimierten Ausdruck auf seinem hübschen Gesicht. »Selbstverständlich, Sir.« Jack setzte sich wieder und wartete, bis Rory gegangen war.

»Der da...« regte er sich auf, als Rory die Tür hinter sich geschlossen hatte. »Er würde auch die Arche Noah torpedieren, wenn er eine Gelegenheit dazu hätte!«

Tom versuchte, nicht laut herauszulachen. »Sie haben natürlich mit Alaska recht«, beruhigte er Jack.

Der junge Mann war plötzlich verärgert. »Darf ich dann fragen, warum zum Teufel Sie mich vor Ihrem Sohn als Idioten hingestellt haben?«

Tom zog eine Braue hoch, eine Angewohnhheit, die er Mulvaney abgeschaut hatte, und antwortete wohlerwogen: »Weil Sie noch eine Menge über Gerissenheit zu lernen haben, Jack, und ich halte es für den richtigen Moment, um sie Ihnen jetzt beizubringen. Wenn Sie genügend Dampf abgelassen haben, so daß Sie mir wieder Ihre Aufmerksamkeit schenken können...«

Jack kochte zwar noch innerlich, bemühte sich aber, beherrscht zu wirken. Tom hatte natürlich recht. Wie gewöhnlich. Sein Mangel an Gerissenheit war seine Achillesferse.

»Okay«, meinte er ruhiger. »Ich höre zu.«

»Es wird zu einem Krieg kommen, und man wird hier im Lande Geld verdienen können. Leichtverdientes Geld. Eine konservative, risikolose Entscheidung meinerseits, genau die Linie, die Rory einschlägt. Sie gibt ihm die Möglichkeit, in Washington zu glänzen, seine Fähigkeiten unter Beweis zu stellen und neue Freunde zu gewinnen, die seinen politischen Ambitionen förderlich sein können. Wenn wir alle dabei Geld verdienen, ist es gleichgültig, wessen Idee es war. Diamond Jim hat mich gelehrt: ›Stiere machen Geld und Bären machen Geld, aber Schweine machen nie Geld‹, und darin liegt eine fundamentale Wahrheit. Ich habe also einen konservativen Entschluß getroffen.«

Jack sah verwundert, aber auch interessiert drein.

»Nun zu Alaska: Rory irrt sich damit, daß es kein Bundesstaat werden wird. Es liegt zu nahe bei Rußland, als daß wir ein Stück unseres Kontinents in unmittelbarer Nähe einer ausländischen Macht sich selbst überlassen könnten. Eines Tages wird Alaska ein Bundesstaat sein – und eines Tages wird es auch die Technologien geben, um seine Mineralien abzubauen und sein Erdöl zu fördern, wie Sie in Ihrer visionären Darstellung erwähnt haben. Wenn Sie also Ihr Mütchen etwas gekühlt haben, würde ich vorschlagen, daß Sie und ich persönlich alles Land kaufen, das wir dort oben bekommen können, einschließlich der Schürfrechte. Möglicherweise wird der Ertrag darauf nicht mehr zu meinen Lebzeiten fließen, Sie werden es aber erleben. Deshalb werde ich meine Investitionen in Megans Namen mit uns beiden als Treuhänder vornehmen. Was halten Sie davon, mein heißblütiger junger Freund?«

»Es klingt, als hätte ich noch eine ganze Menge über Gerissenheit zu lernen.«

»›Du kannst keinen alten Kopf auf junge Schultern setzen‹«, zitierte Tom. »Das ist wieder einer von Diamond Jims köstlichen Sprüchen. Trinken Sie einen Whisky mit?«

Tom lachte leise, während er zu der Kirschholzanrichte ging, in der sich die Hausbar befand. Er füllte zwei Gläser mit dem goldbraunen Getränk und reichte eines seinem jungen Freund, der mit ihm anstieß und einen kräftigen Schluck nahm.

»Wann können Sie die Einzelheiten eines solchen Grundstückankaufs, wie Sie ihn geschildert haben, ausarbeiten?«

»Dazu muß ich eine Reise nach Alaska unternehmen, dann brauche ich etwa einen Monat. Ich kenne die Gegend ziemlich genau, die ich im Auge habe.«

»Gut.« Toms Stimme klang zufrieden.

Jack stand auf, um zu gehen. »Dann werde ich mich am besten gleich daranmachen.«

»Ja.«

Jack ging zur Tür und wandte sich dann noch einmal um. »Ich danke Ihnen«, sagte er schlicht, und Tom lächelte ihm zu. Er hatte große Zuneigung zu dem Jungen gefaßt, sehr große Zuneigung.

Tom Dalton fand seinen Protegé Jack Cavanaugh ungeheuer sympathisch. Der junge Mann besaß echten Charme. Die Männer mochten ihn und die Frauen – das war eine Geschichte für sich.

Jacks Liebesaffären und sein explosives Temperament stellten seine einzige wirkliche Charakterschwäche dar. Hinzu kam die Tatsache, daß Rechtschaffenheit keine Eigenschaft war, die man mit Jack Cavanaugh direkt in Verbindung brachte.

Als Jack bei Tom eingetreten war, hatte er viel über die Führung eines Konglomerats lernen müssen, aber er hatte es geschafft. Er war schnell und scharfsichtig, und er besaß Mulvaneys Vorliebe für dramatische Gesten. Jack konnte einen Sitzungssaal voller unangenehmer Geschäftsleute dank seines Stils und seines wirkungsvollen Auftretens hypnotisieren. Und er konnte die Leute dazu bringen, ihm fast alles abzunehmen.

Tom warf einen Blick auf das Alaska-Memorandum auf seinem Schreibtisch und lachte. Jacks Memos waren eine literarische Meisterleistung: lustig, respektlos, gelegentlich mit Flüchen gespickt. Das erste, das O'Reilly gelesen hatte, hatte beinahe einen Herzanfall ausgelöst. Es hatte auch O'Reillys Rücktritt im Alter von einundachzig Jahren veranlaßt. Der alte Mann hatte die Ausbildung *eines* Protegés überlebt, ein zweites Mal würde er das nicht mehr durchstehen, meinte er.

Tom hob den Hörer der Gegensprechanlage ab und rief seinen Sekretär. »Verbinden Sie mich doch mit Mr. Cavanaugh«, bat er und wartete geduldig auf die Stimme des Jüngeren.

»Haben Sie heute abend etwas vor, Jack?«

Ein überraschender Unterton in Toms Stimme veranlaßte Jack zur Antwort: »Nein, Sir, nichts, was ich nicht aufschieben könnte.«

»Gut. Dann holen Sie mich um acht bei mir zu Hause ab! Ich möchte, daß Sie jemanden kennenlernen.«

Tom legte auf und lachte wieder. Billy hatte während der drei Jahre, in denen sie zusammenarbeiteten, wiederholt Jack kennenlernen wollen, aber irgend etwas hatte ihn daran gehindert, sie einander vorzustellen. Sein Privatleben war seine eigenste Angelegenheit. Es war unnötig, Fremde in Verhältnisse einzuweihen, deren Kenntnis in falschen Händen gefährlich werden konnte.

Ja, genau das war es. An diesem Morgen, als er das Memorandum gelesen hatte, hatte er plötzlich begriffen, daß Jack kein Fremder mehr war.

Der Fahrer hielt vor dem Haus Nummer zwölf, East Seventy-second Street und hielt den beiden Männern die Tür auf.

Plötzlich merkte Jack, auf welches Haus sie zugingen. Es war das teuerste Freudenhaus von New York. Er war nur einmal dort gewesen, hatte aber einen phantastischen Abend erlebt.

»Zu Miss Billy?« fragte er ungläubig.

»Ja, zu Miss Billy«, antwortete Tom belustigt. »Sie ist eine alte Freundin von mir, und ich möchte, daß Sie sie kennenlernen.«

»Ich habe gehört, daß die Preise hier ganz schön hoch sind.«

»Nicht, wenn einem das Lokal gehört. Ich bin der Teilhaber der Dame.«

»Du heiliger Strohsack!«

Der Ausruf klang so aufrichtig, daß Tom laut auflachte. »Überrascht, wie?«

»Ich bin völlig platt!« gestand Jack und sah Tom mit neuer Bewunderung an. »Wieso sind Sie Teilhaber an einem Freudenhaus?«

»Das ist eine lange Geschichte. Ich überlasse es lieber Billy, sie Ihnen zu erzählen. Sie ist die außergewöhnlichste Frau, die Sie kennenlernen können, also benehmen Sie sich gut! Sie ist die beste Freundin, die ein Mann haben kann. Wenn sie Sie mag, können Sie sich als einen der Auserwählten dieser Erde betrachten.«

Beim Anblick der Frau, die sich erhob, um sie zu begrüßen, verschlug es Jack den Atem. Ihr Alter war schwer zu bestimmen, irgendwo zwischen vierzig und der Ewigkeit. Sie trug ein schwarzes Abendkleid, das eine Schulter aufreizend freiließ und von einer großen Brillantnadel zusammengehalten wurde.

»Ich habe mich darauf gefreut, Sie kennenzulernen, Jack«, begrüßte ihn die Frau mit einer tiefen, kehligen Stimme, die von einer Sinnlichkeit war, wie Jack sie noch nie gehört hatte. Diese Frau besaß eine ungeheure sexuelle Ausstrahlung. Trotz ihrer Schönheit und ihrer würdevollen Haltung war es ihre Sexualität, die man sah und spürte, sobald man sie erblickte, eine Kraft, die ein ausgeprägtes Eigenleben besaß.

»Wenn ich gewußt hätte, Madam, daß es Sie gibt, hätte ich mich sicherlich auch auf Ihre Bekanntschaft gefreut!« Jack sagte dies mit so entschiedener Aufrichtigkeit, daß die anderen beiden lachten.

Tom zog die Jacke aus und warf sie auf eine Couch. Eine besitzergreifende Geste, dachte Billy, mit der er andeuten will, »das ist mein Territorium«. Daß Tom nach all den Jahren noch ein wenig eifersüchtig war, freute sie. Männer waren erstaunliche Geschöpfe.

Diesen Abend sollte Jack nie vergessen; von dem Augenblick an, da er Billy gesehen hatte, war er ihr verfallen.

Fast noch erstaunlicher als Billy war die Veränderung in Tom Daltons Verhalten, wenn er bei ihr war. Er lachte und scherzte und sprach viel ungezwungener, als Jack es für möglich gehalten hätte. Tom wirkte in Billys Nähe merkwürdig jung. Es war klar: Billy war für ihn eine Oase in der Wüste, und Jack war für würdig befunden worden, von diesem seltsamen Allerheiligsten Kenntnis zu erhalten.

Wer zum Teufel hätte je vermutet, daß dieser ernste Mann in vorgeschrittenem Alter, der geradezu der Inbegriff von Rechtschaffenheit und Würde war, die berühmteste Puffmutter New Yorks zur Geliebten hatte?

Als Jack in dieser Nacht den Heimweg antrat, empfand er neue Bewunderung für Tom Dalton und eine große Sehnsucht, Billy Henderson wiederzusehen.

VII

Megan Dalton

Sie hätte jeden Mann, der Frauen mochte,
an den Rand der Welt locken können.
Und doch war sie groß und starkgliedrig,
wie geschaffen zur Mutter kräftiger Kinder.
Sie hatte glückliche Augen, ein edles Herz
und einen Verstand, der Feuer fing wie getrockneter Flachs,
wenn es drauf ankam.
Er machte sie schön und leidenschaftlich,
impulsiv und fröhlich.

W. B. Yeats

82

Megan Dalton entsprach ziemlich genau dem Schönheitsideal ihres Großvaters. Sie war schön und makellos, mit durchscheinendem irischen Teint und hellblondem Haar. Sie war schlagfertig, und ihr Lachen klang wie Silberglöckchen, wenn es in den langen Korridoren des großen Hauses widerhallte. Tom hatte alles in hellen Pastellfarben streichen lassen, die zusätzlichen Sonnenschein in ihr Leben brachten. »Kleine Mädchen sollen nicht im Dunkeln aufwachsen«, erklärte er dem verblüfften Innenarchitekten, von dem er die wertvolle, polierte Holztäfelung, wo immer seine Enkelin mit ihr in Berührung kam, mit einem Lackanstrich versehen ließ.

Er sprach endlos mit ihr, machte sie mit Poesie und Geschichte bekannt und lehrte sie Latein und Griechisch, als handle es sich um Gesellschaftsspiele. Megan war kräftig und glücklich, das genaue Gegenteil ihrer zarten, blassen Mutter. Sie saß stundenlang auf seinen Knien und verschlang seine Geschichten über Irland, Boston und New York. Es war, als nehme sie Toms Leben in sich auf, dachte Jack, der sie beobachtete – merkwürdige, durch nahezu sechs Jahrzehnte Altersunterschied voneinander getrennte Freunde.

Tom verbrachte nur noch den halben Tag im Geschäft und gab immer mehr Verantwortung an Jack und Rory ab. Die Abneigung gegen seinen Sohn hatte sich nicht geändert, doch war die Achtung vor ihm gestiegen, so daß er dem schweigsamen jungen Mann unbesorgt mehr Aufgaben im Geschäft übertrug. Tom sprach mit Jack oft über seinen Sohn, erkundigte sich nach seinen Fortschritten und hätte gern etwas gehört, das ein Hinweis darauf gewesen wäre, daß seine Voreingenommenheit gegenüber dem Jungen falsch war, denn er war sich seiner Gefühle für seinen Sohn nie ganz sicher.

»Er besitzt einen klaren Verstand, und er ist ein unermüdlicher Arbeiter«, berichtete Jack, »aber er steht Ihnen feindselig gegenüber, Tom. Es bleibt immer unausgesprochen, aber die Aversion ist vorhanden, so sicher wie Gott kleine grüne Äpfel erschuf.«

»Angeblich ist dies ein typisches Verhalten von Söhnen im väterlichen Unternehmen«, hatte Tom traurig geantwortet. »Es ist die Rivalität, Jack; der junge Stier will den alten aus der Herde vertreiben. Um die Wahrheit zu sagen, ist mir das allmähliche Hinausgedrängtwerden gar nicht unangenehm. So soll es ja sein. Schließlich habe ich dieses Haus für meine Kinder so fest gebaut. Jeder Mann möchte, daß ein Sohn sein Unternehmen weiterführt.«

»Ja, Tom. Aber Rory ist ein seltsamer Mensch. Auf ihn muß man sehr achtgeben. Außerdem ist er auf die Kleine eifersüchtig.«

»Auf Megan? Sie ist doch noch ein Kind!«

»Merken Sie sich meine Worte: Er hat für Megan nicht viel übrig. Er findet, daß Sie seine Kinder zugunsten von Maeves Tochter vernachlässigen.«

Tom lachte. »Das stimmt. Riordans Kinder bleiben Kinder von Riordan und diesem blutleeren, blaublütigen Weibsstück, das er geheiratet hat. Aber Megan gehört mir.«

»Verstehst du, Megan, warum du ein rechtschaffener Mensch sein mußt?« Tom stellte die Frage, während sie sich unter einem Baum jenseits des kleinen Bachs ausruhten, der durch das Grundstück floß.

»Ja, Großvater.«

»Warum, mein Kind?«

»Weil du es willst.«

Tom mußte über seine treuherzige Enkelin lächeln.

»Dafür danke ich dir, Megan. Aber es hängt mit mehr zusammen.«

Sie sah ihn interessiert an. Er erzählte ihr immer so faszinierende Dinge und behandelte sie im Gegensatz zu ihrem Kindermädchen und den anderen stets wie eine Erwachsene. Er war zweifellos der beste Großvater auf der ganzen Welt.

»Du mußt rechtschaffen sein, damit andere dir vertrauen und damit du dir selbst vertrauen kannst.«

»Ja, Großvater.«

»Verstehst du, Megan, wenn du heranwächst, wirst du oft in Versuchung sein, nicht rechtschaffen zu handeln. Es wird dir leichter fallen zu lügen, statt die Wahrheit zu sagen, oder du wirst vielleicht etwas haben wollen, das dir nicht gehört. Und du könntest den Eindruck bekommen, daß du es geschafft hast, weil dir niemand draufgekommen ist.«

»Ich weiß, daß ich nie lügen soll, aber manchmal möchte ich Nanny gern beschwindeln.«

»Ja, Kind, es kann wirklich sehr verlockend sein, sich nicht an die Wahrheit zu halten. Aber stelle dir einmal vor, was geschehen würde, wenn ich es auch täte. Wenn du wüßtest, daß ich lüge, was wäre dann, wenn du mich etwas wirklich Wichtiges fragen willst?«

»Ich könnte dir nicht glauben, so wie ich es jetzt tue.«

Tom schaute das Kind voll Stolz und Liebe an. »Genau darum geht es! Lügnern kann man nicht trauen. Rechtschaffenen Menschen schon. Daran mußt du immer denken, wenn du einmal erwachsen bist und versuchst, das Gute und das Schlechte in den Menschen zu beurteilen.«

»Ich merke mir alles, was du mir erzählst, Großvater«, erklärte die kleine, blonde Schönheit tiefernst. Und ihr Großvater wußte, daß sie die Wahrheit sprach.

Billy hörte das ungeduldige Klopfen an ihrer Tür, als sie vor ihrem Frisiertisch saß und die Nadeln aus ihrem langen Haar zog. Sie war stolz auf ihre platinblonden Locken, von denen niemand glauben wollte, daß sie echt waren. Sie lächelte bei dem Gedanken, daß die Männer immer überrascht waren, wenn sie merkten, daß auch ihre Körperhaare flachsblond waren. Ein nordischer Vorfahre hatte wahrscheinlich der irischen Küste einen Besuch abgestattet und dabei ein genetisches Andenken hinterlassen.

»Billy.« Eines der Mädchen öffnete ängstlich die Tür. »Es handelt sich um Joanne. Sie hat Ärger. Der Kerl, der bei ihr ist, ist betrunken und treibt Unfug.«

»Ruf Jocko, er soll dem Gentleman den Kopf zurechtsetzen.«

Das Mädchen zögerte. »Es handelt sich nicht um irgendeinen Gentleman, Billy. Es ist Mr. Daltons Sohn, der mit dem Hang zum Alkohol. Ich wollte es Ihnen nur sagen.«

»Natürlich, Alice. Danke! Ich kümmere mich darum.«

Das Mädchen nickte.

»Wo sind sie?«

»Im grünen Zimmer. Soll ich Jocko hinschicken?«

»Ja, richtig.« Billy zog den pelzbesetzten, honiggelben Schlafrock eng um ihren Körper und rauschte den Korridor hinunter.

Sie hörte den Krach im Zimmer schon aus zehn Meter Entfernung und klopfte energisch an die Tür.

»Verschwinden Sie, verdammt noch mal«, antwortete eine grobe Männerstimme; das Geräusch umfallender Möbelstücke und der ängstliche Aufschrei einer Frau folgten.

»Öffnen Sie augenblicklich die Tür, Mr. Dalton, oder ich lasse sie aufbrechen!« Billy hatte einen Hauptschlüssel in der Tasche, wollte Seamus aber Gelegenheit geben, sich zu beruhigen.

Er drehte den Schlüssel im Schloß, und nachdem sie bis zehn gezählt hatte, trat sie ins Zimmer.

Joanne kauerte verängstigt in einer Ecke. Der mürrische, nackte junge Mann, der sich nur hastig ein Laken um die Hüften geschlungen hatte, stand hochmütig beim Bett.

Einen Augenblick lang verblüffte Billy die Familienähnlichkeit. Doch dieses Dalton-Gesicht war verwüstet und freudlos. Die Ähnlichkeit versetzte sie nur noch mehr in Wut.

»Wie können Sie es wagen, sich in meinem Haus so empörend zu benehmen? Die Männer kommen zum Vergnügen hierher, nicht um hier gewalttätig zu sein.« Ihre Stimme war zwingend.

»Sie sind eine verdammt gutaussehende Frau, Billy«, gab er mit dem Selbstbewußtsein des gutaussehenden Reichen zurück. »Mein Großvater hatte einen guten Geschmack bei Frauen, das muß ich dem Alten lassen. Warum verschwinden Sie jetzt eigentlich nicht aus meinem Zimmer und kümmern sich um Ihre eigenen Angelegenheiten? Ich habe für die Dienste dieser jungen Dame eine Menge bezahlt und will für mein Geld eine entsprechende Gegenleistung bekommen.« Er sprach undeutlich.

»Ziehen Sie sich an, Mr. Dalton, und verlassen Sie dieses Haus. Ihr Geld wird für die Reparatur der Einrichtung verwendet, die Sie beschädigt haben. Außerdem möchte ich Sie nicht mehr hier sehen.«

»Da hol mich doch der Teufel«, nuschelte der Mann mit einem bösartigen Grinsen. »Für eine Hure bist du ganz schön hochnäsig.«

Billy stand so schnell neben ihm, daß er es kaum merkte. Sie war fast ebensogroß wie er und versetzte ihm eine schallende Ohrfeige. Er war in Versuchung zurückzuschlagen, aber als er Jockos drohende Muskelpakete hinter ihr erblickte, überlegte er sich, ob das wirklich klug war.

»Ihr Vater hätte Besseres verdient!« Sie sprach so würdevoll, daß er einen Anflug von Schuldgefühl empfand.

»Was wissen Sie von meinem Vater? Oder treiben Sie es auch mit ihm?«

»Ich kenne ihn gut genug, um zu wissen, daß Sie nicht einmal würdig sind, seine Schuhe zu putzen.« Die eisige Verachtung in ihrer Stimme hing noch in der Luft, nachdem sie gegangen war. Jocko sah zu, wie der Mann sich mühselig ankleidete, und schickte ihn dann mit einem Taxi nach Hause zu Frau und Kindern.

Seamus' alias Shays Ehe verlief weniger harmonisch als die seines Bruders. Seine Frau war in dem Jahr, in dem er das College verlassen hatte, Schönheitskönigin gewesen. Der siegreiche Football-Held und die wohlgeformte Cheerleaderin hatten sich mit der gleichen Begeisterung zur Ehe und Kindererziehung entschlossen, mit der sie Sport trieben – und leider auch mit der gleichen Intelligenz.

Ihre Kinder waren typische Durchschnittsamerikaner: für Tom ein schwerer Schock, weil er in keinem von ihnen eine Spur Ähnlichkeit mit sich entdecken konnte. Die Ehe, die recht glücklich begonnen hatte, scheiterte bald daran, daß Seamus zuviel trank, Frauengeschichten hatte und ein Spieler war. Die Eigenschaften, die Francine bei einem Football-Helden des Colleges aufregend gefunden hatte, gefielen ihr an ihrem Ehemann weitaus weniger.

Die Shay Daltons hatten nur anläßlich von Feiertagen mit dem Patriarchen ihrer Sippe Kontakt, und Tom war längst an Shays häufige Bitten um Geld aus seinem Treuhandfonds zur Bezahlung von Spielschulden und für leichte Mädchen gewöhnt. Er reagierte so freundlich, wie es ihm möglich war darauf, ohne jede engere Bindung an seinen zweitgeborenen Sohn.

Der Großvater hob das schöne, blonde Kind mühelos in den Sattel. Megan ritt mit Würde und in einer Haltung, die ihn an seinen Vater erinnerte. Merkwürdig, die Erinnerungen an seinen Vater häuften sich in letzter Zeit. Er fragte sich, ob es wohl daher kam, daß er alt wurde.

Tom schwang sich elegant auf sein Pferd und ließ sich vom Reitknecht die Zügel reichen.

»Glaubst du, daß du mit einem so großen Tier zurechtkommen kannst, Megan?« fragte er ernsthaft.

»Ich kann es, Großvater, genauso wie es dein Vater dir gezeigt hat.« Sie lächelte ihn bezaubernd kindlich an, und er überließ ihr die Zügel ihres Pferdes.

»Sie sieht im Sattel sehr gut aus«, meinte der Reitknecht. »Sie wird bestimmt mit ihm fertig.« Er beobachtete, wie die beiden auf das wellige grüne Gelände hinausritten, eine riesige und eine winzige Gestalt. Es war seltsam, daß ein Großvater von einem Kind so bezaubert war, daß er fast die ganze Zeit mit ihm verbrachte. Die beiden schienen gute Freunde von dem gleichen Schlag zu sein. Und gute Reiter. Man mußte wohl dazu geboren sein, um von frühester Kindheit an mit einem Pferd einszuwerden. Andere Leute lernten auch gut zu reiten, aber jemand, der zum Reiten geboren war, das war etwas anderes. Der Reitknecht ging in den Stall zurück und fragte sich, worüber wohl ein sechzigjähriger Mann und ein Kind den ganzen Tag lang sprechen konnten.

Es war der zweite Sommer, den die Daltons in dem Haus in Peapack verbrachten. Megan liebte das Landleben, und sie wußte, daß ihr Großvater den Besitz gekauft hatte, damit sie jedes Wochenende und den ganzen Sommer lang reiten konnte. Peapack war ein ideales Reitgelände, und ihr Großvater hatte ihr ein eigenes Pferd gekauft, das sie sehr gern hatte. Der einzige Mensch, der ihr fehlte, wenn sie sich auf dem Land aufhielten, war Mr. Cavanaugh, der Duzfreund ihres Großvaters. Wenn sie im Stadthaus lebten, kam er oft, und es war so lustig, mit ihm zu spielen. Er lachte immer und war immer bereit, ihr zuzuhören. Sie hatte beschlossen, ihn zu heiraten, wenn sie einmal erwachsen war. Ihr Großvater wäre zwar ihre erste Wahl gewesen, aber als sie verkündet hatte, daß sie ihn heiraten wolle, hatte Jack gelacht und gemeint, Mädchen könnten ihre Großväter nicht heiraten, und sie müsse sich eben mit ihm begnügen. Sie hatte seinen Heiratsantrag feierlich angenommen.

83

»Also gut, mein Schatz, kannst du mir aufzählen, welche irischen Lieder zu kennst?«

Megan strahlte Jack an, der auf dem Rand ihres Bettes saß.

Es war schrecklich langweilig, Masern zu haben; sie durfte nicht lesen, weil die Masern manchmal auch den Augen schadeten, und die Fensterläden mußten den ganzen Tag geschlossen bleiben. Da sie sich schon ein wenig besser fühlte, war sie seit dem frühen Morgen besonders unruhig.

»Ich kenne den ›Minstrel Boy‹ und ›O'Donnell ist da‹ und ›Wer hat Angst, von achtundneunzig zu sprechen?‹ und...«

»Das ist ja eine Riesenauswahl für ein so kleines Mädchen! Aber diese Lieder handeln alle von Aufständen.«

»Das ist doch die einzige Art von Liedern, die es in Irland gibt!«

Jack lehnte sich an die Stütze des Baldachins und lachte laut. Auch das kleine Mädchen lachte, sein Gelächter klang fröhlich.

»Wie ich sehe, muß ich mit deinem Großvater ein ernstes Wort wegen deiner Erziehung sprechen, Megan. Die Stärke der Iren sind zwar ihre Revolutionslieder, aber wir kennen auch die schönsten Liebeslieder der Welt.«

»Wirklich?«

»Ja freilich. Und möchtest du auch wissen, warum?«

»O ja.«

»Weil wir Iren ein leidenschaftliches Volk sind. Kriege, Liebe, Tod und Schönheit – das inspiriert uns immer wieder zu den verschiedensten Dichtungen.«

»Mein Großvater liest mir auch viele Gedichte vor.«

»Dann werde ich dir ein Liebeslied vorsingen. Wenn du versprichst, bald gesund zu werden, singe ich dir eine Menge solcher Lieder vor.«

Sie legte die Arme um seinen Hals und drückte ihn an sich. »Ich liebe dich, Jack«, erklärte sie zufrieden, als er die Umarmung erwiderte. »Ich bin so froh, daß du mein Freund bist.«

Sie legte sich zurück. Das hellblonde Haar lag fächerförmig auf dem Kissen, die großen, blaugrauen Augen beobachteten ihn und nahmen jede Bewegung wahr. Sie kuschelte sich tiefer in die Kissen und wartete darauf, daß er mit dem Lied begann.

Jack zog die Jacke aus, nahm den Schlips ab, öffnete die oberen Hemdknöpfe und rollte die Ärmel hoch. Im Haus war es warm, und er wußte nicht, wie lange man brauchte, um ein kleines Mädchen in den Schlaf zu singen. Über große Mädchen wußte er beträchtlich mehr, belustigt dachte er jedoch, daß die kleinen vermutlich nicht viel anders waren. Er strich die flaumigen, weichen Haare aus Megans Stirn und begann mit einem tiefen, volltönenden Bariton zu singen, der das Kind merkwürdig beeindruckte.

Kathleen, mein Schatz, der graue Morgen bricht an.
Auf dem Hügel erklingt des Jägers Horn…

Mein Schatz! So nannte er sie manchmal. Das Lied gefiel Megan.

Vielleicht ist's für Jahre und vielleicht ist's für immer,
Kathleen, mein Schatz, daß ich komme zur dir.

»Sing mir noch ein Lied vor, Jack«, bat sie, als die Strophen zu Ende waren. »Das war so schön.«

»Bei einer so kunstverständigen Zuhörerin singe ich die ganze Nacht weiter.« Er kicherte belustigt, und sie war getröstet, als das zweite Liebeslied erklang.

Ich kenne ein schönes Tal, Eileen Aroon,
Ich kenne ein Häuschen schmal, Eileen Aroon.
Im schattigen Waldesschlag
Bist du wie der lichte Tag,
Die schönste Blume im Hag,
Eileen Aroon.

Bräche sie einmal den Schwur, Eileen Aroon,
Was tät' ihr Liebster nur, Eileen Aroon?
Er flög' mit der Kette schwer
Weit über das brausende Meer.
Und sagte der Liebe ade,
Eileen Aroon.

Jugend verblüht so bald, Eileen Aroon,
Schönheit wird hart und kalt, Eileen Aroon.

Schlösser verbrennen wie Heu,
Führer verwehen wie Spreu,
Beständig bleibt nur die Treu,
Eileen Aroon.

Megan lauschte den schönen Versen, während sie einschlummerte. Jack hatte recht: Die Liebeslieder waren das Schönste.

»Hast du je daran gedacht, Tom, in Billys Etablissement ein Spielkasino einzurichten?« Jack war soeben aus London zurückgekommen und hatte die prächtigsten privaten Spielclubs noch lebhaft in Erinnerung. »Es gibt keinen Grund dafür, daß die Gangster seit der Prohibition als einzige mit Glücksspielen Geld verdienen.«

Megan war zu Bett gegangen; Jack und Tom saßen in der Bibliothek.

»Warum sprichst du nicht mit ihr darüber? Billy ist immer eine dankbare Zuhörerin, wenn es sich um einen geschäftlichen Vorschlag handelt.« Tom stand mit einem langen Messingschürhaken am Kamin und schob die frischen Scheite zwischen die heruntergebrannten, glühenden Klötze.

»Apropos geschäftlicher Vorschlag, Tom, ich wollte dir etwas erzählen. Rory hat sich in letzter Zeit sehr stark mit Politik beschäftigt; Reisen nach Washington und dergleichen. Ich weiß nicht, wie sich das mit dem Geschäft verträgt.«

»Und?«

»Ich glaube, ein Besuch in Washington würde sich lohnen, um zu erfahren, worum es ihm geht. Du hast ja eine Menge Freunde dort.«

»Ich danke dir für die Warnung, aber ich habe seine politischen Bestrebungen ebenfalls verfolgt. Scheint mir eher harmlos. Nur ein Aufpolieren des eigenen Image. Rory hat das Bedürfnis, irgend etwas besser zu machen als ich. Vielleicht ist die Politik da das Richtige. Mag sein, er hat den Instinkt dafür von seinem Großvater geerbt.«

Jack war nicht überzeugt. »Hoffen wir, daß er es auf einen Posten abgesehen hat, auf den er berufen werden kann. Ich glaube nämlich nicht, daß seine Persönlichkeit so bezaubernd ist, daß jemand ihn wählen würde.«

»Du hast doch nicht etwa Angst, daß er das Geschäft im Stich läßt?« Tom sah seinen Schützling beinahe schalkhaft an, worauf dieser gute Miene zu dem Scherz machte.

»Ich würde ihm eine Fahrkarte einfach zum Mond kaufen, wenn ich sicher wäre, daß ich ihn dadurch einen Tag früher loswerde.«

»Du verstehst dich sehr gut mit der Kleinen, Jack«, lenkte Tom ab, als er sich wieder gesetzt hatte. »Hast du bemerkt, daß du in ihr eine große Bewunderin gewonnen hast?«

Jack war über den Themenwechsel erstaunt, obwohl er wußte, daß Tom ungern über seinen Sohn sprach. Er nahm einen großen Schluck Scotch und schwieg eine Weile, bevor er antwortete: »Sie ist das glücklichste Kind, das ich je gesehen habe. Überhaupt nicht albern, nur glücklich und zufrieden. Sie muß das Gefühl haben, so geliebt zu werden, daß nichts auf der Welt sie verletzen kann.«

»Ja«, gab der Ältere zögernd zu, »das habe ich mir für sie vorgestellt, aber manchmal frage ich mich, ob die Liebe eines alten Mannes genügt. Auch deshalb bin ich so froh darüber, daß du sie ins Herz geschlossen hast. Ein junger Mensch besitzt eine andere Lebenskraft – eine Kraft und eine Energie, über die ich nicht mehr verfüge. Du hast sie, und Megan reagiert darauf.«

»Für sie geht die Sonne mit dir auf und unter.«

Tom lächelte über den Ernst, mit dem Jack das sagte. »Da hast du recht, und ich bin ihr für ihre Liebe und ihre Fröhlichkeit dankbar. Das Kind bedeutet mir mehr als alles andere im Leben. Aber eines Tages muß sie über ihre Liebe zu mir hinauswachsen; es wird ihr eine Hilfe sein, daß du für sie da bist.«

Jack nickte und fragte sich, ob Tom sich wirklich so alt fühlte. Ihm erschien Tom Dalton immer unverwüstlich wie eine große Eiche oder ein Monument, dem der Zahn der Zeit nichts anhaben konnte. Er strahlte eine Beständigkeit aus, angesichts der die Frage nach dem Alter unwesentlich wurde.

Jack hatte in den letzten Jahren viel Zeit damit verbracht, seinen Mentor zu studieren, doch erst nachdem er Megan und Billy kennengelernt hatte, fügte sich alles zu einem Bild zusammen. Megan, Billy, er und das Geschäft waren die Fixpunkte in Toms Tagesablauf, die einzigen Fixpunkte. Seine Söhne verbrachten denkbar wenig Zeit mit ihrem Vater, die übrigen Enkelkinder waren gut erzogene kleine Fremde. Jack begriff nun, wie Tom die Dinge sah: Megan, Billy und er hielten ihn in Gang, und er hielt das Geschäft in Gang als eine Art Schutzwall für die anderen.

84

Billy strich zärtlich über Toms behaarte Brust. Er hatte den ganzen Abend gedankenverloren gewirkt, und sie hatte beschlossen, ihn eine Weile ungestört seinem Sinnieren zu überlassen. Sie hatte die stillen Augenblicke ausgenutzt, um ihn zu beobachten.

Das Haar auf seiner breiten Brust war weiß und silberfarben. Sein Körper aber war noch kräftig, seine Muskulatur durch Übung straff, doch die Haut begann sein Alter zu verraten. Die Frische der Jugend war dahin.

Wie sehr sie ihn liebte. Sie liebte das kräftige, zerfurchte, rauhe Gesicht mit dem entschlossenen Kinn und der schmalen, geraden Nase, die mit zunehmenden Jahren stärker hervortrat und aristokratischer wirkte. Sie liebte die selten leuchtendblauen Augen und den Mund, der entschlossen und hart Leid ertrug und dann wieder weich und leidenschaftlich Wonne spendete.

War es möglich, daß sie alt wurden? In mancher Hinsicht, vor allem im Bett, war nichts davon zu merken. Sie liebten sich noch immer so leidenschaftlich, lachten noch ebenso schallend, neckten sich, trieben Schabernack und hielten einander noch immer ebenso fest umfangen wie vor über fünfunddreißig Jahren, als sie einander kennengelernt hatten. Wie konnte man sie beide als alt bezeichnen?

Und doch, so vieles hatte sich in ihrem Leben ereignet, daß sie eigentlich älter sein mußten als Methusalem.

»Also gut, mein Liebster«, sagte sie schließlich, um ihn aus seinen Träumen in die Wirklichkeit zurückzuholen. »Du hattest jetzt ausreichend Zeit, deinen Gedanken nachzuhängen. Nun kannst du sie mir entweder erzählen oder aus meinem Bett verschwinden.« Sie lachte dabei, weil sie ihn aus seiner Melancholie aufgeschreckt hatte.

Er bedeckte ihre Brust spielerisch mit seiner Hand, die jetzt rauher war als früher. »Du willst mich also aus deinem Bett verjagen?« Er zwängte ein Bein zwischen die ihren und legte sich halb auf sie. Während er in ihre lachenden Augen blickte, dachte er wieder einmal, wie wunderbar sie es verstand, seine Stimmung zu bessern und ihm Freude zu spenden.

»Ohne einen Moment zu zögern«, antwortete sie, »außer du gestehst mir, was du auf dem Herzen hast.«

»Gleich«, sagte er ruhig. Dann beugte er den Kopf über den ihren und umschloß ihren halb offenen Mund überraschend mit seinen Lippen. Sie reagierte, indem sie geschickt ihren Körper unter den seinen schob und einen Arm um seinen Rücken legte; mit der freien Hand wühlte sie in seinem dichten Silberhaar. Sie begehrte ihn und spürte auch seine Begierde. Ihr Liebesspiel war so selbstsicher, so erfahren, weil jeder von ihnen wußte, was der andere wollte.

»Ich liebe dich, Billy«, sagte er, als er ihn sie eindrang. Sein hartes, heißes Glied füllte ihre Vagina vollkommen aus. Es war die gleiche Erregung wie in der ersten denkwürdigen, phantastischen Nacht vor so langer Zeit. Es war ein Liebeszauber, ein machtvoller, wilder, inniger Zauber.

»Ich liebe dich auch«, flüsterte sie, während sie den Rhythmus aufnahm, um sich ihm in vollkommenem Gleichklang mit seinen Stößen entgegenzuwölben. Sie fühlte sich aus dem Alltag in jenes besondere, unwahrscheinliche Zauberreich versetzt, das nur sie beide betreten konnten und das ihnen immer offenstand. Ich liebe dich, halte mich fest, streichle mich, ja... Ihr Körper kannte die Worte ebenso gut wie ihr Geist. Ich liebe dich, deine Augen, dein Herz, deine Männlichkeit, ja. Ich liebe dich. Ach, so sehr liebe ich dich.

Billy schwelgte in der liebevollen Kraft und in dem Selbstvertrauen dieses Mannes, in dessen Leben das ihre gebettet war. Sie blieb unter seinem großen Körper liegen, als der Liebesakt abklang, und spürte sein Herz wild, aber in Übereinstimmung mit dem ihren klopfen. Sie schmiegte ihr Gesicht in die sehnige Höhlung zwischen seinem Hals und der Schulter. Manches ändert sich Gott sei Dank nie, dachte sie. Manches bleibt immer bestehen.

Tom lag nackt auf dem Bett. Seine langen Beine ragten unter dem Laken hervor, das leicht auf ihren Körpern lag. Er hatte die Hände hinter dem Kopf verschränkt und sah jetzt so zufrieden aus wie er noch vor einer halben Stunde bekümmert ausgesehen hatte. Daß der Liebesakt ihnen noch immer soviel Freude bereitete, freute Billy. Sie wußte, daß er ihr jetzt gestehen würde, was ihn drückte.

»Ich habe an Jack gedacht«, begann er schließlich. »Ich mag den Jungen. Und er läßt sich treiben. Trotz seiner guten Anlagen und seines Verstandes und trotz der Tatsache, daß er sich jedes weibliche Wesen, das lange genug stehenbleibt, ins Bett holt, hat er keinen ruhenden Pol in seinem Leben, an den er sich halten kann. Ich habe ihn genau beobachtet. Er versteht sich mit Megan genauso gut wie mit dir oder mir. Er spielt mit ihr, spricht mit ihr, singt ihr vor – hast du gewußt, daß er ihr sein Repertoire von schlüpfrigen Seemannsliedern beibringt, die er angeblich in einem verrufenen Haus in Boston gelernt hat?«

Billy lachte und stützte sich auf einen Ellbogen, so daß sie unbewußt ihre Brüste seinem Blick darbot.

»Weißt du, daß deine Titten hüpfen, wenn du lachst?« fragte Tom bewundernd.

»Schweife nicht ab«, schalt sie ihn gutgelaunt. »Mich interessiert alles, was du mir erzählst. Ich mag ihn auch, weißt du.«

»Mir ist es unverständlich, daß er niemanden hat. Es wäre für einen Mann seines Alters nur natürlich, langsam eine Familie zu gründen.«

»Du und Megan, ihr seid seine Familie.«

»Das stimmt, aber das genügt doch nicht. Er ist kein oberflächlicher Mensch, der sich Zeit seines Lebens mit einmaligen Gastspielen bei langweiligen Damen der Gesellschaft und bei Filmstarlets mit großen Titten und kleinem Hirn begnügt.«

Billy lächelte über das Seelengemälde, das er da entwarf. »Wenn du meine Ansicht hören willst, mein Liebster, er hat Angst davor, sich in jemanden zu verlieben, Angst davor, sich festzulegen. Angst vor Irrtümern. Angst vor Verlust. Er traut sich nicht zu, treu zu bleiben. Es ist vielleicht nur ein Verdacht, aber er befürchtet bestimmt, daß er eine dauerhafte Bindung nicht ertragen kann.«

»Höchstwahrscheinlich hast du damit recht. Ich habe ja noch nie erlebt, daß du dich, was den Charakter eines Mannes betrifft, getäuscht hast. Wenn ich nur wüßte, was ich dagegen unternehmen soll.«

»Er ist doch noch jung! Wir beide neigen manchmal zu der Annahme, daß alle anderen auch schon so lange gelebt und soviel Erfahrung haben wie wir. Er hat noch Zeit, sich über alles klarzuwerden und eine Frau zu finden, die er lieben kann. Außerdem«, fügte sie schelmisch hinzu, »behalten wir ihn im Auge. Er muß also erst uns entkommen, wenn er vom rechten Weg abkommen will, und das ist gar nicht so leicht.« Sie lachte, und die feinen Linien um ihre Augen und Mundwinkel wurden deutlicher. Tom fand, daß diese Zeichen des Älterwerdens auch ihren Reiz hatten, und er hätte gern gewußt, ob sie ihn auch so sah.

Kein Zweifel, er hatte immer die richtigen Frauen gewählt. Zwei so verschiedene, so völlig verschiedene weibliche Wesen! Wie wäre sein Leben verlaufen, wenn Deirdre am Leben geblieben wäre? Er hatte sich diese Frage schon tausendmal gestellt. Als sie ihn für immer verlassen hatte, war der Abgrund so grenzenlos gewesen, daß er gedacht hatte, der Mangel an Wärme und die Einsamkeit würden ihn verschlingen. Es hatte Jahre gedauert, bis er bereit gewesen war, sich wieder auf seine Gefühle zu besinnen.

Dann war Billy in sein Leben getreten. Die treue Billy. Das übertraf alle Illusionen, aber nicht die Liebe oder die Lust. Was sie ihm schenkte, unterschied sich so sehr von dem, was Deirdre ihm gegeben hatte, als wisse sie genau, was sie meiden solle. Keine Forderungen, kein Beengen, keine Besitzansprüche, nur Liebe und Freundlichkeit – und Vernunft. Und das über so viele Jahre.

»Habe ich dir in letzter Zeit gesagt, daß du wunderbar bist?« fragte er.

»Schon ein oder zwei Tage nicht mehr.«

»Ich werde mich in Zukunft bessern.«

»Wenn du *noch* aufmerksamer wirst, werde ich nicht mehr zum Schlafen kommen.« Sie wußte, daß er sich über ein solches Kompliment freuen würde, und er wußte, daß sie es wußte.

Tom löschte das Licht, und beide schliefen zufrieden ein.

85

Thomas Dalton hatte die besten Jahre bereits hinter sich. Seit Jack bei ihm arbeitete, hatte er es sich zur Gewohnheit gemacht, am späten Nachmittag mit ihm durch das vertraute Hafengelände zu schlendern. Bei Regen wie bei Sonnenschein verließen sie zwischen vier und fünf Uhr das Büro, ließen sich zu den Kais fahren und spazierten etwa eine Stunde lang durch das geschäftige Hafengebiet, das für den Älteren so viele Erinnerungen barg.

An einem Nachmittag im Frühherbst kamen sie in die Nähe des Piers vierzehn; der kühle, frische Wind vom Wasser trieb den Hafenstaub vor sich her. Tom war den ganzen Tag über stiller als gewöhnlich gewesen und wirkte gedankenverloren.

»Hattest du jemals den Wunsch heimzukehren, Jack?«

Jack lachte bei dem wunderlichen Gedanken laut auf. »Schon möglich, wenn ich jemals ein Heim gehabt hätte, Tom. Aber du weißt ja, was Boston für mich bedeutete: nur Armut und immer wieder einen Tritt in den Hintern.«

»Ich meine nicht Boston. Ich habe an Irland gedacht. Grüne Felder, herrliche, milde Morgen, der Geruch von Holzfeuern; diese Art von Daheim.«

Jack sah seinen Freund aufmerksam an. In all den Jahren, die sie einander kannten, hatte er kein einziges Mal sehnsüchtig von Irland gesprochen.

»Ich erinnere mich so wenig an die Heimat, daß ich sie mehr aus den Erzählungen meiner Mutter kenne als aus meinen eigenen Wahrnehmungen«, antwortete er. »Warum fragst du?«

»Weil ich das Bedürfnis habe heimzufahren. Man könnte es als eine unerledigte Angelegenheit bezeichnen. Ich möchte das Haus meines Vaters und sein Gut erwerben.«

Jack stieß einen leisen Pfiff aus. Er wußte annähernd über Toms Geburt Bescheid, aber nicht mehr. »Nimmst du an, daß der Besitz zum Verkauf steht?«

»Er steht nicht zum Verkauf. Ich habe bereits diskrete Erkundigungen eingezogen, glaube aber dennoch, daß man ihn erwerben könnte.« Er machte eine kurze Pause, dann sah er Jack an, der merkte, daß aus Toms Augen Schmerz und Trauer sprachen. »Ich bin fest entschlossen, ihn zu bekommen.«

»In Ordnung. Offenbar hast du schon einen Plan, um den Besitz zu erwerben. Verrate ihn mir, und ich mache mich auf den Weg. Ich nehme an, daß ich als dein Agent auftreten soll.«

Tom nickte. »Ja. Aber zuerst muß ich dir eine sehr lange, schmerzliche Geschichte erzählen. Und du mußt in ein Dokument Einsicht nehmen, das ich noch keinem Menschen außer meiner Frau gezeigt habe. Gehen wir zu mir! Ich werde dir alles Nötige geben, damit du Drumgillan von der Familie meines Vaters erwerben kannst. Es wird nicht leicht sein, Jack, aber es wird für mich ein immer dringenderes Bedürfnis, dem ich nachgeben muß.«

Sie saßen bis tief in die Nacht hinein im Bibliotheksraum der eleganten Wohnung Toms an der Fifth Avenue. Im geschnitzten Eichenkamin knisterte das Feuer, die sorgfältig polierten Regale waren mit ledergebundenen Büchern gefüllt. Thomas Dalton erzählte mit Tränen in den Augen und oftmals stockender Stimme seinem Freund die mehr als fünfzig Jahre zurückliegende Geschichte seiner Herkunft, während er den Brief seines Vaters in den großen, altersrunzligen Händen hielt.

86

Jack fühlte sich nach dem Frühstück großartig. Das Leben war doch herrlich! Welch unglaubliches Glück, daß er zwei so außergewöhnliche Männer kennengelernt hatte, die ihm die Tür zu einer goldenen Zukunft aufgestoßen hatten. Er mußte über seine Selbstzufriedenheit lachen, während er zur Wall Street ging.

Wall Street: Was für einen zauberhaften Klang der Name noch immer für ihn hatte, für den kleinen Jungen aus den Bostoner Slums, für das Kind aus dem irischen Waisenhaus, das in seiner ersten Stellung als Botenjunge in einem Bordell gearbeitet hatte. Keine schlechte Ausbildung für die Wall Street, wenn man es sich genau überlegte. Er lachte wieder und ging zur »Bank of New York«. Er fand die Begegnung mit den puritanischen Patriziern immer höchst interessant, von denen jeder tat, als wäre er in einer Stahlkammer der »Bank of New York« oder der »Morgan Guaranty« zur Welt gekommen.

Er hatte die Gewohnheit, beim Gehen zu pfeifen und die Hände in die Taschen zu stecken. Er sah aus, als hätte er die ganze Welt in der Hosentasche, so hatte ihn zumindest »Time Magazine« beschrieben. Jacks Aufstieg in der Geschäfts- und Finanzwelt hatte viel Staub in der Presse aufgewirbelt. Sein Leben stellte einen ausgezeichneten Stoff dar, die klassische amerikanische Erfolgsstory: Junge aus dem Slums erwirbt Vermögen, geht nach Cambridge, wird Partner eines der größten Unternehmer Amerikas, begleitet schöne Damen in die Lokale und anderswohin. Tom wußte, daß die Artikel Jack unglaubliche Freude bereiteten, und es schadete ja nicht, dem Publikum den Namen der Firma in Erinnerung zu bringen.

Jack wollte heute schnell ins Büro zurückkehren, denn das letzte Teilchen eines sehr komplizierten Puzzles war soeben an den richtigen Platz gekommen, und er brannte darauf, den Mechanismus in Gang zu setzen. Er hatte endlich die Möglichkeit gefunden, Drumgillan zu kaufen. Da er Tom Dalton sehr viel schuldete, war es eine Anzahlung auf seine Schuld, wenn ihm das gelang.

Jack schloß müde, aber zufrieden den Aktenordner auf seinem Schreibtisch. Seit er Tom Daltons Heim in jener Nacht verlassen hatte, in der ihm der alte Mann seine Lebensgeschichte erzählte, hatte er sich mit dem Ankauf beschäftigt. Was für eine unglaubliche Geschichte war es doch, welch ein Beweis für die Fähigkeit des Menschen, sich zu behaupten. Jack schob die Akten über den Tisch und beglückwünschte sich zu seiner erfolgreichen Arbeit.

Es war keine leichte Aufgabe gewesen, hier die Achillesferse zu finden. Diese gottverdammten Aristokraten verstanden es wirklich, ihr Eigentum zu schützen, und ein Besitz, der eine königliche Landzuteilung war, wurde zudem durch das Gesetz auf jede erdenkliche Art und Weise geschützt. Mit einem selbstzufriedenem Lächeln stellte er fest, daß ihm Randolphs Charakter oder eigentlich dessen Nichtvorhandensein den Einstieg geliefert hatte. Sobald das Detektivbüro, das er mit den Nachforschungen betraut hatte, begonnen hatte, ernsthaft zu ermitteln, konnte es eine Überfülle widerlicher Fakten in Erfahrung bringen, die Jack ermutigten. Sie hatten zunächst nach homosexuellen Beziehungen geforscht, die in den angesehenen Knabenschulen, die Randolph besucht hatte, nichts Außergewöhnliches waren. Was sie aber fanden, war beträchtlich brisanter. Zuerst unerwartete Andeutungen, und dann, nach langem, gewissenhaftem Suchen auf zwei Kontinenten die Bestätigung einer inzestuösen Beziehung zwischen Randolph und seiner Cousine Elisabeth. Es brauchte eineinhalb Jahre Zeit, die unübersichtliche Geschichte bis zu ihren Wurzeln zu verfolgen. Die Spuren der merkwürdigen Odyssee des Kindes, das Randolph mit seiner Cousine gezeugt hatte, führten zur Familie eines entfernten Verwandten, der in Indien gedient hatte, wo das Kind dankenswerterweise an Cholera gestorben war. Das alles war mehr als genug, um in den besseren Kreisen, zu denen Randolph und seine Familie gehörten, einen großen Skandal auszulösen.

Andererseits war Jack ziemlich sicher, daß er nicht nur die Geschichte über dieses sexuelle Abenteuer von Toms Onkel dafür verwenden konnte, diesen in die Zange zu nehmen. Sie war nur die Glasur der Torte, die letzte Versicherungspolice gegen einen möglichen Mißerfolg. Er hatte deshalb alles geheimgehalten und die Angelegenheit vom finanziellen Standpunkt aus angepackt, weil er sich dort auf sichererem Boden fühlte. Er war davon überzeugt, daß es bei den Kosten dieses merkwürdigen Unternehmens keinen Plafond gab und hatte alles sorgfältig geplant. Es hatte zwei Jahre gründlicher Berechnungen und emsiger Ankäufe auf zwei Kontinenten erfordert, um Randolph in den Griff zu bekommen. Aber bei Gott, er hatte es geschafft. Er hatte nicht vor, gerade bei dieser Aufgabe Schiffbruch zu erleiden.

Jack Cavanaugh betrachtete sich im Spiegel und zupfte die Smokingjacke aus schwarzer Seide mit gewohnter Fertigkeit zurecht. Er steckte die Diamantmanschettenknöpfe an und zog die maßgeschneiderte Smokingjacke über das plissierte Seidenhemd.

Die Neunzimmerwohnung an der Park Avenue, in der er zu Hause war, schien für seine Bedürfnisse wirklich übertrieben verschwenderisch, doch er fand, daß Eleganz die Geschäftspartner gebührend beeindruckte, und es hatte ihm bei seinen Abenteuern mit Frauen auch nie geschadet, daß ihm sein Reichtum anzusehen war. Zudem schätzte er die Sicherheit des Wohlstands.

»Gar nicht so übel für ein Waisenkind«, sagte er laut zu seinem

Spiegelbild, dann lachte er gutgelaunt, als er merkte, daß sein Kammerdiener in der Tür stand und zuhörte.

»Nicht übel, Henry, wie?« fragte er den Mann, dem es gelang, sein Lächeln schwach zu erwidern. Jack hatte entdeckt, daß es Kammerdienern und Butlern offensichtlich Mühe bereitete, zu lächeln.

Der Mann half seinem Dienstherrn in den Abendmantel und legte ihm den weißen Seidenschal um. Dann hielt er ihm die Tür auf, als er in den Fahrstuhl trat, der nur zu seiner Wohnung führte, der einzigen Wohnung im sechsundzwanzigsten Stockwerk des eleganten, alten Gebäudes.

»Ich nehme an, daß ich Miss Delwood mit hierher bringen werde, Henry. Wenn Sie etwas Champagner für uns auf Eis legen und ein Feuer im Kamin anzünden, brauchen Sie nicht aufzubleiben.«

»Ja, Sir«, war die Antwort. »Natürlich, Sir.«

Ein nie versiegender Strom von Frauen zog durch die Wohnsitze Cavanaughs – die Wohnung und das Haus in Pound Ridge –, obwohl keine von ihnen jemals eine ernste Bedrohung für seine Junggesellenfreiheit darstellte.

Jack stieg in den Mercedes und merkte, daß seine Gedanken um die Drumgillan-Akte kreisten. Wie fühlte man sich wohl, fragte er sich, wenn man so tiefgreifend liebte? Wenn man jemanden so liebt, wie Michael Hartington seine Mary oder Thomas Dalton seine Deirdre? Er selbst war bisher nie einer Frau begegnet, die in ihm den Gedanken an eine so leidenschaftliche Bindung erweckt hätte. Er fragte sich, ob er zu einer solchen Gefühlstiefe überhaupt fähig war. Seltsamerweise beneidete er sie alle um ihre Gabe, so leidenschaftlich lieben zu können. Es mußte wirklich ein großartiges Gefühl sein, so sehr zu lieben, daß man dafür alles aufs Spiel setzte.

Er schüttelte den Kopf, als wolle er die Gedanken verscheuchen. Was für düstere Überlegungen, wenn man zu einer der reichsten und hübschesten jungen Frauen New Yorks unterwegs war! Hübsch und reich, dachte er, aber dennoch kaum von großem Format. Vielleicht macht das den Unterschied zu jenen Frauen aus, die man zutiefst lieben muß, dachte er melancholisch, die haben Format. Aber Adela Delwood war bestimmt nicht die Frau, die in einem unsterbliche Liebe erweckte.

87

Jack Cavanaugh trat durch die elegante Mahagonitür des Büros in dem vornehmen Villenviertel St. Stephen's Green. Auf dem blitzenden Namensschild aus Messing stand ATCHESON, CAREW & MEREDITH, ANWÄLTE, und die gedämpfte Vornehmheit des Interieurs ließ ihn schmunzeln. Ererbtes Geld, hervorragender Geschmack, unauffällige Perfektion im Detail. Er konnte verstehen, warum Randolph Hartington diese Anwaltsfirma in Dublin mit seiner finanziellen und rechtlichen Vertretung betraut hatte.

Nachdem er in Derek Carews Büro geführt worden war, schüttelte ihm der ältere, gebrechliche, hochgewachsene Gentleman hinter einem prachtvollen Rosenholzschreibtisch mit polierten Messingbeschlägen die Hand.

Höflich begann Mr. Carew: »Leider muß ich Sie bezüglich Ihres Vorhabens enttäuschen, Mr. Cavanaugh. Mein Klient hat mich beauftragt, Ihnen mitzuteilen, daß er nicht die geringste Absicht hat, Drumgillan zu verkaufen. Wie Sie vielleicht wissen, wurde der Familie das Land vom König von England verliehen, und es befindet sich seit dem siebzehnten Jahrhundert im Besitz der Familie Hartington.« Die Worte wurden eher psalmodiert als gesprochen, auf eine Art, die bestimmt Generationen von jungen Anwälten eingeschüchtert hatte. Cavanaugh erwärmte sich immer mehr für seine Aufgabe, denn er hatte Freude an einem guten Kampf, um so mehr, wenn es galt, dem arroganten Establishment einen Dämpfer aufzusetzen. Er hatte sich in der Nacht, in der Tom ihm seine abenteuerliche Lebensgeschichte und seinen dringenden Auftrag anvertraut hatte, vorgenommen, daß er seinem Freund Drumgillan beschaffen würde, ganz gleich, was er dafür aufwenden mußte. Es hatte zweieinhalb mühevolle Jahre erfordert, um die Fakten zusammenzutragen, die er für seinen Kampf benötigte. Nun gestattete er sich das Vorgefühl, wieviel Vergnügen ihm die Herausforderung bereiten würde.

»Er wird es sich vermutlich überlegen«, antwortete er schlicht.

»Was veranlaßt Sie zu dieser Annahme?«

»Der Inhalt dieses Briefumschlags.« Jack reichte dem steifen, eleganten Herrn hinter dem Schreibtisch einen großen Umschlag. Er enthielt zwei versiegelte Mappen. Carew öffnete die erste, las den Inhalt schnell und verzog ärgerlich das glatte, rosige Gesicht.

»Sie haben doch nicht etwa die Absicht, meinen Klienten mit dergleichen zu erpressen, damit er seinen Geburtsort verkauft?« fragte er verächtlich.

»Diese Mappe enthält sehr detaillierte und abstoßende Berichte in bezug auf die bedauerlichen sexuellen Verfehlungen Ihres Klienten über einen Zeitraum von mehreren Jahrzehnten hinweg, Mr. Carew. Sollte es sich als notwendig erweisen, werde ich sie natürlich veröffentlichen. Wenn Sie aber den Inhalt der zweiten Mappe lesen, werden Sie zu der Überzeugung gelangen, daß ein solcher Schritt nicht notwendig sein wird.«

Carew sah den viel jüngeren Mann abschätzend an und legte die erste Mappe mit verächtlicher Miene auf den Schreibtisch zurück. Jack lächelte unmerklich über die etwas ins Wanken geratene Arroganz des Alten.

Der alte Anwalt blickte mehrmals auf, während er das zweite Dokument las und legte es dann bedachtsam zu dem anderen.

»Sie haben offensichtlich keine Mühe und Ausgaben gescheut, um Drumgillan in die Hände Ihres Klienten zu bringen. Mr. Cavanaugh. Die Mappe beweist, daß Sie große Aktienpakete von Sir Randolphs Schlüsselunternehmen gekauft haben. Genug, um ihm und seinen Erben in finanzieller Hinsicht beträchtliche Schwierigkeiten zu verursachen, falls Sie sich entschließen sollten, Ihren Einfluß zu seinem Nachteil geltend zu machen. Darf ich fragen, warum Ihr Klient so ungewöhnliche Anstrengungen unternommen hat, um gerade diesen Besitz zu erwerben? Sie haben ihn doch sicherlich darüber informiert, daß man den erblichen Titel nicht kaufen kann?«

»Mein Klient hat kein Interesse an Titeln, Mr. Carew. Er betrachtet die Übertragung von Drumgillan auf seinen Namen als einen Akt der Gerechtigkeit.«

»Aha«, sagte Mr. Carew neugierig. »Ich werde diese Dokumente selbstverständlich sofort meinem Klienten vorlegen. Kann ich ihm den Namen des Gentlemans nennen, den Sie vertreten?«

»Sie können ihm mitteilen, daß Thomas Dalton Hartington die letzte Ruhestätte seines Vaters besitzen will.«

Mr. Carew zog die Brauen hoch. »Ihr Klient ist der illegitime Sohn von Michael Hartington?«

»Mein Klient ist ein vermögender, einflußreicher Mann, der das Schicksal Ihres Klienten in Händen hält, Sir. Ich würde an Ihrer Stelle in der Frage, was seine Legitimität betrifft, leisetreten.«

Mr. Carew nickte zustimmend. Er lehnte sich weit zurück, als wolle er seine nächste Frage sorgfältig überlegen.

»Und was wird Ihr geschätzter Klient mit dem Material in diesen Mappen tun, falls mein Klient sich seinen Wünschen fügt?«

»Er wird sie in seinen Tresor legen und bis zu Sir Randolphs Ableben dort ruhen lassen.«

»Gut. Darf ich erfahren, wo Sie abgestiegen sind, damit ich Ihnen meine Antwort zukommmen lassen kann?«

»Ich wohne im ›Shelbourne‹, auf der anderen Seite des Parks. Mein Klient bittet Sie, Sir Randolph darüber zu informieren, daß er in achtundvierzig Stunden hier eintreffen wird, um seinen Besitz zu besichtigen.«

Jack erhob sich.

»Ach, Mr. Cavanaugh«, sagte der alte Mann, als Jack bereits die Tür erreicht hatte. »Ich weiß etwas über den jungen Michael Hartington.«

Jack wartete auf die angekündigte Mitteilung; Carew schien noch mit ihrer Formulierung zu kämpfen.

»Es kommt in unserem Beruf nicht oft vor, daß wir an einem Akt der Gerechtigkeit beteiligt sind.«

»Sicher nicht oft«, bestätigte Jack, der auf den nächsten Schritt neugierig war.

»Teilen Sie bitte Ihrem Klienten mit, daß ich infolge einer sonderbaren Laune des Schicksals eine Botschaft für ihn habe.«

Jack blickte den hochgewachsenen, hageren Anwalt prüfend an.

»Und woraum handelt es sich, Sir?«

»Ich war beim Tod von Sir Jeffrey, dem Großvater väterlicherseits Ihres Klienten, anwesend. Unsere Kanzlei betreut seit Generationen die Geschäftsinteressen der Hartingtons. Als Seine Lordschaft im Sterben lag und sein Sohn Randolph mit ihm sprechen wollte, phantasierte der alte Herr bereits. Er war nicht mehr ganz bei Verstand und hielt Randolph für seinen längst dahingegangenen Sohn Michael. ›Wo ist der Junge?‹ wollte er wissen, und Randolph fragte: ›Welcher Junge?‹ Seine Lordschaft antwortete: ›Der Kleine mit dem rotgoldenen Haar, der im Pferdesattel so großartig aussieht.‹ Nun besitzt Randolph nur einen Sohn, und der ist genauso dunkelhaarig wie sein Vater. ›Sag ihm, er darf nicht fortgehen‹, verlangte der alte Mann. ›Sag ihm, das Haus hier ist auch sein Zuhause, und ich möchte ihn näher kennenlernen.‹ Da entgegnete Randolph: ›Unsinn, Vater! Es gibt keinen kleinen Jungen mit rotgoldenem Haar in unserer Familie.‹ Sir Jeffrey stemmte sich mit einer merkwürdigen, beinahe verzweifelten Anstrengung von seinem Kissen in die Höhe und sagte sehr deutlich: ›Sag ihm... ich erinnere mich an ihn...‹ und das waren seine letzten Worte. Alle, die im Zimmer waren, wußten natürlich, von wem Sir Jeffrey sprach. Es war also eine ziemlich peinliche Situation. Seine Lordschaft bedauerte offenbar zutiefst, daß er Michaels Sohn, sei er nun illegitim oder nicht, niemals wirklich kennengelernt hatte. Er hatte seinen zweitgeborenen Sohn trotz der übereilten Heirat des jungen Mannes sehr geliebt. Sehen Sie, Mr. Cavanaugh, es kommt vielleicht alles, wie es kommen muß.«

»Es lebe die Gerechtigkeit«, schloß Jack ruhig.

Das Gesicht des alten Mannes wurde von einem freundlichen Lächeln übrstrahlt. »Es lebe die Gerechtigkeit«, antwortete er.

Thomas Dalton war über sechzig, ein gutaussehender, ernster Mann. Sein mächtiger Körper hatte noch fast die gleiche männliche Ausstrahlung wie in seiner Jugend, und seine beeindruckenden blauen Augen blickten im Lauf der Jahre noch schärfer.

Der alte, hölzerne, zweirädrige Wagen, der ihn zu dem Ort brachte, an dem er die ersten acht Jahre seines Lebens verbracht hatte, war für ihn zu klein, und er mußte seine langen Beine unbequem abbiegen, um sie in dem klapprigen Fahrzeug unterzubringen.

»Seit wir Dublin verlassen haben, hast du keine zwei Worte mit mir gesprochen«, beschwerte sich Jack greizt. So zufrieden er mit sich war, weil er alles erreicht hatte, weshalb er hergekommen war, ärgerte es ihn doch, daß sich sein Freund, für den er die schwierige Mission durchgeführt hatte, so wenig darüber freute.

Tom lächelte geistesabwesend über Jacks sichtbaren Verdruß und versuchte, wieder in die Gegenwart zurückzukehren.

»Ich habe darüber nachgedacht, welchen seltsam langen Weg ich zurücklegen mußte, seit ich diesen reizenden Ort verlassen habe, Jack. Ich kann dir kaum erklären, was ich jetzt fühle, da ich endlich heimgekehrt bin. Alles wirkt viel kleiner als in meiner Erinnerung. Ich habe das alles so viele tausend Male im Geist vor Augen gesehen, daß ich den Eindruck habe, ein Traumland zu betreten.«

Sie stiegen von dem alten Pferdewagen, und Tom blieb einen Augenblick still und nachdenklich vor dem georgianischen Herrenhaus stehen. Dann ging er schnell zu der schön geschwungenen Kassettentür und klopfte.

»Vor fünfundfünfzig Jahren hat uns Randolph Hartington aus unserer Hütte hinausgeworfen«, erinnerte er sich belustigt. »Heute werde ich mich dafür revanchieren.«

Eine einfache junge Frau mit pockennarbigem Gesicht, die grauweiße Dienstmädchentracht trug, öffnete und führte sie in die getäfelte Bibliothek. Tom fühlte die Anwesenheit seines Vaters und des Gespenstes seiner Kindheit in dem Raum, und er schüttelte sich, um seine Fassung zu bewahren.

Ein großer, silberhaariger Mann, der anscheinend ein wenig arthritisch war, aber beträchtlich jünger als fünfundachtzig aussah, betrat die Bibliothek mit jener affektierten Förmlichkeit, an die Tom sich noch erinnerte.

»Mr. Dalton«, sagte er in einem herablassenden, überkorrekten Tonfall, »so treffen wir einander doch noch einmal. Ich kann nicht behaupten, daß mich diese Begegnung mehr entzückt als die letzte.« Die Verachtung in seiner Stimme war bösartig.

»Dann werden Sie ebenso erfreut darüber sein wie ich, daß wir einander heute zum letztenmal gegenüberstehen«, antwortete Tom ruhig.

Der alte Aristokrat lächelte schwach und ging zu dem prunkvollen Queen-Ann-Schreibtisch, der seinem Vater gehört hatte.

»Ich habe keine Veranlassung, die Zeit mit Scherzen zu vergeuden. Sie finden sie unter diesen Umständen bestimmt ebenso widerlich wie ich.«

Er nahm den Federkiel aus Elfenbein aus dem vergoldeten Halter. »Ich habe Ihren Vater gehaßt.« Er schleuderte ihm die Worte entgegen. »Er war immer der Liebling meines Vaters. Der alte Herr machte mit mir kurzen Prozeß, aber Michael war sein Liebling trotz der Tatsache, daß er das schwarze Schaf der Familie war. Sie sind ebenso geschmacklos und schlecht erzogen wie er... Einen alten Mann seines Wohnsitzes zu berauben!« Wie um seine Aussage zu unterstreichen, kritzelte er seinen Namen schnell über den unteren Teil des Dokumentes.

Jack warf Tom einen Blick zu und bemerkte zu seiner Überraschung, daß er breit lächelte. Er war zum ersten Mal seit dem Morgen besserer Stimmung.

»Tatsächlich?« antwortete Thomas Dalton seinem mürrischen Verwandten. »Dann muß es sich um einen Familienfehler handeln, Onkel. Auch Sie haben einmal einer jungen Frau und ihrem Kind den Unterschlupf geraubt.«

Bewußt schwungvoll setzte er mit dem Federkiel seinen Namen unter das Dokument, blickte auf und blinzelte Jack zu, der, über den Wortwechsel belustigt, sein Zwinkern erwiderte.

»Sie haben doch nichts dagegen, wenn ich den Besitz besichtige, den ich gekauft habe?« fragte Tom, während Jack das Dokument zusammenrollte und es in seiner Aktentasche verstaute.

»Ich habe nichts dagegen, wenn Sie zum Teufel gehen«, erwiderte der alte Mann verbittert, machte kehrt und verließ die Bibliothek.

Jack und Tom sahen ihm nach, während er durch den langen Korridor zum Westflügel ging, wobei sein Stock mit dem Silbergriff laut widerhallend aufschlug.

»Falls du Gewissensbisse wegen deiner Handlungweise haben solltest«, erklärte Jack lächelnd, »kann ich dir sagen, daß ich gestern zu meinem Pech den Sohn und Erben des alten Knaben getroffen habe. Er ist der gleiche Lump wie sein Vater, würde ich aus dieser kurzen Bekanntschaft schließen. Es kann nicht schaden, dieser verkommenen kleinen Dynastie ein Ende zu setzen, und Geld bekommen sie ja genügend.«

Tom lächelte seinem Schützling zu. Es war für Jack wichtig, Toms Heimkehr miterlebt zu haben.

»Was hältst du davon«, fragte Jack nun wieder fröhlich, »wenn wir den Besitz in Augenschein nehmen? Seit der Nacht, in der du mir deine Geschichte erzählt hast, habe ich ihn mir in meiner Phantasie ausgemalt. Ich möchte sehen, wie nah ich an die Realität gekommen bin.«

Tom legte dem viel kleineren Mann den Arm um die Schultern und schob ihn auf die doppelte Glastür zu. »Mein Leben hat in einer Hütte am Rande des Besitzes begonnen«, erzählte er und war wieder ganz er selbst. »Dort drüben, hinter dem Moor, stand die Behausung meiner Mutter...«

Sie gingen an diesem kühlen, feuchten Septembernachmittag von einem Ende des Gutes zum anderen. Sie besuchten die baufällige Hütte mit den Lehmwänden und dem verfaulten Strohdach, in deren altem Steinkamin nur eine Familie von Feldmäusen hauste. Tom versuchte, sich als kleines Kind zu sehen, das vor dem alten Herd spielte. Sie gingen ins Dorf, fragten nach der Familie von Christopher Dalton, und lernten einen plumpen Kneipenwirt kennen, der anscheinend Toms Vetter war. Er erzählte ihm, daß es in der Umgebung jede Menge von Daltons gebe. Sie besichtigten in Drumgillan sämtliche Räumlichkeiten, denn Tom hatte seinerzeit nur die Küche, das Frühstückszimmer und jenen hohen Raum kennengelernt, in dem die Leiche seines Vaters in der Nacht aufgebahrt lag, die seine Lebensverhältnisse vor so vielen Jahren verändert hatte. Es war alles genauso, wie sein Vater es ihm beschrieben hatte, so daß er Jack hatte Einzelheiten von Räumen schildern können, die er vorher nie zu Gesicht bekommen hatte. In den Stall gingen sie nicht, Tom meinte, er hebe sich diesen Besuch für ein andermal auf.

Bei Einbruch der Dunkelheit erreichten sie den Familienfriedhof der Hartingtons, und als sie den Grabstein von Toms Vater suchten, fanden sie einen mit der Inschrift

MICHAEL HARCOURT HARTINGTON
(1855–1882)

Die einfachen Angaben waren in den Grabstein aus Granit eingemeißelt, und das grüne irische Gras hatte den Grabhügel überwuchert, der abseits von den größeren Begräbnisstätten Sir Jeffreys und Lady Geraldines lag.

Tom blieb lange stehen. Sein tiefes, gleichmäßiges Atmen war in der vollkommenen Stille der sich purpurn färbenden Dämmerung gut hörbar. Er schwieg so lange, daß Jack erschrak, als Tom die Stille unterbrach.

»Nun, Dad«, begann er, eine unheimliche Stimme inmitten der länger werdenden Schatten; sie war brüchig vor tiefer Bewegung, und sie sprach in einer schweren irischen Mundart, die Jack noch nie bei Tom wahrgenommen hatte. »Ich habe deinen Rat befolgt, so gut ich konnte, und wir haben sie mit ihren eigenen Waffen geschlagen!« Mit einer seltsamen Geste streichelte er den Grabstein. Er fuhr sich mit dem Taschentuch über die tränenblinden Augen und wandte sich heiser an Jack, ohne ihn anzusehen. »Er fehlt mir noch immer. Mehr als ein halbes Jahrhundert liegt er nun im Grab, und er fehlt mir noch immer. Zu Lebzeiten war er ein prächtiger Mann.«

»Wie sein Sohn, Sir«, ergänzte Jack stockend. Für den Waisenknaben aus Boston war es ein außerordentlich bewegender Nachmittag gewesen. Nie in seinem Leben hatte er einen Ort gesehen, der ihn so beeindruckte wie Drumgillan. Die Landschaft mit ihren welligen, smaragdgrünen Feldern und ordentlichen Steinumgrenzungen, das Haus mit seiner bezaubernden georgianischen Architektur und seiner allgegenwärtigen Noblesse beeindruckten ihn. Er hatte noch nie zuvor einen Ort gefunden, an dem er hätte bleiben wollen.

»Was hast du mit dem Besitz vor, Tom?« fragte er auf dem Weg zum Hotel.

»Auf der Reise hierher wollte ich aus Rache etwas Verrücktes anstellen. Ich wollte aus ihm ein Heim für ledige Mütter machen, in dem Mädchen in Schwierigkeiten wie seinerzeit meine Mutter Hilfe finden würden. Doch nachdem ich es wiedergesehen habe, werde ich das alte Haus behalten, zumindest eine Zeitlang. Vielleicht will es Megan einmal. Es ist schwer zu erklären, aber ich liebe dieses Land. Das braune Moor, die grünen Felder, die kleinen Häuschen und das Herrenhaus. Mein Vater liebte es von der Schwelle bis zum Dach; er wußte, welche Generation was hinzugefügt hatte; welche einen Flügel gebaut hatte, welche einen neuen Handwerker aus dem Ausland geholt hatte, um den Stuck zu restaurieren oder das Parkett auszubessern. Wenn ich jetzt zurückdenke, muß es ihn schrecklich getroffen haben, daß er auf alles verzichten sollte. Im Grunde wollte er es bestimmt für uns haben, für meine Mutter und mich.« Er schüttelte nachdenklich den Kopf. »Er muß meine Mutter über alles geliebt haben, wenn er soviel für sie aufgegeben hat. Es ist nur gerecht, wenn ich zurückkaufe, was ihm eigentlich zugestanden hatte.«

Jack nickte erleichtert, weil Tom nicht die Absicht hatte, das wunderbare alte Haus niederreißen zu lassen. Er hätte ihm natürlich keinen Vorwurf machen können, wenn er es Ziegel um Ziegel abgetragen hätte. Aber er hätte es sehr bedauert.

88

Megan Dalton besaß dank ihres Großvaters ein umfangreicheres Wissen als die anderen Kinder in ihrer Klasse, deshalb verlief der Unterricht meist enttäuschend für sie. Ihr Großvater hatte ihr eine große Begeisterung für das Lernen und Achtung vor den Büchern beigebracht. Er hatte die Erweiterung ihres Wissens zu einem fröhlichen Spiel gestaltet, so daß die langweilige Eintönigkeit des Schulunterrichts einen schlimmen intellektuellen und emotionalen Abstieg darstellte. Aber ihr Großvater wartete darauf, daß sie sich in der Schule auszeichnete, also tat Megan ihre Pflicht.

Als der Lehrer ihr erklärte, wie man Afrika auf dem Globus fand, verriet sie ihm nicht, daß sie schon Stanleys Route kannte, als er Livingstone finden wollte. Als ihr der Lehrer erklärte, wie man aus einzelnen Worten Reime bildete, verriet sie ihm nicht, daß ihr Großvater ihr zum sechsten Geburtstag eine Sammelausgabe der englischen Lyriker geschenkt hatte. Als der Lehrer ihr erklärte, daß sie in der zweiten Klasse Geschichte lernen würde, verriet sie ihm nicht, daß ihr Großvater ihr eine teure Puppe geschenkt hatte, als sie die gesamte Reihe der englischen Herrscher von der Schlacht bei Hastings an fehlerlos aufsagen konnte.

Die Abende zu Hause verliefen harmonisch. Nur er und sie genügten einander, und manchmal kam Mr. Cavanaugh dazu. Man las, plauderte, spielte Schach oder ging zusammen aus.

Gelegentlich dachte sie über die Tatsache nach, daß die meisten Kinder eine Mutter und einen Vater hatten, nicht nur einen Großvater. Manchmal dachte sie, es wäre nett, eine Mum und einen Daddy zu haben, doch eigentlich brauchte sie außer Großvater niemanden. Er war so vollkommen, so groß und stark, daß es unmöglich war, sich vor etwas zu fürchten, wenn er in der Nähe war. Er roch auch himmlisch nach Leder und Tweed und so typisch männlich. Und es gab nichts, das er nicht konnte. Er war besser zu Pferde als die Reitknechte. Und er kannte eine Menge fremder Sprachen, sogar alte, und er konnte singen wie ein Engel. Und wenn er sie abends ins Bett brachte, erzählte er ihr Geschichten von Königen und Prinzen, oder er sang ihr irische Lieder vor, Lieder von Aufständen und Rebellionen, Lieder von fahrenden Musikanten, von Helden, die ihr Blut in Wallung brachten.

Sie war froh, daß er nicht verheiratet war oder sonst irgendwie gebunden. So gab es niemand anderen, den er liebte – niemand anderer konnte ihn jemals so lieben wie sie. Niemand konnte ihn so gut verstehen wie sie. Es war wirklich ein Glück, daß sie einander hatten.

Jack saß bei Billy in dem vollendet eingerichteten Salon ihres Sandsteinhauses. Von dem Augenblick an, da er dieser Frau begegnet war, hatte er sie angebetet. Die Tatsache, daß sie für ihn unerreichbar war, machte die unbeschwerte Freundschaft zwischen ihnen vollkommen. Sie war eine Vertraute, wie kein Mann – auch Tom nicht – es sein konnte. Er besuchte sie oft, wenn es seine Zeit erlaubte.

»Vielleicht erzählst du mir, mein junger Freund, was dir so sichtlich auf dem Herzen liegt«, forderte ihn Billy auf und machte es sich auf der austernweißen Rohseidencouch vor dem Kamin bequem.

»Bin ich wirklich so leicht zu durchschauen?«

Sie lächelte nur und wartete. Männern zuzuhören hatte Billy zu einer wahren Kunst entwickelt.

»Ich bin nervös, Billy, unruhig. Ich kann nicht begreifen, warum ich mit meinem Leben so unzufrieden bin. Ich habe doch mehr, als ein Mann sich vernünftigerweise erträumen kann.«

»Und andererseits weniger«, warf sie ein.

»Warum weniger?«

»Du hast niemanden, den du liebst. Niemanden, der dich in dunklen Nächten umarmt. Bitte, erspare mir die Geschichten deiner einmaligen Gastspiele in der Gesellschaft! Du sprichst mit einer Frau, die das Buch über den flüchtigen Sex geschrieben haben könnte. Du bist kein Kind mehr, wie meine Mutter gesagt hätte. Du bist auch zu alt für diese flüchtigen Affären.«

»Es tut gut, daß du nicht mit der Wahrheit hinter dem Berg hältst.«

Ihre offene Einschätzung tat ihm weh, sie aber ließ sich durch seinen Ton nicht abschrecken.

»Du brauchst jemanden, den du lieben kannst. Du darfst dich nicht nur dem Gelderwerb und deinen Affären widmen. Du brauchst ein Zuhause, das nicht von einem Butler geführt wird.« Ihre Stimme wurde weich. »Glaub mir, daß ich mit dir fühle! Ich habe diese Angst schon bei anderen Männern erlebt. Sie läßt sich schwer überwinden.«

»Was meinst du mit Angst?«

»Ich meine eine unbestimmte Furcht davor, sich mit Leib und Seele an eine Frau zu binden und eine Familie zu gründen. Vielleicht sogar Angst vor dem Mut, ihren Verlust zu überleben, wie es Tom getan hat.«

Er blickte scharf auf, dann lächelte er.

»Du bist eine scharfsinnige Person, Billy, nicht wahr?«

»Barnacle Billy, wenn ich bitten darf.«

»Du machst Witze!«

»Nicht im geringsten; so hieß ich, als ich Tom kennenlernte. In meiner Anfangszeit waren meine Kunden meistens Seeleute, keine Senatoren.«

Jack schüttelte den Kopf mit dem glänzenden, schwarzen Haarschopf und dem kampflustigen Kinn und trank einen ordentlichen Schluck Brandy, bevor er weitersprach.

»Ich habe noch etwas auf dem Herzen, Billy. Es handelt sich um Riordan. Dieser kleine Schweinehund hat nichts Gutes vor; er macht sich an alle hohen politischen Bonzen heran, kriecht in Washington und an der Wall Street allen in den Arsch. Ich habe ein schlechtes Gewissen, wenn ich an ihn denke, und es macht mich unglücklich, daß ich dem kleinen Scheißer nicht eins in die Fresse geben kann. Ich würde am liebsten von der Bildfläche verschwinden, bevor es zum Krach kommt.«

»Was meinst du damit?«

»Er wartet meiner Meinung nach nur, bis er stark genug ist, um anzugreifen. Er hat es auf Toms Skalp abgesehen, und Tom ist auf diesem Auge blind. Er sollte den unerträglichen kleinen Arschkriecher jetzt ausschalten, bevor der seine Position verstärkt hat; aber statt dessen hilft er ihm noch, mehr Macht zu gewinnen.«

»Ist dir jemals eingefallen, daß er vielleicht nur deshalb blind dafür ist, weil er nicht fähig ist, sich dagegen zu wehren?« Billy hob die Hand, um Jack zum Schweigen zu bringen, als er ihre Behauptung widerlegen wollte. »Er weiß nicht, wie er etwas ändern soll, wenn es um Riordan geht. Seit dem Tod von Deirdre hat er es nie verstanden, seine Kinder für sich zu gewinnen. Nicht, weil er es nicht will, sondern weil er keine Ahnung hat, wie man das tut. Weißt du nicht, daß die Menschen ihre Kinder lieben, auch wenn sich diese Kinder gegen die Eltern wenden? Besonders, wenn sie sich schuldig fühlen, weil sie ihre Erziehung vernachlässigt haben. Er ist von seiner Schuld ihnen gegenüber überzeugt. Warum hat er ihnen nach Deirdres Tod nicht mehr Aufmerksamkeit geschenkt? Warum hat er ihnen nicht beigebracht, wie man ein glückliches Leben führt? Warum hat er Maeve nicht vor der Katastrophe gerettet? Das sind die Fragen, Jack, mit denen er abends zu Bett geht. Es gibt sehr wenige Männer, die ihre neunzehnjährige Tochter begraben müssen und sich ein Leben lang fragen, wie sie zu retten gewesen wäre. Für Tom war Maeve so etwas wie ein heiliges Vermächtnis von Deirdre.«

Sie legte eine Pause ein, um Luft zu holen.

»Rory hat leichtes Spiel bei seinem Vater, weil Tom ihn liebt, er seinen Vater aber nicht. Es ist eine Art verkehrtes Rachebedürfnis, von dem mir Jim Mulaney erzählt hat. Rory will seinen Vater so verletzen, wie er selbst verletzt wurde. Er glaubt, sein Vater habe sich von ihm abgewandt, als seine Mutter starb, weil er, Rory, sie nicht gerettet hat. Es ist nur die Fehleinschätzung durch einen kleinen Jungen, aber sie hat sein ganzes Leben beeinflußt.«

Jack saß mit gespreizten Beinen auf der Couch, hatte die Ellbogen auf die Knie gelegt, und drückte die Hände aneinander – eine Stellung, die tiefe Konzentration verriet.

»Wieso hat er dann den Mut, Rory immer noch zu lieben?«

»Vielleicht brächte er den Mut nicht auf, wenn Megan nicht wäre. Sie hat ihn für alle anderen Leiden entschädigt, das Reservoir wieder gefüllt. Es ist äußerst merkwürdig, Jack, aber es ist, als wären Deirdre und Tom wie durch eine Zauberformel in Megans kleiner Seele vereinigt. Toms Verstand und Dynamik, Deirdres Herz und Instinkt. Sie ist ein wunderbares kleines Wesen. Ich habe noch nie ein Kind wie sie erlebt. Und sie ist seine zweite Chance, Versäumnisse gutzumachen – was er natürlich getan hat.« Nach einer kurzen Pause frage sie: »Würdest du mir noch einen Brandy einschenken, Jack? Ich muß heute abend genauso viel sprechen wie du.«

Er erhob sich, legte dabei seine Smokingjacke ab und füllte ihren Schwenker nach.

»Ich habe ein merkwürdiges Leben hinter mir, Jack; genauso merkwürdig wie das von Tom. Ich bin arm geboren und werde reich sterben, aber dazwischen, ach, dazwischen…«

Sie nahm einen Schluck aus dem Kristallglas, behielt den Brandy sachkundig einen Augenblick im Mund, dann erst schluckte sie ihn.

»Wie Tom dir vielleicht erzählt hat, waren meine Familienangehörigen Seeleute – prachtvolle, starke Männer, acht stramme Brüder, keiner wie der andere. Drei starben mit meinen Eltern bei der letzten großen Cholera-Epidemie, und nachdem ich sie gepflegt und doch verloren hatte, stand ich allein im Leben – mit elf Jahren. Ich überlebte, da mir Gott ein Gesicht und einen Körper geschenkt hatte, die den Männer gefielen, bis mich Diamond Jim Mulvaney in einem Hafenbordell auflas und die Grundlage für das alles schuf.«

Sie zeigte anmutig auf den eleganten Raum. Jack fand ihr Lächeln ein wenig wehmütig und fragte sich, wohin der rote Faden dieser seltsamen Geschichte führen würde.

»Dann trat Tom Dalton in mein Leben, und ich liebte ihn von der Nacht an, in der ich ihn gesehen hatte, wußte aber, daß ich ihn nicht haben konnte. Also tat ich das Nächstbeste und verschaffte ihm eine Stellung bei Jim Mulvaney. Ich habe auch Toms Frau geliebt, Jack. Es war ganz seltsam, wie er sie in der Nacht, in der sie zusammen ausrückten, zu mir brachte. Mein Gott, ich war bereit, sie zu hassen wie die Pest, doch statt dessen wurde sie meine beste Freundin. Sie war so unschuldig und liebenswert. Niemand konnte sie hassen, nicht einmal die Bestien, die sie umbrachten, können sie gehaßt haben. Sie war die einzige Frau in meinem Leben, die mich als Dame behandelt hat. Sie nahm mich zum Einkaufen mit, lud mich in ihr Haus ein und verkehrte mit mir wie mit einer richtigen Dame, und ich machte immer Ausflüchte, weil ich sie nicht in Verlegenheit bringen wollte, daß sie mit Barnacle Billy gesehen wurde. Dann sagte sie mir eines Tages – sie war so freundlich, trotz ihres Verstandes und ihrer Bildung –: ›Billy‹, sagte sie zu mir, ›du bist meine liebe, hochgeschätzte Freundin. Du hast mich Dinge gelehrt, die niemand anderer konnte, du hast mich beruhigt, wenn ich besorgt war, du hast mir und meinem Mann geholfen, als niemand anderer dazu bereit war. Du bist immer und allezeit in meinem Haus willkommen, und verdammt, es ist mir egal, welchen Beruf du ausübst. Und wenn du meine Einladung noch ein einziges Mal abschlägst, habe ich das Gefühl, daß du mich einfach nicht im gleichen Maße gern hast wie ich dich.‹ Kannst du dir das vorstellen? Dann besuchte ich sie oft in ihrem Haus, obwohl mir manchmal das Herz brach, wenn ich das Leben sah, das ich nie haben sollte. Aber ich ging so gern zu ihr…«

Jack sah die Frau, die Tränen in den Augen hatte, genau an. »Warum erzählst du mir das alles, Billy? Warum klingt es so traurig?«

»Weil es mit mir zu Ende geht, Jack. Ich habe eine Krankheit, die ein paar Jahre brauchen wird, um mich zu erledigen, aber es ist unvermeidlich.«

Er sprang auf, kniete neben ihr nieder, legte seine starken Arme um sie und spürte durch den Hemdstoff den Druck ihrer Brüste an seiner Brust. Sie lehnte den Kopf an seine Schulter und er erwartete, daß sie weinen würde, doch sie tat es nicht.

»Ich habe seit meinem elften Lebensjahr, als ich mit den Leichen meiner Eltern in dem stinkenden Raum saß, auf den Tod gewartet, doch er hat mich nie geholt. Der alte Sensenmann ging an mir vorbei.« Sie lachte heiser. »Schon gut, Jack, ich bin besser auf ihn vorbereitet als die meisten Menschen. Ich habe keine Verwandten außer einem lieben Neffen, den ich gelegentlich sehe. Ich will es nur Tom nicht gestehen, und deshalb erzähle ich dir diese Geschichte…, damit es jemanden, den ich mag, gibt, der mich versteht. Mein jetziges Leben, in dem ich Tom liebe und er mich auf seine Art liebt, kommt dem Himmel am nächsten. Der Arzt meinte, es wird zwischen sechs Monaten und einem Jahr dauern, bis die Krankheit sichtbar wird, und diese Monate will ich noch genießen. Ich will diese kostbaren Monate haben, bevor ich es ihm sagen muß.«

Er nickte und war so erschüttert, daß er kein Wort herausbrachte. Sie schniefte ein wenig und richtete sich auf, weinte aber noch immer nicht.

»Es gibt noch zwei Dinge, die ich dir sagen möchte, weil es mir in dieser Stimmung leichter fällt. Erstens: Ganz gleich, was Tom bezüglich seines Sohnes unternimmt, du darfst dich nicht verletzt fühlen oder es persönlich nehmen. Er wird sein Bestes tun, und meiner Meinung nach wird er bestrebt sein, euch beide, dich und Megan, zu schützen, ganz gleich, was Rory anstellt. Es ist sein Gaesa, wie man in Irland sagt, Jack, sein unentrinnbares Schicksal, das sich nicht ändern läßt. Meine Mutter war Irin, und sie hat mir von solchen druidischen Dingen erzählt. Es ist ein Verhängnis, dem man nicht entgehen kann. Tom ist, wer er ist, und er kann nichts anderes tun, als sich selbst treu zu bleiben.«

Sie schwieg eine Weile, als lege sie sich zurecht, was sie noch sagen wollte.

»Das zweite, was du beherzigen solltest, ist folgendes: Finde jemanden, den du lieben kannst, bevor es zu spät ist. Ich habe ein Leben voller einmaliger Gastspiele hinter mir, und ich habe eine Liebe – und ich gebe dir mein Wort darauf, Jack, daß die Liebe das einzige ist, was in diesem Leben wirklich zählt. Es erfordert Mut, zu lieben und sich zu binden, aber es ist diesen Preis tausendmal wert, und du bist ein so herzensguter und liebevoller Mann, daß du unbedingt dein Leben mit einer Frau teilen mußt, die deiner wert ist.«

Sie beugte sich unerwartet hinunter und küßte ihn auf den Mund; es war ein sanfter Kuß, dann stieß sie ihr altes, sinnliches Lachen aus.

»Jetzt fühle ich mich bedeutend besser! Ich habe mit meiner Einmischung dem Schicksal ins Handwerk gepfuscht. Aber glaube mir, achte auf meine Worte! In den Worten derer, die vom Tode gezeichnet sind, liegt die Wahrheit.«

Damit stand sie auf und verließ graziös den Raum.

Jack Cavanaugh kauerte lange auf dem Fußboden neben der Couch, auf der sie gesessen hatte, und fragte sich, ob sie verstehen würde, daß eben dies der Grund war, weshalb er nie eine Frau nehmen würde: Es schmerzte zu sehr, den geliebten Menschen zu verlieren, so sehr, daß er das Risiko nicht eingehen wollte.

Billy stand in ihrem Schlafzimmer vor dem Spiegel, öffnete den Reißverschluß des perlenbestickten Kleides und ließ es zu Boden gleiten.

Sie fühlte sich in ihrer Nacktheit, in ihrem Körper wohl. Er war die Rettung und zugleich ihr Schicksal gewesen. Nun würde er auch ihr Verderben sein. Sie konnte es kaum fassen, wenn sie das warme, weiche Fleisch im Spiegel betrachtete, daß es eine schreckliche Macht in ihr gab, die ihr Ende bedeutete. Sie sah nicht verändert aus, vielleicht ein wenig müder, ein bißchen weniger vital. Aber das war doch bei einer Frau ihres Alters ganz natürlich.

Die Zeit hatte es gut mit ihr gemeint. Viel besser als mit den meisten anderen Menschen. Jacks Augen hatten ihr heute abend verraten, daß sie noch immer schön, noch immer begehrenswert war. Diese Anziehungskraft, die sie auf Männer ausübte, war ein Geschenk, obwohl es schon lange her war, daß sie einen anderen Mann als Tom fesseln wollte.

Sie strich mit den Händen über ihren Körper, faßte sich an ihre Brüste, ihren Bauch, ihr Gesäß, ihre Hüften, als wolle sie sich beweisen, daß dies alles noch ihr gehörte. Die Krankheit mit ihrem entsetzlichen Todesurteil hatte sie zum erstenmal in ihrem Leben von ihrem Körper getrennt, ihn ihr entfremdet.

Einen Moment lang fragte sie sich, ob ihr Tod so schmerzhaft verlaufen würde wie der ihrer Eltern und ihrer Brüder, und ob das vielleicht die Strafe dafür war, daß sie sie nicht gerettet hatte. Aber das war Unsinn. Nun, ganz gleich, was kommen würde, sie wollte dem Tod gewachsen sein. Sie war im Lauf der Jahre mit allen Schicksalsschlägen fertiggeworden, also mußte sie diese letzte große Prüfung auch bestehen.

Seufzend hob sie das Kleid vom Boden auf und ging zu Bett, ohne das Make-up zu entfernen. Sie war froh, daß sie mit Jack gesprochen hatte: seinetwegen froh und ihretwegen froh. Er war ein guter Mensch, besser als ihm bewußt war. Sie hoffte, daß er sich ihre Ratschläge zu Herzen nehmen würde. Vielleicht war dies ihr letzter Kreuzzug – vielleicht konnte sie Jack vor ihrem Tod beibringen, wie er jemanden fand, den er lieben konnte.

Sie dachte an ihre Liebe zu Tom, die die Leidenschaft eines ganzen Lebens war. Sie war erst dreiundzwanzig gewesen, als sie ihn kennengelernt hatte, und nun würde sie ihn bald verlassen müssen. Noch ein Abschied für Tom, dachte sie und wunderte sich, warum es ihm mit allen, die er liebte, so erging. Wieder ein Abschied. Nun ja, wenn man ihrer beider Alter in Betracht zog, war es nichts so Ausgefallenes.

Sie drehte sich in dem großen Bett um und spürte, wie salzige, warme Tränen das Kissen benetzten. Sie hatte in ihrem Leben nicht viel geweint, als wären damals, nachdem sie ihre Familie gepflegt hatte, alle Tränen versiegt. Aber heute nacht, heute nacht war die Zeit für Tränen.

89

Jack betrat das Dalton-Haus mit einer Selbstverständlichkeit, als wäre er ein Familienmitglied. Er nickte dem Butler zu, zog den Mantel aus, reichte ihn dem alten Mann, behielt aber das Exemplar der »New York Times« in der Hand.

»Wo ist denn Mr. Dalton, James?«

»Im Frühstückszimmer, Sir. Er hat soeben sein Frühstück beendet. Wollen Sie etwas zu sich nehmen, Mr. Cavanaugh?«

»Nur eine Tasse Kaffee, James, danke«, antwortete Jack und war bereits auf dem Weg zum schönen Wintergarten, den Tom zum »Frühstückszimmer« ernannt hatte.

Tom stand am Fenster, die Hände hinter dem Rücken verschränkt, und blickte ins Freie. Das Frühstück war unberührt und die »New York Times« lag auf dem Tisch, aufgeschlagen bei den Todesanzeigen.

»Du hast also die Meldung schon gelesen«, meinte Jack.

»Ja.« Toms Stimme klang leise und traurig. »Er wird im Arbeitsministerium feierlich aufgebahrt. Hast du so etwas schon gehört, Jack?« In Toms Stimme schwang Unglauben und Triumph zugleich mit. »Andrew Furuseth. Der Mann, den sie ermorden wollten. Der Mann, den sie lächerlich machten, einschüchterten und verunglimpften, wird in der Hauptstadt feierlich aufgebahrt. Wenn doch Donaher diesen Tag erlebt hätte!« Tom ging zum Tisch, setzte sich und bedeutete Jack, sich eine Tasse Kaffee vom Tablett zu nehmen.

»Er muß ein bedeutender Mann gewesen sein«, stellte Jack fest, den Toms sichtlicher Stolz auf seinen alten Freund beeindruckte. Er wußte, daß sie über die Jahre in Verbindung geblieben waren und daß Tom die Bestrebungen des alten Seemanns alljährlich mit Geld unterstützt hatte. »Hier steht, daß er nie eine höhere Entlöhnung beansprucht hat, als ein Vollmatrose an einem Tag verdienen konnte, sogar als er jahrzehntelang Vorsitzender der Gewerkschaft war.«

Tom nickte. »Er war ein Mordskerl, Jack. Stark, verbissen, zäh wie Leder. Nicht einmal J. P. Morgan konnte ihn einschüchtern. Aber er hatte auch sanfte Seiten. Er war nachgiebig und sensibel, wenn es um die Bedürfnisse anderer ging.« Er brach einen Augenblick ab, als wolle er sich erinnern, und Jack fand, daß diese Beschreibung auch auf Tom paßte.

»Er war es, der durchsetzte, daß neunzehnhundertfünfzehn das Seeleutegesetz erlassen wurde. Er und kein anderer. Zum erstenmal in der Geschichte wurden den Seeleuten die Rechtsansprüche gewöhnlicher Bürger an Land zuerkannt. Zum erstenmal erhielten sie andere Rechte als die, die ihnen ein Kapitän gewährte. Er hat sich selbst Jura beigebracht und als Anwalt für Seeleute gearbeitet, die Hilfe brauchten. Einmal hat er eigenhändig das Modell einer Matrosenkoje gebaut und es in den Gerichtssaal geschleppt, um die Geschworenen von den unzumutbaren Bedingungen zu überzeugen, unter denen die Männer lebten.«

»Wir gehen also zum Begräbnis?«

»Ja. Es ist schön von dir, daß du mitkommen willst. Ich werde die Kleine auch mitnehmen.« Jack sah ihn fragend an. »Furuseth war ein großer Mann, Jack. Ich hatte vor ihm nie einen bedeutenden Mann kennengelernt und verdammt wenige nach ihm, wenn ich es mir recht überlege. Megan soll sehen, was sich abspielt, wenn ein großer Mann von uns geht.«

Wäre es um ein anderes Kind gegangen, hätte Jack Zweifel angemeldet, ob dies eine gute Idee war. Aber Megan war das erwachsenste kleine Mädchen der Welt, und sie war für ihren Großvater eine verwandte Seele. Sie wußte, was er wußte, und sie fühlte, was er fühlte. Wahrscheinlich wußte sie mehr über Andrew Furuseth als der Reporter der »Times«. Tom schien die Fähigkeit zu besitzen, dem Kind alles durch eine geistige Osmose zu übermitteln. Aus ihr würde eines Tages eine erstaunliche Frau werden, auf jeden Fall eine bemerkenswerte. Aber sie war auch ein einzigartiges Geschöpf und wurde zudem immer hübscher. Jack fragte sich, was aus ihr werden würde, wenn der alte Mann starb, mit dem sie so verbunden war.

»Ich werde alle Vorbereitungen treffen«, versprach Jack, als sie das Haus zusammen verließen. »Weißt du, wo er begraben wird?«

»Keine Ahnung. Er hatte keine Familie, keine engen Bindungen. Er sprach immer davon, daß man ihn auf See begraben solle. Ich kann mir nicht vorstellen, daß er seine Einstellung geändert hat.«

»Ich werde sehen, was ich herausfinden kann.«

Sie fuhren schweigend in die Stadt, und Jack wußte, daß sein Freund daran dachte, wie das Leben vor einem halben Jahrhundert verlaufen war.

Jack Cavanaugh liebte Tom Dalton. Tom war sehr freigebig, er überhäufte Menschen, die er liebte, mit großzügigen Geschenken, und er war auch anderen gegenüber wohltätig. Er hatte immer eine offene Hand für die Armen und verfügte über die irische Warmherzigkeit. So hatte er eine wohltätige Stiftung als auch ein Netz von Wohlfahrtseinrichtungen ins Leben gerufen, die er still, ohne jegliches Getue, unterstützte.

Er hatte auch die Gewohnheit, sich an jene Leute zu erinnern, die im Laufe der Jahre treu zu ihm gehalten hatten: Bedienstete, Angestellte, die Familien von Freunden. Er hatte einem Dutzend junger Leute, die es verdienten, das Studium am College bezahlt, ebensowenig ging er an einem Bettler auf der Straße vorbei, ohne Geld in seinen Hut zu werfen.

Und Toms Beziehung zu seiner Enkelin erfüllte Jack mit Bewunderung und Staunen. Tom war dabei, mit ihr eine würdige Nachfolgerin heranzuziehen. Ihre Tanten und Onkel hatten für die Kleine nicht viel übrig. Sie war der Liebling des Großvaters und würde höchstwahrscheinlich sein Vermögen erben, wenn er eines Tages starb. Jack konnte sich vorstellen, wie viele Anwaltsgespräche bereits darüber geführt worden waren, wie man Toms Testament anfechten könne.

Wäre Megan ein Junge gewesen, wäre sie für ihn eine echte Konkurrenz gewesen, aber unter den gegebenen Umständen war es nicht sehr wahrscheinlich, daß ein Mädchen sich für das Geschäft entscheiden würde, statt zu heiraten. Selbstverständlich konnte man sich den Mann nur schwer vorstellen, der je imstande sein würde, es mit dem Ideal ihres Großvaters aufzunehmen. Aber solche Schwierigkeiten konnten für einen jungen Draufgänger einen starken Anreiz darstellen. Nun ja, das lag noch in weiter Ferne, und es hatte keinen Sinn, wenn Jack sich jetzt schon den Kopf darüber zerbrach.

Jack Cavanaugh sah mit innerer Bewegung zu, wie Tom und Megan Dalton nebeneinander auf dem Deck des Dampfers »S. S. Shoharie« Haltung einnahmen.

Die Begräbnisfeier an Land war eindrucksvoll gewesen, Richter vom Obersten Bundesgericht, Senatoren, Kongreßmitglieder, Gewerkschaftsfunktionäre und andere hervorragende Persönlichkeiten hatten Reden gehalten. Dem Wunsch Furuseths entsprechend war sein Leichnam eingeäschert und die Asche nach Savannah gebracht worden, wo die Urne Thomas F. Webb, dem Kapitän des Dampfers »Shoharie«, übergeben wurde.

Tom hatte seine Beziehungen spielen lassen müssen, damit er seinem alten Freund diese letzte Ehre erweisen konnte.

Es war zwölf Uhr fünfundvierzig auf siebenundvierzig Grad drei Minuten nördlicher Breite und siebenunddreißig Grad zwölf Minuten westlicher Länge; das Schiff hatte beigedreht und auf Halbmast geflaggt; die gesamte Besatzung war auf Deck angetreten. Tom, Megan und Jack waren die einzigen Landratten an Bord.

Der Kapitän räusperte sich und sprach mit leiser, tiefer Stimme, die das Geräusch der See erstaunlich gut übertönte: »Kameraden zur See, wir haben uns hier versammelt, um den letzten Wunsch von Andrew Furuseth zu erfüllen – ein verehrungswürdiger Mann, ein selbstloser Kämpfer für die Besserstellung der Seeleute, der durch legale Mittel mehr erreicht hat als jeder andere Mann, um die menschenwürdigen Bedingungen, unter denen ihr jetzt arbeitet, zu gewährleisten. Es ist mir eine Ehre und eine Auszeichnung, seinen Wunsch zu erfüllen und seine Asche in die See zu streuen, die er liebte und der er so treu gedient hat. Ich werde zuerst aus dem Gebetbuch die Bestattung eines Seemanns auf See verlesen.«

Er schlug das alte, in Leder gebundene, zerlesene Exemplar auf und bemühte sich, die Seiten festzuhalten, damit sie nicht im Wind flatterten.

»Dem allmächtigen Gott empfehlen wir die Seele unseres dahingeschiedenen Bruders und übergeben seine Asche der Tiefe in der festen und sicheren Hoffnung auf eine Auferstehung zum ewigen Leben durch unseren Herrn Jesus Christus, der da kommen wird in glorreicher Majestät, um die Welt zu richten. Die See wird ihre Toten wieder hergeben, und die unvergänglichen Körper derer, die in Ihm ruhen, werden sich wandeln und Seinem glorreichen Körper angeglichen werden, wie es Seinem mächtigen Werk entspricht, denn nur Er ist imstande, alles zu Sich zu bringen.«

Über Toms Wangen liefen Tränen, und Jack bedeutete Megan, zu ihm zu treten. »Überlassen wir deinen Großvater im Augenblick seinen Erinnerungen, Megan! Furuseth hat in einer stürmischen Zeit an seiner Seite gestanden.«

Das große, blonde Mädchen nickte verständig und beobachtete besorgt, wie ihr Großvater an der Reling stand und über die wogenden Wellen hinwegblickte, die die Asche seines Freundes auf ihrer letzten Reise nach Hause trugen.

90

Megan betrachtete sich kritisch im Spiegel: ausgezeichnete Zähne, volles Haar, sie war ein bißchen zu groß und dünn, aber sie hatte sehr schöne Beine. Alles in allem nicht schlecht, und die Jungen begannen es zu bemerken. Wenn sich nur endlich ein Anzeichen von Brüsten sehen ließe, könnte man zufrieden sein. Sie zog die Stirn in Falten und drehte sich zur Seite, um zu kontrollieren, ob schon kleine Hügelchen zu erkennen waren; da sich nichts zeigte, seufzte sie tief und zog das Hemdchen wieder herunter.

Melissa Hodgekiss hatte Brüste. Sogar in einem größeren Ausmaß, als ihr zustand. Im Leben ging es nicht immer gerecht zu, so war es eben auf der Welt. Nun ja, dachte sie, während sie Pullover und Rock anzog, vielleicht wartet Jack Cavanaugh auf mich, bis sich alle erforderlichen Rundungen eingestellt haben. Er schien es mit dem Heiraten ohnehin nicht eilig zu haben.

Sie setzte sich auf das Bett, um die Kniestrümpfe anzuziehen, und dachte an den gutaussehenden jungen Freund ihres Großvaters. Er war so stark und so liebenswürdig und sah aus, als wäre er viel herumgekommen und hätte die Welt gesehen. Und wenn man ihn sprechen hörte, klang es wie Musik. Das machte der lustige irische Akzent seiner tiefen, männlichen Stimme, in der immer der Anflug eines Lächelns lag, als würde er sich heimlich über einen Scherz freuen, den nur er kannte. »Ach, er ist einfach wunderbar!« sagte sie laut, dann mußte sie über sich selbst kichern.

Sie kannte ihn schon ihr Leben lang. Er war der Mann, den sie neben ihrem Großvater am besten kannte. In seinem Leben gab es natürlich auch andere Frauen. Natürlich fiel ihr zwangsweise sein

Name in den Magazinen auf: immer der begehrte Junggeselle, immer in Begleitung von blendend aussehenden Damen der Gesellschaft oder von Revuegirls. Aber Großvater erklärte immer, daß Jack es mit keiner von ihnen ernst meine. Und außerdem, wenn er so gar nichts für sie übrig hätte, würde er doch nicht immer wieder mit ihr ausgehen.

Sie beendete ihre Toilette, warf noch einmal einen prüfenden Blick in den antiken, ovalen Spiegel neben ihrem Himmelbett und dann auf die Uhr am Kamin. Es war elf Uhr neunundvierzig. Mr. Cavanaugh hatte versprochen, sie um halb eins zum Lunch abzuholen, und sie wollte ihn nicht warten lassen. Sie nahm eine Ausgabe der »Geschichte aus zwei Städten« und setzte sich in den mit Chintz bezogenen Sessel beim Fenster, um auf ihn zu warten.

Jack schloß bedächtig die Tür zum Sitzungssaal und glitt in seinen gewohnten Ledersessel an der linken Seite des massiven, polierten Rosenholztisches. Im allgemeinen benahm er sich bei Vorstandssitzungen ungezwungener, aber heute wollte er bei der Diskussion am Kopfende des Tisches nicht auffallen.

Rorys kühles, berechnendes Benehmen sollte die Spannung Lügen strafen, die Jack unter der Oberfläche spürte. Seine erklärte Absicht war immer, die Versammlung in der gleichen Art zu beherrschen, wie es seinem Vater gelang. Ruhig, würdevoll, mächtig – das waren die passenden Worte, um die Eigenschaften seines Vaters als Vorsitzender zu beschreiben, und diese schwebten auch Rory als Idealbild vor. Aber es gelang ihm natürlich nicht genauso gut wie Tom Dalton. Rorys Ruhe war wie ein Ölfleck auf stürmischer See: durchsichtig und hauchdünn. Seine Haltung war würdevoll, aber nicht seinem Alter angemessen, sie wirkte deshalb unnatürlich. Und das Machtstreben, dachte Jack, war sicherlich seine Achillesferse. Auf die Macht kommt es ihm hauptsächlich an, aber die Menschen um ihn gestehen sie ihm nur widerwillig zu, denn sie spüren, daß er im Gegensatz zu seinem Vater ein Mensch ist, dem man nicht zuviel Macht in die Hände geben darf.

Jack beobachtete, wie die Teilnehmer an der Sitzung eintrafen. Er hätte gern gewußt, warum Tom heute nicht erschien. Um Rory allmählich immer mehr Macht zu übertragen? Jack, wußte, daß Tom nie unüberlegt handelte, wenn es um die Leitung seines Unternehmens ging, das für ihn so wichtig war im Hinblick auf seine Vergangenheit und Megans Zukunft. Aber er war schließlich ein Vater, der hoffte, daß sein Sohn zum Führen des Familienunternehmens befähigt war. Und Jack mußte sich widerstrebend eingestehen, daß Rory tüchtig war. Wenn man ihm nur auch vertrauen könnte, dachte er.

Er hörte aufmerksam zu, während der drahtige kleine Rechnungsprüfer die Zahlen verlas. Er war vor langer Zeit von Timothy O'Reilly ausgebildet worden, der einer Legende zufolge auf seinem Totenbett eine Bilanz von M & D verlangt hatte. Heute wandte Jack nicht seine übliche Taktik bei Sitzungen an, die darin bestand, sich deutlich zu profilieren. Heute hörte er nur zu. Er konnte nicht sagen, warum seine Nerven so angespannt waren, zumal Rory in den letzten Wochen überaus freundlich zu ihm gewesen war; ebenso freundlich wie zu anderen Mitgliedern des Vorstandes, die er sonst kaum gegrüßt hatte. Es mußte einen Grund für diesen Geisteswandel geben. »Wenn sich eine Schlange an dich schmiegt«, hatte Tom einmal zu ihm gesagt, »sei nicht so dumm zu glauben, daß sie es tut, weil du unwiderstehlich bist.«

Jack sah auf die Uhr; es war fast zwölf Uhr. In zehn Minuten würde die Sitzung zu Ende sein, und noch immer hatte sich nichts Besonderes ereignet. Die üblichen Scharmützel, die üblichen Berichte, nichts Außergewöhnliches. Jack schob seinen orange-linierten Schreibblock zur Seite und steckte seine Füllfeder in die Brusttasche.

»Übrigens, Gentlemen«, Rorys Stimme klang ungewöhnlich freundlich, »es wäre in unser aller Interesse, wenn wir ein kleines Untersuchungsprojekt starteten – nichts Aufregendes. Nur ein wenig mehr Transparenz bezüglich der Konkurrenz.« Er lächelte den Versammelten wohlwollend zu, für die die Sitzung schon vorbei war und die sich darauf konzentrierten, rechtzeitig zu ihren Lunch-Verabredungen zu kommen.

»An welche Untersuchung haben Sie dabei gedacht?« fragte Jack. Er war plötzlich hellwach.

»Nur eine neue Idee, die einer meiner Studienkollegen von Harvard vorgeschlagen hat. Der Mann ist so etwas wie ein statistisches Genie. Er heißt Howard Berthold und ist der Vorkämpfer einer neuartigen Durchleuchtung von Gesellschaften wie der unseren. Die Untersuchung besteht in einer tiefenpsychologischen Studie der Konkurrenz, und zwar nicht nur der geschäftlichen Stärken und Schwächen. Es ist eher eine psychologische Durchleuchtung des Managements. Eine brandneue, aufregende Methode. Natürlich kann es ein paar Jahre dauern, bis die Studie abgeschlossen ist.«

»Wir wissen bereits alles Nötige über die Konkurrenz.«

»Ja, natürlich«, antwortete Rory zuvorkommend. »Ich war sicher, daß sehr viele Ihrer Meinung sein werden, Jack, und vielleicht haben Sie auch recht. Aber Sie werden zugeben, daß solche Informationen keineswegs schaden können, sie könnten sogar genau jene nützlichen Hinweise liefern, die unsere Verhandlungspositionen stärken.«

»Heißt das, daß Verhandlungen mit der Konkurrenz geführt werden, von denen wir nichts wissen?«

Rory bewahrte die Ruhe, doch Jack merkte, daß er verärgert war. Er hatte offensichtlich erwartet, das Untersuchungsprojekt ohne Gegenstimme durchzubringen.

»Ich habe den Fall nur als Beispiel verwendet, Jack.« Er sprach wie zu einem zurückgebliebenen Kind. »Als Mitglied des Vorstands würden Sie natürlich über jede wichtige Verhandlung Bescheid wissen. Ich wollte nur unsere Zeit nicht damit vergeuden, detailliert auf die Nützlichkeit einer solchen Untersuchung einzugehen.« Rory zog die Brauen bedeutungsvoll hoch. »Ich habe angenommen, daß die Vorteile jedermann einleuchten würden.«

Jack lächelte. »Ich sehe keine Notwendigkeit für diesen Ton, Rory. Es ist wohl jedem klar, daß fragwürdige Geldausgaben eine Diskussion wert sind. Ihr Freund Berthold hat sicherlich nicht vor, diese Untersuchung aus reiner Herzensgüte durchzuführen.« Mehrere Aufsichtsratsmitglieder grinsten und bestätigten damit, daß diese Anspielung verstanden worden war.

Der Mann rechts von Rory, ein langjähriges Vorstandsmitglied, räusperte sich und sagte dann freundlich: »Wir sollten diese Diskussion wegen des Lunchs verschieben, Gentlemen. Vielleicht wird Mr. Dalton uns freundlicherweise Informationen über dieses Projekt und seine voraussichtlichen Kosten zur Verfügung stellen, damit wir bei unserer nächsten Sitzung besser in der Lage sind, darüber abzustimmen.«

Rory nickte lächelnd. Alle verstauten ihre Unterlagen in den Aktentaschen, und der Raum leerte sich. Nachdem alle gegangen waren, blieb Jack noch am Tisch sitzen und dachte nach. Worum ging es hier eigentlich? Der Vorschlag sah oberflächlich betrachtet ganz harmlos aus, aber an diesem Antrag stimmte etwas nicht. Was konnte es wohl sein?

Nachdenklich nahm er den Stapel Finanzberichte, faltete sie zusammen, steckte sie in seine innere Brusttasche und ging zu der riesigen Fensterfront, die den großen Sitzungssaal abschloß. Von hier oben aus gesehen erstreckte sich die Stadt in alle Richtungen. Kleine, ameisengroße Menschen und Autos im Spielzeugformat bewegten sich geschäftig unter ihm. Der Sonnenschein gab ihm ein Gefühl von Wärme und Sicherheit. Vielleicht steckt doch nichts hinter Rorys Vorschlag, sagte er sich beschwichtigend. Ein kleines Untersuchungsprojekt kann nicht so schlimm sein. Vielleicht ist meine Abneigung gegenüber diesem Burschen nur so groß, daß ich in allem, was er anrührt, Gefahr sehe. Er wandte sich vom Fenster ab und ging rasch zur Tür. Vielleicht, dachte er, während er den Raum verließ, aber ich kann es nicht glauben.

Rory blickte über die spiegelnde Fläche seines riesigen Schreibtisches. Er war stolz darauf, daß seine Tischplatte wie leergefegt wirkte. Einer seiner Professoren in Harvard hatte behauptet, daß das wahre Zeichen für den perfekten Manager ein vollkommen leerer Schreibtisch sei, weil dies ein Hinweis darauf war, daß alle notwendigen Arbeiten von Untergebenen besorgt wurden, wie es sich gehörte.

Er wollte das Untersuchungsprojekt durchführen lassen, weil er die versprochenen Informationen brauchte. Irgendwo außerhalb der Firma gab es jemanden oder etwas, der oder das seine Pläne verwirklichen helfen konnte. Als Howard ihn wegen des Projekts aufgesucht hatte, war ihm alles klar geworden. Er wußte schon lange, daß er einen Weg finden mußte, der Welt sein Siegel aufzudrücken. Sein Vater war eine verdammte Legende, und sogar Cavanaugh besaß die Teufelsgabe, anerkannt zu werden. Es würde nicht genügen, nur das Lebenswerk seines Vaters fortzuführen. Er würde immer der Sohn bleiben, ein Glied in einer langen Reihe von Unternehmern. Aber irgendwo draußen mußte es die Gelegenheit geben, die er suchte. Warum sie nicht von jemand anderem aufspüren lassen? Es war schließlich nur vernünftig, Leute dafür zu bezahlen, daß sie seine Befehle ausführten.

Inzwischen würde er sich an die politischen Möglichkeiten halten. Rory mochte die Politik, und er besaß Geschick für sie. Er verfügte über alle nötigen Eigenschaften: Er sah gut aus, war jung, reich und rücksichtslos. Diamond Jim Mulaney war ein grober alter Kerl gewesen, aber es ließ sich nicht leugnen, daß er das den Iren eigene politische Genie besessen hatte. Vielleicht hatte er, der Enkel etwas davon geerbt. Und der Nimbus des alten Mannes würde ihm bei den Politikern auch nicht schaden.

Rory zweifelte keine Sekunde, daß er in der Politik erfolgreich sein würde. Aber der geschäftliche Erfolg war aus einer anderen Überlegung heraus notwendig. Er wußte, daß er geschäftstüchtig war und daß er die meisten Männer seines Alters auf allen Gebieten der Körperschaftsunternehmen in die Tasche stecken konnte. Aber er hatte das Bedürfnis, seinen Vater auszustechen; ihn zu erledigen, wie er es seiner Ansicht nach verdiente; ihn mit seinen eigenen Waffen zu schlagen.

Dieses Untersuchungsprojekt konnte ihm genau die Munition liefern, die er brauchte, um seine Pläne zu verwirklichen. Wenn nicht, würde sich etwas anderes ergeben. Schließlich war er jung. *Er* hatte Zeit, während die Zeit seines Vaters zur Neige ging.

91

»Großvater?«

Die dreizehnjährige Megan saß in ihrer flotten Schuluniform im Central Park neben dem Mann, den sie am meisten auf der Welt liebte. Er wurde alt, sein rotbraunes Haar war längst silbrig geworden, seine mächtigen Schultern fielen leicht nach vorn, aber noch nicht so stark, daß es seine Gestalt, die in seiner Jugend Männer eingeschüchtert und Frauen fasziniert hatte, beeinträchtigt hätte.

»Warum siehst du heute so traurig aus?« Ihre Frage erinnerte ihn an Dreirdre – vor langer Zeit in einem Garten, ehe sie seine Frau geworden war. Er lächelte über das reizende Kind und tätschelte Megans Knie knapp oberhalb der Stelle, wo ihre vorschriftsmäßigen blaugrauen Kniestümpfe mit dem plissierten Wollrock zusammentrafen.

»Ich habe über deinen Onkel Rory nachgedacht. Ich habe den Verdacht, daß er etwas im Schilde führt, weiß aber nicht genau, was.«

Sie rümpfte ablehnend die Nase. »Er ist mir bestimmt nicht ähnlich, Großvater.«

Er lächelte wohlwollend über das frühreife Kind. Dieser intellektuelle Kobold, den er da geschaffen hatte, war schon etwas Besonderes. Nein, das war nicht ganz richtig: Er hatte ihre Anlagen gefördert, aber geschaffen hatte er sie nicht. Sie war ihre eigene seltsame Fasson: ernst, begabt, eigensinnig und unglaublich liebenswert. Er fragte sich, welcher Mann jemals imstande sein würde, allen ihren Ansprüchen gerecht zu werden. Hatte er ihr vielleicht einen schlechten Dienst damit erwiesen, daß er ihr soviel beigebracht hatte? Aber sie war ja nach Wissen durstig wie ein trockener Schwamm gewesen.

»Man könnte glauben, daß ihr aus ganz verschiedenen Familien stammt, dein Onkel mit seinen Nachkommen und du.«

»War er immer so ein Fremdling, Großvater?«

»Ich weiß es nicht, Megan. Ich weiß es einfach nicht. Ich kann es nicht mit Sicherheit behaupten, aber er war zu Lebzeiten deiner Großmutter ein völlig anderer Bursche. Als sie starb, ist etwas zerbrochen. Es war, als habe sich sein Herz verhärtet.« Er versank für einen Moment in Erinnerungen, dann kehrte er in die Gegenwart zurück. »Deine Großmutter war von einem Zauber umgeben. Sie hat es verstanden, die sanfte Seite in einem Mann hervortreten zu lassen... Sie ermutigte jeden, sein Bestes zu geben. Nach ihrem Hingang hat sich für mich alles geändert..., aber leider auch für Rory.«

»Sie fehlt dir noch immer, Großvater, nicht wahr?«

»Ja. Sie fehlt mir.«

»Wird es dich fröhlicher stimmen, wenn ich dir mitteile, daß ich beschlossen habe, im Herbst nicht mehr ins Pensionat zu gehen?« Sie lächelte schelmisch, und Tom entdeckte in ihren Augen den gleichen Ausdruck wie bei seinem Vater, den gleichen überschäumenden Geist.

»Sieh mal an! Kannst du mir vielleicht erklären, was der Grund dafür ist?«

»Ganz einfach: Ich kann ohne dich nicht leben.«

Sie streckte sich spontan und küßte ihn auf die Wange. »Du und ich gegen die Welt, Großvater! So war es immer, so wird es immer sein. Welt ohne Ende. Amen.«

Der alte Mann blickte das frische junge Mädchen voll unverhohlenem Stolz und voll Liebe an. »Du bist der wirkliche Reichtum meines Lebens, Kind. Aber leider wird es nicht immer du und ich und Welt ohne Ende heißen. Ich bin fast siebzig Jahre alt. Was glaubst du, wieviel Jahre mir noch zum Leben bleiben?«

»Ein weiterer Grund, nicht mehr ins Internat zu gehen. Ich will dich ganz für mich haben, noch für lange, lange Zeit.« Sie legte den Kopf schief und blickte ihn verschwörerisch an. »Weißt du, manchmal glaube ich, daß wir beide durch eine unheimliche Zauberei die gleiche Person sind.«

»Und was willst du damit ausdrücken, Megan?«

»Genau weiß ich es selbst nicht. Ich weiß nun alles über dich. Von der Minute an, in der du auf die Welt kamst, bis jetzt, genauso wie du mich kennst. Und du weißt, wir sind nicht wie die anderen in unserer Familie. Die meisten mögen uns nicht einmal.«

»In dem Punkt hast du allerdings recht.«

»Wir sind wirklich etwas Besonderes, Großvater, du und ich. Selbst wenn du nicht mehr hier wärst, würdest du doch da sein, solange ich da bin. Verstehst du, was ich meine?«

»Ich weiß genau, was du meinst, und es ist für mich ein gewaltiger Trost. Du bist die einzige Person auf dieser Welt, die die ganze Geschichte von Anfang an kennt. Das ist wichtig, Megan, diese Tradition. Vielleicht wirst du sie eines Tages an eines deiner Kinder weitergeben.«

»Ich werde niemals heiraten, außer ich finde jemanden wie dich, und ich glaube nicht, daß das sehr leicht sein wird.«

Der alte Mann lachte laut, umarmte das Kind, als er aufstand, und fragte: »Was hältst du davon, wenn wir Eichhörnchen füttern, bevor wir für solche leichtsinnigen Unternehmungen zu alt und seriös werden.«

Das blonde Mädchen, das an der Schwelle zum Erwachsenwerden stand, ergriff seine Hand wie zehntausendmal zuvor und hüpfte den Weg zum Erdnußverkäufer entlang mit der beruhigenden Gewißheit, daß ein außerordentlicher Mann es innig liebte.

Der Zusammenstoß zwischen Jack und Riordan war etwas, was Tom von Anfang an für unvermeidlich gehalten hatte. Er hielt die beiden Männer voneinander ab, solange er konnte. Daß Jack sich nach seinem ersten Praktikantenjahr beinahe nahtlos als Leiter seiner und Toms Unternehmungen etabliert hatte, wobei sich der ältere Partner nur sehr wenig einmischte, hatte die Distanz erleichtert.

Doch Jack war Toms Freund und Schützling, und wenn Riordan nicht im väterlichen Unternehmen gearbeitet hätte, wäre Jack selbstverständlich in den Fußstapfen seines Mentors der Erbe gewesen. Riordan aber war der leibliche Sohn. So unangenehm diese Erkenntnis war, mußte Tom doch zugeben, daß Blut dicker war als Wasser und daß in der Zukunft von M & D dem letzten Sproß der D-Linie ein Platz eingeräumt werden mußte.

Es wäre natürlich für Jack wunderbar gewesen, der Nachfolger Toms im blühenden Konglomerat zu werden. Es hätte ihm gefallen, wenn Riordan unfähig gewesen wäre, eine Machtposition zu erben. Aber das traf ganz und gar nicht zu.

Tom wußte, daß Jack einige Zeit gebraucht hatte, um sich mit dem jungen Mann abzufinden, falls er es je getan hatte. Zum Glück besaß Jack mehr Geld, als er jemals verbrauchen konnte, und die Unternehmungen, die ihm und Tom gemeinsam gehörten, brachten das eigentliche Geld. Deshalb spielten bei der Besteigung des Throns von M & D Besitzstreben und Notwendigkeit keine Rolle.

Doch Tom wußte nicht, daß Jack schonungslos, wie nur ein echter irischer Katholik es zuwege bringt, seine Beweggründe erforscht hatte, um sich zu vergewissern, wo der Ursprung seiner tiefen Abneigung gegen Rory lag. Der Junge führte gegen seinen Vater etwas im Schilde. Hinter der Familienpietät, der im Geschäftswesen üblichen Höflichkeit und der pflichtgemäßen allgemeinen Verbindlichkeit stand Rorys Wunsch, seinem Vater zu schaden. Was konnte man dagegen unternehmen? Tom hatte keine Ahnung, wieviel Zeit Jack damit verbrachte, über diese Frage nachzudenken.

92

»Ist das nicht der schönste Ort auf Erden?« Megans atemlose Stimme übertönte den Wind, während sie mit Jack über die welligen grünen Hügel von Drumgillan in Richtung der wolkenverhangenen Berge in der Ferne galoppierte.

»Und ob er das ist!« Jack trieb sein Pferd an, um mit dem ihren Schritt zu halten. Er ritt gern, verfügte aber nicht über das angeborene Reittalent der Daltons, die wie Kentauren mit dem Pferd verwachsen zu sein schienen, auf dem sie saßen.

Sie hielt auf dem Gipfel der nächsten Erhebung an und hob die Hand, als wolle sie ihm bedeuten, still zu sein. Sie lauschte aufmerksam, und er zügelte sein Pferd neben ihr, als ein unheimlicher, klagender Schrei trotz des Sausens des Windes an seine Ohren drang.

»Was um Himmels willen ist das für ein Geräusch?« fragte sie ernsthaft beunruhigt.

»Aus dieser Entfernung kann ich es nicht genau sagen, aber es klingt, als würden Frauen eine Totenklage halten.«

Sie sah ihn ungläubig an. »Hast du das schon einmal gehört?«

»In der Tat.« Die Erinnerung erschütterte ihn deutlich, und das Pferd, das seine Unruhe spürte, tänzelte nervös. »Auf dem Schiff, mit dem wir von Irland hinüberfuhren, befanden sich meine Eltern und ich im Zwischendeck. Wir waren enger zusammengedrängt als Sardinen, und als ein Sturm aufkam, versuchten einige der armen Teufel, auf Deck zu gelangen, um dem fürchterlichen Stampfen des Schiffes unter Deck zu entgehen.« Er unterbrach sich kurz und die Erinnerung ließ ihn sehr ernst werden. »Nur leider hatte man den Zugang vom Zwischendeck zu den oberen Decks versperrt. Offenbar gab es nur eine bestimmte Menge Schwimmwesten und Rettungsboote, und man wollte nicht, daß die armen Teufel aus dem Zwischendeck auf Kosten der gutzahlenden Fahrgäste gerettet wurden. Sie sperrten uns einfach ein.«

»Was wäre geschehen, wenn ihr Schiffbruch erlitten hättet?« fragte das hübsche fünfzehnjährige Mädchen, dessen Stimme Entsetzen verriet.

»Wir hätten Irish Stew für die Fische abgegeben.« Jack versuchte, die beunruhigende Erinnerung abzuschütteln. »Jedenfalls entstand eine schreckliche Panik, als den Leuten klar wurde, daß sie hilflos in der Falle saßen, und ein alter Mann bekam einen Herzanfall und starb. Damals hörte ich die Totenklage zum erstenmal. Sie dauerte die ganze Nacht. Immer dieses Schluchzen und Wehklagen und dazu das Heulen des Sturmes. Das war ein Geräusch, das man nicht so leicht vergißt.«

Sie nickte, fand aber nicht die richtigen Worte. Endlich sagte sie. »An diesem Geräusch kommt mir etwas bekannt vor. Ich weiß, daß ich es noch nie gehört habe, und doch habe ich... Weißt du, was ich meine? Ich glaube, es klingt wie die Todesfee.«

»Ja, vielleicht.«

»Weißt du Näheres über die Banshee, Jack? Haben dir deine Eltern vielleicht von ihr erzählt?«

»Meine Eltern starben, als ich noch so klein war, daß ich mich kaum mehr daran erinnern kann, was sie mir erzählt haben. Von der Todesfee weiß ich nur, daß sie den nahen Tod ankündigt... Warum fragst du, mein Liebling?«

Sie lächelte über das letzte Wort, denn sie wußte, daß es nicht als Liebesbeweis gemeint war, sondern der übliche freundliche Ausdruck irischer Männer für »kleines Mädchen« war.

»Ich habe einiges über die Banshee gelesen«, erklärte sie sehr ernst.

»Ja?«

»Todesfeen kennen offensichtlich nur wenige alte Familien, die von ihnen angekündigt bekommen, daß jemand in der Familie sterben wird. Angeblich erscheinen sie nachts am Fenster und rufen mit überirdischer Stimme, damit man weiß, daß jemandem die Stunde schlägt.«

»Das ist mir neu!« Er erkannte, daß ihr dieses Thema am Herzen lag.

»Man sagt, das Wehklagen der Irinnen um ihre Toten sei nur eine Nachahmung der Klage der Banshee.«

»Es ist doch eine Legende. Du solltest dich nicht beunruhigen lassen.«

Megan blickte den Mann an ihrer Seite forschend an, als wollten ihm ihre sanften, graublauen Augen mit dem dunklen Wimpernkranz ins Herzen schauen.

»Mein Großvater kann die Todesfee hören, Jack«, sagte sie ruhig.

»Warum sagst du das, Megan? Du erinnerst dich bestimmt nur an eine Geschichte, die er dir erzählt hat, als du noch klein warst.«

»Nein, Jack. Es ist mein Ernst! Er hat mir erzählt, daß er in der Nacht, bevor sein Vater von dem Pferd getötet wurde, die Banshee gehört hat. Damals hat er sie zum erstenmal gehört, aber es geschah noch ein paarmal. Er hat nicht gesagt, wann.« Sie unterbrach sich kurz. »Er würde mich nie belügen, Jack.«

»Nein, das würde er bestimmt nicht«, gab er nachdenklich zu.

Es gibt ja merkwürdige Zufälle, dachte er, und doch war er durch das Gespräch irgendwie beunruhigt.

»Dein Großvater ist ein ungewöhnlicher Mann, Megan, und tief in seinem Wesen keltisch. Ich bin nicht abergläubisch, aber ich will auch nicht rundweg in Abrede stellen, daß an diesen alten Legenden etwas dran ist. Ich habe nur nie etwas Derartiges erlebt.«

»Angeblich kommt sie nur zu einer einzigen Person in jeder Generation, und dann auch nur, wenn es jemand ist, der sie versteht. Die Todesfee meines Großvaters wird bestimmt auf mich übergehen, wenn er nicht mehr am Leben ist. Und sie wird genauso klingen wie dieses unheimliche Weinen im Wind.«

Sie saß gelassen im Sattel des großen Pferdes, lauschte wieder und schüttelte dann den Kopf, als wolle sie sich von dem merkwürdigen Geräusch befreien. Sie lächelte Jack rätselhaft an, als hätte sie ihm noch viel zu sagen, dann wendete sie wortlos das Pferd und ritt den Hügel hinunter.

Jack blieb noch einen Augenblick auf der Höhe und sah zu, wie die geschmeidige Gestalt davonritt. Ihr langes blondes Haar flog im Wind, und ihr schlanker, zarter Körper saß anmutig auf dem dunklen Fuchs.

Wahrscheinlich war es nur die lebhafte Phantasie eines jungen Mädchens, aber sie wirkte beunruhigend.

93

Tom Dalton stand lange allein am Fußende von Billys Bett im Harkness Pavillon und starrte auf den leblosen Körper seiner geliebten alten Freundin.

Sie war das Bindeglied zu seiner Vergangenheit gewesen. Mit ihrem Tode war der letzte Akt des alten Dramas endlich zu Ende. Es war so seltsam, wie vergänglich und leblos sie da ruhte, sie, die von allen Menschen, die er jemals gekannt hatte, die lebenssprühendste Person gewesen war. Ihm wollte das Herz brechen, weil sie so still, kalt und zart dalag.

Ihr Haar hob sich fein und fast weiß von dem Kissen ab; er wunderte sich darüber, daß er während des letzten Jahres nicht bemerkt hatte, wie sich die Farbe verändert, das helle Blond fast unmerklich mit Silberfäden vermengt hatte. Er war darüber erstaunt, daß ihm ihr Altern nie aufgefallen war. Für ihn war sie immer die Barnacle Billy geblieben, als die er sie kennengelernt hatte. Die volkstümliche Kurtisane, das sinnliche, lachende Mädchen, das mehr über Männer wußte, als diese jemals ahnen konnten.

»Hüte dich vor Rory, mein lieber Freund«, hatte sie ihn gewarnt, als sie im Sterben lag. »Was jemandem angeboren ist, läßt sich nicht unterdrücken. Er ist die schlechte Saat.« Noch am Ende hatte sie ihn behüten wollen, ihn, den bedeutenden Unternehmer, den reichen, mächtigen Thomas Dalton, den viele beneideten und fürchteten... Billy hatte ihn einfach geliebt.

Sie hatte ihm vieles anvertraut in diesen letzten Tagen, während der er bei ihr saß und ihre zarte Hand in der seinen hielt. Sie hatten sich noch einmal gemeinsam an alles erinnert: an den Hafen, an Donaher, Deirdre und Mulvaney, an ihr verflochtenes Schicksal, an die Freuden und Leiden, die sie geteilt hatten. Er hatte sie nicht so geliebt wie Deirdre, das hatte sie gewußt und akzeptiert. Aber er hatte sie geliebt, und das hatte sie ebenfalls gewußt.

Tom setzte sich wieder auf das Bett und wischte sich mit dem Taschentuch die heißen Tränen von den Wangen. »Wir haben schöne Tage erlebt, nicht wahr, Liebste?« flüsterte er. »Wir haben sie erlebt.« Er beugte sich zu dem Gesicht hinunter, das er so gut kannte, und küßte die farblosen Lippen mit unendlicher Zärtlichkeit.

»Leb wohl, Billy, meine Freundin!« sagte er leise. »Sage allen, die wir beide geliebt haben, daß ich bald nachkomme!«

Er berührte zärtlich ihre eingefallenen Wangen und wunderte sich, wie kalt sie schon waren. Dann schloß er sie für immer in sein Gedächtnis und sein Herz ein und verließ den stillen, traurigen Raum.

»Wohin fährt er denn jeden Freitagnachmittag, Hank?« fragte Jack Toms Fahrer, als dieser den Wagen in die Garage fuhr, nachdem er seinen Herrn von seiner wöchentlichen Besorgung zurückgebracht hatte.

»Ich weiß nicht, ob ich es Ihnen verraten darf, Mr. Cavanaugh, bei Ihnen wird es wohl in Ordnung sein. Er fährt auf den Friedhof hinaus, um Blumen auf ihre Gräber zu legen: auf das von Miss Deirdre und das von Miss Billy. Miss Billy hat nämlich jede Woche Blumen auf das Grab von Mr. Daltons Frau gelegt, ganz geheim, und er hat nie erwähnt, daß er es wußte. Doch seit Miss Billy gestorben ist, läßt er sich jeden Freitag pünktlich zur selben Stunde hinaus auf den Friedhof fahren. Er bleibt eine Weile bei jedem Grab, schmückt es mit Blumen und fährt zurück.«

Jack nickte, als hätte er das erwartet, und ging zu seinem Mercedes zurück.

»Sie sind doch eben erst gekommen, Mr. Cavanaugh! Bleiben Sie nicht?« fragte der Chauffeur, als er sah, daß Jack in sein Auto steigen wollte.

»Ich wollte mit Mr. Dalton über etwas Geschäftliches sprechen, Hank, aber er wird jetzt vielleicht lieber allein sein. Danke, daß Sie es mir gesagt haben.«

»Gerne geschehen, Mr. Cavanaugh. Eine wirklich rührende Geste, nicht wahr?«

Jack lächelte, während er den Wagen wendete und dem Chauffeur zuwinkte.

Wirklich, eine rührende Geschichte.

Megan verabschiedete sich an der Haustür von dem jungen Mann, der auf dem offiziellen Ball ihr Begleiter gewesen war. Er hatte sie im Wagen wild geküßt, bevor er sie aussteigen ließ, und sie hatte schon befürchtet, daß es ihr nicht gelingen würde, aus dem Gewirr von Armen und Beinen zu entkommen, das sie plötzlich unfangen hatte. Sie mochte zwar die Küsse, die Liebkosungen und all die damit verbundenen körperlichen Berührungen, das Ganze gefiel ihr sehr gut, nur mit den Jungen kam sie nicht zurecht. Plötzlich tauchten ganze Scharen von liebeshungrigen Jungen in ihrem Leben auf, aber sie wollte sich nicht mit Jungen abgeben. Sie waren ihr einfach nicht alt genug. Ein Mann stellte eine ganz andere Persönlichkeit dar als so ein Junge.

Sie wollte Sex, wollte all die seltsamen, verborgenen Erkenntnisse erfahren, die die Jungen so unbedingt mit ihr teilen wollten, aber sie wollte keinen Sex mit ihnen. Sie waren zu jung, zu egoistisch, zu wenig einfühlsam und zu direkt auf die Befriedigung ihrer eigenen Triebe aus.

Sie sehnte sich nach einem Mann, der *sie* verstehen würde: ihren Körper, ihren Geist, ihr Herz. Nach jemandem, der diese Geheimnisse mit ihr teilen würde und nicht nur ihre Jungfernschaft als weitere Trophäe in seiner Abschußliste verzeichnen wollte. Nach jemandem, dem es etwas bedeutete, daß sie sich ihm hingab. Und dieser Jemand würde kein Junge sein, das stand für sie fest. Dieser Jemand würde ein richtiger Mann sein.

94

Rory studierte die Papiere, die Howard Berthold in seinem Büro zurückgelassen hatte. Vier Jahre der Untersuchung und der psychologischen Studien hatten sich endlich gelohnt. Das Ergebnis hätte früher vorgelegen, wenn ihm Cavanaugh nicht so unablässig wegen der Kosten in den Ohren gelegen hätte.

Er überflog das umfangreiche Konvolut, lächelte gelegentlich über das psychologische Fachchinesisch und unterstrich gewisse Stellen in den besonders wichtigen Passagen. Ein Foto von Senator Harvey Goodhue steckte in einer durchsichtigen Plastikhülle am Ende des Berichts. Rory musterte das zügellose Gesicht mit einem Gemisch aus Hochmut und Verachtung. Er legte den großen Stoß beiseite und nahm einen Notizblock zur Hand, auf dem er die wichtigsten Daten notiert hatte.

Harvey Goodhue:
61 Jahre alt,
liebt Frauen und Bourbon,
US-Senator, vierte Amtsperiode,
Besitzer der drittgrößten Holzhandelsfirma des Landes,
korrupt, bombastisch, habgierig,
benützt seinen Schwiegersohn als Strohmann für Schiebungen,
zugänglich für Bestechung und Korruption,
gewissenlos.

Rory klopfte mit seiner Füllfeder geistesabwesend auf die Schreibunterlage. Goodhue war eindeutig ein Mann, dessen Bekanntschaft er machen sollte.

Riordan Dalton saß in einem Lehnstuhl im Union-League-Club und beobachtete die beiden Männer, mit denen er den Lunch einnehmen würde.

Senator Goodhue war ein geriebener alter Fuchs, dessen Glaube an das amerikanische System des freien Wettbewerbs so unerschütterlich war, daß er aus einer abbruchreifen Sägemühle eine der größten Holzhandelsfirmen in Nordamerika gemacht hatte. Hinter seinem unschuldigen Gesichtsausdruck verbarg sich ein Herz aus Stahl.

Elwood Grady, der dritte Mann, der seinen Chivas in der holzgetäfelten, behaglichen Clubbibliothek schlürfte, war Goodhues Schwiegersohn, dessen einzige Funktion darin bestand, als Strohmann für seinen Schwiegervater zu fungieren, wann immer es dem Senator beliebte, bei seinen Transaktionen nicht in Erscheinung zu treten. Elwood war die Idealbesetzung für diesen Job, fand Riordan, während er die beiden scharf beobachtete, denn obwohl Elwood intelligent und skrupellos wirkte, schien er zu selbstständigem Handeln nicht fähig zu sein. Er stellte nur das Aushängeschild seines Schwiegervaters dar.

»Sie haben mir gesagt, daß Sie entschlossen sind, Ihren alten Herrn hereinzulegen, Rory«, stellte der Senator fest. Die beiden jüngeren Männer sahen aus, als wären sie über die ungezierte Ausdrucksweise entsetzt. »Aber leider benötige ich für das Geschäft einige Erläuterungen, ehe ich einsteige.«

»Die meisten Söhne haben etwas gegen ihre Väter«, meinte Elwood anzüglich, und der Senator brachte ihn mit einem finsteren Blick zum Schweigen.

»Wie dem auch sei, Elwood, verdammt wenige von ihnen gehen so weit, ihren Vater in aller Öffentlichkeit kaltzustellen.«

Rory zuckte bei den unzweideutigen Worten des Senators zusammen, ehe er antwortete. »Mein Vater hat mich zu einem Geschäftsmann ausgebildet, Senator. Das Geschäftemachen ist zwar das einzige, was er mir beigebracht hat, aber darin ist ihm Hervorragendes gelungen. In seiner Jugend hat auch er es einmal für notwendig befunden, sich als ebenbürtig zu erweisen, in seinem Fall meinem Großvater Diamond Jim Mulvaney gegenüber. Jetzt halte ich es für notwendig, das gleiche zu tun. Sie können darin eine Fortsetzung der Familientradition der Daltons sehen.«

Goodhue zog über die schlagfertige Antwort seine mephistophelischen Brauen hoch. Dann hob er sein Glas mit einer theatralischen Geste. »Sie sind ein ganz gemeines Stück, mein Sohn, aber das ist kein Grund, einen Mann daran zu hindern, mich reicher zu machen. Wir möchten mehr über Ihre Pläne hören. Nicht wahr, Elwood?«

Elwood brummte zustimmend wie immer, und die drei Männer begaben sich in den überladenen Speisesaal. Ihr Appetit war in mehr als einer Hinsicht geweckt.

Seamus alias Shay Dalton, der mit seinem hochgewachsenen, athletischen Körper noch immer gut aussah, jedoch allmählich die unerbittlichen Merkmale übertriebener Genußsucht zeigte, blickte seinen Bruder verständnislos an.

»Du willst dem Alten gegenüber eine Mordsgemeinheit begehen, Rory«, antwortete er zurückhaltend. »Er hat sich doch uns gegenüber immer anständig verhalten.«

Riordan betrachtete seinen Bruder voll Abneigung, bemühte sich jedoch, seine Antipathie zu verbergen. Die beiden saßen mit ihren Frauen im Salon von Riordans Stadthaus und versuchten, eine herzliche Atmosphäre vorzutäuschen.

Cynthia ließ einen Diener kommen, der die Drinks nachfüllte. Sie hatte es aufgegeben, ein Gespräch mit Francine in Gang zu halten, die sich auf dem brokatbezogenen Sofa unbehaglich fühlte und sich sehnlichst wünschte, Riordan möge bald zur Sache kommen.

»Vater ist ein alter Mann, Shay. Es ist an der Zeit, daß er endlich die Zügel aus der Hand gibt. Du weißt ja genau, daß er sich nie dazu entschließen wird, solange er bei M & D das Sagen hat. Wenn wir keine Schritte unternehmen, um uns und unsere Kinder zu schützen, ist er durchaus imstande, alles wirklich Wichtige Maeves Tochter und diesem ehemaligen Straßenjungen Cavanaugh zu hinterlassen.«

Shay blickte seinen Bruder forschend an. Rory war wirklich ein Gauner. Aber in seinen Behauptungen lag ein Körnchen Wahrheit. Vater zog Megan tatsächlich allen anderen vor, und er überließ Jack Cavanaugh die wichtigsten Positionen. Shay trank zwei Drittel seines Drinks in einem Zug, bevor er die naheliegende Frage stellte: »Was willst du eigentlich genau von uns, Rory? Das Geschäftliche ist deine Stärke, nicht die meine, deshalb drück dich bitte einfach aus!« Er lächelte Francine zaghaft zu, die das Lächeln traurig erwiderte. Sie wußte, daß sich ihr Mann genau wie sie in diesem Haus immer zweitrangig fühlte.

»Du sollst gemeinsam mit mir Senator Harvey Goodhue helfen, ein aussichtsreiches Übernahmeangebot für M & D zu machen.« Er wartete auf die Fragen, die unweigerlich folgen mußten, bevor er sich auf weitere Einzelheiten einließ.

»Warum Goodhue?«

»Weil er auf M & D scharf ist und eine ansehnliche Summe auf den Tisch legen kann. Und um ganz ehrlich zu sein, weil er gerissen genug ist, um es in aller Stille zu tun.«

»Was springt dabei für uns heraus?«

»Eine schöne Stange Geld, Shay. Millionen und Abermillionen Dollar, genau gesagt.«

»Was geschieht mit dem alten Herrn?«

»Er wird finanziell in Schwierigkeiten geraten, wird es aber überstehen. Er bekommt natürlich auch seinen Anteil am Geld – und ihm bleiben noch seine anderen Unternehmungen, mit denen er spielen kann, wenn er noch Lust dazu hat, obwohl ich mir nicht vorstellen kann, weshalb er das in seinem Alter tun sollte.«

»Du haßt ihn wirklich, nicht wahr, Rory?« fragte Seamus verwundert. Sein älterer Bruder blieb ihm ständig ein Rätsel.

»Meine Gefühle gegenüber unserem Vater stehen hier nicht zur Diskussion, Shay. Es handelt sich nur um Geschäfte und Selbstschutz. Ich will nicht, daß unser Erbe einem verwöhnten Kind und einem Außenstehenden zufällt. Ich bin meinen Verpflichtungen nachgekommen und beanspruche den mir zustehenden Anteil, sonst nichts. Den werden wir aber nie bekommen, solange Vater das Unternehmen kontrolliert.«

Seamus trank sein Glas aus und ging zur Bar, um sich noch einen Drink einzuschenken. Er mußte die Angelegenheit überdenken. Ihm kam diese Art, den alten Mann zu behandeln, gemein vor, aber anderseits hatte Rory recht. Auch er würde davon profitieren. Rory wußte, was er tat, wenn es sich um Geschäfte handelte, das gab sogar Vater zu. Aber er mußte darüber nachdenken. Ein paar Millionen Dollar mehr auf der hohen Kante zu haben, darauf konnte man nicht ohne weiteres verzichten.

»Angenommen, ich helfe dir. Welche Auswirkungen würde das genau haben?«

Rory warf Cynthia rasch einen Blick zu und sah, daß sie liebenswürdig lächelte. Sie hatte nie daran gezweifelt, daß ihr Schwager zustimmen würde.

»Es würde bedeuten, daß wir uns mit den Aktionären in Verbindung setzen und uns heimlich mit ihnen einigen. Wir müssen ihnen den finanziellen Vorteil klarmachen, wenn sie mit Goodhue kooperieren. Es wird nicht ganz leicht sein. Derartige Transaktionen dauern manchmal Jahre.«

Seamus alias Shay Dalton nickte verständnisvoll. Der letzte Drink hatte gewirkt, er fühlte sich wieder überschwenglich. Es war komisch, aber wenn er zu wenig Akohol hatte, beeinträchtigte ihn das. Jetzt fühlte er sich in dieser Hinsicht wieder besser.

Jack studierte belustigt die Positionen auf dem Schachbrett, während sich Megan auf ihren nächsten Zug konzentrierte. Sie war eine wirklich ernstzunehmende Gegnerin geworden. Sie hatte keinen so verschlagenen Verstand wie er, das war ihre einzige Schwäche, aber sie besaß ein phänomenales Gedächtnis und wußte genau über die Strategie ihrer Gegner Bescheid.

Schließlich zog sie mit ihrem Läufer und lachte verschmitzt, als hätte sie die langgesuchte Antwort auf eine schwierige Frage gefunden und wäre endlich mit sich zufrieden.

»Ich werde uns eine Tasse Tee machen«, sagte sie und erhob sich von ihrem Stuhl am Kamin. »Du kannst dich inzwischen bemühen, aus dieser Patsche herauszukommen.« Sie lachte wieder und verschwand in der Küche.

Sie wird wirklich langsam erwachsen, dachte er, während er ihren anmutigen Gang beobachtete. Trotz einer gewissen Unbekümmertheit in ihren Bewegungen besaß sie Anmut und Würde, eine große Seltenheit bei einem so jungen Mädchen.

Sie war jetzt siebzehn oder achtzehn, rechnete er nach, ohne es genau zu wissen. Sie stand bereits auf der Prüfungsliste des Dekans, obwohl sie um zwei Jahre jünger war als die meisten ihrer Studienkolleginnen. Tom hatte gemeint, sie würde bei dem Tempo, in dem sie studierte, das College mit neunzehn oder zwanzig absolvieren.

»Weißt du schon, was du beginnen wirst, wenn du mit dem College fertig bist?« fragte Jack, als sie mit dem Teetablett erschien und einen prüfenden Blick auf das Brett warf, um zu sehen, welchen Zug er in ihrer Abwesenheit gemacht hatte.

»Ich werde dich heiraten, Jack«, antwortete sie belustigt. »Sag ja nicht, daß du dein Versprechen vergessen hast!«

Er lachte gutmütig. »Aber mit all deinen Kenntnissen und dem phantastischen Bücherwissen, das sie dir im College eintrichtern, wirst du noch eine zweite Karriere brauchen.«

Sie lachte fröhlich, während sie sich wieder setzte. »Warte mal: In diesem Semester habe ich zwischen Schriftstellerei und Anthropologie geschwankt, im vorigen konnte ich mich nicht zwischen Philosophie und Nationalökonomie entscheiden. Kurz gesagt: Ich habe mich noch nicht entschieden.«

»Kannst du mir wenigstens ungefähr verraten, was in Betracht kommt?«

Sie lächelte ihn schelmisch an. »Es ist schon ein schlimmes Los, reich geboren zu sein. Ich habe es überhaupt nicht nötig zu arbeiten oder mich anzustrengen oder ehrgeizig zu sein. Ist das nicht ein schreckliches Los? Ich könnte den Rest meines Lebens damit verbringen, von New York nach Irland und von dort nach Paris zu flattern, Kleider zu kaufen, unzählige Liebhaber zu verbrauchen und nichts Wertvolles zu leisten.«

»Du könntest heiraten«, warf Jack ein.

»Allerdings. Ich bin auch dazu entschlossen, mehr, als du ahnst. Ich will Kinder und Ordnung in meinem Leben und noch vielerlei. Aber ich will auch etwas leisten, nicht brachliegen, nicht nur eine reiche junge Frau sein, deren einziges Verdienst darin besteht, daß sie die richtigen Vorfahren hat.«

Er lächelte über ihren Temperamentsausbruch.

»Verstehst du nicht, Jack, ich habe großartige Vorfahren: die Männer, die Frauen, alle waren stark, ausdauernd und nützlich. Ich will auch nützlich sein.«

»Ich bezweifle nicht, daß es dir gelingen wird.«

»Ich würde gern schreiben. Es gibt so vieles, was ich erzählen möchte. Und ich würde gern etwas von unserem Geschäft erlernen.«

Er freute sich sichtlich über das Wort ›unser‹. »Ich werde dir alles beibringen, was du wissen willst«, versprach er.

Sie sah ihn eine Weile merkwürdig an, bevor sie weitersprach. »Wenn du wüßtest, Jack, wie ich mich freuen würde, wenn du mich unterrichtetest.«

Er legte den Kopf schief und sah sie fragend an – doch der Augenblick war verstrichen. Sie streckte die Hand aus und zog mit ihrem Springer.

»Mir scheint, ich habe dir Schach geboten, mein guter Mr. Cavanaugh«, sagte sie triumphierend mit schadenfroher Befriedigung.

Er legte die Stirn in Falten und richtete seine ganze Aufmerksamkeit darauf, sich aus der brenzligen Situation zu retten. Schließlich erkannte er, was er tun mußte und zog.

Megan beugte sich vor, um das Schachbrett besser zu überblikken, und er lehnte sich zurück und beobachtete sie. Ihr langes blondes Haar fiel ihr auf die Schultern, eine Spange hielt es auf einer Seite zusammen, so daß er ihr Gesicht deutlich sah, während sie sich auf den nächsten Zug konzentrierte.

Sie trug einen weichen, rosa Kaschmirpullover, der sich an ihre jugendlichen Körperformen wie eine zweite Haut anschmiegte. Obwohl sie schlank war, besaß sie volle Brüste, und die runde Geschmeidigkeit ihres Körpers wurde besonders deutlich, wenn sie sich über das Schachbrett beugte. Sie war ungewöhnlich schön, stellte er wie schon so oft vorher fest. Das Mädchen war von einer angenehmen Sanftheit und wirkte trotz allem nicht schwach: eine reizvolle Kombination.

Es fiel ihm schwer, sich vorzustellen, daß sie bald erwachsen sein würde. Sie gehörte zu all den Jahren, die er bei Tom Dalton verbracht hatte. Er konnte sich kaum vorstellen, daß sie in einem oder zwei Jahren das College hinter sich haben und ihren eigenen Weg gehen würde. Vielleicht würde sie heiraten – obwohl es kaum einen Jungen in ihrem Alter gab, der imstande war, es mit ihr aufzunehmen.

Mit diesem reizvollen Körper würde es ihr bestimmt nicht an Bewerbern fehlen. Er lachte leise darüber, und sie blickte, aus ihrer Konzentration aufgeschreckt, hoch. Plötzlich erschien ihm ihr Gesicht in dem tanzenden Licht des Feuers sehr keltisch.

»Du siehst heute überaus reizend aus, meine Schöne«, erklärte er ihr.

»Du siehst auch recht gut aus, Sir«, gab sie das Kompliment zurück und wandte sich wieder der ernsten Betrachtung der Figuren auf dem Schachbrett zu.

95

Cynthia Braithwaite Dalton schloß ihre Ausführungen vor der Dienerschaft darüber, was sie von ihnen bei dem Galadiner erwartete. Da der Vizepräsident der Vereinigten Staaten und seine Frau als Ehrengäste erwartet wurden, war es für Rory ungeheuer wichtig, daß alles tadellos klappte.

Er hatte sich Gott sei Dank ihrem Wunsch gefügt, Shay und die gräßliche Francine nicht einzuladen. Der Gedanke, daß sie, Cynthia Braithwaite, eine Schwägerin namens Francine hatte, war schon schwer genug zu ertragen, da genügte es, wenn sie ihre Gesellschaft ein- oder zweimal im Jahr genießen mußte.

Ruhig überlegte sie, ob die Tischkarten verteilt waren und die Sitzordnung stimmte. Die Gästeliste enthielt lauter Berühmtheiten: genügend Politiker und genügend Theaterleute. Sie hätte gern gewußt, warum Senatoren und Kongreßabgeordnete immer eine Schwäche für Filmstars, besonders für weibliche, hatten.

Blumen. Als Tischschmuck war natürlich etwas Exotisches, Ungewöhnliches angebracht. Sie würde Irene Hayes anrufen und das Arrangement deren tüchtigen Händen überlassen. Irene wußte, was die übrigen Gastgeberinnen in New York in letzter

Zeit verwendet hatten, und sie würde eine Wiederholung vermeiden.

Wenigstens war die Wahl des Kleides kein Problem. Sie hatte sich anläßlich ihres letzten Parisaufenthaltes für solche Gelegenheiten sechs Modelle von Molyneaux und weitere sechs von Schiaparelli anfertigen lassen. Rory war bezüglich ihrer Garderobe so großzügig geworden, seit seine politischen Ambitionen in den Vordergrund getreten waren, daß sie wahrscheinlich noch ein weiteres Dutzend Roben hätte kaufen können, ohne daß es deswegen zu Streit gekommen wäre. Sie hatte sich entschlossen, den Schmuck zu tragen, den ihr Daddy zu ihrem Debüt geschenkt hatte. Der war auffallend genug, um einiges Aufsehen zu erregen, ohne im geringsten geschmacklos zu wirken.

»Werden Sie ein Briefchen in die Päckchen für die Kinder stekken, Ma'am?« Die schüchterne Frage unterbrach ihre Träumerei. Es dauerte einen Augenblick, ehe sie das Dienstmädchen verstand. Päckchen für die Kinder? Ach, natürlich, es war der zweite Dienstag, nicht wahr? Jeden zweiten Dienstag ließ sie für all die kleinen Lieblinge in der Schule eine Schachtel Plätzchen backen. Gott, es war so schwierig, an alles zu denken!

»Ja, ja, Maggie, ich werde ein paar Zeilen schreiben. Sagen Sie mir Bescheid, wenn die Päckchen soweit sind!«

Kindern in diesem Alter etwas zu schreiben, war ein Problem, und es war so anstrengend, sich jedesmal etwas Neues einfallen zu lassen. Aber auch ihre Mutter hatte es fertiggebracht, als sie, Cynthia, bei Emma Willard war, und daher mußte es ihr ebenfalls gelingen.

Cynthia Braithwaite Dalton griff entschlossen nach ihrer goldenen Füllfeder und nach dem Briefpapier von Cartier und erfüllte ihre Mutterpflichten.

Riordan Dalton kleidete sich für das Diner in dem Bewußtsein an, geschafft zu haben, was er sich vorgenommen hatte. Er hatte endlich die gesamte Unterstützung beisammen, die er brauchte, um die Übernahme von M & D zu einer vollendeten Tatsache zu machen. Er blickte in den Spiegel und fühlte sich mächtig und einflußreich. Endlich hatte er sein Schicksal selbst in die Hand genommen.

Er war froh, daß sein Vater abgelehnt hatte, an diesem Abend mit dem Vizepräsidenten zu dinieren. Der alte Knabe schien tatsächlich auf dem absteigenden Ast zu sein. Noch vor ein paar Jahren hätte er sich einen Abend mit einflußreichen Politikern nicht entgehen lassen.

Sobald er die M-&-D-Sache hinter sich hatte, würde er sich bedeutend mehr auf die Politik konzentrieren können. Er hatte von zahlreichen Parteifreunden Goodhues die Versicherung erhalten, daß er eine Ernennung in ein öffentliches Amt so gut wie in der Tasche hatte, sobald er es wollte. Cynthia würde als Frau eines Botschafters eine sehr gute Figur machen; entledigte sie sich doch ihrer Pflichten als Gastgeberin mit einer angeborenen Begabung. Vielleicht würde er sogar für das Präsidentenamt kandidieren.

Die Familie hatte es innerhalb von drei Generationen weit gebracht: vom Kartoffelbauern und Eisenbahnarbeiter zum möglichen Präsidenten der Vereinigten Staaten. Rory summte selbstzufrieden eine kleine Melodie, während er über die elegant geschwungene Treppe in das untere Stockwerk hinabstieg, wo die ersten Gäste bereits eintrafen.

Etwas braute sich zusammen. Jack spürte es bis in die Knochen. Rory führte etwas im Schilde, und Tom kümmerte sich nicht darum. Mit vierundsiebzig hatte er vielleicht das Recht, sich blind und taub zu stellen, aber das änderte nichts an Jacks Verpflichtung herauszufinden, was vor sich ging.

Er nahm den Hörer der Gegensprechanlage ab und nannte seiner Sekretärin eine Reihe von Namen. Es mußte doch in seinem weiten Bekanntenkreis jemanden geben, der eine Ahnung davon hatte, was Rory ausheckte. Und wenn seine Sekretärin alle Nummern in seinem Telefonverzeichnis anrufen mußte, er würde jemanden finden, der ihm einen Hinweis geben konnte. Und er würde es tun, bevor weitere vierundzwanzig Stunden vergangen waren.

96

»Dieses Schwein!« Die Worte entfuhren Jack fast unwillkürlich, als er den Hörer auflegte und die durch ein Knacken in der Leitung gestörte Stimme aus Übersee noch in seinem Kopf nachhallte. Das war es also, was der kleine Bastard vorhatte, worum es sich bei den heimlichen Konferenzen und dem peinlichen Schweigen gehandelt hatte, wenn er das Zimmer betrat. Riordan wollte den M-&-D-Nutzholz-und-Reederei-Konzern hinter dem Rücken seines Vaters verkaufen. M & D, den Grundstein des Imperiums, Mulvaneys ersten Triumph! Die emotionell wichtigste und bei weitem reichste ihrer Holdings. Und er konnte es wahrscheinlich auch schaffen. Die Aktien waren viel weiter gestreut als in den anderen Gesellschaften. Diamond Jim hatte Billy, Tom, Maeve, Seamus und einer Handvoll der Erben Aktienpakete hinterlassen. Im Laufe der Jahre waren weitere abgestoßen worden, wenn es geschäftspolitische Erwägungen als nützlich erscheinen ließen. Maeves Anteil war an Megan gefallen, Billys an ihren Neffen, Seamus würde seinen vermutlich, ohne zu zögern, an Rory verkaufen, wenn der ältere Bruder ihm dafür versprach, seine Spielschulden in alle Ewigkeit zu begleichen. Tom hatte eine beträchtliche Menge seiner Aktien an Rory übertragen, um ihm mehr Stimmrecht im Aufsichtsrat zu sichern, nachdem der Junge ins Geschäft eingestiegen war. Jack bezweifelte, daß Tom und Megan zusammen noch mehr als fünfundzwanzig Prozent der Aktien besaßen. Seinem Informanten aus Übersee zufolge hatte Rory bereits die Zusage von genügend Bevollmächtigten in der Tasche, so daß das formelle Angebot tödlich wirken mußte. Aber was strebte er an? Jack schlug wütend mit der Faust auf den Schreibtisch, zerschmetterte mit einem Fußtritt den Papierkorb aus Schildpatt und begann, scharf nachzudenken.

Das kleine Schwein handelte offenbar aus verdrehtem Rachedurst. Aber was steckte noch dahinter? Rory unternahm nie etwas, das nicht zu seinem persönlichen Vorteil geschah. Geld brauchte er nicht, das war klar. Was brauchte er dann? Natürlich Macht, und offenbar wollte er seinem Vater in aller Öffentlichkeit einen Tritt in die Eier versetzen. Aber was noch?

Politik! Natürlich, er wollte in die Politik einsteigen. Arschkriechen bei den Einflußreichen an den Schalthebeln der Macht, längst stillgelegte Verbindungen von Diamond Jims politischer Maschinerie wieder zum Leben erwecken. Kabinettmitglieder als Gäste empfangen. Alles, nur keine Babys küssen. Er unternahm das alles, um sich als politischer Kandidat zu etablieren. Okay. Aber wie paßte das zu diesem dreckigen Plan? Wie ließen sich Politik und Nutzholzhandel in einem abwegigen kleinen Gehirn vereinen? POLITIK und NUTZHOLZ. Er schrieb die beiden Worte als optische Hilfe auf einen Block, um eine Verbindung heraufzubeschwören. Politik und Nutzholz. Nutzholz und Politik.

»Guter Gott!« stöhnte Jack laut, und der Klang der Worte hallte in dem leeren Raum als Echo von den getäfelten Wänden wider. »Das Übernahmeangebot kommt von Harvey Goodhue, dem Holzsenator. Der schlaue alte Bastard hat ihm wahrscheinlich die Unterstützung aller republikanischen Wahlmänner zugesagt, wenn er ihm diese Nutzholzaktien überantwortet.« Er schlug mit dem Kugelschreiber auf den Schreibblock, denn er wußte, daß er auf der richtigen Spur war. Scheiße! Wie um Himmels willen würde diese Neuigkeit auf Tom wirken? Er mußte es ihm noch heute mitteilen. Wenn Jacks Information richtig war, würde das Übernahmeangebot morgen veröffentlicht werden.

Wie sich das Rad doch dreht! dachte Jack traurig, während er zum Hörer griff und eine Nummer wählte. Es gab keine einzige Angelegenheit auf der ganzen verdammten Welt, die man falsch anpacken oder vernachlässigen oder unbeachtet lassen durfte, ohne daß sie eines Tages wieder auftauchte und einen verfolgte.

Genaugenommen, brauchten sie die Nutzholzgesellschaft nicht. Auch ohne sie besaßen sie mehr als genug. Aber sie hatten es nicht nötig, vor der gesamten Geschäftswelt als Versager dazustehen. Er fragte sich, ob Tom noch die Kraft aufbringen würde, mit seinem eigenen Sohn um die Gesellschaft zu kämpfen. Früher wäre das anders gewesen. Aber jetzt? Er hatte das schreckliche Gefühl, daß der alte Mann diesem kleinen Bastard die Firma auf dem Silbertablett servieren könnte.

Thomas Dalton hatte sehr lange in seinem Ledersessel gesessen, nachdem er sich am Telefon Jacks Wortschwall über die Aktivitäten seines Sohnes angehört hatte. Nun saß er ruhig an seinem Schreibtisch neben dem Fenster. Er hatte die großen, knorrigen

Hafenarbeiterhände unter dem Kopf gefaltet, blickte auf die Hausdächer und auf den ehemaligen North River hinaus, der längst Hudson hieß, und betrachtete die am Horizont versinkende Sonne, die das Hafengebiet in rötliches Licht tauchte.

Seine Gedanken wanderten weit zurück, weiter als man von seinem Fenster aus sehen konnte. Den ganzen Nachmittag über waren sie in die Vergangenheit zurückgeflogen. Zurück zu der Hütte auf Drumgillan, in der alles begonnen hatte... zurück zu dem Stall, wo er den leblosen Kopf seines Vaters in den Händen gehalten hatte... zurück zu dem Abt in St. Ignatius, der die neunschwänzige Katze in der Hand hielt... zurück zu seiner Dachkammer in Dublin... zurück zu den Docks an der Seite seines lieben, dahingegangenen Donaher... zurück zu seiner Deirdre, die liebevoll in seinen Armen lag... zurück zum Tod seiner Tochter... zurück zum Central Park, wo er Megans Hand in der seinen hielt... zurück zu Rory, der vor seinem Schreibtisch stand und ins Geschäft eintreten wollte.

Er lächelte traurig, als er an Billys prophetische Worte am Tag ihres Todes dachte. »Hüte dich vor Rory, mein lieber Freund«, hatte sie mit ihrem schiefen, altvertrauten Lächeln gesagt. »Er ist die falsche Saat.« Sie hatte den Charakter eines Mannes nie falsch eingeschätzt.

Was nun auf ihn zukam, war tatsächlich ein Problem. Wenn er Rory ungestraft davonkommen ließ, würde er wie ein seniler Greis dastehen, ein Umstand, der seinem Prestige bei allen übrigen Holdings und dazu auch Jack schaden würde. Wenn er sich auf einen Kampf mit dem Jungen einließ, würde er das Ende der Auseinandersetzung vielleicht nicht mehr erleben. Er hatte sich in letzter Zeit sehr alt und seinem Vater merkwürdig nahe gefühlt. Er wollte nicht, daß Megans Vermögen durch endlose Rechtsstreitigkeiten aufgebraucht wurde, während umgekehrt seine Söhne bestrebt waren, sie ums Geld zu bringen. Er hatte dafür sorgen wollen, daß dieser Umstand nicht eintreten konnte. Vielleicht war heute der richtige Tag dafür. M-&-D-Nutzholz, die Firma, mit der der Aufstieg begonnen hatte, würde vielleicht dazu dienen, alles abzuschließen. Aber er wollte dafür sorgen, daß Megan finanziell abgesichert war, bevor es soweit kam.

Ihm war schon ein merkwürdiges Schicksal beschieden! Er dachte an eine Zeile aus Megans Lieblingsgedicht von Yeats: »Die

Geschicke der Menschen liegen in Gottes geheimem Versteck...« Das stimmte.

Er hatte vorgehabt, seinen Aktienbesitz an M & D seinen Söhnen zu hinterlassen. Rory hatte seinen Anteil verdient, und Seamus würde sicher seinem Bruder das Stimmrecht für seine Aktion überlassen, wenn er dafür liquid blieb. Er hatte bei der Erziehung seiner Söhne versagt, aber sie blieben schließlich und endlich seine Söhne, und er wollte für sie sorgen. Vielleicht wären sie bessere Menschen geworden, wenn er ein besserer Vater gewesen wäre.

Er hatte vor langer Zeit beschlossen, Megan keinen Anteil an M & D zu hinterlassen. Die Beteiligung war zu verwickelt, und sie würde zu wenig abgesichert sein, zu wenig geschützt vor einem Angriff, der Rory ständig zuzutrauen war. Nein. Er wollte Megan mit einer leichter zu handhabenden, sichereren Anlage versorgen. Sie sollte sichere, wertbeständige Besitztümer und Investitionen erhalten. Investitionen, die Gewinn abwarfen und nicht einem Menschen soviel Einsatz abverlangten. Ihr war ein besonderes Leben zugedacht. Er wollte sie mit dem nötigen Kapital versehen, damit sie ihre Zeit für etwas Nützliches verwenden und glücklich leben konnte. Und wenn sie sich trotzdem für das Geschäftsleben entschließen sollte, würde Jack natürlich bereit sein, ihr zu helfen. Das hatte ihm Jack längst versprochen. Außerdem liebte Jack das Kind. Auf seltsame Weise hing er an ihr und sie an ihm, trotz der mehr als zwanzig Jahre Altersunterschied. Tom hatte ihn all die Jahre über mit dem Mädchen beobachtet. Es war merkwürdig, aber Megan förderte in Jack die besten Seiten zutage.

Mit seinem Schicksal versöhnt, stand er schließlich zufrieden auf, und er streckte sich, als wolle er die zum Leben erwachten Gespenster vertreiben. Es war Mulvaneys Geist, der ihm gezeigt hatte, wie er diese letzte Gefahr abwenden konnte. Er fürchtete nicht um seine Person, aber die Menschen, die er liebte, mußten geschützt werden. Und – er lächelte über diese katholische Auffassung – am Ende mußte sich das Gute durchsetzen. Als hätte sich der hartnäckige, aber liebenswerte alte Mann bei ihm im Zimmer befunden, hatte Mulvaney Tom geraten, was er tun sollte.

Er hob den Hörer der Gegensprechanlage ab und wartete gespannt, ob seine Sekretärin noch an ihrem Schreibtisch saß. Er hatte seit Jacks Anruf am Mittag jedes Zeitgefühl verloren, und es war vermutlich fünf vorbei.

»Ja, Sir?« meldete sich die Stimme einer Frau in mittleren Jahren, die vor einiger Zeit Delaney abgelöst hatte.

»Rufen Sie bitte meine Kinder an, Dorothy. Außerdem Jack Cavanaugh und Megan. Laden Sie sie alle zum Abendessen bei mir ein und teilen Sie ihnen bitte mit, daß es mein ausdrücklicher Befehl ist. Und, Dorothy...«

»Ja, Mr. Dalton?«

»Bestellen Sie meinen Anwalt und meinen Finanzbuchhalter sofort hierher, sie sollen zwei Zeugen mitbringen... und mein Testament.«

Am anderen Ende der Leitung sog Dorothy die Luft ein, dann folgte zögernd die Frage: »Geht es Ihnen gut, Mr. Dalton? Ich meine, Sie fühlen sich doch nicht etwa krank, Sir?«

»Nein, Dorothy. Ich bin nicht krank. Vielleicht ein bißchen deprimiert, aber nicht krank.«

Am anderen Ende folgte eine kleine Pause. »In Ordnung, Mr. Dalton. Seien Sie unbesorgt, ich werde alle für Sie zusammentrommeln.«

»Danke, Dorothy... Sie sind ein Schatz. Und kein Wort zu jemand Außenstehendem!«

»Nein, Sir. Kein Wort.« Er hörte die Vertrauenswürdigkeit in ihrer Stimme.

VIII

Letzte Abschiede

Herr, sieh auf unsere hier versammelte Familie herab. Schenk uns Frieden, Fröhlichkeit und ein reines Gewissen. Schenk uns Kraft, um allem zu begegnen, was kommen wird, damit wir uns tapfer zeigen in der Gefahr, beharrlich in allen Wechselfällen des Geschicks, und damit wir bis zum Tor des Todes uns selbst treu bleiben und einander lieben.

R. L. Stevenson

97

Megan klopfte mit ihrer in der Liebe wurzelnden Selbstsicherheit an die Schlafzimmertür ihres Großvaters.

»Großvater. Ich bin es; darf ich hereinkommen?«

»Ich habe schon gedacht, es ist dein Onkel Riordan. Ja, selbstverständlich darfst du.«

»Er ist ein snobistischer alter Angeber, nicht wahr?« fragte das große blonde Mädchen fröhlich mit ihrer rauhen Stimme, die Tom manchmal an Billy erinnerte.

An jedem anderen Tag hätte er sie wegen ihrer Respektlosigkeit getadelt. Heute fuhr er fort, seine schwarzen Smokingschuhe anzuziehen, eine Tatsache, die seiner scharfsinnigen Enkelin nicht entging. Sie setzte sich neben ihm aufs Bett und bewunderte, wie groß und kräftig er trotz seiner vierundsiebzig Jahre war.

»Es braut sich etwas zusammen, wie?« fragte sie.

»Das Spiel beginnt, mein liebes Kind. Es ist bereits im Gang.«

Sie nickte interessiert und war davon überzeugt, daß er ihr nähere Einzelheiten mitteilen würde, wenn er es für richtig hielt. Sie wollte nicht neugieriger sein, als er ihr zugestand. Wie immer stand sie mit ihm völlig im Einklang.

»Werden wir dieses Spiel gewinnen?« Wie üblich bezog sie sich mit ein.

»Sagen wir, wir werden sie für ihr Geld ganz schön auf Trab bringen.«

Sie nickte, und er wunderte sich über ihre Selbstbeherrschung. Er wußte, daß sie vor Neugierde aus den Nähten platzen mußte.

Als er aufstand, um sich fertig anzukleiden, merkte sie, daß er Schmerzen hatte und seinen Rücken nur mit Mühe strecken konnte.

»Fühlst du dich wohl, Großvater? Du kommst mir ein wenig matt vor.«

Er lächelte wohlwollend über ihren besorgten Ton und antwortete leichthin: »Für einen Burschen in meinem Alter fühle ich mich den Umständen entsprechend wohl. Obwohl du wie gewöhnlich mit deiner Annahme recht hast, daß ich nicht ganz in Form bin.«

»Großvater«, sagte sie, während sie ihm in seine Jacke half und sie bemutternd zurechtzupfte, »du weißt ja, daß ich dich mehr liebe als alles auf der Welt, nicht wahr?«

Thomas Dalton ergriff die Hand seiner Enkelin, dann schloß er sie in die Arme und drückte sie an sich, wobei er sich über die erstaunliche Kraft wunderte, die in dem schönen jungen Mädchen steckte. Er drückte sie so fest, daß ihr der Atem ausging.

»Das weiß ich ganz genau, Megan. Und es bedeutet mir mehr als alles übrige zusammen.« Er sagte es mit so heftiger Überzeugung, daß es sie beunruhigte. Sie spürte die Sorge, die ihn verzehrte.

Er gab sie sanft frei und bot ihr mit ritterlicher Geste den Arm. »Darf ich dich zum Dinner geleiten, junge Dame?«

»Nichts wäre mir lieber, Sir«, antwortete sie lächelnd. »Alle Damen werden mich beneiden.«

»Du wirst die einzige Dame bei Tisch sein«, schränkte er ein und zwinkerte ihr zu, so daß beide lachend die Treppe zum Salon hinuntergingen, in dem sich die Familie versammelt hatte.

Jack musterte die Gruppe fasziniert. Tom hatte Megan den Platz zu seiner Rechten zugewiesen, sehr zum Ärger seiner Schwiegertochter Cynthia, die auf strikter Einhaltung des Protokolls bestand. Rory, seine Frau und seine Kinder saßen an einer Längsseite, Seamus mit Frau und Kindern nahmen die andere ein.

Jack beobachtete die überaus wohlerzogenen Daltons zur Rechten und die wilden Daltons zur Linken, während alle sich bemühten, trotz des drückenden schlechten Gewissens gute Laune vorzutäuschen.

»Also, meine lieben Familienmitglieder«, begann Tom, als die Nachspeise abserviert worden war und nur noch der Kaffee auf dem Tisch stand, »ihr wundert euch sicherlich, warum ich euch heute abend zu mir gebeten habe. Aber vielleicht habt ihr auch eine Ahnung, worum es mir geht.«

Er schwieg eine Weile und beobachtete die Reaktionen der Erwachsenen, die einander heimlich ansahen.

»Wie ihr alle wißt, bin ich vierundsiebzig Jahre alt, und obwohl ich mit einer robusten Konstitution gesegnet bin, bringt ein so vorgeschrittenes Alter gewisse Verpflichtungen den Erben und den Rechtsnachfolgern gegenüber mit sich. Deshalb habe ich beschlossen, heute in Vorwegnahme meines Ablebens meine rechtlichen Angelegenheiten zu ordnen und – bezeichnen wir es als die

Laune eines alten Mannes – euch allen darzulegen, wie ich den Besitz, den ich in langen Jahren angesammelt habe, aufgeteilt habe.«

Sämtliche Augen in der stillen Runde waren auf das Gesicht des alten Mannes gerichtet. Es bedrückte ihn, daß diese gierigen Gesichter seinen Nachkommen gehörten. Ungewollt fiel ihm eines von Donahers irischen Sprichwörtern ein: »Unglücklich ist der Mann, dessen Verräter an seinem eigenen Tisch sitzt.« Er schüttelte den Gedanken ab und fuhr fort.

»Ich habe meiner Haushälterin, meinem Chauffeur, meiner Sekretärin und der Familie meines früheren Sekretärs, Mr. Delaney, eine großzügige Pension hinterlassen. Für jeden ist bis zu seinem Tod durch meinen Nachlaß gut gesorgt. Dieses Haus und Drumgillan – das Herrenhaus, die Grundstücke und die Einkünfte aus ihnen – habe ich bereits auf meine geliebte Enkelin Megan Dalton überschreiben lassen. Sie gehen mit dem heutigen Tag in ihren Besitz über« – er lächelte wohlwollend, als sie überrascht aufsah – »und können daher nicht mehr als Teil meines Nachlasses betrachtet werden. Ich bin sicher, daß diese Verfügung eure eventuelle Absicht, nach meinem Tod meinen letzten Willen anzufechten, vereiteln wird.«

Er machte eine Pause und beobachtete die wachsende Feindseligkeit auf beiden Seiten des Tisches.

»Ich habe auch heute nachmittag meinem vertrauten, meinem Herzen nahestehenden Freund Jack Cavanaugh und meiner Enkelin Megan meinen fünfzigprozentigen Anteil an jenen Gesellschaften übertragen, die sich vorher gemeinschaftlich in meinem und Mr. Cavanaughs Besitz befanden. Ich bin überzeugt, daß auch das zu keinem Streit Anlaß gibt, und daß ihr erkennen werdet, wie vernünftig diese Maßnahme ist. Es ist nur recht und billig, daß Megan erhält, was ihrer Mutter gehört hätte, wenn sie am Leben geblieben wäre.«

Ein paar der Anwesenden schnappten hörbar nach Luft, und Riordan setzte zum Sprechen an, wurde jedoch durch eine gebieterische Geste seines Vaters zum Schweigen gebracht.

»Jedem meiner übrigen lieben Enkelkinder habe ich den Betrag von einer Million Dollar hinterlassen, der bis zum fünfunddreißigsten Geburtstag eines jeden treuhänderisch verwaltet wird, einem Alter, in dem sie nach meinem Dafürhalten in der Lage sein werden, mit einem solchen Betrag umzugehen und ihn zu nutzen;

außerdem werden sie dann höchstwahrscheinlich nicht mehr von ihren Eltern abhängig sein.«

Die Blicke, die um den Tisch gewechselt wurden, waren erschreckend vielsagend, und Jack blickte anerkennend und bewundernd zu seinem Lehrmeister auf, der dem Jüngeren über den Tisch hinweg zulächelte.

»Meinen beiden noch lebenden Kindern, meinen Söhnen Riordan und Seamus, hinterlasse ich meinen gesamten Aktienbesitz an M-&-D-Nutzholz-und-Reederei. Diese Maßnahme soll euch dazu veranlassen, die geheimen Verhandlungen, die ihr derzeit mit unserem ehrenwerten Senator Goodhue führt, noch einmal reiflich zu überdenken. Nach dem heutigen Abend, meine Söhne, ist M & D euer einziges väterliches Erbteil. Behaltet es, und das Imperium wird sich mindestens innerhalb einer Generation wieder etablieren. Verkauft es, und ihr werdet beweisen müssen, ob ihr ebenso gut aufbauen wie zerstören könnt. Vielleicht wird es euch zermürben, wenn ihr erkennt, um wieviel schwieriger es ist, ein Imperium zu errichten, als einfach eines zu erhalten. Verkauft M & D, dann seid ihr reiche Leute – aber reiche Leute mit viel weniger Macht als vorher. Täusche dich nicht, Rory, die Macht, die du so sehr genießt und die du so bedenkenlos handhabst, entspringt ebenso der Aura von Jim Diamonds Legende und meiner sicheren Position wie dem Kapital, über das M & D verfügt. Verkaufe M & D, und deine Macht schwindet. Senator Goodhue bekommt, was er will, aber wird es auch dir gelingen? Wird er halten, was er versprochen hat, sobald er dich dazu gebracht hat, dein Geburtsrecht zu verkaufen? Der gute Senator ist nicht gerade für seine Rechtschaffenheit bekannt.«

Er lächelte seinem erstgeborenen Sohn traurig zu.

»Sollte es dir trotz deiner vornehmen Erziehung entgangen sein, Rory, daß es keine Diebesehre gibt?«

Tom wandte sich dann an seinen zweiten Sohn, der seinem Blick auswich. Er konnte nicht unterscheiden, ob aus Verlegenheit oder aus Feigheit.

»Und was wird aus dir werden, Seamus, wenn M & D verkauft wird? Wie lange, nimmst du an, wird das Geld reichen? Wie viele Frauen, wie viele Abende beim Hasardspiel, wieviel Akohol kannst du damit finanzieren, ehe es für immer fort ist? Oder stellst du dir vor, daß dein Bruder dich aus reiner Herzensgüte unterstützen wird, wenn du mittellos dastehst? Du bist auf dem falschen Weg, mein Junge!«

Der Armesünderblick in Seamus' Augen, als er zu seinem Vater aufblickte, erfüllte Tom mit Traurigkeit. Woher hatte er diese Charakterschwäche? Ihm fiel kein Vorfahre ein, der nicht die Kraft besessen hätte, seinen Mann zu stehen.

»Ihr seht also, meine Söhne«, sagte er ruhig, aber überaus deutlich, »letzten Endes hat eure Entscheidung nichts mit mir zu tun. Ich bin meinen Weg gegangen, habe meinen Mut unter Beweis gestellt, meine Niederlagen hingenommen, meine Siege genossen. Aber ihr, meine Söhne, was wird aus euch werden? Das ist heute abend die Kernfrage, nicht wahr?«

Tom sah Seamus ohne Groll, aber mit unendlichem Kummer an. Dann blickte er Rory forschend ins Gesicht, als wolle er sehen, ob bei ihm eine Spur von Reue zu erkennen sei, und als er nur Wut fand, fuhr er fort.

»Wie ihr wißt, ist und war M & D der Kern unseres Familienkonzerns: ein bemerkenswert ertragreicher und potentiell wichtiger Besitz, den wir alle in dieser Runde der Schlauheit und dem Scharfblick von Diamond Jim Mulvaney verdanken, dessen Porträt dieses Speisezimmer ziert. Er war ein überaus bemerkenswerter Mann.«

Tom ergriff das Glas mit Champagner, das vor ihm stand, sehr anmutig und bedächtig, hob den funkelnden Kelch zu dem Bild und sagte sehr deutlich und mit leichter, müder Belustigung: »Auf Diamond Jim Mulvaney, Gott schenke seiner wilden Seele Frieden! Er hat einmal zu mir gesagt: ›Junge, ich bin eine zu alte Katze, um mich von einem Kätzchen bumsen zu lassen.‹«

Toms blaublütige Schwiegertochter stöhnte entsetzt. »Ach, Scheiße«, explodierte wütend sein Sohn, und Jack Cavanaugh lachte schallend, während Megan erschrocken und ungläubig die offene Feindseligkeit wahrnahm, die an dem riesigen Tisch ausgebrochen war. Sie merkte als einzige, wie aschfahl ihr Großvater aussah, als er das Speisezimmer verließ, obwohl er steif aufgerichtet ging. Sie war die einzige, die nur ein Gedanke beherrschte, als sie hastig den Raum verließ: sein Wohlergehen.

98

Es stand fest, daß der alte Mann im Sterben lag. Die Ärzte wußten es, die Angehörigen wußten es, doch am deutlichsten war es seiner Enkelin Megan bewußt. Er war noch immer, trotz seines Alters und seiner Krankheit, beeindruckend, und in dem großen Bett in dem riesigen Raum schien er im Vergleich zu früher nicht kleiner geworden zu sein.

»Megan.« Seine früher so volltönende Stimme war zu einem Flüstern herabgesunken. Das noch etwas schlaksige zwanzigjährige Mädchen, das eben das Zimmer betreten hatte, begab sich schnell zu ihm. Sie war seit seinem Kollaps vor nahezu einem Jahr fast ständig bei ihm gewesen. Obwohl er nach dem ersten Anfall, der bestimmt von dem schrecklichen Schock durch Rorys Verrat ausgelöst worden war, wieder eine Zeitlang zu Kräften gekommen war, hatte sie nie geglaubt, daß er wieder vollkommen gesund werden würde.

»Ich bin hier, Großvater. Ich werde dich nicht verlassen.« Das war eine Art Code zwischen ihnen. Sie war nämlich die einzige, der er anvertraut hatte, daß er seinen Vater bei der Totenwache nicht verlassen hatte.

»Ist es endlich soweit?« Die einst kräftige Stimme klang müde und schwach. Er hatte geduldig gewartet, daß sie ins Zimmer kam; er hatte ihr etwas Wichtiges mitzuteilen.

»Stell mir nicht diese Frage, Großvater! Ich möchte nicht schuld an deinem Hinscheiden sein.« Tränen hingen am Rand ihrer Wimpern, und sie wehrte sich dagegen.

»Du hast sie gestern nacht gehört, nicht wahr, Kind?« Seine Stimme klang besorgt, als brauche er Beruhigung. Als sie sich nicht entschließen konnte zu antworten, lächelte er sie zärtlich an, als wäre sie es, die Trost benötigte. »Ich habe das Recht zu erfahren, ob du die Banshee gehört hast, die mich holen will. Ich habe viele alte Freunde, die drüben auf mich warten, und ich will sie jetzt nicht zu lange warten lassen.« Er versuchte, seiner Stimme einen heiteren Klang zu verleihen, doch sie spürte deutlich die Anspannung hinter diesen Worten. »Ich sehne mich danach, deine Großmutter wiederzusehen… und all die anderen.«

Megan schluckte die Tränen hinunter und sagte so bestimmt,

wie es ihr möglich war: »Ja, Großvater, sie ist gestern gekommen. Ans Fenster, wie immer.«

Der Sterbende lächelte. Es schien ihn mit Befriedigung zu erfüllen, daß er endlich auf echt irische Weise abberufen wurde.

»Dann ist es an der Zeit, daß ich dir mein letztes Legat übergebe. Komm ganz nah zu mir, mein Kind, die Geier umschweben uns. Ich spüre, wie sie darauf warten, die Beute unter sich zu verteilen. Unsere Familie ist vom gleichen Schlag wie die Schächer, die um Christi Mantel würfelten. Sie sind alle zusammen keinen Pfifferling wert, die einzige Ausnahme bist du.«

»Ich liebe dich, Großvater. Hab keine Angst um mich!« Er hörte die Tränen in ihrer Stimme. »Ich bin stärker als alle zusammen. Ich werde tun, was wir besprochen haben. Niemand wird uns jemals wieder unsere Hütte wegnehmen.«

Wieder ein Codewort. Die allgegenwärtige Vergangenheit, die aus einer Legende gewonnene Kraft.

»Megan, mein liebstes Kind, ich hinterlasse dir meine Schätze. Um das Geld wirst du vielleicht kämpfen müssen, aber Drumgillan ist so viel wert, daß du nicht in Not geraten kannst, und Jack wird dir beistehen, wenn ich nicht mehr bin. Aber ich hinterlasse dir auch mein ›Glück‹, Megan. Bewahre es gut!«

Er, der so stark und geschickt gewesen war, kramte jetzt unbeholfen in seiner Pyjamatasche und zog endlich so mühsam, daß sie am liebsten geweint hätte, einen kleinen Schlüssel hervor.

»Dieser Schlüssel öffnet ein Kästchen, Megan; Jack weiß, wo es sich befindet. Dort liegt dein Erbteil. Der Brief meines Vaters, Gott schenke seiner Seele den ewigen Frieden... Bald werde ich wieder mit ihm vereint sein.« Seine Stimme klang plötzlich leise und verschwörerisch. »Ich bin sechsundsiebzig Jahre alt und sehne mich noch immer danach, seine starken Arme um mich zu fühlen und sein herzliches, männliches Lachen im Wind zu hören.« Er legte sich zurück, weil das Sprechen ihn erschöpft hatte. »Ich habe mit keiner Menschenseele darüber gesprochen, doch jetzt ist der Augenblick gekommen, alles zu sagen. Ich bin dem Schicksal dankbar, daß es noch jemanden von meinem Blut gibt, der mich versteht.«

Er schloß die eingesunkenen Augen, deren immergrüne Farbe jetzt verblaßt und verwaschen war. Jetzt erst sah sich Megan im Raum um und stellte fest, wer von den Angehörigen anwesend war. Seamus saß schluchzend und rührselig in der Ecke und war trotz der frühen Stunde bereits betrunken. Der kalte, unversöhnliche Rory sprach leise mit dem Familienanwalt. Jack Cavanaugh stand ruhig und würdig am Fenster. Der Schmerz, den man ihm ansah, war fast genauso tief wie der ihre.

Nach langer Zeit begann Tom wieder zu sprechen. Er winkte Megan nahe zu sich heran, damit nur sie ihn hören konnte. »Wenn du einmal niedergeschlagen bist, Megan, lies den Brief. Wenn mich je im Leben Traurigkeit zu überwältigen drohte, habe ich den Brief zur Hand genommen und war stolz darauf, wer ich war und woher ich stammte. Denk daran, Kind, lerne alles, was du lernen kannst! Es wird deine Rettung sein, so wie es die meine war. Du mußt mehr wissen als die anderen und sie mit ihren eigenen Waffen schlagen... genauso wie es mir mein Vater aufgetragen hat.«

Toms Gedanken schweiften einen Augenblick lang ab, und Megan hielt seine Hand fest, als wolle sie sein Abirren verhindern.

»Ich habe sie auch gehört, Megan. Ich habe mich immer gefragt, ob ich bei meinem Hinscheiden die Banshee hören werde.« Danach lag er längere Zeit still, atmete kaum, hielt aber weiterhin ihre Hand fest. Sie blickte in sein bleiches Antlitz: Zwei weiße Striche waren entlang seiner Nase erschienen, und sein Mund wirkte schmal und verzerrt. Unbewußt nahm sie es als Zeichen dafür, daß er unwiderruflich in den Todesschlaf versank. Seine Augen waren zugefallen, und sein Gesicht war vollkommen ruhig. Dann huschte ein fast jugendliches Lächeln über sein Greisengesicht. Er stemmte sich aus den Kissen, als wolle er jemanden erreichen, den nur er sah. Er entriß seine Hand der ihren und griff suchend in die Luft, wie nach einer unsichtbaren Hand. Er flüsterte etwas, das sie nicht verstand. Dann war es vorbei. Der Arzt mußte ihr nicht sagen, daß ihr Großvater tot war, denn sie hatte gesehen, wie er starb.

Megan nahm die leblose Hand und berührte sie mit ihren tränennassen Lippen in einer Gebärde voll unendlicher Zärtlichkeit. Dann kniete sie neben dem Bett nieder und bedeckte seinen Körper mit dem ihren. Die anderen kamen unter aufgeregtem Flüstern näher zum Bett, waren aber darauf bedacht, ihm nicht zu nahe zu kommen. Die mächtige Kraft, die von ihrem Großvater ausgegangen war, war gewichen. In dem riesigen Bett lag nur der Leichnam eines alten Mannes, und sein Geist, der sie alle beherrscht hatte, war erloschen. Flüchtig dachte Megan, daß der Reichtum eines Toten bei den Erben eigentlich nur Habsucht erweckte. Sie zweifelte nicht daran, daß sie ihn bis auf das Totenhemd ausplündern würden, wenn sie konnten, und sie hatte das desperate Verlangen, den geliebten Toten zu schützen.

»Laßt ihn in Frieden!« Die Stimme Megans ließ das Geraune in dem Raum kurz verstummen. »Laßt ihn in meiner Obhut, er gehört mir.«

»Mach dich nicht lächerlich, Megan!« Die übertrieben gespreizte Aussprache ihres Onkels klang gefühllos. »Der alte Mann ist tot. Dir bleibt keine andere Wahl, als ihn dem Leichenbestatter zu überlassen. Die Totenwache wird hier im Hause abgehalten. Sobald die Leute vom Beerdigungsinstitut mit ihm fertig sind, kannst du ihn für dich allein haben. Es gibt weiß Gott sonst niemanden, der den verdammten Schurken haben will.«

Jack kam zum Bett, stellte sich hinter das Mädchen und legte ihr die Hand schützend auf die Schulter, als wolle er Rory zeigen, daß sie nicht allein war.

»Ich gehe jetzt, Onkel Riordan.« Megan schleuderte ihm die Worte herausfordernd entgegen und wiederholte damit ein altes Ritual. »Aber ich werde wiederkommen, um von ihm Abschied zu nehmen.« Sie hörte die Stimme ihres Großvaters, der ihr die Geschichte des schmerzvollen Abschieds von seinem Vater zuflüsterte. »Ich werde wiederkommen, um von ihm Abschied zu nehmen«, hatte Tom zu seiner Großmutter gesagt, so wie sie jetzt zu Rory. Endlich schloß sich der Kreis.

Der vornehme Raum mit der hohen Decke, in dem der Sarg stand, war dunkel und kalt, als die große blonde Gestalt sich ruhig neben die Bahre setzte und in den blumengeschmückten Sarg griff, um das etwas in Unordnung geratene weiße Haar aus der hohen Stirn des Toten zu streichen.

»Sie sollen sich schämen, Großvater. Sie sollen sich schämen, dich gleich nach deinem Tod allein zu lassen.«

Wie war es ihm wohl gelungen, sein Wesen so ungeschmälert an sie weiterzugeben? Wenn sie sein langes, stürmisches Leben mit ihm geteilt hätte, hätte sie keine seiner Gefühlsregungen besser kennen können. Wie die Kinder, die bei einer Hungersnot oder einem Pogrom geboren werden, das Leiden und Entsetzen ihrer Eltern noch eine Generation, nachdem die Gefahr vorbeigegangen ist, empfinden können, hatte sich auf sie mystischerweise der Schmerz ihres Großvaters beim Tode seines Vaters übertragen; sein Zorn über die Ungerechtigkeit der Familie seines Vaters; sein Haß gegen die Kirche; seine Verzweiflung über die Ermordung seiner geliebten Frau, über den Tod seiner Tochter, über den Verrat seines Sohnes. All das lebte auf geheimnisvolle Art in ihrem starken, schlanken Körper weiter; jede Zelle ihres Körpers hatte Anteil an seinen Geheimnissen.

Megan Dalton lehnte sich an den großen Mahagonisarg und begann, dem kalten Leichnam jenes Mannes, der ihren Verstand und ihr Herz geformt hat, ein merkwürdig eindringliches Schlummerlied vorzusingen. Die Dienstboten, die vorbeikamen, erschauerten bei dem unheimlich klagenden Gesang, der mit dem im Kamin rumorenden Heulen des Windes verschmolz.

Stunden waren vergangen. Megan schlief schließlich, an den kalten, harten Sarg gelehnt, ein, da legte sich eine kräftige Hand sanft auf ihre Schulter.

Erschrocken über die Störung schaute sie auf und blickte in Jacks blaue, traurige Augen.

»Ich möchte auch bei ihm wachen«, flüsterte er.

Sie sah den Mann dankbar an, gerührt, weil auch er alles verstand.

Jack wollte das schöne Mädchen, nachdem es sich aus seiner verkrampft kauernden Stellung erhoben hatte, in ihr Zimmer bringen, damit es sich ausruhte. Am nächsten Tag würde ein endloser Zug von trauernden Freunden und sensationslüsternen Besuchern in das Haus strömen. Megan würde ihre ganze Kraft brauchen, um das durchzustehen. Er hatte lange gewartet, um ihr Zeit für ihren ganz persönlichen Abschied zu lassen. Als er aber die schmerzhafte Trauer in ihrem energischen jungen Gesicht und ihre zerknirschte Haltung erkannte, wußte er, daß sie ihren Großvater noch nicht allein lassen würde.

So streichelte Jack mit einem Seufzer tröstend die sanfte Wange des Mädchens und setzte sich neben sie. Bald sank sie an seine Schulter, und er legte seine Arme um ihren schlanken Körper, um sie zu stützen. Er wunderte sich über die Selbstverständlichkeit, mit der sie sich an ihn lehnte und mit der sie in seinen Armen lag. Schließlich schliefen beide ein, bis die Geschäftigkeit des heraufdämmernden Tages sie weckte.

99

Das hochgewachsene Mädchen mit den großen blaugrauen Augen läutete im sechsundzwanzigsten Stockwerk des teuren Appartementhauses an der Park Avenue, und nur das leichte Zittern ihrer Hand verriet ihre Nervosität.

Was für ein irisches Gesicht, dachte Jack, als Tom Daltons Enkelin in der Nacht nach dem prunkvollen Begräbnis, das in ihm ein Gefühl der Leere und Einsamkeit zurückgelassen hatte, vor seiner Tür stand.

»Laß mich eintreten, Jack«, verlangte sie so ernst, daß er unwillkürlich lächelte.

»Natürlich, Megan, komm doch herein! Fühlst du dich einsam?« fragte er aufrichtig besorgt. »Kommst du deshalb mitten in der Nacht zu mir?«

Er sprach mit dem unbekümmerten, einschmeichelnden Akzent der Iren, den weder der Aufenthalt am Yukon noch in Cambridge ausgemerzt hatte, und sie lächelte bei dem vertrauten Klang, wobei sie sich fragte, wie ihr Leben nach dieser Nacht weitergehen würde.

»Ich habe mir überlegt, Jack, daß wir beide jetzt eine Familie sind: zwei Waisen, die einander adoptiert haben.« Sie betrat die Wohnung, und er schloß die Tür hinter ihr. Sie holte tief Atem, als fasse sie Mut. »Ich möchte dich um einen Gefallen bitten, für mich und Tom.«

»Das klingt wirklich bedeutungsvoll, Megan. Komm, ich werde uns Tee machen wie früher einmal, als du noch ein kleines, ernstes Mädchen warst.« Ihr Verhalten machte ihn neugierig und besorgt.

»Du sollst mich heute nacht lieben, Jack.« Sie sprach ruhig und klar. »Ich muß es lernen, und ich möchte, daß du es mir beibringst.«

Der gutaussehende Mann in den besten Jahren blieb auf dem Weg zur Küche ruckartig stehen und drehte sich ungläubig um. Es hatte keinen Sinn, sie zu fragen, ob sie es ernst meine. Sie meinte immer alles ernst. Es war ihr offenbar ein dringendes Anliegen, nur über ihre Motive war er sich nicht klar. Vielleicht hatte sie die seelische Belastung der letzten Tage mehr mitgenommen, als er vermutet hatte.

Er antwortete leise: »Megan, mein Kind, das kann ich nicht tun. Ich bin doppelt so alt wie du, und ich liebe dich. Du kannst mit einem Mann in meinem Alter nicht so leichtfertig scherzen!«

Gleich darauf stand Megan neben ihm und streckte ihm die Hand mit einer seltsam flehenden Gebärde entgegen, wie er sie noch nie gesehen hatte. »Bitte, hör mich an, Jack! Ich weiß, es klingt unmöglich und verrückt, aber ich weiß, was ich will. Ich bin eine Frau, Jack, ob du es bemerkt hast oder nicht. Ich bin zwanzig Jahre alt und noch Jungfrau; nicht weil mich die Liebe nicht interessiert hat oder weil ich keine Möglichkeit dazu hatte, sondern weil ich nie den Richtigen fand und noch nicht soweit war. Aber jetzt habe ich einfach keine Zeit mehr, noch länger zu warten. Verstehst du nicht, Jack? Seit mein Großvater tot ist, stehe ich ganz allein im Leben. Ich muß erwachsen werden, muß alles lernen, was man im Leben braucht. Du erinnerst dich doch, was er uns beiden immer gesagt hat: ›Das Wissen ist alles, was uns zur Verfügung steht, um uns zu schützen.‹ Ich habe heute immer wieder den Brief seines Vaters gelesen. Wenn die heutige Nacht vergangen ist, will ich einfach kein Kind mehr sein.«

Mit keinem Wort erwähnte sie, daß sie ihn liebte und immer schon geliebt hatte; auch nicht, daß er der einzige Mensch war, der ihr nach dem Tod des Großvaters geblieben war. Sie sagte ihm nicht, daß sie sich nie in ihrem Leben so verzweifelt allein gefühlt hatte wie jetzt. Sie holte tief Luft, und er merkte, wie nah sie dem Weinen war. Das war kein Spiel, das war keine plötzliche Laune. Das Mädchen meinte es völlig ernst.

»Wenn du es mir nicht beibringen willst, muß ich mich an jemand anderen wenden.« Megans Stimme rüttelte ihn aus seinen Gedanken. »Aber ich möchte, daß du mein Lehrer bist.«

Bis zu diesem Augenblick hatte Jack Cavanaugh gedacht, daß er innerhalb vernünftiger Grenzen so gut wie alles gesehen und gehört hatte. Slums, Holzfällerlager, Politik, Wall Street – einfach alles. Aber diese leidenschaftliche Person, die ihn da bat, sie zur Frau zu machen – wie um Himmels willen konnte ein Mann auf so etwas gefaßt sein?

»Megan, Megan, du verlangst zuviel von mir. Ich mag dich viel zu sehr, um das zu tun, was du da verlangst, und dich dann wieder gehen zu lassen. Verstehst du denn nicht, daß es unser beider Leben verändern würde? Die Unbefangenheit zwischen uns ginge unabänderlich verloren. Es wäre nie wieder so, wie es jetzt ist.« Erst jetzt wurde ihm klar, wie außergewöhnlich ihre Beziehung war und wie ungern er sie aufs Spiel setzen würde.

Megan stand vor dem verwirrten, abweisenden Mann, den sie sich so zielsicher erwählt hatte, und begann zögernd ihre weiße Seidenbluse aufzuknöpfen, als würde diese körperliche Geste ihre Entschlossenheit bekräftigen. In den Monaten nach dem Anfall ihres Großvaters, in denen Jack sie mit Drumgillan und seiner Verwaltung vertraut gemacht hatte, hatte sie ihm doch deutlich bewiesen, wie erwachsen sie war! Warum also behandelte er sie weiter wie ein Kind, wenn er doch wußte, daß sie eine Frau war?

Kann ich es wagen, sie beim Wort zu nehmen? fragte sich Jack bestürzt, während das Blut in seinem Körper die Frage schon beantwortete. Er war zwar kein Mann, der sich von einer Frau manipulieren oder zu etwas verlocken ließ, zu dem er nicht bereit war, aber Megan war etwas Kostbares für ihn, mehr als er sich eingestehen wollte, und wenn sie von ihrer Absicht nicht abzubringen war, war es vielleicht doch am besten, wenn er sie in die Liebe einführte. Sie sah so verletzlich aus, wie sie da in seinem Flur stand und sich auszog, halb unsicheres Mädchen, halb Frau. Er konnte zumindest dafür sorgen, daß sie keinem Rohling in die Hände fiel, der sie nachher bedenkenlos im Stich lassen würde.

Jack schüttelte den Kopf über die absurde Situation und seufzte entschlossen. »Also gut, Megan, wenn du es so haben willst, dann will ich dich in mein Bett nehmen. Du lernst es wenigstens in einem richtigen Bett.« Er berührte die sanfte Haut ihrer Wange und wunderte sich über Megans zärtlichen Ausdruck.

Sie nickte, als habe sie nie wirklich an seiner Bereitwilligkeit gezweifelt. Sie fragte sich nur, ob er ahnte, welche Gefühle sie für ihn empfand. Sie drehte sich um, ging ins Schlafzimmer, und er folgte ihr auf den Fersen.

Sie zog Bluse und Rock aus, legte sie sorgfältig auf den Stuhl neben dem Bett und sah ihn dabei nicht an. Sie bewegte sich wie in Zeitlupe, bis sie nackt war. Ihr fester junger Körper wirkte im blaßgelben Licht der Nachttischlampe schutzlos. Sie blickte sich rasch nach etwas um, womit sie sich bedecken konnte, und als sie nichts fand, schlüpfte sie entschlossen unter die Decken des großen französischen Bettes in der Mitte seines Schlafzimmers. Recht selbstsicher für ein unerfahrenes Mädchen, dachte er zuerst, dann wurde ihm klar, wie schwer es ihr fiel, ihre Bangigkeit zu beherrschen.

Er zog sich langsam aus, blieb neben dem Bett stehen und sah zu, wie sie ihn beobachtete, während er seinen starken, muskulösen Körper von Pullover, Hose und Unterhose befreite. In seinem ganzen Leben war er noch nie so unsicher und beunruhigt gewesen.

Er spürte, wie sein Penis angesichts ihrer Nacktheit steif wurde, hütete sich jedoch davor, das geängstigte, aber zu allem bereite Mädchen zu berühren, als er sich neben sie in das vertraute Bett legte. Während er ihren warmen Körper neben dem seinen spürte, fühlte er sich, da sie nun beide im Bett lagen, merkwürdig sicherer. So seltsam die Umstände auch waren, er war ein Mann, der mit einer Frau im Bett lag, und das war ihm noch nie gleichgültig erschienen, ganz gleich, mit wem er es erlebt hatte. Es würde wirklich merkwürdig zugehen, wenn er sie mit seiner Erfahrung nicht erregen und glücklich machen konnte.

Jack wandte sich Megan zu. Er berührte zögernd ihren Körper und merkte, daß sie zitterte. »Du hast natürlich eine Todesangst vor dem, was kommt, nicht wahr?« fragte er sanft. Sie nickte, sagte aber nichts. Auch er blieb eine Zeitlang ruhig liegen und überlegte, wie er an seine ungewöhnliche Aufgabe herangehen solle. Es würde ihm natürlich nicht schwerfallen, ein solches Mädchen zu lieben. Die schlanke Gestalt, der flache Bauch, die vollen, runden Brüste mit den jungfräulichen Brustwarzen, das hell schimmernde Haar zwischen ihren Beinen, ihre lebensfrohe Jugend – alles war vollendet, und er durfte es genießen. Sie war etwas Seltenes, und er mußte sie mit größter Einfühlsamkeit behandeln.

Jack rückte langsam näher, um mit ihr zu sprechen. Er sprach leise, und seine kräftige Stimme klang einschmeichelnder, heiserer als je zuvor. Vielleicht klang seine Stimme nur so, wenn er liebte, und kein Mann hatte sie je gehört. Er sprach zärtlich und vielerlei, um ihre Ängste zu beschwichtigen und um ihr die Gewißheit zu geben, daß sie bei ihm in guten Händen war. Er berührte sie, während er sprach. Einfühlsam spielten seine Finger leicht mit ihrem langen Haar und streichelten ihre Haut mit unglaublicher Behutsamkeit. Ein- oder zweimal ließ er die Hand behutsam über das helle, seidige Dreieck unter ihrem Bauch gleiten, und sie erschrak über ihre körperliche Reaktion.

Sie lag selig, vollkommen hingegeben neben ihm. Endlich war sie von den Ängsten frei, die sie seit dem Tod ihres Großvaters geplagt hatten, vor der Angst, daß er sie zurückweisen würde. Sie sehnte sich so heftig danach, überwältigt zu werden, nicht mehr allein Entschlüsse fassen, nicht mehr allein ihren Weg bestimmen zu müssen, sich in seine Hand zu geben. Sie wollte schon seit so langer, langer Zeit zu ihm gehören. Sie dachte verschwommen, daß sie auch etwas tun sollte, doch er erriet ihre Gedanken und flüsterte: »Lieg nur still, Schönste! Nimm heute nacht alles von mir. Lerne, sanft von einem Mann entgegenzunehmen, was er dir zu geben hat.«

Er küßte sie kundig und lange, und ihr war danach zuinnerst klar, daß sie viel mehr wußte, als sie geahnt hatte. Er küßte ihre Lippen und ihr langes, goldenes Haar. Dann wanderte sein Mund zu ihren festen, vollen Brüsten mit den süßen, rosa Warzen, die sich erfahrener zeigten als sie, und er mußte nicht sehr lange warten, bis sie auf dieses stumme Drängen reagierte.

Er sprach zu ihr und flüsterte süße Liebesworte. Poesie lag in seinen Worten und Macht in seinen Händen. Sie stöhnte und wölbte sich seinem Mund entgegen, während er an ihren Brüsten saugte und sie mit der Zunge liebkoste, küßte und reizte, bis er zu ihrem Bauch und ihren Schenkeln wechselte.

»Zeig mir auch, Jack, wie ich dich lieben soll«, flüsterte sie, als sie ihm nach einer Weile, in der sie sich einfach der Wonne seiner Hände und seines Mundes hingegeben hatte, die gleichen Lustgefühle verschaffen wollte. Da schob er ihren Kopf zögernd zur Seite, nahm sie in die Arme, legte sie sanft auf das Bett zurück und spreizte ihre Schenkel mit unendlicher Zartheit. Sie stöhnte und rief seinen Namen, und ihre Feuchtigkeit erhöhte seine Begierde, als er seinen Körper über das starke, schöne Mädchen schob, in dem er die Lust nach seiner Liebe geweckt hatte.

»Liebe mich, Jack, bitte, liebe mich heute nacht, so sehr du kannst!« Megan dachte, daß sie die Worte laut gesprochen hatte, war sich aber nicht sicher. Doch spielte es keine Rolle, denn er kannte ihre Wünsche fast vor ihr. Wie oft sie sich in dieser Nacht dem zauberhaften Spiel hingegeben, ihre tiefsten Geheimnisse ergründet hatten, einander gefühlt, erkannt und liebevoll ertastet hatten, konnte er nachher nie sagen.

Megan lag ruhig in seinen kraftvollen Armen, so eng an ihn geschmiegt, wie es ihr möglich war. Er drehte sich ein wenig zur Seite, so daß die Kurven ihres Körpers vollkommen in die Höhlungen des seinen paßten. Er küßte ihr Haar an den Schläfen und schob es zärtlich aus ihrem Gesicht.

»Du siehst zufrieden aus, Megan, Liebling. Fühlst du dich so?« Er stellte die Frage und kannte bereits die Antwort. Er war ein erfahrener Liebhaber und wußte, welchen Genuß er ihr bereitet hatte, wollte aber, daß sie ihre Gefühle in Worte kleidete, denn sie war eine leidenschaftliche Seele, und er wollte nicht, daß ihr Körper oder ihr Geist noch hungrig waren, wenn sie ging. Er wußte eigentlich nicht, ob er sich überhaupt von ihr trennen wollte. Bei dem ungewohnten Gedanken drückte er sie fester an sich und wunderte sich über seine seltsam starke Bindung an dieses schöne Mädchen. Er fühlte sich als ihr Beschützer und sonderbar friedlich, wenn sie so in seinen Armen lag.

Megan blickte ihm fast schüchtern ins Gesicht. »Ich bin vollkommen von deiner Liebe erfüllt«, war ihre lächelnde Antwort, während sie in seine lachenden Augen blickte. »Wo hast du so zu lieben gelernt, Jack?« Die Frage erschreckte ihn ein wenig, aber sie hatte ihm ja schon immer direkte Fragen gestellt, genau darauf abgestellt, was sie wissen wollte. Er bedauerte kurz, daß sie nicht älter oder er jünger war.

»Ich habe es bei einer Hure in Boston gelernt, wenn du unbedingt die Wahrheit wissen willst, Megan. Eine herrliche, großzügige, unkomplizierte Dame, die zufällig eine Hure war.«

»Erzähle mir von ihr«, bat das Mädchen an seiner Seite, und er wußte, daß sie diese Geschichte einfach als Vertrauensbeweis hören wollte. Sie ist so reizend, dachte er, so überaus reizend.

»Es ist eine lang zurückliegende Geschichte, die aus einem anderen Leben zu stammen scheint. Ich war ein irisches Waisenkind in Boston, eines der ärmsten Geschöpfe unter Gottes weitem

Himmel. Meine Eltern waren so gestorben, wie sie gelebt hatten: bettelarm im feuchtkalten, fensterlosen Keller eines Mietshauses im irischen Slum. Mein Vater war im Hafen von einem herabstürzenden Ballen verletzt worden, und mit einem verrenkten Rückgrat und einem schlaff herabhängenden Arm gab es für ihn keine Hoffnung auf Arbeit. Ich war natürlich noch ein kleiner Junge, als die beiden starben. Sie versuchten mich mit dem wenigen, was sie hatten, zu ernähren und waren dabei verhungert. Ich wurde also, nachdem man mich gefunden hatte, in ein Waisenhaus gesteckt – Gott hat nie einen traurigeren Ort geschaffen. Als ich dann zwölf war, bin ich davongelaufen und habe mich auf eigene Faust durchgeschlagen. Ich sammelte Abfälle von den Straßen auf, lief vor der Polizei davon, schlief in leerstehenden Gebäuden, und so brachte ich mich irgendwie durch. Wie du weißt, lernte ich damals deinen Großvater kennen. Eines Nachts muß das Schicksal beschlossen haben, sich meiner anzunehmen, denn ich stand vor einem Backsteingebäude, aus dem helles Licht und Gelächter drangen. Man feierte vermutlich eine Party, und ich nahm an, daß es am Morgen eine Menge Speiseabfälle geben würde, mit denen ich meinen Hunger stillen konnte. Ich rollte mich also in einer kleinen Nische neben einem Kellerfenster zusammen und schlief ein. Als ich erwachte – es war noch Nacht –, sah ich eine Frau von vielleicht fünfundvierzig oder fünfzig Jahren, die sich über mir aus dem Fenster beugte und mich anstarrte. ›Möchtest du vielleicht einen Job, Kleiner?‹ rief sie mir zu, und ich sagte natürlich begeistert ja – und damit, meine stolze Schönheit, begann meine Erziehung durch Frauen. Bei dem Gebäude handelte es sich um ein Etablissement, das die Polizei als ›verrufenes Haus‹ bezeichnete, ein Freudenhaus. Es war vielleicht ein bißchen verwahrlost, aber für mein alles andere als verwöhntes Auge eine herrliche Unterkunft. Die Dame, die das Unternehmen leitete, schloß mich ins Herz. Sie verwendete mich als Laufburschen und Rausschmeißer – ich war nie besonders groß, aber ziemlich kräftig – und als Mädchen für alles. Als Draufgabe zu meinem Lohn übernahm sie es, mir die Liebeskünste beizubringen, und es gibt nur wenige Männer, die das Glück haben, eine Lehrmeisterin wie Lou zu besitzen.«

Jack unterbrach sich und blickte das Mädchen neben sich liebevoll an. Sie war so weit von dem Leben entfernt, das er ihr beschrieb, und dabei war sie sogar etwas älter, als er damals gewesen war.

»Sie nahm mich in ihr Bett, wann immer sie Zeit dazu fand. Damals hatte ich schon etliches hinter mir, und ich hielt mich für äußerst potent. Aber als sie mich das erste Mal mit ins Bett genommen und ich sie nach allen Regeln der Kunst gebumst hatte, wartete sie die volle Minute, die ich brauchte, um mich zu erholen, und erklärte dann: ›Jetzt bist du damit fertig, wie ein streunender Kater zu bumsen, und nun werde ich dir beibringen, wie ein Mann einer Frau Lust bereitet, wenn du daran interessiert bist.‹ Sie zeigte mir, wie man behutsam vorgeht und sanft. ›Männer begehen immer den gleichen Fehler, nämlich schnell und grob zu sein‹, belehrte sie mich, während sie ihre Beine weit spreizte und ich dazwischen lag und versuchte, mir diese Wissenschaft anzueignen. ›Was eine Frau verrückt macht, Jack, sind gerade die zarten, liebevollen Berührungen.‹ Sie ergriff meine Hand und zeigte mir, wie man die Partnerin berühren und lieben muß. Mir erschien ihr Körper wie ein geheimnisvoller Ort, denn ich lernte dort unglaubliche Wunder kennen. Sie war in den Augen der meisten Männer alt, aber für mich besaß sie den Körper eines Engels. Sie lehrte mich, aus der Befriedigung der Frau ein großartiges männliches Spiel zu machen, und ich nehme an, daß ich eine natürliche Begabung dafür besaß.«

Er beugte sich zu Megans lächelndem Gesicht hinunter, küßte zärtlich ihren Mund und fragte sich, was sie wohl denken und fühlen mochte – und wie es mit ihnen beiden weitergehen würde. Er hatte recht gehabt, als er ihr voraussagte, sie würden durch ihre Vereinigung von Grund auf verändert werden, so daß das Verhältnis zwischen ihnen nicht mehr das gleiche sein könne. Aber vielleicht würde ihre Beziehung nun zu etwas Neuem, Besserem werden.

Als er ihr die Liebe an den Augen ablas, wurde ihm warm ums Herz, und er war glücklich, daß er sie geliebt hatte, nicht nur weil sie so schön, sondern weil sie Megan war.

Daß es sich bei ihr um ein außergewöhnliches Mädchen handelte, hatte er nie bezweifelt. Daß sie und er aber einander als Mann und Frau soviel bedeuten würden, war für ihn eine überraschende Offenbarung. Daß sie ihn im Bett mehr beglückt hatte, als er sich erträumt hätte, erstaunte ihn am meisten.

Woher sie diese Begabung besaß, konnte er nur erraten, obwohl ihm jetzt die Romanze zwischen dem irischen Dienstmädchen und dem jungen Aristokraten verständlicher war.

100

Nachdem Megan gegangen war, blieb Jack noch lange sinnend sitzen. In seinem Kopf herrschte ein Durcheinander verwirrender Gedanken und beunruhigender Gefühle.

Was hatte er bloß getan? Sie war kaum zwanzig, nicht einmal halb so alt wie er. Wenn ein Außenstehender ihm erzählt hätte, daß ein vierzigjähriger Mann sich mit der zwanzigjährigen Enkelin seines besten Freundes eingelassen habe, hätte er es als ungehörig angesehen.

Ein erwachsener Mann, der sich ein Kind in den Kopf setzt, zwar ein herrliches, sehr frauliches Kind, aber dennoch ein Kind. Natürlich konnte ihr Zusammenleben eine Zeitlang klappen, aber wie würde es später aussehen? In zehn Jahren ging seine beste Zeit zu Ende, und sie würde erst dreißig sein. In zwanzig Jahren würde er alt sein, und sie noch immer jung; eine begehrenswerte Frau, die Besseres verdiente als einen alten Ehemann. Dennoch fand er die Ereignisse der letzten zwölf Stunden keineswegs ungehörig.

Der Gedanke brachte ihn völlig aus der Fassung: Es traf ihn unerwartet, als die Idee zu heiraten sich ungebeten in seinem Kopf regte. Er hätte nicht so rasch eine Heirat ins Auge gefaßt, stellte er verblüfft fest, wenn sein Gefühl für Megan nicht tiefer reichte als sinnliche Begierde, obwohl ihm niemand einen Vorwurf daraus hätte machen können, wenn sie ihn nur körperlich angezogen hätte. Die Erinnerung an ihre Zärtlichkeit durchlief ihn wie ein Schauer, erwärmte ihn, so daß er über seine Verwirrung verwundert den Kopf schüttelte.

Es würde natürlich manches sehr vereinfachen, wenn sie heirateten. Er konnte Megans Interessen und seine eigenen besser wahrnehmen. Es würde zweifellos Riordan und Seamus und ihre ganze widerliche Bande auf die Palme bringen – und er würde zusammen mit Megan über ein phanstastisches Vermögen verfügen. Mein Gott, sagte er sich zornig, jetzt muß ich auch noch an ihr Geld denken!

Jung oder nicht, sie würde eine fabelhafte Frau abgeben, daran zweifelte er keinen Augenblick. Er hatte nie erlebt, daß sie etwas halbherzig getan hatte. Sie nahm ihre Pflichten genauso ernst wie ihr Großvater: zielstrebig, entschlossen, voller Rechtschaffenheit.

Wenn nur Billy noch gelebt hätte. Sie hätte die verstrickten Fäden entwirren können. Sie hatte Männer und Frauen von Grund auf gekannt, ihr ganzes Leben und Lieben. Jack lächelte im Gedanken an eines seiner letzten Gespräche mit der schon kranken Frau, die er so bewundert hatte.

»Finde jemanden, den du lieben kannst«, hatte sie ihn ermahnt, »bevor es zu spät ist... Ich gebe dir mein Wort darauf, Jack, daß die Liebe das einzige ist, was in diesem Leben wirklich zählt.« Sie hatte über sein Unbehagen gelächelt, und ihr Gesicht hatte etwas von seinem alten Feuer angenommen, als sie geflüstert hatte: »Es erfordert Mut, zu lieben und sich zu binden, aber es ist diesen Preis tausendmal wert.«

Das war natürlich noch ein Punkt: Er war sich keineswegs sicher, ob er imstande war, treu zu lieben. Eine Frau in guten wie in schlechten Zeiten, bei Krankheit und bei Gesundheit zu lieben. Über Armut oder Reichtum würde er sich wenigstens keine Sorgen machen müssen, dachte er und verachtete sich wegen seiner Feigheit.

Doch diese beständige Treue und geistige Bindung, von denen er nicht wußte, ob er zu ihnen fähig war, schienen ihm die einzige Liebe zu sein, die Megan verdiente.

Er war eben ein Sonderfall. Der größte Schock war für ihn die Erkenntnis gewesen, wie sehr er empfangen wollte, was sie zu geben bereit war, wie sehr er ihre frische, aufblühende Leidenschaftlichkeit und ihre zeitlose weibliche Wärme fühlen wollte.

Der widerstreitenden Gefühle müde, hob er den Hörer ab und wählte Megans Nummer. Erst als sie sich nicht meldete, merkte er, wieviel er ihr zu sagen hatte.

Megan hatte sich einen Nachmittag Zeit gegeben, um ihre Gedanken zu ordnen. Es hatte sie ihre letzte Kraft gekostet, Jacks Wohnung zu verlassen, doch als sie in seinen Armen gelegen hatte, war ihr klar gewesen, daß sie sich von ihm trennen mußte, um die neue Lage zu überdenken.

Sie rief sich die unglaubliche Harmonie des Zusammenseins mit ihm, dieses Liebens und Geliebtwerdens, ins Gedächtnis. Sie war entschlossen gewesen, ihn zu lieben, sie war sogar darauf gefaßt gewesen, von ihm abgewiesen zu werden, aber nichts hatte sie auf die Macht vorbereitet, die sie in ihm gefühlt hatte, als sie vereint waren, und auf die Willenlosigkeit, in der sie geschwelgt hatte, als sie in seinen Armen lag.

Die Erinnerung daran machte sie bereits unsicher.

Was stimmt nicht mit mir, daß ich so schnell wieder in jemandem aufgehen will? schalt sie sich, denn sie glaubte, sie müsse sich tadeln, und wußte nicht, was von ihr erwartet wurde. Alles ging so schnell. Sie konnte es noch immer nicht glauben, daß ihr Großvater nicht mehr lebte. Ihr Beschützer, ihr Lehrmeister, ihr geliebter Freund, ihre Wurzeln, ihr Bindeglied zwischen Vergangenheit und Zukunft lebte nicht mehr. Nie hatte sie sich als Waise gefühlt. Er hatte sich immer schützend zwischen sie und die Welt gestellt. Jetzt war er fort, sie war allein zurückgeblieben. Durch seinen Verlust wirkte ihr Leben bedroht und allem Unheil offen.

Und jetzt gab es Jack. Den unerschütterlichen Jack. Den Mann, den sie lieben gelernt hatte, weil ihr Großvater ihn liebte. Sie hatte gestern mit absoluter Gewißheit gewußt, daß sie ihn in ihrer Einsamkeit aufsuchen mußte. Sie hatte ihn so verzweifelt begehrt, ihn stürmisch, zielstrebig, leidenschaftlich dazu bringen wollen, daß er sie begehrte. Sie hatte alles gewußt... bis sie die Macht empfunden hatte, die ihre Beziehung beherrschte. Diese Macht war zu überwältigend, um sich ihr unbesonnen auszuliefern, zu wichtig, um mit ihr zu spielen, außer in vollkommener Ehrlichkeit.

Als sie befriedigt und glücklich in seinen Armen lag, hatte sie erleichtert geseufzt, weil sie geborgen war. Keine erschreckende Welt mehr, der sie sich stellen mußte, keine Einfälle mehr in unbekanntes Gebiet. Und genau in diesem schrecklichen Moment war ihr klargeworden, daß sie diese Entwicklung nicht zulassen durfte.

Sie hatte den schlafenden Mann, der so zufrieden neben ihr lag, genau betrachtet und hatte erkannt, daß sie ihre eigene Identität finden mußte, bevor sie sich ihm oder jemand anderem geben konnte. Der Schmerz dieser Erkenntnis trieb ihr noch jetzt brennende Tränen in die Augen.

Megan legte den letzten Pullover in den Koffer und wischte sich die Tränen mit einem Taschentuch ab. Sie war entschlossen, nicht mehr zu weinen. Sie hatte mehr als genug geweint, nachdem sie Jack verlassen hatte, Tränen der Freude über das, was sie mit ihm gefühlt hatte, Tränen des Kummers über die Trennung, die folgen mußte. Sie tupfte ärgerlich ihre Augen trocken.

»Deine Blase sitzt viel zu nahe bei deinen Augen«, hatte Jack ihr mehr als einmal erklärt, wenn sie als Kind bei den traurigen irischen Gedichten und Liedern, die er sie lehrte, geweint hatte. Und sie hatte ihm mit Chestertons Versen geantwortet:

»Denn die großen Gälen von Irland
Hat Gott mit Wahnsinn geschlagen,
Denn all ihre Kriege sind fröhlich
Und ihre Lieder von Trauer getragen.«

Dann hatten sie beide gelacht. Sie lächelte darüber, wie viele liebe Erinnerungen sie an ihn besaß, von denen er wahrscheinlich keine Ahnung hatte.

Sie hörte die Türglocke klingeln, hörte James' Stimme und wußte, noch bevor sie ihn zwei Stufen auf einmal nehmen hörte, daß Jack der Besucher war. Ihr Herz klopfte rascher, als er sich näherte. Sie öffnete die Tür zu ihrem Zimmer, um ihn zu begrüßen, und hatte noch nie etwas so Liebenswertes gesehen wie die Angst in seinem Gesicht.

»James hat mir gesagt, daß du packst...« Die Frage schwebte im Raum, schrecklich unsicher.

»Ich reise nach Drumgillan, um meinen Großvater heimzubringen, Jack. Ich sorge dafür, daß er neben seinem Vater bestattet wird, und er soll nicht allein nach Hause fahren.«

»Du wärst fortgefahren, ohne dich von mir zu verabschieden?« Seine Stimme klang ungläubig, furchtbar verletzt.

»Nein, das hätte ich nicht getan.« Sie streichelte zärtlich die Sorgenfalten auf seiner Stirn. »Nein, mein lieber Freund, ich wäre zuvor zu dir gekommen und hätte es dir erklärt.«

Jack umarmte sie plötzlich so heftig, daß es ihr den Atem raubte. Sein Gesicht sah so traurig und verwirrt aus, daß sie seine

Umarmung ebenso heftig erwiderte, um ihn zu beruhigen. Dann löste sie sich von ihm, führte ihn zu dem hübschen Chintzsofa neben dem Kamin, forderte ihn auf, sich neben sie zu setzen und hoffte, daß sie ihm ihren Plan begreiflich machen konnte.

»Ich liebe dich, Jack«, sagte sie so einfach, daß er gleich antworten wollte, doch sie legte ihm die Finger auf die Lippen, um ihn zum Schweigen zu bringen. »Seit langer Zeit und so sehr, daß ich deswegen für einige Zeit fortgehen muß. Ich weiß nicht, ob es richtig ist, glaube es aber.« Sie seufzte, als sammle sie Kraft für die nächsten Worte. »Für mich ist es so: Mein Leben lang habe ich im Schatten meines Großvaters gelebt. Eigentlich nicht in seinem Schatten, sondern in seiner Seele. Nur du allein auf der ganzen Welt kannst verstehen, was ich damit meine.« Sie lächelte ihm zu, und er sah die unverkennbare Liebe in ihren Augen. »Als ich gestern nacht in deinen Armen lag, erkannte ich, daß ich auf dieser Welt nur eines will: den Rest meines Lebens in deiner Seele leben, Jack. Und plötzlich begriff ich, daß ich damit – jedenfalls wenn ich es jetzt tue – meine eigene Seele, mein eigenes Ich einbüßen würde. Wenn ich also nicht zuerst... jetzt... herausfinde, wer ich bin, werde ich es vielleicht nie erfahren. Es ist wirklich seltsam.« Sie lächelte über ihre Verwirrung. »Ich bin sonst so klug, ich weiß so viel, und doch weiß ich so wenig über mich. Weißt du, wie schrecklich es ist, sich klarzuwerden, daß man sich sein Leben lang für unabhängig gehalten hat, während man in Wirklichkeit nie etwas außerhalb des schützenden Kreises der Liebe, des Geldes und der Macht seines Großvaters getan hat? Verstehst du das, Jack? Ich muß herausfinden, wer ich bin, bevor ich mich jemandem schenken kann. Ich glaube jedenfalls, daß es so ist. Sonst ist das Geschenk, das ich dir machen möchte, vielleicht nicht viel wert.«

Er erkannte ihren Kummer und ihre Entschlossenheit und spürte, welche Anstrengung es sie gekostet hatte, einen so schmerzlichen Entschluß zu fassen. Er schloß sie sanft in die Arme und drückte sie an sich, während er versuchte, ihr zu antworten. Als er sprach, war seine Stimme heiser und gedämpft.

»Ich liebe dich, Megan, und es ist das Schrecklichste und Wunderbarste, das ich je gefühlt habe. Ich habe mir, seit du weggingst, immer wieder gesagt, daß es Wahnsinn ist zu glauben, wir könnten je zusammenleben. Aber trotz allem begehre ich dich mehr, als ich jemals etwas begehrt habe.«

Er streichelte ihr langes, weiches Haar, während er sprach, und sie wußte, daß sie ihn weder unterbrechen noch sich rühren durfte.

»Ich habe deinen Großvater geliebt, Kind. Gott weiß, wie teuer er mir war, aber manchmal beobachtete ich ihn mit dir und fragte mich: Was tut er diesem Kind an? Sie wird so wissend, weise und ernst sein, daß kein Mann es mit ihr aufnehmen kann. Vielleicht wird es kein Mann jemals auf sich nehmen wollen. Und dann habe ich dich gestern nacht in den Armen gehalten und gewußt, daß du mir wichtiger bist als mein Leben. Ich will dich jetzt nicht verlieren, Megan. Ich bin nicht so edel, daß ich sage: ›Tu, was das Beste für dich ist, und denk nicht an mich!‹ O nein, ich will, daß ich das Beste für dich bin. Ich bin über vierzig. Du kannst mit zwanzig nicht wissen, was das bedeutet. Du kannst nicht wissen, wie bewußt einem dann die eigene Sterblichkeit wird. Wenn es eine Zeit für uns gibt, Megan, muß es jetzt sein, solange ich noch jung genug bin, um all das zu sein, was du von mir erwartest.«

Megan entzog sich sanft seiner Umarmung, so daß sie sein besorgtes, ernstes Gesicht sehen konnte, das von Ehrlichkeit und Schmerz zeugte. Sie betete um den Mut, gleichfalls ehrlich zu sein und holte tief Luft, bevor sie antwortete: »Es gibt noch einen Grund, weshalb ich das tun muß – um unser beider willen. Ich habe dich beobachtet und gesehen, daß die Frauen in deinem Leben vorübergehende Angelegenheiten waren. Alle schienen eine Zeitlang großartig und wurden dann verabschiedet. Wenn ich jetzt bleibe, ohne zu wissen, wer ich bin und was ich dir zu bieten habe, und ohne daß du die Möglichkeit hast, alles selbst zu durchdenken, würde es bei uns auch nicht von Dauer sein. Ich weiß in meinem Herzen, daß es nicht halten würde.« Sie zögerte, um die Worte zu finden, die sie brauchte. »Sobald du spürst, daß du absolute Macht über mich besitzt oder daß ich mir meines Wertes nicht bewußt bin, würdest du mich früher oder später loshaben wollen, wie du es mit so vielen anderen getan hast. Ich fühle es in tiefster Seele. Ich will dich nicht verletzen, nur uns beide schützen. Ich muß ein vollständiger Mensch sein, Liebster, sonst sind wir verloren.«

Er lehnte sich erschreckt und ein wenig verletzt zurück. Er

blickte dieser merkwürdigen Frau in die Augen, die jung und zugleich alt war. Er sehnte sich so sehr nach ihr. War es wirklich möglich, daß sie seinen verhängnisvollen Fehler so gut erkannt hatte und dennoch versuchen wollte, ihn zu überwinden?

»Ich könnte behaupten, daß du unrecht hast«, antwortete er ruhig, »aber ich fürchte, du kennst mich besser als ich mich selbst. Es hat so viele Frauen in meinem Leben gegeben, Megan. Hunderte, nehme ich an. Ich will dich nicht belügen, wir sind über die Lügen hinaus. Ich war stolz darauf, daß ich sie erobern konnte, junge und alte. Ich hatte offenbar das Bedürfnis, in so vielen Betten wie möglich zu landen. Ich fühlte mich bei ihnen wohl, und solange ich mit ihnen zusammen war, wußte ich genau, wer ich war. Aber Liebe, Ehe haben nie eine Rolle gespielt. Das hätte zu viel Verantwortung für das Leben eines anderen Menschen bedeutet, zu viel Verpflichtung, zu viel Angst vor meiner Unzulänglichkeit auf lange Sicht.«

Megan legte ihm ihre zarte, schlanke Hand auf die Wange und schob die dunklen Haare sanft zurück.

»Und dann bist du gekommen, Megan. Gestern nacht in meine Arme... in meinen Verstand und mein Herz. Du mußt schon lange dort gelebt haben, ohne daß ich es wußte. Ich habe mir den ganzen Tag über alle Gründe aufgezählt, warum es mit uns nicht klappen kann, und trotzdem habe ich mich davon überzeugt, daß ich dich schrecklich brauche.« Er brach absichtlich ab, sah ihr in die Augen und fuhr fort: »Ich werde dich jetzt gehen lassen, Megan, wenn es sein muß. Und wenn es nur dazu gut ist, uns später eine bessere Chance einzuräumen.«

Sie lächelte traurig und nickte.

Tränen schimmerten in ihren blaugrauen Augen, so daß sie silbern glänzten.

Er umfaßte ihr Gesicht mit beiden Händen und neigte es mit unendlicher Zärtlichkeit zu sich. Er legte seinen Mund auf den ihren, und als sich ihre Lippen öffneten, drückte er ihren Körper mit solcher Kraft an sich, daß es sie überwältigte.

Endlich entzog sie sich seiner Umarmung.

»Du wirst also mit Tom nach Drumgillan fahren?« fragte er und versuchte, seine Selbstbeherrschung wiederzugewinnen. Er hatte gewußt, daß sie seit Toms Tod mit Riordan verhandelte, um Tom in Irland zu bestatten.

Sie nickte. »Dort hat alles begonnen... dort werde ich mich finden.«

»Wirst du die Nacht mit mir verbringen, meine Schöne, bevor du fährst?«

»Wenn ich noch ein einziges Mal mit dir schlafe, mein Lieber, werde ich nicht mehr die Kraft haben zu fahren.«

Er nickte und wunderte sich über die Weisheit des Mädchens, das offensichtlich seine Schwächen ebensogut oder noch besser kannte als er. Wenn er sie haben wollte, mußte er sie gewinnen – auch wenn sie ihn liebte. Etwas, das zu leicht zu erringen war, würde ihn nicht lange festhalten. Sie war wirklich sehr klug.

»Ein wilder Schwan hat noch nie ein zahmes Ei gelegt«, sagte er leise.

Sie sah ihn fragend an.

»Ein altes irisches Sprichwort. Du machst deinem Großvater Ehre.«

Sie hatten noch viel zu besprechen, bevor sie sich trennten. Als er gegangen war, setzte sich Megan neben ihre Koffer auf das Bett und versuchte, sich ebenso gut zu verstehen wie den Mann, den sie liebte.

101

Megan Dalton hatte den Kopf in die Hände gestützt. Sie lehnte an der Umzäunung des Dressurrings hinter dem Stall von Drumgillan. Der sanfte Wind blies ihr die langen blonden Haarsträhnen ins Gesicht, aber sie machte keine Bewegung, um sie zu ordnen. Sie konzentrierte sich, stellte sich vor, wie es für ihren Großvater gewesen sein mußte, als sein Vater hier gestorben war. Erinnerungen, die ihre eigenen hätten sein können, wurden in ihr wach.

Sie starrte aufmerksam auf den harten, braunen Boden und erschauerte, wenn sie an das verletzliche, warme menschliche Fleisch dachte, das die Hufe des rasenden Pferdes in die unnachgiebige Oberfläche gestampft hatten.

Sie berührte das zersplitterte Holz des Geländers und stellte sich den kleinen Jungen vor, der ihr Großvater gewesen war, und der stolz, voll Bewunderung für seinen großartigen Vater, darauf gesessen und den herrlichen Morgen genossen hatte, bis zu dem entsetzlichen Moment, in dem alles Schöne unwiderruflich untergehen mußte.

Es fiel ihr nicht schwer, im Geist die entsetzten Stallknechte und die hochgewachsene Patriziergestalt Sir Jeffreys zu sehen, der das Gewehr anlegte, während Tränen über seine wettergegerbten Wangen liefen.

Sie fühlte sich durch die Erinnerung beinahe körperlos. Tagelang war sie systematisch von einem Ort zum anderen gegangen und hatte sich von den alten Geschichten durchströmen lassen wie ein poröses Gefäß.

Sie hatte die Hütte aufgesucht, die jetzt renoviert und mit einem neuen Dach versehen war, aber noch immer leerstand, und sie hatte versucht, sich vorzustellen, wie es an jenem schicksalhaften Nachmittag vor siebenundsiebzig Jahren gewesen sein mußte, als Marys und Michaels Leidenschaft so viele Geschicke in Gang gesetzt hatten. Sie war am Moor und am Rosengarten entlanggegangen, vom See aus auf den Hügel gestiegen und war in einer gewissenhaften Wallfahrt des Herzens durch die gewundenen Korridore des alten Hauses gewandert.

Der einzige Weg, von ihren Gefühlen Abstand zu gewinnen, bestand darin, sich ihnen hemmungslos preiszugeben. Sie war auf merkwürdige Weise davon überzeugt, daß sie nur allen Kummer durchleben, ihn ertragen und auf sich nehmen mußte, damit am Ende nur Megan übrigbleiben würde.

Und sie mußte übrigbleiben, mußte die Fäden ihres Lebens von denen ihres Großvaters lösen. Nicht aus Ablehnung, sondern mit unendlicher Liebe und voller Erinnerungen.

Diese Loslösung hatte für sie an dem sanften, graugrünen Tag begonnen, an dem sie zugesehen hatte, wie ihr Großvater in der Familiengruft der Hartingtons neben seinem Vater zur ewigen Ruhe gebettet wurde.

Sie hatte verlangt, daß ein vorläufiger Gedenkstein auf dem Grab aufgestellt würde, bis das große Kreuz aus Connemara-Marmor, das sie bestellt hatte, fertig war. Es hatte sie befriedigt, daß ein so irisches Monument seine Grabstätte über Jahrhunderte hin bezeichnen würde, so wie die ganz ähnlichen Kreuze in Clonmacnoise an die sterblichen Überreste der Mönche erinnerten, die vor sechshundert Jahren aus diesem Leben geschieden waren.

Sie hatte ein Zitat von Eoghan Ruaugh O'Suilleabhain, dem keltischen Barden aus dem achtzehnten Jahrhundert, für seine Grabinschrift gewählt. Diese sollte lauten:

THOMAS MICHAEL DALTON
Geliebter Sohn von Mary Dalton und
Michael Harcourt Hartington
1874 – 1950

Was kann ich für ihn tun, den ich so sehr geliebt,
als wehmütig darum beten,
daß Heilige und Engel
ihn für immer behüten mögen.

Ihr Großvater fehlte ihr; seine bewegliche Weisheit, seine Gelehrsamkeit, seine tiefe, sonore Stimme mit dem leichten irischen Akzent, seine beherrschende männliche Präsenz. Doch als sie an seinem Grab stand, gönnte sie ihm die Ruhe. Wer kannte die stürmischen Härten seines Lebens besser als sie? Diese Einsamkeit, diesen Kummer. Sie war sicher, daß er nun bei denen war, die er liebte und die er für einige Zeit verloren hatte. Und sie empfand nur Freude für ihn.

Sie hatte den kleinen Friedhof verlassen und ihre Odyssee begonnen: ihren Abschied von Tom, ihre Suche nach Megan. Sie wußte, daß Tom es von ihr erwarten würde.

Sie schüttelte den Kopf, um die so lebendigen Schatten zu vertreiben, und blickte über die strahlend grüne Wiese, die sich bis zum Horizont erstreckte. Sie schaute kurz in alle Richtungen, als wolle sie wittern, wohin sie als nächstes gehen mußte.

Sie trug einen alten lila Baumwollrock, der bis zur halben Wade reichte und beim Gehen wogte wie die Blätter einer Riesenblume; dazu eine Bluse aus dünnem weißen Leinen unter einem Fischerpullover. Die sanfte Herbstbrise umschmeichelte ihre Arme und ihren Hals, und sie freute sich, daß sie lebte.

Der Entschluß, nach Drumgillan zurückzukehren, war richtig, war der einzig richtige gewesen. »Erkenne dich selbst«, hatte ihr Großvater oft genug den alten Sokrates zitiert, und sie hatte, bis sie in Jacks Armen lag, den weisen Rat stets befolgt. Dann aber war sie unsicher geworden. War es möglich, daß das, was sie für

Jack empfand, gar nicht Liebe war, sondern das unausgesprochene Bedürfnis, umsorgt und beschützt zu werden, sich nicht erkennen zu müssen? Wenn sie Jack und er sie lieben sollte, mußte sie zuerst des alten Sokrates' Rat befolgen.

Megan lächelte darüber, wie schwierig sich die Aufgabe, sich selbst zu erkennen, erwiesen hatte. Sie lernte natürlich. Sie hatte bereits erfahren, daß sie Mut besaß – den hatte sie gebraucht, um Jack und New York hinter sich zu lassen, die schmerzhafte Suche nach Megan zu beginnen. Sie hatte es außerdem gut gemeint. Sie wollte keinen Mann nur wegen der sexuellen Beziehung lieben, und sie wollte sicher sein, daß sie ihm treu sein konnte. Aber sie erkannte jetzt wenigstens alles, woraus Megan bestand. Das war bestimmt der èrste Schritt aus dem Abgrund.

Megan betrachtete das elegante alte Herrenhaus im Stil Palladios auf dem Hügel, das würdevoll und unversehrt das Leben und Sterben in seinem Umkreis überdauert hatte. So muß ich werden, dachte sie und fühlte sich eins mit dem Gebäude. Ich muß imstande sein, das Leben und Sterben aller in mir zu bewahren und doch Megan zu bleiben, bereichert durch die mir innewohnenden Geister, aber dennoch ich selbst.

Sie lachte laut über diese Erkenntnis. Wenn das liebe alte Haus es schaffte, die Generationen, Triumphe, Kümmernisse und Trennungen zu überstehen, konnte sie es auch schaffen. Ihr Lachen hallte durch die kristallklare Luft und erschreckte ein Kaninchen, das im Rosengarten an einem Blatt geknabbert hatte.

Megan stand am Fuße des grünen Hügels, auf dem sich über dem silberblauen See das majestätische Haus erhob. Sie liebte den Blick auf das behagliche Herrenhaus aus dem achtzehnten Jahrhundert, das sich stolz vom wetterwendischen irischen Himmel abhob. Sie war seit einem halben Jahr in Drumgillan, und es erschien ihr wie ein halbes Leben. Ein Mann im Dorf hatte behauptet, daß Irland wie ein alter Jagdhund Erinnerungen im Maul trägt, und als sie die Aura des alten Hauses spürte, verstand sie ihn.

Die unter dem schönen alten Rasen neben den vermoderten Gebeinen von Heiligen und Sündern, Liebenden und Kriegern, Helden und Schurken ruhenden Legenden waren zu mächtig, um zu sterben. Vielleicht sagte man deshalb den Iren nach, daß sie dickhäutig seien; vielleicht mußten sie sich vor ihren eigenen Legenden schützen.

Es war unmöglich, inmitten der smaragdgrünen Hügel, der unergründlichen Sümpfe und der nebelumhüllten Berge zu stehen und sich nicht eins mit ihnen zu fühlen, eins mit der Ewigkeit seines Volkes.

Sie ging den Hügel hinauf, wie sie es inzwischen schon tausendmal getan hatte. Sie zwang sich, langsam zu gehen und den Wohlgeruch der Feuchtigkeit in der Luft zu genießen, einer Feuchtigkeit, die alles nach Fruchtbarkeit duften ließ.

Sie zog den naturfarbenen Fischerpullover enger um ihren schlanken Körper und fühlte dabei die Wärme und Fülle ihrer Brüste. Das Land weckte etwas Ursprüngliches in ihr wie in Generationen von Dichtern und Sängern und in jenen eigenwilligen, tatkräftigen Damen, die die Männer trotz der Ermahnungen von Priestern und der Wahrscheinlichkeit der Verdammung in ihre Betten gelockt hatten. Vor einer Woche hatte sie Jack geschrieben:

> *Ich bin wie Irland. Ich bin wie das Land mit seinen schlecht begrabenen Legenden: ausdauernd und erfüllt von Mysterien, die älter sind als Druidenzauber. Deshalb mußte ich hierher zurückkommen, um zu wissen, wer ich bin und ob ich überleben kann. Ich bin erfüllt von dem Leben anderer Menschen – nicht nur dem meines Großvaters, nicht nur dem Deinen, Liebster, sondern mit dem ganzer Generationen von Iren, die vor mir gestorben sind. Das konnte ich nur hier erfahren.*

Vielleicht hatte sie dank dieser Erkenntnis keine Angst mehr. Weder Angst davor, Jack zu lieben noch ihn zu verlieren. Vielleicht hatte sie ihn deshalb gebeten zu kommen.

Nun würde sich ihre Liebesgeschichte vor dem beständigen Hintergrund Drumgillans abspielen, nicht die von Michael und Mary, nicht die von Tom und Deirdre – nur ihre. Plötzlich war sie frei von Gespenstern. Sie wies ihren Vorgängern ihren Platz in der Vergangenheit an. Sie beneidete sie nicht um die Lehren, die ihr Vermächtnis waren. Sie wußte, daß man als Ire seine Seele mit den lebendigen Gespenstern der Vorfahren teilt, daß man mit ihrer Magie und ihren Träumen eins ist.

Jack stand vor dem Eingang und wartete, bis sie auf ihn zukam. Er sah unsicher aus, als wisse er nicht, ob er sich über ihre Aufforderung freuen oder Sorgen machen solle. Sie winkte ihm zu, voll uneingeschränkter Liebe, und er ging ihr entgegen.

Danksagung

Es gibt zwei Menschen, ohne deren unermüdliche Aufmunterung, Kritik, Fröhlichkeit, Liebe und nicht zuletzt ohne deren Korrekturlesen dieses Buch niemals entstanden wäre: Conny Cash, meine liebe Schwester (die beste in der Welt), die wie immer dazu beitrug, daß schließlich alles gut ausging, und Johanna Lee, meine älteste und beste Freundin, die entsprechend unserer zwanzig Jahre alten, ungetrübten Freundschaft meinen Romanfiguren ebenso wohlwollend gegenüberstand wie mir. »Ich danke euch!« ist eine so unzulängliche Geste nach all ihrer Hilfe, daß mir nur die Hoffnung bleibt, sie wissen, wieviel Liebe und Dankbarkeit ich für sie in meinem Herzen trage.

Ich habe diese Geschichte zunächst geträumt, und von diesem Augenblick an haben sehr viele wunderbare, selbstlose Freundinnen und Freunde dazu beigetragen, daß dieser Traum Wirklichkeit wurde. Deshalb gilt meine aufrichtige, innige Dankbarkeit: Carole Baron, die nicht nur das Manuskript mit erstaunlichem Einfühlungsvermögen und mit Behutsamkeit redigiert, sondern auch an das Buch geglaubt hat. Edith Heal Berrien, die ihre eigenen Bücher im Stich ließ, um zu recherchieren, zu beurteilen und mich zu ermutigen. Suzanne Bersch, die zuerst recherchierte und dann die Reinschrift tippte, damit das Buch zur Welt kam. Meryl Earl, deren Sachkenntnis und fröhlicher guter Wille das Erkennen »der Welt« zu einem wunderbaren Erlebnis machte. Jakkie Farber, die mir mit Herzenswärme, Geduld und Frohsinn Mut machte und mir half, Mary vor dem Schicksal eines gestrandeten Mädchens zu retten. Isabel Geffner, deren vielseitige Talente und liebenswürdige Hilfe so unendlich viel zu diesem Roman beitrugen und deren Freundschaft ich mir hoffentlich noch sehr viele Jahre bewahren werde. Lenore Hershy, die zweifellos jene Fee ist, die bei diesem Buch Pate gestanden hat. Tante Polly Hodder, deren gute Wünsche mich auf dem weiten Weg von Irland hierher begleiteten. Robynne Hubert, die während dieser Zeit dafür sorgte, daß alles im Büro seinen ordentlichen Gang ging, und die sich im entscheidenden Augenblick als phantastische Schreibkraft bewährte. Mort Janklow, die zauberhaft und großzügig aus dem Traum Wirklichkeit machte. Patty Kerr, die nah und fern lek-

torierte und Anstöße gab. Harold Krensky, *der freundlicherweise seine umfangreichen Kenntnisse über Boston und die Kaufhäuser zur Verfügung stellte, so daß es für Mary einen Ort in Amerika gab, wo sie Zuflucht suchen konnte.* Diane Moriarty, *die unaufhörlich handschriftlich gekritzelte Notizen ins reine schrieb, ohne auch nur einmal einen Zettel, ihre Freundlichkeit oder ihre gute Laune zu verlieren.* Alexandra Penney, *die mit ihren Hinweisen in mir die Vorstellung erweckte, daß alles Wirklichkeit werden kann.* Fred Purches, *dessen Anstöße mich nach Jahren dazu brachten, Bücher zu schreiben.* Anne Sibbald, *die zunächst meiner Geschichte überaus unvoreingenommen gegenüberstand und dann meine Freundin wurde.* Bronwyn Spellman, *die mir half, ein unbeschwertes Leben zu führen, während ich schrieb.* Cee Cee Spellman, *ohne dessen gutherzig beigesteuerten Fotokopien wir das Buch nie bis zum Verleger gebracht hätten.* Charles Spicer, *der mit dankenswerter Begeisterung, mit sicherem Blick, halb irischen Augen und ganz teilnehmendem Herzen redigierte.* Ched Vuckovic, *der in einem entscheidenden Moment uneigennützig half.*

Und ganz besonderen Dank: Catherine Gibbons Cash, *meiner Mutter, die mich von der Wiege an lehrte, Irlands Geschichte und Literatur zu lieben, und die mir während einer höchst kritischen Phase zur Überzeugung verhalf, daß ich beiden Lieben in einer Geschichte vereinen konnte.* Harry Cash, *meinem Vater, der mich lehrte, daß Liebe stärker ist als alles andere.* Bea Hurwitz, *die ihre Sachkenntnis großzügig zur Verfügung stellte, um das Copyright für alle Zitate einzuholen, die in diesem Buch verwendet wurden.*

Alle Orte, Ereignisse und Personen in meinem Buch sind frei erfunden, ausgenommen Andrew Furuseth.

Bei meinen Recherchen über Seeleute und Hafenarbeiter stieß ich auf seine Lebensgeschichte. Ich verliebte mich in sie, mußte jedoch feststellen, daß es fast unmöglich war, Material über ihn aufzutreiben, und daß er infolgedessen – trotz seiner bemerkenswerten Taten und seines großen Mutes – so gut wie vergessen ist.

Ich habe ihn in meine Geschichte aufgenommen, in der ihm – wie in allen Geschichten von Seeleuten – meiner Meinung nach ein Ehrenplatz gebührt. Es war aber so schwierig, Tatsachen über sein Leben zu ermitteln, daß ich mir die Freiheit genommen habe, den Mann neu zu erschaffen, wie er gewesen sein könnte.

Der Streik der Hafenarbeiter im Jahr 1903, den ich beschrieben habe, beruht auf einer Mischung von Vorfällen während anderer Streiks (1887, 1907 u. a.). Ich habe versucht, den Geist der Arbeiterbewegung in jener Zeit getreulich darzustellen, obwohl sich alle Vorkommnisse in meiner Geschichte nur in meiner Phantasie abgespielt haben.

Inhalt

	Prolog	5
I	Irland 1882 und vorher	11
II	Thomas und Mary 1882–1900	83
III	New York 1900	165
IV	Diamond Jim Mulvaney	201
V	Deirdre	255
VI	Riordan, Seamus und Maeve	363
VII	Megan Dalton	447
VIII	Letzte Abschiede	517
	Danksagung	551